Kelley Armstrong

Die Nacht der Wölfin

Kelley Armstrong

Die Nacht der Wölfin

Roman

Aus dem Amerikanischen von
Christine Gaspard

Schneekluth.

Die Originalausgabe erschien 2001 unter dem Titel
BITTEN
bei Little, Brown & Company, London.

Besuchen Sie uns im Internet:
www.schneekluth.de

ISBN 3-7951-1789-5

Ein Unternehmen der Verlagsgruppe Droemer Weltbild
Gesetzt aus der Stempel Garamond Roman 10,5 / 13 Punkt
Druck und Bindung: Franz Spiegel Buch GmbH, Ulm
Printed in Germany 2002

Für Jeff,
der immer daran geglaubt hat,
dass ich es kann.

Prolog

Ich muss.
Ich habe die ganze Nacht dagegen angekämpft. Ich verliere. Der Kampf ist so aussichtslos wie der einer Frau, die das Einsetzen der Wehen spürt und feststellt, dass der Zeitpunkt für die Geburt ungünstig ist. Die Natur siegt. Die Natur siegt immer.
Es ist beinahe zwei Uhr morgens, zu spät für solche Albernheiten, und ich brauche den Schlaf. Vier Abende, die ich durchgearbeitet habe, um einen Termin einhalten zu können, haben mich ausgelaugt. Es macht keinen Unterschied. Die Haut an der Innenseite meiner Ellenbogen und Knie hat schon seit einer ganzen Weile geprickelt, und jetzt beginnt sie zu brennen. Mein Herz schlägt so schnell, dass ich nach Luft schnappen muss. Ich kneife die Augen zu und versuche die Empfindungen fortzuzwingen, aber sie bleiben.
Philip schläft neben mir. Er ist ein weiterer Grund, weshalb ich nicht gehen sollte, nicht schon wieder mitten in der Nacht fortschleichen und mit einem Schwall lahmer Entschuldigungen zurückkommen. Morgen wird er bis spät abends arbeiten. Wenn ich noch einen einzigen Tag warten könnte. Meine Schläfen beginnen zu pochen. Das Brennen auf der Haut breitet sich über Arme und Beine aus. Die Wut bildet ein Knäuel in meinen Eingeweiden und droht zu explodieren.
Ich muss raus hier – mir bleibt nicht mehr viel Zeit.
Philip rührt sich nicht, als ich aus dem Bett schlüpfe. Unter der Kommode liegt ein Haufen Kleider bereit, damit ich nicht riskieren muss, dass Schubladen und Schranktüren quietschen und knarren. Ich greife nach den Schlüsseln, schließe die Hand fest um

sie, damit sie nicht klirren, schiebe vorsichtig die Tür auf und schleiche in den Flur hinaus.
Alles ist ruhig. Die Lichter wirken wie gedämpft, beeindruckt von der Leere. Als ich den Aufzug hole, beschwert er sich mit einem Knarren darüber, zu einer so gottverlassenen Zeit aufgestört zu werden. Im ersten Stock und im Foyer ist es ebenso leer. Leute, die es sich leisten können, so nah am Stadtzentrum von Toronto zu wohnen, liegen um diese Zeit behaglich im Bett.
Inzwischen tun mir die Beine nicht nur weh, sie jucken auch, und ich krümme die Zehen, um herauszufinden, ob das Jucken dann aufhört. Es hört nicht auf. Ich betrachte die Autoschlüssel in meiner Hand. Es ist zu spät, um an einen sicheren Ort zu fahren – das Jucken ist inzwischen zu einem scharfen Brennen geworden. Mit den Schlüsseln in der Tasche gehe ich auf die Straße hinaus und sehe mich nach einem ruhigen Ort für die Wandlung um. Im Gehen achte ich auf die Empfindungen in meinen Beinen und verfolge, wie sie sich über die Arme und den Nacken ausbreiten. Bald. Bald. Als die Kopfhaut zu prickeln beginnt, weiß ich, dass ich jetzt so weit gegangen bin, wie ich kommen werde, und sehe mich nach einer geeigneten Hofeinfahrt um. Die Erste, die ich finde, ist schon von zwei Männern besetzt, die sich zusammen in den zerfetzten Karton eines Breitbildfernsehers gequetscht haben. Die Nächste ist leer. Ich gehe bis ganz ans Ende und ziehe mich hinter einer Barriere von Mülleimern hastig aus, verstecke die Kleider unter einer alten Zeitung. Dann beginne ich mit der Wandlung.
Meine Haut spannt sich. Das Gefühl wird stärker, und ich versuche den Schmerz aus meinen Gedanken auszusperren. Schmerz. Was für ein nichts sagendes Wort – Qual trifft es besser. Man bezeichnet das Gefühl, bei lebendigem Leib gehäutet zu werden, nicht als »schmerzhaft«. Ich atme tief ein und konzentriere mich auf die Wandlung, lasse mich auf den Boden fallen, bevor es mich zusammenkrümmt und hinunterzwingt. Leicht ist es nie – vielleicht bin ich immer noch zu sehr Mensch. Während ich darum kämpfe, weiter klar zu denken, versuche ich für jede Phase gerüstet zu sein und meinen Körper rechtzeitig in die richtige Position

zu bringen – den Kopf nach unten, auf alle viere, Arme und Beine gestreckt, Hände und Füße gekrümmt, den Rücken gebogen. Die Beinmuskeln verknoten und verspannen sich. Ich keuche und mühe mich darum, mich zu entspannen. Schweiß bricht aus allen Poren und strömt über mich hin, aber die Muskeln geben endlich nach und entfalten sich. Als Nächstes kommen zehn Sekunden Hölle – es gab eine Zeit, da hatte ich mir geschworen, ich würde lieber sterben, als das noch einmal zu ertragen. Dann ist es vorüber.

Verwandelt.

Ich strecke mich und blinzele. Wenn ich mich jetzt umsehe, hat die Welt eine Farbpalette angenommen, die das menschliche Auge nicht kennt, Schwarz- und Braun- und Grautöne mit feinen Abstufungen, die mein Gehirn immer noch in Blaus und Grüns und Rots übersetzt. Ich hebe die Schnauze und atme ein. Mit der Wandlung haben sich meine ohnehin wachen Sinne noch mehr geschärft. Ich fange die Gerüche von frischem Asphalt und faulenden Tomaten und Chrysanthementöpfen auf Fensterbrettern und tagealtem Schweiß und tausend anderen Dingen auf; sie mischen sich zu einem so überwältigenden Brodem, dass ich huste und den Kopf schüttele. Beim Umdrehen erhasche ich verzerrte Fragmente meines Spiegelbilds in einem verbeulten Mülleimer. Meine Augen starren mir ins Gesicht. Ich ziehe die Lippen zurück und fauche mich selbst an. Weiße Reißzähne blitzen auf dem Metall.

Ich bin ein Wolf, ein hundertdreißig Pfund schwerer Wolf mit hellblondem Pelz. Das Einzige, was mir an Menschlichem noch geblieben ist, sind die Augen; sie glitzern vor kalter Intelligenz und einer schwelenden Wildheit, die niemand jemals einem Tier zuordnen würde.

Ich sehe mich um, atme die Gerüche der Stadt ein. Ich bin nervös hier. Es ist zu eng, zu beengt; der Menschengeruch ist überall. Ich muss vorsichtig sein. Wenn jemand mich jetzt sieht, wird er mich für einen Hund halten, einen großen Mischling, eine Kreuzung aus Husky und Labrador vielleicht. Aber selbst ein Hund kann die Leute erschrecken, wenn er meine Größe hat und frei herum-

läuft. Ich mache mich auf zum Ende der Gasse und suche mir meinen Weg durch die Eingeweide der Stadt.
Meine Gedanken sind wirr und trübe, verwirrt nicht durch die Verwandlung meiner äußeren Gestalt, sondern durch die Unnatürlichkeit meiner Umgebung. Ich habe die Orientierung verloren, und der erste Durchgang, in den ich einbiege, stellt sich als der heraus, den ich schon in menschlicher Gestalt ausprobiert habe, der mit den beiden Männern in dem ausgeblichenen Sony-Karton. Einer von ihnen ist inzwischen wach. Seine Finger zupfen an den Resten einer dreckverkrusteten Decke herum, als könnte er sie weit genug ausdehnen, um sich damit gegen die kalte Oktobernacht zu schützen. Er blickt auf und sieht mich, und seine Augen weiten sich. Er beginnt zurückzuweichen, dann hält er inne. Er sagt etwas. Er spricht in einem Singsang, dem übertrieben melodischen Tonfall, den die Leute kleinen Kindern und Tieren gegenüber verwenden. Wenn ich mich konzentrierte, könnte ich die Worte verstehen, aber dafür gibt es keinen Anlass. Ich weiß ohnehin, was er sagt, es ist irgendeine Variante von »braves Hundchen«, wieder und wieder mit unterschiedlicher Betonung. Die Hände hat er ausgestreckt, die Handflächen nach vorn, um mich abzuwehren, gesprochene Sprache gegen Körpersprache. Bleib weg – braves Hundchen – bleib weg. Und dann wundern sich die Leute, warum Tiere sie nicht verstehen.
Ich kann die Verwahrlosung und den Verfall riechen, die von seinem Körper ausgehen. Er riecht nach Schwäche, wie ein alterndes Stück Wild, das an den Rand der Herde gedrängt wurde, ein gefundenes Fressen für Raubtiere. Wäre ich hungrig, würde er nach Abendessen riechen. Glücklicherweise bin ich noch nicht hungrig, also brauche ich mich nicht mit der Versuchung auseinander zu setzen, dem Zwiespalt, dem Ekel. Ich schnaube, und Dampf schießt aus meinen Nüstern, dann drehe ich mich um und renne zurück, den Durchgang wieder hinauf.
Weiter vorn liegt ein vietnamesisches Restaurant. Der Geruch nach Essen ist überall, er hat sich selbst in den Balken des Gebäudes festgesetzt. An einem rückwärtigen Anbau dreht sich langsam

ein Abluftventilator; bei jeder Umdrehung schlägt eins der Blätter klickend gegen das Metallgehäuse. Darunter steht ein Fenster offen. Verblasste, mit Sonnenblumen bedruckte Vorhänge bauschen sich im Nachtwind. Drinnen höre ich Menschen, ein ganzes Zimmer voll Menschen, die im Schlaf grunzen und pfeifen. Ich will sie sehen. Ich will meine Schnauze durch das offene Fenster strecken und ins Innere schauen. Für einen Werwolf kann ein Zimmer voll schutzloser Leute eine Menge Spaß mit sich bringen.

Ich beginne näher zu schleichen, aber ein plötzliches Schnarren und Pfeifen lässt mich innehalten. Das Pfeifen wird leiser, dann wird es übertönt von der Stimme eines Mannes, scharf, die Worte abgehackt wie Eiszapfen. Ich drehe den Kopf in beide Richtungen, mein Radar sucht nach der Geräuschquelle. Ich orte sie ein Stück weiter die Straße entlang. Ich lasse das Restaurant zurück und setze mich in Bewegung. Wir sind von Natur aus neugierig.

Er steht auf einem Dreierparkplatz, der weit hinten in eine schmale Lücke zwischen zwei Gebäuden gequetscht ist. Er hält sich ein Funkgerät ans Ohr und lehnt dabei mit einem Ellenbogen an einer Ziegelmauer, lässig, aber nicht wie ein Mann, der sich ausruht. Die Schulterhaltung ist entspannt. Sein Blick geht ins Leere. Er ist voller Selbstvertrauen, er glaubt daran, dass er jedes Recht hat, hier zu sein, und dass er von der Nacht nichts zu befürchten hat. Der Revolver, der an seinem Gürtel hängt, hilft wahrscheinlich. Er hört auf zu reden, drückt auf einen Knopf und schiebt das Gerät wieder in sein Futteral. Seine Augen gehen einmal über den Parkplatz hin, machen Inventur und finden nichts, was seine besondere Aufmerksamkeit erfordert. Dann macht er sich auf den Weg – tiefer hinein in das Gewirr von Gassen und Durchgängen. Dies könnte unterhaltsam werden. Ich folge ihm.

Meine Klauen klicken auf den Pflastersteinen. Er merkt es nicht. Ich lege etwas zu, schieße um Müllsäcke und leere Kartons herum. Schließlich bin ich ihm nahe genug. Er hört das gleichmäßige Klicken hinter sich und bleibt stehen. Ich verstecke mich hinter einem Müllcontainer und schaue vorsichtig um die Ecke. Er dreht sich um und späht in die Dunkelheit. Nach einer kurzen Pause geht er weiter. Ich lasse ihm ein paar Schritte Vorsprung, bevor ich die Verfolgung wieder aufnehme. Als er sich diesmal umdreht, warte ich eine Sekunde länger, bevor ich in Deckung gehe. Er stößt einen gedämpften Fluch aus. Er hat etwas gesehen – eine plötzliche Bewegung, einen davonschießenden Schatten, irgendetwas. Seine rechte Hand gleitet zu der Waffe, streicht über das Metall und zieht sich zurück, als sei ihr Vorhandensein ihm Gewissheit genug. Er zögert, sieht in beiden Richtungen die Gasse entlang; ihm wird klar, dass er allein ist, und er weiß nicht genau, was er jetzt tun soll. Er murmelt etwas und geht weiter, etwas schneller diesmal.

Im Gehen blickt er immer wieder von einer Seite zur anderen – Wachsamkeit an der Schwelle zur Beunruhigung. Ich atme tief ein und fange nur flüchtige Spuren von Furcht auf, genug, um mein Herz hämmern zu machen, aber nicht genug, um die Erregung bis zu einem Punkt zu steigern, wo es keine Kontrolle mehr gibt. Für ein Beschattungsspiel ist er eine verlässliche Beute. Er wird nicht rennen. Ich kann die meisten meiner Instinkte unterdrücken. Ich kann ihn beschatten, ohne ihn zu töten. Ich kann die ersten Stiche des Hungers ertragen, ohne ihn zu töten. Ich kann zusehen, wie er die Waffe zieht, ohne ihn zu töten. Aber wenn er zu rennen beginnt, werde ich mich nicht mehr beherrschen können. Das ist eine Versuchung, der ich nicht widerstehen kann. Wenn er rennt, *werde* ich ihn jagen. Wenn ich jage, wird entweder er mich töten oder ich werde ihn töten.

Als er um die Ecke in eine andere Gasse einbiegt, entspannt er sich. Hinter ihm ist alles still geblieben. Ich schleiche mich aus meinem Versteck, verlagere mein Gewicht auf den hinteren Teil der Fußballen, um das Geräusch der Klauen zu dämpfen. Bald bin ich nur noch ein paar Schritte hinter ihm. Ich kann sein Rasierwasser riechen; es überdeckt beinahe den natürlichen Geruch eines langen Arbeitstages. Ich kann die weißen Socken zwischen seinen Schuhen und dem Saum der Hosenbeine aufblitzen und wieder verschwinden sehen. Ich kann seine Atemzüge hören, die etwas kürzeren Abstände verraten mir, dass er schneller geht als üblich. Ich schiebe mich weiter vor und komme ihm so nahe, dass ich springen könnte, wenn ich wollte, und ihn zu Boden schleudern, bevor er auch nur daran denken könnte, nach der Waffe zu greifen. Sein Kopf fährt hoch. Er weiß, dass ich da bin. Er weiß, dass *etwas* da ist. Ich frage mich, ob er sich umdrehen wird. Wagt er es, sich umzusehen, etwas entgegenzutreten, das er weder sehen noch hören, sondern nur spüren kann? Seine Hand gleitet wieder zu der Waffe, aber er dreht sich nicht um. Er geht schneller. Dann biegt er erneut ab in die Sicherheit der Straße.

Ich folge ihm bis zum Ende der Gasse und beobachte aus der Dunkelheit heraus. Er geht mit langen Schritten, die Schlüssel in der Hand, zu einem geparkten Wagen, schließt ihn auf und springt hinein. Der Motor heult auf, und das Auto löst sich mit kreischenden Reifen vom Bordstein. Ich sehe den verschwindenden Rücklichtern nach und seufze. Spiel vorbei. Ich habe gewonnen.

Das hat Spaß gemacht, aber es war bei weitem nicht genug, um mich zufrieden zu stellen. Diese Hinterhöfe sind zu beengt. Mein Herz hämmert vor unverbrauchter Anspannung. Die Beine schmerzen vor angestauter Energie. Ich muss *rennen*.

Ein Windstoß bläst von Süden heran und bringt den scharfen, herben Duft des Ontario-Sees mit sich. Ich erwäge, zum Strand zu gehen, stelle mir vor, den Sandstreifen entlangzurennen, zu spüren, wie das eiskalte Wasser gegen meine Pfoten schlägt, aber es ist zu gefährlich. Wenn ich rennen will, muss ich bis zur Schlucht gehen. Es ist weit weg, aber ich habe wenig Auswahl, wenn ich mich nicht für den Rest der Nacht in nach Mensch riechenden Hofeinfahrten herumdrücken will. Ich wende mich nach Nordwesten und mache mich auf den Weg.

Fast eine halbe Stunde später stehe ich auf einer Hügelkuppe. Meine Nase zuckt; sie nimmt die Überreste eines verbotenen Laubfeuers wahr, das in einem Hof in der Nähe glimmt. Der Wind fährt durch meinen Pelz, kühl, beinahe kalt, belebend. Über mir donnert der Verkehr über eine Autobahnbrücke. Unten liegt meine Zuflucht, eine abgeschiedene Oase mitten in der Stadt.

Ich mache einen Satz vorwärts, stoße mich ab. Endlich kann ich rennen.
Meine Beine haben ihren Rhythmus gefunden, bevor ich den Hang auch nur zur Hälfte hinter mir habe. Ich schließe eine Sekunde lang die Augen und spüre, wie der Wind über meine Schnauze streicht. Das Aufschlagen meiner Pfoten auf der harten Erde lässt winzige Schmerzpfeile meine Beine hinaufschießen, aber sie geben mir das Gefühl, am Leben zu sein, wie ein abruptes Aufwachen nach einem überlangen Schlaf. Die Muskeln strecken und kontrahieren sich in vollkommener Harmonie. Jedes Strecken bringt einen leichten Schmerz und eine Explosion von körperlichem Wohlbefinden mit sich. Mein Körper dankt mir für die Bewegung und belohnt mich mit fast narkotischen Adrenalinstößen. Je länger ich renne, desto leichter fühle ich mich; die Schmerzen bleiben zurück, als berührten meine Pfoten den Boden nicht mehr. Noch während ich am Grund der Schlucht entlangjage, habe ich das Gefühl, bergab zu rennen, Energie zu gewinnen, statt sie abzugeben. Ich will rennen, bis alle Anspannung in meinem Körper davonfliegt und nichts als die Empfindungen des Augenblicks zurückbleiben. Ich könnte nicht innehalten, selbst wenn ich wollte. Aber ich will ja gar nicht.
Totes Laub prasselt unter meinen Pfoten. Irgendwo im Wald ruft leise eine Eule. Sie hat die Jagd hinter sich und ruht sich aus, zufrieden und ohne sich darum zu kümmern, wer von ihrer Anwesenheit weiß. Ein Kaninchen kommt aus einem Dickicht geschossen und hat meinen Weg schon halb gekreuzt, bevor es seinen Fehler bemerkt und zurückspringt ins Unterholz. Ich renne weiter. Mein Herz hämmert. Gegen meine ansteigende Körpertemperatur fühlt sich die Nachtluft eiskalt an; sie schneidet, als sie durch die Nüstern in meine Lungen braust. Ich atme tief ein und genieße den Schock, als die Kälte auf meine Eingeweide trifft. Ich renne zu schnell, um etwas zu wittern. Geruchsfetzen flattern durch mein Hirn in einer wüsten Montage, die nach Freiheit riecht. Ich kann nicht widerstehen; irgendwann komme ich zum Stehen, werfe den Kopf zurück und heule. Die Musik ergießt sich

aus meiner Brust, ein greifbarer Ausdruck reinster Lebensfreude. Sie hallt durch die Schlucht und steigt auf in den mondlosen Himmel, lässt alle und jeden wissen, dass ich hier bin. Mir gehört dieser Ort! Als ich fertig bin, lasse ich den Kopf sinken, keuchend vor Anstrengung. Ich stehe noch da und starre hinunter auf die verstreuten gelben und roten Ahornblätter, als ein Geräusch meine Versunkenheit durchbricht. Es ist ein Knurren, ein leises, drohendes Knurren. Es gibt einen Rivalen um meinen Thron.

Ich blicke auf und sehe einen gelbbraunen Hund ein paar Meter entfernt stehen. Nein, keinen Hund. Mein Hirn braucht eine Sekunde, aber schließlich erkenne ich das Tier. Ein Kojote. Ich brauche deshalb eine Sekunde, um ihn zu erkennen, weil er so unerwartet kommt. Ich habe zwar gehört, dass es in der Stadt Kojoten gibt, aber ich bin noch nie einem begegnet. Der Kojote ist ebenso verwirrt. Tiere können mich nicht einordnen. Sie riechen Mensch, sehen aber Wolf, und gerade wenn sie entschieden haben, dass ihre Nase ihnen einen Streich spielt, sehen sie mir in die Augen und sehen Mensch. Wenn ich Hunden begegne, greifen sie entweder an, oder sie ziehen den Schwanz ein und rennen fort. Der Kojote tut keins von beiden. Er hebt die Schnauze und schnuppert, dann sträubt er das Fell und zieht die Lefzen zu einem lang gezogenen Knurren zurück. Er ist halb so groß wie ich und verdient nicht wirklich meine Aufmerksamkeit. Ich lasse es ihn mit einem trägen »Hau ab«-Knurren und einem Kopfschütteln wissen. Der Kojote rührt sich nicht. Ich starre ihn an. Der Kojote bricht den Blickwechsel als Erster ab.

Ich schnaube, schüttele den Kopf und drehe mich langsam fort. Ich habe mich halb abgewandt, als ein Blitz aus braunem Pelz auf meine Schulter zuspringt. Ich tauche zur Seite, rolle aus dem Weg und komme wieder auf die Füße. Der Kojote faucht. Ich antworte mit einem ernsthaften Knurren, der Hundevariante von »jetzt gehst du mir wirklich auf die Nerven«. Der Kojote bleibt immer noch. Er sucht Streit. Gut.

Mein Pelz sträubt sich, mein Schwanz wird buschig. Ich ziehe den Kopf zwischen die Schultern und lege die Ohren flach an. Meine

Lefzen ziehen sich zurück, und ich spüre das Knurren, das kitzelnd in meiner Kehle aufsteigt und in die Nacht hinausdringt. Der Kojote weicht nicht zurück. Ich kauere und bin bereit zum Sprung, als etwas mich hart an der Schulter trifft und mich aus dem Gleichgewicht bringt. Ich stolpere und drehe den Kopf nach dem Angreifer um. Ein zweiter Kojote, graubraun, hängt an meiner Schulter, die Zähne bis zum Knochen vergraben. Mit einem wütenden Brüllen bäume ich mich auf und werfe mich mit meinem ganzen Gewicht zur Seite.

Während ich den zweiten Kojoten abschüttele, machte der Erste einen Satz auf mein Gesicht zu. Ich ziehe den Kopf ein und erwische ihn an der Kehle, aber meine Zähne schließen sich über Pelz, nicht über Fleisch, und er zappelt sich frei. Er versucht weit genug zurückzuweichen, um einen zweiten Angriff zu unternehmen, aber ich springe ihn an und dränge ihn rückwärts gegen einen Baum. Er richtet sich auf und versucht mir auszuweichen, und ich schnappe nach seiner Kehle. Diesmal bekomme ich ihn zu fassen. Blut spritzt mir ins Maul, salzig und dick. Der zweite Kojote landet auf meinem Rücken. Meine Beine geben nach. Zähne graben sich in die lose Haut hinter meinem Schädel. Neuer Schmerz schießt durch mich hindurch. Ich konzentriere mich und halte die Kehle des ersten Kojoten fest. Ich verschaffe mir einen festen Stand, lasse einen Sekundenbruchteil los, eben lang genug, um den entscheidenden Biss und Ruck anzubringen. Als ich zurückweiche, sprüht mir Blut in die Augen und blendet mich. Mit einer schnellen Kopfbewegung nach der Seite reiße ich dem Kojoten die Kehle heraus. Sobald ich merke, dass er zusammensackt, schleudere ich ihn zur Seite, werfe mich auf den Boden und rolle. Der Kojote auf meinem Rücken kläfft überrascht und lässt los. Ich springe auf und drehe mich in der gleichen Bewegung um, um auch den zweiten Angreifer auszuschalten, aber er rappelt sich auf und taucht ins Unterholz ab. Ich sehe eben noch seinen Drahtbürstenschwanz, dann ist er verschwunden. Ich sehe mir den toten Kojoten an. Blut strömt aus seiner Kehle, und die trockene Erde darunter saugt es gierig auf. Ein Zittern geht durch mich

hindurch wie ein letztes Nachbeben befriedigten Verlangens. Ich schließe die Augen und schaudere. Nicht meine Schuld. Sie haben als Erste angegriffen. In der Schlucht ist es still geworden, wie ein Echo auf die Ruhe, die mich durchströmt. Nicht einmal eine Grille zirpt. Die Welt ist dunkel und still, sie schläft.
Ich versuche meine Verletzungen zu untersuchen und zu säubern, aber sie sind außer Reichweite. Ich strecke mich und spüre den Schmerzen nach. Zwei tiefe Bisse, beide bluten, aber nur so stark, dass sie mir den Pelz verkleben. Ich werde es überleben. Ich drehe mich um und mache mich auf den Rückweg.
In der Gasse verwandle ich mich zurück, ziehe mir hastig die Kleider über und schleiche mich hinaus auf den Gehweg wie ein Fixer, der sich beim Drücken im Schatten hat erwischen lassen. Jetzt ist es ein schales Gefühl, das mich erfüllt. Es sollte nicht so enden, schmutzig und verstohlen, umgeben vom Müll und Dreck der Stadt. Es sollte auf einer Waldlichtung enden, die Kleider in irgendeinem Gebüsch vergessen, nackt ausgestreckt, mit der kühlen Erde unter mir und dem Nachtwind, der meine bloße Haut kitzelt. Ich sollte im Gras einschlafen, zu erschöpft für jeden weiteren Gedanken, während nur der Nachgeschmack der Befriedigung noch wie eine Droge durch mein Hirn treibt. Und ich sollte dabei nicht allein sein. In Gedanken sehe ich die anderen ringsum im Gras liegen. Ich kann das vertraute Schnarchen hören, ein gelegentliches Flüstern und Lachen. Ich kann warme Haut an meiner Haut spüren, einen nackten Fuß, der über meiner Wade liegt, zuckend in einer geträumten Bewegung. Ich kann sie riechen: ihren Duft, ihren Atem, gemischt mit dem Geruch vom Blut irgendeines Wildes, das bei der Jagd getötet wurde. Das Bild zerstiebt, und ich starre in ein Schaufenster und sehe nichts als mein eigenes Spiegelbild. Die Brust zieht sich mir zusammen vor Einsamkeit, so tief und so vollkommen, dass ich nicht mehr atmen kann.
Ich drehe mich um und schlage nach dem nächstbesten Gegenstand. Eine Straßenlaterne zittert und hallt wider unter dem Schlag. Schmerz schießt brennend meinen Arm entlang. Willkommen in der Wirklichkeit – bei der Wandlung in Hinterhöfen, der verstohle-

nen Rückkehr in meine Wohnung. Ich bin dazu verdammt, zwischen zwei Welten zu leben. Auf der einen Seite liegt die Normalität. Auf der anderen ist ein Ort, an dem ich sein kann, was ich bin, ohne Furcht vor Vergeltung, wo ich selbst Morde begehen könnte, und diejenigen um mich herum würden kaum mit der Wimper zucken, wo ich sogar dazu ermutigt würde, wenn es gälte, die Unversehrtheit dieser Welt zu schützen. Aber ich habe sie verlassen.
Als ich mich auf den Rückweg mache, versengt meine Wut bei jedem Schritt den Straßenbelag. Eine Frau, die sich unter einem Haufen schmutziger Decken zusammengerollt hat, späht ins Freie, als ich vorbeigehe, und zieht sich instinktiv wieder in ihr Nest zurück. Als ich um die Ecke biege, treten zwei Männer auf die Straße hinaus und schätzen mein Beutepotenzial ab. Ich widerstehe der Versuchung, sie anzuknurren, aber nur mit Mühe. Ich gehe schneller, und offenbar kommen sie zu dem Schluss, dass ich die Jagd nicht wert bin. Ich sollte nicht hier sein. Ich sollte zu Hause im Bett liegen, nicht um vier Uhr morgens durch Toronto streifen. Keine normale Frau würde so etwas tun. Es ist nur ein weiteres Indiz dafür, dass ich nicht normal bin. Nicht normal. Ich blicke die dunkle Straße entlang, und ich kann einen Zettel an der Telefonkabine in fünfzehn Meter Entfernung lesen. Nicht normal. Ich fange den Geruch frischen Brotes aus einer Meilen entfernten Bäckerei auf, die gerade mit der Produktion beginnt. Nicht normal. Ich bleibe vor einem Ladenfenster stehen, greife nach einer der Eisenstangen, mit denen es vergittert ist, und spanne die Muskeln. Das Metall stöhnt in meiner Hand. Nicht normal. Nicht normal. Die Worte sind zu einem Singsang in meinem Kopf geworden; ich geißele mich mit ihnen. Die Wut wird nur noch größer.
Vor meiner Wohnungstür bleibe ich stehen und atme tief ein. Ich darf Philip nicht wecken. Und wenn es doch passiert, darf ich mich so nicht blicken lassen. Ich brauche keinen Spiegel, um zu wissen, wie ich aussehe: die Haut gespannt, das Gesicht gerötet, die Augen flammend von der Wut, die in letzter Zeit auf jede Wandlung zu folgen scheint. Ganz entschieden nicht normal.

Als ich die Wohnung schließlich betrete, höre ich seinen gleichmäßigen Atem im Schlafzimmer. Er schläft noch. Ich habe das Bad fast erreicht, als das Atemgeräusch ins Stocken gerät.
»Elena?« Seine Stimme ist ein schlaftrunkenes Krächzen.
»Geh nur schnell ins Bad.«
Ich versuche an der Tür vorbeizuschlüpfen, aber er hat sich aufgesetzt und späht kurzsichtig zu mir herüber. Er runzelt die Stirn.
»Angezogen?«, fragt er.
»Ich bin rausgegangen.«
Ein Augenblick des Schweigens. Er fährt sich mit einer Hand durch das dunkle Haar und seufzt. »Das ist doch gefährlich. Verdammt noch mal, Elena. Wir haben drüber geredet. Weck mich auf, und ich komme mit.«
»Ich muss aber allein sein. Zum Nachdenken.«
»Es ist gefährlich.«
»Ich weiß. Es tut mir Leid.«
Ich schleiche ins Bad und bleibe dort länger als nötig. Ich gebe vor, die Toilette zu benutzen, wasche mir die Hände mit genug Wasser, um einen Whirlpool zu füllen, und entdecke, dass einer meiner Fingernägel sorgfältig gefeilt werden muss. Als ich schließlich der Ansicht bin, dass Philip wieder eingeschlafen sein dürfte, gehe ich zum Schlafzimmer zurück. Die Nachttischlampe ist an. Er lehnt an seinem Kissen, die Brille auf der Nase. Ich zögere in der Tür. Ich kann mich nicht dazu überwinden, das Zimmer zu betreten, zu ihm zu gehen und neben ihm ins Bett zu kriechen. Ich hasse mich selbst dafür, aber ich kann es nicht. Die Erinnerung an die Nacht ist noch gegenwärtig, und ich fühle mich fehl am Platz hier. Als ich mich nicht von der Stelle rühre, schiebt Philip die Beine über die Bettkante und setzt sich auf.
»Ich wollte dich nicht anfahren«, sagt er. »Ich mache mir nur Sorgen. Ich weiß, dass du deine Freiheit brauchst, und ich versuche –«
Er bricht ab und reibt sich über den Mund. Die Worte schneiden durch mich hindurch. Ich weiß, dass er sie nicht als Vorwurf gemeint hat, aber sie sind einer, eine Erinnerung daran, dass ich dies hier gerade ruiniere, dass ich Glück habe, einen so geduldigen und

verständnisvollen Menschen wie Philip gefunden zu haben, dass ich seine Geduld aber in einem mörderischen Tempo verschleiße, und ich scheine nichts dagegen tun zu können, als mich aus der Sache herauszuhalten und auf den endgültigen Zusammenbruch zu warten.

»Ich weiß, du brauchst deine Freiheit«, sagt er wieder. »Aber es muss doch eine andere Möglichkeit geben. Vielleicht könntest du frühmorgens ausgehen. Wenn dir nachts lieber ist, könnten wir runterfahren an den See. Du könntest spazieren gehen. Ich könnte im Auto sitzen bleiben und ein Auge auf dich haben. Vielleicht auch mitgehen. Zwanzig Schritte hinter dir oder so was.« Er bringt ein schiefes Lächeln zu Stande. »Vielleicht lieber doch nicht. Wahrscheinlich würde ich gleich von irgendeinem Polizisten angehalten. Der Typ in mittleren Jahren, der hinter der jungen blonden Schönheit herpirscht.«

Er macht eine Pause und beugt sich dann vor. »Das ist dein Stichwort, Elena. Jetzt müsstest du mich eigentlich daran erinnern, dass man mit einundvierzig kein Typ in mittleren Jahren ist.«

»Wir finden schon eine Möglichkeit«, sage ich.

Natürlich werden wir keine finden. Ich muss im Schutz der Nacht rennen, und ich muss es allein tun. Kompromisse gibt es nicht.

Als er da auf der Bettkante sitzt und mich ansieht, weiß ich, dass wir keine Chance haben. Meine einzige Hoffnung ist, unsere Beziehung in jeder anderen Hinsicht so perfekt zu machen, dass Philip dieses eine unüberwindliche Problem ignorieren könnte. Der erste Schritt dazu sollte sein, zu ihm hinüberzugehen, neben ihm ins Bett zu kriechen, ihn zu küssen und ihm zu sagen, dass ich ihn liebe. Aber nicht heute Nacht. Heute Nacht bin ich etwas anderes, etwas, das er nicht kennt und nicht verstehen könnte. So will ich mich ihm nicht nähern.

»Ich bin nicht müde«, sage ich. »Ich kann genauso gut gleich aufbleiben. Willst du frühstücken?«

Er sieht mich an. Etwas an seinem Gesichtsausdruck bröckelt, und ich weiß, dass ich versagt habe – schon wieder. Aber er sagt nichts. Er zieht das Lächeln wieder an Ort und Stelle. »Gehen wir

aus. Irgendwas in dieser Stadt muss so früh ja wohl offen sein. Wir fahren rum, bis wir's gefunden haben. Trinken fünf Tassen Kaffee und sehen zu, wie die Sonne aufgeht. Okay?«
Ich nicke; auf meine Stimme will ich mich jetzt nicht verlassen.
»Du duschst zuerst?«, fragt er. »Sollen wir eine Münze werfen?«
»Geh du.«
Er küsst mich im Vorbeigehen auf die Wange. Ich warte, bis ich die Dusche höre, und gehe dann in die Küche.
Manchmal werde ich so hungrig.

Menschenwelt

Ich stand eine Weile vor der Tür, bevor ich klingelte. Es war Muttertag, und ich stand mit einem Geschenk vor einer Tür, was ganz normal gewesen wäre, wenn es ein Geschenk für meine Mutter gewesen wäre. Aber meine Mutter war schon lange tot, und ich hatte zu keiner meiner Pflegemütter Kontakt gehalten und hätte nicht im Traum daran gedacht, ihnen Geschenke zu bringen. Das Geschenk war für Philips Mutter. Auch das wäre völlig normal gewesen, wenn Philip dabei gewesen wäre. Das aber war er nicht. Er hatte mich vor einer Stunde aus dem Büro angerufen, um mir mitzuteilen, dass er es nicht schaffen würde. Wollte ich allein gehen? Oder lieber auf ihn warten? Ich hatte mich fürs Gehen entschieden, und jetzt stand ich da und fragte mich, ob es die richtige Entscheidung gewesen war. Besuchte eine Frau am Muttertag die Mutter ihres Freundes, ohne dass besagter Freund dabei war? Vielleicht versuchte ich zu krampfhaft, alles richtig zu machen. Es wäre nicht das erste Mal.

Menschliche Regeln verwirrten mich. Dabei war es nicht so, als ob ich in einer Höhle aufgewachsen wäre. Bevor ich zum Werwolf wurde, hatte ich die grundlegenden Fertigkeiten gelernt: wie man ein Taxi besorgt, einen Aufzug bedient, ein Konto eröffnet – all die Kleinigkeiten des menschlichen Alltagslebens. Problematisch wurde es, wenn ich mit Menschen direkt zu tun bekam. Meine Kindheit war einigermaßen verkorkst gewesen. Dann, an der Schwelle zum Erwachsenwerden, war ich gebissen worden, und die nächsten neun Jahre meines Lebens hatte ich mit anderen Werwölfen verbracht. Aber auch während dieser Jahre war ich aus der Welt der Menschen nicht ausgesperrt gewesen. Ich war wieder auf die Universität gegangen, war mit den anderen gereist, hatte sogar

Jobs angenommen. Aber sie waren immer da gewesen, hatten mich unterstützt und beschützt und mir Gesellschaft geleistet. Ich hatte mich nicht allein zurechtfinden müssen. Es war nicht nötig gewesen, Freunde zu finden oder mich mit Liebhabern einzulassen oder mit Kollegen zum Mittagessen zu gehen. Also hatte ich nichts dergleichen getan. Im letzten Jahr, als ich mit den anderen gebrochen hatte und allein nach Toronto zurückgekehrt war, hatte ich geglaubt, mich einzugliedern würde das geringste meiner Probleme sein. Wie schwierig konnte derlei schon werden? Ich würde die in der Kindheit erlernten Grundkenntnisse nehmen, meine erwachsenen Umgangsformen und die Konversationskünste dazumischen, die ich bei den anderen abgeschaut hatte, dazu ein Schuss Vorsicht, und voilà – fertig wäre der neue Freundeskreis. Ha!

War es schon zu spät, um wieder zu gehen? Ich wollte gar nicht wieder gehen. Ich holte tief Luft und drückte auf den Klingelknopf. Sekunden später hörte ich von drinnen schnelle Schritte. Dann öffnete eine rundgesichtige Frau die Tür, in deren braunem Haar sich das erste Grau zeigte.

»Elena!«, sagte Diane, während sie die Tür aufriss. »Mom, Elena ist da! Philip parkt wohl das Auto? Unglaublich, wie verstopft die Straße ist. Alle Welt ist unterwegs.«

»Also, Philip ist nicht ... eh ... mitgekommen. Er musste noch arbeiten, aber er kommt bald nach.«

»Arbeiten? An einem Sonntag? Mädchen, mit dem musst du mal ein Wörtchen reden.« Diane trat zur Seite. »Komm rein, komm rein. Die anderen sind alle da.«

Philips Mutter Anne erschien hinter seiner Schwester. Sie war winzig, reichte mir kaum bis zum Kinn, und sie trug das Haar in einem glatten grauen Pagenkopf.

»Du klingelst immer noch, Liebes?«, fragte sie, während sie nach oben griff, um mich zu umarmen. »Vertreter klingeln. Angehörige kommen einfach rein.«

»Philip kommt später«, erklärte Diane. »Arbeitet noch.«

Anne gab eine Art Knurren von sich und bat mich ins Haus.

Philips Vater Larry war in der Küche und stibitzte Kuchen von einem Tablett.

»Das ist der Nachtisch, Dad«, sagte Anne und scheuchte ihn davon.

Larry begrüßte mich mit einer einseitigen Umarmung; in der anderen Hand hielt er noch ein Brownie. »Und wo –«

»Später«, sagte Diane. »Arbeitet. Komm ins Wohnzimmer, Elena. Mom hat unsere Nachbarn zum Mittagessen hergebeten. Sally und Juan.« Sie senkte die Stimme zu einem Flüstern. »Ihre Kinder sind alle auf und davon.« Sie stieß die gläserne Doppeltür auf. »Bevor du gekommen bist, hat Mom ihnen gerade deine letzten paar Artikel in *Focus Toronto* gezeigt.«

»Oje. Ist das gut oder schlecht?«

»Keine Sorge. Sie sind überzeugte Liberale. Sie haben's toll gefunden. Da wären wir. Sally, Juan, das ist Elena Michaels, Philips Freundin.«

Philips Freundin. Es klang immer noch etwas seltsam, und nicht etwa weil ich etwas dagegen gehabt hätte, »Freundin« genannt zu werden statt »Partnerin« oder was es an lächerlich politisch korrekten Bezeichnungen noch geben mochte. Es kam mir seltsam vor, weil es Jahre her war, dass ich irgendjemandes Freundin gewesen war. Ich hatte keine Beziehungen. Wenn es ein Wochenende lang hielt, wurde es mir zu ernsthaft. Meine eine, einzige längere Beziehung war verheerend gewesen. Schlimmer als verheerend – eine komplette Katastrophe.

Philip war anders.

Ich hatte Philip ein paar Wochen nach meinem Umzug zurück nach Toronto kennen gelernt. Er hatte in einer Wohnung ein paar Blocks weiter gewohnt. Die beiden Gebäude hatten denselben Verwalter, und so hatten die Mieter seines Blocks Zugang zu den Fitnessräumen in meinem. Er war eines Tages nach Mitternacht an den Pool gekommen, hatte mich dort dabei angetroffen, wie ich meine Runden schwamm, und gefragt, ob es mir etwas ausmachte, wenn er das Gleiche tat, als hätte ich das Recht, ihn hinauszuwerfen. Im Verlauf des nächsten Monats waren wir oft spät nachts allein in den Fitnessräumen gewesen. Jedes Mal vergewisserte er sich, dass es mir nichts ausmachte, dort mit ihm allein zu sein. Irgendwann hatte ich ihm erklärt, der Grund, weshalb ich überhaupt trainierte, sei der, dass ich mir dann keine Sorgen zu machen brauchte, von fremden Männern überfallen zu werden, und dass es dementsprechend etwas kontraproduktiv gewesen wäre, in seiner Gegenwart nervös zu werden. Das hatte ihn zum Lachen gebracht, und er war nach seinem Workout noch eine Weile geblieben und hatte mir einen Fruchtsaft aus dem Automaten gezogen. Als der Saft nach dem Training zur Gewohnheit geworden war, arbeitete er sich von Mahlzeit zu Mahlzeit vor – Einladungen zum Kaffee, dann zum Mittagessen, dann zum Abendessen. Als wir es schließlich bis zum Frühstück geschafft hatten, waren seit dem Tag unserer ersten Begegnung am Pool fast sechs Monate vergangen. Vielleicht war dies einer der Gründe dafür, dass ich mich auf die Beziehung einließ, geschmeichelt davon, dass jemand so viel Zeit und Mühe investierte, um mich kennen zu lernen. Philip warb um mich mit der ganzen Geduld eines Menschen, der versucht, ein halbwildes Tier zu sich ins Haus zu locken, und wie viele Streuner war ich domestiziert, bevor ich auf den Gedanken gekommen war, Widerstand zu leisten.

Alles war gut gegangen, bis er vorschlug, wir sollten zusammenziehen. Ich hätte Nein sagen sollen. Aber ich hatte es nicht getan. Ein Teil von mir konnte der Herausforderung nicht widerstehen – würde ich es schaffen? Ein anderer Teil hatte gefürchtet, ihn zu verlieren, wenn ich mich weigerte. Der erste Monat war eine einzige Katastrophe gewesen. Dann, gerade als ich mir sicher war, dass das Luftschloss gleich zusammenbrechen würde, war es leichter geworden. Ich zwang mich dazu, meine Wandlungen länger hinauszuschieben, so dass ich rennen konnte, wenn Philip auf Dienstreisen war oder bis nachts arbeitete. Natürlich kann ich nicht das alleinige Verdienst dafür beanspruchen, dass die Beziehung gerettet war. Zum Teufel, die Hälfte davon dürfte noch zu viel sein. Auch nachdem wir zusammengezogen waren, war Philip noch so geduldig wie zuvor. Wenn ich etwas tat, das den meisten Leuten seltsam vorgekommen wäre, ging Philip mit einem Scherz darüber hinweg. Wenn der Stress meiner Eingliederungsversuche mich überwältigte, nahm er mich mit in ein Restaurant oder eine Show, lenkte mich von meinen Problemen ab, ließ mich wissen, dass er da war, wenn ich reden wollte, und hatte Verständnis, wenn ich nicht wollte. Zuerst glaubte ich, er sei zu gut, um wahr zu sein. Jeden Tag, wenn ich von der Arbeit nach Hause kam, blieb ich vor der Wohnungstür stehen und wappnete mich für den Augenblick, in dem ich sie öffnen und feststellen würde, dass er fort war. Aber er ging nicht. Vor ein paar Wochen hatte er davon zu sprechen begonnen, eine größere Wohnung zu suchen, wenn mein Mietvertrag auslief – er hatte sogar angedeutet, dass es vielleicht eine gute Investition wäre, eine zu kaufen. Eine Eigentumswohnung. Wow. Das war doch beinahe schon mittelfristig gedacht, oder etwa nicht? Eine Woche später war ich immer noch in einem Schockzustand – aber es war eine angenehme Art von Schock.

Es war Nachmittag. Die Nachbarn waren gegangen. Dianes Ehemann Ken war früh verschwunden, um die jüngste Tochter zur Arbeit zu fahren. Philips zweite Schwester Judith lebte in Großbritannien und musste sich mit einem Muttertagstelefonat begnügen; sie hatte nach dem Mittagessen angerufen und mit jedem von uns gesprochen, einschließlich mir. Wie alle anderen Angehörigen von Philip behandelte sie mich, als sei ich eine Schwägerin statt der gerade aktuellen Freundin ihres Bruders. Sie waren alle so freundlich, so willens und bereit, mich zu akzeptieren, dass ich mir nur noch mit Mühe vorstellen konnte, es sei einfach nur Höflichkeit. Es war möglich, dass sie mich tatsächlich mochten, aber nach dem Pech, das ich mit Familien gehabt hatte, fiel es mir schwer, daran zu glauben. Ich wünschte es mir zu sehr.

Als wir das Geschirr spülten, klingelte das Telefon. Anne nahm im Wohnzimmer ab. Ein paar Minuten später holte sie mich. Es war Philip.

»Es tut mir so Leid, Liebes«, sagte er, als ich mich meldete. »Ist Mom sauer?«

»Ich glaube nicht.«
»Gut. Ich hab versprochen, dass ich sie ein anderes Mal zum Essen ausführe, als Wiedergutmachung.«
»Kommst du vorbei?«
Er seufzte. »Ich werd's nicht mehr schaffen. Diane soll dich nach Hause fahren.«
»Ach, das ist nicht nötig. Ich kann ein Taxi nehmen oder den –«
»Zu spät«, sagte er. »Ich hab Mom schon gebeten, sie soll Diane fragen. Jetzt lassen sie dich bestimmt nicht mehr ohne Begleitung aus dem Haus.« Er machte eine Pause. »Ich hatte wirklich nicht vor, dich so im Stich zu lassen. Stehst du's durch?«
»Kein Problem. Sie sind so nett wie immer.«
»Gut. Ich bin gegen sieben zu Hause. Mach dir keine Arbeit, ich bringe uns was mit. Karibisch?«
»Du kannst karibisches Essen doch nicht ausstehen.«
»Bußübung. Bis sieben also. Ich liebe dich.«
Er hatte aufgelegt, bevor ich widersprechen konnte.
»Die Kleider hättest du sehen sollen«, sagte Diane, als sie mich zu meiner Wohnung fuhr. »Einfach grauenhaft. Säcke mit Armlöchern allesamt. Designer bilden sich anscheinend ein, wenn eine Frau erst mal das Stadium erreicht hat, in dem sie ein Kleid für die Brautmutter braucht, schert sie sich sowieso nicht mehr darum, wie sie aussieht. Ich hab dieses eine absolut phantastische Dunkelblaue gefunden, wahrscheinlich für die neue junge Frau des Brautvaters gedacht, aber es spannt ein bisschen in der Taille. Ich hab mir sogar überlegt, ob ich eine Crashdiät machen soll, damit ich reinpasse, aber ich mach's nicht. Da geht es mir einfach ums Prinzip. Ich habe drei Kinder gekriegt, ich hab mir den Bauch verdient.«
»Es muss doch irgendwo etwas Besseres geben«, sagte ich. »Hast du's mal in Geschäften versucht, die nicht auf Brautmoden spezialisiert sind?«
»Das ist der nächste Schritt. Genau genommen wollte ich mit alldem auf die Frage raus, ob du mitkommen würdest. Die meisten von meinen Freundinnen finden Säcke mit Armlöchern phantas-

tisch. Tarnkleidung für die mittleren Jahre. Und dann sind da noch meine Töchter, die sehen sich Sachen, bei denen man ihre Nabelringe nicht sieht, gar nicht erst an. Würde es dir was ausmachen? Ich spendiere auch das Mittagessen. Mit drei Martinis.«
Ich lachte. »Nach drei Martinis sieht jedes Kleid gut aus.«
Diane grinste. »Genau so war das auch gedacht. Heißt das etwa ja?«
»Na sicher.«
»Wunderbar. Ich rufe dich an, und wir besprechen die Details.«
Sie bog in den Kreisverkehr vor meinem Appartementhaus ein. Ich öffnete die Autotür und besann mich noch rechtzeitig auf meine Manieren. »Möchtest du vielleicht einen Kaffee?«
Ich war mir vollkommen sicher gewesen, dass sie höflich ablehnen würde. Stattdessen sagte sie: »Aber ja, gern. Noch eine Stunde Frieden, bevor ich zurück in den Schützengraben muss. Und eine Gelegenheit, meinem kleinen Bruder die Hölle heiß zu machen, weil er dich heute den Haien zum Fraß vorgeworfen hat!«
Ich lachte und dirigierte sie zu den Besucherparkplätzen.

Appell

Vielleicht habe ich einen falschen Eindruck erweckt, als ich meinen Versuch, in der Welt der Menschen zu leben, so dramatisch dargestellt habe – als ob alle Werwölfe sich selbst von der menschlichen Gesellschaft ausschlössen. Sie tun nichts dergleichen. Schon weil sie nicht anders können, leben die meisten Werwölfe in der Menschenwelt. Wenn sie sich nicht gerade zusammentun und eine Kommune in New Mexico gründen wollen, bleibt ihnen auch gar nicht viel anderes übrig. Die menschliche Welt liefert ihnen Nahrung, Unterkunft, Sex und andere Notwendigkeiten. Aber wenn sie auch in dieser Welt leben, sie betrachten sich nicht als einen Teil von ihr. In ihren Augen ist der Umgang mit Menschen kaum mehr als ein notwendiges Übel, und ihre Einstellung zu ihnen kann alles von Verachtung bis hin zu kaum verhohlener Erheiterung sein. Sie sind Schauspieler, die eine Rolle spielen; manchmal genießen sie ihre Zeit im Rampenlicht, aber in der Regel sind sie froh, wieder von der Bühne verschwinden zu können. So wollte ich nicht sein. Ich wollte in der Welt der Menschen leben und dabei ich selbst sein, so weit es mir irgend möglich war. Ich hatte dieses Leben nicht gewählt, und ich würde mich ihm ganz bestimmt nicht beugen und damit jeden meiner Zukunftsträume aufgeben, ganz normale, gewöhnliche Träume von einem Zuhause, einer Familie, einer Karriere und vor allem von Stabilität. Nichts von alldem war möglich, wenn man als Werwolf lebte.

Ich bin in Pflegefamilien aufgewachsen. Üblen Pflegefamilien. Weil ich als Kind keine Familie gehabt hatte, fasste ich früh den Entschluss, mir selbst eine aufzubauen. Als ich zum Werwolf wurde, war es weitgehend aus mit diesen Plänen. Aber selbst wenn ein Ehemann und Kinder jetzt nicht mehr in Frage kamen, bedeutete das ja nicht, dass ich die anderen Aspekte meines Traums nicht weiterverfolgen konnte. Ich begann mir einen Namen als Journalistin zu machen. Ich schuf mir ein Zuhause in Toronto. Ich fand sogar eine Familie, wenn auch nicht die traditionelle Sorte – mit Philip. Wir waren jetzt lang genug zusammen, dass ich zu glauben begann, ein gewisses Maß an Stabilität in meinem Leben könnte möglich sein. Ich konnte das Glück noch kaum fassen, einen so normalen, so anständigen Menschen wie Philip gefunden zu haben. Ich wusste, wer ich war. Ich war schwierig, launisch, streitsüchtig, nicht der Typ Frau, für den sich jemand wie Philip normalerweise interessieren würde. Natürlich benahm ich mich in Philips Gegenwart nicht so. Diese Seite – die Werwolfseite – hielt ich verborgen in der Hoffnung, sie irgendwann abstreifen zu können wie eine alte Haut. Mit Philip hatte ich eine Chance, mich selbst neu zu erfinden, der Mensch zu werden, von dem er glaubte, ich sei es. Und natürlich war dies genau die Sorte Mensch, die ich sein wollte.

Das Rudel verstand nicht, weshalb ich mich dafür entschieden hatte, unter Menschen zu leben. Sie verstanden es nicht, weil sie nicht waren wie ich. Zum einen war ich nicht als Werwolf geboren worden. Die meisten Werwölfe sind es von Geburt an; zumindest haben sie das Werwolfblut in den Adern und werden ihre erste Wandlung erleben, wenn sie erwachsen sind. Die zweite Möglichkeit, zum Werwolf zu werden, ist, von einem gebissen zu werden. Wenige Menschen überleben den Biss eines Werwolfs. Werwölfe sind weder dumm noch selbstlos. Wenn sie zubeißen, wollen sie töten. Wenn sie tatsächlich einmal zugebissen haben, ohne zu töten, verfolgen sie das Opfer und bringen die Angelegenheit zu Ende. Es ist einfach eine Frage des Überlebens. Wenn ein Werwolf sich einmal in irgendeiner Stadt etabliert hat, ist ein halbverrückter neuer Werwolf, der sein Territorium in Aufruhr bringt, Leute abschlachtet und Aufmerksamkeit auf sich zieht, das Letzte, was er brauchen kann. Und selbst wenn jemand gebissen wird und zunächst entkommt, sind seine Überlebenschancen minimal. Die ersten paar Wandlungen sind die reine Hölle, und zwar sowohl für den Körper als auch für den Geist. Geborene Werwölfe wachsen mit dem Wissen um ihr Erbe auf und haben ihre Väter, die ihnen helfen können. Gebissene Werwölfe sind auf sich selbst gestellt. Wenn sie nicht an der körperlichen Belastung sterben, treibt die geistige sie entweder in den Selbstmord oder veranlasst sie dazu, genug Aufruhr zu verursachen, dass ein anderer Werwolf sie aufspürt und ihrem Leiden ein Ende macht, bevor sie ernsthaften Schaden anrichten können. Es gibt also nicht allzu viele gebissene Werwölfe in freier Wildbahn. Bei der letzten Zählung gab es etwa fünfunddreißig Werwölfe auf der Welt. Genau drei von ihnen waren nicht als Werwolf geboren worden. Einer davon bin ich.

Ich. Der einzige weibliche Werwolf auf Erden. Das Werwolfgen wird nur in der männlichen Linie vererbt, vom Vater auf den Sohn. Für eine Frau gibt es also nur eine einzige Möglichkeit, zum Werwolf zu werden, nämlich die, gebissen zu werden und zu überleben – was, wie ich schon erwähnt habe, sehr selten ist. In Anbetracht der Umstände ist es nicht weiter überraschend, dass ich die Einzige bin. Absichtlich gebissen, absichtlich zum Werwolf gemacht. Tatsächlich ist es erstaunlich, dass ich überlebt habe. Man muss bedenken, bei einer Spezies von drei Dutzend Männern und einer Frau weckt die einzige Frau unvermeidlich einige Begehrlichkeiten. Und Werwölfe tragen Meinungsverschiedenheiten nicht zivilisiert über einem Schachspiel aus. Sie sind auch nicht bekannt für ihre Achtung vor Frauen. Frauen haben in der Welt der Werwölfe genau zwei Funktionen – Sex und Abendessen. Oder, an trägen Tagen, Sex und dann Abendessen. Obwohl ich bezweifle, dass ein Werwolf mich zum Abendessen verspeisen würde, bin ich ein geradezu unwiderstehliches Objekt der Begierde, was das andere Grundbedürfnis angeht. Auf mich allein gestellt hätte ich nicht überlebt. Glücklicherweise war ich nicht auf mich allein gestellt. Seit ich gebissen worden war, hatte ich unter dem Schutz des Rudels gestanden. Jede Gesellschaft hat eine herrschende Klasse. In der Werwolfwelt ist es das Rudel. Aus

Gründen, die nichts mit mir selbst und alles mit dem Status des Werwolfs zu tun hatten, der mich gebissen hatte, war ich seit meiner Wandlung Teil des Rudels gewesen. Vor einem Jahr hatte ich es verlassen. Ich hatte mich losgesagt, und ich würde nicht zurückkehren. Vor die Wahl zwischen Menschen und Werwölfen gestellt, hatte ich beschlossen, ein Mensch zu sein.

Am nächsten Tag arbeitete Philip bis spät in den Abend. Und am Dienstag wartete ich gerade auf seinen Ich-komme-später-Anruf, als er nach Hause kam und das Abendessen mitbrachte.

»Ich hoffe, du hast Hunger«, sagte er, während er eine Tüte aus dem Indienrestaurant auf dem Tisch absetzte.

Ich hatte Hunger, obwohl ich auf dem Heimweg von der Arbeit schon zwei Würstchen an einer Bude erstanden hatte. Der vorabendliche Imbiss hatte den ersten Heißhunger gestillt, ein normales Abendessen würde jetzt reichen. Auch so einer von den Tausenden von Tricks, die ich gelernt hatte, um ein normales Leben führen zu können.

Philip redete über seine Arbeit, während er die Pappschachteln aus der Tüte holte und den Tisch deckte. Ich schob entgegenkommenderweise meinen Papierkram zur Seite, damit er mein Gedeck arrangieren konnte. Ich kann manchmal wirklich hilfsbereit sein. Selbst als das Essen schon auf dem Teller war, widerstand ich der Versuchung noch lang genug, um die letzte Zeile meines Artikels hinkritzeln zu können. Danach schob ich den Block zur Seite und fiel über das Essen her.

»Mom hat mich im Büro angerufen«, sagte Philip. »Sie hat gestern vergessen, dich zu fragen, ob du ihr helfen würdest, Beckys Junggesellinnenparty zu planen.«

»Wirklich?«

Ich hörte den entzückten Ton in meiner Stimme und wunderte mich darüber. Eine Junggesellinnenparty zu planen war eigentlich kein Grund zur Begeisterung. Andererseits hatte mich kein Mensch je gebeten, bei so etwas zu helfen. Herrgott, kein Mensch hatte mich je auch nur zu einer eingeladen – außer meiner Kollegin Sarah, und die hatte *alle* Kolleginnen eingeladen.

Philip lächelte. »Das heißt wohl ja. Gut. Mom wird sich freuen. Sie mag solche Sachen, den ganzen Aufstand und die Planerei.«

»Ich habe aber nicht viel Erfahrung mit so was.«

»Kein Problem. Beckys Brautjungfern organisieren die richtige Junggesellinnenparty, das hier wird bloß eine kleine Familienfeier. Na ja, so klein vielleicht auch wieder nicht. Ich habe das Gefühl, Mom will jeden Verwandten in Ontario einladen. Dann kriegst du den ganzen Haufen zu sehen. Ich bin sicher, Mom hat ihnen alles und jedes über dich erzählt. Ich hoffe bloß, es wird dir nicht zu viel.«

»Nein«, sagte ich. »Ich freue mich drauf.«

»Sicher, jetzt hast du gut reden. Du kennst die ja noch nicht.«

Nach dem Essen ging Philip hinunter in den Fitnessraum, um seine Hantelübungen zu machen. Wenn er zu normalen Bürozeiten arbeitete, zog er es vor, zum Trainieren früh aufzustehen und auch früh schlafen zu gehen; er gestand etwas kläglich, er werde zu alt, um mit fünf Stunden Schlaf auszukommen. Im ersten Monat unseres Zusammenlebens hatte ich mich ihm morgens angeschlossen. Es war gar nicht einfach, auf Dauer so zu tun, als hätte ich Schwierigkeiten, im Liegen hundert Pfund zu stemmen, wenn ich das Fünffache hätte schaffen können. Dann kam der Tag, an dem ich so in die Unterhaltung mit einer Wohnungsnachbarin vertieft war, dass ich nicht merkte, dass ich einen Sechzig-Pfund-Pulldown mit einer Hand absolvierte und dabei schwatzte, als zöge ich eine Jalousie herunter. Als ich sah, wie die Nachbarin auf meine Gewichte schielte, bemerkte ich den Fehler und redete irgendeinen Blödsinn über ein falsch eingestelltes Gerät. Danach verlegte ich meine Trainingsstunden auf die Zeit zwischen Mitternacht und sechs Uhr morgens, in der ich im Fitnessraum allein war. Philip hatte ich etwas von einem Energieschub erzählt, den ich um diese Zeit hatte. Er akzeptierte dies, so wie er bereitwillig alle möglichen anderen Marotten akzeptierte. Wenn er bis abends arbeitete, ging ich danach mit ihm hinunter und erledigte mein Schwimm- und Laufpensum wie damals am Anfang unserer Bekanntschaft. Sonst ging er allein.

Als Philip an diesem Abend zum Hanteltraining verschwand, schaltete ich den Fernseher ein. Ich sah selten fern, aber wenn ich es tat, schwelgte ich im Bodensatz des Abendprogramms und zappte mich an Dokumentarsendungen und anspruchsvollen Filmen vorbei in die Sensationsreportagen und Talkshows. Warum? Weil sie mir die Gewissheit lieferten, dass es Leute auf der Welt gab, denen es schlechter ging als mir. Ganz gleich, was an meinem Tag alles schief gegangen war, ich konnte den Fernseher einschalten, zusehen, wie irgendein Vollidiot seiner Frau und dem Rest der Welt mitteilte, dass er mit ihrer Tochter schlief, und mir sagen: Na ja, wenigstens bin ich besser als das da. Müllfernsehen als Therapie. Bin inzwischen süchtig danach.

Heute ging es bei *Inside Scoop* um irgendeinen Geisteskranken, der vor Monaten aus einem Gefängnis in North Carolina ausgebrochen war. Reine Sensationsgier. Der Kerl war in die Wohnung eines Fremden eingebrochen, hatte den Mann gefesselt und ihn dann erschossen, weil er – Zitat – wissen wollte, wie sich das anfühlte. Die Autoren der Sendung hatten die Angelegenheit mit Vokabeln wie »Bestie« und »tierisch« gewürzt. Was für ein Blödsinn. Zeigt mir doch das Tier, das tötet, weil es so aufregend ist, jemanden sterben zu sehen. Warum hält sich eigentlich das Klischee vom tierischen Killer so hartnäckig? Weil Menschen es mögen. Es bringt eine saubere Ordnung in die Dinge, indem es den zivilisierten Menschen ans obere Ende der Evolutionskette stellt und den Killer zu den mythologischen Mischwesen aus Mensch und Tier weiter unten, Werwölfen zum Beispiel. Die Wirklichkeit sieht anders aus. Wenn ein Werwolf sich aufführte wie dieser Psychopath, dann läge es nicht daran, dass er zum Teil Tier ist, sondern daran, dass er noch zu sehr Mensch ist. Nur Menschen töten zum Vergnügen.

Die Sendung war fast vorbei, als Philip wieder auftauchte.

»Gut trainiert?«, fragte ich.

»*Gut* ist es nie«, sagte er mit einer Grimasse. »Ich warte ja immer noch auf den Tag, an dem sie die Pille erfinden, mit der man das alles ersetzen kann. Wie wäre es mit einem Spaziergang? Bis deine Sendung zu Ende ist, dusche ich schnell.«

»Klingt gut.«
Philip verschwand im Bad. Ich dagegen schlich mich in die Küche zum Kühlschrank und schnappte mir den Brocken Provolone, den ich zwischen dem Gemüse versteckt hatte. Als das Telefon klingelte, ignorierte ich es. Essen war wichtiger, und Philip hatte das Wasser schon aufgedreht, er würde das Klingeln nicht hören und konnte somit auch nicht merken, dass ich nicht abnahm. Glaubte ich zumindest. Als das Geräusch des Wassers verstummte, schob ich den Käse wieder hinter den Kopfsalat und trabte zum Telefon. Philip war die Sorte Mensch, die lieber das Abendessen unterbricht, als anderen Leuten den Anrufbeantworter zuzumuten. Ich versuchte mir an ihm ein Beispiel zu nehmen – jedenfalls wenn er da war. Ich war auf halber Strecke, als das Gerät klickend ansprang. Meine Tonbandstimme flötete eine widerlich gut gelaunte Begrüßung und ermutigte den Anrufer, eine Nachricht zu hinterlassen. Dieser tat es tatsächlich.
»Elena? Jeremy hier.« Ich blieb wie angewurzelt stehen. »Ruf bitte an. Es ist wichtig.«
Die Stimme verklang. Ich hörte das Zischen eines scharfen Atemzugs. Ich wusste, er war versucht, mehr zu sagen, mir ein Ruf-an-oder-Ultimatum zu stellen, aber das konnte er nicht. Wir hatten eine Abmachung. Er durfte weder herkommen noch einen der anderen schicken. Ich widerstand der Versuchung, dem Telefon die Zunge herauszustrecken. Ätsch, bätsch. Die geistige und sittliche Reife wird überschätzt.
»Es eilt wirklich, Elena«, fuhr Jeremy fort. »Du weißt genau, ich würde sonst nicht anrufen.«
Philip griff nach dem Telefon, aber Jeremy hatte schon aufgelegt. Er nahm den Hörer ab und streckte ihn mir hin. Ich wandte den Blick ab und ging zum Sofa hinüber.
»Willst du nicht zurückrufen?«, fragte er.
»Er hat mir ja keine Nummer gegeben.«
»Er hat sich angehört, als glaubte er, dass du sie hast. Wer war das überhaupt?«
»Ein, uh, Cousin zweiten Grades.«

»Was, meine geheimnisvolle Waise hat Verwandtschaft? Den muss ich irgendwann unbedingt kennen lernen.«

»Den willst du nicht kennen lernen.«

Er lachte. »Es wäre nur fair. Ich habe dir meine Familie ja auch zugemutet. Jetzt könntest du dich rächen. Nach Betsys Party wirst du mir wahrscheinlich das Schlimmste auf den Hals hetzen wollen, das du zu bieten hast – die verrückten Cousins auftreiben, die sich seit Jahren auf dem Dachboden verstecken. Obwohl verrückte Cousins auf Dachböden wahrscheinlich noch die beste Variante wären. Die sind wenigstens interessant. Besser als die Großtanten, die dir seit Jahrzehnten jedes Mal die gleiche Story erzählen und dann beim Nachtisch einschlafen.«

Ich verdrehte die Augen. »Bist du so weit für den Spaziergang?«

»Lass mich erst fertig duschen. Warum rufst du nicht die Auskunft an?«

»Und lasse mir eine Gebühr aufbrummen, ob sie die Nummer finden oder nicht?«

»Es ist nicht mal ein Dollar. Das können wir uns noch leisten. Ruf an. Wenn du die Nummer nicht rauskriegst, weißt du vielleicht jemand anderen, der sie kennt. Es muss doch noch mehr von diesen Cousins geben, oder?«

»Und du glaubst, die haben ein Telefon auf ihrem Dachboden? Wenn sie elektrisches Licht haben, ist das schon viel.«

»Ruf zurück, Elena«, sagte er und knurrte mich zum Spaß an, während er wieder im Bad verschwand.

Sobald er aus dem Zimmer war, starrte ich das Telefon an. Philip hatte Scherze gemacht, aber ich wusste, er erwartete, dass ich Jeremy zurückrief. Warum sollte er auch nicht? Jeder halbwegs anständige Mensch würde es tun. Philip hatte die Nachricht gehört, hatte Jeremys drängenden Tonfall gehört. Wenn ich mich weigerte, einen offenbar wichtigen Anruf zu erwidern, würde ich oberflächlich und gefühllos wirken. Ein Mensch würde zurückrufen. Die Sorte Frau, die ich sein wollte, würde zurückrufen.

Ich konnte natürlich so tun, als hätte ich angerufen. Die Versuchung war groß, aber es würde Jeremy nicht davon abhalten, wieder anzurufen ... und wieder ... und wieder. Es war nicht das erste Mal in den letzten Tagen, dass er versucht hatte, mit mir Kontakt aufzunehmen. Werwölfe verfügen zumindest untereinander über ein gewisses Maß an Telepathie. Die meisten von uns ignorieren das; wir ziehen weniger mystische Kommunikationsmethoden vor. Jeremy dagegen hatte die Fähigkeit zu einer schönen Kunst entwickelt, vor allem deshalb, weil sie ihm eine zusätzliche Möglichkeit gab, an uns heranzukommen und uns so lange zu plagen, bis wir taten, was er von uns wollte. Er hatte versucht, mit mir Kontakt aufzunehmen; ich hatte ihn abgeblockt. Also hatte er auf das Telefon zurückgegriffen. Es war nicht ganz so wirkungsvoll wie ein fremdes Gehirn unter Dauerfeuer zu setzen, aber nach ein paar Tagen voller Tonbandnachrichten würde ich kapitulieren, und wenn es nur wäre, um endlich meine Ruhe zu haben.

Ich stand neben dem Telefon, schloss die Augen und atmete tief ein. Ich konnte das schaffen. Ich konnte anrufen, herausfinden, was Jeremy von mir wollte, mich höflich dafür bedanken, dass er mich auf dem Laufenden hielt, und mich weigern zu tun, was er von mir verlangte – denn schließlich wusste ich ganz genau, dass er etwas von mir verlangen würde. Jeremy mochte der Leitwolf sein, und ich mochte konditioniert sein, ihm zu gehorchen – aber ich brauchte es nicht mehr zu tun. Ich gehörte nicht zum Rudel. Er hatte keine Kontrolle mehr über mich.

Ich nahm den Hörer ab und gab die Nummer aus dem Gedächtnis ein. Es klingelte viermal, dann schaltete sich der Anrufbeantworter ein. Eine Stimme vom Band begann zu sprechen – nicht Jeremys tiefe Stimme diesmal, sondern ein gedehntes Südstaatenorgan, das mich hastig auflegen ließ, bevor ich die Nachricht noch ganz gehört hatte. Schweiß trat mir auf die Stirn. Die Temperatur im Zimmer schien schlagartig um zehn Grad gestiegen zu sein, und die Luft hatte die Hälfte ihres Sauerstoffgehalts verloren. Ich fuhr mir mit den Händen über das Gesicht, schüttelte heftig den Kopf.

Am nächsten Morgen vor dem Frühstück fragte Philip, was Jeremy gewollt hatte. Ich gab zu, dass ich ihn nicht hatte erreichen können, versprach aber, es weiter zu versuchen. Nach dem Essen ging Philip hinunter, um die Zeitung zu holen. Ich rief bei Jeremy an und bekam wieder nur den Anrufbeantworter.

So ungern ich es auch zugab, ich begann mir Sorgen zu machen. Es war nicht wirklich meine Schuld. Mir Sorgen um meine früheren Brüder zu machen war eine instinktive Reaktion, etwas, das ich nicht kontrollieren konnte. Das jedenfalls erzählte ich mir selbst, als ich nach dem dritten erfolglosen Anruf mein Herz hämmern hörte.

Jeremy hätte abnehmen sollen. Er entfernte sich kaum je weit von Stonehaven; er zog es vor, von seinem Herrschersitz aus zu regieren und seine Gefolgsleute zu schicken, wenn es eine schmutzige Arbeit zu erledigen gab. Okay, eine faire Beschreibung von Jeremys Führungsstil war das nicht, aber ich war wirklich nicht in der Stimmung für Nettigkeiten. Er hatte gesagt, ich sollte zurückrufen, und verdammt noch mal, er sollte da sein, wenn ich es tat.

Als Philip zurückkam, hing ich beim Telefon herum und starrte es wütend an, als könnte ich Jeremy auf diese Weise dazu zwingen, abzunehmen.

»Immer noch nichts?«, fragte Philip.

Ich schüttelte den Kopf. Er studierte mein Gesicht aufmerksamer, als mir lieb war. Als ich mich abwandte, kam er zu mir herüber und legte mir die Hand auf die Schulter.

»Du machst dir Sorgen.«

»Eigentlich nicht. Es ist bloß –«

»Das ist doch okay, Liebes. Wenn's meine Verwandten wären, ich würde mir auch Sorgen machen. Vielleicht solltest du hinfahren. Nachsehen, was los ist. Er hat sich wirklich angehört, als wäre es wichtig.«

Ich machte mich los. »Nein, das ist lächerlich. Ich versuch's einfach weiter.«

»Es ist deine Familie, Liebes«, sagte er, als sei das eine Antwort auf jedes Argument, das ich finden konnte. Für ihn war es das. Dies war eine Sache, in der ich nicht widersprechen konnte. Als es zwischen Philip und mir ernst wurde, als sein Mietvertrag auslief und er klarmachte, dass er gern mit mir zusammenziehen wollte, hatte ich mich zuerst gesträubt. Dann hatte er mich zu seiner Familie mitgenommen. Ich hatte seine Mutter und seinen Vater und seine Schwester kennen gelernt und gesehen, wie er mit ihnen umging, welch wichtigen Platz sie in seinem Leben einnahmen. Am nächsten Tag hatte ich ihm gesagt, er solle den Mietvertrag nicht verlängern.

Jetzt erwartete Philip von mir, jemandem zu Hilfe zu kommen, den er für einen Verwandten von mir hielt. Wenn ich mich weigerte, würde er dann denken, ich sei nicht der Typ Mensch, den er wollte? Ich mochte es nicht riskieren. Ich versprach, ich würde es weiter versuchen. Ich versprach, wenn ich Jeremy bis Mittag nicht an die Strippe bekommen hatte, würde ich das Flugzeug nach New York State nehmen, um nachzusehen, was los war.

Jedes Mal, wenn ich in den folgenden Stunden anrief, betete ich um eine Antwort. Und die einzige Antwort, die ich bekam, war das Klicken des Anrufbeantworters.

Nach dem Mittagessen fuhr Philip mich zum Flughafen.

Verlorene Tochter

Das Flugzeug landete um sieben Uhr abends auf dem Flughafen Syracuse-Hancock. Ich versuchte Jeremy anzurufen und bekam den Anrufbeantworter. Wieder mal. Mittlerweile war ich eher verärgert als besorgt. Mit der geringeren Entfernung zwischen uns waren meine Erinnerungen klarer geworden, und ich wusste wieder, wie es war, auf Jeremys Landsitz Stonehaven zu leben. Vor allem erinnerte ich mich an die Telefonmanieren der Bewohner, oder vielmehr das weitgehende Fehlen derselben. Zwei Leute lebten in Stonehaven – Jeremy selbst und sein Stiefsohn und mittlerweile Leibwächter, Clayton. In einem Haus mit fünf Schlafzimmern gab es zwei Telefone. Der Apparat in Clays Zimmer war an den Anrufbeantworter angeschlossen, das Telefon selbst allerdings hatte seine Fähigkeit zu klingeln vor vier Jahren eingebüßt, als Clay es quer durch den Raum geschleudert hatte, nachdem es gewagt hatte, ihn zwei Nächte hintereinander aus dem Schlaf zu reißen. Dann gab es noch das Telefon im Arbeitszimmer, aber wenn Clay den Anschluss für seinen Laptop brauchte, machte er sich hinterher oft nicht die Mühe, das Telefon wieder einzustöpseln – manchmal tagelang nicht. Und selbst wenn es durch Zufall gerade ein funktionsfähiges Telefon im Haus geben sollte, ich hatte es erlebt, dass beide Männer in zwei Meter Entfernung saßen und sich nicht dazu bequemen konnten, den Hörer abzunehmen. Und dann bildete Philip sich ein, *meine* Telefonmanieren wären übel.

Je länger ich darüber nachdachte, desto wütender wurde ich. Je wütender ich wurde, desto wilder war ich entschlossen, mich keinen Schritt aus dem Flughafengebäude zu bewegen, bevor nicht jemand an das gottverdammte Telefon ging. Wenn sie mich schon herriefen, dann sollten sie mich wenigstens abholen. Das zumindest war meine Entschuldigung. Der eigentliche Grund war der, dass ich einen ausgesprochenen Widerwillen dagegen empfand, das Gewühl des Flughafens zu verlassen. Ja, das klingt verrückt. Die meisten Leute beurteilen den Erfolg einer Flugreise danach, wie wenig Zeit sie im Flughafengebäude verbringen müssen. Und normalerweise hätte ich es ebenso gesehen, aber als ich da saß und in dem fast leeren Terminalgebäude meine Umgebung und ihre Gerüche in mich aufnahm, schwelgte ich in der menschlichen Normalität von alldem. Hier im Flughafen war ich ein anonymes Gesicht in einem Meer ebenso anonymer Gesichter. Es hatte etwas Tröstliches, das Gefühl, Teil eines größeren Ganzen zu sein, nicht aber in seinem Mittelpunkt zu stehen. Das würde sich in dem Augenblick ändern, in dem ich das Gebäude verließ und Stonehaven betrat.

Zwei Stunden später entschied ich, dass ich es nicht länger hinausschieben konnte. Ich rief ein letztes Mal in Stonehaven an und hinterließ eine Nachricht. Zwei Worte. »Ich komme.« Es würde reichen müssen.

Es war gar nicht einfach, nach Stonehaven zu gelangen. Das Haus lag in einem versteckten Winkel des Staates New York in der Nähe einer Kleinstadt namens Bear Valley. Als mein Taxi das Flughafengelände verließ, war es bereits Nacht. Irgendwo im Süden glomm Syracuse, aber das Taxi bog nach Norden ab, als wir den Highway 81 erreicht hatten. Zu meiner Linken erschienen die Lichter von North Syracuse, verblassten wieder und verschwanden in der Nacht. Ein Dutzend Meilen weiter verließ der Fahrer den Highway, und die Dunkelheit wurde vollkommen. In der Stille der ländlichen Nacht entspannte ich mich. Werwölfe sind für das Stadtleben nicht geschaffen. Es gibt keinen Platz zum Rennen, und das Menschengewühl bietet oft mehr Versuchungen als Anonymität. Manchmal glaube ich, ich habe mich nur deshalb dafür entschieden, mitten in Toronto zu leben, weil es gegen meine Natur geht – noch ein Instinkt, den ich besiegen kann.

Ich sah zum Fenster hinaus und verfolgte an der vertrauten Landschaft draußen, wie wir vorankamen. Und je näher wir kamen, desto stärker wurde das Flattern im Magen. Beklommenheit, sagte ich mir. Nicht etwa Vorfreude. Obwohl ich fast zehn Jahre in Stonehaven verbracht hatte, betrachtete ich es nicht als mein Zuhause. Der Begriff »Zuhause« war mir ohnehin fremd; es war eher ein schattenhaftes, aus Träumen und Erzählungen genährtes Gebilde als eine echte, eigene Erfahrung. Natürlich hatte ich einmal ein Zuhause gehabt, ein Zuhause und eine richtige Familie, aber ich hatte sie nicht lang genug gehabt, um mehr als eine flüchtige Vorstellung davon zurückzubehalten.

Meine Eltern waren ums Leben gekommen, als ich fünf war. Wir waren auf dem Heimweg von einem Jahrmarkt und hatten einen Umweg genommen, weil meine Mutter mir ein Zwergponyfohlen zeigen wollte, das sie auf einer Farm in der Gegend gesehen hatte. Ich konnte das Lachen meines Vaters hören, als er sie fragte, wie sie auf den Gedanken kam, dass ich um Mitternacht auf einer Weide irgendetwas erkennen könnte. Ich weiß noch, wie er sich über die Lehne hinweg nach mir umsah und mich angrinste, während er meine Mutter neben mir auf der Rückbank neckte. Ich erinnere mich nicht, was als Nächstes passierte. Keine kreischenden Reifen, kein unkontrollierbar schleuderndes Auto. Einfach nur Schwärze.

Ich weiß nicht, wie ich an den Straßenrand geriet. Ich war angeschnallt gewesen, muss mich aber nach dem Unfall aus dem Gurt gewunden haben. Ich erinnere mich nur noch daran, wie ich neben dem blutigen Körper meines Vaters auf dem Kies gesessen habe, wie ich ihn schüttelte, mit ihm redete, ihn anflehte, mir zu antworten, und nicht verstand, warum er es nicht tat – ich wusste nur, dass mein Vater immer antwortete, mich niemals ignorierte, aber jetzt tat er nichts als mich anzustarren, mit weit geöffneten Augen, ohne zu blinzeln. Ich erinnere mich noch, wie ich mich selbst wimmern hörte, ein fünfjähriges Kind, das an der Straße kauerte, wie ich in die Augen meines Vaters starrte und wimmerte, weil es so dunkel war und weil niemand zu Hilfe kam, wimmerte, weil meine Mutter noch in dem zertrümmerten Auto saß und sich nicht bewegte und weil mein Vater vor mir im Schmutz lag, ohne zu antworten, ohne mich in den Arm zu nehmen, ohne mich zu trösten, ohne meiner Mutter aus dem Auto zu helfen, und dann war da Blut, so viel Blut, und überall waren Glasscherben, und es war so dunkel und so kalt, und niemand kam uns zu Hilfe.

Wenn ich noch irgendwelche entfernten Verwandten hatte, habe ich nie etwas von ihnen gehört. Nach dem Tod meiner Eltern war die einzige Person, die sich um mich bemühte, die beste Freundin meiner Mutter, und ihr wollte man mich nicht überlassen, weil sie unverheiratet war. Aber ich verbrachte nur ein paar Wochen im Kinderheim, bevor mich das erste Paar mitnahm, das mich zu Gesicht bekam. Ich kann die beiden noch vor mir sehen, wie sie da vor mir knieten mit ihren Ahs und Ohs, weil ich ein so schönes Kind war. So winzig und vollkommen mit meinem weißblonden Haar und den blauen Augen. Eine Porzellanpuppe nannten sie mich. Sie nahmen ihre Puppe mit nach Hause und begannen mit ihrem perfekten Familienleben. Nur dass es sich nicht ganz so entwickelte. Die kostbare Puppe saß den ganzen Tag auf ihrem Stuhl und machte den Mund nicht auf, und nachts – jede Nacht – schrie sie bis zum Morgengrauen. Nach drei Wochen brachten sie mich ins Heim zurück. Und so wanderte ich von einer Pflegefamilie zur anderen, und immer wurde ich von Leuten ausgesucht, die vollkommen bezaubert waren von meinem Aussehen und vollkommen außerstande, mit meiner verletzten Psyche zurechtzukommen.

Als ich ein Teenager war, änderte sich die Art von Paar, die mich aus dem Heim aussuchte. Es war nicht mehr die Frau, die die Wahl traf, sondern der Mann, der auf meine kindliche Schönheit und meine Angst aufmerksam wurde. Ich wurde zur ersten Wahl eines bestimmten Typs von männlichem Beutegreifer, der nach einem ganz bestimmten Typ Kind suchte. Ironischerweise waren es diese Ungeheuer, die mich meine eigene innere Kraft finden ließen. Als ich älter wurde, begann ich sie als das zu sehen, was sie waren, keine allmächtigen schwarzen Männer, die nachts in mein Zimmer geschlichen kamen, sondern armselige Schwächlinge voll panischer Angst davor, bloßgestellt und zurückgewiesen zu werden. Mit dieser Erkenntnis verflüchtigte sich die Angst. Sie konnten mich berühren, aber sie konnten nicht *mich* berühren, nicht das Ich jenseits meines Körpers. Mit der Angst verließ mich auch die Wut. Ich verachtete sie und ihre ebenso schwachen, blinden Frauen, aber meinen Zorn waren sie nicht wert. Ich ließ es nicht zu, dass ich wütend auf sie war, ich ließ es nicht zu, dass ich Zeit und Energie an sie verschwendete, die anderswo besser aufgehoben waren. Wenn ich diesem Leben entrinnen wollte, musste ich es allein schaffen. Das bedeutete nicht, wegzulaufen. Es bedeutete, dazubleiben und es durchzustehen. Es bedeutete, hart zu arbeiten und es auf die Liste der Schulbesten zu schaffen, obwohl kaum ein Jahr verging, ohne dass ich die Schule wechselte. Erfolg in der Schule bedeutete die Zulassung zur Universität, die einen Abschluss bedeutete, der eine Karriere bedeutete, die das Leben bedeutete, von dem meine Sozialarbeiter und meine Pflegefamilien glaubten, ich könne es nicht erreichen. Zugleich entdeckte ich eine weitere Quelle der Kraft – die Stärken meines eigenen Körpers. Ich wurde groß und langgliedrig. Ein Lehrer steckte mich in die Leichtathletikklasse in der Hoffnung, ich würde mich mit anderen Kindern anfreunden. Stattdessen lernte ich zu rennen, entdeckte die vollkommene Seligkeit, das unvergleichliche Vergnügen körperlicher Anstrengung, spürte zum ersten Mal meine Kraft und meine Schnelligkeit. Als ich die Highschool zur Hälfte hinter mir hatte, übte ich mit Hanteln und trainierte täglich. Zu diesem Zeitpunkt rührte mein Pflegevater mich nicht mehr an. Niemand wäre jetzt noch auf den Gedanken gekommen, in mir ein potenzielles Opfer zu sehen.

»Ist es das hier, Miss?«, fragte der Fahrer.

Ich hatte gar nicht bemerkt, dass das Auto zum Stehen gekommen war, aber als ich zum Fenster hinaussah, erkannte ich das Tor zum Grundstück von Stonehaven. Im Gras saß eine Gestalt, an die Mauer gelehnt, die Knöchel gekreuzt. Clayton.

Der Fahrer spähte in die Dunkelheit und versuchte das Haus zu erkennen; das Messingschild am Zaun konnte er ebenso wenig sehen wie den Mann, der am Tor wartete. Der Mond war hinter einer Wolke verschwunden, und die Lampen am Ende der Einfahrt waren nicht an.

»Ich steige hier aus«, sagte ich.

»Hm. Geht nicht, Miss. Das ist gefährlich. Irgendwas ist hier draußen.«

Ich dachte, er meinte Clay. *Irgendwas* war gar keine üble Beschreibung für ihn. Ich wollte gerade sagen, dass ich das *Irgendwas* leider recht gut kannte, als der Fahrer weitersprach.

»Wir haben dieser Tage Ärger gehabt in den Wäldern hier rum, Miss. Wilde Hunde, so wie's aussieht. Eins von den Mädchen aus der Stadt haben sie gefunden, gar nicht weit von hier. Richtig zerrissen von diesen Hunden. Kumpel von mir hat sie gefunden, und er hat gesagt – na ja, es war nicht schön, Miss. Bleiben Sie einfach sitzen, und ich mach das Tor da auf und fahr Sie bis ran.«

»Wilde Hunde?«, fragte ich. Ich war mir nicht sicher, ob ich meinen Ohren trauen durfte.

»Genau. Mein Kumpel hat Spuren gefunden. Riesendinger. Irgendein Typ von 'nem Institut hat gesagt, die Spuren sind alle von ein und demselben Vieh, aber das kann nicht stimmen. Muss 'ne Meute sein. So was kriegt man nicht –« Der Blick des Fahrers fiel auf das Fenster neben mir, und er fuhr fast von seinem Sitz auf. »Herrgott!«

Clay hatte seinen Posten am Tor verlassen und war neben dem Auto aufgetaucht. Er stand dort und beobachtete mich, ein bedächtiges Grinsen in den Augen. Er griff nach der Autotür. Der Fahrer griff nach der Gangschaltung.

»Schon in Ordnung«, sagte ich mit tiefem Bedauern. »Er gehört zum Haus.«

Die Tür wurde geöffnet. Clay streckte den Kopf ins Innere.

»Steigst du jetzt aus, oder überlegst du's dir noch ein Weilchen?«

»Hier steigt sie nicht aus«, erklärte der Fahrer, während er über die Lehne zu mir nach hinten sah. »Wenn Sie dumm genug sind, nachts hier im Wald rumzurennen, ist das Ihr Problem, aber die junge Dame hier lasse ich nicht Gott weiß wie weit zu dem Haus

da laufen. Wenn Sie mitkommen wollen, machen Sie mir das Tor auf und steigen Sie ein. Wenn nicht, machen Sie die Tür zu.«
Clay wandte sich dem Fahrer zu, als nehme er ihn zum ersten Mal zur Kenntnis. Seine Lippen verzogen sich, und er öffnete den Mund. Was immer er auch zu sagen vorhatte, es würde nicht freundlich ausfallen. Bevor Clay eine Szene anfangen konnte, öffnete ich die Tür auf der anderen Seite und stieg aus. Als der Fahrer das Fenster herunterkurbelte, um mich aufzuhalten, ließ ich ihm eine Fünfzigernote in den Schoß fallen und lief um das Auto herum. Clay schlug die zweite Tür zu und ging zur Auffahrt. Der Fahrer zögerte und schoss dann davon, wobei er einen Hagelschauer aus Kies aufwühlte – ein Abschiedskommentar an unsere Adresse, ein Ausdruck seiner Meinung über unsere jugendliche Gedankenlosigkeit.
Als ich näher kam, trat Clay ein paar Schritte zurück, um mich anzusehen. Trotz der kalten Nachtluft trug er nur verblichene Jeans und ein schwarzes T-Shirt, die schlanke Hüften, eine breite Brust und einen schwellenden Bizeps zur Geltung brachten. In den zehn Jahren, die ich ihn kannte, hatte er sich nicht verändert. Ich hoffte immer auf eine Veränderung – ein paar Fältchen, eine Narbe, irgendetwas, das seine fotomodellperfekte Attraktivität beeinträchtigen und ihn auf die Ebene aller übrigen Sterblichen herabziehen würde, aber ich wurde jedes Mal enttäuscht.
Als ich auf ihn zuging, legte er den Kopf zur Seite, ohne dass seine Augen meine losließen. Weiße Zähne blitzten auf, als er grinste.
»Willkommen zu Haus, Darling.« Der schleppende Südstaatenton machte aus dem Kosewort ein lang gezogenes »dah-ling« wie in einem Country-and-Western-Song. Und ich habe Countrymusic noch nie ausstehen können.
»Bist du das Empfangskomitee? Oder hat Jeremy dich endlich am Tor angekettet, wo du hingehörst?«
»Ich hab dich auch vermisst.«
Er griff nach mir, aber ich wich aus, zurück auf die Straße, und machte mich auf den viertelmeilenlangen Weg zum Haus. Clay folgte mir. Ein Stoß kühler, trockener Nachtluft hob eine dünne

Haarsträhne in meinem Nacken, und mit ihr kamen verstreute Gerüche – das scharfe Aroma von Zedern, der schwache Duft von Apfelblüten und der verlockende Geruch eines schon lang verzehrten Abendessens. Mit jedem neuen Duft schienen meine verspannten Muskeln sich zu lockern. Ich schüttelte mich, schüttelte das Gefühl ab und zwang mich dazu, den Blick auf die Straße gerichtet zu halten, konzentrierte mich darauf, nichts zu tun, nicht mit Clay zu sprechen, nichts zu riechen, nicht nach rechts oder links zu sehen. Ich wagte nicht, Clay zu fragen, was eigentlich los war. Das hätte bedeutet, mich auf ein Gespräch mit ihm einzulassen, was ausgesehen hätte, als *wollte* ich mit ihm reden. Bei Clay konnte selbst die geringste Ermutigung gefährlich werden. So sehr ich wissen wollte, was hier vor sich ging, ich musste es von Jeremy selbst erfahren.

Als ich das Haus erreicht hatte, blieb ich vor der Tür stehen und sah auf. Der zweistöckige Steinbau schien nicht drohend über mir aufzuragen, sondern sich zurückzulehnen – erwartungsvoll. Er hieß mich willkommen, aber noch gedämpft, wartete darauf, dass ich den ersten Schritt tat. So ganz wie sein Eigentümer. Ich berührte einen der kühlen Steine und spürte, wie ein Schwall von Erinnerungen hervorsprang, um mich zu begrüßen. Ich riss mich los und öffnete die Tür, warf meine kleine Reisetasche auf den Boden und ging geradewegs zum Arbeitszimmer, wo ich erwartete, Jeremy lesend am Kamin zu finden. Er war immer dort, wenn ich nach Hause kam – er wartete nicht am Tor wie Clay, aber er wartete nichtsdestoweniger.

Das Zimmer war leer. Ein gefalteter *Corriere della Sera* lag neben Jeremys Stuhl. Stöße von Clays anthropologischen Fachzeitschriften und wissenschaftlichen Publikationen bedeckten Sofa und Schreibtisch. Auf dem Schreibtisch befand sich auch das Telefon; es schien intakt und angeschlossen zu sein.

»Ich habe angerufen«, sagte ich. »Warum war keiner da?«

»Wir waren da«, sagte Clay. »In der Nähe jedenfalls. Du hättest uns eben eine Nachricht hinterlassen sollen.«

»Habe ich auch. Vor zwei Stunden.«

»Das erklärt es. Ich war den ganzen Tag am Tor und hab auf dich gewartet, und dass Jer nie den Anrufbeantworter abfragt, weißt du ja schließlich.«

Ich fragte nicht, woher Clay gewusst hatte, dass ich heute kommen würde, obwohl ich keine Nachricht hinterlassen hatte. Und ich fragte auch nicht, warum er den ganzen Tag am Tor verbracht hatte. Clays Verhalten war mit menschlichen Maßstäben von Normalität – oder mit welchen Maßstäben von Normalität auch immer – nicht zu verstehen.

»Wo steckt er also?«, fragte ich.

»Weiß ich nicht. Hab ihn nicht gesehen, seit er mir vor ein paar Stunden mein Abendessen rausgebracht hat. Muss ausgegangen sein.«

Ich brauchte nicht in der Garage nachzusehen, ob Jeremys Auto da war, um zu wissen, dass Clay kein Ausgehen im üblichen Sinne meinte. Gebräuchliche menschliche Ausdrücke bekamen in Stonehaven eine neue Bedeutung. Ausgegangen bedeutete, er war rennen gegangen – und das wiederum bedeutete nicht, dass er joggte.

Erwartete Jeremy etwa, dass ich eigens das Flugzeug hierher nahm und dann wartete, bis es ihm gerade passte? Natürlich erwartete er das. War es die Strafe dafür, dass ich seinen Ruf so lang ignoriert hatte? Ein Teil von mir wünschte sich, ihm das vorwerfen zu können, aber kleinlich war Jeremy nie. Wenn er geplant hatte, heute Nacht rennen zu gehen, dann wäre er rennen gegangen, ganz gleich ob ich kam oder nicht. Etwas wie Verletztheit mischte sich einen Augenblick lang in meinen Ärger, aber ich verdrängte es sofort. Erwartete ich etwa, dass Jeremy auf mich wartete wie Clay? Natürlich nicht. Weder erwartete ich es, noch legte ich Wert darauf. Wirklich nicht. Ich war verärgert, das war alles. Und schließlich konnte ich ihm in gleicher Münze heimzahlen. Jeremy legte Wert darauf, ungestört zu bleiben, wenn er rannte. Was würde ich also tun? Ihn dabei stören. Jeremy mochte niemals kleinlich sein, aber für mich galt das ganz entschieden nicht.

»Ausgegangen?«, sagte ich. »Na, dann muss ich ihn wohl suchen gehen.«
Ich machte einen Bogen um Clay und wandte mich zur Tür. Er trat mir in den Weg.
»Er wird bald zurück sein. Setz dich, und wir –«
Ich drückte mich auf dem Weg zur Hintertür an ihm vorbei. Clay folgte mir auf dem Fuß, blieb exakt einen Schritt hinter mir. Ich ging durch den ummauerten Garten zu dem Pfad, der in den Wald führte. Der Mulchbelag knirschte unter meinen Füßen. Von vorn begannen die Gerüche der Nacht einzusickern: brennendes Laub, Vieh in einiger Entfernung, nasse Erde – eine Million lockender Gerüche. Irgendwo kreischte eine Maus, als eine Eule sie vom Waldboden griff.
Ich ging weiter. Keine zwanzig Meter in den Wald hinein war aus dem Gartenweg ein schmaler grasbewachsener Trampelpfad geworden, der sich im Unterholz verlor. Ich hielt inne und schnupperte. Nichts. Kein Geruch, kein Geräusch, keine Spur von Jeremy. In diesem Augenblick wurde mir klar, dass ich überhaupt kein Geräusch mehr hörte, nicht einmal Clays Schritte hinter mir. Ich drehte mich um und sah nichts als Bäume.
»Clayton!«, schrie ich.
Einen Augenblick später erreichte mich die Antwort in Form eines Krachens in den Büschen irgendwo. Er hatte sich aufgemacht, um Jeremy zu warnen. Ich drosch mit der Hand auf den nächsten Stamm. Hatte ich mir wirklich eingebildet, Clay würde mich einfach so in Jeremys Privatsphäre einbrechen lassen? Wenn ja, dann musste ich im letzten Jahr wohl ein paar Dinge vergessen haben.
Ich arbeitete mich durch die Bäume. Zweige schlugen mir ins Gesicht, und Ranken griffen nach meinen Füßen. Ich stolperte vorwärts, kam mir riesig, ungeschickt und höchst unwillkommen vor. Der Pfad war nicht für Menschen gemacht. Auf diese Weise hatte ich nicht die geringste Chance, Clay zuvorzukommen, und so suchte ich mir eine Lichtung und bereitete mich auf die Wandlung vor.
Die Verwandlung war übereilt, was sie ungeschickt und schmerz-

haft vonstatten gehen ließ, und danach lag ich keuchend am Boden und musste mich ausruhen. Als ich aufstand, schloss ich die Augen und atmete den Geruch von Stonehaven ein. Ein Schauer des Hochgefühls begann in meinen Pfoten, raste die Beine aufwärts und lief zitternd durch meinen ganzen Körper. Mit ihm kam eine unbeschreibliche Mischung von Erregung und Ruhe; ich wollte durch den Wald jagen und zugleich in seligem Frieden zusammenbrechen. Ich war zu Hause. Als Mensch konnte ich leugnen, dass Stonehaven mein Zuhause war, dass die Leute hier mein Rudel waren, dass die Wälder irgendetwas anderes waren als ein beliebiger Flecken Land, der einem anderen Menschen gehörte. Aber als Wolf im Wald von Stonehaven hörte ich nur einen einzigen Refrain, der dröhnend in meinem Kopf widerhallte: Dieser Wald gehört mir. Er war das Territorium des Rudels, und deshalb gehörte er mir. Ich hatte das Recht, hier zu rennen und zu jagen und zu spielen, ohne Angst vor feiernden Teenagern, übereifrigen Jägern oder tollwütigen Füchsen und Waschbären. Keine ausgemusterten Sofas, die mir den Weg versperrten, keine rostigen Konservendosen, die mir die Pfoten zerschnitten; keine stinkenden Mülltüten verpesteten die Luft, die ich atmete, keine Chemikalien vergifteten das Wasser, das ich trank. Dies war nicht einfach ein Flecken Wald, in dem man sich ein paar Stunden lang aufhielt. Dies waren fünfhundert Morgen Waldland, durchzogen von einem Netz vertrauter Pfade und bevölkert von Kaninchen und Wild, ein einziges kaltes Büffet, angerichtet ganz allein für mich. *Mich*. Ich sog Luft in riesigen Schlucken ein. Meine Luft. Ich schoss aus dem Dickicht auf den ausgetretenen Pfad hinaus. Meinen Pfad. Ich rieb mich an einer Eiche und spürte, wie die Rinde kitzelnde Klumpen von totem Haar entfernte. Meine Eiche. Der Boden zitterte unter drei leisen Schlägen – irgendwo links von mir klopfte ein Kaninchen. Meins. Meine Beine sehnten sich danach zu rennen, die vielfältige Welt meines Waldes wieder zu entdecken. Irgendwo tief in meinem Bewusstsein schrie eine winzige menschliche Stimme: Nein, nein, nein! Dies gehört nicht dir. Du hast es aufgegeben. Du willst es nicht! Ich ignorierte sie.

Nur eines fehlte noch, ein einziges Element, das diese Wälder von den einsamen Schluchten von Toronto unterschied. Und eben als ich es dachte, durchbrach ein Heulen die Nacht, nicht melodischer nächtlicher Gesang, sondern der drängende Schrei eines einsamen Wolfs, Blut, das nach Blut rief. Ich schloss die Augen und spürte den Klang durch mich hindurchzittern. Dann warf ich den Kopf zurück und antwortete. Die kleine warnende Stimme hörte auf, mir Mahnungen zuzuschreien; der Ärger machte etwas anderem Platz, etwas, das klang wie Furcht. Nein, flüsterte sie. Nicht dies. Nimm den Wald. Nimm die Luft und die Pfade und die Bäume und die Tiere. Aber dies nimm nicht.
Hinter mir rauschten die Büsche, und ich fuhr herum und sah Clay springen. Er erwischte meine Vorderbeine und warf mich auf den Rücken; dann stand er über mir und knabberte spielerisch an der losen Haut an meinem Hals. Als ich nach ihm schnappte, zog er den Kopf zurück, winselte und stupste mich mit der Schnauze, bat mich, mitzukommen und mit ihm zu spielen, erzählte mir, wie einsam er gewesen war. Ich konnte leisen Widerstand spüren, aber er war zu tief in mir vergraben. Ich packte eins seiner Vorderbeine mit dem Kiefer und brachte ihn aus dem Gleichgewicht. Als er fiel, stürzte ich mich auf ihn. Wir rollten ins Unterholz, schnappend und tretend, jeder bestrebt, oben zu bleiben. Als er mich gerade packen wollte, wand ich mich aus seinem Griff und sprang zur Seite. Wir umkreisten uns. Clays Schwanz schlug mir gegen die Flanke, glitt an ihr entlang wie eine streichelnde Hand. Er schob sich näher und rieb seine Flanke an meiner. Als wir in die nächste Runde gingen, stellte er ein Bein vor meins, um mich aufzuhalten, und vergrub die Nase in meinem Nacken. Ich spürte seinen heißen Atem auf der Haut, als er meinen Geruch einatmete. Dann packte er mich an der Kehle und warf mich rückwärts um, stieß ein triumphierendes Kläffen aus, als ich auf die Finte hereinfiel und den Halt verlor. Er hielt mich nur ein paar Sekunden lang gepackt, bevor ich ihn wieder entthronte. Wir kämpften noch eine Weile, dann sprang ich zur Seite. Clay trat zurück und duckte sich, das Hinterteil in der Luft, das

Maul offen, mit heraushängender Zunge und nach vorn gestellten Ohren. Ich kauerte mich flach auf den Boden, als bereitete ich mich auf seinen Angriff vor. In dem Augenblick, in dem er sprang, machte ich einen Satz zur Seite und begann zu rennen.

Clay jagte hinter mir her. Wir rasten durch den Wald, ließen Meile um Meile hinter uns. Dann, gerade als ich im weiten Bogen zur Vorderseite des Grundstücks zurückkehren wollte, zerriss ein Schuss den Frieden der Nacht. Ich kam schlitternd zum Stehen.

Ein Schuss? Hatte ich wirklich einen Schuss gehört? Natürlich hatte ich schon mit Gewehren zu tun gehabt, auf Gewehre und Jäger musste man gefasst sein, wenn man einen unbekannten Wald durchstreifte. Aber dies war Stonehaven. Hier war es sicher.

Ein weiterer Schuss krachte. Ich ließ die Ohren spielen. Die Schüsse waren von Norden gekommen. Irgendwo im Norden lagen Obstplantagen. Verwendete der Farmer eins dieser Geräte, die Schussgeräusche nachahmen, um die Vögel zu verscheuchen? Das musste es sein. Entweder dies, oder jemand jagte auf einem Nachbargrundstück. Die Wälder von Stonehaven waren durch Zäune und Schilder markiert. Die Anwohner respektierten die Grenzen. Sie hatten sie immer respektiert. Jeremys Ruf bei den Einheimischen hatte nicht seinesgleichen. Er war vielleicht nicht der geselligste aller Grundbesitzer, aber er wurde geachtet.

Ich machte mich auf den Weg nach Norden, um der Sache auf den Grund zu gehen. Ich war keine drei Meter weit gekommen, als Clay mir in den Weg sprang. Er knurrte. Es war kein spielerisches Knurren. Ich starrte ihn an und fragte mich, ob ich ihn missverstanden hatte. Er knurrte wieder, und diesmal war ich mir sicher. Es war eine Warnung. Ich legte die Ohren an und fauchte. Er versperrte mir den Weg. Ich verengte die Augen zu Schlitzen und starrte ihn an. Ganz offensichtlich war ich zu lange fort gewesen, wenn er sich einbildete, er könne mich herumkommandieren, wie er es bei den anderen tat. Wenn er vergessen hatte, wer ich war, dann war ich durchaus bereit, sein Gedächtnis aufzufrischen. Ich zog die Lefzen zurück und knurrte eine letzte Warnung. Er wich nicht zurück. Ich stürzte mich auf ihn. Er kam mir mitten im Sprung entgegen, und der Zusammenprall verschlug mir den Atem. Als ich wieder klar denken konnte, lag ich am Boden, und Clays Zähne waren in der losen Haut an meinem Hinterkopf vergraben. Ich war wirklich aus der Übung.

Clay knurrte und schüttelte mich grob, als sei ich ein unartiger Welpe. Nach ein paar Wiederholungen ließ er los und trat zurück. Ich stand mit so viel Würde auf, wie ich zu Stande brachte. Ich war noch nicht ganz auf den Füßen, als Clay mich mit der Schnauze ins Hinterteil stieß. Ich drehte den Kopf und warf ihm einen gereizten Blick zu. Er stieß mich wieder, versuchte mich in die entgegengesetzte Richtung zu treiben. Ich ließ mich fast eine Viertelmeile weit darauf ein, wich dann plötzlich zur Seite aus und versuchte an ihm vorbeizukommen. Sekunden nachdem ich an ihm vorbeigejagt war, landeten zweihundert Pfund auf meinem Rücken, und ich knickte im Schlamm ein. Clays Zähne gruben sich in meine Schulter, tief genug, dass es blutete und Schmerz und Schock wie ein Stich durch mich hindurchgingen. Diesmal ließ er mich nicht einmal ganz auf die Füße kommen, bevor er mich zum Haus zurückzutreiben begann; wenn ich Anstalten machte, langsamer zu werden, schnappte er nach meinen Beinen.

Clay trieb mich bis zu der Lichtung, wo ich mich verwandelt hatte, und verzog sich für seine eigene Wandlung auf die andere Seite des Dickichts. Meine Rückverwandlung ging noch überstürzter vonstatten als meine Wandlung. Aber diesmal brauchte ich danach keine Zeit zum Ausruhen – die Wut lieferte mir die nötige Energie. Ich zog hastig meine Kleider über, wobei ich den Ärmel meiner Bluse zerriss, und stürmte hinaus ins Freie. Clay wartete bereits, die Arme verschränkt. Er war nackt – natürlich, denn seine Kleider lagen auf irgendeiner Lichtung tief im Wald. Nackt war Clay noch vollkommener als angezogen – der Fleisch gewordene Traum eines griechischen Bildhauers. Bei seinem Anblick ging eine langsame Hitzewelle durch mich hindurch und mit ihr Erinnerungen an andere Ausflüge und ihr unvermeidliches Nachspiel. Ich verfluchte meinen Körper für den Verrat und ging entschlossen auf Clay zu.

»Was bildest du dir eigentlich ein?«, schrie ich.

»Ich? Wieso ich? Ich war doch nicht der Idiot, der auf einen Mann mit einem Gewehr zugerannt ist. Wo hast du eigentlich deine Gedanken, Elena?«

»Komm mir nicht mit dem Blödsinn. Ich hätte das Grundstück nicht verlassen, das weißt du genau. Ich war einfach neugierig. Ich bin seit einer Stunde zurück, und du probierst's schon wieder. Probierst aus, wie weit du mich treiben kannst, wie weit du kontrollieren kannst –«

»Diese Jäger waren auf dem Grundstück, Elena.« Clays Stimme war leise; er sah mir direkt in die Augen.

»Ach, das ist doch kompletter –« Ich brach ab und sah ihm ins Gesicht. »Du meinst das ernst, oder? Jäger? Auf Jeremys Land? Sag mal, lässt du allmählich nach oder was?«

Das Gestichel ging tiefer, als ich gehofft hatte. Clays Lippen wurden dünn. Seine Augen wurden hart. Wut glomm in ihnen, nur ein paar Grad vor der Explosion. Der Ärger galt nicht mir, sondern denjenigen, die es gewagt hatten, sein Heiligtum zu betreten. Jede Faser seines Wesens musste sich auflehnen bei dem Gedanken, bewaffneten Männern den Zugang zum Grundstück zu gewähren. Es gab nur eins, das ihn davon abhalten konnte, sie zur Strecke zu bringen – Jeremy. Jeremy musste es gewesen sein, der ihm verboten hatte, sich die Eindringlinge vorzunehmen, ihm nicht nur verboten hatte, sie zu töten, sondern sogar verboten hatte, seine berüchtigten Einschüchterungsmethoden anzuwenden, Clays übliches Mittel gegen menschliche Eindringlinge. Zwei Generationen von Teenagern auf der Suche nach geeigneten Orten für Partys im Freien waren mit der Überlieferung aufgewachsen, dass es in den Wäldern von Stonehaven spukte. Solange es in den Geschichten um Geister und Erscheinungen ging und Werwölfe nicht erwähnt wurden, solange erlaubte Jeremy derlei – er ermutigte es sogar. Clay die Anwohner erschrecken zu lassen war immerhin weniger gefährlich und brachte viel weniger Ärger mit sich als die offenkundige Alternative. Warum also ließ Jeremy es jetzt nicht zu? Was hatte sich verändert?

»Er müsste jetzt eigentlich wieder da sein«, sagte Clay. »Geh rein und rede mit ihm.«

Er wandte sich ab und verschwand im Wald, um seine Kleider zu holen.

Als ich zum Haus ging, dachte ich an das, was der Taxifahrer gesagt hatte. Wilde Hunde. Es gab keine wilden Hunde in dieser Weltgegend. Kein wilder Hund würde einen Fuß in Werwolfgebiet setzen. Und Hunde schlachteten auch keine gesunden jungen Frauen ab. Riesige hundeartige Spuren in der Nähe der Leiche konnten nur eins bedeuten: ein Werwolf. Aber wer würde so nah an Stonehaven töten? Die Frage allein war so abwegig, dass es keine Antwort auf sie geben konnte. Ein nicht zum Rudel gehörender Werwolf musste lebensmüde sein, um die Grenze zum Staat New York zu überschreiten. Clays Methoden im Umgang mit solchen Eindringlingen waren so bekannt, dass sich seit über zwanzig Jahren keiner im Umkreis von hundert Meilen um Stonehaven hatte blicken lassen. Es heißt, Clay hätte den Letzten von ihnen Finger um Finger, Glied um Glied auseinander genommen und ihn dabei bis zum letztmöglichen Augenblick am Leben gelassen, bevor er ihm schließlich den Kopf abriss. Clay war damals siebzehn gewesen.

Und der Gedanke, dass entweder Clay oder Jeremy selbst für den Tod der jungen Frau verantwortlich sein könnten, war ebenso absurd. Jeremy tötete nicht. Damit will ich nicht sagen, dass er nicht töten konnte, oder auch nur, dass er niemals das Bedürfnis verspürt hätte, es zu tun, sondern einfach, dass er wusste, seine Energie und Aufmerksamkeit sollten anderen Dingen vorbehalten bleiben – wie ein Feldherr auf den Rausch der Feldschlacht verzichten muss, um sich stattdessen Fragen der Strategie und der Führerschaft widmen zu können. Wenn jemand getötet werden musste, ordnete Jeremy es an. Aber selbst dies geschah nur in extremen Fällen, und es waren kaum jemals Menschen, die dabei ums Leben kamen. Und ganz gleich, wie groß die Bedrohung sein mochte, Jeremy würde niemals anordnen, einen Menschen auf seinem Territorium zu töten. Was Clay anging, so mochte er

Dutzende von Fehlern haben, aber Menschen zum Spaß zu töten gehörte nicht dazu. Sie zu töten würde bedeuten, sie zu berühren, sich zu einem körperlichen Kontakt mit ihnen herabzulassen, und das tat er nur, wenn es unbedingt nötig war.

Als ich das Haus wieder betrat, war es immer noch still. Ich ging zurück ins Arbeitszimmer, zum Herzen von Stonehaven. Jeremy war nicht da. Ich beschloss zu warten. Wenn er im Haus war, würde er mich hören. Zur Abwechslung einmal konnte er zu mir kommen.

Jeremy herrschte mit absoluter Autorität über sein Rudel. Unter wilden Wölfen ist dies das Gesetz; das Gesetz des Werwolfsrudels dagegen war es durchaus nicht immer. Es gab Zeiten, in denen die Geschichte der Alpha-Wölfe die Nachfolgeregelungen im Römischen Reich geradezu zivilisiert erscheinen ließ. Ein Werwolf kämpfte sich an die Spitze des Rudels durch, behielt die Position des Alpha-Wolfs ein paar Monate oder vielleicht sogar ein paar Jahre lang und wurde dann von einem der ehrgeizigeren unter seinen Brüdern ermordet oder hingerichtet, woraufhin dieser die Führung übernahm, bis er selbst sein – mit großer Wahrscheinlichkeit vorzeitiges – Ende fand. Die Stellung des Alpha-Wolfs hatte nichts mit Führungsqualitäten zu tun und umso mehr mit Macht.

In der zweiten Hälfte des zwanzigsten Jahrhunderts begann das Rudel auseinander zu fallen. Die nachindustrielle Welt war Werwölfen nicht freundlich gesinnt. Die wuchernden Städte verschlangen tiefe Wälder und offenes Land. In einer modernen Gesellschaft waren die Leute viel weniger gewillt, die Privatsphäre ihrer reichen menschenscheuen Nachbarn zu respektieren, als sie es etwa im feudalen England noch gewesen waren. Radio, Fernsehen und Zeitungen verbreiteten Geschichten von Werwölfen innerhalb weniger Stunden über den ganzen Erdball. Neue polizeiliche Ermittlungsmethoden brachten es mit sich, dass ein seltsamer, auf ein Hundewesen hindeutender Todesfall in Tallahassee rasch mit ähnlichen Todesfällen in Miami und Key West in Verbindung gebracht werden konnte. Die Menschenwelt begann für das Rudel zu einer ernsthaften Bedrohung zu werden. Statt sich jedoch zusammenzuschließen, hatten die Werwölfe damit begonnen, sich wegen eines letzten Restes von Sicherheit zu bekämpfen; sie gingen sogar so weit, ihren Brüdern aus dem Rudel Territorium abzujagen.

Jeremy änderte all das.

Obwohl Jeremy weit davon entfernt war, der beste Kämpfer des Rudels zu sein, besaß er eine Stärke, die für das Überleben und den Erfolg eines modernen Rudels noch wichtiger war: Jeremy verfügte über vollkommene Selbstbeherrschung. Seine eigenen Instinkte und Bedürfnisse beherrschen zu können bedeutete auch, erkennen zu können, mit welchen Schwierigkeiten das Rudel zu kämpfen hatte, und sie rational anzugehen, Entscheidungen zu treffen, die nicht von impulsiven Reaktionen beeinträchtigt waren. Als die Vorstädte mehr und mehr Land rings um die großen Städte fraßen, zog er sein Rudel ins Umland ab. Er brachte seinen Mitgliedern bei, mit Menschen umzugehen, Teil ihrer Welt zu werden und gleichzeitig außerhalb ihrer Welt zu bleiben. Als Geschichten über Werwölfe sich immer schneller und leichter verbreiteten, übernahm er die Kontrolle nicht nur über das Rudel, sondern auch über Werwölfe außerhalb von ihm. In der Vergangenheit waren Werwölfe, die nicht zum Rudel gehörten, die so genannten »Mutts« oder Streuner, Bürger zweiter Klasse gewesen; das Rudel nahm sie nicht einmal zur Kenntnis. Unter Jeremys Herrschaft gewannen die Mutts zwar nicht unbedingt an Status, aber das Rudel erkannte, dass es sich nicht leisten konnte, sie völlig zu ignorieren. Wenn ein Mutt in Kairo genug Unheil anrichtete, konnte es Auswirkungen bis nach New York haben. Das Rudel begann Akten über die Mutts anzulegen, ihre Gewohnheiten zu studieren und ihre Bewegungen zu verfolgen. Wenn ein Werwolf irgendwo auf der Welt Ärger machte, reagierte das Rudel schnell und entschieden. Die Strafe dafür, die Sicherheit des Rudels zu gefährden, konnte alles sein – von einem erzwungenen Standortwechsel über eine Tracht Prügel bis zu einer schnellen Hinrichtung. Unter Jeremys Führung war das Rudel stärker und stabiler als jemals zuvor, und niemand machte ihm seine Position streitig. Seine Gefolgsleute waren klug genug, um zu erkennen, was sie an ihm hatten.

Ich schüttelte die Gedanken ab und ging zum Schreibtisch hinüber, um mir den Stoß Papier dort anzusehen. »Ausgrabung führt zu neuen Erkenntnissen über das Chavín-Phänomen« lautete der Titel eines Aufsatzes. Darunter lag ein weiterer Artikel über die alten Jaguarkulte von Chavín de Huántar. Absolut faszinierend. Gähn. Trotzdem: Die Entdeckung mochte ein Schock für die meisten Leute sein, die ihn kennen lernten, aber Clay besaß ein Hirn – ein brillantes Hirn sogar, ein Hirn, das ihm einen Ph.D. in Anthropologie eingetragen hatte. Sein Spezialgebiet waren anthropomorphe Religionen. In anderen Worten, er studierte die Tiermenschensymbolik in alten Kulturen. Sein Ruf gründete sich auf seine Forschungsarbeit, denn er vermied den direkten Kontakt mit der Welt der Menschen, wenn es nicht unbedingt nötig war. Wenn er es allerdings für notwendig hielt, in Person in die Welt akademischer Gelehrsamkeit vorzustoßen, nahm er kurze Lehraufträge an. Auf diese Weise hatten wir uns kennen gelernt.

Ich schüttelte die Gedanken ein zweites Mal ab, entschiedener diesmal, wandte mich von dem Chaos auf dem Schreibtisch ab und ließ mich aufs Sofa sinken. Als ich mich umsah, fiel mir auf, dass der Raum genauso aussah wie damals vor vierzehn Monaten, als ich ihn verlassen hatte. Ich rief aus der Erinnerung ein Bild des Zimmers herauf, verglich es mit dem, was ich sah, und fand keinen Unterschied. Da konnte etwas nicht stimmen. Jeremy renovierte das Zimmer – und den größten Teil des übrigen Hauses – so oft, dass wir anderen Witze darüber machten – einmal blinzeln hieß, dass man zwischendurch etwas verpasst hatte. Clay hatte einmal gesagt, die dauernden Veränderungen hätten etwas mit unerfreulichen Erinnerungen zu tun, wollte sich aber nicht genauer darüber äußern. Bald nachdem Clay mich hergebracht hatte, hatte Jeremy mich als Assistentin für Fragen der Inneneinrichtung rekrutiert. Ich erinnerte mich an ganze Nächte, die wir damit verbracht hatten, über Katalogen zu grübeln, Möbel durch die Gegend zu zerren und Farbproben hochzuhalten. Als ich zur Decke über dem Kamin hinübersah, konnte ich dort noch die hart gewordenen Klumpen von Tapetenkleister sehen, Zeugen einer Tapezier-Orgie, die bis vier Uhr morgens gedauert und das Arbeitszimmer in ein Schlachtfeld verwandelt hatte; danach waren wir so erschöpft gewesen, dass wir zu nichts mehr im Stande waren als dazu, mit Kleisterklumpen nacheinander zu werfen.

Ich erinnerte mich noch, wie ich beim letzten Mal zu den Klumpen hinübergestarrt hatte. Jeremy war ebenfalls da gewesen; er hatte vor dem Kamin gestanden, den Rücken zu mir gewandt. Als ich ihm erzählt hatte, was ich getan hatte, wünschte ich mir schmerzlich, er möge sich umdrehen, mir sagen, dass es nicht falsch gewesen war. Aber ich wusste, es war falsch gewesen. Absolut und vollkommen falsch. Trotzdem, ich wollte, dass er etwas sagte, irgendetwas, damit ich mich besser fühlen konnte. Als er es nicht getan hatte, war ich gegangen und hatte mir geschworen, nicht zurückzukommen. Ich sah zu den Kleisterklumpen hinauf. Noch eine verlorene Schlacht.

»Du bist also zurück … endlich.«

Die tiefe Stimme ließ mich zusammenfahren. Jeremy stand in der Tür. Seit ich ihn das letzte Mal gesehen hatte, hatte er sich einen kurz geschnittenen Bart zugelegt; das passierte in der Regel, wenn er zu sehr mit anderen Dingen beschäftigt war, um sich zu rasieren, und sich dann nicht die Mühe machte, den entstandenen Schaden zu beheben. Der Bart ließ ihn älter aussehen, wenn auch nicht annähernd nach seinem wirklichen Alter von einundfünfzig Jahren. Wir altern langsam. Jeremy hätte als Mittdreißiger durchgehen können, wobei seine Haartracht den Eindruck von Jugendlichkeit noch unterstrich – schulterlang und im Nacken zusammengebunden. Es war eine Frisur, die er sich nicht etwa deshalb zugelegt hatte, weil sie modisch war, sondern weil sie weniger Haarschnitte mit sich brachte. Friseurtermine fand Jeremy unerträglich, und so pflegten Clay oder ich ihm die Haare zu schneiden – eine Erfahrung, die alle Beteiligten nur ein paar Mal im Jahr aushalten konnten. Als er ins Zimmer trat, fiel ihm das Stirnhaar in die Augen und ruinierte den grimmigen Gesichtsausdruck. Er schob es sich mit der Hand aus der Stirn, eine so vertraute Geste, dass mir dabei die Kehle schmerzte.

Er sah sich um. »Wo ist Clay?«

Typisch. Erst wirft er mir an den Kopf, dass ich zu spät dran bin. Und dann fragt er nach Clay. Ich verspürte einen schmerzlichen Stich im Inneren und verdrängte ihn. Es war ja nun nicht so, dass ich mit Umarmungen und Begrüßungsküssen gerechnet hätte. Derlei war einfach nicht Jeremys Stil – wobei ein »Schön, dich zu sehen« oder »Wie war der Flug?« trotzdem nett gewesen wäre.

»Wir haben Schüsse weiter hinten im Wald gehört«, sagte ich. »Er hat irgendwas gemurmelt und ist verschwunden.«

»Ich habe jetzt seit drei Tagen versucht, dich zu erreichen.«

»Ich hatte zu tun.«

Ein Muskel zuckte in seiner Wange. Bei Jeremy entsprach das einem Gefühlsausbruch. »Wenn ich anrufe, rufst du zurück«, sagte er. Seine Stimme klang trügerisch sanft. »Ich würde nicht anrufen, wenn es nicht wichtig wäre. Wenn ich es tue, dann antwortest du. So hatten wir es abgemacht.«

»Korrekt, so *hatten* wir es abgemacht. Vergangenheitsform. Die Abmachung war zu Ende, als ich das Rudel verlassen habe.«

»Als du das Rudel verlassen hast. Wann genau ist das passiert? Entschuldige, wenn mir da irgendwas entgangen ist, Elena, aber ich erinnere mich nicht an die Unterhaltung.«

»Ich dachte, das wäre klar gewesen.«

Clay kam herein, ein Tablett mit kaltem Fleisch und Käse in den Händen. Er stellte es auf dem Schreibtisch ab und sah von mir zu Jeremy.

Jeremy sprach weiter. »Du gehörst jetzt also nicht mehr zum Rudel?«

»Korrekt.«

»Dann bist du eine von den anderen – ein Mutt?«

»Natürlich nicht, Jer«, sagte Clay, während er neben mich aufs Sofa plumpste.

Ich stand auf und ging zum Kamin hinüber.

»Ja, wie nun also?«, fragte Jeremy, während seine Augen sich in meine bohrten. »Rudel oder nicht?«

»Komm schon, Jer«, sagte Clay. »Du weißt genau, dass sie's nicht so meint.«

»Wir hatten eine Abmachung, Elena. Ich würde mich nicht melden, wenn ich dich nicht brauchte. Und jetzt brauche ich dich, und du schmollst und zickst, weil ich es gewagt habe, dich an deine Verpflichtungen zu erinnern.«

»Du brauchst mich – wozu? Um einen streunenden Mutt zu finden? Das ist doch Clays Job.«

Jeremy schüttelte den Kopf. »Ich nehme keine Abrissbirne, um eine Maus zu erledigen. Clay hat seine Stärken, aber Subtilität gehört nicht dazu.«

Clay grinste zu mir herüber und zuckte die Achseln. Ich sah weg.

»Was ist hier eigentlich los, das so verdammt wichtig ist, dass ihr mich braucht?«, fragte ich.

Jeremy drehte sich um und ging zur Tür. »Es ist spät. Ich habe für morgen ein Treffen angesetzt. Ich erzähle es dir dann. Vielleicht bist du nicht mehr so streitsüchtig, wenn du dich ausgeschlafen hast.«

»Moment mal!«, sagte ich, während ich ihm in den Weg trat. »Ich habe alles stehen und liegen lassen, um herzukommen. Ich habe kurzfristig Urlaub genommen, ein Flugticket bezahlt und bin hergehetzt, nur weil niemand an das verdammte Telefon gegangen ist. Ich will wissen, warum ich hier bin, und zwar sofort. Wenn du jetzt einfach rausgehst, kann ich dir nicht versprechen, dass ich morgen noch da bin.«

»In Ordnung«, sagte Jeremy. Seine Stimme war so kühl, dass ich in der Zugluft schauderte. »Wenn du gehen willst, lass dich von Clay nach Syracuse fahren.«

»Na klar«, sagte ich. »Meine Chancen, da hinzukommen, wären besser, wenn ich mich vom ortsansässigen Psychopathen als Anhalterin mitnehmen ließe.«

Clay grinste. »Vergiss nicht, Darling, der ortsansässige Psychopath bin ich.«

Ich murmelte meine tief empfundene und vollkommene Zustimmung. Jeremy sagte nichts; er stand einfach da und wartete, dass ich ihm den Weg freigab. Ich tat es. Alte Gewohnheiten sind schwer abzulegen. Jeremy verließ den Raum. Eine Minute später hörte ich, wie sich im ersten Stock seine Schlafzimmertür schloss.

»Arrogantes Ekel«, murmelte ich.

Clay zuckte nur die Achseln. Er lehnte sich auf dem Sofa zurück, die Augen auf mich gerichtet, die Lippen zu einem nachdenklichen Lächeln verzogen, bei dem ich die Zähne aufeinander biss.

»Was zum Teufel willst du eigentlich?«, fragte ich.

Das Lächeln wurde zu einem Grinsen; ich sah Zähne blitzen. »Dich. Was denn sonst?«

»Wo? Hier auf dem Teppich?«

»Nein. Das nicht. Noch nicht. Bloß das Übliche, das, was ich immer will. Dich. Hier. Auf Dauer.«

Ich wünschte, er wäre bei meiner Interpretation geblieben. Er fing meinen Blick auf.

»Ich bin froh, dass du wieder zu Hause bist, Darling. Ich hab dich vermisst.«

Ich stolperte fast über meine eigenen Füße, so eilig hatte ich es, aus dem Zimmer zu kommen.

Treffen

Ganz gleich was Jeremy gesagt hatte, ich machte keine Anstalten zu gehen. Er mochte so tun, als sei es ihm gleichgültig, was ich tat, aber er würde mich zurückhalten, wenn ich zu gehen versuchte, bevor er mir erzählt hatte, was immer er mir erzählen wollte. Ich hatte drei Möglichkeiten. Erstens, ich konnte es drauf ankommen lassen und zu gehen versuchen. Zweitens, ich konnte in sein Schlafzimmer stürmen und verlangen, er solle mir erzählen, was eigentlich los war. Drittens, ich konnte in mein altes Zimmer hinaufgehen, darüber schlafen und morgen früh herausfinden, was er wollte. Ich wog die Möglichkeiten ab. Ein Taxi nach Syracuse zu bekommen würde inzwischen unmöglich sein – das örtliche Taxiunternehmen war seit über einer Stunde zu. Ich konnte eins der Autos nehmen und es am Flugplatz stehen lassen, aber meine Aussichten darauf, um drei Uhr morgens kürzestfristig einen Flug nach Toronto zu erwischen, waren gleich Null, und ich hatte keine Lust, auf dem Flughafen zu übernachten. Andererseits hatte ich auch keine Lust, mit Jeremy zu streiten. Man stritt nicht mit Jeremy Danvers; man schrie und tobte und verfluchte ihn, während er einfach dastand, einen undeutbaren Ausdruck im Gesicht, wartete, bis man erschöpft aufgab, und sich dann gelassen weigerte, die Sache zu erörtern. Ich hatte Methoden gefunden, ihn dranzukriegen, aber ich war aus der Übung. Nein, heute würde ich mich wehren, indem ich mich weigerte, ihre Spielchen mitzuspielen. Ich würde ins Bett gehen, mich ausschlafen, die Sache morgen früh erledigen und nach Hause fahren. Ganz einfach.

Ich griff nach meiner Tasche und ging hinauf in mein altes Zimmer im ersten Stock, wobei ich geflissentlich ignorierte, dass das

Zimmer – obwohl theoretisch niemand gewusst hatte, dass ich kommen würde – gelüftet war, das Fenster halb offen stand und das Bett frisch bezogen und aufgeschlagen war. Ich holte das Handy aus der Reisetasche und rief Philip an. Bei jedem Klingeln verspürte ich einen Stich der Enttäuschung. Wahrscheinlich war er schon im Bett. Als sich der Anrufbeantworter einschaltete, erwog ich aufzulegen, wieder anzurufen und zu hoffen, dass das Klingeln ihn irgendwann wecken würde. Aber zugleich wusste ich, wie egoistisch das war – ich wollte nur mit ihm reden, um mich meiner Verbindung zur Außenwelt zu versichern. Schließlich begnügte ich mich damit, ihm aufs Band zu sprechen, dass ich gut angekommen war und mich melden würde, bevor ich morgen zurückkam.

Am nächsten Morgen weckte mich die Stille im Haus. Ich hatte mich daran gewöhnt, in der Stadt aufzuwachen und den Verkehrslärm zu verfluchen. Als an diesem Morgen nichts dergleichen erfolgte, wurde ich um zehn Uhr schlagartig wach und erwartete halb, dass die Welt untergegangen war. Dann wurde mir klar, dass ich mich in Stonehaven befand. Ich kann nicht behaupten, dass ich über die Entdeckung erleichtert war.

Ich kämpfte mich aus den bestickten Laken und dicken Federkissen hoch und schob die Vorhänge meines Himmelbetts zur Seite. In meinem Zimmer in Stonehaven aufzuwachen war, als wachte man in einer Alptraumszene aus einem Romantikthriller auf. Das Himmelbett war schlimm genug, es hatte etwas von der Prinzessin auf der Erbse, aber das war erst der Anfang. Eine Zedernholztruhe am Fußende enthielt zusätzliche, von Holzduft durchdrungene Daunendecken, für den Fall, dass die beiden, die schon auf dem Bett lagen, nicht ausreichen sollten. Üppige Spitzen umwölkten das Fenster und rieselten auf die Satinkissen der Fensterbank. Die Wände waren blassrosa gestrichen und mit Aquarellen von Blumen und Sonnenuntergängen geschmückt. An der gegenüberliegenden Wand stand eine riesige Frisierkommode aus geschnitztem Eichenholz mit einem bodenlangen goldgerahmten Spiegel und einem silbernen Frisierset. Selbst die Kommode stand voller

Porzellanfiguren. Scarlett O'Hara hätte sich wie zu Hause gefühlt.
Die Fensterbank war es gewesen, die Jeremy veranlasst hatte, das Zimmer für mich auszusuchen – und die Kirschbäume, die genau unter dem Fenster geblüht hatten. Das Ganze war ihm angemessen hübsch und feminin vorgekommen. Es war eine Tatsache, dass Jeremy keine Ahnung von Frauen hatte, und zu erwarten, dass ich über die Kirschblüten in romantische Verzückung verfallen würde, war nur der erste von vielen Fehlern gewesen. Zu Jeremys Ehrenrettung muss man sagen, man konnte auch nichts anderes von ihm erwarten. Frauen spielen in der Welt der Werwölfe eine höchst unbedeutende Rolle. Der einzige Grund für einen Werwolf, sich mit der Gedankenwelt einer Frau zu befassen, ist der, dass er die beste Methode finden will, sie ins Bett zu bekommen. Die meisten von ihnen machen sich nicht einmal diese Mühe. Wenn man zehnmal so stark ist wie das rothaarige Prachtweib, das da an der Bar steht – warum Geld verschwenden, indem man ihr einen Drink bezahlt? Das jedenfalls ist der Mutt-Standpunkt. Rudelwerwölfe haben mehr Finesse entwickelt. Wenn ein Werwolf auf Dauer irgendwo bleiben will, kann er sich nicht angewöhnen, jedes Mal, wenn ihm danach ist, eine Frau zu vergewaltigen. Rudelwerwölfe haben sogar Mätressen und Freundinnen, obwohl sie sich nie auf etwas einlassen, das Menschen als wirkliche Zweierbeziehung betrachten würden. Mit Sicherheit heiraten sie nicht. Und sie lassen ihre Söhne auch nicht von Frauen erziehen. Ich habe es schon erwähnt – nur Söhne können das Werwolfgen erben. Dementsprechend werden Töchter ignoriert, aber das Gesetz des Rudels verlangt, dass alle männlichen Nachkommen schon sehr früh ihren Müttern weggenommen und alle Kontakte zu der Mutter abgebrochen werden. Niemand konnte also von Jeremy erwarten, dass er viel über das andere Geschlecht wusste; er war in einer Welt aufgewachsen, in der Mütter, Schwestern und Tanten nur Begriffe aus dem Wörterbuch waren. Und es gab keine weiblichen Werwölfe. Außer mir, natürlich. Als ich gebissen worden war, hatte Jeremy mit einem fügsamen, kindlichen Wesen gerechnet,

das sein Schicksal annehmen und sich mit einem schönen Zimmer und hübschen Kleidern zufrieden geben würde. Wenn er die Zukunft hätte vorhersehen können, hätte er mich vielleicht vor die Tür gesetzt. Oder Schlimmeres.

Die Person, die mich biss, hatte mich auf die schlimmste denkbare Art verraten. Ich hatte ihn geliebt und ihm vertraut, und er hatte mich zu einem Ungeheuer gemacht und mich dann Jeremy überlassen. Zu sagen, dass ich schlecht damit zurechtkam, wäre untertrieben. Das Arrangement mit dem Zimmer hielt nicht lange vor. Innerhalb einer Woche musste Jeremy mich in einen Käfig sperren. Meine Wandlungen wurden so unkontrollierbar wie meine Wutanfälle, und alles, was Jeremy hätte sagen können, war falsch. Ich verachtete ihn. Er war mein Gefängniswärter und die einzige Person, der ich die Schuld für die körperliche und emotionale Folter zuschieben konnte, die ich durchmachte. Wenn der Käfig meine Hölle war, war Jeremy mein Satan.

Irgendwann war ich dann entkommen. Ich hatte mich per Anhalter nach Toronto zurückfahren lassen, wobei ich mich auf die einzige Art erkenntlich erwies, die mir zur Verfügung stand – mit meinem Körper. Aber wenige Tage nach meiner Ankunft wurde mir klar, dass meine Einschätzung des Käfigs fürchterlich falsch gewesen war. Er war keine Hölle. Er war lediglich eine Station auf der Reise dorthin. In Freiheit zu leben und meine Wandlungen nicht kontrollieren zu können – das war der neunte Kreis der Hölle.

Ich begann Tiere zu töten, um zu überleben, Kaninchen, Waschbären, Hunde und sogar Ratten. Nach kurzer Zeit hatte ich alle Illusionen bezüglich meiner Kontrolle und Selbstbeherrschung verloren und versank im Wahnsinn. Ich konnte nicht logisch denken, ich konnte überhaupt kaum denken, mich trieben einzig und allein die Bedürfnisse meines Magens. Die Kaninchen und Waschbären reichten nicht aus. Ich tötete Menschen. Nach dem zweiten Mal spürte Jeremy mich auf, nahm mich mit nach Hause und bildete mich aus. Ich versuchte nie wieder zu fliehen. Ich hatte meine Lektion gelernt. Es gab Schlimmeres als Stonehaven.

Nachdem ich mich aus dem Bett gekämpft hatte, schlurfte ich über den kalten Holzboden zum Teppich hinüber. Der Schrank und die Kommode waren voller Kleider, die sich im Lauf der Zeit angesammelt hatten. Ich fand Jeans und eine Bluse und zog sie über. Zum Kämmen war ich zu faul; ich fuhr mir mit den Fingern durchs Haar und band es zu einem lockeren Zopf zusammen. Halbwegs präsentabel öffnete ich die Tür und sah hinaus in den Gang. Als ich Clays tiefes Schnarchen aus seinem Schlafzimmer kommen hörte, spürte ich einen Teil der Anspannung in meinen Schultern abebben. Immerhin ein Problem, dem ich an diesem Morgen aus dem Weg gehen konnte.

Ich schlüpfte hinaus in den Gang und an seiner geschlossenen Tür vorbei. Mit einer Plötzlichkeit, die mir nicht ganz geheuer war, brach das Schnarchen ab. Ich fluchte leise und rannte die ersten paar Stufen hinunter. Clays Tür öffnete sich knarrend; dann hörte ich seine nackten Füße über den Dielenboden tappen. Bleib nicht stehen, ermahnte ich mich selbst, und dreh dich nicht um. Dann blieb ich stehen und drehte mich – natürlich – um.

Er stand oben an der Treppe und wirkte erschöpft genug, um bei der geringsten Berührung die Stufen hinunterzurollen. Seine kurz geschnittenen goldenen Locken waren wild zerzaust und verklebt, als hätte er im Schlaf geschwitzt. Die Wangen und das kantige Kinn waren bedeckt mit rötlich blondem Bartschatten. Seine Augen waren halb geschlossen, und er versuchte immer noch, mich ins Auge zu fassen. Er trug nur die weißen Boxershorts mit dem schwarzen Pfotenmuster, die ich ihm in einer unserer besseren Phasen zum Spaß geschenkt hatte. Er gähnte, streckte sich und ließ die Schultern rollen. Muskeln spielten in seiner Brust.

»Du musstest wohl die ganze Nacht meine Fluchtwege beobachten?«, fragte ich.

Er zuckte die Achseln. Wann immer ich in Stonehaven einen üblen Tag gehabt hatte, hatte Clay die Nacht damit verbracht, die möglichen Fluchtwege zu überwachen. Als wäre ich ein solcher Feigling gewesen, mich nachts davonzuschleichen. Gut, okay, ich hatte bei Gelegenheit genau das getan, aber das war etwas anderes.

»Gesellschaft zum Frühstück?«, fragte er.

»Nein.«

Wieder ein schläfriges Schulterzucken. Noch ein paar Stunden, und er würde die Zurückweisung nicht mehr kampflos hinnehmen. Zum Teufel, in ein paar Stunden würde er sich gar nicht mehr die Mühe machen, mich zu *fragen*, ob er sich mir anschließen durfte. Ich machte mich wieder auf den Weg treppab und war genau drei Stufen weit gekommen, als er mit einem Schlag wach wurde, hinter mir hertrabte und mich am Ellenbogen packte.

»Ich hol dir das Frühstück«, sagte er. »Wir treffen uns im Wintergarten. Ich will mit dir reden.«

»Ich habe dir aber nichts zu sagen, Clayton.«

»Fünf Minuten.«

Bevor ich antworten konnte, war er die Treppe wieder hinaufgerannt und in seinem Zimmer verschwunden. Ich hätte ihm nachlaufen können, aber das hätte bedeutet, ihm in sein Schlafzimmer zu folgen. Entschieden keine gute Idee.

Am Fuß der Treppe brachte mich der Duft abrupt zum Stehen. Schinken mit Honig und dazu Pfannkuchen, mein Lieblingsfrühstück. Ich betrat den Wintergarten und sah mir den Tisch an. Ja, Mengen von Schinkenscheiben und Pfannkuchen warteten aufgetürmt auf einer dampfenden Platte. Sie waren dort nicht von allein entstanden, obwohl ich darüber vielleicht weniger überrascht gewesen wäre. Die einzige Person, die sie gemacht haben konnte, war Jeremy, aber Jeremy kochte nicht. Nicht, dass er es nicht konnte – er tat es nicht. Damit will ich nicht sagen, dass er von Clay oder mir erwartete, ihn zu bedienen. Aber wenn er für uns das Frühstück richtete, dampfte nur der Kaffee. Der Rest war immer ein Sammelsurium von Brot, Käse, kaltem Fleisch, Obst und allem anderen, das ohne Aufwand vorbereitet werden konnte.

Jeremy kam hinter mir ins Zimmer. »Es wird kalt. Setz dich hin und iss.«

Ich verlor kein Wort über das Frühstück. Wenn Jeremy sich zu einer Geste entschloss, wollte er nicht, dass darüber geredet wurde, noch weniger, dass man ihm dankte. Einen Augenblick lang war ich sicher, dass dies Jeremys Art war, mich willkommen zu heißen. Dann kamen die alten Zweifel wieder hoch. Vielleicht hatte er das Frühstück nur gerichtet, um mich zu besänftigen. Jeremys Absichten konnte ich nicht erraten, nicht einmal nach all den Jahren. Manchmal war ich mir sicher, dass er mich in Stonehaven haben wollte. Bei anderen Gelegenheiten war ich davon überzeugt, dass er mich nur akzeptierte, weil er keine Wahl hatte, weil ich nun einmal in sein Leben gedrängt worden war und weil es im Interesse des Rudels war, mich ruhig und unter Kontrolle zu halten. Ich wusste, ich verbrachte zu viel Zeit mit solchen Überlegungen, versuchte zu sehr, eine Bedeutung in jeder einzelnen Geste zu erkennen, war viel zu begierig darauf, Zeichen der Anerkennung zu finden. Vielleicht steckte ich immer noch in den Mustern meiner Kindheit fest. Vielleicht wünschte ich mir einen Vater mehr, als ich zugeben wollte. Ich konnte nur hoffen, dass es nicht so war. Die bedürftige Waise war nicht gerade das Image, das ich anderen vermitteln wollte.

Ich setzte mich und fiel über das Essen her. Die Pfannkuchen waren aus einer Fertigmischung gemacht, aber ich beschwerte mich nicht. Sie waren heiß, sie machten satt, und es gab Butter und Ahornsirup dazu – echten Ahornsirup, nicht das künstliche Zeug, das ich immer kaufte, um ein paar Dollar zu sparen. Ich verschlang den ersten Stoß und streckte den Arm nach dem nächsten aus. Jeremy zuckte nicht mit der Wimper. Das musste man Stonehaven immerhin lassen: Ich konnte essen, so viel ich wollte, und niemand machte Bemerkungen oder nahm auch nur Notiz davon.

Wenn Clay die Nacht damit verbracht hatte, mein Schlafzimmerfenster zu beobachten, dann hatte Jeremy offenbar den Morgen über hier unten auf der Lauer gelegen. Zwischen seinem Stuhl und dem Fenster war seine Staffelei aufgebaut. Ich sah ein neues Blatt Papier und ein paar unverbundene Striche darauf. Weit war er mit der neuen Zeichnung noch nicht gediehen. Die paar Linien, die er gezeichnet hatte, waren unverkennbar mehrmals ausradiert und neu gezogen worden. An einer Stelle war das Papier schon fast durchgerieben.

»Hast du vor, mir irgendwann zu sagen, was los ist?«, fragte ich.
»Hast du denn vor zuzuhören? Oder versuchst du den nächsten Streit anzufangen?«
Er zeichnete eine neue Linie über den Schatten der vorherigen und radierte sie aus. Das Braun der Staffelei schimmerte durch das Loch im Papier.
»Er ist noch da, stimmt's?«, fragte ich. »Der Grund, warum ich gegangen bin? Du bist immer noch wütend.«
Er sah nicht von seiner Zeichnung auf. Verdammt noch mal, warum sah er eigentlich nicht auf?
»Ich war nie wütend auf dich, Elena. Du warst wütend auf dich selbst. Deswegen bist du gegangen. Es hat dir nicht gefallen, was du getan hast. Es hat dir Angst gemacht, und du hast geglaubt, es würde verschwinden, wenn du fortgehst. Und, ist es verschwunden?«
Ich sagte nichts.
Sechzehn Monate zuvor war ich Berichten darüber nachgegangen, dass jemand Informationen über Werwölfe verkaufte. Nun bringt das Rudel nicht jeden Typen zur Strecke, der behauptet, Beweise für die Existenz von Werwölfen zu haben. Das wäre ein Vollzeitjob für jeden Werwolf auf der Welt, innerhalb und außerhalb des Rudels. Wir haben ein Auge auf Storys, die seriös klingen – worunter Berichte mit Schlüsselworten wie Silberkugel, Babymord und wildernde Mensch-Tier-Mischwesen nicht fallen. Übrig bleibt ein Teilzeitjob für zwei Leute – Clay und mich. Wenn ein Werwolfaußenseiter für Ärger sorgte und Jeremy ein Exempel statuieren wollte, schickte er Clay. Wenn der Ärger nicht mehr schnell und ohne Aufwand zu beseitigen war – oder wenn Menschen beteiligt waren –, waren Vorsicht und Finesse erforderlich. Dann schickte er mich. Der Fall José Carter verlangte nach meiner Version der Schadensbegrenzung.
José Carter war ein kleiner Schwindler, der sich auf paranormale Phänomene spezialisiert hatte. Er hatte sein Leben damit verbracht, die Leichtgläubigen und Angreifbaren um ihr Geld zu

bringen, indem er ihnen von ihren Angehörigen erzählte, die aus dem Jenseits Kontakt aufzunehmen versuchten. Vor zwei Jahren, als er gerade in Südamerika arbeitete, war er in eine kleine Stadt gekommen, in der angeblich ein Werwolf umging. Carter war nicht der Typ, der eine gute Gelegenheit ungenutzt vorbeiziehen ließ; er quartierte sich ein und begann Material zu sammeln – falsches Material, wie er meinte –, das er dann in den Vereinigten Staaten verkaufen konnte. Das Problem war, das Material war nicht falsch. Einer der Mutts war auf einer Rundreise durch Ecuador; er klapperte Dorf um Dorf ab und hinterließ eine Leichenspur. Der Mutt glaubte, er habe eine perfekte Lösung gefunden, indem er sich so abgelegene Orte vornahm, dass niemand ein Muster erkennen würde. Er hatte nicht mit José Carter gerechnet. Und Carter hatte zwar nicht damit gerechnet, jemals ein echtes paranormales Phänomen zu finden, aber er erkannte es schnell, als er darauf stieß. Er verließ Ecuador mit Augenzeugenberichten, Haarproben, Gipsabgüssen von Pfotenspuren und Fotografien im Gepäck. Nach seiner Rückkehr in die Vereinigten Staaten hatte er mit mehreren paranormalen Gesellschaften Kontakt aufgenommen und versucht, seine Informationen zu verkaufen. Er war sich seiner Sache so sicher gewesen, dass er sogar angeboten hatte, den Höchstbieter nach Südamerika zu begleiten, um ihm die Bestie suchen zu helfen.
Ich traf José Carter bei seiner Verkaufsveranstaltung in Dallas. Ich hatte versucht, ihn in Misskredit zu bringen. Ich hatte versucht, das Material zu stehlen. Als nichts davon klappte, griff ich auf die einzige Methode zurück, die mir noch blieb. Ich brachte ihn um. Ich hatte es auf meinen eigenen Entschluss hin getan, ohne Anweisung von Jeremy, ohne Jeremy auch nur Bescheid gesagt zu haben. Danach war ich in mein Hotel zurückgekehrt, hatte mich gesäubert und gründlich ausgeschlafen. Als ich am Morgen aufwachte, wurde mir schlagartig die ganze Tragweite dessen bewusst, was ich getan hatte. Nein, nicht so sehr dessen, *was* ich getan hatte, sondern der Art und Weise, *wie* ich es getan hatte, wie mühelos ich es getan hatte. Ich hatte einen Mann mit etwa so viel

moralischen Bedenken umgebracht, als hätte ich eine Mücke erschlagen.

Auf dem Rückweg nach New York legte ich mir Erklärungen für Jeremy zurecht, Argumente dafür, dass ich gehandelt hatte, ohne ihn zu fragen. Carter war ganz offensichtlich eine Bedrohung gewesen. Ich hatte alles versucht, um ihn unschädlich zu machen. Die Zeit war knapp geworden. Hätte ich Jeremy angerufen, hätte er genau das Gleiche von mir verlangt, also hatte ich damit, dass ich die Sache selbst in die Hand nahm, nur Zeit gespart. Ich hatte Stonehaven noch nicht erreicht, als mir die Wahrheit aufging. Es war nicht Jeremy, den ich zu überzeugen versuchte. Ich selbst war es. Ich hatte eine Schwelle überschritten. Ich hatte mit dem einzigen Ziel gehandelt, das Rudel zu schützen, ohne eine Spur von Mitgefühl oder Gnade. Ich hatte gehandelt wie Clay. Es machte mir Angst – so viel Angst, dass ich fortgelaufen war und mir geschworen hatte, nie wieder zu diesem Leben zurückzukehren.

Und war es verschwunden? Hatte ich den Eindruck, meine Instinkte und Impulse wieder vollkommen unter Kontrolle zu haben? Ich wusste es nicht. Seit über einem Jahr hatte ich nichts getan, was so fürchterlich falsch gewesen war, aber ich war auch nie in eine Lage geraten, in der sich mir die Möglichkeit geboten hatte. Ein weiterer Grund, weshalb ich nicht nach Stonehaven hatte zurückkehren wollen. Ich wusste nicht, ob es verschwunden war, und ich wusste auch nicht, ob ich es herausfinden wollte.

Unruhe an der Tür ließ mich aus den Erinnerungen hochfahren. Als ich aufsah, kam eine große dunkle Gestalt in den Wintergarten gestürmt. Nick entdeckte mich, durchquerte den Raum mit drei Sätzen und schwang mich von meinem Stuhl hoch. Mein Absatz verhakte sich unter der Sitzkante und warf den Stuhl um. Nick knurrte scherzhaft, während er mich an sich drückte.

»Du warst zu lang weg, kleine Schwester, viel zu lang!«

Damit hob er mich hoch und küsste mich. Was immer der Wortlaut der Begrüßung gewesen war, der Kuss war ganz entschieden nicht brüderlich – es war ein Zungenkuss, nach dem ich unwillkürlich nach Atem rang. Jeder andere hätte dafür eine Ohrfeige bekommen, aber kein anderer hätte mich mit halb so viel Sachverstand geküsst, und so beschloss ich, es durchgehen zu lassen.

»Fühl dich einfach wie zu Hause«, sagte Clays Stimme gedehnt von der Tür her.

Nick drehte sich zu ihm um und grinste. Während er mich immer noch mit einem Arm umfasst hielt, ging er zu Clay hin und schlug ihm auf den Rücken. Clays Arm flog nach oben und packte Nick in einer Kopfzange. Er zog mich fort und stieß Nick aus dem Weg. Nick fand sein Gleichgewicht und sein Grinsen sofort wieder und kam zu uns zurückgetrabt.

»Wann bist du gekommen?«, fragte er mich und stieß Clay in die Rippen. »Und warum habt ihr uns nicht gesagt, dass sie kommt?«

Von hinten schloss mich wieder jemand in die Arme und hob mich hoch. »Die verlorene Tochter ist wieder da!«

Ich drehte den Kopf und sah in ein Gesicht, das so vertraut war wie Nicks. »Du bist genauso übel wie dein Sohn«, sagte ich, während ich mich aus seinem Griff wand. »Könnt ihr Typen es eigentlich nicht beim Handgeben belassen?«

Antonio lachte und setzte mich ab. »Ich sollte fester drücken. Vielleicht würde dich das lehren, eine Weile zu Hause zu bleiben.«

Antonio Sorrentino hatte das wellige dunkle Haar und die atemberaubenden braunen Augen mit seinem Sohn gemeinsam. Meist behaupteten sie, sie seien Brüder. Antonio war dreiundfünfzig und sah halb so alt aus, was ebenso an seiner Leidenschaft für einen gesunden Lebensstil lag wie daran, dass er ein Werwolf war. Er war etwas kleiner und stämmiger als sein Sohn, und seine breiten Schultern und der schwellende Bizeps ließen Clay wie ein Federgewicht wirken.

»Ist Peter schon da?«, fragte Antonio, während er sich den Stuhl neben Jeremy zurechtzog. Der trank gerade seine zweite Tasse Kaffee, ohne sich von dem Aufruhr stören zu lassen.

Jeremy schüttelte den Kopf.

»Sie kommen also alle?«, fragte ich.

»Iss fertig«, sagte Jeremy, während er mich kritisch musterte. »Du hast abgenommen. Das darfst du nicht. Wenn du nicht genug

Energie zuführst, verlierst du allmählich die Kontrolle. Ich hab dich schon mal gewarnt.«

Und damit schob er endlich die Staffelei zur Seite und begann mit Antonio zu reden. Clay griff über meine Schulter, schnappte sich ein großes Stück Schinken und schlang es auf einmal hinunter. Als ich ihn strafend anstarrte, antwortete er mit einem entwaffnenden Ich-will-doch-nur-helfen-Achselzucken.

»Lass die Finger von ihrem Teller«, sagte Jeremy, ohne sich umzusehen. »Deiner steht in der Küche. Es ist genug für alle da.«

Antonio war als Erster zur Tür hinaus. Als Nick ihm folgen wollte, packte Clay ihn am Arm. Er sagte kein Wort. Er brauchte nichts zu sagen. Nick nickte und stürmte davon, um zwei Teller zu füllen, während Clay den Stuhl neben mir nahm.

»Tyrann«, murmelte ich.

Clay zog die Augenbrauen hoch; die blauen Augen funkelten unschuldig. Seine Finger schossen vor, um das nächste Stück Schinken von meinem Teller zu holen. Ich griff nach der Gabel und rammte sie ihm hart genug in den Handrücken, dass er aufjaulte. Jeremy trank Kaffee und ignorierte uns.

Antonio kam zurück in den Wintergarten, den Teller so beladen, dass ich jeden Augenblick damit rechnete, die Pfannkuchen würden auf den Teppich rutschen – zumal er ihn nur in einer Hand hielt. Mit der Gabel in der anderen schob er sich gerade einen Pfannkuchen in den Mund. Nick folgte seinem Vater und stellte Clay einen Teller hin; dann zog er sich den fünften Stuhl heran, drehte ihn um und setzte sich mit gespreizten Beinen quer darüber. Ein paar Minuten vergingen in himmlischem Schweigen. Werwölfe machen beim Essen nicht viel Konversation. Die Aufgabe, sich den Magen voll zu schlagen, fordert ihre ganze Konzentration.

Das Schweigen hätte vielleicht noch länger angehalten, wenn die Türklingel die Stille nicht zerrissen hätte. Nick ging aufmachen und kam mit Peter Myers zurück. Peter war klein und drahtig mit einem breiten Grinsen und wildem rotem Haar, das immer aussah, als hätte er das Kämmen vergessen. Wir gingen das ganze

Ritual der Umarmungen, des Schulterklopfens und spielerischen Boxens noch einmal durch. Begrüßungen innerhalb des Rudels waren überschwänglich, gingen mit viel Körperkontakt einher und hinterließen oft genug ebenso viele blaue Flecken wie ein paar Runden einer Schlägerei.

»Und wann kommt Logan?«, fragte ich, als alle sich wieder an die Schwerarbeit des Essens machten.

»Gar nicht«, antwortete Jeremy. »Musste nach Los Angeles wegen einem Gerichtstermin. Sie haben ihn im allerletzten Moment gegen einen anderen Anwalt eingewechselt. Ich hab ihn gestern Abend noch angerufen und ihm erzählt, was los ist.«

»Dabei fällt mir ein«, sagte Clay, während er sich zu mir wandte. »Als ich das letzte Mal mit Logan gesprochen habe, hat er irgendwas davon rausgelassen, dass er mit dir geredet hätte. Kann natürlich nicht sein, du hattest ja jeden Kontakt zum Rudel abgebrochen, oder?«

Ich sah Clay an, ohne zu antworten. Ich brauchte nicht zu antworten. Er sah die Antwort in meinen Augen. Er wurde rot vor Ärger und spießte ein Stück Schinken mit so viel Nachdruck auf, dass der Tisch zitterte. Ich hatte mindestens einmal in der Woche mit Logan gesprochen, seit ich fortgegangen war, und mir dabei eingeredet, dass ich meinen Eid nicht wirklich brach, solange ich mich nicht mit ihm traf. Außerdem war Logan mehr als mein Bruder aus dem Rudel. Er war mein Freund, vielleicht der einzige echte Freund, den ich jemals gehabt hatte. Wir waren im gleichen Alter, aber auch darüber hinaus hatten wir mehr gemeinsam, als die beiden Mitglieder von WHAM! nennen zu können. Logan verstand den Reiz der Außenwelt. Er genoss den Schutz und die Kameradschaft, die das Rudel ihm bot, war aber ebenso zu Hause in der Menschenwelt, in der er eine Wohnung in Albany, eine langjährige Freundin und eine florierende Kanzlei hatte. Als mir klar geworden war, dass Jeremy ein Treffen einberufen hatte, war mein erster Gedanke gewesen: Phantastisch, Logan wird da sein. Und jetzt würde mir nicht einmal diese Entschädigung für den ungeplanten Besuch bleiben.

Ein paar Minuten später gingen Jeremy und Antonio hinaus auf die hintere Veranda, um miteinander zu reden. Als Jeremys ältester und engster Freund diente Antonio oft als Zuhörer und Kommentator für Jeremys Ideen und Pläne – eine Art Großwesir. Antonio und Jeremy waren als Söhne der beiden angesehensten Familien des Rudels zusammen aufgewachsen. Antonios Vater war vor Jeremy der Rudel-Alpha gewesen. Als Dominic starb, waren viele seiner Gefolgsleute davon ausgegangen, dass Antonio seine Aufgabe übernehmen würde, obwohl die Führerschaft innerhalb des Rudels nicht erblich war. Wie bei echten Wölfen war der Alpha traditionell der beste Kämpfer. Bevor Clay erwachsen geworden war, war Antonio der beste Kämpfer gewesen. Darüber hinaus hatte er mehr Hirn und mehr Vernunft als ein Dutzend normaler Werwölfe. Aber nach dem Tod seines Vaters hatte Antonio sich für Jeremy ausgesprochen, in dem er die Stärken erkannte, die das Rudel retten konnten. Mit Antonios Hilfe hatte Jeremy alle Einwände gegen seine Führerschaft aus dem Weg geräumt. Seither hatte niemand ihm die Rolle mehr streitig gemacht. Der einzige Werwolf, der Jeremys Position hätte gefährlich werden können, war Clay, und Clay hätte sich eher den rechten Arm abgehackt, als sich gegen den Mann zu stellen, der ihn gerettet und aufgezogen hatte.

Als Jeremy einundzwanzig gewesen war, war sein Vater mit einer merkwürdigen Geschichte von einer seiner Reisen zurückgekommen. Er war in Louisiana unterwegs gewesen, als er einen Werwolf gerochen hatte. Er war dem Geruch nachgegangen und hatte einen sehr jungen Werwolf entdeckt, der wie ein Tier in den Sümpfen lebte. Für Malcolm Danvers war dies nichts weiter gewesen als eine interessante Geschichte fürs Abendessen, denn niemand hatte jemals von einem Werwolf im Kindesalter gehört. Geborene Werwölfe erleben ihre erste Wandlung erst im Erwachsenenalter, in der Regel zwischen dem achtzehnten und dem einundzwanzigsten Lebensjahr. Ein von einem Werwolf gebissener Mensch wird sofort zum Werwolf, unabhängig vom Alter. Man ging generell davon aus, dass ein gebissenes Kind sterben würde –

wenn nicht an dem Biss selbst, dann mit Sicherheit an dem Schock. Selbst wenn das Kind den Biss wie durch ein Wunder überleben sollte, würde es die erste Wandlung nicht durchstehen können. Der Junge in Louisiana wirkte nicht älter als sieben oder acht, aber Malcolm hatte ihn in beiden Gestalten gesehen, er war also unverkennbar ein echter Werwolf. Das Rudel schob sein Überleben auf schieres Glück, eine Laune der Natur, die mit Kraft oder Willensstärke nichts zu tun hatte. Das Wolfskind mochte bisher überlebt haben, würde es aber mit Sicherheit nicht mehr lang machen. Malcolm rechnete damit, den Jungen bei seinem nächsten Besuch in Louisiana tot zu finden. Er schloss mit seinen Brüdern aus dem Rudel sogar ein paar hohe Wetten darauf ab.

Am nächsten Tag nahm Jeremy ein Flugzeug nach Baton Rouge und spürte den Jungen auf, der keine Ahnung hatte, was mit ihm geschehen war oder wie lang er schon ein Werwolf war. Er hatte in den Sümpfen und am Rand der Wohngebiete gelebt und sich am Leben erhalten, indem er Ratten und Hunde und Kinder tötete. In seinem Alter waren die Wandlungen vollkommen unkontrollierbar; er schwankte ständig zwischen den beiden Gestalten und war darüber fast wahnsinnig geworden. Der Junge hatte selbst in menschlicher Gestalt ausgesehen wie ein Tier, nackt, mit verfilztem Haar und Nägeln wie Klauen.

Jeremy hatte den Jungen mit nach Hause genommen und versucht, ihn zu zivilisieren. Es stellte sich heraus, dass dies eine so unmögliche Aufgabe war wie die, ein wildes Tier zu zivilisieren. Im allerbesten Fall kann man hoffen, es zu zähmen. Clay hatte so lange allein als Werwolf gelebt, dass er sich nicht mehr daran erinnern konnte, jemals etwas anderes gewesen zu sein. Er war ein Wolf geworden, einem echten Wolf ähnlicher als jeder normale Werwolf, getrieben von den einfachsten Instinkten – dem Bedürfnis zu jagen und zu fressen, sein Territorium zu verteidigen und seine Familie zu schützen. Wenn Jeremy dies jemals bezweifelt hatte, dann hatte Clays erste Begegnung mit Nicholas jeden Zweifel beseitigt.

Als Junge wollte Clay mit menschlichen Kindern nichts zu tun haben, und so beschloss Jeremy, er sollte einen der Söhne des Rudels kennen lernen – vielleicht würde Clay einen Spielgefährten bereitwilliger akzeptieren, der zwar noch kein Werwolf war, aber immerhin ihr Blut in den Adern hatte. Ich habe es schon erwähnt: die Söhne des Rudels wurden ihren Müttern früh weggenommen und von ihren Vätern aufgezogen. Mehr als das, sie wurden vom Rudel selbst aufgezogen. Die Jungen wurden von all seinen Mitgliedern betreut und verwöhnt, vielleicht um sie für das schwierige Leben zu entschädigen, das ihnen bevorstand, vor allem aber wohl, um die Bande zu schaffen, die für ein starkes Rudel nötig sind. Die Kinder verbrachten die Sommermonate oft damit, von Haus zu Haus zu wechseln und so viel Zeit wie möglich mit den »Onkeln« und »Cousins« zu verleben, die später ihre Brüder im Rudel sein würden. Das Rudel war nie sehr groß gewesen, und es gab in der Regel nicht mehr als zwei Jungen im gleichen Alter. Als Clay zu Jeremy kam, gab es nur zwei Rudelsöhne unter zehn Jahren: Nick, damals acht, und Daniel Santos, der beinahe sieben gewesen war – das Alter, das Jeremy schließlich auch Clay offiziell zuschrieb. Von den beiden sollte Nick Clays erster Spielgefährte werden. Vielleicht suchte Jeremy Nick aus, weil er der Sohn seines besten Freundes war. Vielleicht sah er auch schon damals etwas in Daniel, das ihn zu der Entscheidung bewog, er würde keinen passenden Spielgefährten abgeben. Was immer seine Gründe auch gewesen waren, Jeremys Entscheidung sollte sich auf das ganze Leben der drei Jungen auswirken. Aber das ist eine andere Geschichte.

Bei ihrer ersten Begegnung brachte Antonio Nick nach Stonehaven und stellte ihn Clay vor in der Erwartung, die beiden Jungen würden zusammen verschwinden und irgendwo brav und altmodisch Räuber und Gendarm spielen. Antonios Erzählungen zufolge stand Clay einen Moment lang da und musterte den älteren, größeren Jungen. Dann machte er einen Satz und drückte Nick mit einem Arm über seiner Kehle auf den Boden, woraufhin Nick prompt in die Hose machte. Angewidert von dem wenig lohnenden Gegner beschloss Clay, ihn am Leben zu lassen, und stellte rasch fest, dass er Verwendung für Nick hatte ... als Trainingsobjekt, Handlanger und ergebenen Gefolgsmann. Was nicht heißen soll, dass die beiden Jungen nie ganz altmodisch Räuber und Gendarm spielten, aber wann immer sie es taten und welche Rolle Nick in dem Spiel auch innehatte, es war jedes Mal er, der am Ende geknebelt, an einen Baum gefesselt und dort gelegentlich auch zurückgelassen wurde.

Clay lernte im Lauf der Zeit, seine Instinkte besser zu kontrollieren, aber selbst jetzt noch war es ein ständiger Kampf gegen die eigene Natur. Clay wurde vom Instinkt beherrscht. Er hatte Kniffe gelernt, die er anwenden konnte, wenn er rechtzeitig gewarnt wurde, etwa wenn er in der Ferne Jäger auf dem Grundstück hörte. Aber ohne eine solche Vorwarnung übernahm sein Temperament die Kontrolle, und er konnte explodieren und manchmal auch das Rudel gefährden. Ganz gleich wie intelligent er war – man hatte festgestellt, dass er einen IQ von 160 hatte –, er konnte seine Instinkte nicht beherrschen. Manchmal dachte ich, dass es dies für ihn noch schwieriger machen musste – klug genug zu sein, um zu wissen, dass man Fehler machte, und es trotzdem nicht verhindern zu können. Bei anderen Gelegenheiten fand ich eher, dass er, wenn er so klug war, auch in der Lage sein sollte, sich zu kontrollieren. Vielleicht versuchte er es einfach nicht wirklich. Diese Erklärung war mir lieber.

Als Jeremy und Antonio von ihrer privaten Besprechung zurückkamen, zogen wir alle ins Arbeitszimmer um, wo Jeremy uns die Situation schilderte. Es gab einen Werwolf in Bear Valley. Die Geschichte von den wilden Hunden war eine plausible Erklärung der Anwohner, die verzweifelt eine brauchten. Rings um die Leiche waren Abdrücke von Hundepfoten gefunden worden. Auch die Tötungsart wies auf einen Hund hin – die Kehle war herausgerissen und die Leiche teilweise gefressen worden. Natürlich konnte niemand erklären, warum die junge Frau überhaupt nachts durch den Wald gegangen war, noch dazu im Rock und mit hohen Absätzen. Es sah aus, als hätte ein Hund sie getötet, also hatten die Anwohner beschlossen, dass es so war. Wir wussten es besser.

Der Killer war ein Werwolf. Alle Anzeichen sprachen dafür. Überraschend war nur, dass er noch in Bear Valley war, ja dass er überhaupt hierher gekommen war. Wie hatte es geschehen können, dass einer der Mutts so nah an Stonehaven herankam? Wie hatte er ein Mädchen aus der Stadt töten können, bevor Jeremy und Clay auch nur gemerkt hatten, dass er da war? Die Antwort war einfach: Selbstgefälligkeit. Nach zwanzig Jahren, in denen kein Werwolf einen Fuß in das Gebiet nördlich von New York City gesetzt hatte, hatte Clays Wachsamkeit nachgelassen. Jeremy hatte zwar nach wie vor die Zeitungen durchgesehen, hatte aber den Ereignissen andernorts im Territorium mehr Aufmerksamkeit geschenkt. Wenn er mit Schwierigkeiten rechnete, dann erwartete er sie anderswo, vielleicht in Toronto, vielleicht in Albany, wo Logan seine Wohnung hatte, oder in den Catskills, wo der Landsitz der Sorrentinos lag, oder jenseits der Grenze in Vermont, wo Peter lebte. Aber nicht in der Nähe von Stonehaven. Niemals in der Nähe von Stonehaven.

Als die tote Frau verschwunden war, hatte Jeremy davon gewusst, aber keinen weiteren Gedanken daran verschwendet. Menschen verschwanden dauernd. Es hatte keinerlei Hinweis darauf gegeben, dass ein Werwolf mit der Sache zu tun hatte. Vor drei Tagen war die Leiche der Frau gefunden worden, und zu diesem Zeitpunkt war es zu spät gewesen. Die kurze Zeitspanne, in der man den Eindringling rasch und unauffällig hätte unschädlich machen können, war vorbei. Die Stadtbewohner waren alarmiert. Innerhalb weniger Stunden durchkämmten Jäger die Wälder auf der Suche nach der Bestie, mochte sie nun Mensch oder Hund sein. So sehr man Jeremy auch achtete, er war immer noch ein Außenseiter – jemand, der in der Umgebung lebte, sich aber von den anderen fern hielt. Seit Jahren hatten die Leute in und um Bear Valley den Danvers' ihre Privatsphäre gegönnt, nicht zuletzt dank der üppigen Schecks, die jedes Weihnachten eintrafen, für Schulmaterialien oder die neue Bücherei oder für was auch immer man gerade mühsam das Geld zusammenzubringen versuchte. Aber wenn eine Gefahr auftauchte, entsprach es der menschlichen

Natur, sofort an den Außenseiter zu denken. Es würde nicht lange dauern, bis irgendjemand sich an Stonehaven und seine ebenso großzügigen wie geheimnisvollen Bewohner erinnerte und fragte: »Was wissen wir eigentlich wirklich über die Leute dort?«
»Als Erstes müssen wir diesen Mutt finden«, sagte Jeremy. »Elena hat die beste Nase, also wird sie –«
»Ich bleibe nicht«, sagte ich.
Im Zimmer wurde es still. Alle drehten die Köpfe und sahen mich an. Jeremys Gesichtsausdruck war undurchdringlich, Clays Kiefermuskeln strafften sich, als bereitete er sich auf einen Streit vor, Antonio und Peter sahen schockiert aus, und Nick starrte mich verwirrt an. Ich verfluchte mich selbst dafür, dass ich es so weit hatte kommen lassen. Mitten in einem Treffen war nicht der beste Zeitpunkt, um meine Unabhängigkeit vom Rudel zu etablieren. Ich hatte versucht, es Jeremy am Abend zuvor zu sagen, aber er hatte offensichtlich vorgezogen, es zu ignorieren und zu hoffen, dass die Idee von allein verschwand, wenn ich darüber schlief. Ich hätte ihn gleich an diesem Morgen zur Seite nehmen und die Sache erklären sollen, statt mich an den Frühstückstisch zu setzen und die anderen glauben zu lassen, es sei wieder Normalität eingekehrt. Aber Stonehaven hatte diese Wirkung auf mich. Ich kam zurück, tauchte in das Leben hier ein – rannte mit Clay, stritt mit Jeremy, schlief in meinem Zimmer, traf die anderen wieder – und vergaß alles andere. Jetzt, als Jeremy Pläne für mich zu machen begann, wurde mein Gedächtnis rapide wieder besser.
»Ich dachte, du bist zurückgekommen«, sagte Nick schließlich in das Schweigen hinein. »Du bist hier. Ich verstehe nicht ganz.«
»Ich bin hier, weil Jeremy mich dringend gebeten hatte, ihn zurückzurufen. Ich habe es versucht, aber keiner ist drangegangen, also bin ich hergekommen, um nachzusehen, was los ist.«
In dem Augenblick, in dem ich es aussprach, wurde mir klar, wie lahm das klang.
»Ich habe angerufen«, fügte ich hinzu. »Und angerufen und angerufen und angerufen. Ich hab mir Sorgen gemacht, okay? Und irgendwann bin ich hergekommen, weil ich wissen wollte, was

Jeremy will. Ich hab ihn gestern Abend gefragt, aber er hat es mir nicht sagen wollen.«

»Und jetzt, nachdem du's weißt, gehst du also wieder«, sagte Clay. Seine Stimme klang leise und hart.

Ich ging auf ihn los. »Ich hab dir gestern Abend schon gesagt –«

»Jeremy hatte einen Grund, dich anzurufen, Elena«, sagte Antonio, während er zwischen Clay und mich trat. »Wir müssen rauskriegen, wer dieser Mutt ist. Du führst die Akten. Das ist dein Job.«

»Das *war* mein Job.«

Nick setzte sich auf; er wirkte jetzt nicht mehr nur verwirrt, sondern auch alarmiert. »Was soll das heißen?«

Clay machte Anstalten aufzustehen.

»Das soll heißen, dass Elena und ich etwas unter vier Augen zu besprechen haben«, sagte Jeremy. »Wir machen später weiter.«

Vermächtnis

Peter und Antonio verließen rasch den Raum. Nick blieb noch und versuchte meinen Blick aufzufangen. Als ich wegsah, zögerte er und folgte dann seinem Vater. Clay plumpste wieder auf seinen Sitz.

»Clayton«, sagte Jeremy.

»Ich bleibe. Das geht mich genauso viel an wie dich. Wenn Elena sich einbildet, sie kann hier auftauchen und dann einfach wieder gehen, nachdem ich über ein Jahr gewartet habe –«

»Dann was?«, fragte ich und machte einen Schritt auf ihn zu. »Dann wirst du mich kidnappen und in einem Hotelzimmer einsperren?«

»Das war vor sechs Jahren. Und ich wollte dich bloß davon überzeugen, dass du mit mir reden solltest, bevor du weggehst.«

»Überzeugen? Ha. Ich wäre wahrscheinlich jetzt noch da, wenn ich dich nicht *überzeugt* hätte, mich gehen zu lassen, indem ich dich an den Füßen vom Balkon habe hängen lassen. Wenn ich noch einen Rest Verstand gehabt hätte, hätte ich bei der Gelegenheit losgelassen.«

»Hätte nichts genützt, Darling. Ich federe. So leicht wirst du mich nicht los.«

»Ich werde dich jetzt los«, sagte Jeremy. »Raus. Das ist ein Befehl.«

Clay zögerte; dann seufzte er, zog sich von seinem Stuhl hoch, verließ das Zimmer und schloss die Tür. Das hieß allerdings nicht, dass er fort war. Keinerlei Schritte entfernten sich den Gang entlang. Stattdessen hörte ich einen dumpfen Plumps, als er sich draußen auf den Boden setzte, um zuzuhören. Jeremy beschloss es zu ignorieren.

»Wir brauchen deine Hilfe«, sagte er, während er sich wieder mir zuwandte. »Du hast die Mutts recherchiert. Du hast diese Aufgabe übernommen. Du weißt mehr über sie als irgendwer sonst.«
»Ich habe die Aufgabe übernommen, weil ich zum Rudel gehört habe. Ich hab dir gesagt –«
»Wir brauchen deine Nase, um ihn zu finden, und deine Kenntnisse, um ihn zu identifizieren. Dann brauchen wir deine Hilfe, um ihn loszuwerden. Es ist eine schwierige Situation, Elena. Clay ist nicht der Richtige dafür. Wir müssen mit der allergrößten Vorsicht vorgehen. Der Mutt hat auf unserem Territorium getötet, und er ist in unserer Stadt untergekommen. Wir müssen ihn rauslocken, ohne Aufmerksamkeit auf uns zu ziehen oder ihn in Panik zu versetzen. Du kannst das. Und nur du.«
»Es tut mir Leid, Jer, aber das ist nicht mein Problem. Ich lebe nicht mehr hier. Es ist nicht meine Aufgabe, nach Mutts Ausschau zu halten. Es ist nicht mein Job.«
»Es ist meiner. Ich weiß. Es hätte nie passieren sollen. Ich habe einfach nicht aufgepasst. Aber das ändert nichts daran, dass es passiert ist und dass wir deshalb alle in Gefahr sind – sogar du. Wenn der Mutt weiterhin Ärger macht, riskiert er, erwischt zu werden. Wenn er erwischt wird, was hindert ihn dann daran, den Behörden von uns zu erzählen?«
»Aber ich –«
»Alles, was ich von dir will, ist deine Hilfe bei diesem Problem. Sobald es behoben ist, kannst du tun, was du willst.«
»Und wenn ich das Rudel verlassen will? Hast du das ernst gemeint, was du gestern Abend gesagt hast? Dass es meine Entscheidung ist?«
Etwas glitt über Jeremys Gesicht. Er schob sich das Haar aus der Stirn, und der Ausdruck war verschwunden. »Ich war ärgerlich gestern Abend. Es gibt keinen Grund, die Entscheidung so übereilt zu treffen, Elena. Ich habe gesagt, ich würde dich gehen und dein eigenes Leben leben lassen und ich würde dich nur zurückrufen, wenn es wichtig ist. Dies hier ist wichtig. Ich habe dich wegen nichts anderem je angerufen. Ich habe Clay nicht erlaubt, mit dir

Kontakt aufzunehmen. Ich habe nicht verlangt, dass du zu den anderen Treffen zurückkommst. Ich habe nicht erwartet, dass du die Akten weiterführst oder irgendwas von den Dingen tust, die du normalerweise für uns erledigt hast. Niemand außer dir würde so viel Freiraum bekommen. Ich lasse ihn dir, weil ich möchte, dass du die nötige Freiheit hast, um die richtige Entscheidung zu treffen.«

»Du hoffst, ich werde da rauswachsen.«

»Dich an all das zu gewöhnen war schwerer für dich als für irgendjemanden sonst. Du bist nicht mit dem Wissen aufgewachsen, dass du ein Werwolf werden würdest. Gebissen zu werden wäre schlimm genug gewesen, aber die Umstände, unter denen es passiert ist, machen es zehnmal schlimmer. Es liegt in deiner Natur, gegen etwas anzukämpfen, das du dir nicht ausgesucht hast. Wenn du deine Entscheidung triffst, dann möchte ich, dass du sie triffst, weil du genug Zeit da draußen verbracht hast, um zu wissen, was du willst, und nicht, weil du bockig bist und hier und jetzt dein Recht auf Selbstbestimmung etablieren willst.«

»Mit anderen Worten, du hoffst, ich werde da rauswachsen.«

»Ich bitte um deine Hilfe, Elena. Ich bitte darum, ich verlange sie nicht. Hilf mir dieses Problem lösen, und du kannst zurückgehen nach Toronto. Niemand wird dich aufhalten.« Er sah zur Tür, horchte auf Clays Protest, aber es kam nur Schweigen zurück. »Ich gebe dir ein bisschen Zeit zum Nachdenken. Komm zu mir, wenn du so weit bist.«

Ich blieb über eine Stunde lang im Arbeitszimmer. Ein Teil von mir verfluchte mich selbst dafür, dass ich überhaupt zurückgekommen war, verfluchte Jeremy dafür, dass er mir dies auferlegte, verfluchte Clay dafür, dass ... na, für alles andere eben. Ich hätte mit den Füßen stampfen können wie ein zweijähriges Kind bei einem Wutanfall und brüllen, es sei nicht fair. Aber es war fair. Jeremys Argumente waren absolut vernünftig. Das war ja das Schlimme daran.

Ich stand in der Schuld des Rudels; ich hatte sie noch nicht vollständig abbezahlt. Ich stand in Antonios und Peters und Nicks und Logans Schuld für ihre Freundschaft und ihren Schutz, und obwohl sie dazu neigten, mich wie eine kleine Schwester zu behandeln, die sie knuddeln und verwöhnen und necken konnten, hatten sie mich doch akzeptiert und für mich gesorgt, als ich nicht für mich selbst sorgen konnte. Vor allem aber stand ich in Jeremys Schuld. Sosehr ich auch gegen seine Anforderungen und seine tyrannische Autorität aufbegehren mochte, ich vergaß nie, wie tief ich in seiner Schuld stand.

Als ich gebissen worden war, hatte Jeremy mich aufgenommen, beschützt, ernährt und mir beigebracht, meine Wandlungen zu kontrollieren, meine Impulse zu zügeln und mich der Außenwelt anzupassen. Das Rudel macht oft Scherze darüber, Clay aufzuziehen sei für Jeremy die größte aller Herausforderungen gewesen – die sieben Arbeiten des Herakles miteinander kombiniert. Wenn sie wüssten, was Jeremy meinetwegen mitgemacht hat, würden sie ihre Meinung vielleicht ändern. Ich habe ihm ein geschlagenes Jahr lang das Leben zur Hölle gemacht. Wenn er mir Essen brachte, habe ich es nach ihm geworfen. Wenn er mit mir redete, habe ich ihn verflucht und angefaucht. Wenn er mir zu nahe kam, bin ich auf ihn losgegangen. Später, nach meiner Flucht, habe ich das ganze Rudel in Gefahr gebracht. Jeder andere Werwolf hätte aufgegeben, mich aufgespürt und umgebracht. Jeremy spürte mich auf, brachte mich zurück nach Stonehaven und fing von vorn an. Als es mir besser ging, hatte er mich ermutigt, meinen Universitätsabschluss zu machen, und meine Tutoren, meine Wohnung und alles andere bezahlt. Als ich fertig war und anfing, als freiberufliche Journalistin zu arbeiten, hatte er mich ermutigt und unterstützt. Als ich erklärte, dass ich versuchen wollte, allein zu leben, hatte er zwar widersprochen, aber er hatte mich gehen lassen und weiter über mich gewacht. Es machte keinen Unterschied, ob er all das tat, weil er mich mochte, oder, wie ich befürchtete, weil es im Interesse des Rudels war, wenn ich verlässlich und unter seiner Kontrolle blieb. Es zählte nur, dass er es getan hatte. Jetzt verfluchte ich ihn dafür, dass er in meinem neuen Leben herumpfuschte. Aber es war ganz einfach eine Tatsache, dass ich ohne

Jeremys Hilfe kein neues Leben gehabt hätte. Wenn ich überhaupt überlebt hätte, wäre ich geworden wie die Mutts, kaum im Stande, meine Wandlungen und Impulse zu kontrollieren; ich würde Menschen töten, von Ort zu Ort ziehen, nur mit Mühe vermeiden, dass ein Verdacht auf mich fiel, ohne Job, ohne Wohnung, ohne Freunde und Liebhaber, ohne Zukunft.

Jetzt bat er mich um etwas. Einen Gefallen, den er nicht einmal als solchen bezeichnet hatte. Einfach nur eine Bitte um meine Hilfe. Ich konnte sie ihm nicht abschlagen.

Ich sagte Jeremy, ich würde lang genug bleiben, um ihnen zu helfen, den Mutt zu finden und zu töten – unter der Bedingung, dass ich danach gehen konnte, ohne dass er oder Clay versuchen würden, mich aufzuhalten. Jeremy stimmte zu. Dann ging er und teilte es den anderen mit, und danach nahm er Clay zu einer längeren Erklärung mit auf die Veranda hinaus. Als Clay zurückkam, war er bester Stimmung. Er machte Scherze mit Peter, absolvierte einen spielerischen Ringkampf mit Nick, schwatzte mit Antonio und bot mir das Sofa an, als wir ins Arbeitszimmer zurückkehrten, um die Besprechung weiterzuführen. Jeremy hatte unser Arrangement mit Sicherheit nicht schöngeredet; also musste Clay die Dinge mit Hilfe seiner ganz persönlichen Logik uminterpretiert haben, einer Logik, die ebensowenig zu dechiffrieren war wie sein Verhaltenskodex und seine persönliche Moral. Ich würde ihm demnächst den Kopf zurechtsetzen.

Wie erwartet lief der Plan darauf hinaus, den Mutt aufzuspüren und zu töten. In Anbetracht der riskanten Begleitumstände würde dies in einer oder in zwei Phasen vonstatten gehen. Heute Abend würden wir fünf – ohne Jeremy – in die Stadt gehen, um den Mutt zu finden. Wir würden uns in zwei Gruppen aufteilen, Antonio und Peter in einer und der Rest von uns in der anderen. Wenn wir das Versteck des Mutts fanden, würden Antonio oder ich entscheiden, ob der Mutt gefahrlos getötet werden konnte. Wenn das nicht der Fall war, würden wir genug Information sammeln, um in einer anderen Nacht wiederzukommen. Nach dem José-Carter-Fiasko war ich überrascht, dass Jeremy mir die Verantwortung für

eine solche Entscheidung übertrug, aber keiner der anderen hatte Einwände, und so hielt ich den Mund.
Vor dem Mittagessen ging ich in mein Zimmer, um Philip anzurufen. Unten debattierten Peter und Antonio lautstark über irgendein Detail der Hochfinanz. In der Küche knallten Schubladen, und der Duft von geröstetem Lammfleisch trieb zu mir herauf – Clay und Nick kochten. Von Jeremy hörte ich nichts, aber ich wusste, er war noch dort, wo ich ihn verlassen hatte – im Arbeitszimmer, wo er über Stadtplänen von Bear Valley saß und die Vorgehensweise für unsere Suche heute Abend festlegte.
Ich ging zu meinem Bett hinüber, schob den Vorhang zur Seite, kroch ins Innere und ließ den Vorhang zurückschwingen, so dass ich das Zimmer nicht mehr sehen konnte. Als Philip im Büro nicht ans Telefon ging, versuchte ich es auf seinem Handy. Er war beim dritten Klingeln am Apparat. Als seine Stimme knackend über den Äther kam, schienen alle Geräusche aus dem Erdgeschoss zu verstummen, und ich kam mir vor wie in eine andere Welt versetzt, eine Welt, in der unsere Pläne, einen Werwolf zu jagen, allenfalls zur Handlung eines drittklassigen Films gehören konnten.
»Ich bin's«, sagte ich. »Hast du gerade zu tun?«
»Bin auf dem Weg zum Mittagessen mit einem Kunden. Potenziellen Kunden. Ich hab deine Nachricht gekriegt. Ich war unten, habe eine halbe Stunde trainiert und den Anruf verpasst. Kannst du mir deine Nummer dort geben? Warte, ich suche nur gerade ein Stück Papier.«
»Ich habe doch das Handy.«
»Okay, ich bin ein Idiot. Natürlich. Wenn ich dich brauche, kann ich also auf dem Handy anrufen?«
»Im Krankenhaus muss ich's ausschalten, das verlangen die dort. Aber ich sehe regelmäßig nach, ob Nachrichten da sind.«
»Krankenhaus? Verdammt. Es tut mir Leid. Fünf Minuten, und ich hab noch nicht mal gefragt, was mit deinem Cousin los ist. Ein Unfall?«
»Seine Frau. Ich bin früher immer im Sommer hergekommen, und

wir haben zusammen herumgehangen, Jeremy, seine Brüder, Celia – das ist seine Frau.« Philip wusste, dass meine Eltern tot waren, aber die unschönen Details hatte ich ihm verschwiegen – zum Beispiel, wie jung ich gewesen war, als es passierte. Also konnte ich jetzt improvisieren. »Jedenfalls hat Celia einen Autounfall gehabt. Es hat ziemlich übel ausgesehen, als Jeremy angerufen hat. Inzwischen ist sie außer Gefahr.«

»Gott sei Dank. Herrgott, das ist ja fürchterlich. Wie geht es den anderen?«

»So weit gut. Das Problem sind die Kinder. Drei davon. Jeremy ist wirklich ziemlich aufgeschmissen, versucht sich um die Kinder zu kümmern und macht sich Sorgen. Ich hab ihm angeboten, ich bleibe ein paar Tage, wenigstens so lange, bis Celias Eltern aus Europa zurück sind. Im Augenblick sind alle hier ziemlich durcheinander.«

»Das kann ich mir vorstellen. Moment –« Störgeräusche kamen übers Telefon. »Gut. Ich bin von der Schnellstraße runter. Tut mir Leid. Du bleibst also noch eine Weile und hilfst aus?«

»Bis übers Wochenende. Ist das okay?«

»Natürlich. Unbedingt. Wenn ich diese Woche nicht so eingespannt wäre, würde ich selbst runterkommen. Brauchst du irgendwas?«

»Ich hab ja die Kreditkarte.«

Er kicherte. »Sonst braucht man heutzutage ja auch nichts mehr. Wenn du überziehst, sag mir Bescheid, und ich überweise dir was. Verdammt, jetzt hab ich die Ausfahrt verpasst.«

»Ich lasse dich besser in Frieden.«

»Tut mir Leid. Ruf mich doch heute Abend an, wenn du es schaffst, obwohl du wahrscheinlich ziemlich beschäftigt sein wirst. Drei Kinder. Wie alt?«

»Keins über fünf.«

»Autsch. Du hast alle Hände voll zu tun. Ich vermisse dich.«

»Es dauert nur noch ein paar Tage.«

»Gut. Bis bald. Ich liebe dich.«

»Ich dich auch. Bis bald.«

Als die Verbindung unterbrochen war, schloss ich die Augen und atmete aus. Na also. So schlimm war es gar nicht gewesen. Philip war immer noch Philip. Nichts hatte sich geändert. Philip und mein neues Leben waren noch da draußen und warteten auf mich. Nur noch ein paar Tage, und ich konnte zu ihnen zurückkehren.

Nach dem Mittagessen ging ich ins Arbeitszimmer, um meine Akten durchzusehen, in der Hoffnung, Hinweise darauf zu finden, welcher Mutt in Bear Valley Schaden anrichtete. Eine meiner Aufgaben im Rudel war es gewesen, die Dossiers über die nicht zum Rudel gehörenden Werwölfe weiterzuführen. Ich hatte Akten angelegt, mit allem Drum und Dran, einschließlich Fotos und Notizen über ihre Gewohnheiten. Ich konnte über zwei Dutzend Namen samt dem letzten bekannten Aufenthaltsort des Betreffenden herunterbeten und die Liste aus dem Gedächtnis in drei Gruppen unterteilen: die Brauchbaren, die Gefährlichen und die wirklich Üblen. Diejenigen, die den Drang zu töten unterdrücken konnten, diejenigen, die es nicht konnten, und diejenigen, die sich nicht die Mühe machten, es zu versuchen. Nach dem Verhalten unseres Mutts zu urteilen gehörte er in die dritte Kategorie. Das schränkte die Auswahl ein, von siebenundzwanzig auf etwa zwanzig.

Ich nahm mir die Schrankfächer unter den Bücherbrettern vor. Ich öffnete das Zweite davon, räumte eine Schneise zwischen den Brandygläsern frei und tastete an der Rückwand nach dem vorstehenden hölzernen Nagel. Als ich ihn gefunden hatte, drehte ich ihn, und das Brett schnappte auseinander. In dem Geheimfach dahinter bewahrten wir die beiden einzigen prekären Gegenstände in Stonehaven auf, die einzigen Dinge, die verraten konnten, was wir waren. Das eine davon war meine Sammlung von Dossiers. Die allerdings war nicht da. Ich seufzte. Nur Jeremy konnte sie herausgenommen haben, und der war vor einer Stunde zu einem Spaziergang aufgebrochen. Ich konnte mich natürlich auf die Suche nach ihm machen, aber ich wusste, dass es ihm nicht nur um die frische Luft gegangen war; er überlegte sich die letzten Einzelheiten für unsere Jagd, und Störungen waren mit Sicherheit nicht erwünscht.

Als ich das Fach wieder schloss, sah ich das zweite Buch dort liegen, holte es in einer spontanen Laune heraus und öffnete es, obwohl ich es schon so oft gelesen hatte, dass ich es seitenweise aus dem Gedächtnis aufsagen konnte. Als Jeremy mir zum ersten Mal von dem Vermächtnis erzählte, hatte ich eine muffige, stinkende, halb verrottete Schwarte zu sehen erwartet. Tatsächlich jedoch war das jahrhundertealte Buch besser erhalten als meine Bücher aus der Collegebibliothek. Natürlich waren seine Seiten vergilbt und brüchig, aber jeder Alpha hatte es in einem besonderen Fach aufbewahrt, geschützt vor Staub, Schimmel, Licht und allem anderen, das Büchern schaden konnte.
Das Vermächtnis gab vor, die Geschichte der Werwölfe zu erzählen, vor allem die des Rudels, aber es war keine reine Sammlung von Daten und Ereignissen. Stattdessen hatte jeder Alpha hinzugefügt, was immer er für wichtig hielt, und das Ergebnis war ein Mischmasch aus Geschichte, Genealogie und Tratsch.
Ein Kapitel befasste sich ausschließlich mit wissenschaftlichen Experimenten über die Natur und die natürlichen Grenzen des Werwolfwesens. So war während der Renaissance ein Alpha vollkommen fasziniert gewesen von Legenden über die Unsterblichkeit von Werwölfen. Er hatte jede davon ausführlich dokumentiert, von den Erzählungen über Werwölfe, die unsterblich geworden waren, nachdem sie das Blut kleiner Kinder getrunken hatten, bis hin zu Werwölfen, die nach ihrem Tod Vampire geworden waren. Danach hatte er mit einer Reihe von geradezu unter Laborbedingungen durchgeführten Experimenten begonnen. Er verwendete zu diesem Zweck Mutts, die er einfing, präparierte und dann tötete, um auf ihre Wiederauferstehung zu warten. Keins der Experimente war jemals geglückt, aber er hatte bemerkenswerte Erfolge dabei erzielt, den europäischen Muttbestand zu dezimieren.
Ein Jahrhundert später entwickelte ein anderer Alpha die Obsession, sich den bestmöglichen Sex zu verschaffen – wobei das einzig Überraschende daran war, dass es ein paar hundert Jahre gedauert hatte, bis jemand auf die Idee kam. Er war von der

Hypothese ausgegangen, dass Sex zwischen Menschen und Werwölfen seiner Natur nach unbefriedigend war, weil es sich um zwei verschiedene Spezies handelte. Also biss er zunächst ein paar Frauen. Als sie es nicht überlebten, schloss er daraus, dass die Gerüchte über weibliche Werwölfe im Lauf der Jahrhunderte keinerlei Grundlage in der Wirklichkeit hatten und dass derlei biologisch unmöglich war. In der Folge probierte er Variationen in beiden Gestalten – als Wolf und Mensch, mit normalen Wölfen und mit Menschen. Nichts kam an altmodischen zwischenmenschlichen Sex in menschlicher Gestalt heran, und so wandte er sich wieder Frauen zu und begann mit verschiedenen Positionen, Techniken, Schauplätzen und so weiter zu experimentieren. Schließlich entdeckte er den Akt der höchsten sexuellen Befriedigung – zu warten, bis sich der Höhepunkt ankündigte, und seiner Partnerin dann die Kehle durchzubeißen. Er beschrieb sein Rezept lebhaft und detailliert mit der ganzen wortreichen Begeisterung eines Frischbekehrten. Glücklicherweise gewann die Methode innerhalb des Rudels nie Anhänger, vermutlich weil der Alpha ein paar Monate später auf dem Scheiterhaufen verbrannt wurde – allerdings erst nachdem er den gesamten Bestand an heiratsfähigen jungen Frauen seines Dorfes erschöpft hatte.

Weniger gut belegt waren die zahllosen Werwolflegenden aus vielen Jahrhunderten, die das Vermächtnis enthielt. Die meisten davon waren Geschichten des Typs »mein Vater hat mir das mal erzählt, als ich noch ein Kind war«, und manche gingen zurück auf Zeiten lang vor der ersten Ausgabe des Vermächtnisses. Es gab Geschichten von Werwölfen, die ihr Leben genau andersherum verbracht hatten, die den größten Teil ihrer Zeit Wölfe waren und nur dann zu Menschen wurden, wenn ihr Körper es verlangte. Es gab Geschichten von Rittern und Soldaten und Banditen und Plünderern, die angeblich Werwölfe gewesen waren. Die meisten ihrer Namen waren aus der Geschichte verschwunden, aber einer war noch bekannt, sogar bei Leuten, die in ihrem ganzen Leben kein Geschichtsbuch in die Hand genommen hatten. Die menschliche Überlieferung weiß von einer Legende, derzufolge der

Stammbaum Dschingis Khans mit einem Wolf und einer Hindin begonnen hatte. Dem Vermächtnis zufolge war an der Geschichte ebenso viel Wahrheit wie Allegorie; der Wolf sei ein Werwolf gewesen und die Hindin ein Symbol für eine Menschenfrau. Verfolgte man den Gedanken weiter, dann war auch Dschingis Khan selbst ein Werwolf gewesen, was seine Blutlust und seine fast übermenschlichen Fähigkeiten in der Schlacht erklären würde. Höchstwahrscheinlich war daran ebenso wenig Wahres wie an den zahllosen menschlichen Stammbäumen, in denen Napoleon und Kleopatra auftauchen. Aber es gab immer noch eine gute Geschichte ab.

Eine ebenso gute Geschichte fand sich unter den menschlichen Werwolfmythen. Das Dorf eines jungverheirateten Edelmanns wurde von einem Werwolf heimgesucht. Eines Nachts macht sich der Edelmann auf die Suche, hört ein Geräusch im Dickicht und entdeckt einen riesigen Wolf. Er springt vom Pferd und verfolgt den Wolf zu Fuß durch den Wald. Die Bestie flieht vor ihm, aber einmal kommt er ihr nahe genug, um mit dem Schwert auszuholen und dem Wolf eine Vorderpfote abzuhacken. Der Wolf entkommt, aber als der Edelmann zurückkehrt, um die Pfote zu holen, ist sie zu einer Frauenhand geworden. Er kehrt erschöpft nach Hause zurück, um seiner Frau von dem Erlebnis zu erzählen. Er trifft sie dabei an, wie sie sich in einem Hinterzimmer versteckt und den blutigen Stumpf verbindet, der einmal ihre Hand war. Als ihm die Wahrheit aufgeht, tötet er sie. Die menschliche Version der Geschichte endet hier, aber das Vermächtnis erzählt die Geschichte weiter, und zwar mit einer werwolffreundlichen Wendung. In unserer Version tötet der Edelmann seine Frau, indem er ihr den Bauch aufschlitzt. Dabei fällt ein Wurf junger Wölfe heraus, seine eigenen Kinder. Bei dem Anblick wird der Edelmann wahnsinnig und stürzt sich in sein Schwert. Nun muss ich sagen, dass ich als weiblicher Werwolf die Vorstellung von einem Bauch voller Welpen nicht besonders attraktiv finde. Ich ziehe es vor, in den Welpen ein Symbol für die Schuld des Edelmanns zu sehen. Als ihm aufgeht, dass er seine Frau getötet hat, ohne ihr auch nur

Gelegenheit zu einer Erklärung zu geben, wird er wahnsinnig und begeht Selbstmord. Ein viel passenderes Ende.

Neben all diesen Geschichten und Theorien hat jeder Alpha die Geschichte des Rudels unter seiner Herrschaft dokumentiert. In diese Kategorie gehören nicht nur Familienstammbäume, sondern auch kurze Zusammenfassungen der Lebensgeschichte und des persönlichen Hintergrunds jedes Mitglieds. Die meisten Stammbäume waren lang und kompliziert. Im gegenwärtigen Rudel allerdings gab es drei Solitäre, einzelne Namen, denen kein Name voranging und keiner folgte. Clay und ich waren zwei davon. Logan war der Dritte. Im Unterschied zu Clay und mir war Logan ein geborener Werwolf. Niemand wusste, wer sein Vater war. Er war als Baby zur Adoption freigegeben worden, mit nichts weiter als einem Umschlag, der an seinem sechzehnten Geburtstag geöffnet werden sollte. Der Umschlag enthielt einen Zettel mit zwei Familiennamen und zwei Adressen, der der Danvers' von Stonehaven und der des Sorrentino-Landsitzes bei New York. Es war unwahrscheinlich, dass Logans Vater zum Rudel gehörte, denn kein Rudelmitglied würde seinen Sohn zur Adoption freigeben. Aber der Vater hatte gewusst, dass das Rudel einen sechzehnjährigen Werwolf nicht einfach abweisen würde, ganz gleich, von wem er abstammte. So hatte er seinen Sohn an sie verwiesen und sichergestellt, dass Logan vor seiner ersten Wandlung herausfinden würde, wer er war, und eine Chance hatte, sein neues Leben geschützt und entsprechend ausgebildet zu beginnen. Vielleicht bewies dies, dass Mutts nicht notwendigerweise erbärmliche Väter abgaben, vielleicht auch nur, dass es überall Ausnahmen und Abweichler gibt.

Die meisten anderen Stammbäume des Rudels hatten mehrere Zweige. Wie die Danvers' konnten auch die Sorrentinos ihre Wurzeln bis zu den Anfängen des Vermächtnisses zurückverfolgen. Antonios Vater Dominic war bis zu seinem Tod Alpha gewesen. Er hatte drei Söhne gehabt – Gregory, der nicht mehr lebte, Benedict, der das Rudel verlassen hatte, bevor ich dazustieß, und Antonio, der jüngste. Antonios einziger Sohn war Nick. Im

Vermächtnis stand neben Nicks Name in Klammern eine Abkürzung: LKB. Nick wusste nicht, was sie bedeutete. Soviel ich wusste, hatte er auch nie gefragt. Wenn er das Vermächtnis überhaupt gelesen hatte, was ich bezweifelte, hatte er wahrscheinlich gedacht, dass die Buchstaben nicht wichtig waren, weil niemand ihm ihre Bedeutung erklärt hatte. Nick war so – er nahm die Dinge einfach hin. Die Buchstaben waren wichtig, aber es hatte keinen Zweck, Nick zu erzählen, was sie bedeuteten; es hätte Fragen aufgeworfen, die nicht zu beantworten waren, und vielleicht Gefühle, die nicht zu befriedigen waren. LKB waren die Initialen von Nicks Mutter. Es war das einzige Mal im gesamten Vermächtnis, dass eine Mutter dokumentiert wurde. Jeremy hatte die Initialen hinzugefügt. Weder er noch Antonio hatten mir erklärt weshalb. Peter war es gewesen, der mir die Geschichte vor ein paar Jahren erzählt hatte.

Als Antonio sechzehn war und eine teure Privatschule bei New York besuchte, hatte er sich in ein Mädchen aus dem Ort verliebt. Seinem Vater gegenüber hatte er es wohlweislich niemals erwähnt, aber er weihte seinen besten Freund, den vierzehnjährigen Jeremy, in das Geheimnis ein, und die beiden hatten gemeinsam beschlossen, die Sache vor dem Rudel geheim zu halten. Es ging ein Jahr lang gut. Dann wurde das Mädchen schwanger. Auf Jeremys Rat hin erzählte Antonio seinem Vater davon. Allem Anschein nach hatte Jeremy geglaubt, Dominic würde erkennen, dass sein Sohn verliebt war, und das Gesetz des Rudels brechen, um ihm zu helfen. Wahrscheinlich waren wir alle irgendwann einmal jung. Jung, romantisch und sehr naiv. Sogar Jeremy. Die Dinge entwickelten sich nicht ganz so, wie Jeremy es sich vorgestellt hatte – welche Überraschung. Dominic nahm Antonio von der Schule und verhängte Hausarrest, während das Rudel darauf wartete, dass das Baby zur Welt kam.

Mit Jeremys Hilfe war Antonio geflohen, war zu dem Mädchen zurückgekehrt und hatte sich vom Rudel losgesagt. Danach wurde die Angelegenheit wirklich unerfreulich. Peter war nicht weiter ins Detail gegangen; er hatte lediglich gesagt, dass Antonio und seine Freundin untergetaucht waren, während Jeremy den Boten zwischen Vater und Sohn spielte und verzweifelt versuchte, eine Versöhnung zu Stande zu bringen. Irgendwann wurde mitten in dem Durcheinander Nick geboren.

Drei Monate später erlebte Antonio seine erste Wandlung. Im Lauf des nächsten halben Jahres wurde ihm klar, dass sein Vater Recht hatte. So sehr er Nicks Mutter auch liebte, es konnte nichts daraus werden. Er würde nicht nur ihr Leben ruinieren, sondern auch das seines Sohnes, indem er ihn zu einem Dasein als Mutt verurteilte. Eines Nachts nahm er Nick, ließ einen Umschlag mit Geld auf dem Tisch liegen und ging. Er brachte Nick zu Jeremy und sagte ihm, er solle das Kind Dominic geben. Dann verschwand er. Drei Monate lang blieb Antonio unauffindbar; nicht einmal Jeremy wusste, wo er steckte. Ebenso plötzlich tauchte er wieder auf. Er übernahm es, Nick aufzuziehen, und erwähnte das Mädchen nie wieder. Alle Welt glaubte, die Angelegenheit sei erledigt. Jahre später aber wollte Peter Antonio besuchen und spürte ihn in einem Vorort auf, wo Antonio neben einem Spielplatz in seinem Auto saß und eine junge Frau beobachtete, die mit einem Kleinkind spielte. Ich fragte mich, wie oft er das getan hatte, fragte mich, ob er es heute immer noch tat, nachsah, wie es Nicks Mutter ging, vielleicht zusah, wie sie mit ihren Enkeln spielte. Wenn ich mir Antonio ansehe – den überschwänglichen, lauten, selbstsicheren Antonio –, dann kann ich mir kaum vorstellen, dass er noch immer einer verlorenen Liebe die Treue hält. Aber in all den Jahren, die ich ihn kenne, habe ich nie gehört, dass er von einer Frau in seinem Leben gesprochen hätte. Oh, es *gibt* Frauen in seinem Leben, aber sie kommen und gehen; keine bleibt jemals lang genug, um auch nur in einer Unterhaltung erwähnt zu werden.

Ich hatte mich damals gefragt, warum Peter mir die Geschichte überhaupt erzählte – ein Kapitel Rudelgeschichte, das nie im Vermächtnis erscheinen würde. Später wurde mir klar, dass er geglaubt hatte, ein harmloses Rudelgeheimnis mit mir zu teilen würde mir helfen, mich als Teil des Rudels zu fühlen, würde mich lehren, meine Brüder besser zu verstehen. Peter hat viel in dieser

Art getan. Das soll nicht heißen, dass die anderen mich ausgeschlossen oder dafür gesorgt hätten, dass ich mich unwillkommen fühlte. Nichts dergleichen. Der Einzige, an dessen Akzeptanz ich jemals zweifelte, war Jeremy, und das war möglicherweise mehr mein eigenes Problem als seins. Über Clay hatte ich Logan und Nick kennen gelernt, bevor ich zum Werwolf geworden war. Nachdem ich gebissen worden war, waren beide für mich da gewesen, und nachdem ich mich einmal hatte überwinden können, ihre Hilfe zu akzeptieren, hatten sie getan, was sie konnten, um mich aufzuheitern – so gut man jemanden eben aufheitern kann, der gerade erfahren hat, dass das Leben, das er gekannt hat, unwiderbringlich vorbei ist. Als ich beim ersten Treffen des Rudels, an dem ich teilnahm, Antonio kennen lernte, hatte er mir geschmeichelt und mich geneckt und mich so unbefangen ins Gespräch gezogen, als hätte er mich seit Jahren gekannt. Aber Peter war anders gewesen. Mich zu akzeptieren reichte nicht. Er tat immer noch etwas zusätzlich. Er war der Erste gewesen, der mir von seinem persönlichen Hintergrund erzählt hatte, wie ein neuentdeckter Onkel, der die Lücken in meiner Kenntnis der Familiengeschichte schloss.

Peter war im Rudel aufgewachsen, aber mit zweiundzwanzig hatte er beschlossen zu gehen. Seinem Abschied war weder eine Rebellion noch ein größerer Krach vorangegangen. Er hatte einfach beschlossen, das Leben auf der anderen Seite auszuprobieren, mehr als ein Experiment mit verschiedenen Lebensstilen als eine Revolte gegen das Rudel. So, wie Peter es erzählte, hatte Dominic ihn weder als Risiko außerhalb des Rudels noch als unbedingt notwendiges Mitglied innerhalb betrachtet, und so ließ er ihn gehen. Mit seinem Collegeabschluss in Audiovisionstechnologie hatte Peter sich auf die aufregendste Arbeit verlegt, die er sich vorstellen konnte – er wurde Tontechniker für Rockbands. Angefangen hatte er in Bars; innerhalb von fünf Jahren hatte er sich bis zu den großen Konzerten hochgearbeitet. Zu diesem Zeitpunkt wurde sein Durst nach neuen Erfahrungen gefährlich, denn er hatte den gesamten Lebensstil der Rockbands übernommen – einschließlich der Drogen, des Alkohols und der durchwachten Nächte. Dann war etwas geschehen. Etwas Übles. Peter war nicht weiter ins Detail gegangen, aber er hatte gesagt, es sei übel genug gewesen, um ein Todesurteil zu rechtfertigen, wenn das Rudel dahinter kam. Er hätte verschwinden, untertauchen und das Beste hoffen können. Er tat nichts dergleichen. Stattdessen hatte er auf sein Leben und das, was er getan hatte, zurückgeblickt und festgestellt, dass es nicht besser werden würde, wenn er wegrannte. Er würde nur wieder Unheil anrichten. Er beschloss sich dem Rudel auszuliefern. Wenn Dominic seine Hinrichtung anordnete, würde sein erster Fehler wenigstens auch sein letzter gewesen sein. Aber er hoffte, dass Dominic ihm die Absolution erteilen und ihm gestatten würde, in das Rudel zurückzukehren, wo er die Kontrolle über sein Leben zurückgewinnen konnte. Um seine Aussichten zu verbessern, hatte er sich an den einen Bruder im Rudel gewandt, von dem er glaubte, er werde bei Dominic für ihn sprechen. Er hatte Jeremy angerufen. Statt zu Dominic zu gehen, nahm Jeremy erst einmal ein Flugzeug nach Los Angeles, wobei er den zehnjährigen Clay mitnahm. Während Peter den Babysitter spielte, verbrachte Jeremy eine Woche damit, alle Spuren von Peters Fehler zu beseitigen. Danach kehrte er mit Peter nach New York zurück und arrangierte seine Rückkehr ins Rudel, ohne ein Wort über den Fehltritt in Kalifornien zu verlieren. Heute wäre niemand mehr auf den Gedanken gekommen, dass Peter jemals einen solchen Fehltritt begangen oder auch nur jemals das Rudel verlassen hatte. Er war Jeremy ebenso ergeben wie Clay und Antonio, wenn auch auf seine eigene Art. Er war ruhig und nahm die Dinge hin; er stritt nicht und äußerte nicht einmal eine abweichende Meinung. Das Einzige, was von Peters wilden Jahren übrig geblieben war, war sein Job. Er arbeitete nach wie vor als Tontechniker, einer der besten seiner Branche. Er verschwand immer wieder auf lange Tourneen, aber Jeremy machte sich niemals Sorgen um ihn oder bezweifelte, dass Peter sich in seinem Leben draußen anders als vollkommen überlegt und vernünftig verhalten würde. Jeremy hatte sogar mir erlaubt, für ein paar Wochen

mit Peter zu verschwinden, damals, als ich mich in meinem Leben als Werwolf noch zu orientieren versuchte. Peter hatte mich eingeladen, ihn auf der kanadischen Etappe einer U2-Tournee zu begleiten. Es war die Erfahrung meines Lebens gewesen und hatte mich all meine Probleme vergessen lassen – was natürlich genau das war, was Peter beabsichtigt hatte.
An dieser Stelle war ich angelangt, als ein Paar Hände mich unter den Armen packte und mich von meinem Stuhl hochriss.
»Wach auf!«, sagte Antonio, kitzelte mich und ließ mich wieder auf den Stuhl fallen. Er lehnte sich über meine Schulter und nahm das Vermächtnis in die Hand. »Gerade noch rechtzeitig, Pete. Wenn sie noch fünf Minuten weitergelesen hätte, wäre sie im Koma gewesen.«
Peter trat vor mich, nahm Antonio das Buch ab und verzog das Gesicht. »Sind wir so schlechte Gesellschaft, dass du dich lieber hier verkriechst und diese Schwarte liest?«
Antonio grinste. »Wahrscheinlich geht sie gar nicht uns aus dem Weg, sondern einem gewissen blonden Tornado. Jeremy hat ihn und Nicky einkaufen geschickt, du kannst jetzt also rauskommen.«
»Wir wollten fragen, ob du mit uns spazieren gehst«, sagte Peter. »Die Beine ein bisschen strecken, einander auf den neuesten Stand bringen und so.«
»Eigentlich wollte ich –«, begann ich.
Antonio nahm mich zum zweiten Mal unter den Armen und stellte mich diesmal auf die Füße. »Eigentlich wollte sie gerade zu uns kommen und uns sagen, wie sehr sie uns vermisst hat und dass sie darauf brennt, auf den neuesten Stand gebracht zu werden.«
»Ich wollte –«
Peter griff nach meinen Handgelenken und zerrte mich zur Tür. Ich stemmte mich dagegen.
»Ich komme ja mit«, sagte ich. »Ich wollte bloß sagen, dass ich hergekommen bin, um die Dossiers zu lesen, aber Jeremy muss sie genommen haben. Ich hatte gehofft, ich finde etwas, das mir hilft rauszukriegen, wer hinter dieser Sache steckt. Habt ihr Typen irgendwelche Ideen?«

»Massenhaft«, sagte Antonio. »Komm mit spazieren, und wir erzählen's dir.«

Als wir den Garten hinter uns hatten und auf dem Weg in den Wald waren, begann Antonio.

»Ich setze auf Daniel«, sagte er.

»Daniel?« Peter runzelte die Stirn. »Wie kommst du darauf?«

Antonio hob die Hand und begann seine Gründe an den Fingern abzuzählen. »Erstens, er hat mal zum Rudel gehört, also weiß er, wie gefährlich so was auf unserem Territorium für uns ist, weil wir nicht einfach aus der Gegend verschwinden können oder wollen. Zweitens, er hasst Clay. Drittens, er hasst Jeremy. Viertens, er hasst uns alle – mit Ausnahme unserer lieben Elena, die praktischerweise nicht in Stonehaven weilte und deshalb von dem ganzen Chaos nicht betroffen war, und ich bin sicher, Daniel wusste das. Fünftens, er hasst Clay *wirklich*. Sechstens – halt, warte, andere Hand – er ist ein mörderischer kannibalischer Dreckskerl. Siebtens, hab ich erwähnt, dass er zugeschlagen hat, als Elena gerade nicht da war? Achtens, wenn er genug Schaden anrichtet, landet Elena vielleicht wieder auf dem freien Markt – Partnermarkt, meine ich. Neuntens, er kann Clay wirklich, wirklich, WIRKLICH nicht ausstehen. Zehntens, er hat dem ganzen Rudel Rache geschworen, vor allem den beiden Mitgliedern, die zurzeit in Stonehaven leben. He, mir gehen hier langsam die Finger aus, Kumpel. Wie viele Gründe willst du eigentlich noch?«

»Wie wär's mit einem, der die komplette Idiotie der Sache mit einbezieht. Und da ist Daniel nicht unser Mann. Nimm's mir nicht übel, Tonio, aber ich glaube, du siehst Daniel in der Geschichte, weil du ihn sehen *willst*. Er gibt den perfekten Sündenbock ab – nicht, dass ich was dagegen hätte, wenn es ihn irgendwann mal erwischt. Aber wenn du wetten willst – nicht zu hoch, bitte, ich habe nicht dein Geld zum Verpulvern –, ich setze auf Zachary Cain. Dumm genug ist er dafür. Wahrscheinlich ist der blöde Schläger eines Tages aufgewacht und hat sich gedacht, hey, bringen wir doch im Rudelterritorium irgendein Mädchen um, so zum

Spaß. Hat sich wahrscheinlich gefragt, warum er nicht schon früher drauf gekommen ist. Weil's dumm ist, strohdumm.«
»Vielleicht ist es einer aus der zweiten Riege«, sagte ich. »Einer, der es satt hat, im Hintergrund zu bleiben. Haben in letzter Zeit irgendwelche Mutts von sich hören lassen?«
»Kleinkram«, sagte Antonio. »Niemand, der sich wichtig gemacht hätte. Von den Großen Vier haben Daniel, Cain und Jimmy Koenig Ruhe gegeben. Karl Marsten hat letzten Winter in Miami einen Mutt umgebracht, aber ich glaube nicht, dass er hinter unserem Problem hier steckt. Nicht sein Stil, außer er hat sich angewöhnt, Menschen nicht nur zu töten, sondern auch zu fressen. Unwahrscheinlich.«
»Wen hat er umgebracht?«, erkundigte ich mich.
»Ethan Ritter«, sagte Peter. »Gebietsstreitigkeiten. Saubere Sache. Gründlich aufgeräumt. Typische Marstengeschichte. Wir wissen bloß davon, weil ich vor ein paar Wochen auf einer Tournee in Florida war. Marsten hat sich bei mir gemeldet, hat mich zum Essen eingeladen, mir erzählt, dass er Ritter erledigt hat, damit du ihn aus den Dossiers streichen kannst. Nette Unterhaltung, Riesenzeche, die er bar bezahlt hat. Er hat gefragt, ob wir von dir gehört hätten, und alle Welt grüßen lassen.«
»Es wundert mich bloß, dass er keine Weihnachtskarten schickt«, sagte Antonio. »Ich seh's richtig vor mir. Geschmackvolle geprägte Büttenkarten, das Beste, was er klauen konnte. Kleine Aufmerksamkeiten in gepflegter Handschrift. ›Fröhliche Feiertage. Ich hoffe, euch allen geht es gut. Ich habe Ethan Ritter in Miami aufgeschlitzt und die Überreste im Atlantik versenkt. Alle guten Wünsche für das neue Jahr. Karl.‹«
Peter lachte. »Der Typ hat nie so ganz rausgefunden, auf welche Seite von unserem Zaun er eigentlich gehört.«
»O doch, hat er«, sagte ich. »Das ist es doch, warum er uns zum Essen ausführt und uns über seine Muttstrecke auf dem Laufenden hält. Er hofft, dass *wir* vergessen, auf welche Seite er gehört.«
»Kaum«, sagte Antonio. »Ein Mutt ist ein Mutt, und Karl Marsten ist ganz entschieden ein Mutt. Ein gefährlicher Mutt.«

Ich nickte. »Aber wie du schon gesagt hast, er kommt wohl kaum nach Bear Valley, um hier Menschen zu fressen. Ja, ich denke sonst genau wie du, aber die Theorie mit Daniel gefällt mir wirklich. Wissen wir, wo er zuletzt gesteckt hat?«
Es entstand ein Augenblick des Schweigens. Mehr als ein Augenblick. Viel mehr.
»Keiner hat's verfolgt«, sagte Peter schließlich.
»Nicht so wichtig«, sagte Antonio, grinste, griff nach mir und schwang mich durch die Luft. »Vergiss dieses ganze Rudelzeug. Erzähl uns lieber, was du so getrieben hast. Wir haben dich vermisst.«
Es *war* wichtig. Ich wusste, weshalb sie es herunterspielten. Weil es meine Schuld war. Über die Mutts auf dem Laufenden zu bleiben war meine Aufgabe. Wenn ich Jeremy letztes Jahr gesagt hätte, dass ich das Rudel verlassen wollte, hätte er einen anderen gefunden, der es erledigte. Wenn ich irgendwann angerufen hätte, um ihm mitzuteilen, dass ich nicht zurückkommen würde, hätte er einen anderen gefunden, der es erledigte. Aber ich hatte alles offen gelassen. Wie ich es immer tat. Ich hatte Stonehaven schon früher verlassen, hatte mit Clay gestritten und war hinausgestürmt, um mich zu erholen. Tage, vielleicht sogar Wochen später war ich zurückgekommen. Diesmal waren die Wochen zu Monaten und dann zu einem Jahr geworden. Ich hatte gedacht, sie könnten sich denken, was das bedeutete, sie müssten wissen, dass ich nicht zurückkommen würde. Aber vielleicht traf nichts davon zu, vielleicht hatten sie immer noch gewartet, wie Clay, der den ganzen Tag am Tor herumhing, ohne einen Zweifel daran, dass ich irgendwann zurückkommen würde, weil ich es immer tat und weil ich nicht gesagt hatte, dass ich es diesmal nicht tun würde. Ich fragte mich, wie lang sie noch gewartet hätten.
Nach dem Abendessen wollte ich gerade in mein Zimmer gehen, als Nicholas aus Clays Zimmer gestürzt kam, mich um die Taille packte und hineinzerrte. Clays Schlafzimmer war das genaue Gegenteil von meinem. Es war vollständig in Schwarz und Weiß gehalten. Der dicke Teppich war schneeweiß. Jeremy hatte die

Wände weiß gestrichen und mit klaren geometrischen Formen in Schwarz geschmückt. Clays Bett war ein Doppelbett aus Messing mit einer schwarzweißen, mit den Symbolen irgendeiner obskuren Religion bestickten Decke darüber. An der Westwand war erstklassige Unterhaltungselektronik aufgereiht, darunter der einzige Fernseher, der einzige Videorecorder und die einzige Stereoanlage im ganzen Haus. Die Rückwand war tapeziert mit Bildern von mir – eine Montage aus Fotos und Zeichnungen, die mich an die »Altäre« in den Wohnungen besessener Psychopathen erinnerte, was letzten Endes vielleicht gar keine üble Bezeichnung für Clay war.

Nick warf mich aufs Bett, sprang auf mich und zog mein T-Shirt aus den Jeans, um mich am Bauch zu kitzeln. Er grinste vielsagend dabei; die weißen Zähne blitzten unter dem dunklen Schnurrbart.

»Und freust du dich auf heute Abend?« fragte er, während er die Finger vom Nabel aufwärts unter mein T-Shirt schob. Ich schlug seine Hand fort, zurück zum Bauch.

»Wir machen das nicht zum Spaß«, sagte ich. »Es ist eine ernste Sache. Wir sollten sie ernst nehmen.«

Aus dem Bad kam ein dröhnender Lacher. Clay kam heraus, während er sich noch die Hände an einem Handtuch abtrocknete. »Du bringst das wirklich beinahe so raus, dass man's glaubt, Darling. Beeindruckend.«

Ich verdrehte die Augen und antwortete nicht.

Clay plumpste neben mich aufs Bett. Die Federn quietschten. »Komm schon. Gib's zu. Du freust dich drauf.«

Ich zuckte die Achseln.

»Lügnerin. Du tust's. Wie oft dürfen wir schon in die Stadt? Eine ganz offiziell abgesegnete Muttjagd.«

Clays Augen funkelten. Er griff nach unten, um die Innenseite meines Unterarms zu streicheln, und ich schauderte. Nervöse Vorfreude wirbelte in meiner Magengrube. Clay wandte den Kopf und sah zum Fenster hinaus in die Dämmerung. Seine Fingerspitzen kitzelten meine Armbeuge. Mein Blick glitt über sein Gesicht, die Linie seines Kieferknochens, die Sehnen im Nacken, den dunkelblonden Bartschatten auf seinem Kinn und den Bogen seiner Lippen. Ich spürte, wie Hitze in meiner Magengrube entstand und sich nach unten ausbreitete. Er wandte sich zurück und sah mich an. Seine Pupillen waren weit, und ich roch seine Erregung. Er stieß ein leises heiseres Lachen aus, beugte sich zu mir und flüsterte das magische Wort.

»Jagdfieber.«

Jagd

Bear Valley war eine Arbeiterkleinstadt von achttausend Einwohnern, die auf dem Höhepunkt der Industrialisierung gegründet worden war und in den dreißiger und vierziger Jahren einen Boom erlebt hatte. Aber drei Rezessionen und die Kürzung von Arbeitsplätzen hatten ihre Spuren hinterlassen. Es gab eine Traktorfabrik im Osten und eine Papierfabrik im Norden, und die meisten Leute arbeiteten bei einem der beiden Kolosse. Bear Valley war stolz auf seine bodenständigen Werte; es war ein Ort, wo die Leute hart arbeiteten, mit viel Einsatz spielten und das Baseballstadion füllten, ganz gleich ob die Lokalmannschaft in der Liga ganz oben oder ganz unten stand. In Bear Valley schlossen die Bars unter der Woche um Mitternacht, der jährliche Flohmarkt der Parent-Teacher Association war ein gesellschaftliches Ereignis, und Schusswaffenkontrolle bedeutete, dass man seine Kinder mit nichts Größerem als einer Kleinkaliberpistole ballern ließ. Nachts spazierten junge Frauen durch die Straßen von Bear Valley, ohne mehr fürchten zu müssen als gellende Pfiffe aus vorbeifahrenden Pick-ups, gesteuert von Typen, die sie seit ihrer Kindheit kannten. Sie wurden nicht von Fremden ermordet, und sie wurden ganz bestimmt nicht von tollwütigen Hunden verschleppt, abgeschlachtet und gefressen.

Wir verteilten uns auf zwei Autos. Antonio und Peter fuhren zum Westende der Stadt, wo es ein paar dreistöckige Appartementhäuser und am Highway außerdem zwei Motels gab. Das bedeutete, dass sie das aussichtsreichere Gebiet hatten, denn es war wahrscheinlich, dass der Mutt sich nur kurzfristig in der Stadt einquartiert hatte. Es hatte aber auch einen Nachteil – Jeremy hatte entschieden, dass die beiden in menschlicher Gestalt

suchen mussten; sie konnten die Wohnblocks kaum als Wölfe abgrasen.
Clay, Nick und ich würden die Ostseite abklappern, wo wir den Mutt in einer Wohnung oder Pension zu erwischen hofften. Wir nahmen mein Auto, einen alten Camaro, den ich in Stonehaven untergestellt hatte und für dessen Verbleib dort ich jedes Mal eine neue Entschuldigung fand. Clay fuhr. Das war ganz allein meine Schuld – er hatte mich zu einem Wettrennen zur Garage herausgefordert. Mein Ego nahm an; meine Füße verloren. Es war kurz nach halb zehn, als wir in der Stadt eintrafen. Clay setzte mich hinter einer Arztpraxis ab, die seit fünf Uhr geschlossen war. Ich brachte die Wandlung zwischen zwei nach Desinfektionsmittel stinkenden Abfallbehältern hinter mich.
Eine Gestaltwandlung ist im Wesentlichen wie jede andere Körperfunktion – sie geht am leichtesten vonstatten, wenn der Körper gerade danach verlangt. Ein Werwolf ohne Selbstkontrolle macht sie in zwei Situationen durch: wenn er sich bedroht fühlt und wenn seine innere Uhr es fordert. Das Bedürfnis danach steht in einem gewissen Zusammenhang mit dem Mondzyklus, hat aber wenig mit dem Vollmond zu tun. Unser natürlicher Zyklus ist meist eine Woche lang. Wenn der Zeitpunkt näher rückt, spüren wir die Symptome: die Ruhelosigkeit, das Hautjucken, die inneren Stiche und Krämpfe, das überwältigende Gefühl, dass etwas getan werden muss und dass Körper und Geist keine Ruhe finden werden, bis das Bedürfnis befriedigt ist. Die Anzeichen sind so unverkennbar wie die Anzeichen von Hunger, und wie beim Hunger können wir die Sache eine Weile hinausschieben, aber irgendwann übernimmt der Körper die Kontrolle und erzwingt die Wandlung. Ebenfalls wie beim Hunger können wir den Symptomen zuvorkommen und das Bedürfnis im Voraus befriedigen. Oder wir können auf den natürlichen Rhythmus ganz verzichten und stattdessen lernen, uns so oft zu verwandeln, wie wir wollen. Das war es, was das Rudel uns lehrte – uns öfter zu verwandeln, um mehr Kontrolle zu gewinnen und sicherzustellen, dass wir nicht zu lange warteten. Zu lang zu warten konnte nämlich uner-

wünschte Nebenwirkungen haben, etwa die, dass unsere Hände während des Einkaufens mitten im Supermarkt zu Pfoten wurden, oder die, dass wir von frustrierter Wut und Blutgier übermannt wurden, sobald wir endlich wieder die Wolfsgestalt angenommen hatten. In Toronto hatte ich Jeremys Lehren ignoriert und dem Bedürfnis nur dann nachgegeben, wenn es nötig war, teilweise um mich von meinem »Fluch« zu distanzieren und teilweise deshalb, weil die Wandlung in der Stadt immer ein größeres Unternehmen war, das so viel Vorbereitung und Umsicht erforderte, dass ich es viel zu anstrengend fand, die Erfahrung mehr als einmal pro Woche zu wiederholen. Also war ich auch hier wieder aus der Übung. Ich hatte mich erst am Tag zuvor verwandelt, und ich wusste genau, es innerhalb von vierundzwanzig Stunden ein zweites Mal zu tun würde die reine Hölle sein. Es ist wie Sex ohne Vorspiel – entweder es wird ausgesprochen schmerzhaft, oder es geht gar nicht. Ich hätte Jeremy Bescheid sagen sollen, als er uns anwies, für die Jagd zu Wölfen zu werden, aber ich hatte es nicht über mich gebracht. In Toronto hatte ich es so selten wie möglich getan, weil ich mich schämte. Zwei Tage später war ich in Stonehaven und schämte mich schon wieder: weil ich es nicht so oft tun konnte wie die anderen. Noch so ein Umstand, der sein Teil zu der Dauerverwirrung in meinem Hirn beitrug.

Ich brauchte über eine halbe Stunde für die Wandlung, dreimal so lang wie üblich. Tat es weh? Ja nun, ich habe nicht allzu viel Erfahrung mit Schmerzen, die nicht mit einer Gestaltwandlung zu tun haben, aber ich glaube sagen zu können, dass Vierteilen etwas weniger schmerzhaft gewesen wäre. Als es endlich vorbei war, ruhte ich mich zwanzig Minuten lang aus, dankbar dafür, dass ich die Wandlung überhaupt zuwege gebracht hatte. Aber wenn ich die Wahl hatte zwischen den Schmerzen der Wandlung und dem Geständnis vor Clay und den anderen, dass ich mich nicht mehr nach Belieben verwandeln konnte, dann würde ich jederzeit das Vierteilen wählen. Körperliche Schmerzen heilen schneller als verletzter Stolz.

Ich begann in einer Siedlung alter Reihenhäuser, die noch nicht zu

Eigentumswohnungen umgebaut worden waren und denen dieses Schicksal vermutlich auch nie zuteil werden würde. Es war nach zehn, und die Straßen waren verlassen. Die Kinder waren schon vor Stunden von ängstlichen Eltern von den Spielplätzen fort in die Häuser gezerrt worden. Sogar die Erwachsenen selbst waren in Deckung gegangen, als die Sonne unterging. Trotz der warmen Mainacht saß kein Mensch mehr draußen auf der Terrasse oder spielte in der Einfahrt Basketball. Das flackernde blaue Licht der Fernseher zuckte über die Vorhänge. Die Lachkonserven der Sitcoms meckerten in die stille Nacht hinaus – Wirklichkeitsflucht für die Ängstlichen. Bear Valley fürchtete sich.

Ich stahl mich an den Fassaden entlang, verborgen zwischen den Ziegelmauern und den Bodendeckern. An jeder Haustür streckte ich die Nase vor und schnupperte; dann brachte ich hastig den Zwischenraum bis zur nächsten Reihe von Büschen hinter mich. Jedes Aufblitzen von Scheinwerfern ließ mich erstarren. Mein Herz hämmerte; der Herzschlag war unregelmäßig vor nervöser Aufregung. Die Aufgabe selbst war nicht gerade unterhaltsam, aber das Wissen um die Gefahr war etwas, das ich seit Jahren nicht mehr verspürt hatte. Wenn jemand mich sah, nur eine Sekunde lang, war ich in ernsthaften Schwierigkeiten. Ich war ein Wolf und schlich durch eine Stadt, die gerade einen kollektiven Alptraum von wilden Hunden durchmachte. Ein Schatten meines Umrisses auf einer Jalousie, und die Gewehre würden herausgeholt werden.

Über eine Stunde später, als ich meine vierte Straße voller Reihenhäuser zur Hälfte hinter mir hatte, ließ ein Klick-Klick mich jäh erstarren. Ich drückte mich an die kühle Ziegelmauer des Hauses und lauschte. Jemand kam klickend den Gehweg entlang. Clay? Das sollte er lieber bleiben lassen. Zusammen zu jagen hätte mehr Spaß gemacht, aber Jeremy hatte uns angewiesen, getrennt zu arbeiten, damit wir schneller vorankamen. Ich blieb zwischen den Zweigen einer Zeder stehen, spähte ins Freie und sah eine Frau schnell den Gehweg entlangkommen; die Absätze klickten auf dem Beton. Sie trug eine Art Uniform, deren Polyesterrock kaum die breiten Hüften bedeckte, hielt eine Kunstlederhandtasche umklammert und ging so schnell, wie die Fünf-Zentimeter-Absätze es erlaubten. Alle paar Schritte sah sie über die Schulter zurück. Ich schnupperte und fing eine Spur von Obsession-Toilettenwasser auf, überlagert von dem Gestank von Fett und Zigarettenrauch. Eine Kellnerin auf dem Heimweg von der Schicht, die nicht damit gerechnet hatte, dass die Nacht so dunkel sein würde. Als sie näher kam, roch ich noch etwas anderes. Angst. Unverfälschte, unmissverständliche Angst. Ich betete darum, dass sie nicht anfangen würde zu rennen. Sie tat es nicht. Mit einem letzten ängstlichen Blick über die Schulter schlüpfte sie in ihr Haus und schloss die Tür hinter sich ab. Ich machte mich wieder an die Arbeit.

Ein paar Minuten später drang ein Heulen zu mir herüber. Clay. Er verwendete nicht das unverkennbare Wolfsheulen, das mit Sicherheit Aufmerksamkeit erregt hätte, sondern imitierte den Ruf eines einsamen Hundes. Er hatte etwas gefunden. Ich wartete. Als ein zweites Heulen folgte, nutzte ich es, um seine Position zu ermitteln, und begann zu rennen. Ich hielt mich im Rinnstein, gab mir aber nicht mehr allzu viel Mühe, unsichtbar zu bleiben. Bei dieser Geschwindigkeit würden die Leute, die mich entdeckten, nichts weiter sehen als ein vorbeischießendes Tier mit hellem Pelz. Das erste Hindernis tauchte auf, als ich die Hauptstraße erreicht hatte und mir klar wurde, dass ich sie überqueren musste. Es waren zwar kaum noch Einheimische unterwegs, aber die Hauptstraße war zugleich eine Durchgangsstraße, was bedeutete, dass alle paar Minuten ein Lastzug vorbeiraste. Ich wartete auf eine hinreichend große Lücke und schoss hinüber. Auf der anderen Seite lag das Clay zugewiesene Gebiet, ein Viertel mit alternden Häusern aus den vierziger Jahren und ein paar Appartementhäusern. Ich versuchte seinen Geruch zu finden und fand stattdessen einen anderen, einen, der mich jählings abbremsen ließ, wobei meine Hinterbeine nach vorn rutschten und ich mich hinsetzte. Ich schüttelte mich, verfluchte meine Ungeschicklichkeit und machte kehrt. Genau an der Stelle, an der die beiden Straßen aufeinander trafen, roch ich einen Werwolf – jemanden, den ich nicht erkannte. Die Spur war alt, aber deutlich. Er war mehr als einmal hier vorbeigekommen. Ich sah die Straße entlang. Sie führte immer noch in ungefähr die Richtung, in der ich Clay gehört hatte, also folgte ich der Spur des Mutts.

Der Geruch führte mich zu einem einstöckigen Ziegelhaus mit einem aluminiumverkleideten Anbau an der Rückseite. Der hintere Rasen war klein und frisch gemäht, aber kriechendes Unkraut machte dem Gras den Platz streitig. Am Gartentor türmte sich Müll, und der Geruch ließ mich zurückzucken. Nach den drei Postkästen vor dem Haus zu urteilen gab es drei Wohnungen. Das Haus war dunkel. Ich schnupperte am Gehweg, und eine Welle von Werwolfgeruch schwappte über mich hinweg; ich konnte nicht einmal feststellen, wo eine Spur endete und die nächste begann. Sie unterschieden sich nur im Alter. Er war mehrere Tage lang regelmäßig hier vorbeigekommen.

Ich war so aufgeregt darüber, die Wohnung des Mutts gefunden zu haben, dass ich den neben mir auftauchenden Schatten nicht einmal bemerkte. Als ich den Kopf hob, sah ich Clay, in menschlicher Gestalt. Er streckte den Arm aus und fuhr mit der Hand durch den Pelz in meinem Nacken. Ich schnappte nach ihm und verschwand in den Büschen. Nachdem auch ich wieder menschliche Gestalt angenommen hatte, trat ich ins Freie.

»Du weißt genau, dass ich das hasse«, murmelte ich, während ich mir mit den Fingern durch das wirre Haar fuhr. »Wenn ich verwandelt bin, bleibst du's entweder auch, oder du respektierst meine Privatsphäre. Mich zu streicheln hilft nicht.«

»Ich hab dich nicht ›gestreichelt‹, Elena. Herrgott, die kleinste Geste –« Er brach ab, holte Atem und begann von vorn. »Das hier ist seine Wohnung, die hintere, aber er ist nicht da.«

»Warst du schon drin?«

»Ich hab mich umgesehen und auf dich gewartet.«

Ich sah an seinem nackten Körper hinunter, dann an meinem eigenen. »Ich kann wohl davon ausgehen, dass du nicht daran gedacht hast, irgendwas zum Anziehen zu finden, während du hier herumgestanden hast.«

»Du erwartest, dass ich mich um diese Tageszeit nach einer geeigneten Wäscheleine umsehe? Tut mir Leid, Darling. Und überhaupt, es hat seine Vorteile. Wenn irgendwer rauskommt, kannst du ihn sicher dazu bewegen, nicht die Polizei anzurufen.«
Ich schnaubte und ging zu der Eingangstür der hinteren Wohnung hinüber. Sie war mit einem einfachen Schloss gesichert. Ein scharfer Ruck an der Klinke brach sie auf. Ich hatte die Tür erst einen Spalt weit geöffnet, als der faulige Gestank von verrottendem Fleisch mir entgegendrang. Ich würgte und drängte den Hustenreiz zurück. Es roch da drin wie in einem Leichenhaus. Für mich jedenfalls. Ein Mensch hätte vermutlich gar nichts gerochen.
Die Tür öffnete sich zu einem Wohnraum, der aussah wie die klassische Junggesellenhöhle. Ungewaschene Kleidungsstücke waren über die schäbige Sitzgruppe verstreut, und leere Bierdosen stapelten sich wie ein Kartenhaus in einer Ecke. Auf dem Tisch in einer anderen Ecke des Raums türmten sich Schachteln mit Pizzarändern. Aber das war nicht die Quelle des Gestanks. Der Mutt hatte hier getötet. Ich sah keine Spur von einer Leiche, aber der überwältigende Geruch nach Blut und faulendem Fleisch verriet ihn. Er hatte eine Frau mit in seine Wohnung genommen, sie getötet und noch ein, zwei Tage dabehalten, bevor er die Überreste irgendwo entsorgte.
Ich machte mich im vorderen Raum auf die Suche, sah in die Schränke und unter die Möbel in der Hoffnung, einen Hinweis auf die Identität des Mutts zu finden. Ich kannte seinen Geruch zwar nicht, aber mit etwas Hilfe konnte ich vielleicht herausfinden, wer er war. Als ich nichts fand, ging ich ins Schlafzimmer. Dort lag Clay auf dem Boden und sah unters Bett. Gerade als ich hereinkam, zog er eine Hand voll Haar hervor, an dem noch die Kopfhaut hing, warf sie zur Seite und sah sich nach Interessanterem um. Ich starrte den blutigen Klumpen an und spürte, wie sich mir der Magen umdrehte. Clay schenkte ihm ungefähr so viel Beachtung wie einem gebrauchten Papiertuch; er war vor allem bestrebt, sich nicht die Hände schmutzig zu machen. So brillant Clay war, er verstand einfach nicht, weshalb das Töten von Men-

schen tabu war. Er schlachtete keine unschuldigen Leute ab, ebenso wenig wie ein normaler Mensch absichtlich das Lenkrad herumreißen würde, um ein Tier zu überfahren. Aber wenn ein Mensch zur Bedrohung wurde, befahlen ihm seine Instinkte, jede notwendige Gegenmaßnahme zu ergreifen. Jeremy verbot ihm, Menschen zu töten, also vermied er es – aus diesem und keinem anderen Grund.

»Nichts«, sagte er. Seine Stimme klang dumpf unter dem Bett hervor. Er kroch rückwärts wieder heraus. »Und bei dir?«

»Dasselbe. Er weiß genug, um keine Hinweise in der Wohnung zu lassen.«

»Aber nicht genug, um die Finger von den Einheimischen zu lassen.«

»Ein geborener Wolf, aber jung«, sagte ich. »Er riecht neu, aber kein frisch gebissener Werwolf hätte die nötigen Kenntnisse, also muss er jung sein. Jung und dreist. Daddy hat ihm das Wesentliche beigebracht, aber er hat nicht genug Erfahrung, um nicht unangenehm aufzufallen oder sich vom Rudelterritorium fern zu halten.«

»Na, der lebt nicht mehr lang genug, um die nötige Erfahrung zu sammeln. Der erste Mist, den er gemacht hat, war auch der letzte.«

Wir waren bei einer letzten Runde durch die Wohnung, als Nick keuchend zur Tür hereingeschossen kam.

»Ich hab dich rufen hören«, sagte er. »Ihr habt seine Wohnung? Ist er hier?«

»Nein«, sagte ich.

»Können wir auf ihn warten?«, fragte Nick mit hoffnungsvollem Gesichtsausdruck.

Ich zögerte, schüttelte dann aber den Kopf. »Er würde uns riechen, bevor er noch an der Tür ist. Jeremy hat gesagt, wir dürfen nur töten, wenn wir es absolut gefahrlos tun können, und das können wir nicht. Wenn er kein kompletter Neuling ist, riecht er uns, sobald er zurückkommt. Mit ein bisschen Glück versteht er die Andeutung und verschwindet aus der Stadt. Dann können wir ihn später jagen und ihn außerhalb vom Rudelterritorium töten. Das ist ganz entschieden ungefährlicher.«

Clay streckte den Arm in Richtung Nachttisch aus, wo er die Dinge abgelegt hatte, die er unter dem Bett gefunden hatte. Er gab mir zwei Streichholzbriefe.

»Ich kann mir in etwa vorstellen, wo unser Mutt seine Abende verbringt«, sagte er. »Wenn er wirklich zu dumm ist, um aus der Stadt zu verschwinden, bevor wir ihn uns morgen Nacht vornehmen, dann treffen wir ihn wahrscheinlich dabei an, wie er die Fleischmärkte hier herum nach seinem Abendessen abklappert.«

Ich sah mir die Streichholzbriefe an. Der eine stammte aus Rick's Tavern, einem von den drei Lokalen mit einer Lizenz zum Alkoholausschank in der Umgebung. Der andere war braun und billig, und die Adresse war einfach auf die Rückseite gestempelt. Ich prägte sie mir ein, denn wir konnten nicht gut etwas mitnehmen – was Taschen anging, waren wir im Augenblick alle drei schlecht ausgestattet.

»Zurück zu den Kleidern«, sagte Clay. »Nick und ich haben unsere auf der anderen Seite der Hauptstraße liegen gelassen, ganz in der Nähe, wo wir dich abgesetzt haben. Wir können ein Stück zusammen rennen. Willst du dich im Schlafzimmer verwandeln? Wir zwei bleiben hier.«

Mein Herz begann zu hämmern. »Verwandeln?«

»Jawohl, verwandeln. Oder hast du etwa vor, nackt zum Auto zurückzutraben, Darling? Nicht, dass es mir was ausmachen würde, solange nicht noch jemand anderes was davon hat. Aber über die Hauptstraße zu kommen könnte ein bisschen schwierig werden.«

»Hier gibt es doch Sachen.«

Clay schnaubte. »Ich lasse mich lieber nackt erwischen als in den Klamotten von irgendeinem Mutt.« Als ich nicht antwortete, runzelte er die Stirn. »Stimmt irgendwas nicht, Darling?«

»Nein, ich habe nur – nein. Alles in Ordnung.«

Ich ging ins Schlafzimmer und schloss die Tür bis auf einen Spalt, damit ich wieder hinauskam, wenn – oder eher falls – meine Wandlung erfolgreich war. Glücklicherweise fiel es niemandem als ungewöhnlich auf, dass ich dabei allein sein wollte. So nahe sich die Rudelmitglieder standen, die meisten brachten ihre Wandlung allein hinter sich. Wie üblich war Clay eine Ausnahme. Ihm war es gleichgültig, wer ihn dabei sah. Für ihn war dies ein natürlicher Zustand, nichts, dessen man sich zu schämen brauchte, selbst wenn man auf halber Strecke einer Wandlung aussah wie etwas aus einem Monstrositätenkabinett. Für Clay war Eitelkeit nur eine weitere unverständliche und fremdartige menschliche Angewohnheit. Nichts Natürliches sollte versteckt werden müssen. Die Schlösser der Badezimmer von Stonehaven waren seit zwanzig Jahren kaputt. Niemand machte sich die Mühe, sie zu reparieren. Manche Dinge waren es einfach nicht wert, dass man sich ihretwegen mit Clays Wolfsnatur auseinander setzte. Aber bei einer gemeinsamen Wandlung war bei mir Schluss.

Ich ging zum anderen Ende des Betts hinüber, so dass Clay und Nick mich durch die Tür nicht sehen konnten. Dann ließ ich mich auf alle viere fallen, konzentrierte mich und hoffte das Beste. Fünf endlose Minuten lang passierte gar nichts. Ich begann zu schwitzen und versuchte es nachdrücklicher. Weitere Minuten vergingen. Ich glaubte spüren zu können, wie meine Hände zu Klauen wurden, aber als ich nach unten sah, waren es nur meine sehr menschlichen Finger, die sich in den Teppich gruben.

Aus dem Augenwinkel sah ich, wie die Tür sich bewegte. Eine schwarze Nase schob sich ins Zimmer. Eine goldene Schnauze folgte. Ich machte einen Satz und knallte die Tür zu, bevor Clay mich sah. Er gab ein fragendes Winseln von sich. Ich grunzte und hoffte, das Geräusch würde hinreichend wölfisch klingen. Clay grunzte zurück und tappte davon. Ein Aufschub, aber ein kurzer. Es würde keine fünf Minuten dauern, bis er wieder da war. Clay war nicht gerade bekannt für seine Geduld.

Ich schlich mich über den Teppich zur Tür und öffnete sie sehr vorsichtig wieder einen Spalt weit, damit ich sie aufstoßen konnte, falls – wenn, bitte, wenn – ich mich verwandelte. Für den Notfall begann ich mir andere Lösungen zu überlegen. Irgendwelche Klamotten nehmen und durchs Fenster ausbrechen? Während ich noch das winzige Fenster studierte, begann meine Haut zu prickeln und sich zu spannen. Ich sah nach unten und bemerkte, dass meine Nägel dicker und meine Finger kürzer wurden. Mit einem tiefen Seufzer der Erleichterung schloss ich die Augen und ließ die Wandlung ablaufen.

Wir glitten verstohlen durch den Hof hinter dem Haus und kamen auf der Nordseite von Bear Valleys Fastfood-Viertel wieder heraus, einem Straßenabschnitt, an dem jede nur denkbare Restaurantkette ein Drive-In hatte. Wir verschwanden in einem Gewirr von Gassen, die sich durch einen ganzen Block von Lagerhallen zogen. Als wir die Lichter endlich hinter uns gelassen hatten, begannen wir zu rennen.

Es dauerte nicht lang, bis sich zwischen Clay und mir ein Wettrennen entspann. Eigentlich mehr ein Hindernisrennen; wir rutschten durch Pfützen und stolperten über Müllsäcke. Ich lag in Führung, als am Ende der Gasse krachend ein Eimer umfiel und wir alle drei schlitternd zum Stehen kamen.

»Scheiße, was machst du eigentlich«, sagte eine junge männliche Stimme. »Pass auf, wo du hintrittst, und überhaupt, setz mal deinen Arsch in Bewegung. Wenn mein Dad rauskriegt, dass ich abgehauen bin, nagelt er meine Haut an die Hintertür.«

Eine zweite männliche Stimme antwortete mit einem alkoholisierten Kichern. Der Mülleimer schepperte über den Boden, dann erschienen zwei Köpfe in unserem Blickfeld. Sie kamen die Gasse entlang. Ich schob mich rückwärts tiefer in die Schatten hinein, bis ich mit dem Hinterteil an die Ziegelmauer stieß. Jetzt steckte ich zwischen einem Haufen Müll und einem Stoß Pappkartons fest. Gegenüber zogen sich Nick und Clay in eine Türöffnung zurück und verschwanden in der Dunkelheit; nur Clays glimmende blaue Augen waren noch zu sehen. Er sah von mir zu den näher kommenden Jungen, um mir zu verstehen zu geben, dass der Schatten nicht ausreichte und dass man mich sehen konnte. Es war zu spät, um noch umzuziehen. Ich konnte nur hoffen, dass die beiden zu betrunken waren, um auf mich zu achten.

Die beiden Jungen schwatzten über etwas, aber die Worte rauschten wie Hintergrundgeräusche an mir vorbei. Wenn ich in dieser

Gestalt menschliche Äußerungen verstehen wollte, musste ich mich konzentrieren, etwa als versuchte ich jemanden zu verstehen, der Französisch sprach. Und damit konnte ich mich nun wirklich nicht aufhalten. Ich war zu sehr damit beschäftigt, ihre Füße zu beobachten, während sie näher kamen.

Als sie auf gleicher Höhe mit dem Müllhaufen waren, drückte ich mich flach auf den Boden. Die Stiefel taten drei weitere Schritte, dann waren sie an meinem Versteck vorbei. Ich zwang mich dazu, nicht hinzuhören, und sah stattdessen hinauf in ihre Gesichter, von denen ich mir mehr Information versprach. Sie waren nicht älter als siebzehn. Einer war groß und kahl rasiert und trug eine Lederjacke, zerrissene Jeans und Springerstiefel, dazu eine Tätowierung um den Hals und Stecker in Lippen und Nase. Sein Freund steckte in einer ganz ähnlichen Kluft, war aber weder tätowiert noch gepierct; offenbar war er nicht couragiert oder nicht schwachsinnig genug, ein modisches Statement bis zur dauerhaften Entstellung zu treiben.

Sie schwatzten weiter miteinander, während sie sich schon entfernten. Dann stolperte der eine. Im Fallen drehte er sich, griff nach dem Mülleimer und sah mich. Er blinzelte einmal. Dann zog er seinen Freund am Jackenärmel und deutete auf mich. Mein Instinkt sagte mir, ich solle der Bedrohung mit einem Angriff begegnen. Die Vernunft zwang mich zu warten. Vor zehn Jahren hätte ich die Jungen getötet, sobald sie die Gasse betraten. Vor fünf Jahren wäre ich gesprungen, sobald mich einer von ihnen bemerkte. Selbst heute noch spürte ich den Konflikt tief in meinen Eingeweiden, eine mahlende Furcht, bei der sich meine Muskeln zum Angriff spannten. Dies – der Kampf um die Kontrolle über meinen Körper – war es, was ich mehr hasste als alles andere.

Ein leises Grollen hallte durch die Gasse. Ich spürte den Widerhall in meiner Kehle und merkte, dass ich es war, die knurrte. Meine Ohren lagen flach am Kopf an. Eine Sekunde lang versuchte mein Hirn, den Instinkt auszuschalten; dann erkannte es, dass es vorteilhafter war, zu kapitulieren und die beiden Jungen erkennen zu lassen, wie nah sie dem Tod waren.

Ich zog die Lefzen zurück und fauchte. Beide Jungen machten einen Satz rückwärts. Der mit Haaren drehte sich um und rannte die Gasse entlang davon, wobei er im Müll ausrutschte und stolperte. Die Augen des anderen folgten seinem Freund. Aber statt ihm nachzulaufen, streckte er urplötzlich die Hand aus und griff in den Müllhaufen. Als er sie zurückzog, schimmerte das Mondlicht auf einem Gegenstand, den er in den Fingern hielt. Er wandte sich zu mir, eine zerbrochene Flasche in der Hand; aus der Angst in seinem Gesicht war ein selbstbewusstes Grinsen geworden. Hinter ihm erkannte ich eine schnelle Bewegung, und als ich aufsah, entdeckte ich einen kauernden Clay. Die Muskeln in seinen Schultern ballten sich zu Knoten. Ich sah zurück zu dem Jungen und sprang. Clay sprang ebenfalls. Auf halber Strecke warf ich mich zur Seite und Clay in den Weg. Wir wirbelten durch die Luft und landeten auf den Füßen, Nick dicht auf unseren Fersen. Wir rannten auf der ganzen Strecke zurück zu unseren Kleidern.

Als wir Stonehaven erreichten, war es nach zwei. Antonio und Peter waren noch nicht wieder zurück. Es hatte keine ungefährliche Methode gegeben, sie ausfindig zu machen und ihnen mitzuteilen, dass wir schon herausgefunden hatten, wo der Mutt sich aufhielt. Das Haus war dunkel und still. Jeremy hatte nicht auf uns gewartet. Er wusste, wenn irgendetwas passiert wäre, würden wir ihn wecken. Clay und ich rannten um die Wette zur Treppe, rempelten uns gegenseitig an, um als Erste hinaufzukommen, zankten uns im Rennen. Hinter uns imitierte Nick das Gerangel, versuchte uns aber nicht wirklich einzuholen. Wir erreichten das obere Ende der Treppe und jagten auf Jeremys Zimmer am Ende des Gangs zu. Bevor wir es erreicht hatten, öffnete sich knarrend die Tür. »Habt ihr ihn gefunden?«, fragte Jeremy, eine körperlose Stimme in der Dunkelheit.

»Wir haben rausgefunden, wo er wohnt«, sagte ich. »Er –«

»Habt ihr ihn getötet?«

»Nö«, sagte Clay. »Zu riskant. Aber wir –«

»Gut. Erzählt mir den Rest morgen früh.«

Die Tür schloss sich wieder. Clay und ich sahen uns an. Dann zuckte ich die Achseln und machte mich auf den Weg zurück den Gang entlang.

»Da muss ich dir morgen wohl einfach zuvorkommen«, bemerkte ich.

Clay stürzte sich auf mich und warf mich auf die Dielen. Er blieb über mir, drückte mir die Arme auf den Boden und grinste auf mich herunter; die Erregung der Jagd leuchtete noch aus seinen Augen. »So, meinst du? Sollen wir drum spielen? Du suchst das Spiel aus.«

»Poker«, sagte Nick.

Clay drehte den Kopf und sah zu ihm auf. »Und um was spielst du?«

Nick grinste. »Das Übliche. Ist lang her.«

Clay lachte, stand auf und hob mich hoch. Als wir sein Zimmer erreicht hatten, ließ er mich aufs Bett fallen und ging zur Bar hinüber, um die Getränke zu mixen. Nick sprang auf mich. Ich schüttelte ihn ab und kämpfte mich hoch.

»Wie kommt ihr darauf, dass ich überhaupt spielen will?«, fragte ich.

»Du hast uns vermisst«, sagte Nick.

Er knöpfte mit großem Aufwand sein Hemd auf und schüttelte es von den Schultern, wobei er dafür sorgte, dass ich seine Muskeln zu sehen bekam. Sich auszuziehen wurde bei den Typen immer zu einem gottverdammten Balzritual. Sie bildeten sich ein, dass der bloße Anblick eines attraktiven Gesichts, eines muskulösen Bizeps und eines flachen Bauches mich in eine bibbernde Masse von Hormonen verwandeln würde, die jedes pubertäre Spiel mitspielte. In aller Regel erfüllte es seinen Zweck – aber das ist hier nicht der springende Punkt.

»Whiskey Soda?«, rief Clay quer durchs Zimmer.

»Prima«, sagte Nick.

Clay fragte nicht, was ich wollte. Nick nahm mir die Spange aus dem Haar und knabberte an meinem Ohr; der warme Atem roch noch schwach nach Abendessen. Ich entspannte mich auf dem Bett. Als seine Lippen sich an meinem Hals entlangtasteten, drehte ich den Kopf, drückte das Gesicht an seine Kehle und atmete den warmen moschusartigen Duft ein. Ich arbeitete mich bis zu der Höhlung über dem Schlüsselbein vor und spürte, wie sein Herzschlag jäh schneller wurde.

Nick fuhr zusammen. Ich sah auf und bemerkte Clay, der ein kaltes Glas gegen Nicks Rücken drückte. Er packte ihn an der Schulter und zerrte ihn von mir herunter.

»Geh die Karten holen«, sagte er.

»Wo sind die?«, fragte Nick.

»Such. Dann bist du eine Weile nützlich beschäftigt.«

Clay setzte sich neben mich ans Kopfende und gab mir ein Glas. Ich nahm einen Schluck. Cola und Rum. Er trank selbst und beugte sich dann über mich.

»Absolut perfekter Abend, meinst du nicht?«

»Es hätte einer sein können.« Ich lächelte zu ihm auf. »Aber du warst ja auch dabei.«

»Das heißt also, es war erst der Anfang eines perfekten Abends.« Als er sich über mich beugte, streiften seine Finger meinen Oberschenkel und glitten über meine Hüfte. Sein schwerer, fast greifbarer Duft weckte ein Brennen in meiner Magengrube, das sich langsam nach unten ausbreitete.

»Du hast deinen Spaß gehabt«, sagte er. »Gib's zu.«

»Möglich.«

Nick sprang wieder aufs Bett. »Los geht's. Bleibt ihr zwei bei euren Einsätzen? Der Gewinner darf Jeremy erzählen, was passiert ist?«

Clays Lippen verzogen sich langsam zu einem Lächeln. »Nö. Ich nehme was anderes. Wenn ich gewinne, kommt Elena mit mir raus in den Wald.«

»Wozu?«, fragte ich.

Das Lächeln wurde breiter und enthüllte makellose weiße Zähne. »Ist das wichtig?«

»Und wenn ich gewinne, was kriege ich dann?«, fragte ich.

»Was du willst. Wenn du gewinnst, suchst du dir was aus. Du kannst Jeremy erzählen, was passiert ist, oder du kannst morgen das Töten erledigen, oder was auch immer du haben willst.«

»Ich darf ihn töten?«

Er warf den Kopf zurück und lachte. »Wusste ich's doch, dass dir das gefallen würde. Sicher, Darling. Wenn du gewinnst, gehört der Mutt dir.«

Es war ein Angebot, das ich nicht ablehnen konnte. Also spielten wir.

Clay gewann.

Schuld

Ich folgte Clay in den Wald. Nick hatte eigentlich mitkommen wollen, aber auf einen Blick von Clay hin blieb er im Schlafzimmer zurück. Als wir eine Lichtung erreichten, blieb Clay stehen, drehte sich zu mir um und sah mich an, ohne etwas zu sagen.

»Das können wir nicht«, sagte ich. In der Nachtluft schauderte ich.

»Die Nacht ist noch nicht herum.«

Wie oft hatten wir diese Szene schon durchgespielt? Lernte ich eigentlich nie etwas dazu? Ich hatte doch gewusst, wie es enden würde, als ich die Karten aufnahm – ich hatte während des ganzen Spiels an nichts anderes denken können.

Er küsste mich. Ich spürte die Wärme seines Körpers, so vertraut, dass ich in ihr hätte ertrinken mögen. Der üppige Duft trieb durch mein Hirn, so betäubend wie Peyoterauch. Ich spürte, wie ich mich dem Geruch zu überlassen begann, aber der Teil meines Hirns, der noch denken konnte, schlug Alarm. Hatten wir schon mal. Kennen wir alles. Weißt du noch, wie das ausgeht?

Ich wich zurück, mehr um seine Reaktion zu testen als wirklich abwehrend. Er drängte mich an einen Baum; seine Hände rutschten hinunter zu meinen Hüften und packten sie hart. Seine Lippen kehrten zu meinen zurück, die Küsse gingen tiefer. Ich begann mich nun wirklich zu wehren, und er klemmte mich zwischen seinem Körper und dem Baumstamm ein. Ich trat nach ihm, und er wich kopfschüttelnd zurück. Als ich mich zusammennahm und zu Atem zu kommen versuchte, war die Lichtung leer. Clay war verschwunden. Mein vernebeltes Hirn hatte die Feststellung noch nicht ganz verarbeitet, als mir die Arme hinter den Kopf gerissen wurden und ich auf die Knie fiel.

»Was zum –«
»Halt still«, sagte Clay von hinten. »Ich helfe nur.«
»Helfen? Helfen bei was?«
Ich versuchte die Arme nach unten zu ziehen, aber er hielt sie fest. Etwas Weiches glitt über meine Handgelenke. Über mir schwankte ein Ast. Dann ließ Clay los. Ich bewegte ruckartig die Arme, kam aber nur ein paar Zentimeter weit, bevor der Stoff um meine Handgelenke sich straffte. Nachdem ich fest vertäut war, ging Clay um mich herum und kniete sich über mich, offenkundig viel zu angetan von dem, was er sah.
»Das ist nicht komisch«, sagte ich. »Mach mich los. Jetzt.«
Immer noch grinsend nahm er mein T-Shirt in beide Hände und riss es vorn der Länge nach auf. Dann öffnete er meinen BH. Ich machte den Mund auf, um etwas zu sagen, und brach mit einem scharfen Atemzug ab. Er hatte den Mund auf meine Brust gelegt und knabberte behutsam an meiner Brustwarze. Ein Zungenschnalzen, und sie wurde hart. Ein Pfeil der Lust schoss durch mein Hirn. Ich keuchte. Er kicherte leise, und die Vibration sandte einen prickelnden Schauer durch mich hindurch.
»Ist das besser?«, flüsterte er. »Du kannst nicht kämpfen, also kann niemand erwarten, dass du mich abwehrst. Du hast es nicht mehr in der Hand.«
Seine Hand glitt von meiner Brust abwärts, streichelte meinen Bauch und schob sich frustrierend langsam weiter nach unten. Ungebeten drängte sich mir die Vorstellung seines nackten Körpers über meinem auf. Die Erregung flammte hoch. Er änderte seine Stellung. Ich spürte, wie seine Erektion an meinem Oberschenkel entlangglitt. Ich öffnete die Beine ein Stückchen weit und spürte, wie der raue Stoff seiner Jeans meine Haut streifte. Dann zog er sich zurück.
»Kannst du diesen Abend noch spüren?«, flüsterte er, über mein Ohr gebeugt. »Die Pirsch. Die Jagd. Durch die Stadt zu rennen.«
Ich schauderte.
»Wo spürst du ihn?«, fragte Clay, die Stimme dunkler als zuvor, die Augen ein phosphoreszierendes Blau.

Seine Hände glitten zu meinen Jeans, knöpften sie auf und schoben sie mir über die Hüften. Er berührte die Innenseite meines Schenkels, ließ die Finger eben lang genug dort liegen, um mein Herz einen Schlag aussetzen zu lassen.
»Spürst du ihn hier?«
Er führte die Hand abwärts bis in meine Kniekehle, tastete die Spur der Schauer nach, die durch mich hindurchrannen. Ich schloss die Augen und ließ die Bilder der Nacht durch mein Hirn fluten, die verschlossenen Türen, die stillen Straßen, den Geruch der Angst. Ich erinnerte mich an Clays Hand, die durch meinen Pelz strich, den Funken Hunger in seinen Augen, als wir die Wohnung betraten, das Vergnügen, durch die Stadt zu jagen. Ich erinnerte mich an die Gefahr in der Gasse, daran, wie ich die Jungen beobachtet hatte, das Warten, Clays Knurren, als er sich auf sie stürzte. Die Erregung war noch da; sie pulsierte durch meinen ganzen Körper.
»Spürst du ihn?«, fragte er, das Gesicht dicht an meinem.
Ich wollte die Augen schließen.
»Nicht«, flüsterte er. »Sieh mich an.«
Seine Finger glitten an meinem Schenkel aufwärts, langsam. Er spielte einen Augenblick lang mit dem Saum meines Slips, bevor er in mich hineinstieß. Ich keuchte. Seine Finger bewegten sich in mir, fanden das Zentrum meiner Erregung. Ich biss mich auf die Lippe, um nicht aufzuschreien. Gerade als ich spürte, wie die Wellen der Klimax sich immer höher türmten, schaltete mein Hirn sich ein, und mir wurde klar, was ich tat. Ich versuchte vor seiner Hand zurückzuweichen, aber er hielt sie in mich gedrückt, die Finger bewegten sich in mir. Der Höhepunkt begann sich wieder anzukündigen, aber ich kämpfte ihn nieder; ich wollte ihm das nicht gönnen. Ich schloss fest die Augen und zerrte mit einem Ruck an den Handfesseln. Der Baum ächzte, aber die Fesseln hielten. Plötzlich war seine Hand still und entfernte sich. Das metallische Surren eines Reißverschlusses schnitt durch die Nachtluft.
Meine Augen öffneten sich jäh, und ich sah, wie er sich die Jeans über die Hüften herunterzog. Als ich den Hunger in seinen Augen und seinem Körper sah, hoben sich meine Hüften von selbst ihm

entgegen. Ich schüttelte scharf den Kopf, um meine Gedanken zu klären, und drehte mich fort. Clay beugte sich über mich, das Gesicht dicht an meinem.
»Ich werde dich nicht zwingen, Elena. Du möchtest gern so tun, als würde ich, aber du weißt genau, ich werde es nicht tun. Du brauchst nichts weiter zu machen, als Nein zu sagen. Sag mir, ich soll aufhören. Sag mir, ich soll dich losbinden. Ich tu's.«
Seine Hand glitt zwischen meine Schenkel und trennte sie, bevor ich sie zusammenpressen konnte. Hitze und Feuchtigkeit stürzten ihm entgegen; mein eigener Körper verriet mich. Ich spürte, wie die Spitze mich streifte, aber er ging nicht weiter.
»Sag mir, ich soll aufhören«, flüsterte er. »Sag's mir einfach.«
Ich starrte ihn wütend an, aber die Worte kamen mir nicht über die Lippen. Wir lagen einen Augenblick beieinander, Auge in Auge. Dann fasste er mich unter den Armen und stieß in mich hinein. Mein Körper krümmte sich. Eine lange Sekunde bewegte er sich nicht. Ich spürte ihn in mir, die Hüften gegen meine gepresst. Er zog sich langsam zurück, und mein Körper protestierte, folgte ihm unwillkürlich, versuchte ihn festzuhalten. Ich merkte, wie seine Arme sich über meinen Kopf hoben. Ein Ruck, und die Fesseln zerrissen in seinen Händen. Er drang wieder in mich ein, und mein Widerstand brach zusammen. Ich packte ihn, drehte die Hände in sein Haar, schlang die Beine um seinen Körper. Er ließ meine Arme los und küsste mich, tiefe Küsse, die mich verzehrten, während er sich in mir bewegte. So lang. Es war so lang her, und ich hatte ihn so sehr vermisst.
Als es vorbei war, fielen wir ins Gras, keuchend, als hätten wir einen Marathonlauf hinter uns. Wir lagen da, immer noch umeinander geschlungen. Clay vergrub das Gesicht in meinem Haar, teilte mir mit, dass er mich liebte, und schlief ein. Ich lag in einem schläfrigen Dämmerzustand neben ihm. Irgendwann drehte ich den Kopf und sah auf ihn hinunter. Mein dämonischer Liebhaber. Vor elf Jahren hatte ich ihm alles gegeben. Aber es war nicht genug gewesen.
»Du hast mich gebissen«, flüsterte ich.

Es war im Arbeitszimmer in Stonehaven geschehen. Ich war mit Jeremy allein im Zimmer gewesen – Jeremy, der gerade eine Methode zu finden versuchte, mich loszuwerden, obwohl ich das damals nicht gewusst hatte. Er schien mir einfache, wohlwollende Fragen zu stellen, die Sorte Fragen, die jeder besorgte Vater der jungen Frau stellen könnte, die sein Sohn heiraten will. Clay und ich waren verlobt gewesen. Er hatte mich schon seinen besten Freunden Logan und Nicholas vorgestellt. Und jetzt hatte er mich mit nach Stonehaven genommen, um mich auch Jeremy zu präsentieren.

Während Jeremy mich ausfragte, meinte ich draußen Clays Schritte zu hören, aber dann brachen sie ab. Entweder hatte ich es mir eingebildet, oder er war wieder fortgegangen. Jeremy hatte am Fenster gestanden, ich sah ihn im Viertelprofil. Er hatte hinausgesehen in den Garten.

»Wenn ihr heiratet, wird Clays Lehrauftrag vorbei sein«, sagte Jeremy. »Was ist, wenn er dann anderswo einen Auftrag annimmt? Sind Sie bereit, Ihr Studium aufzugeben?«

Bevor ich eine Antwort formulieren konnte, öffnete sich die Tür. Ich wünschte, ich könnte sagen, sie hätte dabei dumpf geknarrt oder etwas vergleichbar Unheilvolles getan. Aber sie tat nichts dergleichen. Sie ging einfach auf. Ich sah die Bewegung und drehte mich um. Ein Hund kam hereingeschlüpft, den Kopf gesenkt, als erwarte er einen Tadel dafür, dass er sich im falschen Teil des Hauses aufhielt. Er war riesig, fast so groß wie eine Dänische Dogge und dabei so massiv wie ein gut trainierter Schäferhund. Der goldene Pelz schimmerte. Als er hereinkam, wandte er den Kopf und sah mich mit leuchtend blauen Augen an. Der Hund sah zu mir auf, und sein Maul öffnete sich. Ich lächelte zurück. Trotz seiner Größe wusste ich, dass ich nichts von ihm zu fürchten hatte. Ich spürte es in aller Deutlichkeit.

»Wow«, sagte ich. »Der ist ja unglaublich. Oder ist es eine Sie?«

Jeremy drehte sich um. Seine Augen wurden weit, und er erbleichte. Er trat vor, blieb dann stehen und rief nach Clay.

»Hat Clay ihn reingelassen?«, fragte ich. »Es ist schon okay, mich stört er nicht.«
Ich ließ die Finger baumeln und versuchte den Hund näher zu locken.
»Bewegen Sie sich nicht«, sagte Jeremy. Er sprach sehr leise. »Nehmen Sie die Hand weg.«
»Das ist okay, ich lasse ihn nur an mir schnuppern. Man sollte das bei fremden Hunden machen, bevor man sie streichelt. Ich habe früher Hunde gehabt. Na ja, meine Pflegeeltern hatten welche. Sehen Sie die Haltung? Ohren vorgestellt, offenes Maul, Schwanzwedeln. Das heißt, er ist ruhig und neugierig.«
»Ziehen Sie die Hand zurück. Jetzt.«
Ich sah zu Jeremy hinüber. Er war angespannt, als wollte er sich auf den Hund stürzen, wenn der mich angreifen sollte. Er rief wieder nach Clay.
»Es ist wirklich in Ordnung«, sagte ich, inzwischen etwas gereizt. »Wenn er nervös ist, dann macht man ihm bloß noch zusätzlich Angst, wenn man herumschreit. Sie können es mir ruhig glauben. Ich bin mal von einem gebissen worden. Ein kleiner Chihuahuakläffer, aber es hat scheußlich wehgetan. Ich hab die Narbe immer noch. Der hier ist ja riesig, aber er ist doch ganz freundlich. Die großen sind das meistens. Bei den kleinen Kötern muss man aufpassen.«
Der Hund war näher geschlichen. Mit einem Auge beobachtete er Jeremy, wachsam, verfolgte Jeremys Körpersprache, als rechnete er mit Schlägen. Ärger stieg in mir auf. Wurde der Hund misshandelt? Jeremy kam mir nicht vor, als würde er so etwas tun, aber schließlich hatte ich ihn eben erst kennen gelernt. Ich wandte mich von Jeremy ab und streckte den Arm weiter aus. »Hallo, mein Junge«, flüsterte ich. »Du bist wirklich hübsch, was?«
Der Hund kam auf mich zu, langsam und vorsichtig, als fürchteten wir beide, einander zu erschrecken. Seine Schnauze näherte sich meiner Hand. Als er an meinen Fingern zu schnuppern begann, fasste er plötzlich und ruckartig zu und kniff mich in die Hand. Ich quiekte, mehr vor Überraschung als vor Schmerz. Der

Hund fing sofort an, mir die Hand zu lecken. Jeremy stürzte quer durchs Zimmer auf uns zu. Der Hund duckte sich und jagte aus dem Raum. Jeremy machte Anstalten, ihm zu folgen.

»Lassen Sie ihn doch«, sagte ich, während ich aufstand. »Er hat's nicht böse gemeint. Er hat einfach gespielt.«

Jeremy kam mit langen Schritten zu mir herüber und griff nach meiner Hand, um sich die Bisswunde anzusehen. Zwei Zähne waren durch die Haut gedrungen und hatten winzige Verletzungen hinterlassen, aus denen ein paar Tropfen Blut quollen.

Ein paar Minuten vergingen, während Jeremy meine Hand inspizierte. Dann hörte ich eine Bewegung an der Tür. Ich sah auf in der Erwartung, der Hund sei zurückgekommen. Stattdessen kam Clay herein. Seinen Gesichtsausdruck konnte ich nicht sehen; Jeremy stand zwischen uns und versperrte mir die Sicht.

»Der Hund hat mich ein bisschen gebissen«, sagte ich. »Nichts Ernstes.«

Jeremy wandte sich an Clay. »Raus«, sagte er; seine Stimme war so leise, dass ich ihn kaum verstand.

Clay stand wie erstarrt in der Tür.

»Raus!«, schrie Jeremy.

»Seine Schuld ist es nun wirklich nicht«, sagte ich. »Vielleicht hat er den Hund reingelassen, aber –«

Ich brach ab. Meine Hand hatte zu brennen begonnen. Die beiden kleinen Wunden hatten ein entzündetes Rot angenommen. Ich schüttelte die Hand und sah zu Jeremy hinüber.

»Ich sollte das hier wohl lieber desinfizieren«, sagte ich. »Haben Sie Bactine oder irgend so was da?«

Als ich den ersten Schritt in seine Richtung tat, gaben die Beine unter mir nach. Das Letzte, was ich sah, war, wie Jeremy und Clay nach mir griffen. Dann wurde alles ringsum schwarz.

Nachdem Clay mich gebissen hatte, erlangte ich erst zwei Tage später das Bewusstsein wieder, obwohl ich damals glaubte, es seien nur ein paar Stunden vergangen. Ich wachte in einem der Gästezimmer auf, dem Raum, der später mein Zimmer werden sollte. Schon die Augen zu öffnen erforderte eine größere Anstrengung. Die Lider fühlten sich heiß und geschwollen an. Meine Kehle schmerzte, meine Ohren schmerzten, mein Kopf schmerzte. Zum Teufel, sogar meine Zähne schmerzten. Ich blinzelte ein paar Mal. Der Raum kippte und schwankte und wurde dann klarer. Jeremy saß auf einem Stuhl neben meinem Bett. Ich hob den Kopf. Der Schmerz explodierte hinter meinen Ohren. Mein Kopf fiel auf das Kissen zurück, und ich stöhnte. Ich hörte, wie Jeremy aufstand, dann sah ich ihn auf mich heruntersehen.

»Wo ist Clay?«, fragte ich. Es klang eher nach »woooschaaa«, als versuchte ich mit dem Mund voller Marshmallows zu sprechen. Ich schluckte und zuckte vor Schmerz zusammen. »Wo ist Clay?«

»Du bist krank«, sagte Jeremy.

»Wirklich? Wär nicht drauf gekommen.« Die Retourkutsche kostete mich so viel Kraft, dass ich die Augen schließen und wieder schlucken musste, bevor ich weitersprechen konnte. »Was ist passiert?«

»Er hat dich gebissen.«

Die Erinnerung kam schlagartig zurück. Jetzt spürte ich das Pochen in meiner Hand. Ich mühte mich, sie zu heben. Die beiden kleinen Einstiche waren zur Größe von Rotkehlcheneiern angeschwollen, und sie waren heiß. Ich sah zwar keine Spur von Eiter oder einer Entzündung, aber etwas stimmte ganz entschieden nicht. Furcht flackerte in mir auf. War der Hund tollwütig? Was waren die Symptome von Tollwut? Was konnte man sich von einem Hundebiss noch alles einfangen? Staupe vielleicht?

»Krankenhaus«, krächzte ich. »Ich sollte ins Krankenhaus.«

»Trink das hier.«

Ein Glas erschien. Es sah aus wie Wasser. Jeremy schob mir die Hand in den Nacken und hob meinen Kopf an, so dass ich hätte trinken können. Ich drehte mich ruckartig weg und schlug ihm dabei das Glas mit dem Kinn aus der Hand, so dass es aufs Bett fiel. Jeremy fluchte und zog die durchweichte Decke fort.

»Wo ist Clay?«

»Du musst aber trinken«, sagte er.

Er nahm eine frische Decke vom Fuß des Bettes, schüttelte sie aus und breitete sie über mich. Ich wand mich unter ihr hervor.

»Wo ist Clay?«

»Er hat dich gebissen.«

»Ich *weiß*, dass der verdammte Hund mich gebissen hat.« Ich fuhr zurück, als Jeremy mir die Hand auf die Stirn legte. »Antworten Sie mir gefälligst. Wo ist Clay?«

»Er hat dich gebissen. Clay hat dich gebissen.«

Ich hörte auf zu zappeln und blinzelte ein paar Mal. Ich meinte mich verhört zu haben. »Clay hat mich gebissen?«, fragte ich langsam.

Jeremy verbesserte mich nicht. Er stand einfach da, sah auf mich herunter und wartete.

»Der Hund hat mich gebissen«, sagte ich.

»Es war kein Hund, es war Clay. Er ... er hat die Gestalt gewechselt.«

»Die Gestalt gewechselt«, wiederholte ich.

Ich starrte Jeremy an und begann mich dann von einer Seite auf die andere zu werfen, um mich aufzusetzen. Jeremy packte mich an den Schultern und hielt mich fest. Ich geriet in Panik. Ich kämpfte mit mehr Kraft, als ich zu besitzen geglaubt hatte; ich trat und schlug um mich, und Jeremy hielt mich auf dem Bett fest, als wäre ich ein zweijähriges Kind.

»Hör auf damit, Elena.« Er sprach den Namen so ungeschickt aus wie ein Wort in einer unbekannten Sprache.

»Wo ist Clay?«, schrie ich, ohne auf die Schmerzen zu achten, die mir die Kehle versengten. »Wo ist Clay?«

»Fort. Ich habe ihn weggeschickt, nachdem er dich ... gebissen hat.«

Jeremy packte mich an beiden Armen und hielt sie fest, nagelte mich so gründlich fest, dass ich mich nicht mehr bewegen konnte. Er holte tief Atem und begann von vorn.

»Er ist ein ...« Er brach ab und schüttelte den Kopf. »Ich brauche dir nicht zu sagen, was er ist, Elena. Du hast gesehen, wie er die

Gestalt gewechselt hat. Du hast gesehen, dass er ein Wolf geworden ist.«

»Nein!« Ich trat nach ihm, aber meine Beine schlugen in die leere Luft. »Sie sind verrückt. Total verrückt. Ich hab einen Hund gesehen. Lassen Sie mich los! Clay!«

»Er hat dich gebissen, Elena. Das bedeutet ... es bedeutet, dass du jetzt das Gleiche bist. Du wirst das Gleiche wie er. Deshalb geht es dir so schlecht. Du musst mir erlauben, dir zu helfen.«

Ich schloss die Augen und schrie, bis ich seine Worte nicht mehr hören konnte. Wo war Clay? Warum hatte er mich mit diesem Verrückten allein gelassen? Warum hatte er mich verlassen? Er liebte mich. Ich wusste, dass er mich liebte.

»Ich weiß, dass du mir nicht glaubst, Elena. Aber sieh her. Sieh einfach her.«

Ich drehte den Kopf zur Seite, um ihn nicht ansehen zu müssen. Ich sah nur noch seinen Arm, der meinen auf dem Bett festhielt. Nach einem Augenblick schien sein Unterarm zu schimmern und sich zusammenzuziehen. Ich schüttelte heftig den Kopf und spürte, wie der Schmerz darin hin- und hergeschleudert wurde wie eine glühende Kohle. Mein Blickfeld verschwamm und wurde wieder klar. Jeremys Arm schien sich zu verzerren, das Handgelenk wurde dünner, die Hand ballte sich zu einem Knoten zusammen. Ich wollte die Augen schließen, aber ich konnte nicht. Ich war wie gebannt von dem Anblick. Die schwarzen Haare auf dem Arm wurden dicker. Zusätzliche Haare wuchsen; sie brachen durch die Haut und wurden länger und länger. Der Druck seiner Finger ließ nach. Ich sah nach unten. Es waren keine Finger mehr zu sehen. Eine schwarze Pfote lag auf meinem Arm. Ich schloss die Augen und schrie und schrie, bis die Welt schwarz wurde.

Ich brauchte über ein Jahr, um wirklich zu verstehen, was aus mir geworden war, dass es kein Alptraum und keine Wahnvorstellung war und dass es niemals vorbeigehen würde, dass es keine Heilung für mich gab. Jeremy erlaubte Clay achtzehn Monate später zurückzukommen, aber es war zwischen uns nicht mehr so wie zuvor. Es konnte nicht wieder so werden. Es gibt Dinge, die man nicht verzeiht.

Ich wachte mehrere Stunden später auf und spürte Clays Arme um mich, meinen an ihn gepressten Rücken. Eine langsame Welle des Friedens begann mich wieder in den Schlaf zu wiegen. Dann wurde ich schlagartig völlig wach. Clays Arme um mich. Mein an ihn gepresster Rücken. Zusammen im Gras. Nackt. Oh, Scheiße. Ich wand mich aus seinem Griff, ohne ihn zu wecken, schlich mich von der Lichtung und lief zum Haus zurück. Jeremy saß im ersten Morgenlicht auf der hinteren Veranda und las die *New York Times*. Als ich ihn sah, blieb ich stehen, aber es war zu spät. Er hatte mich schon entdeckt. Ja, ich war splitternackt, aber das war nicht der Grund dafür, dass ich Jeremy lieber aus dem Weg gegangen wäre. In den Jahren meines Lebens mit dem Rudel hatte ich mein Schamgefühl verloren. Wann immer wir zusammen rannten, endeten wir nackt und oft weit von unseren Kleidern entfernt. Es kann zunächst eine etwas beunruhigende Erfahrung sein, wenn man aus dem nachfolgenden Schlaf aufwacht und sich in einer Grotte inmitten von drei oder vier nackten Kerlen wiederfindet. Beunruhigend, wenn auch durchaus nicht nur unangenehm angesichts der Tatsache, dass die Typen allesamt Werwölfe sind, sich dementsprechend in körperlicher Bestform befinden und im Naturzustand wirklich kein unerfreulicher Anblick sind. Aber ich schweife ab. Worauf ich hinauswill, ist, dass Jeremy mit dem Anblick meines nackten Körpers seit Jahren vertraut war. Als ich in Abwesenheit meiner Kleider aus dem Wald trat, fiel ihm nicht einmal auf, dass etwas fehlte.
Er faltete die Zeitung zusammen, stand von seinem Liegestuhl auf und wartete. Ich hob das Kinn und machte mich auf den Weg zur Terrasse. Er würde Clay an mir riechen können. Es gab keine Möglichkeit, das zu verhindern.
»Ich bin müde«, sagte ich, während ich versuchte, mich an ihm vorbeizudrücken. »Es war eine ziemlich lange Nacht. Ich gehe wieder ins Bett.«

»Ich wüsste wirklich gern, was ihr gestern Abend herausgefunden habt.«

Die Stimme war sanft. Eine Bitte, kein Befehl. Einen direkten Befehl zu ignorieren wäre einfacher gewesen. Als ich da stand, erschien mir die Aussicht darauf, ins Bett zu gehen und dort mit meinen Gedanken allein zu sein, plötzlich unerträglich. Jeremy bot mir eine Ablenkung an. Ich beschloss das Angebot anzunehmen. Ich ließ mich auf einen Stuhl fallen und erzählte ihm die ganze Geschichte. Okay, zugegeben, es war nicht die *ganze* Geschichte, aber ich erzählte ihm, wie wir die Wohnung des Mutts gefunden hatten. Das Nachspiel mit den beiden Jungen in der Gasse ließ ich aus, und was nach unserer Rückkehr noch alles passiert war, ließ ich ganz entschieden aus. Jeremy hörte zu und sagte sehr wenig. Als ich zum Ende kam, bemerkte ich eine Bewegung im Garten. Clay kam mit langen Schritten aus dem Wald, die Schultern gestrafft, die Lippen zu einem harten Strich zusammengepresst.

»Geh rein«, sagte Jeremy. »Schlaf ein bisschen. Ich kümmere mich um ihn.«

Ich flüchtete ins Haus.

Oben in meinem Zimmer holte ich das Handy aus der Reisetasche und wählte eine Nummer in Toronto. Es war nicht Philip, den ich anrief, aber das lag nicht daran, dass ich ein schlechtes Gewissen hatte. Ich rief ihn deshalb nicht an, weil ich wusste, ich sollte eigentlich ein schlechtes Gewissen haben, und weil ich das nicht fertig brachte, schien es mir nicht richtig, ihn anzurufen. Ergibt das irgendeine Art von Sinn? Wahrscheinlich nicht.

Wenn ich mit irgendjemandem außer Clay geschlafen hätte, hätte ich ein schlechtes Gewissen gehabt. Andererseits, die Wahrscheinlichkeit, dass ich Philip mit irgendeinem Mann außer Clay betrügen würde, war so verschwindend gering, dass man die Möglichkeit ignorieren konnte. Ich war von Natur aus loyal, ob ich es nun wollte oder nicht. Aber was mich mit Clay verband, war so alt, so kompliziert, dass es mit normalem Sex nicht zu vergleichen war, wenn ich mit ihm schlief. Es bedeutete, einem Bedürfnis nachzugeben, das so tief ging, dass alle Wut und alle Verletzungen und aller Hass der Welt mich nicht davon abhalten konnten, zu ihm zurückzukehren. Ein Werwolf zu sein, in Stonehaven zu sein und mit Clay zusammen zu sein – es war so eng verflochten, dass ich die Stränge nicht voneinander trennen konnte. Sich auf eins davon einzulassen hieß, sich auf alles einzulassen. Mich Clay zu schenken bedeutete nicht, dass ich Philip betrog, es bedeutete, dass ich mich selbst betrog. Es ängstigte mich zu Tode. Noch als ich dort auf dem Bett saß mit dem Handy in der Hand, spürte ich, wie ich abrutschte. Die Barriere zwischen den beiden Welten wurde fester, und ich saß auf der falschen Seite in der Falle.

Ich saß da und starrte das Gerät an, versuchte zu entscheiden, wen ich anrufen sollte, welche Person in meinem menschlichen Leben die Kraft haben würde, mich wieder auf die andere Seite zu ziehen. Eine Sekunde lang dachte ich daran, Anne oder Diane anzurufen. Ich verwarf den Gedanken sofort wieder, und dann fragte ich mich, warum ich ihn überhaupt erwogen hatte. Wenn es mir nicht helfen würde, mit Philip zu reden, warum sollte ich dann auch nur erwägen, seine Mutter oder seine Schwester anzurufen? Ich verfolgte den Gedanken noch etwas weiter, aber etwas an ihm machte mir Angst. Nach einer kurzen Pause drückten meine Finger wie von selbst eine Reihe von Tasten. Als das Telefon klingelte, fragte ich mich willenlos, wen ich jetzt eigentlich angerufen hatte. Dann schaltete sich klickend ein Anrufbeantworter ein. »Hi, Sie haben die Nummer von Elena Michaels bei *Focus Toronto* gewählt. Ich bin zurzeit nicht im Büro, aber wenn Sie mir nach dem Piepton Ihren Namen und Ihre Telefonnummer hinterlassen, werde ich Sie bei der nächsten Gelegenheit zurückrufen.«

Ich schaltete das Gerät aus, zog die Decke zurück und kroch ins Bett, dann streckte ich den Arm nach dem Handy aus und drückte auf die Wahlwiederholungstaste.

Beim fünften Klingeln war ich eingeschlafen.

Es war beinahe Mittag, als ich aufwachte. Als ich mich anzog, ließen mich Schritte draußen im Gang erstarren.

»Elena?«

Clay rüttelte an der Klinke. Ich hatte abgeschlossen. Es war das einzige Schloss im ganzen Haus, das er nicht aufzubrechen wagte.
»Ich hab gehört, wie du aufgestanden bist«, sagte er. »Lass mich rein. Ich will mit dir reden.«
Ich war gerade damit fertig, mir hastig die Jeans überzuziehen.
»Elena? Komm schon.« Das Rappeln an der Tür wurde lauter. »Lass mich rein. Wir müssen reden.«
Ich nahm mein Haar im Nacken zusammen und befestigte es mit einer Spange. Dann ging ich durchs Zimmer, öffnete das Fenster und schwang mich ins Freie. Ich landete mit einem dumpfen Schlag auf dem Erdboden; der Aufprall jagte kleine Stiche meine Waden entlang, aber ich war unverletzt. Ein Sprung aus dem ersten Stock ist für Werwölfe nicht gefährlich.
Über mir hämmerte Clay an die Tür. Ich ging ums Haus herum und zur Vordertür hinein. Jeremy und Antonio kamen den Gang entlang, als ich eintrat. Jeremy blieb stehen und hob eine Augenbraue.
»Die Treppen sind inzwischen wohl einfach keine Herausforderung mehr?«, fragte er.
Antonio lachte. »Hat nichts mit Herausforderung zu tun, Jer. Ich würde sagen, es ist der große böse Wolf, der oben vor ihrer Tür schnaubt.« Er streckte den Kopf um die Ecke und schrie die Treppe hinauf: »Du kannst aufhören, das Haus zu zerlegen, Clayton. Sie hat dich ausmanövriert. Sie ist hier unten.«
Jeremy schüttelte den Kopf und manövrierte mich seinerseits in die Küche.
Als Clay herunterkam, war ich mit dem Frühstück schon halb fertig. Jeremy wies ihn ans entgegengesetzte Ende des Tischs. Er murrte, gehorchte aber. Nick und Peter erschienen wenig später, und in dem ausbrechenden Frühstückschaos entspannte ich mich und brachte es fertig, Clay zu ignorieren. Als wir mit dem Essen fertig waren, erzählte ich den anderen, was wir am Abend zuvor herausgefunden hatten. Während ich sprach, sah Jeremy die Zeitungen durch. Ich kam allmählich zum Schluss, als Jeremy die Zeitung weglegte und mich ansah.

»Ist das alles?«, fragte er.
Etwas in seinem Ton klang eine Spur herausfordernd. Ich zögerte; dann nickte ich.
»Bist du ganz sicher?«
»Uh – ja, ich glaube schon.«
Er faltete die Zeitung mit dem größtmöglichen Aufwand an Sorgfalt und Verzögerungen zusammen und legte sie vor mich hin. Die Titelseite der *Bear Valley Post.* Schlagzeile ganz oben: WILDE HUNDE IN DER STADT.
»Oh«, sagte ich. »Oops.«
Jeremy machte ein Geräusch, tief in der Kehle, das man durchaus als Knurren interpretieren konnte. Ich las den Artikel durch. Die beiden Jungen, die wir in der Gasse gesehen hatten, hatten ihre Eltern geweckt und ihnen die Geschichte erzählt, und die Eltern hatten ihrerseits den Chefredakteur aus dem Bett geholt. Die Jungen behaupteten, die Mörderhunde gesehen zu haben. Zwei, vielleicht drei, riesige schäferhundartige Tiere, die mitten in der Stadt gelauert hatten.
»Drei«, sagte Jeremy. Er sprach sehr leise. »Ihr alle drei. Zusammen.«
Peter und Antonio entfernten sich leise vom Tisch. Clay sah Nick an und machte eine Bewegung mit dem Kinn, um ihm mitzuteilen, dass es ihm freistand, ebenfalls zu gehen. Niemand würde Nick für die Sache verantwortlich machen. Jeremy konnte zwischen Anstiftern und Gefolgsleuten unterscheiden. Nick schüttelte den Kopf und blieb, wo er war. Er würde für seinen Anteil geradestehen.
»Wir waren auf dem Rückweg von der Wohnung des Mutts«, sagte ich. »Die beiden Jungen sind in die Gasse gekommen. Sie haben mich gesehen.«
»Elena hatte nicht genug Platz, um sich zu verstecken«, warf Clay ein. »Einer von ihnen hatte eine zerbrochene Flasche. Ich bin durchgedreht. Ich hab sie angesprungen. Elena hat mich aufgehalten, und wir sind abgehauen. Keinem ist Schaden entstanden.«
»Uns allen ist Schaden entstanden«, sagte Jeremy. »Ich habe euch gesagt, ihr sollt euch trennen.«

»Das haben wir auch«, erinnerte ich. »Ich sage doch, es war hinterher – nachdem wir die Wohnung gefunden hatten.«
»Ich habe auch gesagt, ihr sollt euch zurückverwandeln, wenn ihr ihn gefunden habt.«
»Und dann splitternackt zum Auto zurückspazieren?«
Jeremys Lippen zuckten. Es folgte eine geschlagene Minute des Schweigens. Dann stand Jeremy auf, winkte mir, ich sollte mitkommen, und verließ den Raum. Clay und Nick sahen mich an, aber ich schüttelte den Kopf. Dies war eine Privateinladung, so gern ich sie auch mit jemandem geteilt hätte. Ich folgte Jeremy aus dem Haus.
Jeremy führte mich in den Wald, blieb aber auf den Fußwegen. Wir waren fast eine halbe Meile gegangen, bevor er etwas sagte. Und selbst dann drehte er sich nicht nach mir um, sondern ging einfach weiter vor mir her.
»Du weißt, dass wir in Gefahr sind«, sagte er.
»Wir wissen alle –«
»Ich bin mir nicht sicher, ob du es weißt. Vielleicht bist du einfach zu lang vom Rudel fort gewesen, Elena. Oder vielleicht glaubst du, dass dies alles dich nicht mehr betrifft, weil du nach Toronto gezogen bist.«
»Willst du damit sagen, ich würde absichtlich etwas sabotieren –«
»Natürlich nicht. Ich will damit sagen, dass ich dich vielleicht daran erinnern muss, wie wichtig dies für uns alle ist, ganz gleich, wo wir leben. Die Leute von Bear Valley suchen nach einem Killer, Elena. Der Killer ist ein Werwolf. Wir sind Werwölfe. Wenn er erwischt wird – was glaubst du, wie lang es dann noch dauert, bevor die halbe Stadt vor der Tür steht? Wenn sie diesen Mutt lebend fangen und herausfinden, wer er ist, wird er reden. Er ist nicht durch Zufall in Bear Valley, Elena. Jeder Mutt, der einen Vater hat, weiß, dass wir hier leben. Wenn dieser hier entdeckt wird, wird er die Behörden zu uns führen, zu Clayton und mir und dann zum Rest des Rudels und irgendwann zu jedem einzelnen Werwolf, einschließlich denen, die jede Verbindung zum Rudel zu bestreiten versuchen.«

»Glaubst du, das wüsste ich nicht?«
»Ich habe darauf vertraut, dass du gestern Abend den Takt vorgeben würdest, Elena.«
Autsch. Das hatte wehgetan. Mehr, als ich zugeben wollte, und so verbarg ich es auf die übliche Art.
»Dann war das aber dein Fehler«, schnappte ich. »Ich hab um dein Vertrauen nicht gebeten. Weißt du noch, was bei Carter passiert ist? Da hast du mir auch vertraut, stimmt's? *Eine* schlechte Erfahrung ...«
»Was mich angeht, war dein einziger Fehler bei Carter, dass du dich nicht mit mir in Verbindung gesetzt hast, bevor du gehandelt hast. Ich weiß, dass es für dich mehr bedeutet, aber das ist genau der Grund, weshalb du Kontakt mit mir hättest aufnehmen sollen – damit ich den Befehl geben kann. Ich übernehme die Verantwortung für die Entscheidung. Für den Tod. Ich weiß, dass du –«
»Ich will nicht drüber reden.«
»Natürlich nicht.«
Wir gingen wortlos weiter. Ich spürte, wie sich mir die Worte in der Kehle stauten und verzweifelt ins Freie strebten, nach einer Gelegenheit suchten, über das zu sprechen, was ich getan hatte und was ich empfand. Aber im Gehen fing ich einen Geruch auf, und die Worte verflogen.
»Riechst du das?«, fragte ich.
Jeremy seufzte. »Elena, ich wünschte, du würdest –«
»Das da. Tut mir Leid, ich wollte dich nicht unterbrechen, aber« – meine Nase zuckte, während ich den Geruch im leichten Wind wieder fand – »dieser Geruch. Riechst du das?«
Jeremys Nasenlöcher blähten sich. Er schnupperte ungeduldig in den Wind, als erwarte er nicht wirklich, dort etwas zu finden. Dann blinzelte er einmal. Die winzige, harmlose Reaktion war genug. Er roch es ebenfalls. Blut. Menschliches Blut.

Übergriff

Ich verfolgte den Blutgeruch zurück zur östlichen Grenze des Grundstücks. Als wir näher kamen, begann etwas anderes den Geruch zu überlagern, etwas Schlimmeres. Verrottendes Fleisch. Wir erreichten einen hölzernen Steg, der einen Bach überquerte. Als ich auf der anderen Seite angekommen war, blieb ich stehen. Der Geruch war verschwunden. Ich schnupperte wieder im Ostwind. Spuren von Fäulnis in der Luft, aber der überwältigende Gestank war nicht mehr zu spüren. Ich drehte mich um und sah ins Wasser hinunter. Etwas Blasses ragte unter dem Steg hervor. Es war ein nackter Fuß; die aufgedunsenen grauen Zehen zeigten in den Himmel. Ich trabte die Böschung hinunter und watete in den Bach. Jeremy lehnte sich über das Brückengeländer, sah den Fuß und zog sich zurück, um mir die Untersuchung der Angelegenheit zu überlassen.

Ich hielt mich an der Kante des Stegs fest und kniete mich ins eisige Wasser; die Jeans waren sofort vom Knöchel bis zum Knie durchweicht. Der nackte Fuß ging über in eine schlanke Wade. Der Gestank war überwältigend. Als ich mich darauf verlegte, durch den Mund zu atmen, revoltierte mein Magen. Jetzt konnte ich die Verwesung nicht nur riechen, sondern auch schmecken. Ich kehrte wieder zur Nasenatmung zurück. Die Wade führte zu einem Knie und ging dann in zerfetzte Haut und Muskeln mit durchschimmerndem Knochen über; der Oberschenkelknochen sah aus, als sei er von einem Hund benagt worden, dem der Appetit eher nach Zerstörung als nach Abendessen stand. Der zweite Oberschenkel war ein madenverseuchter Stumpf; der Knochen war von mächtigen Kiefern abgetrennt worden. Als ich unter die Brücke spähte, entdeckte ich den Rest des Beins, oder zumindest

Teile davon, die dort verstreut waren, als hätte jemand die letzten Reste Müll aus einer Tüte geschüttelt. Der Torso oberhalb der Schenkel war nur noch eine formlose Masse von wüst zugerichtetem Fleisch. Wenn die Arme noch an Ort und Stelle waren, konnte ich sie jedenfalls nicht sehen; wahrscheinlich lagen sie bei den weiter hinten verstreuten Teilen. Der Kopf war nach hinten verdreht, der Hals fast durchgebissen. Ich wollte das Gesicht nicht sehen. Es ist einfacher, wenn man das Gesicht nicht sieht, wenn man eine verwesende Leiche als Requisite aus einem drittklassigen Horrorfilm abtun kann. Aber einfacher ist nicht notwendigerweise besser. Dies war keine Requisite, und sie verdiente es nicht, wie eine behandelt zu werden. Angesichts ihrer Größe und der Schlankheit ging ich davon aus, dass es sich um eine ›Sie‹ handelte, aber als ich den Kopf bewegte, stellte ich fest, dass ich mich geirrt hatte. Es war ein junger Mann, kaum mehr als ein Junge. Die Augen standen weit offen; sie waren schmutzverkrustet und glanzlos wie angeschlagene Murmeln. Davon abgesehen war das Gesicht unversehrt: glatthäutig, wohlgenährt und sehr, sehr jung.

Ein weiteres Werwolfopfer. Obwohl ich den Mutt unter dem Gestank nach Blut und Verwesung nicht riechen konnte, erkannte ich es an der zerrissenen Kehle und den klaffenden Zahnspuren am Torso. Der Mutt hatte die Leiche hierher geschafft. Nach Stonehaven. Er hatte den Jungen nicht hier getötet. Es gab keine Blutspuren, aber der verkrustete Schmutz wies darauf hin, dass die Leiche vergraben und dann wieder ausgegraben worden war. Gestern Abend, als wir gerade damit beschäftigt gewesen waren, die Wohnung des Mutts zu durchsuchen, hatte er die Leiche nach Stonehaven gebracht, wo wir sie finden würden. Die Beleidigung jagte kleine Schauer der Wut durch mich hindurch.

»Wir müssen sie loswerden«, sagte Jeremy. »Lass sie für den Augenblick hier. Wir gehen zurück zum Haus –«

Ein Krachen in den Büschen unterbrach ihn. Ich zog den Kopf unter der Brücke hervor. Jemand trampelte durchs Unterholz wie ein Nashorn. Menschen. Ich spülte mir hastig die Hände im Bach ab und kletterte die Böschung wieder hinauf. Ich hatte es kaum geschafft, als zwei Männer in leuchtend orangefarbenen Jagdwesten aus dem Wald gestürmt kamen.

»Dies ist ein Privatgrundstück«, sagte Jeremy. Seine ruhige Stimme durchschnitt das Schweigen auf der Lichtung.

Die beiden fuhren zusammen und drehten sich hastig um. Jeremy blieb auf der Brücke stehen und griff mit einer Hand hinter sich, um mich näher zu ziehen.

»Ich habe gesagt, dies ist ein Privatgrundstück«, wiederholte er.

Einer der beiden, ein kräftig gebauter Junge von etwa neunzehn Jahren, trat vor. »Yeah, und was machen Sie dann hier, Kumpel?«

Der ältere Mann nahm den Jungen beim Ellenbogen und zog ihn zurück. »Entschuldigen Sie die Manieren meines Sohnes, Sir. Ich nehme mal an, Sie sind ...« Er verstummte, versuchte sich offensichtlich auf den Namen zu besinnen, konnte sich aber nicht erinnern.

»Ich bin der Eigentümer, ja«, sagte Jeremy. Seine Stimme klang immer noch freundlich.

Ein weiterer Mann und eine Frau tauchten so plötzlich hinter den beiden auf, dass sie sie fast über den Haufen gerannt hätten. Sie blieben abrupt stehen und starrten uns an, als sähen sie eine Erscheinung. Der ältere Mann flüsterte ihnen etwas zu, wandte sich dann wieder Jeremy zu und räusperte sich.

»Ja, Sir. Ich verstehe schon, das Land gehört Ihnen, aber sehen Sie, wir haben hier ein Problem. Ich bin sicher, Sie haben von dem Mädchen gehört, das vor ein paar Tagen umgekommen ist. Also, und es sind Hunde, Sir. Wilde Hunde. Groß. Zwei Jungs aus der Stadt haben sie gestern Abend gesehen. Und dann hat uns heute Morgen einer angerufen und gesagt, dass er hier am Waldrand so um Mitternacht rum was gesehen hätte.«

»Und jetzt durchsuchen Sie das Gelände.«

Der Mann richtete sich etwas auf. »Ganz genau, Sir. Wenn's Ihnen also nichts ausmacht ...«

»Es macht mir aber etwas aus.«

Der Mann stutzte. »Ja, aber verstehen Sie, wir müssen wirklich nachsehen, und –«

»Haben Sie vorher im Haus um Erlaubnis gefragt?«
»Nein, aber –«
»Haben Sie angerufen, um sich die Erlaubnis geben zu lassen?«
»Nein, aber –«
Die Stimme des Mannes war um eine Oktave gestiegen, und der Junge hinter ihm trat von einem Fuß auf den anderen und murmelte vor sich hin. Jeremy sprach in dem gleichen gelassenen Ton weiter.
»Dann schlage ich vor, Sie gehen auf dem Weg zurück, den Sie gekommen sind, und warten am Haus auf mich. Wenn Sie diesen Wald durchsuchen wollen, brauchen Sie meine Erlaubnis. Unter den gegebenen Umständen habe ich absolut keine Einwände dagegen, Ihnen diese Erlaubnis zu erteilen. Aber ich will mir keine Sorgen machen müssen, ich könnte plötzlich mit bewaffneten Leuten zusammentreffen, wenn ich einen Spaziergang auf meinem eigenen Grundstück mache.«
»Aber wir suchen nach wilden Hunden«, sagte die Frau. »Nicht nach Leuten.«
»Bei einer Jagd kann alles Mögliche passieren. Dies ist mein Land, und ich ziehe es vor, das Risiko nicht einzugehen. Ich mache Gebrauch von diesen Wäldern. Meine Familie und meine Gäste tun es ebenfalls. Deshalb erlaube ich auch Jägern nicht, hierher zu kommen. Wenn Sie jetzt einfach zum Haus zurückgehen, kann ich meinen Spaziergang zu Ende bringen und mich dort mit Ihnen treffen. Ich kann Ihnen Karten von dem Gelände geben und meinen Gästen sagen, sie sollen den Wald nicht betreten, solange Sie hier sind. Wäre das nicht das Vernünftigste?«
Das Paar hatte sich inzwischen dem murrenden Jungen angeschlossen, aber der ältere Mann überlegte, wog die zusätzlichen Unannehmlichkeiten gegen die guten Manieren ab. Gerade als er zum Nachgeben bereit schien, fragte eine Stimme im Rücken der vier laut: »Was zum Teufel ist denn hier los?!«
Clay kam aus dem Wald geschossen. Ich zuckte zusammen und meinte Jeremy das Gleiche tun zu sehen, obwohl es auch an dem flimmernden Sonnenlicht zwischen den Bäumen liegen konnte.

Clay blieb am Rand der Lichtung stehen und sah von dem Suchtrupp zu uns und wieder zurück.
»Was zum Teufel haben Sie hier zu suchen?«, fragte er dann, während er näher trat.
»Sie suchen nach wilden Hunden«, erklärte Jeremy gelassen.
Clays Hände ballten sich an seinen Seiten zu Fäusten. Seine Wut flammte quer über die Lichtung bis zu uns herüber. Als wir zum ersten Mal von Jägern auf dem Grundstück gehört hatten, war er außer sich gewesen. Jemand war in sein Territorium eingedrungen. Er war in der Lage gewesen, sich zu beherrschen, weil er die Eindringlinge nicht getroffen hatte und weil man ihm verboten hatte, ihnen nahe genug zu kommen, um sie zu sehen und zu riechen und zu reagieren, wie seine Instinkte es verlangten. Selbst wenn er auf sie gestoßen wäre, hätte er es früh genug gemerkt, um sein Temperament an die Kandare zu nehmen. Dies war anders. Er hatte nach uns gesucht und hatte sie nicht gerochen, bevor es zu spät war, um sich auf sie einzustellen. Die Eindringlinge waren keine unsichtbaren Schüsse im Dunkel mehr, sondern wirkliche, echte Menschen, die vor ihm standen, lebendige Zielscheiben für seine Wut.
»Habt ihr die gottverdammten Schilder eigentlich nicht gesehen?«, knurrte er, an den jungen Mann gewandt, den Stärksten der Gruppe. »Oder hat ›Betreten verboten‹ schon zu viele Silben für euch?«
»Clayton«, warnte Jeremy.
Clay hörte ihn nicht. Ich wusste das. Alles, was er hörte, war das Hämmern des Blutes in seinen Ohren, die Notwendigkeit, sein Territorium zu verteidigen, die durch sein Hirn schrillte. Er trat näher an den jungen Mann heran, und der Junge wich zurück an einen Baum.
»Dies ist Privatbesitz«, sagte Clay. »Verstehst du, was das bedeutet?«
Jeremy setzte sich in Bewegung, mich dicht auf den Fersen. Wir hatten die Lichtung zur Hälfte hinter uns gebracht, als ein Geräusch aus dem Wald schallte. Ein bellender Hund. Ein Hund auf

einer Fährte. Ich sah von Jeremy zu Clay. Sie hatten beide innegehalten und lauschten, versuchten die Richtung zu ermitteln, aus der das Geräusch kam. Ich ging zurück zum Steg. Mit jeder Sekunde kam das Gebell näher, erfüllt von triumphierender Freude. Der Hund roch die Leiche unter der Brücke.

Ich tat einen weiteren Schritt in Richtung Brücke. Bevor ich denken konnte, kam der Hund aus dem Wald geschossen. Er kam geradewegs auf mich zu, die Augen blind, vollkommen von der Fährte in Anspruch genommen. Er war nur noch einen Meter von mir entfernt, als er schlitternd zum Stehen kam. Jetzt roch er noch etwas anderes. Mich.

Der Hund sah mich an. Es war ein großer Mischling, vielleicht aus einem Schäferhund und einem Redbone. Er senkte die Schnauze und blinzelte verwirrt. Dann hob er den Kopf und zog die Lefzen zu einem tiefen Grollen zurück. Er wusste nicht, was ich war, aber er mochte mich ganz und gar nicht. Einer der Männer rief etwas. Der Hund ignorierte es. Er knurrte die nächste Warnung. Der ältere Mann kam auf uns zugerannt. Ich sah meine Gelegenheit ungenutzt vorbeigehen. Ich sah dem Hund in die Augen und zeigte die Zähne. Dann versuch's doch. Und er tat es.

Der Hund sprang. Seine Zähne schlossen sich um meinen Unterarm. Ich stürzte, hob die Arme vors Gesicht, als wollte ich mich schützen. Der Hund hielt fest. Als die Zähne sich in meinen Arm gruben, stieß ich ein Wimmern der Angst und des Schmerzes aus. Ich trat schwach nach der Bestie, und meine Tritte trafen kaum ihren Bauch. Über meinem Kopf hörte ich Durcheinander. Jemand zerrte den Hund von mir fort und meinen Arm gleich mit. Dann wurde der Hund schlaff. Die Zähne lösten sich von meinem Arm. Ich sah auf und bemerkte Clay, der über mir stand, die Hände noch um den Hals des toten Hundes geschlossen. Er warf den Kadaver zur Seite und fiel auf die Knie. Ich vergrub das Gesicht in den Armen und begann zu schluchzen.

»Na, na«, sagte er, zog mich an sich und begann mir übers Haar zu streichen. »Es ist ja vorbei.«

Er tat wirklich sein Bestes, um nicht zu lachen; die Anstrengung schüttelte ihn geradezu. Ich widerstand der Versuchung, ihn zu kneifen, und wimmerte weiter. Jeremy wollte wissen, wem der Hund gehörte und ob er geimpft war. Die Stimmen der Jäger übertönten einander, während sie ihre Entschuldigungen stammelten. Jemand verschwand, um den Eigentümer des Hundes aufzutreiben. Clay und ich blieben auf dem Boden sitzen; ich schluchzte, er tröstete mich. Es machte ihm viel zu viel Spaß, aber ich wagte nicht aufzustehen, aus Angst, die Jäger könnten feststellen, dass meine Augen trocken waren und ich für eine Frau, die gerade von einer reißenden Bestie angegriffen worden war, bemerkenswert gefasst wirkte.

Nach ein paar Minuten traf der Hundebesitzer ein. Er war nicht gerade erfreut, seinen wertvollen Hund tot im Gras liegen zu sehen. Als er herausfand, was geschehen war, wurde er recht kleinlaut und begann zu versprechen, er werde alle Arztrechnungen bezahlen; wahrscheinlich hatte er Angst, wir könnten ihn anzeigen. Jeremy hielt ihm eine Gardinenpredigt, weil er seinen Hund auf einem fremden Grundstück frei herumlaufen ließ. Als er fertig war, versicherte der Mann, der Hund sei vorschriftsmäßig geimpft gewesen, und machte sich dann daran, mit Hilfe des jungen Mannes den Kadaver fortzuschaffen. Diesmal widersprach niemand, als Jeremy die ganze Gruppe aufforderte, das Grundstück zu verlassen. Als endlich Schweigen herrschte, schob ich Clay von mir weg und stand auf.

»Was macht der Arm?«, fragte Jeremy, während er zu mir herüberkam.

Ich sah mir die Verletzung an. Vier tiefe Zahnspuren, aus denen noch Blut tröpfelte, aber die kleinen Wunden waren kaum eingerissen. Ich ballte die Faust und öffnete sie wieder. Es tat höllisch weh, aber alles schien zu funktionieren. Ich machte mir weiter keine Gedanken darüber. Wir heilen schnell – wahrscheinlich ist das der Grund dafür, dass wir einander so hemmungslos Verletzungen zufügen.

»Die erste Kriegsverletzung«, sagte ich.

»Hoffentlich auch die letzte«, gab Jeremy trocken zurück und

nahm meinen Arm, um sich den Schaden selbst anzusehen. »Es hätte schlimmer kommen können, nehme ich an.«
»Sie hat das phantastisch gemacht«, sagte Clay.
Ich warf ihm einen wütenden Blick zu. »Ich hätte gar nichts tun müssen, wenn du nicht auf die Leute losgegangen wärst und getobt hättest wie ein Verrückter. Jeremy war sie schon fast losgeworden, als du aufgetaucht bist.«
Jeremy machte einen Schritt zur Seite und schob sich zwischen uns, bis er Clay verdeckte – als seien wir siamesische Kampffische, die nicht angreifen, wenn sie einander nicht sehen können. »Komm mit zum Haus, wir sollten den Biss reinigen. Clay, unter der Brücke liegt eine Leiche. Bring sie in den Schuppen, wir fahren sie heute Nacht in die Stadt.«
»Eine Leiche?«
»Ein Junge. Wahrscheinlich ein Ausreißer.«
»Du meinst, dieser Mutt hat uns eine Leiche angeschleppt –«
»Schaff sie einfach erst mal fort, bevor die Leute sich in den Kopf setzen, noch mal zurückzukommen.«
Jeremy nahm meinen unverletzten Arm und führte mich weg, bevor Clay widersprechen konnte.
Auf dem Rückweg zum Haus redeten wir. Oder vielmehr, Jeremy redete, ich hörte zu. Die Situation schien sich mit jeder Stunde zu verschärfen. Erst wurden wir in der Stadt entdeckt. Dann fanden wir eine Leiche auf dem Grundstück. Dann gerieten wir in eine Auseinandersetzung mit den Einheimischen, zogen Aufmerksamkeit auf uns und machten uns wahrscheinlich auch noch verdächtig. Und das alles innerhalb von zwölf Stunden. Der Mutt musste sterben. Heute Nacht.
Als Clay zum Haus zurückkehrte, wollte er mit Jeremy und mir sprechen. Ich fand eine Entschuldigung, um mich schleunigst in mein Zimmer zurückzuziehen. Ich wusste genau, was er uns sagen wollte – er wollte sich dafür entschuldigen, dass er die Beherrschung verloren hatte, auf den Suchtrupp losgegangen war und uns in Schwierigkeiten gebracht hatte. Sollte Jeremy die Absolution aussprechen – das war sein Job, nicht meiner.

Nachdem Jeremy und Clay mit ihrer Unterredung fertig waren, rief Jeremy die anderen ins Arbeitszimmer, um ihnen zu erzählen, was geschehen war. Ich kannte die Geschichte schon, also kehrte ich währenddessen in mein Zimmer zurück und rief Philip an. Er sprach über eine Anzeigenkampagne, für die er den Auftrag zu erhalten hoffte, irgendwas mit Eigentumswohnungen am Seeufer. Ich muss gestehen, ich achtete kaum auf das, was er sagte. Stattdessen lauschte ich auf seine Stimme, schloss die Augen und stellte mir vor, ich sei dort, neben ihm, an einem Ort, an dem Leichen im Hof Anlass zu blankem Entsetzen gewesen wären und nicht einfach zu nüchternen Aufräumplänen. Ich versuchte zu denken, wie Philip denken würde, Mitgefühl und Kummer um den toten Jungen zu empfinden, um ein Leben, so voller Verheißung wie mein eigenes, das plötzlich zu Ende war.

Während Philip sprach, wanderten meine Gedanken zu meiner Nacht mit Clay. Ich brauchte mich nicht sonderlich anzustrengen, um mir vorzustellen, was Philip empfinden würde, wenn er davon wüsste. Was zum Teufel hatte ich mir eigentlich dabei gedacht? Ich hatte überhaupt nicht gedacht – das war das Problem dabei. Wenn ich vor ein paar Stunden noch kein schlechtes Gewissen gehabt hatte – jetzt hatte ich es, während ich Philip zuhörte und mir überlegte, wie er reagieren würde. Ich war ein Idiot. Ich hatte einen wunderbaren Mann, dem an mir lag, und ich bumste mit einem egomanischen, hinterhältigen Ungeheuer, das mich auf die übelste denkbare Art verraten hatte. Es war ein Fehler, den ich nicht wiederholen würde.

Nach einem verspäteten Mittagessen machte Jeremy einen Spaziergang mit Clay, um ihm seine Instruktionen für den Abend zu geben. Ich hatte meine schon bekommen. Clay und ich würden gemeinsam auf die Suche nach dem Mutt gehen. Ich würde ihn finden und an einen für uns ungefährlichen Ort locken, wo Clay ihn erledigen würde. Es war nicht gerade eine neue Vorgehensweise, aber so ungern ich es auch zugab, sie funktionierte.

Während die anderen das Geschirr spülten, machte ich mich davon. Ich wanderte durchs Haus und landete schließlich in Jeremys

Atelier. Die Nachmittagssonne tanzte durch die Blätter der Kastanie vor dem Fenster und warf kreisende Schatten auf den Boden. Ich blätterte die Leinwände durch, die in Stößen an der Wand lehnten, Bilder von Wölfen, die miteinander spielten und sangen und schliefen, zusammengerollte Haufen von Gliedmaßen und unterschiedlich gefärbtem Pelz. Dann gab es noch ganz andere Gemälde, Bilder von Wölfen in der Stadt, die aus Gassen und Durchgängen heraus die Passanten beobachteten, sich von Kindern streicheln ließen, während die Mütter in die andere Richtung sahen. Wenn Jeremy sich einmal darauf einließ, eins seiner Bilder zu verkaufen, war es dieser zweite Stil, der ihm viel Geld einbrachte. Die Bilder waren rätselhaft und surreal, in Rot-, Grün- und Purpurtönen gehalten, die so dunkel waren, dass sie alle wie Schattierungen von Schwarz wirkten. An unerwarteten Stellen erweckte das Aufblitzen von grellem Gelb und Orange die Dunkelheit zum Leben, wie das Spiegelbild des Mondes in einer Pfütze. Ein gefährliches Motiv, aber Jeremy war sehr vorsichtig; er verkaufte die Bilder unter einem Künstlernamen und ließ sich nie als der Maler in der Öffentlichkeit blicken. Niemand außerhalb des Rudels kam jemals nach Stonehaven mit Ausnahme von Handwerkern und Lieferanten, die sorgfältig überwacht wurden, und so waren seine Bilder in dem Atelier sicher.

Jeremy malte auch Menschen, aber seine Modelle waren ausschließlich Mitglieder des Rudels. Eins seiner Lieblingsbilder hing an der Wand neben dem Fenster. Auf dem Bild stand ich nackt am Rand einer Klippe, den Rücken dem Betrachter zugewandt. Clay saß neben mir auf dem Boden, den Arm um eins meiner Beine gelegt. Am Fuß der Klippe spielte ein Wolfsrudel auf einer Lichtung. In eine der unteren Ecken war der Titel gekrakelt: *Eden*.

An der Wand gegenüber hingen zwei Porträts. Eins zeigte Clay mit achtzehn oder neunzehn Jahren. Er saß im Freien in einem weißen Korbstuhl, ein nachdenkliches halbes Lächeln im Gesicht, den Blick auf einen Punkt oberhalb des Malers gerichtet. Er sah aus, als sei Michelangelos David zum Leben erwacht, eine Verkörperung jugendlicher Vollkommenheit, Unschuld und Versonnen-

heit. An guten Tagen erschien mir das Bild als Ausdruck von Jeremys Wunschdenken. An schlechten Tagen kam es mir vor wie blanker Hohn.
Das Porträt daneben war ebenso beunruhigend. Es stellte mich dar. Ich saß mit dem Rücken zum Maler und drehte mich nach ihm um, so dass mein Gesicht und mein Oberkörper zu sehen waren. Mein Haar war offen und hing in wirren Locken herab, die meine Brüste verdeckten. Aber wie in dem Porträt von Clay war es der Gesichtsausdruck, auf den der Maler sich konzentriert hatte. Meine dunkelblauen Augen wirkten klarer und ausgeprägter als sonst und zeigten ein tierhaftes Glänzen. Ich lächelte mit geöffneten Lippen, die die Zähne sehen ließen. Das Bild vermittelte einen Eindruck ungezähmter Sinnlichkeit mit einem gefährlichen Zug, den ich nicht sah, wenn ich mich im Spiegel betrachtete.
»Aha!«, rief Nick von der Tür her. »Hier versteckst du dich also. Anruf für dich. Logan ist dran.«
Ich war so schnell zur Tür hinaus, dass ich fast einen Stoß Gemälde umgeworfen hätte. Nick folgte mir und verwies mich an das Telefon im Arbeitszimmer. Als ich den Flur entlangrannte, kam Clay zur Hintertür herein. Er sah mich nicht. Ich schlüpfte ins Arbeitszimmer und schloss gerade die Tür hinter mir, als ich hörte, wie Clay Nick fragte, wo ich steckte. Nick gab irgendeine nichts sagende Antwort; er wollte keinen Ärger auf sich ziehen, indem er Clay die Wahrheit sagte. Clay war immer noch beleidigt, weil ich während meiner Abwesenheit Kontakt zu Logan gehalten hatte. Es lag nicht daran, dass er mich verdächtigte, eine Affäre mit ihm zu haben oder etwas ähnlich Banales. Er kannte die Tatsachen – dass Logan und ich Freunde waren, sehr gute Freunde. Aber schon das reichte, um seine Eifersucht zu entfachen, Eifersucht nicht meines Körpers, sondern meiner Zeit und Aufmerksamkeit wegen.
Ich nahm den Hörer und sagte Hallo.
»Ellie!« Logans Stimme dröhnte über das Summen und Zischen des Äthers hinweg. »Ich kann's nicht glauben, dass du wirklich da bist. Wie geht's? Noch am Leben?«

»Vorläufig noch. Aber ich bin ja auch erst seit zwei Tagen hier.« In der Leitung summte es, dann wurde es zwei Sekunden lang ganz still, dann erwachte das Telefon zischend wieder zum Leben.

»Entweder die Verbindungen nach L.A. sind schlimmer als die nach Tibet, oder du rufst auf dem Handy an. Wo bist du?«

»Auf der Fahrt zum Gericht. Hör mal, das hier ist demnächst erledigt. Wir haben einen Vergleich durchgesetzt. Deswegen rufe ich an.«

»Du kommst zurück?«

Sein Lachen kam knackend über die Leitung. »Erpicht darauf, mich zu sehen? Ich wäre wirklich geschmeichelt, wenn ich nicht den Verdacht hätte, dass du bloß einen Puffer gegen Clayton brauchst. Ja, ich komme zurück. Ich weiß noch nicht genau wann, aber es wird entweder heute Abend oder morgen früh sein. Wir müssen das hier noch abschließen, und dann nehme ich das nächste Flugzeug.«

»Phantastisch! Ich kann's gar nicht erwarten.«

»Geht mir genauso. Obwohl ich immer noch sauer bin, weil du mich Weihnachten nicht in Toronto haben wolltest. Ich hatte mich so auf verbrannte Ingwerkekse gefreut. Wieder so eine ehrwürdige Festtagstradition, die in Vergessenheit gerät.«

»Vielleicht dieses Jahr.«

»Ganz entschieden dieses Jahr.« Die Verbindung knisterte und brach ab, dann war sie mit einem Klicken wieder da. »-lo?«

»Ich bin noch dran.«

»Ich hör lieber auf, bevor du ganz weg bist. Bleibt meinetwegen nicht auf. Wir sehen uns morgen, und ich schleppe dich einfach zum Mittagessen ab, dann hast du eine Weile deine Ruhe. Okay?«

»Natürlich okay. Bis morgen also.«

Er verabschiedete sich und legte auf. Als ich den Hörer wieder auf die Gabel legte, hörte ich, wie Nick draußen versuchte, Mitspieler für eine Runde improvisierten Fußball zu rekrutieren. Vor der Arbeitszimmertür blieb er stehen und klopfte.

»Ich mache mit«, sagte ich. »Bin gleich da.«

Ich sah zurück zum Telefon. Logan kam. Schon das war genug, um mich all die Probleme und Ärgernisse des Tages vergessen zu lassen. Ich lächelte vor mich hin und rannte zur Tür hinaus. Mit einem Mal war ich sehr dafür, mich ordentlich auszutoben, bevor wir uns auf die Muttjagd machten.

Beutegreifer

Nach dem Essen bereitete ich mich auf den Abend vor. Die richtige Kleidung dafür auszuwählen war das erste Problem. Wenn ich diesen Mutt an Land ziehen wollte, musste ich die Rolle spielen, die bei Werwölfen am besten funktioniert: Elena, die sexy Beutegreiferin. Das hieß nicht etwa Minirock, durchsichtige Bluse und Netzstrümpfe, schon weil ich nichts von alldem besaß. Und ich besaß deshalb nichts von alldem, weil es an mir lächerlich gewirkt hätte. Fähnchenhafte Oberteile, Stilettoabsätze und Hüftgürtelröcke ließen mich aussehen wie eine staksige Vierzehnjährige, die sich verkleidet. Die Natur hat mich nicht mit Kurven gesegnet, und mein Lebensstil ließ mich keine Polster entwickeln. Ich war zu groß, zu dünn und zu athletisch, um eine geeignete Kandidatin für das Playmate des Monats abzugeben.

Zu Beginn meiner Zeit in Stonehaven war strikte Lässigkeit à la Schlussverkauf mein Kleidungsstil gewesen, wie viel Geld Jeremy mir auch für Kleider gab. Ich wusste einfach nicht, was ich mir sonst hätte kaufen sollen. Als Antonio uns Karten für eine Broadwaypremiere besorgte, war ich in Panik geraten. Es gab keine Frauen, die ich bei der Suche nach einem Kleid um Hilfe hätte bitten können, und Jeremy wagte ich nicht zu fragen – aus Angst davor, ich könnte am Ende in irgendeiner Monstrosität aus Satin und Spitze stecken, die sich höchstens für einen Highschool-Abschlussball geeignet hätte. Ich war in einer Reihe teurer New Yorker Läden gewesen und hatte vollkommen und in jeder Hinsicht den Überblick verloren. Mein Retter war in einer höchst unerwarteten Gestalt erschienen: Nicholas. Nick verbrachte mehr Zeit in Gesellschaft von Frauen, vor allem reichen, schönen jungen Frauen, als jeder andere Mann außerhalb eines James-Bond-

Films. Sein Geschmack war unfehlbar, und er bevorzugte klassische Entwürfe, einfache Stoffe und glatte Linien, die meine Größe und meine nicht vorhandenen Kurven wie Vorzüge wirken ließen. All meine eleganten Kleider hatte ich mit Nicks Hilfe gekauft. Er hatte nicht nur nichts dagegen, den gesamten Tag auf der Fifth Avenue zu verbringen – er hatte auch die Kreditkarte auf den Kassentisch gelegt, bevor ich meine aus der Börse fischen konnte. Kein Wunder, dass er bei den Frauen so beliebt war.

Ich suchte mir ein Kleid für den Abend aus, eins, das mir Nick tatsächlich geschenkt hatte, zu einem Geburtstag vor zwei Jahren. Es war ein wunderbares indigoblaues Seidenkleid, knielang und vollkommen schmucklos. Ich beschloss auf Strümpfe zu verzichten und Sandalen dazu zu tragen, um nicht zu elegant zu wirken.

Als ich beim Make-up angekommen war, kam Clay herein und musterte mich prüfend. »Sieht gut aus«, sagte er. Dann sah er sich in meinem Prinzessinnenzimmer um und grinste. »Zur Einrichtung passt es natürlich nicht. Da fehlt noch irgendwas. Ein Spitzenschal aus den Vorhängen vielleicht? Oder ein paar Kirschblüten?«

Ich fauchte ihn im Spiegel an und beschäftigte mich wieder mit meinem Make-up, das heißt, ich studierte ein Töpfchen mit etwas Rosafarbenem und versuchte mich zu erinnern, ob es für Wangen oder Lippen bestimmt war. Hinter mir federte Clay auf dem Bett herum, plusterte die Paradekissen auf und lachte. Er hatte sich ebenfalls umgezogen und trug jetzt weite Dockershosen, ein weißes T-Shirt und eine lose Leinenjacke. Das Outfit verbarg seine Muskeln und verlieh ihm ein lässig-gepflegtes, studentisches Image, das ihn möglichst wenig bedrohlich wirken lassen sollte. Nick musste ihm geholfen haben, die Sachen auszusuchen. Clay hatte keine Ahnung, wie »nicht bedrohlich« hätte aussehen sollen.

Wir brachen um neun in Jeremys Explorer auf. Clay verabscheute den wuchtigen Geländewagen, aber wir würden die Ladefläche brauchen, wenn es uns gelang, den Mutt zu fangen und zu töten. Später in der Nacht würden Antonio und Nicholas die Leiche des Jungen zur örtlichen Müllkippe fahren. Theoretisch hätten wir ihnen einen Weg ersparen und sie selbst mitnehmen können, aber Eau de Verwesendes Fleisch war das falsche Parfum, wenn man mit Menschen zu tun hatte.

Obwohl mir der Gedanke zuwider war, den Abend mit Clay zu verbringen, entspannte ich mich schnell. Er erwähnte weder die vergangene Nacht, noch verlor er ein Wort über Logans Anruf. Als wir die Stadt erreichten, führten wir eine vollkommen normale Unterhaltung über südamerikanische Jaguarkulte. Wenn ich es nicht besser gewusst hätte, hätte ich glauben können, er gebe sich Mühe, nett zu sein. Aber ich wusste es besser. Was seine Motive auch sein mochten, ich spielte mit. Wir hatten etwas zu erledigen, und wir mussten zu diesem Zweck den ganzen Abend zusammenarbeiten. Unsere Pflichten gingen vor.

Die erste Station war die Wohnung des Mutts. Ich parkte auf dem hinteren Parkplatz von McDonald's, und wir machten eine Runde um den Block. Die Wohnung war dunkel. Der Mutt war ausgegangen. Wir konnten nur hoffen, dass er in einer der Bars war.

Wir zogen Nieten in allen drei Bars. Das vierte Lokal auf unserer Liste hatte keinen Namen – es war die Adresse, die ich auf der Rückseite des Streichholzbriefs gefunden und mir eingeprägt hatte. Sie gehörte zu einer verlassenen Lagerhalle hinter der Papierfabrik. Nach der ins Freie dröhnenden Musik zu urteilen war sie heute Nacht nicht vollständig verlassen.

»Was ist hier los?«, fragte Clay.

»Ein Rave. Keine echte Bar, aber auch keine wirklich private Party.«

»Ah. Kommst du rein?«

»Wahrscheinlich.«

»Na dann los. Ich suche mir ein Fenster aus.«

Ich ging um das Gebäude herum zur Rückseite. Der Eingang war eine Kellertür, zu der im Freien Stufen hinunterführten. Dünne Lichtlinien schimmerten rings um die Tür. Als ich klopfte, öffnete ein kahl geschorener Mann die Tür. Ein Kopfneigen und ein verheißungsvolles Lächeln, und ich war drinnen, ein paar Gutscheine

für Drinks in der Hand. Ich hatte gehofft, es würde etwas schwieriger sein.
Der Gang führte zu einem riesigen, mehr oder weniger rechteckigen Raum. Ein Steg im ersten Stock war mit Hilfe einer provisorischen Treppe und einer einzigen Geländerstange zu einem schmalen Balkon umgebaut worden. Weil das Geländer sie nicht daran hinderte, saßen die Leute am Rand des Balkons und warfen die Laschen ihrer Bierdosen hinunter in die Menge. An der linken Wand dienten staubige Lagerhauskisten und Bretter als Bar. Vor der Bar stand eine Ansammlung rostiger Tische und Stühle, die Sorte von Klappmöbeln, die man auf Flohmärkten findet und dort wohlweislich auch stehen lässt, wenn die letzte Tetanusimpfung schon eine Weile zurückliegt.
Ich hatte mir Sorgen gemacht, dies würde sich anlassen wie ein Rave in Toronto, wo sich der durchschnittliche Teilnehmer eher über sein Zwischenzeugnis als über die Raten für das eigene Haus Gedanken machte – also nicht eben die Sorte Party, die ich unauffällig besuchen konnte. Ich sah jung aus, aber dass ich das Stadium der Aknecremes und Zahnspangen hinter mir hatte, war unverkennbar. Ich hätte mir keine Gedanken zu machen brauchen. Bear Valley war keine Großstadt. Es waren ein paar Jugendliche da, aber die jungen und nicht mehr ganz jungen Erwachsenen waren in der Mehrzahl. Die meisten hielten sich an Millers und Marihuana, aber einige spritzten so unverhohlen Heroin, wie sie ihre Drinks hinunterstürzten. Dies war die Seite von Bear Valley, die der Stadtrat am liebsten ignorierte. Ein Lokalpolitiker, der sich hierher verirrte, hätte sich vermutlich eingeredet, dass es sich um lauter Auswärtige handelte – vermutlich aus Syracuse.
Auf der rechten Seite des Raums war die Tanzfläche, das heißt ein unmöblierter freier Raum, wo die Leute in einem massenepileptischen Anfall zuckten. Die Musik war ohrenbetäubend, was mich viel weniger gestört hätte, wenn die Stücke nicht allesamt geklungen hätten, als seien sie kurz zuvor von den Rausschmeißern in einem Nebenraum aufgezeichnet worden. Der Geruch von billigem Alkohol und noch billigerem Parfum

pirouettierte in meinem Magen. Ich verdrängte die Übelkeit und begann zu suchen.

Der Mutt war hier.

Ich entdeckte seinen Geruch bei meiner zweiten Runde um den Raum. Ich folgte ihm durch die Menge, bis er mich zu einer Person führte. Als ich die Person sah, zweifelte ich an meiner Nase und kehrte noch einmal zurück, um sicherzugehen. Ja, der Typ an dem Tisch war ganz entschieden unser Mutt. Und ein weniger eindrucksvoller Werwolf war mir noch nie über den Weg gelaufen. Sogar ich selbst sah noch furchteinflößender aus als dieser junge Mann. Er hatte hellbraunes Haar, eine schlanke Figur und ein frisch gewaschenes, gesund aussehendes Gesicht – der Prototyp des Collegejungen, bis hin zu seinen Doc Martens und den Chinos. Er kam mir bekannt vor, aber ich hatte mir nicht alle Fotos in den Dossiers eingeprägt. Es kam nicht darauf an, wer er war. Es kam nur darauf an, dass er hier war.

Wut flammte in mir auf. Das sollte der Mutt sein, der uns all diese Schwierigkeiten gemacht hatte? Dieses babygesichtige Jüngelchen hatte das ganze Rudel dazu gebracht, in Panik zu geraten, sich ständig nach Jägern umzusehen und ganz Bear Valley nach ihm abzuklappern? Ich musste mich zurückhalten, um nicht zu ihm hinüberzumarschieren, ihn am Kragen zu packen und draußen vor der Tür Clay vorzuwerfen.

Ich widerstand sogar der Versuchung, zu ihm hinzugehen. Sollte doch er mich finden. Er würde meinen Geruch spüren und wissen, wer ich war. Alle Mutts wussten, wer ich war. Wir erinnern uns – es gibt nur eine von meiner Sorte. Und an meinem Geruch konnte jeder Mutt erkennen, dass ich sowohl eine Frau als auch ein Werwolf war. Ich ging in sechs Meter Entfernung am Tisch des Mutts vorbei, und er merkte nichts. Entweder waren die Gerüche im Raum einfach zu stark, oder er war zu dumm, um seine Nase einzusetzen. Vermutlich eher das Letztere.

Ich wusste, irgendwann würde er mich riechen, und so löste ich einen Gutschein gegen einen Cuba Libre ein, suchte mir einen Tisch in der Nähe der Tanzfläche und wartete. Es war keine

Kunst, den Mutt in der Menge wieder zu finden. Mit seinem glatt rasierten Gesicht, dem Polohemd und dem kurzen Haar fiel er auf wie ein Yanni-Fan bei einem Iron Maiden-Konzert. Er saß allein und beobachtete die Menge mit einem Hunger, der die Unschuld aus seinen Augen stahl.

Ich nahm ein paar Schlucke aus meinem Glas und sah wieder zum Tisch des Mutts hinüber. Er war fort.

»Elena.«

Ich atmete seinen Geruch ein, ohne mich umzusehen. Er war es. Ich lehnte mich zurück, nahm den nächsten Schluck und beobachtete weiter die Tanzfläche. Er kam um den Tisch herum, sah mich an und lächelte. Dann zog er einen Stuhl unter dem Tisch hervor.

»Darf ich?«, fragte er.

»Nein.«

Er machte Anstalten, sich zu setzen.

Ich sah zu ihm auf. »Ich habe doch Nein gesagt, oder?«

Er zögerte, grinste, wartete auf ein Zeichen dafür, dass ich Spaß machte. Ich streckte einen Fuß nach dem Stuhl aus und zog ihn mit einem Ruck wieder unter den Tisch. Er hörte auf zu grinsen.

»Ich bin Scott«, sagte er. »Scott Brandon.«

Der Name kam mir bekannt vor. Ich versuchte, in Gedanken seine Seite im Dossier aufzuschlagen, brachte es aber nicht fertig. Es war zu lang her. Ich hätte meine Hausaufgaben machen sollen, bevor ich losfuhr.

Er kam näher. Als ich ihn anstarrte, wich er wieder zurück. Ich nahm wieder einen Schluck und musterte ihn über den Rand des Glases.

»Hast du eine Vorstellung davon, was mit Mutts passiert, die sich auf Rudelterritorium blicken lassen?«, fragte ich.

»Sollte ich?«

Ich schnaubte und schüttelte den Kopf. Jung und dreist. Eine üble Kombination, aber eher ärgerlich als gefährlich. Offenbar hatte der Daddy dieses Mutts ihm keine Gutenachtgeschichten von

Clay erzählt. Eine ernsthafte Bildungslücke, aber eine, die bald behoben sein würde. Bei dem Gedanken lächelte ich beinahe.

»Was treibst du also in Bear Valley?«, fragte ich mit gelangweilter Neugier. »Die Papierfabrik stellt seit Jahren nicht mehr ein, ich hoffe also, du suchst nicht gerade nach Arbeit.«

»Arbeit?« In seinen Augen erschien ein bösartiges Lächeln. »Nö, damit habe ich's nicht. Ich will Spaß. Unsere Sorte von Spaß.«

Ich starrte ihn ein paar lange Augenblicke an, dann stand ich auf und ging. Brandon kam hinter mir her. Ich hatte die gegenüberliegende Wand erreicht, als er mich am Ellenbogen packte. Seine Finger gruben sich mir ins Fleisch. Ich riss mich los und fuhr herum. Das Lächeln war verschwunden; stattdessen sah ich einen harten Zug und dazu die bockige Verstimmtheit eines verwöhnten Kindes. Gut. Sehr gut. Nun musste ich mich nur noch losmachen und mich nach draußen verfolgen lassen. Bis dahin würde er wütend genug auf mich sein, um Clay so lange zu ignorieren, bis es zu spät war.

»Ich rede mit dir, Elena.«

»Und?«

Er packte mich an den Armen und drückte mich an die Wand. Meine Hände flogen nach oben, um ihn abzuschütteln, aber ich hielt noch rechtzeitig inne. Eine Szene konnte ich mir nicht leisten, und aus irgendeinem Grund erregt es unweigerlich Aufmerksamkeit, wenn eine Frau sich mit einem Mann prügelt – vor allem wenn sie ihn dabei quer durch den Raum wirft.

Als Brandon sich zu mir beugte, verzog ein hässliches Lächeln sein Gesicht. Er hob die Hand und strich mir mit einem Finger über die Wange.

»Du bist so schön, Elena. Und weißt du, wie du für mich riechst?« Er atmete ein und schloss die Augen. »Wie eine läufige Hündin.« Er drückte sich gegen mich, so dass ich seine Erektion spüren konnte. »Du und ich, wir könnten eine Menge Spaß miteinander haben.«

»Ich glaube nicht, dass meine Art von Spaß dir gefallen würde.«

Sein Lächeln wurde gierig. »Ich habe gehört, du hast nicht viel

Spaß im Leben. Du hast dauernd dieses Rudel am Hals, das dich mit seinen ganzen dummen Regeln und Gesetzen einschränkt. Eine Frau wie du hat etwas Besseres verdient. Du brauchst jemanden, der dir zeigt, wie es ist zu töten, wirklich zu töten, nicht irgend so ein dummes Kaninchen oder Reh, sondern einen Menschen. Einen denkenden, atmenden Menschen mit einem Bewusstsein.«

Er machte eine Pause, bevor er weitersprach. »Hast du jemals die Augen von einem Menschen gesehen, wenn er weiß, dass er sterben wird, in dem Moment, in dem ihm klar wird, du *bist* der Tod?« Er atmete ein, atmete wieder aus; seine Zungenspitze wurde zwischen den Zähnen sichtbar, seine Augen waren wie geflutet von Erregung. »Das ist Macht, Elena. Echte Macht. Ich kann es dir heute Nacht noch zeigen.«

Er hielt meine Arme fest, trat aber zur Seite, so dass ich die Menge sehen konnte. »Such jemanden aus, Elena. Irgendjemanden. Heute Nacht stirbt er. Heute Nacht gehört er dir. Wie fühlst du dich dabei?«

Ich sagte nichts.

Brandon sprach weiter. »Such jemanden aus und stell's dir vor. Schließ die Augen. Stell dir vor, du führst ihn ins Freie, gehst mit ihm in den Wald und reißt ihm die Kehle heraus.« Ein Schauer ging durch ihn hindurch. »Kannst du die Augen sehen? Kannst du das Blut riechen? Kannst du das Blut spüren, überall, wie es dich durchweicht, wie die Lebenskraft vor deinen Füßen aus ihnen herausfließt? Es wird nicht genug sein. Es ist nie genug. Aber ich werde ja da sein. Ich sorge dafür, dass es genug ist. Ich bumse dich gleich da an Ort und Stelle, in der Blutpfütze. Kannst du dir das vorstellen?«

Ich lächelte zu ihm auf und sagte nichts. Stattdessen strich ich mit einem Finger an seiner Brust und seinem Bauch hinab. Einen Moment lang spielte ich mit dem Knopf an seiner Hose, dann schob ich langsam die Hand unter sein Hemd und streichelte seinen Bauch, zeichnete Ringe um seinen Bauchnabel. Als ich mich konzentrierte, spürte ich, wie meine Hand dicker wurde, die Nägel länger. Es war etwas, das Clay mir beigebracht hatte, ein Trick, den nur wenige Werwölfe beherrschten – nur einen Teil des Körpers zu verwandeln. Als die Nägel zu Klauen geworden waren, zog ich sie über Brandons Bauch.

»Kannst du das fühlen?«, flüsterte ich ihm ins Ohr, während ich mich an ihn drückte. »Wenn du nicht augenblicklich von mir weggehst, reiße ich dir die Eingeweide raus und schiebe sie dir ins Maul. Das ist meine Art von Spaß.«

Brandon fuhr zurück. Ich hielt ihn mit der freien Hand fest. Er schleuderte mich gegen die Wand zurück. Ich grub meine halbentwickelten Klauen in seinen Bauch und spürte, wie sie durch die Haut drangen. Seine Augen wurden weit, und er jaulte, aber die dröhnende Musik verschluckte den Schrei. Ich sah mich um, um mich zu vergewissern, dass niemand weiter auf das junge Paar achtete, das sich in einer Ecke umarmte. Als ich wieder zu Brandon blickte, merkte ich, dass ich das Spiel zu weit getrieben hatte. Sein Gesicht war verzerrt, der Kiefer starr, und die Adern in seinem Hals schwollen an. Sein Gesicht schimmerte und kräuselte sich wie ein Spiegelbild in einem langsam fließenden Gewässer. Seine Stirn wurde dicker, und die Wangen schoben sich aufwärts, um mit der Nase zu verschmelzen. Der klassische Angstreflex eines nicht ausgebildeten Werwolfs: die Wandlung.

Ich packte Brandon am Arm und zerrte ihn in die nächste Gangmündung. Während ich nach einem Ausgang suchte, spürte ich, wie sein Arm sich in meinem Griff veränderte, wie sein Ärmel zerriss, sein Unterarm zuckte und pulsierte. Ich hatte das Ende des Gangs fast erreicht, als ich feststellte, dass es hier keinen Ausgang gab, nur zwei Toilettentüren. Die Tür der Männertoilette öffnete sich, und ein Mann rülpste laut. Ein zweiter Mann lachte. Ich sah mich nach Brandon um in der Hoffnung, seine Wandlung wäre noch in dem Stadium, in dem man sie als Missbildung abtun konnte. Keine Chance – es sei denn, die Gäste waren betrunken genug, jemanden zu übersehen, dessen Gesicht inzwischen aussah, als krümmten sich riesige Maden unter der Haut. Ein Mann kam aus dem Waschraum. Ich drehte Brandon von ihm fort und sah die

Tür eines Abstellraums ein paar Meter weiter. Ich schob ihn vor mir her, brach das Schloss auf, öffnete die Tür und stieß ihn ins Innere.

Dann lehnte ich mich von draußen an die Tür und versuchte mir hektisch eine Lösung einfallen zu lassen. Konnte ich ihn ins Freie bringen? Ja sicher, ich brauchte bloß ein Halsband und eine Leine, die würde ich einem hundertfünfzig Pfund schweren Wolf anlegen und ihn zur Tür führen. Und kein Mensch würde es merken. Ich verfluchte mich. Wie hatte ich es so weit kommen lassen können? Ich hatte ihn doch gehabt. In dem Augenblick, in dem er anbot, mir zu zeigen, wie man einen Menschen tötet, hatte ich ihn gehabt. Ich hätte nur noch Ja zu sagen brauchen. Irgendeinen Typen auszusuchen, der gerade die Bar verließ, und ihm auf die Straße zu folgen. Brandon wäre mir gefolgt, und Clay hätte draußen gewartet. Spiel vorbei. Aber nein, das hatte mir natürlich nicht gereicht. Ich musste wieder einmal ausprobieren, wie weit ich gehen konnte.

»Scheiße, Scheiße, Scheiße«, murmelte ich vor mich hin.

Hinter der geschlossenen Tür hervor hörte man ein Schmerzgebrüll, das nicht einmal die Musik von der Halle her übertönen konnte. Zwei Frauen, die den Gang entlangkamen, blieben stehen und starrten.

»Mein Freund«, sagte ich und versuchte zu lächeln. »Ihm ist furchtbar übel. Schlechter Stoff. Neuer Dealer.«

Eine der Frauen sah zu der geschlossenen Tür hin. »Vielleicht solltest du ihn doch lieber ins Krankenhaus bringen«, sagte sie, ging dann aber weiter. Rat gegeben, Pflicht getan.

»Clayton«, flüsterte ich. »Wo steckst du?«

Ich war nicht überrascht, dass Clay keine Türen aufgebrochen hatte, als Brandon mich in die Ecke trieb. Clay unterschätzte meine Fähigkeit, mich zu verteidigen, nicht. Er würde mir nur zu Hilfe kommen, wenn ich wirklich in Gefahr war. Ich war nicht in Gefahr, aber ich brauchte seine Hilfe. Unglücklicherweise konnte er mich in diesem Gang nicht sehen, wo er sich auch verstecken mochte.

Aus dem Abstellraum kam ein Krachen. Brandon war mit seiner Wandlung fertig und versuchte herauszukommen. Ich musste ihn aufhalten. Und um ihn aufzuhalten, würde ich ihn höchstwahrscheinlich töten müssen. Konnte ich das tun, ohne eine Szene zu verursachen? Ein weiteres Krachen kam aus dem Raum, gefolgt von dem Geräusch von splitterndem Holz. Dann Stille.

Ich riss die Tür auf. Kleidungsfetzen bedeckten den Boden. In der südlichen Wand war eine weitere Tür, die zurück in die Lagerhalle führte. In der Mitte der billigen Sperrholztür klaffte ein Loch.

Chaos

Ich stürzte zurück in die Halle. Es waren keine Schreie zu hören. Nicht gleich jedenfalls. Die ersten Geräusche, die ich hörte, waren Stimmen, und sie klangen eher verärgert als erschrocken. »Was zum –«, »Hast du das –«, »Hey, hör mal –«

Als ich um die Ecke bog, sah ich eine Spur umgeworfener Stühle und Tische, die in einem unregelmäßigen Halbkreis von der Tür des Abstellraums zur Tanzfläche führte. Leute umkreisten die umgefallenen Tische und sammelten ihre Jacken und Handtaschen und zerbrochenen Gläser auf. Ein Junge, unverkennbar zu jung, um in der Öffentlichkeit Alkohol trinken zu dürfen, saß im Schneidersitz auf dem Boden und hielt seinen gebrochenen Arm fest. Eine Frau stand auf einem Stuhl, zeigte mit ihrem Glas auf die Schneise, die Brandon durch die Leute auf der Tanzfläche gerissen hatte, und verlangte, der Scheißkerl solle für ihren vergossenen Drink zahlen – allem Anschein nach war ihr entgangen, dass der Scheißkerl zwar Reißzähne und einen Pelz, aber keine geeigneten Taschen hatte, in denen er eine Geldbörse hätte mitführen können.

Ich war noch dabei, mir einen Weg zur Tanzfläche zu bahnen, als Brandon brüllte. Dann kam der erste Schrei. Und dann das Donnern Hunderter von Leuten, die in Panik zum Ausgang rannten.

Die Panik machte mir die Arbeit wirklich nicht leichter, vor allem angesichts der Tatsache, dass mein Ziel in einer Richtung lag und die menschliche Welle in die andere rannte. Zunächst war ich noch höflich. Wirklich. Ich sagte »Verzeihung«, versuchte mich durch Lücken zu zwängen, entschuldigte mich sogar, nachdem ich dem einen oder anderen auf den Fuß getreten war. Was soll ich machen, ich bin Kanadierin. Nach ein paar in die Brust gerammten Ellenbogen und mehr als ein paar Obszönitäten, die mir ins Ohr gebrüllt wurden, gab ich es auf und bahnte mir meinen Weg. Als ein massiger Typ mich zurückzustoßen versuchte, nahm ich ihn beim Kragen und zeigte ihm den schnellsten Weg zur Tür. Danach ging es etwas besser.

Ich war nicht mehr in Gefahr, zertrampelt zu werden, aber ich kam nur zentimeterweise vorwärts. Ich bin nicht klein – eins siebenundsiebzig, um genau zu sein –, aber nicht einmal ein Basketballstar hätte über die wogende Menschenmasse hinwegsehen können. Wenn es eine Hintertür oder einen Notausgang gab, wusste niemand von ihm. Sie versuchten alle zum Haupteingang zu kommen und steckten in dem engen vorderen Gang fest.

Und es war nicht nur, dass ich nichts sehen konnte. Ebenso wenig konnte ich etwas hören außer dem Lärm der Menge, Flüche und Schreie und Rufe, die sich zu einer wirren Kakophonie mischten, nichts daran verständlich außer der universellen Sprache der Panik. Die Leute stießen einander und schlugen aufeinander ein, als bedeute es den Unterschied zwischen Leben und Tod, einen Schritt näher am Ausgang zu sein. Andere bewegten sich nicht durch eigenen Willen, sondern wurden von der Masse mitgerissen. Ich sah in die Gesichter und fand nichts dort. Sie waren so weiß und ausdruckslos wie Gipsmasken. Nur in den wild rollenden Augen sah ich die Wahrheit; der blanke Überlebensinstinkt hatte die Kontrolle übernommen. Die meisten von ihnen wussten nicht einmal, wovor sie eigentlich fortrannten. Es war nicht wichtig. Sie konnten die von der Menge aufsteigende Angst riechen, so gut wie jeder Werwolf sie roch, und der Geruch sickerte in ihre Hirne und steckte sie an. Sie rochen es, sie spürten es, und sie flohen davor. Sie gaben Brandon genau das, was er brauchte.

Ich hatte die Tanzfläche zur Hälfte hinter mir, als ich über eine Frau stolperte, die in einer Blutlache lag. Blut sprühte noch immer in einer Fontäne aus ihrem Hals auf jeden, der ihr nahe kam. Leute stolperten über sie und rutschten in dem Blut aus. Keiner von ihnen sah auch nur nach unten. Ich hätte auch nicht nach unten sehen sollen. Aber ich tat es. Ihre Augen rollten und trafen eine Sekunde lang auf meine. Blutiger Schaum quoll und tröpfelte von ihren Lippen. Ihre Hand hob sich zuckend vom Boden, als versuchte sie nach oben zu greifen. Dann hielt sie mitten in der Bewegung inne und flatterte wieder hinunter in die Pfütze von Blut. Ihre Augen starben. Das Blut spritzte nicht mehr. Jetzt strömte es. Ein Mann stolperte über sie, sah nach unten, fluchte und trat sie beiseite. Ich zwang mich fortzusehen und machte mich wieder auf den Weg.

Gerade als ich über die Leiche gestiegen war, splitterte über mir Glas. Ich blickte auf und sah Clays Füße durch ein Fenster hoch über der Bar hereinschießen. Er schwang sich ins Innere und landete auf dem Boden. Es war ein freier Fall von sechs oder sieben Metern, nicht gerade etwas, das wir im Angesicht einer Menschenmenge tun sollten – meinte zumindest Jeremy. Aber dort, wo kein Mensch einer Leiche unter seinen Füßen die geringste Aufmerksamkeit schenkte, würde wahrscheinlich auch niemand bemerken, wenn ein Mann durch ein Fenster hinter ihm in den Raum sprang. Clay kletterte auf die Bar und sah über die Halle hin. Als er mich entdeckte, winkte er mich zu sich. Ich zeigte in die Menge hinein, dorthin, wo ich Brandon vermutete. Clay schüttelte den Kopf und winkte wieder. Ich wählte eine Richtung, die ungefähr der der Menge entsprach, und arbeitete mich bis zu ihm durch.

»Phantastischer Auftritt«, schrie ich über den Lärm, während ich ebenfalls auf die Bar kletterte.

»Hast du gesehen, was an der Tür los ist, Darling? Ich bräuchte einen Flammenwerfer, um da durchzukommen. Und der einzige andere Eingang ist zugemauert.«

Ich sah über die Menge hin. »Brandon ist also nicht in der Ecke dort?«

»Wer?«

»Der Mutt. Ist er dort?«

»Oh, der ist da. Aber du verschwendest bloß deine Zeit, wenn du hinzukommen versuchst.«

Jetzt konnte ich Brandon sehen. Wie ich vermutet hatte, war er inzwischen vollständig zum Wolf geworden. Er schien in der Ecke von Wand zu Wand zu jagen, sprang und attackierte und schnappte in die leere Luft. Ich wollte gerade anmerken, dass der Mutt offenbar den Verstand verloren hatte. Dann teilte sich die Menge weit genug, dass ich es sehen konnte – er griff nicht nur leere Luft an. Ein Mann lag in Notlandeposition auf dem Boden, den Rücken nach oben, die Knie an die Brust gedrückt, den Kopf eingezogen, die Hände hinter dem Kopf gefaltet, um den Nacken zu schützen. Seine Kleidung war zerfetzt und blutgetränkt. Er bewegte sich nicht, war offensichtlich schon tot, aber Brandon ließ ihn nicht in Frieden. Er sprang den Mann an, packte seinen Fuß und drehte den Körper im Kreis. Dann tänzelte er mit hochgerecktem Schweif zurück. Er kauerte und machte spielerische Sätze, dann wich er nach der Seite aus. Der Mann lag jetzt halb auf der Seite, und ich bekam mehr von seinen Verletzungen zu sehen, als mir lieb war. Sein Hemd war aufgerissen. Blutige Streifen zogen sich über seinen Oberkörper; sein Bauch war eine rote Fläche. Das Ende seines Gürtels hing auf den Boden. Dann wurde mir klar, dass es nicht der Gürtel war, sondern eine Schlinge seiner Eingeweide. Als ich mich abwandte, bewegte sich der Körper. Der Mann schaukelte, als versuche er sich wieder auf den Bauch zu drehen, um sich besser zu schützen.

»O Gott«, flüsterte ich. »Er ist nicht tot.«

Brandon sprang wieder auf seine Beute los und schlug die Zähne in die Kopfhaut des Mannes. Er riss ihn hoch, warf ihn auf die Seite und hüpfte wieder zurück.

»Er will ihn gar nicht töten«, sagte ich.

»Warum sollte er?«, fragte Clay mit verzogenen Lippen. »Er amüsiert sich doch.«

Abscheu troff aus jedem Wort. Dies war kein Töten um der Nahrung oder des Überlebens willen. Das hätte Clay verstanden. Dies hier war ein weiterer für ihn unverständlicher menschlicher Zug – Töten zum Vergnügen.

»Solange er beschäftigt ist, sehe ich mich mal um«, fuhr er fort.

»Gib mir fünf Minuten. Wenn es hier ein bisschen leerer ist, bist du dran. Treib ihn in die kleinere Halle da. Ich warte dort.«
Clay sprang von der Bar und verschwand in der Menge. Ich sah wieder hinüber zu Brandon, der seine Beute quälte. Ich wollte nicht hinsehen, wollte nicht über das nachdenken, was da unter mir vorging, dass ein Mann gerade auf entsetzliche Weise starb, aber immer noch am Leben war, und dass ich keinen Finger rührte, um ihm zu helfen. Ich rief mir ins Gedächtnis, dass es sicher zu spät war, ihn zu retten, und dass er, wenn er es doch überlebte, in ein Krankenhaus musste, was wir nicht zulassen konnten, denn der Mann war gebissen worden und war jetzt selbst ein Werwolf. Obwohl der rationale Teil in mir wusste, dass ich nicht riskieren konnte, zu ihm hinzugehen, fühlte ich mich doch dazu gedrängt, und wenn es nur wäre, um seinem Leiden ein Ende zu machen. Manchmal denke ich, es wäre besser, wenn ich sein könnte wie Clay – wenn ich anerkennen könnte, dass es falsch war, was Brandon tat, und gleichzeitig zur Kenntnis nehmen, dass es nicht in meiner Macht stand, es wieder gutzumachen. Aber ich will nicht so sein, so hart, so distanziert. Clay hatte eine Entschuldigung. Ich hatte keine.
Ich zwang mich, den Blick von Brandon und seiner Beute abzuwenden. Was für ein krankes Schwein. Kein Tier würde etwas Derartiges tun. Und als ich es dachte, hörte ich etwas in meinem Hirn klicken; ein Puzzleteil fiel an seinen Platz, und es schlug so hart auf, dass der Widerhall mich zusammenfahren ließ. Mit einem Mal wurde es still im Raum; das Dröhnen in meinen Ohren übertönte die Menge und schenkte mir einen Augenblick absoluter Klarheit in all dem Chaos.
Ich wusste wieder, wo ich Brandons Gesicht gesehen hatte, und es war nicht in den Dossiers des Rudels gewesen. Fernsehen. *Inside Scoop*. Der Bericht über den Killer in North Carolina. Die Videoprotokolle des Verhörs liefen in meinem Kopf ab, das körnige Bild wurde lebendig. »Ich wollte zusehen, wie jemand stirbt.« Scott Brandon. Ich schüttelte heftig den Kopf. Nein, das konnte nicht sein. Es ergab keinen Sinn. Kein Werwolf konnte eine

Gefängnisstrafe durchstehen, ohne entdeckt zu werden. Dann erinnerte ich mich an Brandons Geruch, eine Nuance, die ich an dem Abend in seiner Wohnung gefunden hatte. »Er ist neu«, hatte ich zu Clay gesagt. Ich hatte es an seinem Geruch gemerkt und war davon ausgegangen, dass Brandon ein geborener Werwolf war, der erst vor kurzem erwachsen geworden war. Aber er war nichts dergleichen. Er war gebissen worden.
Wieder verweigerte sich mein Hirn dem Gedanken. Brandon war erst vor ein paar Monaten aus dem Gefängnis entkommen. Es dauerte länger, bis sich ein Werwolf von dem Schock der Verwandlung erholte. Oder? War es wirklich unmöglich, dass er sich so schnell daran gewöhnt hatte? Ich musste zugeben, das war es nicht. Meine eigene Genesung war von meiner Weigerung behindert worden, das zu akzeptieren, was mit mir geschehen war. Was, wenn es bei ihm ganz anders gewesen war? Was, wenn jemand ein Werwolf werden *wollte*, darauf vorbereitet war, es bereitwillig annahm? Das konnte der entscheidende Unterschied sein.
Aber es gab noch mehr, das nicht ins Bild passte. Was tat Brandon hier? Wenn er ein geborener Werwolf wäre, gäbe es eine Erklärung dafür, dass er über Bear Valley, das Rudel und Stonehaven Bescheid wusste. Aber wie konnte ein neu geschaffener Werwolf all das wissen? Und Brandon wusste es. Er hatte mich mit meinem Namen angeredet. Er hatte über das Rudel gesprochen und gesagt, dass er einiges über mich gehört hatte. Von wem? Einem anderen Werwolf natürlich. Einem erfahrenen Werwolf. Aber Mutts taten so etwas nicht. Sie ließen gebissene Werwölfe nicht am Leben, ganz zu schweigen davon, dass sie ihnen halfen. Es war unmöglich. Nein, verbesserte ich mich. Nicht unmöglich. Nur so unglaublich unwahrscheinlich, dass mein Hirn sich weigerte, die Schlussfolgerung ernst zu nehmen.
Ich konnte mich jetzt nicht damit befassen. Wir hatten Dringenderes zu tun, als den Gründen und Hintergründen von Brandons Existenz nachzugehen. Die Tatsache, dass er existierte, reichte im Augenblick. Seiner Existenz ein Ende zu machen würde nicht so einfach sein, wie ich geglaubt hatte. Er war nicht einfach ein

unvorsichtiger junger Querschläger, sondern etwas viel Gefährlicheres: ein echter Killer. Ich hielt Ausschau nach Clay, um ihn zu warnen. Dann wurde mir klar, dass ich damit nichts erreichen würde. Brandon war ein Killer aus der Menschenwelt. Ich konnte Clay ebenso gut erzählen, dass Brandon geprüfter Bilanzbuchhalter war; es würde die gleiche Wirkung haben. Er würde nicht verstehen.

Ich sprang von der Bar und schob mich durch die letzten Nachzügler der Menge. In der hinteren Ecke spielte Brandon immer noch mit dem Essen, das gelegentlich zuckte. Die Menge war aus der Halle fast verschwunden und drängte sich jetzt im Gang. Ich ging weiter. Brandon umkreiste seine Beute und sprang dann vor, um zuzupacken. Er hatte die Zähne in den Unterarm des Mannes geschlagen und schüttelte ihn wie ein Kauspielzeug, als er mich bemerkte. Er knurrte unsicher; sein blutvernebeltes Hirn brauchte ein paar Sekunden, um mich zu erkennen.

Ich blieb stehen. Wir starrten uns an. Ich dachte daran, wie gefährlich es war, ihm entgegenzutreten, so lange er in dieser Gestalt war. Ich rief mir ins Gedächtnis, wie Brandons Augen vor fast sexueller Blutgier geleuchtet hatten, als er über das Töten sprach. Ich malte mir aus, was er mir alles antun konnte, bevor Clay Gelegenheit hatte, mir zu Hilfe zu kommen. Es funktionierte. Furcht begann wie Schweiß von mir zu triefen. Brandon wurde aufmerksam. Er ließ seine Beute los und machte einen Satz auf mich zu. Ich wartete, bis er in der Luft war; dann drehte ich mich um und floh. Natürlich folgte er mir. Flüchtende Beute ist viel unterhaltsamer als die komatöse Sorte.

Ich schlug einen Bogen zur Rückwand, um Brandon von dem verstopften Ausgang fern zu halten, rannte hinter der Bar vorbei und zu der Treppe, die auf den Balkon hinaufführte. Als ich den Fuß schon auf der untersten Stufe hatte, schwenkte ich zur Seite und stürzte in den Gang, der zu den Waschräumen führte. Clay war dort. Ich rannte an ihm vorbei und bremste ab. Hinter mir tat Brandon das Gleiche; seine Klauen schlitterten über das Linoleum. Er blieb vor Clay stehen. Seine Nüstern blähten sich unsicher.

Seine Nase teilte ihm mit, dass Clay ein Werwolf war, und irgendein trübe funktionierender Teil seines Gehirns erkannte, dass dies Anlass zur Besorgnis war. Er knurrte versuchsweise. Clays Fuß schoss nach vorn, erwischte ihn unter der Schnauze und schleuderte ihn auf den Rücken. Brandon rappelte sich auf, drehte sich um und floh. Clay rannte ihm nach. Sie verschwanden in die Halle hinaus. Als ich ebenfalls dort angelangt war, hatte Clay Brandon auf den Balkon getrieben.

Ich hatte es fast ans obere Ende der Treppe geschafft, als Brandon vom Steg sprang, gefolgt von Clays volltönendem »Scheiße!«. Bevor ich mich umdrehen konnte, sprang Clay ebenfalls. Ich stürzte die Treppe wieder hinunter und rannte zum Ausgang, um zu verhindern, dass Brandon auf diesem Weg zu entkommen versuchte. Dieser Teil der Halle war nach wie vor von Leuten verstopft; niemand würde hier herein- oder hinauskommen.

Brandon wandte sich nicht zur Tür. Stattdessen schlug er einen Bogen zurück zur hinteren Ecke. Clay war unmittelbar hinter ihm. Ich blieb in der Nähe des Ausgangs. Brandon schoss in die Ecke, vielleicht weil sie ihm vertraut vorkam, und kollidierte fast mit der Mauer. Er wandte sich zur Seite, drehte sich in einem engen Kreis und stolperte über den Körper auf dem Boden. Diesmal bewegte der Mann sich nicht. Seine toten Augen starrten zur Decke. Brandon gewann sein Gleichgewicht zurück und wandte sich wieder in die Ecke, als erwarte er, dort eine Tür erscheinen zu sehen. Schließlich erkannte er, dass er in der Falle saß, und drehte sich um, um sich Clay zu stellen.

Mehrere Sekunden lang starrten Clay und Brandon sich an. Zum ersten Mal flackerte wirkliche Besorgnis in mir auf. Nicht einmal Clay war vor einem Werwolf in Wolfsgestalt sicher. Als ich die beiden beobachtete, spürte ich, wie die Anspannung durch mich hindurchpulsierte; mein Instinkt befahl mir, Clay zu schützen, während die Vernunft darauf beharrte, dass ich den Ausgang bewachen musste.

Brandon durchbrach das Patt, indem er knurrte und sich duckte, den Pelz gesträubt. Clay bewegte sich nicht. Brandon knurrte wieder, als spräche er eine letzte Warnung aus. Dann sprang er. Clay ließ sich fallen und rollte zur Seite. Brandon krachte schlitternd auf das Linoleum, und bevor er auf die Füße gekommen war, war Clay über ihm. Er packte Brandon an der losen Hautfalte im Nacken und schwang ein Bein über seinen Rücken. Dann drückte er Brandons Kopf auf den Boden.

Brandon wehrte sich wütend. Die Klauen rutschten über den Boden, ohne einen Halt zu finden. Er fauchte und knurrte, schnappte nach einer Seite und der anderen, versuchte Clays Hände zu erwischen. Clay stemmte das linke Knie in Brandons Rücken und legte die Hände um seine Kehle. Als er sie zusammenzudrücken begann, versuchte Brandon es mit einem letzten wütenden Aufbäumen. Clays rechter Fuß verlor so weit an Boden, dass er seine Position ändern musste, und als er den Fuß wieder aufsetzte, trat er in eine Pfütze vom Blut des Toten.

»Clay!«, schrie ich.

Zu spät. Als er auftrat, rutschte er in dem Blut aus; sein Knöchel knickte ab und schoss zur Seite. Brandon warf sich im richtigen Augenblick nach vorn, und Clay stolperte von seinem Rücken. Sobald Brandon sich befreit hatte, sah er den Ausgang und stürzte auf ihn zu.

Ich versuchte gar nicht erst, die Gangmündung zu versperren. Er hätte mich über den Haufen gerannt, als wäre ich gar nicht da. Stattdessen stürzte ich mich auf ihn, als er an mir vorbeischoss, und packte zwei Hände voll Pelz. Wir stürzten gleichzeitig, und im Rollen schnappte er nach meinem Arm. Ich riss ihn zurück, aber nicht schnell genug. Einer seiner Reißzähne erwischte mich am Unterarm, riss ihn bis zum Ellenbogen auf und pflügte durch die Verletzungen vom Vormittag. Ich keuchte. Ich ließ nicht los, aber ich lockerte den Griff, und das war genug – Brandon riss sich los.

Clay tauchte eine Sekunde zu spät auf, als Brandon schon die Halle entlangjagte. Am anderen Ende herrschte immer noch Gedränge, aber die Leute brachten es fertig, aus dem Weg zu springen, als sie ihn kommen sahen.

Clay machte Anstalten, ihm zu folgen, aber ich streckte den Arm aus und packte ihn am Hemdrücken.
»Wir sollten nicht zusammen rausgehen«, keuchte ich.
»Stimmt. Du folgst ihm. Ich gehe durchs Fenster.«
Ich war mir nicht sicher, wie er das anstellen wollte, wenn er nicht gerade die Fähigkeit entwickelt hatte, glatte Wände hinaufzuklettern, aber es blieb keine Zeit zum Debattieren. Ich nickte und rannte durch die Halle und den Gang entlang zum Ausgang. Ich stürzte durch die Tür und stand in einem Durcheinander, das schlimmer war als das, was zuvor im Inneren der Lagerhalle geherrscht hatte. Die Menge hatte es durch die Tür geschafft, aber nicht weiter. Manche Leute sahen aus, als seien sie in einem Schockzustand. Andere bewegten sich nicht von der Stelle, weil sie nichts verpassen wollten. Dazu kam noch die Polizei von ganz Bear Valley, und ein Bataillon Nationalgardisten war ebenfalls eingetroffen. Die meisten der Polizisten schienen noch kaum wach zu sein und wanderten verwirrt umher. Sirenen heulten. Beamte bellten Anweisungen. Niemand hörte auf sie. Und Brandon war verschwunden.
Ich blieb stehen und versuchte mich zu orientieren. Irgendwann war ich in der Lage, das Störgeräusch auszublenden und mich auf Relevantes zu konzentrieren. Links von mir war eine Barrikade umgeworfen worden. Einer der Partybesucher winkte zur Straße hinüber. Drei Polizisten trabten auf ihn zu. Ich folgte ihnen. Als ich an der Barrikade vorbeischlüpfte, stellte ich fest, dass ein zweiter Trupp von Polizisten schon mit der Verfolgung beschäftigt war; sie schwärmten quer über die Straße aus, schrien einander Anweisungen zu und zeigten in eine Gasse. Als zwei Beamte zu rennen begannen, wurden sie von einem Dritten angehalten, der ihnen zurief, es gebe keinen Grund zur Eile. Die Straße war eine Sackgasse. Brandon saß in der Falle.
Ich überprüfte das Gelände und versuchte herauszufinden, wie gut meine Chancen waren, Brandon zu finden, bevor die Polizisten es taten – und nach Möglichkeit, ohne dabei in verirrte Pistolenkugeln zu laufen. Als ich vom Bordstein auf die Straße trat,

griff jemand nach meinem Arm. Ich drehte mich um und sah mich einem Nationalgardisten in mittleren Jahren gegenüber.

»Zurück hinter die Linie, Miss. Es gibt hier nichts zu sehen.«

Als er mich wieder auf den Gehweg zog, sah er nach unten. Das Blut von meinem aufgerissenen Arm tropfte ihm über die Finger.

»Oh, Gott sei Dank«, keuchte ich. »Ich habe versucht, jemanden zu finden. Niemand hört zu – alle –« Ich brach ab und schluckte Luft. »Da drin. Da sind Leute. Sie sind immer noch da drin. Da war dieser Hund, dieser riesige Hund – sie sind verletzt. Mein Freund –«

Der Beamte fluchte und ließ meinen Arm los. Er drehte sich nach einer Gruppe von Polizisten um, die gerade auf die Straße hinausgingen.

»Da sind noch Leute drin!«, schrie er ihnen zu. »Hat irgendwer da drin nachgesehen?«

Einer der Polizisten sagte etwas, das ich nicht verstand. Ich zog mich langsam zurück, während die beiden schrien und gestikulierten. Offenbar wusste keiner von ihnen, wer den Einsatz leitete, ob Krankenwagen gerufen worden waren oder ob schon jemand in der Halle gewesen war. Mehrere Beamte rannten los in Richtung Lagerhaus. Andere kamen zu dem Entschluss, dass sie ihre Zeit und Energie besser nutzen konnten, indem sie stehen blieben und debattierten. Ich schlüpfte über die Straße, ohne dass jemand es bemerkte.

An der Mündung der Gasse standen immer noch genug Polizisten; ich konnte also nicht einfach hineinspazieren und mir Brandon vornehmen. Ich suchte mir einen Umweg. Als ich einen anderen Durchgang entlangschlich, hörte ich irgendwo weiter vorn Mülleimer scheppern. In einiger Entfernung sah ich eine Bewegung gegen das Mondlicht. Eine vierbeinige Gestalt erschien auf einer Mauer. Sie duckte sich und sprang. Offenbar war der Durchgang keine so vollständige Sackgasse, wie die Polizisten glaubten – allerdings hätten sie auch kaum erwarten können, dass ein Tier auf eine zweieinhalb Meter hohe Mauer springen würde.

Ich rannte auf die Mauer zu; dann wurde mir klar, dass Brandon in meine Richtung flüchtete und mir genau entgegenkam. Also wartete ich. Er jagte auf mich zu, zu panisch, um auf seine Umgebung zu achten. Als er herankam, setzte ich mich in Bewegung, machte eine Flanke über seinen Rücken, kam auf der anderen Seite auf, fing mich mit einer Rolle ab und landete in der Startposition. Es war absolut perfekt, etwas, das ich nicht für eine Million Dollar hätte wiederholen können, und natürlich war niemand da, der es hätte würdigen können. Ich rannte los. Ich hatte richtig vermutet. Brandons Vorliebe für die Jagd erwies sich als stärker als sein Selbsterhaltungstrieb. Als ich um eine Ecke bog, folgte er mir. Ich suchte mir meinen Weg durch die Gassen und Passagen und führte ihn dabei immer weiter fort von der blockierten Straße und den Polizisten. Ein- oder zweimal fing ich Clays Geruch auf. Er war in der Nähe, wartete auf eine Gelegenheit zuzuschlagen, aber das Terrain eignete sich nicht dafür. Irgendwann sah ich eine Quergasse entlang und entdeckte die Hauptstraße am anderen Ende. Jenseits der Straße ging das Industriegebiet in Wald über. Perfekt. Ein Ort, an dem wir uns verwandeln und Brandon auflauern konnten – und von wo wir seine Leiche unauffällig fortschaffen konnten.

Ich sprintete in Richtung Straße. Und unglücklicherweise vergaß ich eine der grundlegenden Kindergartenregeln – ich sah nicht nach links und rechts, bevor ich sie überquerte. Ich rannte genau vor einen Sattelschlepper; es war so knapp, dass der Luftzug mich von den Füßen riss. Ich rollte an den Straßenrand und sprang hastig auf. Als ich mich umdrehte, zerriss ein Schuss die Nacht. Brandon rannte über die Straße, als die Kugel ihn traf. Sein Schädel zerbarst in einer Explosion von Blut und Hirn. Der Aufprall schleuderte ihn zur Seite und unmittelbar vor einen entgegenkommenden Pick-up. Der Wagen erwischte ihn mit einem abscheulich klatschenden Geräusch und begann zu schlingern. Er wirbelte an mir vorbei, Brandons Körper auf dem Kühlergrill, der größte Teil seines Kopfes weggerissen; diverse andere Körperteile folgten, als der Wagen sich um dreihundertsechzig Grad drehte, und dabei wurde Brandons Körper fortgeschleudert und flog quer über die Straße. Der größte Teil davon jedenfalls. Als der Fahrer das Auto unter Kontrolle gebracht und abgebremst hatte, konnte ich Fetzen von blutigem Pelz und Haut noch in den Gitterstäben festhängen sehen. Es reichte, um mich wünschen zu lassen, die Legenden wären wahr und gewöhnliche Kugeln könnten einen Werwolf nicht töten, Scott Brandon wäre irgendwo in dem zerschmetterten Haufen blutiger Überreste auf der Straße noch am Leben und bei Bewusstsein und könnte nicht schreien. Ein angemessenes Ende für einen Sadisten. Unglücklicherweise war er tot gewesen, sobald der erste Schuss ihn traf. Silberkugeln sind ein stilvolles Accessoire, aber sie sind absolut nicht notwendig, wenn man einen Werwolf töten will. Alles, was einen Menschen oder einen Wolf umbringt, funktioniert auch bei uns tadellos.

Um Brandons Überreste begann sich eine Menschenmenge zu sammeln. Sie würden nichts sehen außer einem sehr großen, sehr toten hundeartigen braunen Tier. Er würde sich nicht in einen Menschen zurückverwandeln. Auch das ist eins dieser falschen Werwolfklischees. Dem Mythos zufolge verwandeln sich Werwölfe in Menschen zurück, wenn sie verletzt werden. Es gibt Dutzende von Geschichten, in denen der Bauer oder Jäger einen Wolf anschießt und dann, wenn er dem verletzten Tier folgt, zu seinem Schrecken blutige menschliche Fußabdrücke findet. Es wäre ein hübscher Trick, aber so funktioniert es nicht. Was gut ist, denn andernfalls würden wir uns jedes Mal zurückverwandeln, wenn ein Bruder aus dem Rudel uns etwas zu fest zwickt. Furchtbar lästig. Die simple Wahrheit ist, wenn man als Wolf stirbt, sollte man all die Pläne für eine Trauerfeier am offenen Sarg lieber aufgeben. Brandons Überreste würden im besten Fall zum Tierschutzverein von Bear Valley transportiert und dort ohne Aufwand und Autopsie entsorgt werden. Scott Brandon, der flüchtige Killer aus North Carolina, würde nie gefasst werden.

»Herrgott, ich hoffe wirklich, er kriegt ein anständiges Begräbnis«, sagte eine Stimme in meinem Rücken gedehnt. »Der arme fehlgeleitete Kerl, wenigstens das hat er doch verdient, meinst du nicht auch?«

Ich drehte mich zu Clay um und schüttelte den Kopf. »Ich hab's vermasselt.«
»Nö. Er ist tot. Das war schließlich genau das, was wir heute Abend erreichen sollten. Du hast bestens funktioniert, Darling.« Er legte mir den Arm um die Taille und beugte sich über mich, um mich zu küssen. Ich wand mich aus seinem Griff.
»Wir sollten gehen«, sagte ich. »Jeremy würde nicht wollen, dass wir jetzt noch hier herumhängen.«
Clay griff wieder nach mir und öffnete den Mund, um etwas zu sagen. Ich wandte mich schnell ab und machte mich auf den Weg die Straße entlang. Nach ein paar Schritten trabte er neben mir her. Auf dem Weg zurück zum Parkplatz sprachen wir nicht miteinander.
Wir bogen um die Ecke bei dem Lebensmittelladen, wo ich den Explorer geparkt hatte. Der Parkplatz war dunkel. Die Beleuchtung war ausgeschaltet worden, als der Laden schloss; Bear Valley war ein Ort, wo man Licht tatsächlich noch zur Bequemlichkeit der Kunden einsetzte und nicht als Sicherheitsmaßnahme. Wir hatten den Explorer am hinteren Ende neben einem Maschendrahtzaun abgestellt. Bei unserer Ankunft waren noch ein paar weitere Autos hier geparkt gewesen, aber jetzt waren sie fort; die legalen Bars hatten längst geschlossen. Ich holte die Autoschlüssel aus der Handtasche. In der Stille gaben sie ein misstönendes Klirren von sich.
»Das gibt's nicht«, murmelte Clay.
Ich drehte mich zu ihm um in dem Glauben, das Geräusch der Schlüssel hätte ihn erschreckt, aber er starrte zu dem Explorer hinüber. Er ging langsamer und schüttelte den Kopf.
»Sieht so aus, als hätte da einer noch den Abendflug genommen«, sagte er.
Ich sah in die gleiche Richtung. Ein hellhaariger bärtiger Mann saß auf dem Asphalt, an den Vorderreifen des Explorer gelehnt, die Knöchel gekreuzt. Neben ihm lag eine kleine Reisetasche. Logan. Ich grinste und begann zu rennen. Hinter mir schrie Clay etwas. Ich ignorierte es. Ich hatte ein Jahr lang darauf gewartet, Logan

wiederzusehen. Clay konnte sich seine Eifersucht in den Hintern schieben. Besser noch, er konnte auf dem ganzen Weg vor sich hinschimpfen, wenn er zu Fuß zurück nach Stonehaven trabte. Schließlich hatte ich die Autoschlüssel.

»Hey!«, rief ich. »Du bist eine Stunde zu spät. Du hast alles Interessante verpasst!«

Auch Clay rannte jetzt, und er rief immer noch nach mir. Ich blieb vor Logan stehen und grinste zu ihm hinunter.

»Hast du vor, den ganzen Abend da zu sitzen, oder –«

Ich brach ab. Logans Augen starrten über den Parkplatz hin. Leer. Blind. Tot.

»Nein«, flüsterte ich. »Nein.«

Ich hatte eine undeutliche Vorstellung von Clay, der hinter mich trat, spürte, wie seine Arme sich um mich legten und mich abfingen, als ich zurückstolperte. Ein ohrenbetäubendes Heulen zerriss die Stille der Nacht. Jemand heulte. Ich.

Kummer

Ich weiß nicht mehr, wie ich nach Stonehaven zurückgekommen bin. Ich nehme an, Clay setzte mich in den Explorer, legte Logans Leiche auf die hintere Ladefläche und fuhr uns beide nach Hause. Ich erinnere mich undeutlich daran, dass ich durch die Garage ins Haus ging, dass Jeremy in der Halle erschien und nach dem Mutt zu fragen begann. Er muss meinen Gesichtsausdruck gesehen haben, denn er brachte die Frage nicht zu Ende. Ich drängte mich an ihm vorbei. Hinter mir hörte ich Clay etwas sagen, hörte Jeremys Fluch, hörte schnelle Schritte, als die anderen aus dem Raum kamen, in dem sie auf uns gewartet hatten. Ich ging weiter zur Treppe. Niemand versuchte mich aufzuhalten. Oder vielleicht versuchten sie es auch, und ich kann mich einfach nicht daran erinnern. Ich ging in mein Zimmer, schloss die Tür hinter mir, zog den Bettvorhang zur Seite und kroch in meinen Zufluchtsort.

Ich weiß nicht, wie viel Zeit verging. Vielleicht Stunden. Wahrscheinlich Minuten, gerade genug Zeit, dass Clay den anderen erzählen konnte, was passiert war. Dann hörte ich seine Schritte auf der Treppe. Er blieb vor meiner Tür stehen und klopfte kräftig an. Als ich nicht antwortete, klopfte er lauter.

»Elena?«, rief er.

»Geh weg.«

Die Tür ächzte, als ob er sich von außen dagegenlehnte. »Ich will dich sehen.«

»Nein.«

»Lass mich reinkommen und mit dir reden. Ich weiß, wie dir das wehtut –«

Ich richtete mich auf und fauchte zur Tür hin: »Du hast keine

Ahnung, wie sehr mir das wehtut. Warum solltest du? Du bist wahrscheinlich froh, dass er tot ist! Einer weniger, mit dem du dir meine Aufmerksamkeit teilen musst.«

Er sog scharf die Luft ein. »Das ist nicht wahr. Du weißt, dass das nicht wahr ist. Er war mein Bruder!« Die Tür ächzte wieder. »Lass mich rein, Darling. Ich will bei dir sein.«

»Nein.«

»Elena, bitte. Ich will –«

»Nein!«

Einen Moment lang war er still. Ich horchte auf seinen Atem, hörte die Unterbrechung, als er schluckte. Dann gab er ein leises schmerzliches Geräusch von sich, das zu einem Grollen des Kummers anwuchs. Seine Schuhsohlen quietschten, als er sich jäh umdrehte, dann rammte er die Faust in die gegenüberliegende Wand. Putzbrocken prasselten auf den Fußboden. Die Tür seines Zimmers schlug zu. Dann wieder ein Krachen, diesmal war es etwas Größeres – ein Nachttisch oder eine Lampe –, das gegen die Wand geschleudert wurde. In Gedanken verfolgte ich den Ausbruch mit, sah jedes einzelne Möbelstück in Trümmer gehen und wünschte mir, ich könnte das Gleiche tun. Ich wollte mit Dingen werfen, Dinge zerstören, den Schmerz spüren, wenn meine Hand gegen die Wand schlug, auf alles um mich her einschlagen, bis mein Kummer und meine Rage in der Erschöpfung untergingen. Aber ich konnte es nicht tun. Der rationale Teil in mir hielt mich davon ab, erinnerte mich daran, dass es Folgen haben würde. Wenn ich wieder zur Besinnung kam, würde ich mich dafür schämen, die Beherrschung verloren und eine Schneise der Verwüstung hinterlassen zu haben, die Jeremy würde bezahlen müssen. Ich sah zu den Porzellanschäferinnen auf der Kommode hinüber und stellte mir vor, wie ich sie auf dem Holzfußboden zerschmetterte, wie ihre hübschen leeren Gesichter in rasiermesserscharfe Splitter zerbarsten. Es wäre ein wundervolles Gefühl, aber ich würde es niemals tun. Ich würde mich daran erinnern, wie viel Zeit Jeremy damit verbracht hatte, sie für mich auszusuchen, wie es ihn verletzen würde, wenn ich sein Geschenk zerstörte. So sehr

ich mir auch wünschte, einfach zu explodieren, ich brachte es nicht über mich. Ich konnte mir den Luxus eines Wutanfalls nicht leisten. Und weil Clay es konnte, hasste ich ihn dafür.
Ich hatte keine Möglichkeit, dem Schmerz Ausdruck zu verleihen, und so verbrachte ich die nächsten Stunden zusammengerollt auf dem Bett, ohne mich zu bewegen, selbst dann noch, als meine Beinmuskeln sich verkrampften und mich anflehten, die Stellung zu wechseln. Ich starrte die Vorhänge an, die Gedanken so inhaltsleer, wie ich sie halten konnte, aus Furcht davor, irgendetwas zu denken oder zu empfinden. Stunden später lag ich immer noch dort, als Jeremy an die Tür klopfte. Ich reagierte nicht. Die Tür öffnete sich; dann hörte ich das Klicken, mit dem sie wieder ins Schloss fiel. Die Bettvorhänge flüsterten, und die Matratze senkte sich, als Jeremy sich hinter mir aufs Bett setzte. Seine Hand griff nach meiner Schulter und blieb dort liegen. Ich schloss die Augen, als die Wärme seiner Finger durch den Stoff sickerte. Mehrere Minuten lang sagte er gar nichts. Dann griff er über mich hinweg, strich mir eine Haarsträhne aus dem Gesicht und schob sie mir hinters Ohr.
Ich verdiente seine Freundlichkeit nicht. Ich wusste das. Ich nehme an, das ist der Grund dafür, dass ich immer an seinen Motiven gezweifelt habe. Am Anfang hatte ich jedes Mal, wenn er etwas Nettes für mich tat, nach Anzeichen für das Böse darin gesucht, nach den finsteren Beweggründen hinter der Geste. Schließlich war er ein Monster. Er musste einfach schlecht sein. Als mir klar geworden war, dass Jeremy nichts Schlechtes an sich hatte, hatte ich mir eine andere Entschuldigung gesucht: Er war gut zu mir, weil er mich nun einmal am Hals hatte, weil er ein anständiger Kerl war und weil er sich vielleicht sogar ein Stück weit verantwortlich fühlte für das, was sein Ziehsohn mir angetan hatte. Wenn er mich in ein Broadwaytheater oder zu teuren Abendessen nur für uns beide einlud, dann deshalb, weil er mich ruhig und zufrieden haben wollte, nicht weil er sich in meiner Gesellschaft wohl fühlte. Ich hatte es bei einem Dutzend Pflegevätern nicht fertig gebracht, ihre Zuneigung zu gewinnen, und jetzt konnte ich mir nicht vorstellen, sie bei jemandem gewonnen zu haben, der

mehr wert war als diese Männer zusammengenommen. Aber hin und wieder gab es Augenblicke, in denen ich mir zu glauben erlaubte, dass Jeremy wirklich an mir lag – wenn ich zu unglücklich war, um mir diesen Wunschtraum zu versagen. Dies war einer dieser Augenblicke. Ich schloss die Augen, spürte seine Gegenwart und gestattete mir zu glauben.

Eine Weile schwiegen wir beide, dann sagte er leise: »Wir haben ihn begraben. Gibt es irgendwas, das du gern tun würdest?«

Ich wusste, was er damit meinte: Gab es irgendeinen menschlichen Brauch, der bewirken konnte, dass ich mich besser fühlte? Ich wünschte, es wäre so. Ich wünschte, ich könnte in mein Inneres greifen und ein tröstliches Ritual finden, aber die Erfahrungen meiner Kindheit hatten für Vertrauen in die Macht eines allmächtigen Wesens wenig Raum gelassen. Meine lebhafteste Erinnerung an einen Kirchenbesuch war ein Tag, an dem ich flankiert von einem Satz Pflegeeltern auf der Bank gesessen hatte; meine Pflegemutter hatte sich weit vorgebeugt in dem Bemühen, sowohl den Pfarrer zu verstehen als auch die Tatsache zu ignorieren, dass die Finger ihres Mannes die spirituellen Mysterien unter meinem Rock zu entschlüsseln versuchten. Das Einzige, um das ich je gebetet hatte, war die Erlösung vom Bösen. Gott musste Wichtigeres zu bedenken gehabt haben. Er hatte mich ignoriert, und ich hatte gelernt, Gleiches mit Gleichem zu vergelten.

Aber wie es mit meinem Glauben auch immer aussehen mochte, ich hatte das Gefühl, ich sollte etwas tun, um Logans Tod zu begehen, sollte zumindest zu seinem Grab gehen, um ihm die letzte Ehre zu erweisen. Als ich es Jeremy gegenüber aussprach, bot er an, mich zu begleiten, und ich nahm das Angebot mit einem Nicken an. Er half mir auf die Füße und legte die Hand unter meinen Ellenbogen, um mir vorsichtig die Treppe hinunterzuhelfen. Bei jedem anderen und bei jeder anderen Gelegenheit hätte ich die Hilfe abgeschüttelt. Aber gerade jetzt war ich dankbar für sie. Der Fußboden schwankte und kippte unter meinen Füßen. Ich ging vorsichtig die Treppe hinunter und durch die kleine hintere Halle. Die Arbeitszimmertür öffnete sich, und Antonio streckte den

Kopf heraus, ein halb volles Brandyglas in der Hand. Er sah Jeremy an. Als Jeremy den Kopf schüttelte, nickte er und zog sich wieder ins Zimmer zurück. Als wir an der Tür vorbeigingen, öffnete sie sich ein zweites Mal. Ich brauchte mich nicht umzusehen, um zu wissen, wer herauskam. Jeremy sah über die Schulter zurück und hob eine Hand. Ich hörte nicht, wie die Tür geschlossen wurde, und ich hörte auch nicht, dass Clays Schritte uns folgten. Ich stellte mir vor, wie er von der Halle aus zusah, wie wir gingen, und ging etwas schneller.

Sie hatten Logan unter einer Baumgruppe am Rand des Waldes hinter dem Haus begraben. Es war ein hübscher Fleck, wo die Mittagssonne durch die Blätter tanzte und auf die wilden Blumen fiel. Ich nahm es zur Kenntnis, und dann fiel mir ein, wie absurd es war, einen schönen Ort auszusuchen, um die Toten zu begraben. Logan konnte es nicht sehen. Ihm war es gleich, wo er lag. Die sorgfältig gewählte Stelle war nichts als ein Trost für die Lebenden. Mich tröstete sie nicht.

Ich bückte mich, um ein paar winzige weiße Blumen zu pflücken und auf die lockere Erde zu legen. Auch diesmal wusste ich nicht, warum ich es tat. Logan würde nichts damit anfangen können. Noch so eine bedeutungslose Geste, nur dazu da, einen winzigen Trost zu spenden, den Trost eines Rituals, das für die Verstorbenen begangen worden war, seit die Menschen damit begonnen hatten, um ihre Toten zu trauern. Als ich vor dem Grab stand mit meinem armseligen Büschel Blumen, fiel mir die letzte und einzige Beerdigung wieder ein, an der ich je teilgenommen hatte. Die meiner Eltern. Die beste Freundin meiner Mutter – die Frau, die mich hatte adoptieren wollen – hatte eine kleine Trauerfeier organisiert. Später fand ich heraus, dass meine Eltern keine Lebensversicherung gehabt hatten; die Freundin meiner Mutter muss die Feier selbst finanziert haben. Sie nahm mich mit zur Beerdigung, stand neben mir und hielt mich an der Hand. Es sollte das letzte Mal sein, dass ich sie je zu Gesicht bekam. Bei den Behörden, die für Pflegefamilien und Adoptionen zuständig waren, glaubte man an die heilsame Wirkung klarer, sauberer Trennungen.

An diesem Tag hatte ich da gestanden, die Gräber betrachtet und gewartet. Meine Eltern würden zurückkommen. Ich wusste das. Ja, natürlich hatte ich die Särge gesehen und einen kurzen Blick auf den Körper meiner Mutter in einem von ihnen werfen können. Ich hatte gesehen, wie die Männer die beiden Kisten in den Boden absenkten und mit Erde bedeckten. Aber darauf kam es nicht an. Sie würden zurückkommen. Ich hatte keinerlei Erfahrung mit dem wirklichen Tod. Ich kannte nur die lauten bunten Versionen der Samstagmorgentrickfilme, in denen der Kojote immer und immer wieder starb und jedes Mal zurückkam, um noch einen letzten idiotischen Plan auszuhecken, bevor der Abspann über den Bildschirm rollte. So funktionierte das. Der Tod war eine vorübergehende Sache; er währte eben lang genug, um den Kindern, die im Schlafanzug im Schneidersitz vor dem Fernseher saßen und eine Hand voll Froot Loops nach der anderen in sich hineinstopften, ein Lachen zu entlocken. Ich hatte sogar gesehen, wie der Trick an echten Leuten vorgeführt wurde, als mein Vater mich zu einer Zaubervorführung bei der Weihnachtsfeier seiner Firma mitgenommen hatte. Sie hatten eine Frau in eine Kiste gesteckt, sie in der Mitte durchgeschnitten und die Kiste gedreht. Als sie die Klappe danach wieder öffneten, sprang sie heraus, lächelnd und unversehrt, unter dem Jubel und Gelächter der Zuschauer. Und genau so würden meine Eltern aus ihren Kisten steigen, lächelnd und unversehrt. Es war ein Scherz. Ein wundervoller, beängstigender Scherz. Ich brauchte nichts weiter zu tun, als zu warten, bis es vorbei war. Als ich dort stand, vor den Gräbern meiner Eltern, begann ich zu kichern. Der Pfarrer wandte sich zu mir um und spießte mich mit einem Blick auf, der mich als gefühlloses Balg brandmarkte. Es störte mich nicht. Er war nicht eingeweiht. Ich stand dort und lächelte vor mich hin, während ich wartete – und wartete.

Als ich auf Logans Grab hinunterstarrte, wünschte ich mir sehnlichst, den Kinderglauben zurückholen zu können. Aber inzwischen wusste ich es besser. Tot war tot. Begraben war begraben. Vorbei war vorbei. Ich fiel auf die Knie, zerdrückte die Blumen in meiner Hand. Etwas in mir zerriss. Ich fiel nach vorn und begann zu schluchzen. Nachdem ich einmal angefangen hatte, konnte ich nicht mehr aufhören. Die Tränen flossen, bis meine Augen pochten und meine Kehle schmerzte. Irgendwann brach eine Stimme durch den Schmerz. Nicht Jeremy, der schweigend hinter mir stand und wusste, er sollte sich nicht einmischen. Es war der, der sich immer einmischte.

»– jetzt!«, schrie Clay. »Ich kann da nicht einfach zuhören und nichts –«

Dann Jeremys Stimme; die Worte waren ein leises, gedämpftes Flüstern.

»Nein!«, brüllte Clay. »Die können das nicht machen. Nicht mit Logan. Nicht mit ihr. Ich stehe nicht einfach dabei –«

Wieder eine gemurmelte Unterbrechung.

»Herrgott noch mal! Wie kannst du –« Clays Stimme erstickte in Wut.

Ich hörte etwas, das Knacken von Zweigen, als Jeremy Clay in den Wald zog, um mit ihm zu sprechen und mich meinem Kummer zu überlassen. Ich hörte sie reden, während ich dort kniete. Clay wollte sich auf die Suche nach Logans Mörder machen – nicht morgen oder heute Abend, sondern gleich jetzt. Sie hatten an Logans Körper den Geruch eines unbekannten Werwolfs gefunden. Während wir Brandon gejagt hatten, hatte ein weiterer Mutt Logan getötet. Jeremy versuchte Clay umzustimmen, erklärte ihm, dass es noch zu hell war, dass er noch zu wütend war, dass wir einen Plan brauchten. Es kam nicht darauf an, was Jeremy sagte oder wie vernünftig es war. Clays stürmische Wut spülte jede Logik mit sich fort. Ich wartete darauf, dass Jeremy Clay verbieten würde, sich auf die Suche nach dem Mutt zu machen. Ich horchte auf die Worte. Sie kamen nicht. Jeremy argumentierte und versuchte Clay zur Vernunft zu bringen, aber er war zu sehr von seinem eigenen Kummer abgelenkt, um ihm ausdrücklich zu verbieten, Rache zu nehmen. Ein entscheidendes Versäumnis. Ich rieb mir mit den erdigen Fingern über das nasse Gesicht, und Furcht begann den Schmerz zu überlagern. Während sie noch

debattierten, schlich ich mich aus dem Hain und rannte zurück zum Haus.
Zehn Minuten später riss Clay die Tür seines Boxster auf und ließ sich auf den Fahrersitz fallen.
»Wohin willst du?«, fragte ich. Meine raue Kehle gestattete mir kaum mehr als ein Flüstern.
Er fuhr zusammen, drehte sich um und sah mich auf dem Beifahrersitz kauern.
»Du willst ihn finden«, sagte ich, bevor er antworten konnte. »Ich will mitkommen. Ich muss mitkommen.«
Ein Stück weit stimmte das. Ich brauchte eine Methode, meinen Kummer zu bannen, und wie Clay kannte ich nur eine solche Methode. Rache. Wenn ich daran dachte, dass irgendein Mutt Logan umgebracht hatte, erfüllte mich eine Rage, die mich ängstigte. Sie peitschte durch mich hindurch wie eine dämonische Schlange, entflammte Wut in jedem Teil meines Körpers, so schnell und so unkontrollierbar, dass ich die Fäuste ballen und mit Willensanstrengung ruhig halten musste, um nicht zuzuschlagen. Ich hatte solche Wutanfälle schon in meiner Kindheit gekannt. Aber damals war ich frustriert gewesen von meiner eigenen Unfähigkeit, sie einzusetzen, sinnvoll zuzuschlagen. Heute konnte ich die Wut nutzen, besser, als ich mir damals hätte vorstellen können. Es machte die Anfälle nur beängstigender. Nicht einmal ich selbst wusste, was geschehen würde, wenn ich ihr jemals nachgab. Zu wissen, dass ich etwas Gezieltes tat, indem ich nach dem Mörder suchte, half mir, die Wut unter Kontrolle zu bekommen.
Es gab noch einen zweiten Grund, weshalb ich mit Clay ging. Ich hatte Angst, ihn allein losziehen zu lassen, Angst, es könnte ihm etwas zustoßen, wenn ich nicht dabei war und über ihn wachte, und es könnte ein weiteres Grab in dem Hain voller Wildblumen geben. Der Gedanke daran weckte Empfindungen, die ich nicht einmal mir selbst eingestehen wollte.
»Bist du sicher?«, fragte er, während er sich zu mir umwandte. »Du brauchst nicht mitzukommen.«
»Doch. Versuch mich ja nicht abzuhalten, sonst erzähle ich

Jeremy, dass du gegangen bist. Ich bringe ihn dazu, dass er es dir verbietet. Und falls du schon weg sein solltest, bringe ich ihn auf deine Spur.«

Clay streckte den Arm aus, um mich zu berühren, aber ich wandte mich ab und sah zum Fenster hinaus. Nach einem Augenblick des Schweigens öffnete sich quietschend die automatische Garagentür, und der Motor sprang an. Clay fuhr in halsbrecherischem Tempo rückwärts die Auffahrt hinunter, und wir waren auf dem Weg nach Bear Valley.

Unterwegs spürte ich, wie der Nebel aus Schmerz und Wut in meinem Hirn sich teilte bei der Aussicht darauf, etwas zu tun – etwas Gezieltes, Entscheidendes zu tun. Das Bedürfnis, nach Bear Valley hineinzujagen und mit einer rasenden Hetzjagd auf Logans Mörder zu beginnen, verflog unter dem kalten Gewicht der Wirklichkeit. Wenn ich Rache wollte, dann brauchten wir einen Plan.

Als wir in die Stadt kamen, gerieten wir als Erstes in den Berufsverkehr und mussten eine ganze Ampelphase lang warten, bis wir die entscheidende Kreuzung erreicht hatten. Als die Ampel zum zweiten Mal auf Rot springen wollte, jagte Clay trotzdem noch über die Kreuzung, ohne sich um das Hupengeheul ringsum zu kümmern.

»Weißt du, was du machen willst?«, fragte ich.

»Parken.«

»Und dann …?«

»Das Schwein finden, das Logan umgebracht hat.«

»Phantastischer Plan. Bis ins letzte Detail.« Ich packte den Türgriff, als Clay scharf in den einzigen öffentlichen Parkplatz des Stadtzentrums einbog. »Jetzt können wir ihn noch nicht jagen. Es ist hell. Selbst wenn wir ihn finden würden, wir könnten nichts tun.«

»Was würdest du also vorschlagen? In Frieden zu Abend essen, während der Kerl frei rumläuft?«

Ich hatte seit dem Abend des Vortags nicht gegessen, aber mein Magen rebellierte bei dem Gedanken an Nahrung. Ich wollte mit der Jagd auf Logans Mörder beginnen, ebenso wie Clay es wollte, aber die Vernunft gebot etwas anderes. Ganz gleich, wie sehr mir der Gedanke zuwider war, dass irgendetwas uns von unserem Rachefeldzug ablenken sollte – es war genau das, was wir brauchten. Ein paar Stunden Ablenkung.

»Wir sollten rausfinden, was gestern Abend passiert ist.«

Clay preschte auf einen freien Parkplatz. »Was?«

»Rausfinden, wie die Stadt auf das reagiert, was bei der Party gestern Abend passiert ist. Den Schaden abschätzen. Suchen sie jetzt nach noch mehr wilden Hunden? Haben sie mit Brandons Leiche irgendwas vor? Hat jemand gesehen, wie du durch ein Fenster im zweiten Stock gesprungen bist? Hat jemand gesehen, dass ich mit dem Mutt verschwunden bin?«

»Herrgott noch mal, wen schert das, was die gesehen haben und was sie jetzt denken?«

»Dich nicht? Wenn sie beschließen, das zu obduzieren, was von Scott Brandon noch übrig ist, und es ihnen ein bisschen merkwürdig vorkommt – das kümmert dich nicht? Das hier ist dein eigener Hinterhof, Clay. Dein Zuhause. Du kannst es dir nicht leisten, dich nicht darum zu kümmern.«

Clay gab ein Geräusch von sich, das klang wie eine Mischung aus Seufzer und frustriertem Knurren. »Also gut. Was schlägst du vor?«

Ich zögerte; weiter hatte ich mir das Vorgehen noch nicht überlegt. Der Gedanke an Logan füllte mein halb betäubtes Hirn. Ich schob ihn zur Seite und konzentrierte mich auf die nächsten Schritte. Nach einer Pause sagte ich: »Wir kaufen die Zeitung, setzen uns ins Café und lesen sie, und dabei hören wir uns gleich an, was die Leute miteinander zu reden haben. Dann überlegen wir uns, wie wir diesen Mutt finden. Wenn es dunkel ist, tun wir's.«

»Die Scheißzeitung zu lesen wird uns kaum helfen, Logans Mörder zu finden. Dann sollten wir lieber zu Abend essen.«

»Hast du Hunger?«

Er stellte den Motor ab und schwieg einen Augenblick. »Nein, habe ich nicht.«

»Also. Wenn dir nichts Produktiveres einfällt, machen wir genau das, was ich gesagt habe.«

Fährte

Nachdem wir die Zeitung gekauft hatten, suchte ich mir eine Telefonzelle und rief Jeremy an. Peter ging ans Telefon, und so brauchte ich nicht einmal mit Jeremy selbst zu sprechen. Ich bat Peter, ihm auszurichten, dass ich mit Clay zusammen war und ihn davon überzeugt hatte, dass jetzt nicht der richtige Zeitpunkt war, um Logans Mörder zu jagen. Stattdessen würden wir herauszufinden versuchen, wie viel Schaden uns am Abend zuvor entstanden war. Natürlich erwähnte ich nicht eigens, dass wir *später* nach Logans Mörder suchen würden. Es ist alles eine Frage der Interpretation. Ich hatte nicht wirklich gelogen. Im Ernst.

Bear Valley besaß drei Cafés, aber The Donut Hole war das einzige, das in unserem Fall in Frage kam. Die beiden anderen wurden vor allem von Auswärtigen besucht – Truckern und allen anderen, die kurz vom Highway abbogen, weil sie einen Schuss Koffein und Zucker brauchten. Als wir das Café betraten, schepperte die Kuhglocke über der Tür. Alle Welt sah sich um. Ein paar Leute an der Theke lächelten, jemand hob kurz die Hand. Vielleicht kam ich ihnen vage bekannt vor, aber Clay war derjenige, den sie erkannten. In einer Stadt von achttausend Einwohnern hat ein Typ von Clays Aussehen ebenso gute Chancen, nicht beachtet zu werden, wie sein Porsche Boxster auf dem örtlichen Parkplatz. Clay hasste die allgemeine Aufmerksamkeit. In seinen Augen war sein Gesicht der Fluch, nicht das Werwolfblut. Clay wünschte sich nichts mehr, als in der Menschenwelt im Hintergrund bleiben zu können. Ich glaube, er hätte sogar auf den Boxster verzichtet, wenn das möglich gewesen wäre. Aber ebenso wie mein Schlafzimmer war der ein Geschenk von Jeremy gewesen, der vorläufig Letzte in einer ganzen Reihe von Sportwagen, die Jeremy gekauft

hatte, um Clays Vorliebe für hohe Geschwindigkeiten und scharfe Kurven entgegenzukommen.
Dabei hatte Clay es mit Bear Valley noch gut getroffen. Sein Sportauto und sein Aussehen veranlassten die Leute vielleicht, sich nach ihm umzudrehen, aber niemand belästigte ihn, wie es in der Großstadt unweigerlich geschehen wäre. Vor unerwünschten weiblichen Aufmerksamkeiten bewahrte ihn der goldene Ring am linken Ringfinger; Bear Valley war ein Ort, wo ein Ehering nach wie vor bedeutete, dass man für das andere Geschlecht tabu war. Und der Ring war nicht einmal ein Bluff. Zu solchen Täuschungsmanövern ließ Clay sich nicht herab. Sein Ring war Teil eines Paars, das wir vor zehn Jahren gekauft hatten, bevor der kleine Zwischenfall mit dem Biss in die Hand die ganze Eheglück-bis-an-ihr-seliges-Ende-Angelegenheit durch den Kamin gehen ließ. Die Tatsache, dass die Zeremonie nie stattgefunden hatte, machte in Clays Augen allerdings keinerlei Unterschied. Die Zeremonie selbst war vollkommen irrelevant; sie war ein bedeutungsloses menschliches Ritual, das er meinetwegen mitgemacht hätte. Die ihm zu Grunde liegende Entscheidung war es, die für ihn zählte – das Prinzip einer Gemeinschaft fürs Leben, etwas, das der Wolf in ihm anerkannte, ob man es nun Heirat oder Partnerwahl oder wie auch immer nannte. Und deshalb trug er den Ring. Damit konnte ich leben – ich tat es als eine weitere Wunschvorstellung seines illusionsvernebelten Hirns ab. Nur wenn er mich anderen als seine Frau vorstellte, konnte es etwas unangenehm werden.
The Donut Hole war eine dieser typischen schäbigen Eckkneipen mit gesprungenen roten Vinylbezügen auf den Bänken und dem immerwährenden Geruch nach billigem Kaffee. Die Raucherecke war überall – selbst wenn man einen Tisch ohne Aschenbecher erwischte, fand der Rauch von den Nachbartischen innerhalb von Sekunden den Weg dorthin, wobei er die Möglichkeit, zu der überforderten Lüftungsanlage aufzusteigen, vollkommen ignorierte. Die Angestellten waren ausnahmslos Frauen in mittleren Jahren, die ihre Kinder großgezogen hatten, danach etwas Geld hatten verdienen wollen und festgestellt hatten, dass dies der

einzige Job war, für den sie als hinreichend qualifiziert betrachtet wurden. Zu dieser Tageszeit waren die meisten Gäste Berufstätige, die hier einen letzten Kaffee tranken, bevor sie nach Hause gingen, oder länger blieben als nötig, um das Nachhausegehen noch etwas hinauszuzögern.

Während ich uns einen Tisch suchte, ging Clay zur Theke und kam mit zwei Tassen Kaffee und zwei Schnitten hausgemachtem Apfelkuchen zurück. Ich schob den Teller zur Seite und breitete die *Bear Valley Post* auf dem Plastiktisch aus. Der Zwischenfall bei der Raveparty nahm die Titelseite ein. Selbstverständlich wurde das Ereignis nicht als Raveparty bezeichnet, schon weil der größte Teil der Leserschaft – und wahrscheinlich auch der größte Teil der Redaktion – nicht die leiseste Ahnung gehabt hätte, was genau das war. Stattdessen beschrieb man es als eine große private Party, bei der es zu allerlei »illegalen Aktivitäten« gekommen sei, was das Ereignis sehr viel unterhaltsamer klingen ließ, als es tatsächlich gewesen war. Obwohl es nicht ausdrücklich behauptet wurde, verstand der Artikel doch den Eindruck zu erwecken, dass der größte Teil der Besucher nicht aus Bear Valley selbst gestammt habe. Logischerweise.

Die Details fielen eher spärlich aus – dank einer Kombination von mildernden Umständen, etwa dass die meisten Zeugen entweder betrunken oder vollgekifft gewesen waren und es sich bei dem Täter um einen toten Hund handelte, was es doppelt schwer machte, ihn zu verhören. Es lief in etwa auf Folgendes hinaus: Ein großes hundeartiges Tier hatte während einer Party zwei Menschen zerrissen, bevor es von einem Polizisten erschossen wurde. Das allerdings hätte kaum gereicht, um die Titelseite zu füllen, und so hatte der Reporter genug Spekulation in den Artikel gepumpt, um sich für einen Job bei der Boulevardpresse zu qualifizieren. Man ging davon aus, dass es sich bei dem toten Tier um einen Hund handelte, und mit dieser Erklärung schien alle Welt zufrieden zu sein – was bedeutete, dass die Behörden nicht vorhatten, einen Experten für wild lebende Tiere zu Rate zu ziehen oder die Überreste für viel Geld im Labor untersuchen zu lassen. Was von Brandon noch übrig gewesen war, hatte man bereits entsorgt, lies: verbrannt. Sie hatten sogar auf einen Tollwuttest verzichtet, vermutlich aufgrund der Entscheidung, dass jeder, der an der Party teilgenommen hatte, so oder so eine Schutzimpfung brauchen konnte. Darüber hinaus nahm der Reporter an, dass der tote Hund auch mit dem Tod der jungen Frau in der Vorwoche zu tun hatte, obwohl die Polizei die Möglichkeit nicht ausschließen wollte, dass noch mehr wilde Hunde in den Wäldern umherstreiften – vor allem seit die beiden Jungen in der Nacht zuvor mindestens zwei Hunde gesehen hatten. Schließlich und endlich wurde trotz aller Spekulation nirgends erwähnt, dass irgendjemandem ein blonder Mann oder eine blonde Frau aufgefallen war, die den Anschein erweckten, mehr als andere Gäste mit den Vorfällen zu tun zu haben. Clay und ich waren einfach zwei weitere Zuschauer gewesen, die im allgemeinen Chaos untergingen, genau wie ich gehofft hatte.

»Zeitverschwendung«, knurrte Clay. Er hatte den Artikel mit überflogen. »Nichts Brauchbares drin.«

»Gut. Das ist schließlich genau das, was wir gehofft haben, also war es nicht gerade Zeitverschwendung, es zu überprüfen.«

Er schnaubte, rammte die Gabel in seinen unberührten Apfelkuchen, so dass ein kleiner Geysir von Krümeln aufspritzte, und schob den Teller weg, ohne einen Bissen gegessen zu haben.

»Du bist dir sicher, dass der Typ, den du an« – ich holte tief Luft und kämpfte eine Welle aufsteigenden Kummers nieder – »an Logan gerochen hast, jemand war, den du nicht kennst.«

»Yeah.« Clays Augen wurden trübe und blitzten dann wieder vor Wut. »Ein Mutt. Ein gottverdammter Mutt. Zwei davon in Bear Valley. Von allen –«

»Darüber dürfen wir jetzt nicht nachdenken. Vergiss das Wie und Warum. Konzentrier dich auf das Wer.«

»Ich hab den Geruch nicht erkannt. Die anderen auch nicht. Also ist es ein Mutt, mit dem wir nicht oft genug zu tun haben, um ihn zu kennen.«

»Oder er ist neu. Wie Brandon.«

Clay runzelte die Stirn. »Zwei neue Mutts? Einer ist merkwürdig genug, aber –«

»Vergiss es. Du hast ihn nicht erkannt. Lassen wir's erstmal dabei. Vielleicht hören wir irgendwen reden über das, was gestern Abend passiert ist.«

Clay murrte. Ich ignorierte ihn und lehnte mich zurück, um auf die Unterhaltungen ringsum zu lauschen, während ich so tat, als nippte ich an meinem Kaffee. Es war eine deprimierende Erfahrung – nicht deshalb, weil kein Mensch über den Zwischenfall sprach, sondern weil das, *worüber* sie sprachen, nicht gerade einen erhebenden Eindruck vom gewöhnlichen Menschenleben vermittelte. Beschwerden über unfaire Vorgesetzte, intrigante Kollegen, undankbare Kinder, aufdringliche Nachbarn, langweilige Jobs und noch langweiligere Ehen hallten aus jeder Ecke des Raums wider. Kein Mensch war glücklich. Vielleicht war es ja nicht so schlimm, wie es sich anhörte. Vielleicht waren die Bekanntschaften, die sich in billigen Cafés entwickelten, einfach besonders geeignet, um die trivialen Frustrationen des Alltagslebens abzulassen – die Sorte Frust, mit dem Großstädter zum Therapeuten laufen, der ihnen dafür sehr viel mehr abnimmt als einen Dollar für einen Becher Kaffee.

Während ich zuhörte, spürte ich, wie sich ein alter Groll wieder an die Oberfläche arbeitete. Warum beklagten sich die Leute immer über ihre Jobs und Partner und Kinder und Verwandten? War ihnen eigentlich nicht klar, wie viel Glück sie hatten, derlei zu besitzen? Schon als Kind hatte ich es verabscheut, die Beschwerden anderer Kinder über ihre Eltern und Geschwister anzuhören. Ich hätte sie am liebsten angeschrien: Wenn du deine Familie nicht magst, gib sie doch mir – ich nehme sie, und ich werde mich nie über die Schlafenszeit oder die lästige kleine Schwester beschweren. Als ich klein war, war ich von Familienbildern umgeben gewesen. Alle Kinder sind das. Die Familie scheint im Mittelpunkt jedes Buches, jeder Fernsehserie, jedes Films, jeder einzelnen verdammten Werbesendung zu stehen. Mutter, Vater, Bruder, Schwester, Großeltern, Haustiere und ein Zuhause. Worte, die jedem Zweijährigen so vertraut sind, dass ein anderer Lebensstil unvorstellbar ist. Unvorstellbar und falsch, einfach falsch. Als ich aus dem Stadium des permanenten Selbstmitleids herausgewachsen war, erkannte ich, dass ich, nur weil ich in meiner Kindheit auf all diese Dinge hatte verzichten müssen, deshalb nicht für den Rest meines Lebens auf sie verzichten musste. Ich konnte mir selbst eine Familie schenken, wenn ich erwachsen war. Es brauchte nicht einmal die traditionelle Familie mit Ehemann, drei Kindern, einem Hund und einem hübschen Bungalow zu sein. Auch eine Variante würde es tun. Als Erwachsene konnte ich mir all die Dinge verschaffen, um die das Leben mich bisher betrogen hatte. Und dann, als ich eben im Begriff stand, erwachsen zu werden, wurde ich ein Werwolf.

All meine Zukunftspläne zerstoben in einer einzigen Nacht. Ich konnte mir ein Leben in der menschlichen Welt aufbauen, aber es würde niemals das Leben sein, das ich mir vorgestellt hatte. Kein Ehemann. Mit jemandem zusammenzuleben war riskant genug. Das Leben auf Dauer mit jemandem zu teilen war unmöglich – es gab einfach zu viel, das nicht geteilt werden konnte. Keine Kinder. Es gab keinerlei Berichte darüber, dass ein weiblicher Werwolf je ein Kind geboren hatte. Aber selbst wenn ich willens gewesen wäre, das Risiko einzugehen, ich konnte kein Kind der Gefahr aussetzen, als Werwolf leben zu müssen. Kein Ehemann, keine Kinder und damit auch keine Hoffnung auf eine Familie oder ein Zuhause. All das war mir genommen worden, war so weit außer Reichweite wie damals, als ich ein Kind gewesen war.

Clay beobachtete mich; sein Blick war beunruhigt. »Ist alles in Ordnung mit dir?«

Er griff nach mir, nicht mit einem mitfühlenden Händedruck oder indem er mir das Knie tätschelte oder etwas ähnlich Normales tat. Stattdessen schob er ein Bein nach vorn, bis es meins berührte, und sah mir weiter ins Gesicht. Ich drehte den Kopf, um ihn anzusehen. Als unsere Augen sich trafen, hätte ich ihn am liebsten angeschrien, ihn daran erinnert, dass nichts bei mir in Ordnung war, dass nichts bei mir je wieder in Ordnung sein würde, dass er dafür gesorgt hatte, dass nichts bei mir je wieder in Ordnung sein würde. Er hatte mir all meine Träume und Hoffnungen auf eine Familie in einem einzigen Akt unverzeihlicher Selbstsucht gestohlen. Ich zog das Bein mit einem Ruck zurück und wandte den Blick ab.

»Elena?«, fragte er, während er sich vorbeugte. »Alles okay?«

»Nein. Nichts ist okay.«

Ich brach ab. Was würde ich schon erreichen, wenn ich mehr sagte? Wir waren hier, um Logans Mörder zu finden, nicht um unsere persönlichen Anliegen durchzuhecheln. Es war nicht der richtige Zeitpunkt dafür. Ein Teil von mir wusste, der richtige Zeitpunkt würde niemals kommen. Wenn wir darüber sprachen, würden wir vielleicht zu einer Übereinkunft finden. Das war ein Risiko, das ich nicht eingehen wollte. Ich wollte nicht vergessen und ich wollte nicht vergeben. Ich würde es mir nicht erlauben.

In dieser Frage mit Clay ins Reine zu kommen würde die Kapitulation bedeuten. Es würde bedeuten, dass er gewonnen hatte, dass es die Mühe wert gewesen war, mich zu beißen. Er hätte seine Gefährtin, die Lebenspartnerin, die er sich ausgesucht hatte, die Verwirklichung seiner privaten Träume. Ja nun, aber ich hatte meine eigenen Träume, und Clay kam nicht in ihnen vor. Werwolf oder nicht, ich konnte den Gedanken nicht ertragen, sie aufzugeben, schon gar nicht jetzt, nachdem ich mit Philip endlich einen ersten Blick auf die Möglichkeiten meines Lebens erhascht hatte. Ich hatte einen netten, anständigen Mann, jemanden, der mein Potenzial zum Guten und zur Normalität sah und unterstützte, Dinge, die Clay nicht sah, an denen ihm nichts lag und die er ganz bestimmt nicht förderte. Vielleicht würden Heirat, Kinder und ein Haus in der Vorstadt wirklich niemals möglich sein, aber ich habe es schon gesagt – auch eine Variante würde es tun. Mit Philip konnte ich mir eine sehr zufrieden stellende Variante vorstellen, mit einem Partner, einem Zuhause und netter Verwandtschaft. Das Ziel meiner eigenen Wünsche war in Sichtweite gekommen. Ich brauchte nur noch das Durcheinander mit dem Rudel irgendwie hinter mich zu bringen, nach Toronto zurückzufahren und auf meine Chance zu warten.

»Nichts ist okay«, wiederholte ich. »Logan ist tot, und sein Mörder läuft irgendwo rum, und ich sitze hier in einem blöden Café mit –« Ich schluckte den Rest hinunter. »Wir sollen hier eigentlich auf Gerüchte achten, weißt du noch? Sei still und hör zu.«

Ich konzentrierte mich entschlossen wieder auf die Unterhaltungen ringsum. Die Leute meckerten zwar auch weiterhin über ihre Lebensumstände, aber ich ignorierte dieses Thema und horchte auf das, was wir hören wollten. Hier und da fügten einige Gäste der allgemeinen Trübsal eine weitere Note hinzu, indem sie die Ereignisse des Vorabends in dem müden Die-Welt-geht-vor-die-Hunde-Ton kommentierten, den die Leute vermutlich verwendet haben, seit die ersten Frühmenschen mit ansehen mussten, wie ihre Nachbarn auf zwei Beinen zu gehen begannen. Die meisten von ihnen hechelten lediglich den Zeitungsbericht durch, aber ein paar setzten tatsächlich Gerüchte in die Welt, die vor Einbruch der Nacht wahrscheinlich in der ganzen Stadt die Runde machen würden. Eine Frau in der hinteren Ecke sagte, sie habe gehört, dass der Hund gar kein wilder Hund gewesen sei, sondern ein entlaufener Wachhund, der einem Verwandten des Bürgermeisters gehörte; die Polizei sei vom Bürgermeister bestochen oder bedroht worden, damit sie die Geschichte von wilden Hunden in die Welt setzte. Ein paar Leute glaubten sogar, der Hund habe gar nichts damit zu tun gehabt, die drogenvernebelten Partybesucher hätten die beiden Gäste in einer Art Massenhysterie selbst umgebracht, und die Polizisten hätten später einen unschuldigen Hund erschossen. Die Leute können schon höllisch kreativ sein. Eins war jedenfalls sicher, kein Mensch redete von überdimensionalen Wölfen oder verlangte eine Untersuchung der Frage, warum die Bestie sich so benommen hatte, wie sie es getan hatte. Alle Welt ging davon aus, es sei völlig normal für einen Hund, plötzlich durchzudrehen und in einer überfüllten Lagerhalle Leute zu zerreißen. Während ich horchte, hatte Clay so getan, als läse er die Zeitung. So getan, weil er sich nicht im Geringsten für das Zeitgeschehen in Bear Valley oder anderswo in der Welt interessierte.

Genau wie ich hatte er auf Gerüchte gehorcht, obwohl er es niemals zugegeben hätte.

»Können wir jetzt gehen?«, fragte er schließlich.

Ich nippte an meinem kalten Kaffee. Der Becher war noch zu drei Vierteln voll. Clay hatte von seinem nicht ein einziges Mal getrunken. Und keiner von uns hatte seinen Kuchen auch nur angerührt. Zur Abwechslung war uns das Essen diesmal kein Anliegen.

»Ich denke schon«, sagte ich mit einem Blick auf die Uhr. »Es ist noch lange nicht dunkel, aber wir brauchen wahrscheinlich eine Weile, bis wir eine Spur finden. Sollen wir auf dem Parkplatz anfangen?«

Ich brachte es nicht über mich zu sagen, »dem Parkplatz, wo wir Logan gefunden haben«, aber Clay wusste, was ich meinte. Er nickte, stand auf und geleitete mich ohne ein weiteres Wort zur Tür hinaus.

Als wir uns dem Lebensmittelladen näherten, blieb ich stehen, bevor wir um die Ecke bogen – bevor ich die Stelle sah, an der wir Logan gefunden hatten. Mein Herz schlug so schnell, dass ich mich konzentrieren musste, um zu atmen.

»Ich kann das erledigen«, sagte Clay und legte mir eine Hand auf den Rücken. »Bleib hier. Ich nehme die Spur auf und sehe, in welche Richtung sie führt.«

Ich wich seiner Hand aus. »Geht nicht. Die Spur war gestern Abend schon schwach. Jetzt wird es noch schlimmer sein. Du brauchst meine Nase.«

»Ich kann's versuchen.«

»Nein.«

Ich bog um die Ecke, zögerte und wäre beinahe stehen geblieben; dann stieß ich mich vorwärts. Als ich die Stelle sah, an der der Explorer geparkt gewesen war, wandte ich hastig den Blick ab, aber es war zu spät. In meinen Gedanken lief bereits die Szene vom Vorabend ab, wie ich losgestürzt war, wie Clay meinen Namen gerufen hatte und hinter mir hergerannt war. Er hatte vor mir gemerkt, was geschehen war. Deshalb hatte er mich aufhalten wollen. Jetzt war es mir klar – nicht, dass es in diesem Augenblick auf

seine Beweggründe ankam. Es war nur eine weitere bedeutungslose Ablenkung, die durch meine Gedanken lief und mich daran hinderte, an das zu denken, was gestern hier geschehen war.
Tagsüber sah der Parkplatz aus wie ein völlig anderer Ort. Leute gingen von ihren Autos zum Ladeneingang und wieder zurück. Wie in dem Café waren es Berufstätige, die meisten in Jeans, manche in Anzug oder Kostüm, Tüten mit dem Abendessen oder mit Nachschub an Brot und Milch in der Hand, die sie auf dem Heimweg noch schnell erstanden hatten. Kein Mensch achtete auf uns, als wir quer über den Parkplatz zu dem Zaun am hinteren Ende gingen. Die Stelle, an der wir geparkt hatten, war jetzt leer – sie war zu weit vom Ladeneingang entfernt, um außerhalb der Hochbetriebszeiten genutzt zu werden.
Ich stand auf der rechten Seite, wo die Beifahrertür des Explorer gewesen war. Ich schloss die Augen und atmete ein. Logans Geruch füllte meine Gedanken. Die Knie gaben unter mir nach. Clay packte mich am Ellenbogen. Ich fing mich und schnupperte wieder, versuchte Logans Geruch auszublenden. Es funktionierte nicht. Der schwache verbliebene Geruch übertönte alle unbekannten Gerüche. Mit geschlossenen Augen konnte ich mir vorstellen, dass er vor mir stand, nahe genug, um ihn zu berühren. Ich öffnete die Augen. Das helle Tageslicht scheuchte das Wunschbild zurück in die Schatten meines Hirns.
»Ich –«, begann ich. »Ich habe da ein Problem.«
»Es ist da«, sagte Clay. »Schwach, aber ich rieche irgendwas. Moment – ich sehe mal, ob ich es erwische.«
Er tat ein paar Schritte nach links, blieb stehen, schüttelte den Kopf; dann kam er zurück und versuchte es in der entgegengesetzten Richtung. Als er die Himmelsrichtungen zum zweiten Mal durchprobiert hatte, wandte er sich wieder an mich.
»Hab's«, sagte er. »Reingekommen ist er auf der Ostseite, aber gegangen ist er hier.«
Es gibt kein Element eines Geruchs, das selbst dem besten Fährtensucher verraten könnte, ob jemand gekommen oder gegangen ist. Clay erkannte den Unterschied daran, dass eine der beiden

Fährten auch Spuren von Logans Geruch enthielt, obwohl er es nicht aussprach.

»Komm mal her und versuch's hier«, sagte er.

Nachdem ich mich einmal von der Stelle entfernt hatte, wurde es besser. Clay stand neben einem Minivan. Ich ging zu ihm hinüber und schnupperte. Ja, da war ein Geruch. Ein unbekannter Werwolf. Die Witterung führte uns quer über den Parkplatz, entfernte sich von dem Lebensmittelladen und lief auf Jacks Jagdbedarf- und Eisenwarenladen zu. Danach führte sie in westlicher Richtung den Gehweg entlang und zurück zur Hauptstraße, auf der wir ihr bis ins Stadtzentrum folgten. Für den Fall, dass sich das nun schnell und mühelos anhört – es war keins von beiden. Um geradewegs von Punkt A zu Punkt B zu gehen, hätten wir eine Viertelstunde gebraucht. Wir brauchten über eine Stunde – wir verloren ständig die Fährte, kehrten um, fanden die Stelle, wo der Mutt um eine Ecke gebogen war, und begannen von vorn. Ein- oder zweimal verlor ich die Spur vollständig. Dass wir sie in menschlicher Gestalt verfolgen mussten, machte die Angelegenheit noch schwieriger, nicht nur weil mein Geruchssinn jetzt weniger ausgeprägt war, sondern auch weil ich dem Mutt nicht gut mit der Nase am Boden nachschnüffeln konnte. Ja, okay, ich hätte es *gekonnt*, aber derlei wird in der Öffentlichkeit nicht gern gesehen und kann durchaus eine kostenlose Fahrt in die nächste psychiatrische Abteilung nach sich ziehen. Schon der Anblick einer Frau, die mit zuckender Nase an einer Straßenecke steht oder sich in einem engen Kreis um sich selbst dreht, wird mit Befremden aufgenommen. Ich musste meine Bemühungen also unauffällig halten. Selbst wenn ich Clay dazu hätte überreden können, bis nach Einbruch der Dunkelheit zu warten – wir konnten uns nicht in Wölfe verwandeln. Nach allem, was in letzter Zeit in Bear Valley geschehen war, wäre das keine Herausforderung gewesen, sondern Selbstmord.

Die Innenstadt von Bear Valley schloss um fünf, was den Angestellten erlaubte, zum Abendessen zu Hause zu sein, dabei aber die Tatsache ignorierte, dass der durchschnittliche Berufstätige bis fünf Uhr arbeitet und danach noch einkaufen muss. Dieser Denkfehler mochte für die Anzahl leer stehender Geschäfte verantwortlich sein. Das Phänomen hatte sich im Stadtzentrum ausgebreitet wie ein Tumor; es erwischte ein Geschäft, dann seine Nachbarn und deren Nachbarn, bis der ganze Häuserblock aussah wie eine einzige gigantische Werbefläche einer Immobilienvermittlung. Als wir wieder im Stadtzentrum ankamen, war es nach sieben, und selbst die engagiertesten Regalauffüller waren nach Hause gegangen. Die Straßen waren wie leer gefegt. Die ganze Stadt schien fürs kollektive Abendessen dichtgemacht zu haben. Ich musste beim Schnuppern weniger vorsichtig sein, und für die nächste halbe Meile brauchten wir nur zwanzig Minuten. Die Spur brach bei einem Burger King ab, der von seinen Fast Food-Kollegen auf der anderen Seite der Stadt offenbar ausgestoßen worden war; hier hatte der Mutt vermutlich Brennstoff an Bord genommen. Nach weiteren zwanzig Minuten des Kreisens und Umkehrens fand ich die Fährte wieder. Zehn Minuten später standen wir auf dem Parkplatz der Big Bear Motor Lodge.

»Das war irgendwie überflüssig«, murmelte ich, während wir uns zwischen den Pick-ups und zehn Jahre alten Limousinen umsahen. »Zwei Hotels in der Stadt. In einem davon wohnt er. Hurra.«

»Hey, du warst es, die darauf bestanden hat, dass wir bei dem Lebensmittelladen anfangen.«

»Ich kann mich nicht erinnern, dass du irgendwas anderes vorgeschlagen hättest.«

»Man nennt es Selbsterhaltungstrieb, Darling. Ich weiß schon, wann ich besser den Mund halte.«

»Seit wann hast –« Ich unterbrach mich, als ich eine Frau bemerkte, die in der Tür ihres Zimmers stand und sich keinerlei Mühe gab, das Zuhören unauffällig zu gestalten. Es ist angenehm zu wissen, dass man die Leute unterhalten kann, wenn die Nachmittagsserien vorbei sind.

Ich schob mich hinter einen Pick-up und sah an dem zweistöckigen Gebäude hinauf. »Wie viele Zimmer deiner Ansicht nach?«

»Achtunddreißig«, antwortete Clay prompt. »Neunzehn auf

jedem Stockwerk. Direkter Zugang im Erdgeschoss, Foyer und Notausgang für die Zimmer oben.«

»Ich an seiner Stelle hätte ein Zimmer unten genommen«, sagte ich. »Direkter Zugang. Er kann jederzeit ungehindert kommen und gehen.«

»Aber die Zimmer im ersten Stock haben Balkone, Darling. Und einen phantastischen Blick.«

Ich sah zu dem unbebauten Grundstück jenseits der Straße hinüber. Wucherndes Unkraut, bröckelnde Betontrümmer und genug Abfall, um einen Pfadfindertrupp eine Woche lang zu beschäftigen.

»Erdgeschoss«, sagte ich. »Ich fange an. Geh und versteck dich irgendwo.«

»Oha. Das Spiel haben wir doch schon ein paar Mal gespielt. Ich verstecke mich, aber du kommst nie suchen. Ich bin vielleicht ein bisschen begriffsstutzig, aber allmählich komme ich dahinter.«

»Geh schon.«

Clay grinste, fasste mich um die Taille und küsste mich; dann wich er zur Seite aus, bevor ich reagieren konnte. Es war angenehm zu sehen, dass seine Laune sich gebessert hatte; noch angenehmer wäre es gewesen, wenn dazu nicht gerade die Aussicht auf Mord und Totschlag nötig gewesen wäre. Während der stundenlangen Spurensuche war der alte Groll, der im Café aufgeflammt war, wieder im Unterbewusstsein versunken; dort würde er warten wie eine nie wirklich verheilte Wunde, die nur einen Stoß oder Schubs brauchte, um jäh wieder zu schmerzen. Wir hatten etwas zu erledigen, und ich musste mit Clay auskommen, um es zu Ende zu bringen. Um Logans willen konnte ich mir nicht erlauben, mich durch meine eigenen Probleme ablenken zu lassen. Wenn ich mich jede Sekunde, die ich gezwungenermaßen in Clays Gesellschaft verbrachte, mit meinem Ärger auf ihn beschäftigt hätte, wäre ich längst zu einer bitteren, bissigen Furie geworden. Es mochte durchaus Leute geben, die der Ansicht waren, ich sei seit Jahren nichts anderes gewesen – aber das gehört hier nicht zur Sache.

Während Clay verschwand, um sich einen passenden Ort zum Warten zu suchen, sah ich mich auf dem Parkplatz nach Requisiten um. Neben einem rostigen Chevy Impala entdeckte ich ein Blatt Papier. Es war die Quittung für eine neue Stereoanlage, von der ich nur hoffen konnte, dass sie nicht gerade in den Impala eingebaut worden war – sonst hätte der Besitzer für die Anlage mehr bezahlt als für das ganze Auto. Ich wischte ein nasses Blatt von einer Ecke des Papiers, strich es glatt, faltete es in der Mitte und ging zu der gemeinsamen Veranda hinüber, die die Eingangstüren der Zimmer im Erdgeschoss miteinander verband. Ich begann am Notausgang und ging langsam die Türen ab, gab vor, das Papier zu studieren, und erlaubte mir vor jeder Tür eine großzügig bemessene Schnüffelpause. Die neugierige Frau hatte sich in ihr Zimmer zurückgezogen. Zwei Leute kamen aus einer Tür weiter hinten, ignorierten die junge Frau aber vollkommen, die solche Schwierigkeiten hatte, die auf ihrem Zettel notierte Zimmernummer zu finden. Die Leute sind nachsichtig, wenn es um die intellektuellen Fähigkeiten von Blondinen geht.

Als ich am Ende angekommen war, fing ich den Geruch des Werwolfs auf; die Spur führte nicht in ein Zimmer, sondern ins Foyer. Sie war sehr deutlich, was darauf hinwies, dass er mehr als einmal hier vorbeigekommen war. Also doch ein Zimmer im ersten Stock, das nur durch das Foyer zu erreichen war. Wer weiß, vielleicht mochte er es, wenn die Morgensonne auf ein leeres Grundstück schien. Ich trabte über den Parkplatz zurück. Clay kam hinter dem Gebäude hervor, bevor ich nach ihm suchen musste.

»Oben«, sagte ich.

»Na siehst du. Niemand hat je behauptet, Mutts hätten Gehirne.«

Ich warf die Quittung ins Gebüsch, und wir gingen zur Eingangstür hinüber. Als wir das Foyer betraten, legte Clay mir den Arm um die Taille und begann sich über ein völlig fiktives Abendessen in einem Restaurant in der Stadt zu beschweren. Während er schwatzte, bemerkte ich die Treppe links neben der Theke und steuerte uns beide auf sie zu; zugleich nickte ich verständnisvoll,

während er sich darüber ausließ, dass wir zwanzig Minuten auf die Rechnung hatten warten müssen. Die Revue wäre gar nicht nötig gewesen; der Angestellte hinter der Theke sah nicht einmal auf, als wir an ihm vorbeigingen.
Oben endete die Fährte an der dritten Tür auf der linken Seite. Clay griff nach dem Knauf, drehte ihn und brach das Schloss mit einem gedämpften Schnappgeräusch auf. Während ich Ausschau nach möglicherweise auftauchenden Motelgästen hielt, wartete Clay einen Augenblick darauf, ob jemand im Inneren auf das Geräusch reagieren würde. Als er nichts hörte, stieß er die Tür vorsichtig auf. Die Vorhänge waren zugezogen, und das Zimmer war dunkel. Weiter hinten im Gang öffnete sich eine andere Tür. Ich stieß Clay vorwärts, und wir schlüpften ins Zimmer.
Clay sah als Erstes ins Bad, um sich zu vergewissern, dass der Mutt fort war, und zog dann eine Quartermünze aus der Tasche. »Kopf, wir warten auf ihn. Zahl, wir suchen nach ihm.«
»Wir sollten bleiben«, sagte ich. »Uns währenddessen umsehen, Hinweise sammeln.«
Clay verdrehte die Augen.
»Okay, schön«, sagte ich. »Dann wirf das verdammte Ding eben.«
Kopf lag oben. Ich streckte ihm die Zunge heraus. Seine Hand schoss nach vorn, aber ich zog sie noch rechtzeitig zurück.
»Nächstes Mal schaffst du's nicht mehr«, sagte er und sah sich im Zimmer um. »Also, was erwartest du hier zu finden?«
»Irgendwas, das erklärt, warum innerhalb von einer Woche zwei Mutts in Bear Valley aufgetaucht sind. Gibt dir das eigentlich überhaupt nicht zu denken?«
»Natürlich tut es das. Aber meine Neugier kann warten. Dafür habe ich noch genug Zeit, wenn der Mutt tot ist. Ich lasse dem Dreckskerl nicht die Zeit, sich dich oder die anderen vorzunehmen, während ich rauszufinden versuche, was er hier verloren hat.«
»Du glaubst, ich schinde Zeit?«
»Nein, ich glaube, du versuchst deine Zeit vernünftig einzuteilen. Das ist okay. Ich meine damit nur, erwarte nicht von mir, dass ich

mit Begeisterung Schubladen durchwühle, während sich der Mutt da draußen auf unseren Straßen herumtreibt.«

»Dann geh eben auf den Balkon und halt Wache oder irgend so was, während ich suche.«

Clay tat selbstverständlich nichts dergleichen. Er half mir beim Suchen, nachdem er klargestellt hatte, dass er lieber etwas anderes getan hätte. Ich auch, aber das hieß nicht, dass ich eine günstige Gelegenheit vorbeigehen ließ. Außerdem – den Müll dieses Mutts durchzusehen gab meinen Händen und Gedanken etwas zu tun und ließ mir keine Zeit, darüber nachzudenken, warum wir überhaupt hinter ihm her waren.

Clay fing im Bad an. Es dauerte keine zehn Minuten, da rief er zu mir ins Zimmer: »Also, das ist einfach eine Sensation. Der Typ verwendet Hotelshampoo und Hotelseife. Die Kurspülung hat er nicht angerührt. Hier ist ein Bic-Rasierer, aber weit und breit keine Zahnbürste, keine Zahncreme und kein Mundwasser. Wir suchen also nach einem Typen mit gespaltenen Haarspitzen und Mundgeruch. Hilft dir das weiter?«

Ich biss die Zähne zusammen und antwortete nicht. Die Wände waren einfach zu dünn für einen Streit. Außerdem hatte meine Suche im Schlafzimmer auch nichts Bemerkenswertes erbracht. Ich fand zwei Paar Jeans, drei Hemden und eine Sammlung von Socken und Unterwäsche, alles bereits getragen und auf einem Stuhl zwischengelagert. Die Bibel in der Nachttischschublade war mit Pentagrammen und umgedrehten Kreuzen verschandelt. Ganz bezaubernd. Fürchterlich unoriginell außerdem. Ich meine, wenn man sich schon dazu gedrängt fühlt, Satanssymbole in eine Bibel zu schmieren, könnte man sich dafür wenigstens Motive aussuchen, die nicht gerade in jeder einzelnen Ausgabe der *World Weekly News* auftauchen. Ein wenig einfallsreicher und offenkundig schlecht informierter Werwolf. Er würde furchtbar enttäuscht sein, wenn er herausfand, dass Werwölfe in aller Regel eher ein gutes Rezept für Beef Wellington kennen als das korrekte Vorgehen bei einem satanischen Ritual. In zehn Jahren war der Teufel nicht ein einziges Mal mit detaillierten Anweisungen bei mir aufgetaucht – er hatte sich nicht einmal gemeldet, um guten Tag zu sagen. Andererseits, Gott hatte es ebenso wenig getan. Vielleicht bedeutete das, dass keiner von ihnen existierte. Ich hielt es für wahrscheinlicher, dass keiner von beiden die Verantwortung für mich übernehmen wollte.

»Herrgott, das Zeug da drin solltest du sehen, Darling«, sagte Clay, als er aus dem Bad kam. »Rasierwasser, Toilettenwasser und Moschusdeo. Wenn wir nicht wüssten, dass der Mutt neu ist, so wie er riecht, dann wüssten wir's jetzt, so *wie* er riecht.«

Kein erfahrener Werwolf würde sich mit Toilettenwasser abgeben, jedenfalls nicht, solange sein olfaktorisches System noch funktioniert. Sein Eigengeruch würde alle anderen Gerüche überlagern, und seine Nase wäre vollkommen nutzlos. Ich verwende nicht einmal parfümierte Seife zum Händewaschen. Tatsächlich ist es gar nicht einfach, unparfümierte Kosmetik für Frauen zu finden. Die Kosmetikindustrie ist wie besessen davon, Frauen nach allem Möglichen riechen zu lassen, nur nicht nach sich selbst. Und wir legen das Zeug mit dem Spachtel auf, ohne auch nur zu versuchen, einen einheitlichen Deckgeruch zu erreichen; wir schichten Kräutershampoo auf Puderdeo auf Fliederseife auf den neuesten Duft von Calvin Klein. Wenn ich das Pech hatte, frühmorgens in einen überfüllten Aufzug zu geraten, hatte ich von dem Geruchsmischmasch manchmal Kopfschmerzen bis zum Mittag.

Nach einem wachsamen Blick zum Fenster hinaus kam Clay zu mir herüber. Ich durchsuchte gerade den Abfalleimer neben dem Bett.

»Ich würde ja helfen«, sagte er. »Aber du scheinst alles unter Kontrolle zu haben.«

»Danke.«

»Hast du unter dem Bett nachgesehen?«

»Geht nicht. Bettgestell geht bis zum Boden.« Ich verwendete den hoteleigenen Kugelschreiber, um ein gebrauchtes Kleenex zur Seite zu schieben. Ich werde Ihnen nicht sagen, wofür es benutzt worden war, aber Werwölfe sind immun gegen Grippe- und Erkältungsviren.

»Ich seh mal unter der Matratze nach«, kündigte Clay an.
Das hatte ich vergessen. Werwölfe haben oft falsche Ausweise bei sich und verstecken die echten irgendwo, unter Matratzen zum Beispiel.
»Kein Ausweis«, meldete Clay. »Bloß ein Album. Das wirst du ja wohl kaum sehen wollen.«
Ich sprang so schnell auf, dass ich mit dem Kopf die Nachttischlampe rammte. Clay grinste und hielt ein blaues Buch außer Reichweite.
»Meins«, sagte er, während das Grinsen noch breiter wurde. Er hielt es so, dass ich es nicht sehen konnte, und blätterte ein paar Seiten um; dann verzog er den Mund und warf es aufs Bett. »Wenn ich's mir recht überlege, du kannst es gern haben. Viel Vergnügen damit. Ich schiebe inzwischen Wache am Fenster. Gib mir hinterher eine Zusammenfassung.«
Ich nahm das Buch und setzte mich auf die Bettkante. Es war ein Fotoalbum, die Sorte, bei der die Seiten mit Plastikfolie überzogen sind, unter der man die Bilder anordnen kann. Statt mit Fotos hatte der Mutt das Album mit Zeitungsausschnitten gefüllt. Nicht irgendwelchen, sondern Berichten über ein ganz spezielles Thema: Serienmörder. Ich blätterte Seite um Seite mit Artikeln um, sah Gesichter, die ich kannte – Berkowitz, Dahmer, Bundy – und andere, die ich noch nie gesehen hatte. Es ging nicht nur in allen Ausschnitten um Serienmörder, sondern es gab noch ein weiteres verbindendes Element, das der Mutt sogar farbig markiert hatte – Zahlen, die Anzahl der ermordeten Opfer. Er hatte tatsächlich die Statistiken eingefärbt, gelber Markierstift für die Anzahl von Leuten, die der Mörder behauptete umgebracht zu haben, Blau für die Anzahl der gefundenen Leichen und Rosa für die Anzahl von Morden, von denen die Behörden annahmen, der Mörder habe sie begangen. Auf den Rändern hatte der Mutt Notizen gemacht; er führte Buch und verglich die Zahlen wie ein Fan, der Statistiken für ein makabres sportliches Großereignis führt.
Etwa auf halber Strecke des Buches hörten die Ausschnitte auf. Ich wollte es schon zuklappen, als ich feststellte, dass hinten im

Album noch mehr Artikel waren. Nach mehreren leeren Seiten stieß ich auf einen weiteren Bericht. Im Gegensatz zu den anderen ging es hier nicht um Statistiken. Es wurde nicht einmal ein Mörder genannt. Der Artikel stammte aus der *Chicago Tribune* vom 18. November 1995 und berichtete nur, dass man die Leiche einer jungen Frau gefunden hatte. Im nächsten Artikel wurden Details genannt – dass sie über eine Woche lang vermisst gewesen war und in der Zwischenzeit offenbar irgendwo gefangen gehalten worden war, bevor man sie erwürgt und hinter einer Grundschule liegen gelassen hatte. Ich blätterte rasch die nächsten paar Seiten durch. Drei weitere Frauen waren gefunden worden, und jedes Mal waren die Umstände die gleichen. Dann war eine Frau entkommen und hatte eine entsetzliche Geschichte erzählt; sie war eine Woche lang im Keller eines verlassenen Hauses gefangen gehalten, misshandelt und vergewaltigt worden. Die Polizei hatte als Eigentümer des Hauses Thomas LeBlanc, einen dreiunddreißigjährigen medizinisch-technischen Assistenten, ermittelt. Als die Frau LeBlanc aber identifizieren sollte, konnte sie es nicht – der Mann war nur im Dunkeln zu ihr gekommen und hatte nie gesprochen. Zudem war LeBlanc in der Woche, in der die dritte Frau verschwunden war, gar nicht in der Stadt gewesen. Auf einem Zeitungsfoto hätte LeBlanc als Scott Brandons älterer Bruder durchgehen können, nicht weil er ihm tatsächlich ähnlich gesehen hätte, sondern aufgrund der absoluten Banalität seines Gesichts – gepflegt, auf nichts sagende Art gut aussehend und wenig einnehmend, das Abziehbild eines Wall-Street-Yuppies, ein Gesicht, dem alles Charakteristische abhanden gekommen war. Der Serienmörder von nebenan.

Trotz umfangreicher Ermittlungsarbeiten hatte die Polizei nicht genügend Material für eine Anzeige gehabt. Dem letzten *Tribune*-Bericht zufolge hatte LeBlanc seine Koffer gepackt und Chicago verlassen. Das Rechtssystem war nicht in der Lage gewesen, LeBlanc schuldig zu sprechen, die Einwohner von Illinois aber durchaus. Es war der letzte Artikel aus Chicago, nicht aber der letzte Artikel in dem Album. Ich zählte sechs weitere Ausschnitte aus den letzten paar Jahren; sie zeichneten eine Spur vermisster Frauen durch den ganzen Mittelwesten bis nach Kalifornien und dann in einem Bogen zurück zur Ostküste nach. Thomas LeBlanc war weit herumgekommen. Der letzte Zeitungsausschnitt war acht Monate alt und stammte aus Boston.

»Scheiße«, sagte Clay, und ich fuhr zusammen. »Ich glaub's nicht. Herrgott noch mal, ich glaub's einfach nicht. Lass das Buch liegen, Darling. Das musst du dir ansehen.«

Ich stürzte ans Fenster. Clay hielt den schweren Vorhang gerade so weit offen, dass ich hinaussehen konnte. Ein Acura war auf einen freien Platz in der Nähe des Eingangs zum Foyer gefahren. Drei Männer waren gerade ausgestiegen. Als ich den Mann sah, der auf dem Fahrersitz gesessen hatte, war ich nicht weiter schockiert, das Gesicht zu erkennen, das mich aus dem *Tribune*-Artikel angestarrt hatte – Thomas LeBlanc, im wirklichen Leben nicht annähernd so gepflegt und gut frisiert wie auf dem Bild. Natürlich hatte Clay ihn weder erkannt, noch hatte er auf die Entfernung feststellen können, dass er ein Werwolf war. Es waren die beiden anderen Männer, die seine Aufmerksamkeit erregt hatten. Karl Marsten und Zachary Cain, zwei Mutts, die wir beide ausnehmend gut kannten.

»Marsten und Cain? Was zum Teufel haben die miteinander zu schaffen?«, fragte Clay. »Und wer ist der andere Typ? Das muss er sein.«

»Logans Mörder«, sagte ich. »Thomas LeBlanc. Wir müssen raus hier.«

»Hey«, sagte Clay und rührte sich nicht von der Stelle, als ich ihn zur Tür ziehen wollte. »Wir bleiben. Deswegen sind wir hier, Darling.«

»Wir sind hier, um einen Mutt zu töten. Einen unerfahrenen Mutt. Drei gegen zwei ist übel genug, aber –«

»Damit werden wir fertig.«

»Nachdem wir vierundzwanzig Stunden lang weder geschlafen noch gegessen haben?«

»Wir können –«

»Ich nicht.«
Das ließ ihn innehalten. Einen Augenblick lang war er still.
»Wenn du bleibst«, fuhr ich fort, »bleibe ich auch. Aber ich bin nicht in der Verfassung für einen Kampf. Ich bin müde und hungrig, und mein Arm taugt zu nichts mehr nach dem Hundebiss und Brandon.«
Ich schlug unter die Gürtellinie; im Augenblick war es mir aber egal. Ich würde sagen, was ich sagen musste, um uns rechtzeitig aus dem Zimmer zu bringen. Clays Gesichtsausdruck wechselte – erst unsicher, dann entschlossen.
»Okay«, sagte er. »Wir hauen ab. Haben wir noch Zeit –«
»Der Balkon. Wir müssen uns vorsichtig fallen lassen. Wir können nicht springen.«
»Dein Arm?« Er sah auf die verschorfte Wunde hinunter. Wir heilen schnell, und ich fühlte mich völlig okay, aber das würde ich ihm nicht sagen. Nicht gerade jetzt.
»Ich werd's überleben«, sagte ich.
Clay ging zum Balkon, schob die Vorhänge zur Seite und öffnete die Schiebetür. »Ich gehe als Erster und fang dich auf, wenn dein Arm nicht mitmacht.«
Er war über das Geländer geklettert, bevor ich noch an der Tür war. Ich schwang ein Bein nach außen, sah noch einmal zurück ins Zimmer und bemerkte das Fotoalbum auf dem Bett. Ich hätte es mitnehmen sollen. Es musste noch mehr Material enthalten, mehr, das mir helfen würde, Thomas LeBlanc kennen zu lernen. Regel Nummer eins bei der Jagd: Du solltest deine Beute kennen.
»Komme gleich zurück«, rief ich über das Geländer zu Clay hinunter.
»Nein!«
Ich war schon wieder im Zimmer. Ich schnappte das Buch vom Bett, gerade als ein Kartenschlüssel ins Schloss geschoben wurde.
»Funktioniert nicht«, sagte eine unbekannte Stimme durch die Tür. »Da müsste ein grünes Licht angehen.«
Ich stürzte vom Bett zum Balkon, stolperte über ein Stück herumliegender Unterwäsche und flog beinahe kopfüber durch die Tür.

Als ich mich über das Geländer schwang, versuchte jemand es mit dem Knauf, stellte fest, dass die Tür nicht abgeschlossen war, und stieß sie auf. Ich ließ mich auf den Boden fallen. Clay war nicht da, um mich aufzufangen. Als ich mich umdrehte, sah ich ihn zum Foyereingang stürzen. Ich wollte schon hinter ihm herschreien, besann mich dann eines Besseren, rannte ihm stattdessen nach und packte ihn von hinten. Wir landeten unmittelbar vor der ersten Zimmertür in einem Knäuel auf dem Asphalt. Das Fotoalbum flog mir aus der Hand und schlug ihm unters Kinn.

»Oops«, sagte ich. »Tut mir Leid.«

»Klingt beinahe, als meintest du's ernst«, knurrte er, während er das Buch mit einer Hand hochhielt. »Deswegen bist du zurückgegangen? *Deswegen*?«

»Ich brauche das.«

Er murmelte etwas vor sich hin. Ich verstand nicht, was er sagte, und wahrscheinlich hätte ich es auch gar nicht wissen wollen. Wir lagen immer noch auf dem Asphalt, ich auf ihm. Ich hob den Kopf, um zu horchen. Jemand trat auf den Balkon von LeBlancs Zimmer hinaus. Ich hörte das Geländer knarren, als er sich vorbeugte und über den Parkplatz spähte. Wir waren unter dem Balkon verborgen.

»Psst«, flüsterte ich.

»Ich weiß«, formte Clay mit den Lippen.

Er bewegte sich unter mir, seine Hände lagen jetzt auf meinem Hinterteil. Es war unter den gegebenen Umständen gar keine unbequeme Position – nicht, dass ich gerade hier hätte sein wollen, wenn ich eine Wahl gehabt hätte, natürlich, aber ... Ach, egal.

»Du hast mir einen Schreck eingejagt«, flüsterte er.

Er legte eine Hand auf meinen Hinterkopf, zog mich nach unten und begann mich zu küssen. Ich schloss die Augen und erwiderte den Kuss. Ich meine, wenn wir schon vor einem Hotel auf dem Gehweg liegen mussten, dann sollten wir vielleicht wenigstens etwas tun, das notfalls erklären konnte, weshalb wir dort auf dem Gehweg lagen, oder? Nach ein paar Sekunden flackerten Clays Augen zur Seite und wurden schmal. Als ich mich von ihm löste, glitt er unter mir hervor und richtete einen wütenden Blick auf etwas hinter mir. Die Frau, die uns vorhin beim Streiten zugehört hatte, stand wieder in ihrer Zimmertür; diesmal trank sie aus einer Dose Cola Light, während sie sich die Show ansah.

»Brauchen Sie nicht auch noch eine Tüte Popcorn?«, fragte Clay, während er aufstand und sich den Staub von den Kleidern klopfte.

»Wir leben in einem freien Land«, sagte die Frau.

Nun hatte Clay mit Menschen ganz allgemein schon wenig Geduld; noch weniger Geduld hatte er mit Menschen, die in seine Privatsphäre eindrangen und denen nicht einmal eine schlagfertige Antwort einfiel. Sein Mund wurde hart, und er schob sich an mir vorbei. Er blieb stehen, den Rücken mir zugewandt, und sah die Frau an. Es dauerte nur eine Sekunde. Ihre Augen wurden rund, sie stolperte rückwärts, und die Tür knallte zu; ich hörte klickend die Schlösser einrasten. Clay hatte kein Wort gesagt. Er hatte einfach »den Blick« eingesetzt – ein Stieren von blanker Bösartigkeit, das Menschen unweigerlich in die Flucht schlug. Ich habe selbst einmal versucht, mir »den Blick« anzueignen. Als ich mir einbildete, ihn perfektioniert zu haben, probierte ich ihn an einem Trottel aus, der mich in einer Bar angemacht hatte. Statt den Typ zu verscheuchen, hatte es ihn erst richtig auf Touren gebracht. Ich habe meine Lektion gelernt. Frauen bringen Bösartigkeit nicht zu Stande.

Inzwischen war Wer-auch-immer wieder von LeBlancs Balkon verschwunden. Der nächste Schritt würde eventuell sein, dass sie herauskamen und sich umsahen, denn Marsten und Cain würden riechen können, dass Clay und ich in LeBlancs Zimmer gewesen waren, und sich vermutlich auch denken können, dass wir noch nicht allzu lang wieder fort sein konnten. Ich zog Clay vorwärts. Als wir den Gehweg entlangglitten, immer dicht an der Hauswand, hoffte ich inständig, dass die Mutts nicht plötzlich herauskommen würden. Nicht, dass wir nicht entkommen konnten. Wir konnten. Aber Clay würde es nicht versuchen. Wenn die drei herauskamen und uns sahen, würde er nicht weglaufen.

Wir schafften es um die Gebäudeecke und schlichen davon, ohne entdeckt worden zu sein. Der Rückweg zum Auto ging schnell vonstatten. Keine zwanzig Minuten später waren wir auf der Straße nach Stonehaven, um Verstärkung zu holen.

Zeitgleich

»Kommt nicht in Frage«, sagte Jeremy, während er von seinem Stuhl aufstand und zum Kamin hinüberging.

Wir waren alle im Arbeitszimmer. Die anderen hatten auf uns gewartet. Clay und ich saßen auf dem Sofa – das heißt, Clay saß auf der Sofakante, bereit, in dem Augenblick loszuschießen, in dem Jeremy sagte, wir dürften uns die Mutts vornehmen. Nick stand neben Clay und trommelte mit den Fingern auf die Lehne, ebenso angespannt, aber auf das Stichwort von Clay wartend. Peter und Antonio saßen auf der anderen Seite des Zimmers. Beide wirkten ärgerlich über die Entwicklungen, aber sie blieben gelassen und erwarteten Jeremys Entscheidung mit der Selbstbeherrschung ihres Alters und ihrer Erfahrung.

»Ich kann kaum glauben, dass ihr überhaupt fragt«, sagte Jeremy. »Ich habe klargestellt, dass ich es nicht wollte, und ihr seid trotzdem losgezogen. Dann ruft Elena an, um uns zu sagen, dass ihr einfach nach Neuigkeiten über gestern Abend sucht, und dann endet ihr irgendwie –«

»Es war keine Absicht«, unterbrach ich. »Wir haben seine Spur gefunden. Wir konnten uns die Gelegenheit nicht einfach entgehen lassen.«

Jeremy warf mir einen Blick zu, der mir dringend empfahl, den Mund zu halten, bevor ich mich um Kopf und Kragen redete. Ich hielt ihn.

Jeremy kehrte zu seinem Stuhl zurück, setzte sich aber nicht hin. »Heute Nacht sucht niemand nach diesen dreien. Wir sind nach gestern Abend alle müde und erschüttert, vor allem ihr beide. Wenn ich Elena nicht geglaubt hätte, als sie angerufen hat, wäre ich heute Nachmittag in die Stadt gefahren und hätte euch rausgeholt.«

»Aber wir haben doch nichts *getan*«, sagte Clay.
»Nur, weil ihr keine Gelegenheit dazu hattet.«
»Aber –«
»Gestern war ein Mutt in der Stadt. Heute ist er tot, und drei neue sind aufgetaucht. Nicht nur das, sondern zwei davon sind Karl Marsten und Zachary Cain, zwei Mutts, von denen jeder für sich genommen schon ein massives Problem wäre.«
»Seid ihr absolut sicher, dass es Marsten und Cain waren?«, fragte Antonio. »Ich könnte mir so ziemlich jede Kombination eher als Team vorstellen als diese beiden. Was sollten die denn gemeinsam haben?«
»Sie sind beide Mutts«, sagte Clay.
»Ich könnte mir vorstellen, sie sind gar kein Team«, bemerkte ich. »Marsten muss Einfluss auf Cain haben. Irgendeine Art von Anführer-Gefolgsmann-Verhältnis. Karl will ein Territorium. Das hat er seit Jahren gewollt.«
»Wenn er Territorium will, muss er sich dem Rudel anschließen«, sagte Jeremy.
»Ach, scheiß drauf«, explodierte Clay. »Karl Marsten ist ein diebischer, hinterhältiger Hurensohn, der seinen eigenen Vater erstechen würde, um zu kriegen, was er haben will.«
»Vergiss die Neuen nicht«, sagte ich. »Brandon und LeBlanc sind beide Killer. Menschliche Killer. Irgendwer – Marsten wahrscheinlich – hat sie ausfindig gemacht, gebissen und ausgebildet. Er stellt eine Truppe von Mutts zusammen. Nicht irgendwelche, sondern Leute, die schon wissen, wie man jagt und tötet. Und denen es Spaß macht.«
Antonio schüttelte den Kopf. »Irgendwie sehe ich Marsten nicht hinter dieser Geschichte. Teile davon, ja, aber diese Sache mit den neuen Mutts, der fehlt ... Finesse. Und dann rekrutiert er Cain? Der Mann ist doch ein Idiot. Ein erstklassiger Schläger, aber ein Idiot. Die Chancen, dass er Mist macht, sind einfach zu groß. Marsten muss das doch wissen.«
»Wen zum Teufel interessiert's?«, schnappte Clay und sprang von seinem Stuhl auf. »Wir haben drei Mutts in der Stadt. Einer davon

hat Logan umgebracht. Wie könnt ihr hier rumsitzen und über ihre Motive reden –«

»Setz dich hin, Clayton«, sagte Jeremy. Er sprach sehr leise.

Clay machte Anstalten, sich zu setzen, und tat es dann doch nicht. Einen Moment lang hing er dort; widerstreitende Instinkte kämpften in ihm. Dann ballten sich seine Hände zu Fäusten. Er richtete sich auf, drehte sich auf dem Absatz um und ging zur Tür.

»Wenn du gehst, brauchst du nicht zurückzukommen.« Jeremys Stimme war kaum mehr als ein Flüstern, aber sie ließ Clay geradezu erstarren. »Wenn du es nicht kontrollieren kannst, Clay, dann geh runter in den Käfig, und ich schließe dich ein, bis es vorbei ist. Aber wenn das Problem ist, dass du es nicht kontrollieren *willst*, und wenn du jetzt gehst, dann bist du hier nicht mehr willkommen.«

Jeremy meinte es nicht wirklich so. Okay, doch, er meinte es, aber nicht so, wie es klang. Wenn Clay tatsächlich gehen sollte und wenn Jeremy ihm für diesen Fall die Verbannung angedroht hatte, würde er sich daran halten müssen. Aber er würde Clay nicht kampflos gehen lassen. Und die Drohung war die beste Methode, eben dies zu verhindern. Clay stand da mit mahlenden Kiefermuskeln, als kaue er auf seiner Wut. Aber er bewegte sich nicht. Er würde es nicht tun. Die Verbannung wäre Clays Tod gewesen – nicht durch irgendwelche äußeren Einflüsse, sondern von innen heraus, der langsame Tod durch die Trennung von allem, woran er glaubte. Er würde Jeremy und das Rudel niemals verlassen. Sie waren sein Leben. Jeremy hätte ebenso gut damit drohen können, er würde ihn töten, wenn er jetzt nach den Mutts suchen ging.

Langsam, sehr bedächtig drehte Clay sich zu Jeremy um. Ihre Augen trafen sich. Eine lange Pause, in der die Uhr auf dem Kaminsims die Sekunden abzählte wie eine Zeitbombe, dann wandte Clay sich ab und verließ das Zimmer – nicht in Richtung Garage oder Eingangstür, sondern zum hinteren Teil des Hauses hin. Die Hintertür öffnete sich und schlug knallend wieder zu. Ich sah Jeremy an und lief dann hinter Clay her.

Ich folgte Clay in den Wald. Er ging, bis wir vom Haus aus nicht mehr zu hören oder zu sehen waren. Dann drosch er die Faust gegen den nächsten Baum; das Holz schwankte und ächzte protestierend. Winzige Blutstropfen flogen.

»Wir können das Cain und Marsten nicht einfach durchgehen lassen«, sagte er. »Wir können sie nicht glauben lassen, dass wir klein beigeben. Wir müssen etwas tun. Jetzt.«

Ich sagte nichts.

Er fuhr herum und sah mir ins Gesicht. »Er hat Unrecht. Ich bin so sicher, er hat Unrecht.«

Er schloss die Augen und atmete tief ein; in seinem Gesicht zuckte es, als täten die Worte weh. Schon der Gedanke daran, an Jeremy zu zweifeln, traf ihn wie der schlimmste mögliche Verrat.

»Er hat Recht«, fuhr Clay nach einem Augenblick fort. »Wir sind noch nicht so weit. Aber ich kann nicht einfach rumstehen, während Logans Mörder irgendwo da draußen ist, und wissen, der Nächste, den diese Mutts sich vornehmen, könntest du sein oder Jeremy. Ich kann das nicht. Das muss er doch wissen.«

Ich sagte immer noch nichts. Ich wusste, er erwartete keine Antwort, er versuchte nur, seine Gedanken zu klären.

»Scheiße!«, schrie er in den Wald. »Scheiße! Scheiße! Scheiße!«

Er rammte die Faust ein zweites Mal gegen den Baum und fuhr sich dann mit der Hand durch die Locken; rote Spritzer mischten sich mit dem Gold und hinterließen einen verschmierten Streifen auf seiner Stirn. Er schloss die Augen und atmete tief ein; dann schauderte er zusammen und sah mich an. Frustrierte Wut glomm in seinen Augen, gemischt mit einer Spur von Furcht.

»Ich versuch's ja, Elena. Du weißt, wie sehr ich es versuche. Alles in mir schreit danach, sie aufzuspüren, sie zu stellen, ihnen die gottverdammte Kehle rauszureißen. Aber ich kann ihm nicht ungehorsam sein. Ich kann's einfach nicht.«

»Ich weiß.«

Er trat auf mich zu; seine Arme legten sich um mich, sein Mund senkte sich auf meinen herab. Seine Lippen berührten meine, vorsichtig, warteten darauf, abgewiesen zu werden. Ich schmeckte die Panik, die Anstrengung, die widerstreitenden Instinkte unter

Kontrolle zu bekommen, die in ihm wüteten, stärker als alles, das ich mir vorstellen konnte. Ich legte die Arme um ihn; meine Hände hoben sich und krallten sich in sein Haar, zogen ihn näher. Ein Stöhnen der Erleichterung ging zitternd durch ihn hindurch. Er ließ den Mantel der Selbstbeherrschung von sich gleiten und packte mich, stieß mich rückwärts gegen einen Baumstamm.

Er zerrte an meinen Kleidern; die Nägel kratzten mir über die Haut, als er mir das T-Shirt und die Hosen herunterriss. Ich fingerte ungeschickt an seinen Jeans herum, als die Hitze seiner Verzweiflung auf mich übergriff wie ein Buschfeuer. Er schob die Jeans nach unten und schüttelte sie von den Füßen.

Seine Lippen kehrten zu meinen zurück, rau und heftig. Ich drehte die Hände in seinem Haar und zog ihn näher. Er stöhnte heiser. Seine Hände glitten über meinen nackten Körper, kneteten, packten meine Hüften, meine Taille, meine Brüste. Die Baumrinde bohrte sich in meinen Rücken. Als seine Finger sich zu meinem Gesicht hoben, roch ich das Blut an seiner Hand, spürte, wie es über meine Wangen rann, als er mein Gesicht liebkoste. Es tropfte auf unsere Lippen, und ich spürte den Geschmack, metallisch und vertraut.

Ohne Vorwarnung rutschten seine Hände hinunter zu meinem Hinterteil, hoben mich hoch und drückten mich gegen ihn. Er knurrte, als er in mich hineinglitt. Meine Füße baumelten über dem Boden, was ihm erlaubte, vollständig die Kontrolle zu übernehmen. Er presste sich an mich. Seine Augen blieben in meine versenkt. Tief aus seinem Innern drang ein rhythmisches Grollen verzweifelter Gier. Seine Zähne waren zusammengebissen. Als seine Finger sich in meine Hüften gruben, spürte ich, wie die Kante des Eherings sich mir ins Fleisch bohrte. Dann bewölkten sich seine Augen. Sein Blick wurde unstet, und sein Körper schauderte konvulsivisch. Er stieß ein leises keuchendes Stöhnen aus, dann wurde er ruhiger. Sein Gesicht vergrub sich an meinem Schlüsselbein; seine Hände glitten höher, um meinen zerschrammten Rücken vor der Baumrinde abzuschirmen. Er bewegte sich langsam in mir, immer noch hart. Er war noch nicht gekommen. Es war

Erleichterung ganz anderer Art, ein plötzliches Abebben der Gewalttätigkeit, die durch ihn hindurchgezuckt war.
Seine Hände streichelten meinen Rücken und drückten mich an ihn. Das Gesicht immer noch an meiner Schulter vergraben, flüsterte er: »Ich liebe dich, Elena. Ich liebe dich so sehr.«
Ich legte die Hände um ihn, knabberte an seinem Ohr und murmelte sinnlose kleine Laute. Er blieb in mir, als er mich vorsichtig von dem Baum fortzog, zurücktrat und sich mit mir, unter mir, auf den Boden gleiten ließ. Ich schlang die Beine um seine Hüften, richtete mich auf und legte wieder etwas an Tempo zu. Ich legte den Kopf in den Nacken, schloss die Augen und spürte die kühle Nachtluft im Gesicht. Ich hörte Clays Stimme, die wie aus großer Entfernung nach mir rief, meinen Namen wiederholte. Ich hörte mich antworten; meine Stimme rief seinen Namen in den stillen Wald. Der Höhepunkt kam langsam, fast träge, jede Welle lief in wundervoller Unverwechselbarkeit durch mich hindurch. Ich spürte seinen Höhepunkt, ebenso langsam und dekadent wie meiner, und stöhnte, als er meinen wieder anfachte.
Er streckte die Arme nach oben und zog mich hinunter auf seine Brust, meinen Kopf unter seinem Kinn. Lange Zeit bewegten wir uns nicht. Ich blieb, wo ich war, horchte auf seinen Herzschlag und wartete auf den gefürchteten Augenblick, in dem die Wirklichkeit zurückkehren würde. Der Nebel des Liebesspiels würde sich teilen, und er würde etwas sagen, etwas tun, etwas verlangen, das uns veranlassen würde, einander an die Kehle zu gehen. Ich spürte, dass er schluckte, spürte, dass er sprechen würde, und wünschte mir, ich könnte vor den Worten die Ohren verschließen.
»Ich würde gern rennen«, sagte er leise.
Ich schwieg einen Augenblick lang, mir nicht ganz sicher, dass ich richtig verstanden hatte, und wartete auf die Pointe.
»Rennen?«, wiederholte ich.
»Wenn du nicht zu müde bist.«
»Du musst immer noch Dampf ablassen?«
»Nein, ich will einfach nur rennen. Etwas tun. Etwas mit dir zusammen.«

Ich zögerte und nickte dann. Wir lagen noch ein paar Minuten dort, bevor wir aufstanden und uns einen geeigneten Platz für die Wandlung suchten.
Ich ließ mir Zeit, und die Wandlung ging überraschend leicht vonstatten. Danach stand ich auf der Lichtung und streckte mich – drehte den Kopf, zuckte mit den Ohren, streckte die Hinterbeine und bewegte den Schwanz. Ich fühlte mich wundervoll, als hätte ich mich seit Wochen nicht verwandeln können. Ich blinzelte, während meine Augen sich an die Dunkelheit anpassten. Die Luft roch köstlich, und ich atmete gierig ein, füllte meine Lungen damit und atmete schnaubend wieder aus, um zu sehen, wie kleine Ströme von dünnem Nebel aus meinen Nüstern schossen.
Ich wollte gerade zu unserer Lichtung zurückkehren, als ein Bleigewicht mich in die Seite rammte und fortschleuderte. Ich sah eben noch ein Aufblitzen von goldenem Pelz, dann war ich wieder allein, mit einer Spur von Clays Geruch als einziger Gesellschaft. Ich kam auf die Füße und tat ein paar vorsichtige Schritte. Nichts geschah. Ich legte den Kopf auf die Seite und schnüffelte. Immer noch nichts. Ich tat drei weitere Schritte und wurde wieder gerammt; diesmal flog ich seitwärts in die Büsche und bekam nicht einmal ein Haar meines Angreifers zu sehen.
Ich wartete, bis ich wieder zu Atem gekommen war, sprang dann auf die Füße und begann zu rennen. Hinter mir schoss Clay wieder auf die Lichtung hinaus und kläffte, als er feststellte, dass die Beute fort war. Ich rannte schneller. Der Erdboden hämmerte hart gegen meine Pfoten, pumpte Adrenalin durch mich hindurch. Büsche rauschten irgendwo hinter mir. Ich bog um eine Ecke, tauchte kopfüber ins Unterholz und ließ mich fallen. Ein goldener Schatten jagte vorbei. Ich sprang auf die Füße und rannte den Weg zurück. Clay brauchte ein paar Sekunden, um zu verstehen, aber bald hörte ich das Hämmern seiner Pfoten hinter mir.
Als ich das nächste Mal zur Seite sprang, muss ich einen Sekundenbruchteil zu langsam gewesen sein, so dass er meine Hinterbeine oder den Schwanz noch verschwinden sah. Ich hatte mich eben hinter einen Busch gekauert, als zweihundert Pfund Muskel-

masse über den Busch sprangen und auf mich niedergingen. Wir balgten uns eine Weile, kläfften und knurrten, schnappten und traten. Ich bekam die Schnauze unter seine Kehle und warf ihn rückwärts um, bevor ich mich selbst aufrappelte. Scharfe Zähne schlossen sich um mein Hinterbein, drehten es unter mir fort und warfen mich wieder um. Clay sprang und stand über mir; die blauen Augen triumphierten. Dann sprang er ohne Vorwarnung davon und rannte wieder in den Wald. Jetzt war ich dran mit Suchen.

Ich jagte Clay etwa eine halbe Meile weit. Irgendwann bog er von dem Pfad ab und versuchte mich im dichten Unterholz abzuhängen. Der Trick verschaffte ihm sechs Meter Vorsprung, mehr aber auch nicht. Ich rechnete mit der nächsten Finte, als ein kleiner Schatten vor uns über die Lichtung schoss. Kaninchengeruch trieb auf dem Nachtwind zu mir herüber. Clay wurde langsamer, warf sich herum und wechselte jäh die Richtung. Ich wurde schneller, spannte die Muskeln und sprang nach seinem Rücken, aber ich war zu langsam. Er war schon verschwunden.

Als ich eben das Gleichgewicht wieder gefunden hatte, schnitt ein schrilles Quieken durch den Wald. Innerhalb von Sekunden kam Clay zurückgesprungen, das tote Kaninchen in den Kiefern. Er sah mich an und schüttelte es; seine Augen lieferten mir die Botschaft dazu: Willst du's haben? Blut tropfte auf den Boden. Der Geruch wallte auf und mischte sich mit dem Duft von warmem Fleisch. Ich trat näher und schnüffelte. Mein Magen knurrte. Clay machte tief in der Kehle ein Geräusch, eine Art halbes Knurren, das fast wie Lachen klang, und schnappte das Kaninchen aus meiner Reichweite. »Witzbold«, vermittelte ich mit einem wütenden Blick. Er tat so, als wolle er mir das Kaninchen zuwerfen, ließ es aber nicht los. Mit einem Knurren stürzte ich los. Er tanzte rückwärts, das Kaninchen eben nahe genug, dass der Geruch meine Gedanken erfüllte und meinen Magen reagieren ließ. Ich starrte ihn giftig an und sah dann hinüber zum Wald. Schließlich gab es dort noch mehr, was sich als Abendessen eignete.

Als ich mich gerade abwandte, warf Clay mir das Kaninchen vor die Füße. Ich sah ihn an und rechnete mit einem weiteren Kniff. Stattdessen setzte er sich auf sein Hinterteil und wartete. Ich warf einen letzten Blick in seine Richtung und nahm mir dann das Kaninchen vor, schlang das warme Fleisch gierig hinunter. Clay kam zu mir herüber und rieb sich an mir, leckte Blutspritzer von meiner Schnauze und meinem Nacken. Ich unterbrach das Abendessen lang genug, um mich mit einem Stupsen bei ihm zu bedanken. Während ich weiterfraß, verschwand er mit einem Sprung im Wald, um sich selbst etwas zu essen zu fangen.

Als ich am nächsten Morgen aufwachte, lag ich allein im taunassen Gras. Ich rappelte mich auf und sah mich nach Clay um. Das Letzte, woran ich mich erinnerte, war, dass wir uns zurückverwandelt hatten und zusammengerollt eingeschlafen waren. Ich streckte die Hand aus und berührte den trockenen Fleck neben mir, wo er gelegen hatte. Als ich mich auf der leeren Lichtung umsah, spürte ich einen leichten Stich der Besorgnis. Clay verschwand nicht einfach. Ihn loszuwerden war normalerweise das größere Problem. Ich sah mich noch um, als ein Schauer kalter Wassertropfen mich am Kopf traf. Ich fuhr zusammen und sah Clay, der grinsend neben mir stand. Wasser tropfte von seinen Fingern und glitzerte auf seinen Unterarmen. Er war immer noch nackt; wir hatten uns nicht die Mühe gemacht, unsere Kleider zu holen, zumal wir nicht ganz sicher waren, wo wir sie liegen gelassen hatten, und noch weniger sicher, dass sie in einem annähernd tragbaren Zustand waren.

»Suchst du nach mir?«, fragte er, während er sich neben mich ins Gras fallen ließ.

»Ich dachte, diese Meute wilder Hunde hätte dich vielleicht erwischt.«

»Du hast richtig besorgt ausgesehen.«

»Ich war auch besorgt. Wer weiß, was für Verdauungsbeschwerden die armen Viecher von dir gekriegt hätten.«

Er lachte, richtete sich auf alle viere auf, stieß mich auf den Rücken und küsste mich. Ich erwiderte den Kuss, schlang die Beine um seine und fuhr zurück, als ich seine Füße berührte, eiskalt und nass.

»Ich war gerade am Teich«, sagte Clay, bevor ich fragen konnte. »Ich dachte, wir könnten vielleicht schwimmen gehen. Zum ersten Mal dieses Jahr. Es würde uns jedenfalls aufwecken.«

»Gibt es was zu essen dort?«

Er kicherte. »Das Kaninchen hat wohl nicht ganz gereicht?«

»Nicht annähernd.«

»Okay. Ich habe einen Vorschlag. Wenn du nicht warten kannst, gehen wir erst frühstücken und dann schwimmen. Wenn du doch kannst, komm jetzt gleich mit, und hinterher mache ich dir Frühstück – alles, was du willst.«

Ich brauchte nicht lang zu überlegen, um mich für die zweite Möglichkeit zu entscheiden. Nicht, weil ich unbedingt wollte, dass jemand mir das Frühstück machte, sondern weil ich genau wusste, wenn wir jetzt zum Haus zurückkehrten, würde irgendetwas dazwischenkommen. Uns würde wieder einfallen, dass Logan tot war und dass drei Mutts sich in Bear Valley herumtrieben. Das wirkliche Leben würde die Traumwelt zerstören, die wir gestern Abend so sorgfältig errichtet hatten. Und ich wollte nicht, dass es aufhörte. Nur noch ein paar Stunden, nur ein bisschen Zeit noch, um so zu tun, als könnte es wirklich so sein, ohne eine Vergangenheit oder eine Zukunft, die sich in unsere Utopie drängten.

Als ich der Erst-schwimmen-Variante zustimmte, grinste Clay und küsste mich; dann sprang er auf die Füße.

»Wettrennen?«, fragte er. »Wer zuletzt ankommt, wird reingeworfen?«

Ich tat so, als überlegte ich, sprang dann auf die Füße und rannte los. Fünf Sekunden zu spät ging mir auf, dass ich die falsche Richtung eingeschlagen hatte. Als ich auf die Lichtung beim Teich gestürzt kam, stand Clay am Ufer und grinste.

»Hast du dich verlaufen, Darling?«, rief er mir entgegen.

Ich hinkte auf ihn zu, wobei ich den rechten Fuß nachzog. »Scheißranken«, maulte ich. »Ich glaube, ich hab mir den Knöchel verstaucht.«

Nach all den Jahren sollte man doch meinen, er hätte es besser wissen müssen. Also wirklich. Aber nein, als ich das Ufer erreicht hatte, kam er mir entgegen, die blauen Augen dunkel vor Besorgnis. Ich wartete, bis er sich gebückt hatte, um sich meinen Knöchel anzusehen, und warf ihn dann in den Teich.

Später stolperten wir zurück zum Haus, immer noch nackt, aber weder fiel es uns auf, noch interessierte es uns. Nachdem wir geschwommen waren, hatten wir uns am Ufer geliebt, und danach sahen wir beide aus, als hätten wir eine Schlammschlacht geschlagen – was gar nicht so weit von der Wahrheit entfernt war. Wir hatten uns im Teich abgespült, aber Clay hatte nach wie vor einen Streifen Erde auf der Wange. Er sah aus, als sei er etwa zwölf, die Augen funkelnd vor Vergnügen, ein anhaltendes Grinsen im Gesicht, das zu einem Lachen wurde, wann immer wir über irgendetwas stolperten.

»Pfannkuchen, stimmt's?«, fragte er, während er mir nach einem Sturz über eine verborgene Wurzel wieder auf die Füße half.

»Aber richtige. Keine Fertigmischung.«

»Und Schinken, nehme ich an. Was noch?«

»Steak.«

Er lachte und legte mir den Arm um die Taille, als der Pfad breit genug wurde für zwei. »Zum Frühstück?«

»Du hast gesagt, ich kriege alles, was ich will.«

»Ein bisschen Obst zum Ausgleich?«

»Nein, aber Speck könntest du mir machen. Speck und Eier.«

»Darf ich es wagen, auf etwas Hilfe dabei zu hoffen?«

»Ich mache den Kaffee.«

Er lachte wieder. »Danke und abermals –«

Er brach ab. Wir hatten den Waldrand und damit den hinteren Garten erreicht, und dort auf der Terrasse, keine fünfzehn Meter entfernt, stand Jeremy … umgeben von fünf oder sechs völlig unbekannten Menschen, die sich in dem Augenblick, als wir aus dem Wald traten, samt und sonders nach uns umdrehten. Clay knurrte einen Fluch und schob sich vor mich, um meine Nacktheit zu verdecken. Jeremy fuhr herum und versuchte die Gruppe dazu zu bewegen, aus dem Weg zu gehen. Es dauerte ein paar Sekunden, bis sie sich in Bewegung setzten, und noch ein paar mehr, bevor sie aufhörten zu starren.

Als die Besucher um die Garage herum verschwunden waren, griff ich nach Clays Arm und rannte mit ihm zur Hintertür; ich kam erst wieder zum Stehen, als wir im ersten Stock angekommen waren. Bevor er ein Wort sagen konnte, schob ich ihn in sein Zimmer und ging hinüber in mein eigenes. Ich hatte erst die Unterwäsche an, als ich schon hörte, wie Clays Tür sich öffnete. In der Erwartung, er würde als Nächstes hinuntergehen und sich die Eindringlinge vornehmen, rannte ich zur Tür und riss sie auf – nur um ihn im Gang anzutreffen, die Klinke in der Hand.

»Hey«, sagte er und grinste, während er das Gleichgewicht wieder fand. »Wenn du *so* scharf darauf bist, mich in dein Zimmer zu lassen, sollte ich wohl öfter anbieten, dir Frühstück zu machen.«

»Ich habe – ich wollte nicht – alles in Ordnung?«

»Mir geht's prima, Darling. Ich wollte dich bloß zum Frühstück holen, während Jeremy unsre ungebetenen Gäste loswird.« Er beugte sich vor, legte eine Hand in meinen Rücken und küsste mich. »Und nein, ich gehe nicht hin und helfe ihm. Ich bin viel zu guter Laune, um sie mir von einem Rudel Menschen verderben zu lassen. Jeremy wird schon mit denen fertig.«

»Gut«, sagte ich, während ich ihm die Arme um den Hals legte.

»Na, dann bin ich ja froh. Gehen wir uns ums Frühstück kümmern, und dann können wir überlegen, wie wir uns noch eine Weile amüsieren können, bis Jeremy uns sagt, was er mit Marsten und Cain vorhat.«

Als er sich vorbeugte, um mich wieder zu küssen, hörte ich in der Tür ein Räuspern. Ich sah über Clays Schulter und entdeckte Jeremy, die Arme verschränkt, ein kleines Lächeln im Gesicht.

»Entschuldigt die Störung«, sagte er. »Aber ich brauche Elena unten bei mir. Angezogen, wenn wir diese Leute jemals loswerden wollen.«

»Jawohl, Sir«, sagte ich, während ich mich von Clay losmachte. »Sofort einsatzbereit.«

»Warte«, sagte Clay, als Jeremy sich umdrehte, um das Zimmer zu verlassen. »Ich muss mit dir reden.«

Sie gingen. Ich hörte, wie Clay sich für sein Verhalten am Abend zuvor zu entschuldigen begann, und hörte schleunigst weg – es ging mich nichts an. Ich zog mich fertig an, bürstete schnell mein Haar, überprüfte das Ergebnis im Spiegel und ging hinaus in den Gang. Jeremy und Clay waren immer noch da.

»Ich gehe schon mal in die Küche«, sagte Clay. »Amüsier dich gut, Darling.«

»Werde ich ganz sicher«, antwortete ich. Als wir die Treppe hinuntergingen, sah ich über die Schulter zu Jeremy zurück. »Es tut mir Leid. Dieses Nackt-aus-dem-Wald-Kommen meine ich. Wir hatten einfach nicht mit Besuch gerechnet.«

»Das solltet ihr auch nicht müssen«, antwortete er, während er mich zur Hintertür lotste. »Du brauchst dich nicht zu entschuldigen. Ihr solltet kommen und gehen können, wie ihr wollt. Es sind diese verdammten Störungen, die –« Er schüttelte den Kopf und brach ab.

»Was ist jetzt wieder los?«

»Es wird wieder jemand vermisst.«

»Der Junge?«

Jeremy schüttelte den Kopf und hielt mir die Hintertür auf. »Diesmal suchen sie nach einem der Männer, die am Freitag schon auf dem Grundstück waren. Dem älteren, dem Anführer.«

»Der wird vermisst?«

»Nicht nur das – er wird vermisst, nachdem er einem Freund gestern Abend eine Nachricht hinterlassen hat, er würde noch mal hierher kommen und sich ein bisschen umsehen. Irgendwas hier käme ihm merkwürdig vor. Er wollte rausfinden, was.«

»Oh, Scheiße.«

»Was für eine treffende Zusammenfassung.«

Misstrauen

Der Suchtrupp bestand aus sechs Leuten, drei Polizisten und drei Zivilisten. Jeremy, Peter, Nick und ich gingen mit, um ihnen bei der Suche zu helfen, während Antonio zum Haus zurückkehrte, um ein Auge auf Clay zu haben – nur für den Fall, dass Clay in seinem Bekenntnis zum Nichteinmischungsprinzip wankend wurde. Wir vier spielten die Rolle braver und besorgter Bürger und durchstöberten Büsche, während wir zugleich Ausschau hielten nach allem, von dem wir nicht wollten, dass unsere Besucher es fanden. Etwas in dieser Art tauchte schon ziemlich früh auf.

»Hab was!«, schrie einer der Männer.

»Ist es Mike?«, rief ein anderer und stürzte los.

Während alle Welt am Ort des Geschehens zusammenlief, hörten wir Nicks Stimme, halb erstickt von mühsam unterdrücktem Gelächter. »Vergesst's einfach. Es ist – uh – nicht weiter wichtig.«

»Was zum Teufel soll denn das heißen?«, fragte der erste Mann. »Du hältst das vielleicht für einen tollen Spaß, Junge, aber –«

Der Rest des Satzes verklang, als wir auf die Lichtung kamen und einen der Männer dabei antrafen, wie er sich über ein zerrissenes Hemd beugte. Kleidungsfetzen lagen auf dem Boden herum; weitere Fetzen hingen in den Büschen. Nick hielt die Hälfte eines weißen Slips hoch und grinste mich an. »Wilde Hunde? Oder einfach nur Clayton?«

»O Gott«, murmelte ich.

Ich ging zu ihm hin, um ihm die Unterwäsche aus der Hand zu reißen, aber er reckte den Arm über den Kopf und feixte wie ein Schuljunge.

»Ich seh Paris und Wein und Rosen, ich seh Elenas Unterhosen«, sang er.
»Wir haben alle schon sehr viel mehr gesehen als das«, bemerkte Jeremy. »Ich glaube, wir können uns ruhig wieder auf die Suche machen.«
Peter nahm Clays Hemd von einem niedrigen Zweig und hob es hoch, um mich durch ein Loch in der Mitte hindurch anzusehen. »Ihr zwei könnt ganz schön destruktiv sein. Wo ist die versteckte Kamera, wenn man sie mal braucht?«
»Dann waren das hier also keine – uh – keine wilden Hunde?«, fragte einer aus dem Suchtrupp.
Peter grinste und ließ das Hemd auf den Boden fallen. »Ach was. Bloß wilde Hormone.«
Die anderen Männer, die zwischendurch aufgehört hatten, mir nach dem Nackt-im-Garten-Vorfall Seitenblicke zuzuwerfen, musterten mich nun mit erneutem Interesse. Ich lächelte und gab mir dabei große Mühe, nicht die Zähne zu zeigen; dann kehrte ich rasch in den Wald zurück.
Jeremy, zwei Männer aus dem Trupp und ich durchkämmten die Büsche im nordöstlichen Teil des Grundstücks, als wir den nächsten Ruf hörten; diesmal klang es aufgeregt genug, dass wir zu rennen begannen. Als wir hinkamen, standen Nick und zwei andere Männer um eine Leiche herum. Nick sah hoch, fing meinen Blick auf und gab mir wortlos zu verstehen, dass er ohne Erfolg versucht hatte, die Männer fern zu halten. Jeremy und ich brachten die letzten Meter hinter uns und sahen auf den Körper hinunter. Es war der vermisste Mann. Sein Hemdkragen war zerrissen und blutgetränkt. Über dem Kragen war die Kehle zerfetzt; Fleischfetzen hingen von der Wunde. Leere Augenhöhlen starrten zu uns hinauf. Krähen oder Truthahngeier mussten ihn entdeckt haben, als er auf der Lichtung lag. Sie hatten nicht nur die Augen genommen, sondern auch an seinem Gesicht herumgepickt und blutige Löcher hinterlassen, in denen ich weißen Knochen erkennen konnte. Kleine Fleischfetzen bedeckten sein Hemd und waren rings um seinen Kopf verstreut, als

hätte der Suchtrupp die Vögel mitten in der Mahlzeit aufgescheucht.
»Wie die anderen«, sagte ein Mann und wandte sich dann von dem Anblick ab.
»Ein Unterschied«, sagte ein anderer. »Er ist nicht angefressen worden. Jedenfalls nicht von Hunden. Bloß die Vögel haben ihn gefunden – die Mistviecher verschwenden wirklich keine Zeit.«
Ein jüngerer Mann stürzte in den Wald. Sekunden später drangen würgende Geräusche zu uns herüber. Zwei der Männer schüttelten mitfühlend den Kopf; sie waren ihrerseits etwas grün im Gesicht. Auch mein Magen hatte sich schon besser angefühlt, obwohl das nichts mit dem Anblick der Leiche zu tun hatte.
Als der Mann mit dem Erbrechen fertig war, herrschte einen Moment lang Schweigen. Dann kam er ins Freie gerannt. »Kommt her! Das müsst ihr sehen!«
Ich wusste, was er gefunden hatte. Ich wusste es, und mir graute davor, hinzugehen und mir den Verdacht bestätigen zu lassen, aber Jeremy drängte mich vorwärts. Als ich mich der Stelle näherte, ließ der süßliche Geruch von Erbrochenem mich würgen. Dann sah ich auf den Boden, auf die Stelle, an die der Finger des jungen Mannes zeigte. Dort in der feuchten Erde waren Pfotenabdrücke zu sehen.
»Guckt euch bloß mal die Größe von den Dingern an«, sagte der junge Mann. »Herrgott, die sind ja so groß wie Untertassen. Genau wie diese Kids gesagt haben. Diese Hunde sind riesig.«
Als ich mich im Dickicht umsah, entdeckte ich etwas an einem Dornbusch. Ein Büschel Pelz, leuchtend golden selbst im Schatten noch. Während alle anderen noch auf die Abdrücke hinuntersahen, schob ich mich zu dem Busch hinüber, stellte mich davor, griff nach hinten und schob den Pelz in die Tasche. Dann sah ich mich nach weiteren Büscheln um. Als ich keine fand, sah ich zurück zu den Abdrücken, so unverkennbar wie die Abdrücke eines vertrauten Paars Schuhe. Ich starrte sie an, und mir war übel. Dann wurde die Enttäuschung zu etwas anderem. Ärger.
»Ich muss gehen«, murmelte ich, während ich mich abwandte.

Niemand versuchte mich aufzuhalten. Die Menschen nahmen an, es sei eine verspätete Reaktion auf den Anblick des Toten, und die Werwölfe wollten keine Szene machen.

»Clayton!«, schrie ich, als die Hintertür krachend hinter mir zuschlug.

Clay erschien in der Küchentür, den Holzlöffel in der Hand. »Das hat ja nicht lang gedauert. Komm rein und mach den Kaffee.«

Ich bewegte mich nicht. »Willst du nicht mal fragen, ob sie den verschwundenen Mann gefunden haben?«

»Das würde ja den Anschein erwecken, als ob es mich interessierte.«

»Sie haben ihn gefunden.«

»Gut, das heißt dann wohl, dass sie wieder gehen. Umso besser. Jetzt komm rein und –«

»Ich habe das hier bei der Leiche gefunden«, sagte ich, während ich das Haarbüschel aus der Tasche zog.

»Hm. Sieht aus wie von mir.«

»Ist es auch. Deine Fußabdrücke waren auch da.«

Clay lehnte sich an den Türrahmen. »Meine Fußabdrücke und mein Pelz in meinem Wald? Das muss man sich mal vorstellen. Ich hoffe, du willst damit nicht das unterstellen, was ich jetzt annehme, Darling, denn wenn du dich noch erinnerst – ich war die ganze letzte Nacht mit dir zusammen, und Tonio sagt, letzte Nacht ist der Typ verschwunden.«

»Heute Morgen, als ich aufgewacht bin, warst du aber nicht da.«

Clay prustete und ließ beinahe den Löffel fallen. »Ich war fünf Minuten weg! Fünf Minuten, um einen Mann aufzuspüren und zu töten? Ich bin gut, aber so gut bin ich nicht!«

»Ich habe keine Ahnung, wie lang du weg warst.«

»Doch, hast du, denn ich hab's dir gerade gesagt. Jetzt komm schon, du weißt genau, dass ich's nicht war. Gebrauch doch mal deinen Kopf, Elena. Wenn ich die Kontrolle verloren und den Typ umgebracht hätte, hätte ich dir davon erzählt. Ich hätte dich gebeten, mir zu helfen, die Leiche loszuwerden und zu entscheiden, was wir Jeremy erzählen. Ich hätte mich bestimmt nicht im Teich getummelt, während irgendwo in unserem Wald ein Toter rumliegt und nur darauf wartet, dass der nächste Suchtrupp über ihn fällt.«

»Du hast nicht damit gerechnet, dass sofort ein Suchtrupp auftaucht, also dachtest du, du hättest etwas Zeit. Du hast vorgehabt, die Leiche später zu verstecken, wenn ich aus dem Weg bin.«

»Das ist Blödsinn, und das weißt du auch ganz genau. Ich habe keine Geheimnisse vor dir. Ich lüge dich nicht an. Ich hintergehe dich nicht. Niemals.«

Ich trat vor und hob das Gesicht zu ihm. »Ach wirklich? Dann habe ich die Diskussion damals wohl verdrängt, die wir hatten, bevor du mich gebissen hast – damals, als du mir genau erklärt hast, was du vorhattest. Ein gut platzierter Gedächtnisverlust, nehme ich an.«

»Das hatte ich nicht geplant«, sagte Clay und trat so nah an mich heran, dass er über mir aufragte. Der Holzlöffel zerbrach, als er die Faust ballte. »Wir haben darüber schon geredet. Ich bin in Panik geraten und –«

»Ich will deine Entschuldigungen nicht hören.«

»Nein, willst du nie, stimmt's? Du redest viel lieber über all das, was ich *nicht* getan habe, und dann bringst du diese Sache wieder auf, wenn es gerade reinpasst. Warum mache ich mir eigentlich die Mühe, mich zu verteidigen? Du weißt doch sowieso Bescheid über alles, was ich tue und lasse, und die Gründe dafür. Und nichts, was ich sagen könnte, wird daran noch irgendwas ändern.«

Er drehte sich auf dem Absatz um und stelzte in die Küche zurück. Ich wandte mich in die entgegengesetzte Richtung, ging ins Arbeitszimmer und schlug die Tür hinter mir zu.

Zu meiner Überraschung stellte ich fest, dass ich nicht das Bedürfnis hatte, mich aus dem Staub zu machen. Mein Streit mit Clay hatte mir nicht das übliche überwältigende Bedürfnis vermittelt, von Stonehaven fortzukommen. Ja, die letzte Nacht war ein Fehler gewesen, aber ein lehrreicher Fehler. Ich hatte mich gehen lassen, hatte meinem fast unbewussten Bedürfnis nachgegeben, wieder mit Clay zusammen zu sein, und was war passiert? Binnen weniger Stunden log er mich an. Während wir noch zusammen im Wald gewesen waren, während ich geschlafen hatte, hatte er der finstersten Seite seines Wesens nachgegeben. Er würde sich niemals ändern. Ich konnte ihn nicht ändern. Er war gewalttätig, egoistisch und absolut nicht vertrauenswürdig. Wenn eine bedauerliche Nacht nötig gewesen war, um mich daran zu erinnern, dann war sie es wert gewesen.

Etwa zwanzig Minuten später öffnete sich die Tür, und Nick spähte ins Arbeitszimmer. Ich hatte mich in Jeremys Sessel zusammengerollt. Als Nick die Tür öffnete, setzte ich mich auf.

»Kann ich reinkommen?«, fragte er.

»Ich rieche Essen. Wenn ich was abkriege, bist du sehr willkommen.«

Er stellte einen Teller mit Pfannkuchen und Schinken auf dem Fußschemel ab. Die Pfannkuchen waren Fingerfood ohne Butter und Sirup. Ich nahm einen und schlang ihn so schnell hinunter, dass ich nichts davon schmeckte; ich wollte nicht daran denken, wer sie gemacht hatte und warum.

»Sind sie fertig draußen?«, fragte ich.

Nick ließ sich aufs Sofa fallen und streckte sich aus. »So ziemlich. Sind noch ein paar Polizisten aufgetaucht. Jeremy hat Peter und mich mit hingeschickt.«

Antonio kam ins Zimmer. »Untersuchen sie den Schauplatz?«, fragte er, während er die Füße seines Sohnes vom Sofa schob und sich setzte.

Nick zuckte die Achseln. »Ich denke schon. Sie haben Kameras und eine Tasche voll Zeug mitgebracht. Und irgendwer von der Leichenhalle ist auch unterwegs.«

»Glaubst du, sie finden irgendwas?«, fragte Antonio mich.

»Hoffentlich nichts, das nicht nach wildem Hund aussieht«, antwortete ich. »Wenn es aussieht, als wäre alles klar, bringen sie es sicher schnell zu Ende und versuchen lieber die Hunde zu finden. Es hat doch keinen Zweck, nach Hinweisen zu suchen, wenn die Killer sowieso nie einen Gerichtssaal zu sehen kriegen werden.«

»Sondern bloß einen Gewehrlauf«, sagte Antonio. »Wenn die

jetzt auch nur einen Fetzen Pelz im Wald entdecken, werden sie schießen. Wenn wir rennen wollen, müssen wir uns einen Ort suchen, der weit genug von Bear Valley entfernt ist.«

»Verdammt noch mal«, sagte Nick kopfschüttelnd. »Wenn wir rauskriegen, wer für all das verantwortlich ist, bezahlt der dafür.«

»Oh, ich habe eine ziemlich klare Vorstellung, wer verantwortlich ist«, sagte ich.

Ich nahm das Büschel Pelz aus der Tasche und warf es auf den Schemel. Nick sah einen Moment lang verwirrt darauf hinab. Dann wurden seine Augen weit, und er starrte mich an. Ich wich seinem Blick aus; ich wollte den Unglauben nicht sehen. Antonio warf einen Blick auf das Pelzbüschel, lehnte sich dann zurück und sagte nichts.

Etwa eine Stunde später war ich wieder allein im Arbeitszimmer; die anderen hatten sich verzogen, um einen aktiveren Zeitvertreib oder anregendere Gesellschaft zu finden. Während ich dort saß, glitt mein Blick zu dem Schreibtisch auf der anderen Seite des Zimmers hinüber. Die Platte war immer noch mit Papierstößen und anthropologischen Fachzeitschriften beladen. Sie erinnerten mich daran, wie ich Clay kennen gelernt hatte, wie ich überhaupt in den ganzen Schlamassel hineingeraten war. Als ich noch an der Universität von Toronto studierte, hatte ich ein gewisses Interesse an Anthropologie entwickelt. Im zweiten Studienjahr hatte ich eine Seminararbeit über anthropomorphe Religionen geschrieben, die Clays Spezialgebiet waren, und ich hatte in der Bibliographie genug Werke von ihm aufgeführt, um seinen Namen zu erkennen, als ich in der Studentenzeitung eine Ankündigung seiner Vorlesungsreihe entdeckte. Seine öffentlichen Auftritte waren so selten, dass der Hörsaal rappelvoll gewesen war und ich mich nachträglich einschleichen musste. Der größte Fehler meines Lebens.

Ich weiß nicht, was Clay in mir sah, das ihn seine Verachtung für Menschen zeitweise vergessen ließ. Er sagte, er habe etwas in mir widergespiegelt gesehen, das er von sich selbst kannte. Das ist natürlich Blödsinn. Ich war in keiner Hinsicht wie er, und wenn ich es jetzt bin, dann bin ich es geworden, nachdem er mich gebissen hatte. Hätte man mich einfach in Frieden gelassen, wäre ich erwachsen geworden, hätte mich angepasst und wäre ein vollkommen zufriedener, ausgeglichener Mensch geworden, der seine Kindheitserlebnisse und seine ganze Wut hinter sich gelassen hätte. Da bin ich mir ganz sicher.

»Blut«, sagte Clay, während er die Arbeitszimmertür so heftig aufriss, dass sie die Wand rammte und dort den gesammelten Dellen der letzten zehn Jahre eine weitere hinzufügte. »Wo war das Blut?«

»Was für Blut?«

»Wenn ich den Typ umgebracht hätte, wäre Blut an mir gewesen.«

»Das hast du im Teich abgewaschen. Deswegen die Story, dass du die Wassertemperatur geprüft hättest. Es hat erklärt, warum du nass warst.«

»Story? Was zum –« Er brach ab, atmete ein und begann von vorn. »Okay. Nehmen wir an, ich hab mich im Teich gewaschen und dann beschlossen, lieber eine Entschuldigung dafür zu erfinden, dass ich nass bin, als mich einfach abzutrocknen. Du hättest das Blut immer noch an mir gerochen. Den Geruch wäre ich nicht so einfach losgeworden.«

»Aber er wäre ziemlich schwach gewesen. Ich hätte eigens danach schnuppern müssen.«

»Na los, dann schnupper danach. Komm schon.« Er fing meinen Blick auf und hielt ihn fest. »Wenn du dich traust.«

»Inzwischen hast du genug Zeit gehabt, dich zu waschen.«

»Dann sieh doch in meiner Dusche nach. Sieh dich nach Wasserspritzern um. Überprüf die Handtücher. Sieh doch nach, ob sie feucht sind.«

»Du hast jetzt natürlich alle Spuren beseitigt. Du bist doch nicht dumm.«

»Nein, bloß dumm genug, um eine Leiche im Wald liegen zu lassen mit meinen Fußspuren und Pelzresten drumrum. Warum versuche ich's eigentlich noch? Nichts, was ich sage, wird deine Meinung ändern. Und weißt du auch, warum? Weil du glauben willst, dass ich's war. So kannst du dich nämlich hier verkriechen und dir selbst erzählen, wie falsch es war, gestern Abend zu mir zu kommen, dich dafür verfluchen, dass du mir wieder mal nachgegeben hast und dabei ganz vergessen hast, was ich für ein Monster bin.«

»Das ist nicht das, was –«

»Nein, wirklich nicht?« Er trat vor. »Sieh mir ins Gesicht und sag mir, dass es nicht das ist, was du die letzte Stunde über getan hast.«

Ich stierte ihn wütend an und sagte nichts. Clay stand mindestens eine Minute lang einfach da, dann warf er die Hände in die Luft und stürmte hinaus.

Etwas später kam Jeremy herein. Ohne ein Wort zu sagen, ging er zum Schemel hinüber, nahm das Büschel von Clays Haar in die Hand und betrachtete es, dann legte er es wieder hin und setzte sich in seinen Sessel.

»Du glaubst nicht, dass er es getan hat, stimmt's?«, fragte ich.

»Wenn ich jetzt Nein sage, wirst du versuchen, mich vom Gegenteil zu überzeugen. Wenn ich Ja sage, wirst du es als Munition gegen ihn verwenden. Es ist nicht wichtig, was ich glaube. Wichtig ist nur, was du glaubst.«

»Ich war mal bei einem Therapeuten, der hat sich genauso angehört. Ich hab ihm nach zwei Sitzungen den Laufpass gegeben.«

»Das glaube ich dir gern.«

Ich wusste nicht recht, was ich darauf antworten sollte, also sagte ich gar nichts. Stattdessen entwickelte ich ein intensives Interesse an dem Muster des türkischen Teppichs auf dem Fußboden. Jeremy lehnte sich zurück und beobachtete mich eine Weile, bevor er weitersprach.

»Hast du ihn angerufen?«

»Wen?«, fragte ich, obwohl ich mir denken konnte, wen er meinte.

»Den Mann in Toronto.«

»Er hat einen Namen – übrigens bin ich mir sicher, du kennst ihn.«

»Hast du ihn angerufen?«

»Ich habe vorgestern angerufen. Gestern war die reine Hölle, wenn du dich erinnerst, und heute Morgen war ich mit anderen Dingen beschäftigt.«

»Du musst ihn jeden Tag anrufen, Elena. Sorg dafür, dass er weiß, es geht dir gut. Gib ihm keine Entschuldigung, hier anzurufen oder aufzutauchen.«

»Er hat nur meine Handynummer.«

»Das ist mir gleich. Du kannst es nicht riskieren. Clay weiß, dass es ihn gibt, obwohl er es zu vergessen versucht. Gib ihm keinen Grund, sich daran zu erinnern. Und fang jetzt nicht an, mir vorzuwerfen, ich verträte Clays Interessen. Ich schütze nur das Rudel. Wir können es uns nicht leisten, dass Clay jetzt den Kopf voll hat mit etwas anderem. Und wir können uns ganz bestimmt nicht leisten, diesen Mann plötzlich vor der Tür stehen zu haben. Wir haben wahrhaftig schon genug Besucher.«

»Ich gehe telefonieren.«

»Nicht gleich jetzt. Ich habe Nick gesagt, er soll die anderen für eine Besprechung zusammenrufen.«

»Du kannst's mir ja später erzählen.«

»Eine *Besprechung* heißt eine Gruppenbesprechung«, sagte Jeremy. »Eine Gruppenbesprechung heißt, dass die Mitglieder der Gruppe anwesend sind.«

»Und was, wenn ich kein Mitglied der Gruppe bin?«

»Du bist eins, solange du hier bist.«

»Das lässt sich ja ändern.«

Jeremy hob die Füße auf den Schemel und legte den Kopf gegen die Lehne zurück. »Wunderbares Wetter haben wir heute, findest du nicht?«

»Redest du jemals über etwas, über das du nicht reden willst?«

»Das sind die Privilegien des Alters.«

Ich schnaubte. »Die Privilegien deiner Stellung.«

»Das auch.«

Jeremys Lippen verzogen sich zu der Andeutung eines Lächelns, und seine schwarzen Augen blitzten. Ich erkannte den Gesichtsausdruck, aber ich brauchte einen Augenblick, um ihn einzuordnen. Eine Herausforderung. Er wartete darauf, dass ich mich wieder auf eine Debatte einließ, mit der wir uns herumgeschlagen hatten, seit ich zum Rudel gestoßen war. Als jemandem, die einmal ein Mensch in einer demokratischen Gesellschaft gewesen war, ging mir die Vorstellung von einem allmächtigen, unanzweifelbaren Anführer gegen den Strich. Wie viele Nächte hatten Jeremy und ich darüber gestritten, hier in diesem Raum, und dazu Brandy getrunken, bis ich zu müde und zu betrunken gewesen war, um mich noch die Treppe hinaufzuschleppen – nur um später trotzdem in meinem Bett aufzuwachen?

Ich hatte ihn vermisst. Selbst jetzt, nachdem ich fast fünf Tage in ein und demselben Haus mit ihm gelebt hatte, vermisste ich ihn noch. Jedes andere Mitglied des Rudels hatte mich willkommen geheißen, ohne Fragen zu stellen, ohne mir etwas nachzutragen. Jeremy nicht. Er war nicht unfreundlich oder auch nur distanziert gewesen, aber er war nicht wie sonst. Er hielt mich von sich fern, als wolle er sich nicht auf mich einlassen, bevor er nicht sicher sein konnte, dass ich nicht wieder Reißaus nahm. Das Problem war, ich war mir in dieser Sache selbst nicht sicher.

Ich versuchte mir eine Antwort einfallen zu lassen; mein Hirn war eingerostet, und ich mühte mich, die Argumente von damals wieder zu finden. Während ich noch nachdachte, wurde Jeremys Blick verschlossen, und sein Lächeln verblasste. Ich sah, wie die Gelegenheit vorbeiging, und versuchte sie im letzten Augenblick noch festzuhalten. Als ich den Mund öffnete, um irgendetwas zu sagen, das mir gerade in den Sinn kam, öffnete sich die Tür. Die anderen kamen herein, und mein Augenblick allein mit Jeremy war vorbei.

Der erste Tagesordnungspunkt war, dass Jeremy uns verbot, auf seinem Grundstück rennen zu gehen, bis alle Fragen mit der Polizei geklärt waren. Wenn es Zeit wurde, zu rennen, würden wir alle eine Exkursion in die nördlichen Wälder machen. Nun habe ich absolut nichts dagegen, mit anderen zu rennen, und unter normalen Umständen liebe ich es, im Rudel zu rennen. Aber es zu einem organisierten Ereignis mit festem Termin zu machen, ruiniert jedes Vergnügen daran. Der nächste Schritt wäre dann wohl, einen Kleinbus zu mieten, Lunchpakete mitzunehmen und unterwegs *Im Frühtau zu Berge* zu singen.

Der zweite Tagesordnungspunkt betraf Jeremys weitere Vorgehensweise. Auch diesmal war Clay nicht allzu angetan von Jeremys Plänen. Ich genau genommen auch nicht, aber immerhin war ich nicht diejenige, die aufsprang und ausrastete, bevor Jeremy auch nur ausgeredet hatte.

»Du kannst mich nicht hier lassen«, schrie Clay.

Jeremys Augenbrauen hoben sich um Bruchteile eines Zentimeters. »Ich kann nicht?«

»Du solltest nicht. Das ist doch d – Das ergibt doch keinen Sinn.«

»Es ergibt sogar sehr viel Sinn. Und du bist schließlich nicht der Einzige, der hier bleibt.«

Ich murrte, aber ich tat es leise und vor mich hin, obwohl Jeremys Blick trotzdem kurz zu mir herüberflackerte.

Jeremy fuhr fort: »Ich will nicht, dass Elena und du mitkommen, solange ihr euch aufführt wie Hund und Katze.«

»Aber ich habe doch gar nichts getan«, sagte Clay. »Du hast mir nicht mal vorgeworfen, diesen Typ umgebracht zu haben. Du weißt genau, dass ich's nicht war. Warum sollte also ich bestraft werden –«

»Es ist keine Strafe. Ob du es warst oder nicht, darauf kommt es nicht an. Solange ihr beide streitet, bleibt ihr hier, wo ihr nur einander schaden könnt … und vielleicht ein paar ausgewählten Möbelstücken.«

»Warum sollen wir beide bleiben?«, fragte ich.

»Weil ich keinen von euch *brauche*. Ich habe gar nicht vor, irgendwen aufzuspüren oder anzugreifen. Wir sammeln einfach nur Informationen. Selbst wenn ihr zwei nicht streiten würdet, würde ich euch nicht mitnehmen. Es wäre ein unnötiges Risiko. Ich will mehr über diese Mutts herausfinden. Ich will mich nicht auf Informationen aus zweiter Hand verlassen müssen, also gehe ich selbst, und Tonio und Peter nehme ich als Verstärkung mit. Nick

kommt auch nicht mit, und von ihm höre ich keine Beschwerden.«
»Es hört sich nicht gerade unterhaltsam an«, bemerkte Nick.
Jeremy lächelte. »Genau.«
»Aber –«, begann ich.
»Mittagessenszeit ist schon vorbei«, sagte Jeremy, während er aufstand. »Wir sollten essen, bevor wir gehen.«
Er war aus dem Zimmer, bevor wir widersprechen konnten – was vermutlich genau das war, was er erreichen wollte. Als er fort war, stand ich auf.
»Ich denke, ich mache mich nützlich und finde irgendwas Geeignetes zum Lunch.«
Nick bot an, mir dabei zu helfen; Clay tat es ausnahmsweise nicht. Er kam nicht einmal mit in die Küche, um uns zu beaufsichtigen. Nach dem Essen brachen Jeremy, Antonio und Peter zu ihrem Patrouillendienst auf. Es war Jeremys Art, mit dem Problem umzugehen, das die Mutts uns beschert hatten. Das Rudel war daran gewöhnt, immer nur mit einem Mutt auf einmal fertig werden zu müssen. Wie ich schon gesagt habe – Mutts schließen sich nicht zusammen. Nie. Was bedeutete, dass das Rudel auf eine solche Bedrohung nicht gut genug vorbereitet war. Weil Jeremy keinerlei Erfahrung damit hatte, einen Angriff durch mehrere Mutts gleichzeitig abzuwehren, ließ er sich Zeit und sammelte Informationen, bevor er das weitere Vorgehen plante. Logisch gesehen war das sinnvoll. Emotional betrachtet war es zum Rasendwerden. Wäre ich der Anführer gewesen, ich hätte ein umgehendes und direktes Vorgehen gegen die Mutts geplant, wobei mir die Risiken restlos gleichgültig gewesen wären. Deshalb war Jeremy schließlich auch der Alpha und ich nur ein gemeiner Fußsoldat.
Als sie fort waren, ging ich wieder in Deckung, diesmal in meinem eigenen Zimmer, wo ich Philip anrief. Ich erklärte ihm, es würde noch ein paar Tage länger dauern als erwartet.
Ich hörte ihn tief Luft holen. »Okay.« Ein Augenblick Stille. »Ich vermisse dich.«
»Ich –«

»Ich versuche nicht, dir Schuldgefühle einzureden, Liebes. Es ist nur ... ich vermisse dich. Ich weiß genau, es ist richtig, was du tust, ich will dich bestimmt nicht bitten, deine Verwandten im Stich zu lassen. Ich habe ... einfach nicht damit gerechnet, dass es so lang geht.« Er machte eine Pause und schnalzte dann plötzlich mit der Zunge. »Ich hab's. Erleuchtung. Ich komme runter. Wie wäre es mit morgen? Ich habe keine Termine. Die Arbeit kann ich mitnehmen und im Flugzeug erledigen.«

Meine Hände krallten sich um den Hörer; alles in mir brüllte: »O Scheiße!« Ich klappte den Mund zu, bis ich die Panik niedergekämpft hatte. »Und einen Tag Urlaub verlieren?«, fragte ich so unbekümmert wie möglich. »Du hast mir eine Woche Ferien in der Karibik versprochen. Alles inklusive. Weißt du noch? Und so gern ich dich sehen würde, wenn das heißt, eine Woche Sonne und Cocktails in unbegrenzter Menge aufzugeben ...«

Er kicherte. »Dann ist ein Tag gemeinsames Babysitting keine gute Alternative, was? Ja, das sehe ich ein. Vielleicht kann ich irgendwas mit James arrangieren, stattdessen nächsten Samstag arbeiten ... obwohl es jetzt schon so aussieht, als würde ich am Samstag arbeiten und am Sonntag eventuell auch.«

»Oje. Dann lass dich lieber auf keinen Handel ein, sonst kriege ich dich wochenlang nicht zu sehen, wenn ich wieder da bin.«

»Auch wieder wahr. Ein paar Tage allein überlebe ich noch. Aber wenn es länger wird ...«

»Wird es nicht.«

Wir redeten noch ein paar Minuten und verabschiedeten uns dann. Noch ein paar Tage. Länger nicht. Diesmal hatte ich keine Wahl. Wenn ich meinen Hintern nicht in einigen wenigen Tagen zurück nach Toronto verfrachtete, würde Philip Mittel und Wege finden, sich seinen freien Tag zu verschaffen, und seinerseits im Staat New York auftauchen. Und das würde ... es war jedenfalls nichts, das ich mir näher ausmalen wollte.

Nach dem Telefongespräch mit Philip streckte ich mich auf dem Bett aus und döste in dem Versuch, zwei Nächte mit minimalem Schlaf nachzuholen. Es funktionierte nicht. Ich machte mir Sorgen, Philip könnte in Stonehaven auftauchen, und mein Stresspegel schoss um ein halbes Dutzend Punkte nach oben. Dann wieder fiel mir ein, warum ich immer noch in Stonehaven war, und als ich an Logan dachte, kam der Kummer zurückgeflutet, füllte meine Gedanken und machte es mir unmöglich, an etwas anderes zu denken, geschweige denn zu schlafen. Irgendwann kam Nick mir zu Hilfe, indem er unangekündigt ins Zimmer platzte.

»Klopfst du eigentlich jemals?«, fragte ich, während ich mich aufsetzte.

»Nie. Ich würde ja alles verpassen, wenn ich klopfte.« Er sprang zu mir aufs Bett hinter den Vorhang und grinste mich tückisch an. »Und, hab ich was verpasst?«

»Alles.«

»Dann muss ich wohl wieder von vorn anfangen«, sagte er. »Es ist nett hier drin. Nett und ruhig und sehr intim.«

»Perfekt zum Schlafen.«

»Es ist noch zu früh zum Schlafen. Ich habe eine bessere Idee.«

»Das bezweifle ich gar nicht.«

Er grinste, beugte sich vor, um mich zu küssen, und duckte sich dann rasch aus meiner Reichweite. »Nein, genau genommen hatte ich ausnahmsweise mal an was anderes gedacht. Wir dürfen auf dem Grundstück nicht rennen, also dachte ich, wir drei könnten heute Abend vielleicht irgendwo hinfahren und dort rennen.«

»Ich bin gestern Nacht gerannt.«

»Ich aber nicht, und demnächst muss ich mich verwandeln.«

»Dann geh doch mit Clay. Es gibt keinen Grund, warum wir alle drei gehen müssen.«

»Ich hab schon mit ihm geredet. Er geht nur, wenn du mitkommst. Er will nicht, dass irgendwer allein hier bleibt, für den Fall, dass die Mutts uns einen Überraschungsbesuch abstatten.«

»Ich bin sicher, sie würden nicht –«, begann ich. Dann unterbrach ich mich, als mir aufging, dass ich mir in Wirklichkeit gar nicht so sicher war. Der Gedanke ließ mich frösteln. »Muss es heute sein? Es war ein langer Tag, und –«

»Ich hatte an eine Jagd gedacht.«
»Ich weiß nicht, ob ich –«
»Eine Rotwildjagd.«
»Rotwild?«
Er lachte. »Jetzt stellt sie die Ohren auf. Wie lang ist es her, seit du etwas Größeres als ein Kaninchen gejagt hast? Allein hast du so was gar nicht getan, möchte ich wetten.«
»Er hat Recht.« Clays Stimme kam von der anderen Seite des Vorhangs und ließ uns beide zusammenfahren. Als ich mich umdrehte, konnte ich seine Silhouette erkennen, aber er zog den Vorhang nicht zurück.
»Eine Jagd wäre wirklich eine gute Idee«, fuhr er fort. »Gibt uns was zu tun, während wir auf Jeremy warten. Nick muss rennen, und hier kann er's nicht tun. Ich lasse dich nicht allein hier, Elena. Ich bin sicher, eine Stunde lang oder zwei erträgst du meine Gesellschaft.«
Ich öffnete den Mund, um zu antworten, aber er war schon wieder gegangen. Ich zögerte einen Augenblick, dann drehte ich mich zu Nick um und nickte. Er grinste und schoss aus dem Zimmer. Mir blieb nichts übrig, als ihm zu folgen.

Pirsch

Wir nahmen mein Auto. Nick fuhr, und Clay saß auf dem Beifahrersitz. Ich nahm den Rücksitz und döste, damit man nicht von mir erwarten konnte, dass ich mich an der Unterhaltung beteiligte. Ich hätte mir keine Gedanken zu machen brauchen; Clay hatte nicht vor, Konversation mit mir zu machen, und Nick überbrückte die Leere, indem er mit jedem schwatzte, der ihm zuhörte.

Nick sprach über sein jüngstes geschäftliches Unternehmen – es war irgendetwas mit Internetgeschäften und einer neuen Firma, die er finanziell unterstützte. Die Frage war nicht, ob das Unternehmen erfolgreich sein würde, sondern wie viel Verlust es machen würde. Die genauen Zahlen waren vollkommen unwichtig, denn die Sorrentinos waren reich genug, um Jeremy nach Mittelstand aussehen zu lassen. Antonio leitete drei multinationale Firmen. Nick hatte von dem Midastalent seines Vaters nichts geerbt – tatsächlich war er von allen Unternehmungen seines Vaters ausdrücklich ausgeschlossen worden. Nick war schlicht und einfach ein Playboy. Er vergnügte sich mit einer endlosen Reihe von Versuchen, eine eigene Firma zu gründen, die ihm noch nie etwas anderes eingebracht hatten als neue Freunde und Liebschaften, und im Grunde wollte er auch gar nichts anderes vom Leben. Und wie reagierte Antonio darauf, dass sein Sohn sein Vermögen verschleuderte? Er ermutigte ihn dazu. Antonio hatte erkannt, dass dieser Lebensstil der Einzige war, für den Nick wirklich qualifiziert war, und wenn er ihn glücklich machte und sie ihn sich leisten konnten, warum schließlich nicht? Ich, die ich den größten Teil meines Lebens über gespart und jeden Penny umgedreht hatte, verstand diese Einstellung nicht. Aber ich war neidisch auf sie – weniger auf die Vorstellung, so viel Geld zu haben, dass ich es zum Fenster hinauswerfen konnte, als darauf, in einer Welt aufzuwachsen, in der jemandem meine Zufriedenheit so wichtig war und das, was ich im Leben erreichte, so unwichtig.

Nick fuhr bis an den Rand eines Waldes, den wir schon früher zu diesem Zweck aufgesucht hatten, an einem Schlagbaum vorbei und einen aufgegebenen Forstweg entlang, wobei wir öfter auf dem Boden aufsetzten, als mir lieb war. Mein Auto war nicht gerade in Bestform, und ich hatte den Verdacht, dass die Unterseite inzwischen aus mehr Rost als Stahl bestand. Jeremy hatte schon mehrfach angeboten, den Wagen in Ordnung bringen zu lassen oder mir, noch besser, gleich einen neuen zu kaufen. Ich hatte genug Theater gemacht, dass er nicht ernsthaft in Versuchung war, mich mit einem neuen oder gründlich überholten Auto zu überraschen. Nicht, dass ich prinzipiell etwas dagegen gehabt hätte, wenn der Camaro überholt worden wäre; ich hatte nur panische Angst, dass das Auto, wenn ich Jeremy in seine Nähe ließ, in einem bezaubernden Brautjungfernrosa zurückkommen würde.

Ein Stück tiefer im Wald hielt Nick an und parkte. Der Motor starb mit einem ungesunden dumpfen Geräusch ab. Ich versuchte nicht weiter darüber nachzudenken. Möglicherweise bedeutete es, dass der Wagen nicht wieder anspringen würde und dass ich in den Wäldern von New York gestrandet war, per Handy nicht erreichbar und mit zwei Typen, die Motoröl nicht von Frostschutzmittel unterscheiden konnten.

Nick redete pausenlos weiter, als wir in den Wald eintauchten.

»Wenn dieser Schlamassel hier zu Ende ist, sollten wir irgendwas unternehmen. Irgendwo hinfahren. In den Urlaub. Vielleicht nach Europa. Clayton wollte sowieso diesen Winter mit mir zum Skifahren in die Schweiz fliegen, aber er hat einen Rückzieher gemacht.«

»Habe ich nicht«, sagte Clay. Er ging vor uns und bahnte uns einen Pfad durch das wuchernde Gestrüpp, vielleicht um rücksichtsvoll zu sein, wahrscheinlich aber eher, damit er nicht neben mir gehen musste. »Ich habe nie gesagt, dass ich mitkomme.«

»Doch, hast du. An Weihnachten. Ich hab dich eigens auftreiben müssen, um dich zu fragen.« Nick wandte sich an mich. »Er hat sich kaum blicken lassen in der Woche, in der das Rudel in Stonehaven war. Hat sich die ganze Zeit hinter seinen Büchern und Papieren verkrochen. Er hatte damit gerechnet, dass du auftauchst, und als du's nicht getan hast –« Auf einen Blick von Clay hin brach Nick ab. »Aber jedenfalls, du *hast* gesagt, dass du mit zum Ski fahren kommst. Ich hab dich gefragt, und du hast irgendwas gegrunzt, das nach Ja geklungen hat.«

»Hmpf.«

»Genau. Genau so. Okay, es war streng genommen kein Ja, aber ein Nein war's auch nicht. Also schuldest du mir jetzt den Ausflug. Wir fahren alle drei. Wohin willst du, wenn das hier vorbei ist, Elena?«

Mir lag das Wort »Toronto« auf der Zunge, aber ich sprach es nicht aus. Nicks Pläne platzen zu lassen, während er sich gerade so viel Mühe gab, die Wogen zu glätten – es wäre gewesen, als teilte man seinem Kind mit, dass es keinen Weihnachtsmann gibt, nur weil man im Büro einen schlechten Tag gehabt hat. Es wäre nicht fair gewesen, und er hatte es nicht verdient.

»Wir werden sehen«, sagte ich.

Clay sah rasch über die Schulter zurück und fing meinen Blick auf. Er wusste ganz genau, was ich dachte. Mit einem finsteren Stirnrunzeln schob er einen Ast aus dem Weg und stelzte davon, um einen geeigneten Ort für die Wandlung zu finden.

»Ich bin mir nicht sicher, dass das eine gute Idee ist«, sagte ich zu Nick, nachdem Clay verschwunden war. »Vielleicht warte ich lieber im Auto.«

»Komm schon. Mach das nicht. Du kannst ein bisschen Dampf ablassen. Ignorier ihn einfach.«

Clay einfach ignorieren. Guter Tipp. Ein wirklich brillanter Tipp. Was seine praktische Anwendbarkeit betraf, gehörte er allerdings in die gleiche Kategorie wie der Ratschlag an einen Menschen mit Höhenangst, einfach nicht nach unten zu sehen.

Als ich nach meiner Wandlung aus dem Dickicht kam, wartete

Clay bereits auf mich. Er trat mit zuckender Nase zurück. Dann öffnete sich sein Maul, und die Zunge kam zu einem Wolfsgrinsen hervor, als hätten wir nie gestritten. Ich suchte nach meinem eigenen Ärger, konnte ihn aber nicht finden – als hätte ich ihn in dem Dickicht bei meinen abgelegten Kleidern liegen gelassen.

Nach ein paar Minuten begannen wir zu rennen – Clay und ich schubsten und balgten uns um die Führung, Nick gab sich damit zufrieden, uns auf den Fersen zu bleiben. Der Wald war voller Gerüche, darunter auch der Moschusduft von Hirschen, aber das meiste davon waren alte Spuren und längst vertrocknete Duftmarken. Wir waren eine halbe Meile weit gekommen, bevor ich den Geruch auffing, nach dem wir gesucht hatten – Hirsch und frisch. Ich schoss mit erneuerter Energie voran. Hinter mir rannten Nick und Clay fast lautlos durch den Wald. Nur das Rascheln von toten Zweigen unter ihren Füßen verriet sie. Dann sprang der Wind um und trieb uns den Hirschgeruch mitten ins Gesicht. Nick kläffte und holte auf, versuchte die Führung zu übernehmen. Ich schnappte nach ihm und erwischte ein Büschel dunklen Pelz, als er sich außer Reichweite rettete.

Dann stellte ich fest, dass Clay nicht mehr hinter uns war. Ich wurde langsamer, kehrte um und lief zurück. Er stand etwa sechs Meter entfernt; seine Nase zuckte, als er in den Luftzug schnupperte. Als ich angesprungen kam, fing ich seinen Blick auf und wusste, weshalb er innegehalten hatte. Wir waren nah genug. Es wurde Zeit für einen Plan. Es mag albern klingen, dass wir Hirsche als gefährlich betrachten, aber wir sind keine menschlichen Jäger, die nie näher als bis auf dreißig Meter an die Beute herankommen. Ein Geweihstoß kann einem Wolf den Bauch aufreißen. Ein gut gezielter Huf kann ihm den Schädel spalten. Clay hatte eine dreißig Zentimeter lange Narbe am Oberschenkel, dort, wo ein Huf ihm die Flanke aufgeschlitzt hatte. Selbst echte Wölfe wissen, dass eine Hirschjagd Umsicht und sorgfältige Planung verlangt.

Planung hieß in diesem Fall natürlich nicht, die Sachlage zu besprechen. Aber wir hatten etwas Besseres: unseren Instinkt und ein Gehirn, in das die Muster eingeschrieben waren, die sich seit Tausenden von Generationen bewährt hatten. Wir konnten die Situation abschätzen, uns an eine Vorgehensweise erinnern und uns mit einem Blick über sie verständigen. Zumindest Clay und ich konnten es. Wie viele Werwölfe war Nick entweder nicht vollständig auf die Nachrichten eingestellt, die sein Wolfshirn ihm sandte, oder sein menschliches Gehirn traute ihnen nicht. Es machte nichts. Clay und ich waren im Augenblick das Alphapaar; Nick würde unseren Anweisungen folgen, ohne eine Erklärung zu brauchen.

Ich tat ein paar Schritte nach Osten, schnupperte in der Luft herum und fand den Geruch des Hirsches wieder. Ein einzelner Bulle. Das bedeutete, dass wir uns keine Gedanken darüber zu machen brauchten, wie wir ein Tier von einer Herde isolieren konnten. Andererseits war ein Bulle gefährlicher als eine Kuh, vor allem einer mit voll ausgebildetem Geweih. Clay schob sich neben mich, schnupperte und warf mir einen Blick zu, der sagte: Was soll's, man lebt nur einmal. Ich schnaubte zustimmend und kehrte zu Nick zurück. Clay folgte mir nicht. Er schlüpfte wieder ins Dickicht und verschwand. Der Plan war fertig.

Nick und ich schlugen einen Bogen durch den Wald, um aus der Windrichtung zu kommen, bevor wir die Witterung wieder aufnahmen. Wir trafen den Hirsch grasend in einem Dickicht an. Während er auf das Signal wartete, stieß Nick mich an und rieb sich an mir und winselte, zu leise, als dass der Bulle es hätte hören können. Ich knurrte leise, und er hörte auf damit. Der Hirsch hob den Kopf und sah sich um. Als er wieder zu äsen begann, duckte ich mich und sprang. Der Hirsch brauchte nur einen Sekundenbruchteil, bevor er über die Büsche sprang und in Galopp fiel. Nick und ich stürmten hinterher, aber der Abstand vergrößerte sich. Wölfe sind Langstreckenläufer, keine Sprinter, und unsere einzige Chance, flüchtendes Wild einzuholen, besteht darin, es zu ermüden.

Wie so häufig machte der Hirsch den Fehler, seine Energie auf den Anfangsspurt zu verwenden. Wir waren noch nicht weit gekommen, als er langsamer wurde, keuchte und nach Atem zu ringen begann, zu verängstigt, um seine Kräfte vernünftig einzuteilen. Mir ging allmählich ebenfalls die Luft aus. Aber der Geruch hielt mich bei der Stange, der moschusartige, aufreizende Duft, der meinen Magen knurren ließ.

Ich fing Clays Witterung in der Luft auf und jagte den Hirsch auf ihn zu, indem ich mit einem raschen Spurt nach einer Seite ausbrach, was ihn veranlasste, sich nach der anderen zu wenden. Allmählich wurde die Angst des Hirsches zu Panik. Er galoppierte um sein Leben, sprang über umgestürzte Bäume und krachte durchs Unterholz. Die Äste rissen ihm die Haut auf, und der Geruch von Blut sickerte in die Luft. Als wir um eine Ecke bogen, stürzte Clay aus dem Gebüsch und packte den Hirsch an der Schnauze.

Der Bulle kam zum Stehen und schüttelte wild den Kopf, um Clay abzuschütteln. Inzwischen holten wir auf. Ich schoss unter den Bauch des Tiers und grub die Zähne in seine Bauchdecke. Ich schmeckte heißes Blut unter der Fettschicht, und das Wasser begann mir im Maul zusammenzulaufen. Nick griff die Beute von der Seite an, sprang und biss zu und wich zurück, bevor der Hirsch mit Huf oder Geweih in seine Richtung zielen konnte. Clay wurde von einer Seite zur anderen geschleudert, aber er hielt fest. Auch das war ein Vorgehen, das wir aus den Tiefen unserer Erinnerung hervorgeholt hatten: die Beute ins Gesicht zu beißen, damit sie zu sehr damit beschäftigt ist, sich aus der unmittelbarsten Gefahr zu befreien, um sich mit den übrigen Angreifern abzugeben.

Ich hing am Bauch des Hirsches, riss und schlitzte, tanzte auf den Hinterbeinen, um den Hufen aus dem Weg zu gehen. Als ich ein klaffendes Loch gerissen hatte, ließ ich los und verbiss mich an einer anderen Stelle. Eingeweide begannen aus der ersten Wunde zu rutschen, und der Geruch machte mich beinahe rasend. Auch aus den Wunden, die Nick bei seinen Blitzattacken geschlagen hatte, tropfte Blut, und das Fell des Hirsches wurde glitschig und schwer zu fassen. Ich biss fester zu und spürte, wie meine Zähne durch die Haut in die lebenswichtigen Organe drangen. Endlich rutschten die Vorderhufe nach vorn. Clay ließ die Schnauze des Bullen los und grub die Zähne stattdessen in seine Kehle. Der Hirsch schlug auf dem Boden auf.

Nachdem wir die Beute zu Fall gebracht hatten, zog Nick sich zurück und suchte sich einen Platz in der Nähe, wo er sich hinlegte. Clay senkte den Kopf und sah mich an. Seine Schnauze war mit Blut bedeckt. Ich leckte es ab und rieb mich an ihm, spürte die Schauer von Adrenalin, die noch durch ihn hindurchrannen. Unter uns zuckten die Glieder des Hirsches noch, aber die Augen starrten leblos ins Leere. Als wir ihn zu zerreißen begannen, stieg Dampf in die kühle Nachtluft auf. Wir begannen unser Festmahl.

Als wir uns satt gefressen hatten, näherte sich Nick und begann seinerseits zu fressen. Clay ging zu einer kleinen Lichtung hinüber und sah sich über die Schulter nach mir um. Ich folgte ihm und ließ mich auf den Boden fallen. Clay kam näher, legte mir eine Pfote in den Nacken und begann meine Schnauze sauber zu lecken. Ich schloss die Augen, während er arbeitete. Nachdem er mir das Blut von Nacken und Schultern geleckt hatte, säuberte ich ihn. Als Nick mit dem Fressen fertig war, rollte er sich neben uns zusammen, und wir schliefen in einem Haufen verschlungener Gliedmaßen und vielfarbigen Fells ein.

Wir hatten nicht lang geschlafen, als Clay aufsprang und Nick und mich dabei abschüttelte. Ich wachte jäh auf, als mein Kopf gegen einen Stein schlug. Ich rappelte mich auf und sah mich nach der Gefahr um. Wir waren allein auf der Lichtung. Es war nun wirklich Nacht geworden, und wir hörten nichts als die nächtlichen Geräusche der Natur, die Rufe der Jäger und die Schreie der Gejagten. Ich knurrte Clay an und wollte mich schon wieder hinlegen, um weiterzuschlafen. Er stieß mich mit der Schnauze in die Rippen und schnupperte demonstrativ in der Luft herum. Ich starrte ihn gereizt an, folgte aber seinem Beispiel. Zunächst roch ich gar nichts. Aber dann sprang der Wind um, und ich wusste, was ihn hatte hochschrecken lassen. Jemand war hier. Ein weiterer Werwolf. Zachary Cain.

Clay war verschwunden, sobald er wusste, dass ich verstanden hatte. Hinter mir war Nick noch damit beschäftigt, die Nebel eines jäh unterbrochenen Schlafs abzuschütteln. Ich sah mich nach ihm um und begann dann zu rennen; ich wusste, er würde mir folgen, selbst wenn er nicht wusste, warum. Am Rand der Lichtung wurde Cains Geruch stärker. Ich folgte meiner Nase zu einem nahe gelegenen Dickicht. Das zertretene und flach gedrückte Gras war geradezu getränkt mit seinem Geruch. Er hatte hier gelegen, nahe genug, dass er die Nase durch die Brombeerranken hätte schieben und uns im Schlaf hätte beobachten können. Etwas an der Vorstellung störte mich, aber ich wusste nicht, was. Der menschliche Teil meines Gehirns wollte innehalten und das Problem überdenken, aber der Wolfsinstinkt schaltete ab und trieb meine Füße an. Wir hatten einen Eindringling, mit dem wir uns befassen mussten.

Wenn ich in der Nähe des Dickichts noch gezögert hatte – Nick tat nichts dergleichen. Er streckte die Nase vor, atmete einmal tief ein, zog den Kopf zurück und stürmte hinter Clay her. Diesmal war ich es, die die Nachhut abgab. Die beiden anderen waren mir so weit voraus, dass ich sie nicht mehr sehen konnte und Clays Witterung folgen musste. Die Fährte führte tiefer in den Wald, zwischen Bäumen hindurch, die so dicht standen, dass sie Mond und Sterne vollkommen aussperrten. So gut meine Nachtaugen waren, etwas Licht brauchte ich, um manövrieren zu können, und wenn es reflektiertes Licht war. Hier gab es nichts. Ich konnte nur die ragenden Schatten von Stämmen und Büschen erkennen, dunkle Schatten vor einem noch dunkleren Hintergrund. Ich wurde langsamer, senkte die Nase zum Boden und nahm stattdessen Clays Fährte wieder auf.

Auf der anderen Seite der dicht bewachsenen Senke standen die Bäume etwas weiter auseinander und ließen Mondlicht durch. Als ich wieder schneller wurde, hörte ich im Norden Büsche rauschen – etwas Großes brach dort durchs Unterholz. Es war weder Clay noch Nick. Selbst Nick bewegte sich mit mehr Geschick durch die Wälder. Ich verließ Clays Fährte und schwenkte nach

Norden ab. Ich war eine Viertelmeile gerannt, als ich den Widerhall hämmernder Pfoten im Boden irgendwo hinter mir wahrnahm. Clay und Nick. Ich erkannte sie, ohne mich umsehen zu müssen, und so gab ich mir keine Mühe, langsamer zu laufen. Aber weil jetzt ich es war, die uns allen einen Weg bahnte, waren sie schneller als ich, und es dauerte nicht lang, bis ich den Rhythmus von Clays Pfoten hinter mir hörte. Wir bogen um einen felsigen Vorsprung. Zweige brachen irgendwo hinter uns. Ich drehte den Kopf und sah einen riesigen rotbraunen Schatten hinter dem Felsen hervorschießen und in die entgegengesetzte Richtung davonstürmen.

Ich grub die Klauen in die weiche Erde, um mich abzubremsen, fuhr herum und jagte Cain nach. Nur ein Wolf folgte mir: Nick. Clay war verschwunden; er hatte eine andere Route genommen, in der Hoffnung, Cain den Weg abzuschneiden, so, wie er es bei dem Hirsch getan hatte. Cain folgte der Spur, die ich geschlagen hatte, zurück auf der Strecke, die er gekommen war. Nach einer Viertelmeile schwenkte er nach Osten. Er wollte zur Straße hinüber in der Hoffnung, so zu entkommen. Ich schoss vorwärts und kam ihm nahe genug, um zu spüren, wie seine Schwanzhaare meine Nase streiften. Dann verfing sich mein Vorderfuß in einer Delle im Boden – kein Loch, nichts, das groß genug gewesen wäre, um mich zu Fall zu bringen, einfach nur eine winzige Änderung der Steigung, die mich eben lang genug aufhielt, um Cain den zusätzlichen halben Meter Vorsprung zu geben, den er brauchte. Nick kam von hinten herangejagt, und als er mich zu überholen begann, ließ ich mich etwas zurückfallen, um Kraft zu sparen. Vor uns wurde der Wald lichter, als wir uns wieder der Straße näherten. Ich schwenkte nach rechts in der Hoffnung, ein paar Meter Boden zu gewinnen, indem ich seine Route vorwegnahm. Aber er bog nicht ab. Er rannte weiter geradeaus, zurück in den Wald.

Als mir aufging, was Cain tat, sah ich nach vorn und entdeckte einen offeneren Fleck Land im Nordwesten. Da Cain sich nicht in diese Richtung wandte, tat ich es. Nick blieb Cain auf den Fersen, weniger um ihn einzuholen als in der Hoffnung, ihn zu ermüden.

Mein eigener Weg führte mich zu einem felsigen Hügel. Während ich hinaufkletterte, fing ich Spuren von Clays Geruch auf. Das Terrain wurde unwegsamer und ließ mich die Abkürzung verfluchen, die ich so überaus intelligent gewählt hatte. Auf halber Strecke rutschte ich mit einer Vorderpfote auf ein paar Steinen aus, von denen einer scharfkantig genug war, um mir den Fußballen aufzuschneiden. Ich grunzte und rannte weiter. Als ich endlich die Kuppe erreicht hatte, schien sich die Anstrengung gelohnt zu haben. Von hier aus konnte ich das gesamte Terrain überblicken. Im Osten erhaschte ich ein Aufblitzen von Gold, dort, wo Clay sich durch die Bäume schlängelte. Als fast schwarzer Wolf war Nick nachts nicht ohne weiteres auszumachen, aber nach einem Augenblick sah ich unter mir Äste schwanken. Ich sah mir den Verlauf des wogenden Unterholzes an. Sie kamen in meine Richtung. Ich verlängerte die Route in Gedanken und lief zu der Stelle hin, wo die beiden meiner Berechnung nach auftauchen mussten. Ich wurde belohnt, als unmittelbar vor mir das Gebüsch krachte. Sekunden später stürmte eine wuchtige Gestalt aus dem Dickicht heraus auf mich zu.

Cain bremste, als er mich in seinem Weg stehen sah. Er knurrte und senkte den Kopf. Die grünen Augen blitzten, und der dunkelblonde Pelz sträubte sich, was ihn noch ein paar Zoll größer wirken ließ. Die zusätzlichen Zentimeter wären wirklich nicht nötig gewesen; Cain brauchte sich nicht eigens imponierend zu geben. Als Mensch brachte er es auf über eins fünfundneunzig, mit den Schultern und der schieren Masse eines Quarterback. Als Wolf war er buchstäblich doppelt so groß wie ich. Ich zog die Lefzen zurück und fauchte, kam mir dabei aber etwa so bedrohlich vor wie ein Spitz, der sich mit einem Pitbull anlegt. Der Teil meines Gehirns, der noch vollkommen mit Adrenalin überschwemmt war, beharrte darauf, dass ich Cain gewachsen war, trotz des Größenunterschieds. Ein anderer fragte sich, wo zum Teufel eigentlich Nick und Clay steckten. Der lauteste Teil brüllte nur noch: Renn doch, du Idiot, renn!

Während mir all das durch den Kopf ging, drehte Cain sich plötzlich um und ... rannte. Einen Augenblick stand ich wie festgewurzelt und traute meinen Augen nicht. Cain rannte weg? Vor *mir*? So gern mein Ego auch geglaubt hätte, dass er Angst vor mir hatte, die Vernunft teilte mir etwas völlig anderes mit. Warum also flüchtete er? Wieder wollten meine Wolfsinstinkte meinem Hirn nicht erlauben, der Frage nachzugehen. Als Cain hügelabwärts verschwand, übernahm der Instinkt das Kommando, und ich setzte mich in Bewegung, ihm nach.

Ich war vielleicht vier Meter weit gekommen, als etwas auf meinem Rücken landete und mir die Beine wegschlug. Ich drehte den Kopf und sah Clay über mir stehen. Ich versuchte auf die Füße zu kommen, aber er hielt mich fest. War er vollkommen verrückt geworden? Cain würde uns entwischen. Ich schnappte nach ihm, erwischte ein Vorderbein und biss knurrend zu. Er packte mich unter der Kehle und drückte mich auf den Boden. Ich stellte mir vor, wie Cain sich von Sekunde zu Sekunde weiter von uns entfernte. Ich zappelte, aber Clay hielt mich fest. Irgendwann wurde mir klar, dass es zu spät war. Cain war fort. Eine Sekunde lang zögerte Clay. Dann schoss er in langen Sätzen davon, nicht Cain nach, sondern in die entgegengesetzte Richtung. Als ich wieder auf den Füßen war, folgte ich seinem Geruch bis zu einer Lichtung, wo er seine Kleidung gelassen hatte. Hier hatten wir uns verwandelt. Ich schob meine Schnauze durchs Unterholz und sah Clay mitten in der Wandlung, den Rücken gekrümmt, die Haut zuckend und pulsierend, zu sehr in Anspruch genommen, um mich auch nur zu bemerken. Ich zögerte einen Augenblick; dann suchte ich meine eigenen Kleider auf und verwandelte mich ebenfalls zurück.

Als ich aus dem Gebüsch gestürmt kam, wartete Clay schon auf mich.

»Wo ist Nick?«, fragte er, bevor ich ein Wort herausgebracht hatte. »Herrgott noch mal! Er hat die Autoschlüssel. War er nicht direkt hinter dir?«

»Wovon redest du eigentlich?«

Clay pflügte durch die Büsche und sah sich nach allen Richtungen um. »Verstehst du's denn nicht? Er hat uns abgelenkt, uns beschäftigt –«

»Nick?«

»Cain.« Clay war jetzt außer Sichtweite; nur seine Stimme hallte aus dem Wald zu mir herüber. »Wir haben geschlafen, und er hat uns nicht angegriffen. Wir haben ihn gejagt, und er hat weder gekämpft, noch hat er versucht zu entkommen. Er hat uns einfach nur die ganze Zeit im Kreis rumgeführt. Nicholas!«

»Aber warum –«

»Jeremy. Sie sind hinter Jeremy her. Himmeldonnerwetter! Sie haben wahrscheinlich das Haus beobachtet, und wir haben's nicht mal – Da bist du ja!«

»Moment mal!« Nicks Stimme drang aus der Dunkelheit herüber. »Kann ich vielleicht erst mal meine Hose zumachen?«

Clay kam aus dem Gebüsch gestürmt, Nick am Arm hinter sich herzerrend. »Zum Auto. Ihr alle beide. Lauft schon!«

Wir liefen.

Hinterhalt

Auf dem Rückweg nach Bear Valley fuhr Clay, Nick saß auf der Rückbank, und ich nahm den Beifahrersitz, wo die Gurte besser waren. Wie ich gefürchtet hatte, war der Camaro nicht sonderlich erpicht aufs Anspringen. Als er zögerte, trat Clay das Gaspedal bis auf den Boden durch, jagte den Motor hoch bis in den roten Bereich und rammte die Gangschaltung in den Rückwärtsgang, wobei er die Scheppergeräusche unter der Motorhaube ignorierte. Das Auto, dem so unversehens ein Willenskampf aufgezwungen worden war, kapitulierte und ließ es brav zu, dass Clay fuhr wie ein Henker.

»Nein, nimm die nächste Ausfahrt«, sagte ich, als Clay in die erste Straße nach Bear Valley abbiegen wollte. »Fahr zur Ostseite. Zu dem Hotel.«

»Hotel?«

»Es hat keinen Zweck, halb Bear Valley abzugrasen, wenn die Mutts sich die ganze Zeit nicht aus ihren Hotelzimmer gerührt haben. Wenn sie weg sind, finde ich dort vielleicht die Fährte.«

Clays Hände schlossen sich fester um das Lenkrad. Ich wusste, er war sich sicher, dass die Mutts hinter Jeremy her waren und dass wir nur kostbare Minuten verschwenden würden, wenn wir das Hotel überprüften. Trotzdem war es vernünftig. Statt mir zu antworten, schwenkte er zurück auf die Schnellstraße und schoss vor einem voll beladenen Holzlaster in die Spur. Ich schloss für den Rest der Fahrt die Augen.

Als wir an dem Motel ankamen, jagte Clay auf den Behindertenparkplatz neben dem Eingang zum Foyer und schoss schon aus dem Sitz hoch, bevor der Motor ganz zum Schweigen gebracht war. Ich schnappte mir die Schlüssel und lief ihm nach. Diesmal gab er sich keine Mühe, den Angestellten an der Theke zu täuschen – glücklicherweise war niemand zu sehen. Clay rannte mit Riesenschritten die Treppe hinauf. An LeBlancs Tür brach er das frisch reparierte Schloss auf und schoss ins Zimmer, ohne erst herauszufinden, ob auf der anderen Seite der Tür jemand war oder nicht. Ich brachte gerade die letzten Treppenstufen hinter mich, als er wieder herauskam.

»Weg«, sagte er und schob sich an mir vorbei, um wieder hinunterzustürzen. Auf halber Strecke merkte er, dass ich immer noch auf dem Weg nach oben war, und drehte sich um. »Ich hab gesagt, sie sind weg.«

»Das ist nicht das einzige Zimmer«, antwortete ich. »Marsten würde nicht im Traum daran denken, bei jemand anderem auf dem Fußboden zu schlafen.«

Clay knurrte etwas, aber ich war schon auf dem Weg den Gang entlang, wobei ich vor jeder Tür stehen blieb und versuchte, Cains oder Marstens Geruch wahrzunehmen. Clay kam die Treppe wieder herauf und lief auf mich zu.

»Wir haben keine Zeit –«

»Dann geh doch«, sagte ich. »Geh einfach.«

Er ging nicht. Drei Türen von LeBlancs Zimmer entfernt hielt ich inne.

»Cain«, sagte ich und griff nach der Klinke.

»Ich mach das. Geh und finde Marsten.«

Marsten hatte das Zimmer nebenan. Während Clay noch Cains Zimmer überprüfte, brach ich Marstens Tür auf und ging hinein. Abgesehen von einem italienischen Lederkoffer in der Ecke sah das Zimmer unbewohnt aus. Das Bett war gemacht, die Tische waren makellos aufgeräumt und die Handtücher alle ordentlich aufgehängt. Unverkennbar Karl Marstens Zimmer. Wenn er sich schon dazu herablassen musste, ein Zimmer in der Big Bear Motor Lodge zu nehmen, dann würde er ganz sicher nicht mehr Zeit hier verbringen als unbedingt notwendig. Ich wollte den Raum schon wieder verlassen, als ich einen weiteren vertrauten Geruch bemerkte.

»Jeremy«, sagte Clay hinter mir, als er ins Zimmer trat.
Er ging hinüber zur Balkontür und schob die Vorhänge zurück. Die Tür stand einen Spalt weit offen, als habe jemand sie von außen zugezogen, wo es keinen Griff gab.
»Er ist fort«, sagte ich. »Er muss das Zimmer überprüft haben.«
Clay nickte und schob sich an mir vorbei zur Tür hinaus. Wir kehrten zum Auto zurück. Als Nächstes suchte Clay alle Parkplätze nach dem Mercedes oder dem Acura ab. Wobei »absuchen« ein irreführender Begriff ist; ich hätte sagen sollen, dass er auf den Parkplatz jagte, einen Kreis fuhr, der uns allen ein Schleudertrauma hätte bescheren können, und wieder auf die Straße hinauspreschte. Auf dem Parkplatz hinter Drake's Family Wear fanden wir Marstens Acura.
Es war lediglich eine Theorie, dass der Acura Marsten gehörte, aber es war eine Theorie, bei der ich nicht viel riskierte. LeBlanc mochte ein festes Einkommen gehabt haben, als er noch in Chicago lebte, aber nach seinem Hotelzimmer zu urteilen gab er dieser Tage nicht gerade Geld für Luxusautos aus. Marsten dagegen war in seinem Beruf sehr erfolgreich – wenn man Diebstahl einen Beruf nennen kann. Tatsächlich war es die Tätigkeit, mit der Mutts am häufigsten ihren Lebensunterhalt bestritten. Ihr Lebensstil ermutigte nicht gerade dazu, jemals lange genug irgendwo zu bleiben, um eine feste Stelle anzunehmen – selbst wenn ihnen danach zu Mute gewesen wäre. Das Rudel scheuchte Mutts, von denen man den Eindruck hatte, dass sie sich einen sesshaften Lebensstil angewöhnten, regelmäßig auf und zwang sie zum Weiterziehen. Sich ein Zuhause zu schaffen bedeutete, Territorium zu beanspruchen, und nur das Rudel beanspruchte Territorium. Und so wanderten die meisten Mutts von Stadt zu Stadt und stahlen genug, um sich am Leben zu erhalten. Manche allerdings brachten es weiter. Marsten hatte sich auf Schmuck spezialisiert, genauer gesagt auf Schmuck von den Hälsen und aus den Schlafzimmern einsamer Witwen in mittleren Jahren. Er hatte Geld, und in seinen Augen stand er über anderen Werwölfen. Dem Rudel dagegen war es gleichgültig, dass er fünf Sprachen beherrschte und keinen

Wein anrührte, der jünger war als er selbst. Ein Mutt war ein Mutt.

Clay wurde hinter dem Acura etwas langsamer; dann trat er das Gaspedal durch und kurvte vom Parkplatz.

Nick lehnte sich auf der Rückbank vor. »Wollen wir sie nicht suchen?«

»Wo *die* sind, ist mir egal. Ich will wissen, wo Jeremy ist.«

Wir fanden Antonios Mercedes ein paar Häuserblocks weiter auf dem Parkplatz der Papiermühle. Diesmal fiel es mir leicht, der Spur zu folgen; die Gerüche waren so vertraut, dass mein Gehirn sie automatisch verarbeitete und ich mich darauf konzentrieren konnte, nach zusätzlichen Hinweisen Ausschau zu halten.

Die Spur führte am Sitz der Lokalzeitung und an einer Kaffeebar vorbei, dann an dem Lagerhaus, in dem die Raveparty stattgefunden hatte, und schließlich an einer Country-and-Western-Bar ganz in der Nähe der Hauptstraße. Ich konnte Jeremys Gründe für die Route nachvollziehen, als wir Punkt um Punkt abhakten: das Redaktionsgebäude der Abendzeitung wegen, das Café wegen des Klatschs und die Lagerhalle in der Hoffnung auf bisher übersehene Hinweise. Bei der Bar war es etwas schwieriger – jedenfalls so lange, bis ich den scharfen Geruch von schalem Urin bemerkte, dort, wo Cain an die Rückwand gepinkelt hatte, vermutlich nach einer Sauftour am Abend zuvor. Danach führte die Spur zurück, auf den Parkplatz zu, auf dem Antonios Auto stand.

»Sie sind auf dem Rückweg«, sagte Nick. »Wahrscheinlich haben wir sie haarscharf verpasst.«

Wir waren etwa fünf Schritte weit gekommen, als eine Katze uns von einem Müllhaufen aus anzischte. Nick zischte zurück. Die Augen der Katze wurden schmal; der Schwanz schoss nach oben wie ein beleidigtes Ausrufezeichen.

»Lass das Kätzchen in Frieden«, sagte ich. »Das gibt doch bloß einen Bissen, und zäh ist es außerdem.«

Als ich mich abwandte, sah ich etwas unter den Müllsäcken herausragen. Zunächst sah es aus wie eine Reihe von vier hellen Kieseln zwischen zwei Säcken. Der Anblick war so ungewöhnlich,

dass ich näher trat und den Müllgeruch ignorierte, der alles andere überdeckte. Aus der Nähe ging mir auf, was ich gesehen hatte: Fingerspitzen.
»Scheiße«, murmelte ich. »Seht euch das an. Entweder werden diese Mutts allmählich wirklich unvorsichtig, oder sie lassen die Leichen absichtlich so rumliegen.«
»Zwanzig Dollar auf die zweite Möglichkeit«, sagte Clay.
Er kam näher und schob den obersten Sack zur Seite, um besser sehen zu können. Die Fingerspitzen gehörten zu einer Hand, die wiederum zu einem Arm gehörte. Als Clay den obersten Sack hochstemmte, rutschte der darunter heraus, und der Körper glitt auf den Boden. Er rollte auf den Rücken. Der Kopf des Mannes kippte in einem unmöglichen Winkel zur Seite – der Hals war gebrochen. Zerzaustes rotes Haar schimmerte selbst in der Dunkelheit noch.
»Peter«, flüsterte ich.
»Nein«, sagte Clay. »Jeremy. Nein!«
Er stürzte davon in die Dunkelheit; seine Schritte hallten in dem engen Durchgang wider. Nicks Augen weiteten sich, als er mich ansah. Dann plötzlich schien ihm aufzugehen, dass Peter nicht Jeremys einziger Begleiter gewesen war. Er stürzte hinter Clay her. Ich blieb nur lang genug, um Peters Leiche wieder zu verbergen, bevor ich ihnen folgte; mein Herz hämmerte so heftig, dass ich nicht richtig atmen konnte, und ich keuchte und rang nach Luft, während ich rannte. Sechs Meter weiter sah ich eine Pfütze, die im kränklichen Licht einer halb toten Lampe dunkelrot glänzte. Ausläufer von Blut streckten sich wie Tentakeln in alle Richtungen und wurden dann zu einer einzelnen dünnen Spur, die weiter geradeaus führte. Ich folgte der Spur. Vor mir sah ich Nicks weißes Hemd in der Dunkelheit auf und ab tanzen. Ich hörte Clays Schritte, konnte ihn aber nicht mehr sehen. Die Blutspur führte um zwei Ecken. Als ich um die Zweite bog, sah ich Clay und Nick unmittelbar vor mir; beide hatten kehrtgemacht. Sie hatten erst jetzt bemerkt, dass die Spur in einer Blutpfütze unmittelbar hinter der Ecke endete.

Ich bückte mich, tauchte einen Finger in das Blut und hob ihn an die Nase.
»Und?«, fragte Clay.
»Jeremys«, flüsterte ich.
»Hier ist noch viel mehr davon, wenn ihr mal genauer hinseht«, sagte eine tiefe Stimme.
Clay hob ruckartig den Kopf. Wir sahen uns um und entdeckten eine Laderampe zu unserer Rechten. Clay sprang hinauf auf das meterhohe Sims und verschwand in der Dunkelheit der Öffnung. Nick und ich folgten ihm. Am hinteren Ende der Rampe saß Jeremy in der Ecke, den Fuß auf einer zerbrochenen Kiste, während Antonio damit beschäftigt war, Streifen von seinem Hemd zu reißen. Als wir uns näherten, hob Jeremy den linken Arm, um sich die Haarfransen aus der Stirn zu schieben, zuckte zusammen und verwendete stattdessen die rechte Hand.
»Ist alles in Ordnung mit euch?«, fragte ich.
»Peter ist tot«, antwortete Jeremy. »Wir sind in einen Hinterhalt geraten.«
»Wir waren auf dem Rückweg zum Auto«, fügte Antonio hinzu, während er die nächste Schicht von Verbänden um Jeremys Bein legte. »Ich bin losgegangen und hab ein Klo gesucht. Fünf Minuten. Ich kann kaum um die Ecke gewesen sein –« Er hielt den Blick auf seine Arbeit gerichtet, aber ich hörte den Selbstvorwurf aus jedem einzelnen Wort. »Keine fünf Minuten. Ich lege eine gottverdammte Pinkelpause ein –«
»Sie haben auf eine Gelegenheit gewartet«, sagte Jeremy. »Jeder von uns hätte sich einen Moment lang wegdrehen können, und sie hätten die beiden anderen angegriffen.«
Antonio warf einen Blick über die Schulter, während er weiterarbeitete. »Der Neue, der Mutt, der Logan umgebracht hat, ist mit einem Messer auf Jeremy losgegangen.«
»Einem Messer?« Clay sah wie zur Bestätigung zu Jeremy hinüber; er hätte nicht ungläubiger aussehen können, wenn Antonio gesagt hätte, Jeremy sei mit einer antiken Haubitze beschossen worden. »Einem *Messer*?«

Jeremy nickte.
Antonio fuhr fort: »Sie haben Peter und Jeremy angegriffen. Niemand hatte Zeit zum Reagieren. Als ich aufgetaucht bin, sind sie abgehauen. Ich wäre ihnen nachgelaufen, aber Jeremy hat ziemlich übel geblutet.«
»Nicht, dass ich dich hätte gehen lassen«, sagte Jeremy. »Aber wir haben jetzt keine Zeit für die Details. Wir müssen hier Ordnung machen und verschwinden.«
Er machte Anstalten aufzustehen. Clay sprang über die Kiste und half ihm auf die Füße.
»Wir haben Peter liegen lassen«, sagte Jeremy.
»Ich weiß«, antwortete ich. »Wir haben ihn gefunden.«
»Zwischen den Müllsäcken«, sagte Antonio, während er sich mit der Hand übers Gesicht wischte. »Das war nicht richtig. Es ist furchtbar. Aber Jeremy hat geblutet, und ich –«
»Du musstest schnell ein Versteck finden«, unterbrach Jeremy. »Niemand macht dir daraus einen Vorwurf. Wir holen ihn jetzt und bringen ihn nach Hause.«
Clay half Jeremy von der Rampe herunter. Ich schob mich auf seine linke Seite, um seinen Arm zu nehmen; dann fiel mir ein, dass der Arm ebenfalls verletzt war, und ich beschränkte mich darauf, neben ihm zu gehen, um ihn stützen zu können, wenn das Bein nachgeben sollte. Ich gab Nick die Autoschlüssel, und er rannte voraus, um den Camaro ans Ende der Gasse zu fahren. Als wir den Müllhaufen erreichten, deckte Antonio Peters Leiche auf und säuberte sie.
»Marsten bezahlt für das hier«, sagte Clay, während er auf Peter hinuntersah; seine Hände ballten sich an seinen Seiten abwechselnd zu Fäusten und öffneten sich wieder. »Wirklich, dafür bezahlt er.«
»Marsten hat Peter nicht umgebracht. Es war Daniel.«
»Dan-« Clay brachte den Rest des Namens nicht mehr heraus. »Ah, *Scheiße*.«
Ich legte die Fahrt nach Stonehaven in Antonios Mercedes zurück; ich saß mit Jeremy auf der Rückbank, nur für den Fall, dass

die Blutung wieder stärker wurde. Antonio fuhr schweigend. Jeremy starrte zum Fenster hinaus, während er den Verband gegen sein Bein drückte. Ich versuchte mich auf etwas anderes zu konzentrieren als darauf, durch die Windschutzscheibe mein eigenes Auto zu beobachten und an Peters Leiche im Kofferraum zu denken. Stattdessen dachte ich an die Mutts.

Es war schließlich also doch Daniel gewesen. Das bedeutete Ärger. Geballten Ärger. Daniel wusste viel besser als Marsten und Cain darüber Bescheid, wie das Rudel funktionierte, wie jedes einzelne seiner Mitglieder funktionierte. Er hatte selbst zum Rudel gehört, war mit Nick und Clay aufgewachsen … oder genauer gesagt, er war neben ihnen aufgewachsen; »mit ihnen« hätte womöglich den Anschein erweckt, als seien die drei Jungen Gefährten gewesen. Nun waren Nick und Daniel vor Clays Auftauchen tatsächlich so etwas wie Spielgefährten gewesen; die Altersgleichheit hatte sie zusammengebracht, etwa wie bei Cousins, die bei Familienfesten miteinander spielen, weil sonst niemand da ist. Dann kam Clay. Ich bin mir über die Details nicht vollständig im Klaren, aber man hatte mir erzählt, dass Clay und Daniel sich vom ersten Augenblick an nicht ausstehen konnten. Das entscheidende Ereignis scheint gewesen zu sein, dass Daniel eine Unterhaltung zwischen Nick und Clay mit anhörte und davonstürzte, um das Rudel mit der Geschichte von Clays Ausschluss aus dem Kindergarten zu beglücken. Offenbar hatte Clay das gruppeneigene Meerschweinchen seziert, um herauszufinden, wie es funktionierte, aber wie ich schon erwähnt habe, über die Details bin ich nicht vollständig informiert – als ich Clay danach fragte, sagte er, es sei zu diesem Zeitpunkt schon tot gewesen, was seiner Ansicht nach wohl eine vollkommen ausreichende Erklärung war. Aber wie auch immer, die Geschichte war Jeremy peinlich, denn er hatte die Details etwas geschönt, als er den anderen erklärte, weshalb Clays Kindergartenlaufbahn nach einem Monat schon wieder vorbei war. Und Jeremy in Verlegenheit zu bringen reichte völlig aus, um Daniel Clays dauerhaften Groll zu sichern.

In den folgenden Jahren wurde das Verhältnis zwischen den

beiden nur noch schlechter, weil Daniel und Clay um die führende Position in der jüngeren Generation kämpften. Oder vielleicht sollte ich sagen, Daniel kämpfte um sie. Clay ging einfach davon aus, dass sie ihm zustand, und reagierte auf Daniels Ambitionen mit der trägen Verachtung eines Menschen, der nach einem Moskito schlägt. Als alle drei Anfang zwanzig waren, wurde Jeremy Alpha. Vielleicht habe ich den Eindruck erweckt, es sei eine unblutige Nachfolge gewesen. Es war nichts dergleichen. Sieben Mitglieder des Rudels unterstützten Jeremy, vier taten es nicht, unter ihnen Daniel und sein Bruder Stephen. Die Uneinigkeit erreichte ihren Höhepunkt, als Stephen Jeremy zu ermorden versuchte. Clay tötete ihn. Daniel behauptete, sein Bruder sei unschuldig gewesen und Clay habe ihn nur ermordet, um einen Gegner von Jeremys Nachfolge aus dem Weg zu räumen. Als Jeremy offiziell Alpha wurde, entschied Daniel, dass es in dem neuen Rudel keinen Platz für ihn gab.
Unglückseligerweise war dies noch nicht das Ende der Geschichte. Sie mochten keine Brüder mehr sein, aber Daniel und Clay waren sich seit damals noch oft in die Quere gekommen. Als ich auf der Bildfläche erschien, wurde es noch schlimmer. Daniel setzte sich in den Kopf, dass er mich unbedingt haben musste, und wenn es nur wäre, weil ich seinem Erzrivalen »gehörte«. Als Daniel meine Bekanntschaft machte, hielt ich ihn zunächst tatsächlich für einen netten Kerl. Ich glaubte ihm, dass er von Clay schlecht behandelt und verleumdet worden war – zu dieser Zeit glaubte ich alles, was Clay in einem üblen Licht erscheinen ließ. Eines Tages hatte ich Antonio nach San Diego begleitet, wo dieser einen anderen Mutt zu verwarnen hatte, und weil ich wusste, dass Daniel seit ein paar Monaten ebenfalls hier lebte, nutzte ich eine Gelegenheit, um bei ihm vorbeizuschauen und guten Tag zu sagen. Als ich in seiner Wohnung eintraf, erwischte ich ihn dabei, wie er eine Frau im Schrank zu verstecken versuchte. Nun wäre das nicht weiter schlimm gewesen, wenn die Frau noch am Leben gewesen wäre. Offenbar war sie es bis zu dem Augenblick gewesen, in dem ich an der Tür klingelte, woraufhin Daniel ihr das Genick

brach und die Leiche in einen Schrank zu stopfen versuchte, damit ich ihn nicht in Gesellschaft einer anderen Frau antraf. Danach neigte ich eher dazu, Clays Warnungen vor Daniel Glauben zu schenken.

Die Frau im Schrank war nicht Daniels erstes Opfer gewesen. Als er das Rudel verließ, hatte er zugleich auch seine Regeln und Lehren aufgegeben und war ein Menschentöter geworden. Wie alle erfolgreichen – und langlebigen – menschentötenden Mutts hatte Daniel herausgefunden, worin der Trick bestand, der gleiche Trick, den auch ein Wolf anwendet, wenn er sich einer größeren Gruppe von Beutetieren gegenübersieht: Man nimmt vom Rand. Wenn man sich an die Ausgegrenzten hält – die Drogenabhängigen, die jugendlichen Ausreißer, die Prostituierten, die Wohnsitzlosen –, stehen die Chancen gut, dass man straflos davonkommt. Warum? Weil es niemanden auch nur im Geringsten interessiert. Oh, natürlich sagen sie etwas anderes, die Polizeibeamten und Politiker und alle anderen, deren Aufgabe es ist, für die Einhaltung von Recht und Gesetz zu sorgen, aber in Wirklichkeit interessiert es sie keine Spur. Leute können verschwinden, und solange sie verschwunden bleiben, stört es niemanden. Und ich rede nicht über die Diktaturen der Dritten Welt oder auch nur über US-amerikanische Großstädte mit erschreckender Kriminalitätsstatistik. In Vancouver waren in einem einzigen Stadtviertel über zwanzig Prostituierte verschwunden, bevor die Behörden ein Problem zu erkennen begannen. Glauben Sie mir, wenn all diese Frauen Studentinnen an der University of British Columbia gewesen wären, wäre die Hölle los gewesen. Genau hier lag der Fehler, den Thomas LeBlanc machte, als er sich die Frauen und Töchter mittelständischer Familien als Beute aussuchte. Hätte er sich an Huren und Ausreißerinnen gehalten, hätte er heute noch ein florierendes Geschäft in Chicago. In all meinen Debatten mit Jeremy über die Unfairness des hierarchischen Rudelsystems habe ich immer das demokratische menschliche Modell vertreten, in dem theoretisch jeder Mensch gleich wichtig ist. Natürlich war das Blödsinn. Das Rudel hatte eine strikte Hierarchie, aber es

würde nicht einmal den Tod des allerletzten Omegamitglieds ungerächt lassen.
Als wir zu Hause angekommen waren, bat Jeremy mich, ihm bei der Versorgung seiner Verletzungen zu helfen. Vielleicht weil er sich einbildete, ich würde eine sanftere und generell erträglichere Krankenschwester abgeben als die Männer? Ganz sicher nicht. Jeremy mochte von Frauen nicht viel verstehen, aber er hatte über diese eine Frau immerhin genug gelernt, um mich nicht mit Florence Nightingale zu verwechseln. Wahrscheinlich nahm er an, dass ich mich, wenn man mich vor die Wahl zwischen Krankenpflege und Gräberschaufeln stellte, sehr viel eher für den weißen Kittel und das Häubchen entscheiden würde. Meine letzte Erfahrung an einem frischen Grab war nicht so ausgefallen, dass ich sie früher als unbedingt nötig wiederholen wollte. Wenn ich mich um Jeremy kümmerte, konnte ich wenigstens verdrängen, was zum gleichen Zeitpunkt hinter dem Haus vor sich ging.
Unter normalen Umständen wäre es Jeremy gewesen, der die Krankenpflege übernahm. Er war der Rudelarzt. Nein, das ist keine altehrwürdige Tradition, die unter Werwölfen von Generation zu Generation weitervererbt wird. Es war etwas, das Jeremy übernommen hatte, nachdem Clay als Kind einmal fünf Stockwerke tief einen Aufzugschacht in einem Kaufhaus hinuntergesprungen war (keine weiteren Fragen bitte) und sich mehrfach den Arm gebrochen hatte. Jeremy wollte Clays Bewegungsfähigkeit nicht riskieren, indem er den Arm provisorisch schiente, und brachte ihn zu einem Arzt. Obwohl er sehr vorsichtig war und religiöse Gründe dafür anführte, dass er keine Blutuntersuchungen und sonstige Laboranalysen wollte, nahm der Arzt sie trotzdem vor. Die Resultate wären vielleicht nicht weiter aufgefallen, weil sie nichts mit dem gebrochenen Arm zu tun hatten, aber während der Nachtschicht entdeckte ein gelangweilter Laborassistent etwas Merkwürdiges in den Daten und rief um zwei Uhr morgens Jeremy an. Werwolfblut ist anders. Keine Ahnung, inwiefern und warum – ich habe in der zehnten Klasse nur mit Müh und Not die Biologieprüfungen bestanden. Ich weiß lediglich, wir sollten

unter keinen Umständen Blut abnehmen und untersuchen lassen. Was immer der Assistent in Clays Ergebnissen gesehen hatte, er schloss daraus, dass Clay irgendetwas Lebensgefährliches hatte, und wies Jeremy an, ihn sofort in ein Krankenhaus zu bringen. Das Ergebnis des ganzen Durcheinanders war, dass sowohl der Assistent als auch die Laborergebnisse bis zum Beginn der Tagschicht verschwunden waren. Danach besorgte – und las – Jeremy ein Regal voll medizinischer Fachliteratur. Vor ein paar Jahren habe ich den Fehler gemacht, ihm den *St. John Ambulance Official Wilderness First Aid Guide* zu schenken. Das Buch gefiel ihm so gut, dass er mich anwies, ein Exemplar für jeden von uns anzuschaffen, damit wir es im Handschuhfach aufbewahren und im Notfall unsere eigenen Gliedmaßen amputieren konnten. Sie können mich jetzt einen Schwächling nennen, aber sollte ich jemals einen Arm oder ein Bein verlieren, und es ist keine Hilfe da, dann bin ich erledigt, und wenn das Handbuch noch so wundervolle (und durch klare und hilfreiche Illustrationen ergänzte) Anleitungen dafür enthält, wie man die Verletzung mit Hilfe eines Stocks und eines Plastikmüllbeutels abbinden kann.

»Das Bein zuerst?«, erkundigte ich mich bei Jeremy, während er seinen Kasten mit Verbandszeug aus dem Badezimmerschrank holte.

»Den Arm. Ich richte den Knochen. Du schienst.«

Das klang gar nicht so übel. Jeremy setzte sich auf den Toilettendeckel, und ich ging neben ihm in die Hocke, um arbeiten zu können. Es war ein glatter, geschlossener Bruch, der keine unerfreulichen Tätigkeiten wie das Zurückschieben von Knochen unter die Haut und dergleichen erforderte. Der Arm war knapp über dem Handgelenk gebrochen. Als Jeremy ihn ausgerichtet hatte, legte ich eine gepolsterte Schiene unter seinen Arm. Dann holte ich die Verbandsrolle heraus. Nach Jeremys Anweisungen wickelte ich den Verband erst unter dem Ellenbogen und dann über dem Handgelenk um seinen Arm, und danach fabrizierte ich eine Schlinge, die den Arm in seiner Position hielt. Es dauerte eine

Weile, war aber verhältnismäßig einfach ... jedenfalls verglichen mit dem, was er als Nächstes von mir verlangte.
»Du wirst mein Bein nähen müssen«, sagte er.
»Nähen ... ?«
»Ich kann's nicht mit einer Hand.« Er stand auf, lehnte sich an die Kommode und öffnete mit der brauchbaren Hand seine Jeans; dann versuchte er sie auszuziehen. »Und hier könnte ich auch ein bisschen Hilfe brauchen, wenn es nicht zu viel verlangt ist.«
»Jederzeit«, antwortete ich. »Männer ausziehen, das kann ich gut. Leute zusammennähen, da habe ich meine Zweifel. Vielleicht ist der Schnitt ja gar nicht so schlimm.«
Ich wickelte die blutgetränkten Streifen von Antonios Hemd von Jeremys Oberschenkel ab. Haut und Muskel teilten sich wie das Rote Meer – übrigens eine sehr treffende Analogie angesichts des Schwalls von Blut, der herausquoll. Ich hatte kein Problem damit, Jeremy ohne Hosen zu sehen, aber diese Art von Innenleben wollte ich von niemandem präsentiert bekommen.
»Nimm den Waschlappen«, sagte er, während er sich schnell wieder hinsetzte und ein Handtuch auf die klaffende Wunde drückte.
Ich hielt den Stoff unters Wasser, säuberte die Wunde und trug Desinfektionsmittel auf. Ich arbeitete nicht so schnell, wie ich es hätte tun sollen, und als ich fertig war, strömte mir das Blut über die Finger.
»Jetzt nimm das Pflaster«, sagte Jeremy. »Nein, nicht das da. Das andere – genau.«
Mit Hilfe des Pflasters und einiger gekonnter Manöver brachten wir die Blutung zum Erliegen, bevor Jeremy ohnmächtig wurde. Als Nächstes holte er etwas aus seinem Verbandskasten, das einer Nähnadel mit Faden bemerkenswert ähnlich sah, und gab es mir.
»Hör auf zu zicken, Elena, ich beiße nicht. Nimm die Nadel und fang an. Denk nicht nach. Versuch einfach eine einigermaßen gerade Naht zu machen.«
»Klingt einfach, aber hast du jemals meine Handarbeitsprodukte aus der Schule gesehen?«
»Nein, aber ich hatte das Privileg, deine Haarschnitte mitzuer-

leben. Wie gesagt, versuch eine halbwegs gerade Linie zu Stande zu bringen.«

»Ich schneide dein Haar immer gerade.«

»Wenn ich den Kopf in einem ganz bestimmten Winkel halte, ist es vollkommen gerade.«

»Pass auf. Ich habe eine Nadel.«

»Und wenn ich dich lang genug ärgere, setzt du sie irgendwann vielleicht sogar ein und machst dich ans Werk, bevor ich verblute.«

Okay, ich verstand die Andeutung. Ganz gleich, was Jeremy sagte, es war nicht, als nähte man Stoff, und ich konnte auch nicht tun, als sei es so. Stoff blutet nicht. Ich versuchte nach Kräften, gute Arbeit abzuliefern – schließlich wusste ich genau, dass ich sonst den Rest meiner Tage mit den dummen Witzen über Jeremys krumme Narbe würde leben müssen. Ich war fast fertig, als die Wut wieder aufwallte – Wut darüber, dass irgendein Mutt es gewagt hatte, Jeremy dies anzutun –, was mich daran erinnerte, wie es geschehen war, was mich daran erinnerte, dass Peter tot war. Erst Logan. Dann Peter. Von allen Mitgliedern des Rudels hatten sie es am wenigsten verdient. Jeremy hatte niemals einen der beiden geschickt, um einen Mutt aufzuscheuchen oder zu töten, nicht einmal, um einen zu verwarnen. Sie umzubringen hatte nichts mit Rache zu tun. Es war auch nicht darum gegangen, die besten Kämpfer des Rudels auszuschalten. Logan und Peter waren umgebracht worden, um unsere Aufmerksamkeit zu erregen. Zu keinem anderen Zweck. Meine Finger begannen sich zu verkrampfen. Die altbekannte Schlange der Rage begann sich in mir zu schlängeln. Ich brach ab, atmete tief ein und begann von neuem, aber ich konnte die Finger nicht mehr ruhig halten.

»Wir haben es also mit drei erfahrenen Mutts zu tun«, bemerkte Jeremy in meine Gedanken hinein.

Ich schluckte den Kloß in meiner Kehle hinunter und ging auf das Ablenkungsmanöver ein. »Und dazu noch mindestens mit einem neuen.«

»Ich hab's nicht vergessen, aber die Erfahrenen machen mir mehr

Sorgen. Ja, die Neuen sind gut – mein Arm und mein Bein beweisen das wohl zur Genüge –, aber sie sind nicht vom gleichen Kaliber wie Daniel.«

Ich schnitt den Faden ab. »Aber das liegt daran, dass du Daniel kennst. Und selbst wenn du Marsten und Cain nicht genauso gut kennst, weißt du, was du von ihnen zu erwarten hast, weil sie so sind wie du. Sie denken wie du, sie reagieren wie du, sie töten wie du. Die Neuen nicht. Werwölfe erwürgen niemanden. So hat LeBlanc Logan umgebracht, und es hat geklappt, weil es das Letzte gewesen ist, womit Logan gerechnet hätte. Und dann hat er es bei dir mit einem Messer versucht. Du warst darauf ungefähr so gefasst wie ein Samurai auf einen Tritt in die Eier. Deswegen ist LeBlanc noch am Leben. Er hat euch aus dem Gleichgewicht gebracht. Wenn –«

»Wir sind mit dem Grab fertig«, sagte Antonio im Hereinkommen. »Tut mir Leid. Habe ich euch bei etwas Wichtigem unterbrochen?«

»Nichts, das wir nicht später weiterführen könnten.« Jeremy stand auf und prüfte die Naht. Als sie nicht wieder aufplatzte und kein Blut herausströmte, nickte er. »Wunderbar. Ich ziehe mich an, und dann gehen wir raus.«

Überzeugung

Ich ging mit Jeremy zu Peters Grab. Es drängte mich nicht geradezu dorthin; immerhin lag mein letzter Nervenzusammenbruch an einem frischen Grab noch keine sechsunddreißig Stunden zurück. Und Jeremy brauchte auch keine Hilfe dabei, sicherzustellen, dass das Grab gut verborgen war. Allerdings brauchte er meine Hilfe anderweitig, obwohl er es nie zugegeben oder darum gebeten hätte. Mit seinem frisch zusammengeflickten Bein war er nicht in der Lage zu gehen, ohne sich auf jemanden zu stützen. Also half ich ihm in den Garten hinaus, wobei es einem unbeteiligten Zuschauer eher vorgekommen wäre, als sei es Jeremy, der *mir* half. Das war durchaus nicht unbeabsichtigt. Der Rudelalpha durfte keine Schwäche zeigen, nicht einmal, wenn er vor kurzer Zeit erst um sein Leben gekämpft hatte. Nicht, dass irgendeiner von uns Jeremy jemals seine Führungsposition streitig gemacht hätte. Aber weil das Rudel seinem Alpha die uneingeschränkte Kontrolle übertrug, hätte die Vorstellung, dass er seiner Aufgabe nicht gewachsen sein könnte, selbst wenn es ein vorübergehender Zustand war, das ganze Rudel aus dem Gleichgewicht gebracht. Jeremy musste fürchterliche Schmerzen haben, aber er zeigte es nicht einen Augenblick lang. Er akzeptierte meinen Arm auf dem Weg zum Grab und zurück, lehnte sich aber nur mit einem Bruchteil seines Gewichts darauf. Nur als wir zum Haus zurückgingen, hielt er ein paar Sekunden lang inne, wahrscheinlich um zu Atem zu kommen, obwohl er so tat, als überprüfte er einen bröckelnden Stein in der Gartenmauer.

»Wahrscheinlich sollten wir uns ein bisschen hinlegen«, sagte ich mit einem gespielten Gähnen. »Ich könnte es jedenfalls brauchen.«

»Na los«, sagte Jeremy. »Du hast ein paar anstrengende Tage hinter dir. Ich möchte mit den anderen besprechen, was wir in Bear Valley vorgefunden haben, bevor sie uns aufgelauert haben, aber ich kann dir morgen erzählen, was dabei herausgekommen ist.«
»Aber wahrscheinlich sind alle erschöpft. Wir könnten uns doch morgen zusammensetzen, oder? Ich würde es nicht gern verpassen.«
»Ich würde es gern heute Nacht noch erledigen. Du kannst dir ja das Sofa nehmen und dösen, während wir reden.«
Okay, zum Teufel mit den Subtilitäten. Zeit für den Generalangriff. »*Du* musst dich ausruhen. Dein Bein bringt dich wahrscheinlich fast um, und von dem Arm brauchen wir gar nicht zu reden. Kein Mensch wird glauben, dass irgendwas nicht stimmt, wenn du mit der Besprechung bis morgen wartest.«
»Ich schaffe das schon. Knirsch nicht so mit den Zähnen, Elena; für Zahnreparaturen bin ich nicht qualifiziert. Wenn du helfen willst, kannst du die anderen zusammensuchen und sie ins Arbeitszimmer bestellen, soweit sie nicht schon dort sind.«
»Wenn ich wirklich helfen soll, könnte ich dich auch bis zum Morgen k.o. schlagen.«
Er schenkte mir ein schiefes Lächeln, dem ich entnahm, dass der Vorschlag verlockender klang, als er zugeben wollte. »Wie wäre es mit einem Kompromiss? Du kannst erst die anderen zusammensuchen und mir dann einen Whisky einschenken, vorzugsweise einen doppelten.«
Vor dem Hinterhalt hatte Jeremys Informationsreise bestätigt, was Clay und ich bereits wussten – dass wir drei Mutts in Bear Valley hatten. Dazu waren noch einige Details ans Tageslicht gekommen. Marsten war als Erster der drei eingetroffen, noch vor Cain und LeBlanc. Er hatte sich vor drei Tagen im Big Bear eingemietet, war also vor Brandons Tod schon in der Stadt gewesen. Nachdem einige Zwanzigdollarscheine das Gedächtnis des Rezeptionsangestellten aufgefrischt hatten, hatte dieser sich an einen jungen Mann erinnert, auf den Brandons Beschreibung zutraf und der Marsten mehrmals im Hotel besucht hatte. Damit war jeder

Zweifel daran ausgeräumt, dass Brandon mit den anderen zu tun gehabt hatte. Ich fragte mich, ob auch Marsten in jener Nacht bei der Raveparty gewesen war und seinen Whisky Soda genossen hatte, während er Brandon und mich beobachtete, verborgen in irgendeiner dunklen Ecke, wo der Zigarettenrauch seinen Geruch überdeckte. Ja, ich war mir sogar sicher, dass er da gewesen war. Er hatte gesehen, wie Brandons Wandlung begann, hatte vorhergesehen, was als Nächstes geschehen würde, und war hinausgeschlüpft, bevor das Chaos ausbrach, wobei er seinen Protegé seinem Schicksal überließ. Mutts mögen in der Lage sein, eine Art von Verbindung untereinander aufzubauen, aber diese Verbindungen halten nur so lange, wie sie beiden Seiten Vorteile bringen. In dem Augenblick, in dem Marsten gesehen hatte, dass Brandon in ernsthaften Schwierigkeiten steckte, war sein einziger Gedanke gewesen, den Schauplatz schleunigst zu verlassen, bevor er selbst mit hineingezogen wurde.

Cain und LeBlanc hatten sich an dem Abend, an dem Brandon starb, im Big Bear eingemietet. Wahrscheinlich waren sie Logan entweder von Los Angeles aus gefolgt oder hatten ihn am Flughafen abgefangen. Ihm in Bear Valley aufzulauern wäre so gut wie unmöglich gewesen. Während wir Brandon gejagt hatten, war Logan schon tot gewesen und hatte wahrscheinlich hinten in einem Mietwagen auf dem Weg nach Bear Valley gelegen. Zu irgendeinem Zeitpunkt mussten sie von Marsten erfahren haben, dass Clay und ich in der Stadt waren, und jemand kam auf den Gedanken, Logans Leiche an unserem Auto zu deponieren. Ich nehme an, es war LeBlancs Idee gewesen. Cain hatte nicht genug Hirn, um sich so etwas einfallen zu lassen, und Marsten war sicherlich der Ansicht, so plumpe Scherze seien unter seiner Würde.

Es war kurz vor sieben Uhr morgens, als jemand an der Haustür klingelte. Wir sahen auf; das Geräusch ließ uns alle zusammenfahren. Die Klingel war in Stonehaven kaum jemals zu hören – das Haus war zu abgelegen für Vertreter und Zeugen Jehovas, und Lieferungen gingen an eine Postfachadresse in Bear Valley. Selbst die Rudelmitglieder klingelten nicht – mit Ausnahme von Peter.

Ich glaube, wir alle dachten daran, als wir die Türglocke hörten. Niemand bewegte sich vor dem zweiten Klingeln, dann stand Jeremy auf und verließ den Raum. Ich folgte ihm. Vom Esszimmerfenster aus sahen wir ein Polizeiauto in der Einfahrt parken.

»Das brauchen wir jetzt nicht«, sagte ich. »Das brauchen wir wirklich nicht.«

Jeremy schüttelte die Schlinge vom Arm und deponierte sie an der Garderobe im Vorraum, dann nahm er Clays Sweatshirt von einem der Haken. Ich half ihm hinein. Das dicke lockere Kleidungsstück verbarg die Armschiene, und die Hosen verdeckten den Verband. Er hatte sich vor ein paar Stunden erst umgezogen, und seine Kleidung war sauber und unzerknittert. Damit schlug er uns andere um Längen. Ein Blick in den Spiegel im Vorraum teilte mir mit, dass ich fürchterlich aussah – die Kleider befleckt mit Schmutz und Blut, das Gesicht verheult, die Haare wirr, nachdem ich auf dem Sofa geschlafen hatte.

»Geh mit den anderen rauf zum Umziehen«, sagte Jeremy. »Sag Clay, Antonio und Nick, sie sollen dort bleiben. Du kannst zu mir auf die hintere Veranda kommen.«

»Das wird aber ziemlich merkwürdig aussehen, wenn du sie zum zweiten Mal ums Haus rumführst und sie dann nicht reinlässt.«

»Ich weiß.«

»Lass sie reinkommen und biete ihnen Kaffee an. Es gibt hier nichts für sie zu sehen.«

»Ich weiß.«

»Ich komme dann also runter ins Arbeitszimmer, okay?«

Jeremy zögerte. Zu wissen, dass er die Polizisten diesmal hereinbitten musste, war eine Sache. Es zu tun war eine andere. Die einzigen Menschen, die Stonehaven jemals betraten, waren Handwerker, und auch die wurden nur gerufen, wenn es unbedingt nötig war. Es gab nichts in Stonehaven, das irgendjemanden hätte misstrauisch machen können – keine Leichenteile in der Gefriertruhe, keine in die Bodendielen geätzten Pentagramme. Der gruseligste Aspekt des Hauses war mein Schlafzimmer, und ich hatte

nicht vor, einen Polizisten dorthin einzuladen, und wenn er in Uniform noch so niedlich aussehen mochte.
»Wohnzimmer«, sagte er, als es zum dritten Mal klingelte. »Wir sind im Wohnzimmer.«
»Ich mache Kaffee«, sagte ich und verschwand, bevor er es sich anders überlegen konnte.
Als ich ins Wohnzimmer kam, saßen dort zwei Polizisten. Der ältere war der Polizeichef von Bear Valley, ein stämmiger Mann mit beginnender Glatze, dessen Name Morgan war. Ich hatte ihn gelegentlich in der Stadt gesehen; dem Suchtrupp vom Vortag hatte er nicht angehört. Wenn Morgan selbst auftauchte, spitzte sich die Angelegenheit offensichtlich zu, obwohl es in einer Stadt von der Größe von Bear Valley vielleicht ein Grund zur Beunruhigung, aber kaum zur Panik war, wenn der Polizeichef vor der Tür stand. Der zweite Beamte war jung und nichts sagend, die Sorte Typ, die man zwanzig Mal treffen kann, bevor man sich an ihn erinnert. Seiner Marke zufolge war sein Name O'Neil. Weder das Gesicht noch der Name kamen mir von gestern her bekannt vor, aber wahrscheinlich war er dabei gewesen. Der Blick, den er mir zuwarf, deutete darauf hin, dass er sich an mich erinnerte, obwohl er enttäuscht wirkte, mich vollständig bekleidet zu sehen. Aber wenigstens brachte ich Kaffee mit.
Jeremy und Morgan waren dabei, eine indianische Landrückforderung in der Gegend zu erörtern. Jeremy lehnte sich in seinem Sessel zurück, die Füße auf der Ottomane, den gebrochenen Arm so beiläufig auf den Oberschenkel gelegt, dass kein Mensch auf den Gedanken gekommen wäre, er könnte geschient sein. Sein Gesicht war entspannt, die Augen wach und interessiert, als hätte er jeden Tag Polizisten im Haus und als wisse er über die Landforderung nicht nur Bescheid, sondern sei ihretwegen auch tief besorgt – und er gab die Ansichten des Polizeichefs mit der Gelassenheit eines geborenen Schwindlers wieder. Der jüngere Beamte, O'Neil, gaffte unverhohlen im Zimmer umher und prägte sich sämtliche Details ein, wohl um sie später neugierigen Freunden weitererzählen zu können.

Die Unterhaltung brach ab, als ich hereinkam. Ich setzte das Tablett auf einem Tischchen ab und begann Kaffee einzugießen wie die perfekte Gastgeberin.

»Oh, ich trinke keinen Tee«, sagte Morgan und beäugte die silberne Kanne, als fürchte er, sie würde ihn beißen.

»Es ist Kaffee«, erklärte Jeremy mit einem entschuldigenden Lächeln. »Sie müssen verzeihen – wir haben nicht oft Besuch, also musste Elena die Teekanne nehmen.«

O'Neil beugte sich vor, um seine Tasse von mir entgegenzunehmen. »Elena, das ist ein hübscher Name.«

»Russisch, nicht wahr?«, fragte Morgan mit leicht verengten Augen.

»Möglich«, antwortete ich lächelnd. »Zucker und Sahne?«

»Drei Zucker. Ihren Mann habe ich noch gar nicht gesehen. Er schläft wohl aus?«

Ich verschüttete etwas brühheißen Kaffee über meine Hand und verkniff mir ein Quieken. Clays Ehefiktion hatte sich inzwischen also bis zum Polizeichef durchgearbeitet. Phantastisch. Einfach phantastisch. Der gesunde Menschenverstand teilte mir mit, dass ich lieber darauf eingehen sollte. Bear Valley war nicht wirklich die Art von Stadt, in der man es tolerierte, wenn eine Frau mit einem Mann, der nicht ihr Ehemann war, nackt im Wald herumtollte. Genau genommen tolerierte man nacktes Herumtollen im Wald wahrscheinlich überhaupt nicht, aber darum ging es nicht. Worum es ging, war, dass diese Anpasserei an die Vorstellungen der Einheimischen mir allmählich zu weit ging. Sie ins Haus zu lassen, ihr Gegaffe zu ertragen und sie glauben zu lassen, dass wir eine Kaffeekanne nicht von einer Teekanne unterscheiden konnten, war eine Sache. Aber das Gerücht, dass ich mit Clay verheiratet war, offiziell bestätigen? Mich in Bear Valley ein für alle Mal als seine Frau brandmarken lassen? Lieber nicht. Irgendwo muss eine Frau die Grenze ziehen.

»Ja, er schläft sich aus«, sagte Jeremy, bevor ich antworten konnte. »Elena steht immer früh auf, damit sie sein Frühstück machen kann.«

Ich warf ihm einen Blick zu, der ankündigte, er würde dafür bezahlen müssen. Er tat so, als habe er es nicht bemerkt, aber ich sah das Lachen in seinen Augen glitzern. Ich ließ fürs Erste fünf Stück Zucker in seinen Kaffee fallen. Er würde die Brühe trinken müssen – schließlich war es unhöflich, sich nicht zu beteiligen, wenn man seinen Gästen Erfrischungen anbot.
»Wie gesagt«, begann Morgan wieder, »es tut mir Leid, dass ich euch alle so früh morgens stören muss, aber ich dachte, Sie würden es wissen wollen. Mike Braxton ist nicht auf Ihrem Grundstück umgebracht worden. Der Leichenbeschauer ist sich da hundertprozentig sicher. Irgendwer hat ihn anderswo umgebracht und dann bei Ihnen liegen lassen.«
»Irgendwer?«, fragte Jeremy. »Meinen Sie damit, ein Mensch und kein Tier?«
»Na ja, ich würde immer noch sagen, es war ein Tier, aber eins von der menschlichen Sorte. Macht in unseren Augen nicht gerade viel Sinn. Die beiden anderen, die sind ganz entschieden von Tieren getötet worden, aber der Leichenbeschauer sagt, Mikes Kehle ist mit dem Messer durchgeschnitten worden, nicht durchgebissen.«
»Aber was ist mit den Pfotenspuren?« Ich sprach es wahrhaftig nicht gern aus, aber wir mussten wissen, wie man bei der Polizei darüber dachte.
»Wir nehmen an, dass die falsch sind. Der Kerl, der die Leiche da hingelegt hat, hat sie in den Boden gedrückt, damit's wieder nach wilden Hunden aussieht. Aber der Typ hat einen Fehler gemacht. Sie waren zu groß. Deswegen sind wir überhaupt drauf gekommen. Hunde werden nicht so groß. Na ja, mein Sohn sagt, es gibt eine Rasse, irgendeine Sorte Mastiff oder so, die solche Spuren hinterlassen könnte, aber von der Sorte gibt's hier keinen. Unsere Hunde werden nicht so groß, ganz egal, mit was wir sie füttern. Sie erinnern sich vielleicht, gestern hab ich Ihnen erzählt, dass Mike jemandem eine Nachricht hinterlassen und gesagt hat, dass er noch mal hierher kommen will. Jetzt hat sich rausgestellt, er hat bei der Frau von dem anderen Typ angerufen, und *sie* sagt jetzt, Mike hätte sich irgendwie komisch angehört, gar nicht wie er

selbst. Aber sie hat gedacht, vielleicht liegt's an der Verbindung. Sieht ganz so aus, als wär's gar nicht Mike gewesen. Der Kerl, der ihn umgebracht hat, muss die Nachricht getürkt haben, damit wir hinterher auf Ihrem Grundstück suchen und die Leiche finden. Wenn man das alles zusammennimmt, bin ich mir verdammt sicher – Verzeihung, Ma'am – ziemlich sicher, dass wir's diesmal mit einem menschlichen Killer zu tun haben.«

»Dann haben wir also immerhin keine wilden Hunde in unserem Wald«, sagte Jeremy. »Das ist ein Trost, obwohl ich nicht behaupten kann, dass mir die Vorstellung von einem menschlichen Killer lieber ist. Haben Sie schon eine Spur?«

»Wir sind dran. Im Zweifelsfall einer, der Mike gekannt hat. Mike war ein prima Kerl und alles, aber –« Morgan machte eine Pause, als überlegte er, ob er wirklich Nachteiliges über einen Toten sagen sollte. »Wir haben alle unsere Probleme, oder nicht? Gegner und so.« Eine weitere Pause. Ein langsamer Schluck Kaffee. »Was ist mit euch hier? Habt ihr eine Vorstellung, warum einer Mikes Leiche auf eurem Grundstück ablädt?«

»Nein«, sagte Jeremy. Seine Stimme klang gelassen und fest. »Das habe ich mich auch schon gefragt.«

»Sie haben sich in der Stadt keine Feinde gemacht? Vielleicht mal mit irgendwem gestritten?«

Jeremy lächelte etwas. »Wie Sie sicherlich wissen, sind wir nicht gerade die geselligsten Bewohner von Granton Country. Wir haben mit unseren Nachbarn nicht genug zu tun, um mit ihnen im Streit zu liegen. Entweder der Mörder hat geglaubt, es würde die Aufmerksamkeit von ihm selbst ablenken, wenn er den Verdacht auf die Außenseiter lenkt. Oder er hatte gar nicht vor, uns mit hineinzuziehen, und dachte einfach, es wäre ein guter Ort, um die Leiche loszuwerden.«

»Sie sind sich ganz sicher, dass es da keinen gibt, den ihr irgendwie geärgert habt?«, fragte Morgan, während er sich vorbeugte. »Vielleicht irgendwer, der glaubt, Sie schulden ihm Geld? Vielleicht ein eifersüchtiger Ehemann« – Morgan warf einen raschen Blick auf mich – »oder eine Ehefrau?«

»Nein und nein. Wir spielen nicht und haben auch nirgends Kredite aufgenommen. Und was die andere Frage angeht, ich bin sicher, dass mich niemand jemals in den Single-Bars hat herumhängen sehen, und Elena und Clayton haben weder die Neigung noch die Energie, sich außerhalb ihrer Ehe zu amüsieren. Bear Valley ist eine kleine Stadt. Wenn es Gerüchte über uns gäbe, würden Sie viel präziser fragen.«

Morgan antwortete nicht. Stattdessen starrte er Jeremy zwei geschlagene Minuten lang an. Vielleicht funktionierte die Taktik bei einem Sechzehnjährigen, den man der Beschädigung von Telefonzellen verdächtigte, aber einen einundfünfzigjährigen Rudelalpha brachte sie nicht aus der Ruhe. Jeremy starrte einfach zurück; sein Gesichtsausdruck war gelassen und offen.

Nach ein paar Minuten sagte er: »Es tut mir Leid, dass Sie zwei Tage hintereinander hier herausfahren mussten, aber ich weiß es zu schätzen, dass Sie herkommen und uns Bescheid sagen.«

Jeremy stellte die Tasse ab und schob sich nach vorn auf die Sesselkante. Als Morgan und O'Neil nicht reagierten, stand er auf und sagte: »Wenn das alles ist –«

»Wir werden uns noch mal auf dem Grundstück umsehen«, sagte Morgan schließlich.

»Selbstverständlich.«

»Und vielleicht müssen wir uns mit Ihren Gästen unterhalten. Ich würde vorschlagen, dass keiner von ihnen seinen Besuch vorzeitig abbricht.«

»Sicher nicht.«

Morgan versuchte es mit einem weiteren einminütigen Starren. Als Jeremy nicht mit der Wimper zuckte, wuchtete er sich aus seinem Sessel.

»Ein Killer hat diese Leiche auf Ihrem Grundstück abgeladen«, sagte er. »Wenn ich an Ihrer Stelle wäre, würde ich scharf nachdenken, wer das getan haben könnte, und ich würde bei uns anrufen, wenn Ihnen irgendeine mögliche Antwort dazu einfällt.«

»Ich würde nicht zögern«, sagte Jeremy. »Ich hoffe, dass derjenige, der Mr. Braxtons Leiche bei uns abgeladen hat, nichts Persönliches gegen uns hat. Aber wenn das doch der Fall sein sollte, möchte ich nicht darauf warten, was er als Nächstes tut. Niemand hier hat den Wunsch, mit einem Killer zu tun zu bekommen. Wir sind mehr als glücklich, wenn die Polizei das tut.«

Morgan grunzte und kippte den letzten Rest Kaffee hinunter.

»Sonst noch etwas?«, fragte Jeremy.

»Ich würde eine Weile nicht in den Wäldern hier herumwandern.«

»Wir haben schon aufgehört damit«, sagte Jeremy. »Aber vielen Dank für die Warnung. Elena, würdest du unsere Gäste an die Tür bringen?«

Ich tat es. Keiner der beiden sagte ein Wort zu mir, von Morgans kurzem Abschied abgesehen. Als Frau war ich ein Verhör offenbar nicht wert.

Nachdem die Polizisten fort waren, stellten wir fest, dass Clay, Nick und Antonio ebenfalls fehlten. Wäre es nur Clay gewesen oder sogar Clay und Nick, hätten wir uns Sorgen gemacht. Aber weil Antonio mitgegangen war, konnten wir sicher sein, dass sie nicht zu einem improvisierten Rachefeldzug nach Bear Valley aufgebrochen waren.

Das Polizeiauto war keine zehn Minuten fort, als der Mercedes die Auffahrt heraufkam. Nick sprang auf der Beifahrerseite aus dem Auto. Ich achtete nicht darauf, wer fuhr; meine gesamte Aufmerksamkeit galt der großen Papiertüte, die Nick in der Hand hielt. Frühstück. Vielleicht nicht gerade dampfend heiß nach der Autofahrt von der Raststätte, aber ich war zu hungrig, als dass es mich gestört hätte.

Eine Viertelstunde später war die Tüte leer; von ihrem Inhalt waren nur winzige Krümel und Fettspuren auf den Tellern übrig geblieben, die verstreut auf dem Tisch im Wintergarten standen. Nach dem Essen erzählte Jeremy den anderen, was die Polizisten uns erzählt hatten. Ich erwartete die ganze Zeit, dass Clay nun auf seine erwiesene Unschuld hinweisen und von mir eine Entschuldigung verlangen würde. Er tat es nicht. Er hörte Jeremy zu und half Antonio dann, den Tisch abzuräumen, während ich mich

ins Arbeitszimmer flüchtete – angeblich um die Zeitungen zu lesen, die sie aus der Stadt mitgebracht hatten.
Clay brauchte exakt drei Minuten, um mich dort aufzustöbern. Er schloss die Tür hinter sich. Dann stand er zwei weitere Minuten lang da und sah mir beim Lesen zu. Als ich es nicht mehr aushielt, faltete ich die Zeitung geräuschvoll zusammen und warf sie zur Seite.
»Okay, du hast den Mann nicht umgebracht«, sagte ich. »Diesmal warst du unschuldig. Aber wenn du jetzt erwartest, dass ich mich entschuldige, weil ich geglaubt habe, dass du in der Lage dazu wärst –«
»Das tu ich nicht.«
Ich warf ihm einen Blick zu.
Clay fuhr fort: »Ich erwarte nicht, dass du dich dafür entschuldigst, dass du geglaubt hast, ich könnte es tun. Natürlich könnte ich. Wenn der Typ uns rennen sähe oder die Wandlung mitbekäme oder uns bedrohte, würde ich ihn töten. Aber ich hätte es dir gesagt. Das ist es, was mich ärgert. Dass du glaubst, ich würde hinter deinem Rücken handeln, die Beweisstücke verstecken und dann lügen.«
»Nein, du würdest gar nicht auf die Idee kommen, dass ich vielleicht nicht wissen *will*, dass du's getan hast. Der Gedanke, es mir zu ersparen, würde dir gar nicht in den Kopf kommen.«
»Es dir ersparen?« Clay stieß ein raues Lachen aus. »Du weißt, was ich bin, Elena. Wenn ich etwas anderes vorgäbe, würdest du mir vorwerfen, ich versuchte dich zu täuschen. Ich will nicht, dass du zu mir zurückkommst, weil du glaubst, ich hätte mich geändert. Ich will, dass du zurückkommst, weil du akzeptierst, was ich bin. Wenn ich mich ändern könnte, glaubst du nicht, dass ich es inzwischen für dich getan hätte? Ich will dich zurückhaben. Nicht für eine Nacht oder ein paar Wochen oder auch ein paar Monate. Ich will dich für immer zurückhaben. Ich bin unglücklich, wenn du nicht hier bist –«
»Du bist unglücklich, weil du etwas nicht hast, was du willst. Nicht weil du *mich* willst.«

»Herrgott noch mal!« Clays Faust schoss nach vorn und schleuderte einen Stiftköcher aus Messing vom Schreibtisch. »Du hörst nicht zu! Du willst nicht zuhören und du willst nicht verstehen. Du weißt, dass ich dich liebe, dass ich *dich* will. Verdammt, Elena, wenn ich einfach eine Partnerin wollte, irgendeine Partnerin, glaubst du, ich hätte zehn Jahre lang versucht, dich zurückzubekommen? Warum habe ich nicht einfach aufgegeben und mir eine andere gesucht?«

»Weil du stur bist.«

»Oh, nein. Ich bin nicht stur. Du bist es, die einfach nicht daran vorbeikann, was ich getan habe, ganz gleich wie sehr –«

»Ich will nicht drüber reden.«

»Natürlich nicht. Gott verhüte, dass irgendeine Tatsache deinen Überzeugungen in den Weg gerät.«

Clay drehte sich um, ging mit langen Schritten aus dem Zimmer und schlug die Tür hinter sich zu.

Nachdem er gegangen war, beschloss ich im Arbeitszimmer zu bleiben – oder mich dort zu verkriechen, je nach Interpretation. Ich studierte die Büchersammlung auf den Regalbrettern. Sie hatte sich im vergangenen Jahr nicht sehr verändert. Tatsächlich hatte sie sich im vergangenen Jahrzehnt nicht sehr verändert. Eine zusammengewürfelte Sammlung von Literatur und Nachschlagewerken füllte die Regale, von denen nur einige wenige Clay gehörten. Er kaufte jedes Buch und jede Zeitschrift, die mit seinem Fachgebiet zu tun hatte, und warf sie weg, sobald er das letzte Wort gelesen hatte. Er hatte kein fotografisches Gedächtnis, nur eine etwas unheimliche Fähigkeit, alles, was er las, in sich aufzunehmen, so dass es für ihn sinnlos war, Geschriebenes in irgendeiner Form aufzubewahren. Der allergrößte Teil der Bücher gehörte Jeremy. Mehr als die Hälfte von ihnen war nicht einmal in englischer Sprache verfasst – eine Erinnerung an Jeremys frühere Laufbahn als Übersetzer.

Jeremy war nicht immer in der Lage gewesen, seine Adoptivfamilie mit Sportautos und antiken Himmelbetten zu beschenken. Als Clay nach Stonehaven gekommen war, hatte Jeremy Mühe gehabt, die Heizkostenrechnung zu bezahlen, eine Situation, die zur Gänze auf den Lebensstil seines Vaters und dessen strikte Weigerung zurückging, sich die Hände mit irgendetwas schmutzig zu machen, bei dem die Gefahr bestand, dass es eventuell ein Einkommen abwerfen könnte. Jeremy hatte seine gesamten Zwanziger über als Übersetzer gearbeitet, eine ideale Tätigkeit für einen Menschen mit einer Begabung für Fremdsprachen und einer Neigung zur Zurückgezogenheit. Später veränderte sich die finanzielle Situation in Stonehaven drastisch zum Besseren, was auf zwei ganz unterschiedliche Umstände zurückging: Malcolm Danvers' Tod und der Beginn von Jeremys Malerkarriere. Inzwischen verkaufte Jeremy nicht mehr viele Bilder, aber wenn er es tat, brachten sie ihm genug Geld ein, um Stonehaven auf Jahre hinaus zu versorgen.

Während ich mich nach etwas zum Lesen umsah, tauchte Jeremy auf, um mich daran zu erinnern, dass ich Philip anrufen sollte. Ich hatte es nicht vergessen. Ich hatte vor, es vor dem Abendessen noch zu tun, und war nicht gerade dankbar für die Gedächtnishilfe – Jeremy glaubte wohl, ich bräuchte eine. Ich wusste nicht, wie viel Jeremy über Philip wusste, und wollte es auch gar nicht wissen. Ich zog die Vorstellung vor, dass ich, wenn ich Stonehaven verließ, an einen fremden Ort entkam, von dem das Rudel nichts ahnte. Okay, das war die reine Selbsttäuschung, aber eine hübsche Vorstellung war es trotzdem. Ich hatte den Verdacht, dass Jeremy Nachforschungen über Philip angestellt hatte, machte mir aber nicht die Mühe, ihn darauf anzusprechen. Wenn ich es getan hätte, hätte er nur behauptet, mich vor einer Affäre mit einem Typ schützen zu wollen, der drei Ehefrauen hatte oder die Angewohnheit, seine Freundinnen zu verprügeln. Natürlich würde Jeremy niemals etwas nur deshalb unternehmen, um in meinem Leben herumzupfuschen – was für ein grotesker Gedanke.

Wie viel Jeremy auch immer über Philip wissen mochte, er wusste nicht, was ich für ihn empfand. Und auch hier hatte ich nicht vor, ihn aufzuklären. Ich wusste, was er sagen würde. Er würde sich zurücklehnen, mich eine Weile betrachten und dann darüber zu sprechen beginnen, wie schwierig meine Situation war mit Clay und der Tatsache, dass ich der einzige weibliche Werwolf war, und alldem, und dass er mir keine Vorwürfe machte, weil ich verwirrt war und weil ich meine Möglichkeiten im Leben kennen lernen wollte. Er würde es niemals aussprechen, aber er würde durchblicken lassen, dass er sicher war, wenn er mir nur genügend Bewegungsfreiheit einräumte, um meine Fehler zu machen, würde ich irgendwann einsehen, dass ich zum Rudel gehörte. Und während der gesamten Unterhaltung würde er vollkommen ruhig und verständnisvoll bleiben, würde niemals die Stimme heben oder irgendetwas, das ich sagte, übel nehmen. Manchmal habe ich das Gefühl, Clays Wutanfälle sind mir lieber.

Die Wahrheit war, dass mir an Philip mehr lag, als Jeremy sich vorstellen konnte. Ich wollte zu ihm zurückkehren. Ich hatte ihn nicht vergessen. Ich hatte vorgehabt, ihn anzurufen – später.

Meiner Einschätzung nach war nun der ideale Zeitpunkt für Jeremy, um uns über seine weiteren Pläne zu informieren. Aber keinem der anderen schien es aufzufallen, dass er nichts dergleichen tat. Werwölfe, die im Rudel aufwachsen, wachsen mit gewissen Einstellungen und Erwartungen auf. Eine dieser Erwartungen ist, dass der Alpha sich um sie kümmern wird. Jeremy nach seinen Plänen zu fragen würde implizieren, dass sie nicht glaubten, dass er welche hatte. Selbst Clay, so sehr er auch darauf brannte, aktiv zu werden, würde Jeremy noch reichlich Planungszeit geben, bevor er auch nur Andeutungen zu machen begann. Diese Haltung machte mich rasend. Ich wollte eingeweiht werden. Ich wollte helfen. Als mir schließlich eingefallen war, wie ich die Frage unauffällig anschneiden konnte, traf ich Jeremy draußen mit einem Paar Revolver an. Nein, er war nicht im Begriff, sich die Mutts à la Billy the Kid vorzunehmen. Und auch den Schmerzen ein schnelles Ende zu machen war nicht das, was ihm vorschwebte. Er übte Zielschießen, etwas, das er öfters tat, wenn er tief in Gedanken war – vielleicht nicht die sicherste Methode, innere Klarheit zu erzielen, aber wer bin ich schon, ein Urteil abzugeben. Die Revolver waren ein wundervolles antikes Paar, das Antonio ihm vor vielen Jahren geschenkt hatte. Zu den Revolvern hatte ursprünglich eine Silberkugel gehört, auf der Malcolm Danvers' Initialen eingraviert waren – eine halb scherzhafte Anregung, die Jeremy selbstverständlich nie befolgte. Auf einer ernsteren Ebene waren die Waffen für genau das bestimmt, wozu sie im Augenblick dienten – zum Zielschießen. Zu dem Zeitpunkt, zu dem er sie erhielt, hatte Jeremy bereits den Langbogen und die Armbrust gemeistert und war gerade dabei gewesen, sich nach einer neuen Herausforderung umzusehen. Fragen Sie mich jetzt nicht, warum er sich ausgerechnet das Zielschießen zum Hobby erkoren hatte. Er verwendete seine Bogen und Feuerwaffen niemals außerhalb des Schießstands. Sie könnten mich genauso gut fragen, warum er malte. Keins von beiden könnte man als typisches Werwolfhobby bezeichnen. Wie dem auch sei, als ich hinters Haus ging und ihn dort schießen sah, entschied ich, dass der Zeitpunkt für bohrende Fragen nach seinen Plänen schlecht gewählt war. Überlebensregel Nummer zweiundzwanzig: Man sollte nie einen bewaffneten Mann reizen.

Ich ließ Jeremy in Frieden und ging hinauf, um etwas zu schlafen. Ein paar Stunden später wachte ich auf. Das Haus war still; sämtliche Türen im ersten Stock waren geschlossen, als holten auch alle anderen den versäumten Schlaf nach. Ich war auf dem Weg zur Küche, als Clay aus dem Arbeitszimmer kam. Seine Augen waren blutunterlaufen und dunkel. Obwohl er erschöpft war, schlief er nicht. Nicht jetzt – zwei seiner Brüder aus dem Rudel waren tot, sein Alpha war verletzt, und keinen von ihnen hatte er gerächt. Wenn Jeremy uns seine Pläne verriet, würde Clay sich ausruhen, und wenn es nur wäre, um sich vorzubereiten.

Er trat mir in den Weg. Als ich mich vorbeizudrücken versuchte, stemmte er auf beiden Seiten die Hände gegen die Flurwand.

»Waffenstillstand?«, fragte er.

»Was auch immer.«

»Ich liebe diese klaren Antworten. Ich nehm's mal als ein Ja. Nicht, dass wir mit unserer kleinen Diskussion fertig wären, aber für den Moment lasse ich's ruhen. Sag mir, wenn wir weitermachen sollen.«

»Sag mir, wenn Satan eine Schneeballschlacht anfängt.«

»Mach ich. Mittagessen?«

Als ich schließlich nickte, trat er zur Seite und winkte mich in die Küche. Ich spürte, dass er innerlich kochte, aber er hatte ein zufriedenes Gesicht aufgesetzt, und so beschloss ich es zu ignorieren. In einer Krise waren wir beide in der Lage, genug innere Reife aufzubringen, um die Stabilität des Rudels nicht mit unseren Streitereien zu gefährden. Zumindest konnten wir sie zeitweise vortäuschen.

Wir stellten ein kaltes Mittagessen zusammen und beluden Platten mit kaltem Fleisch und Brot und Früchten – wenn die anderen aufwachten, würden sie Hunger haben. Dann setzte ich mich in den Wintergarten und füllte mir einen Teller. Clay tat das Gleiche. Keiner von uns sagte ein Wort, während wir aßen. Das war zwar nicht ungewöhnlich, aber das Schweigen hatte etwas Totes an sich, das mich schneller essen ließ, nur um fertig zu werden und aus dem Zimmer zu können. Als ich zu Clay hinübersah, erledigte er sein Essen genauso schnell und mit genauso wenig Vergnügen. Wir waren zur Hälfte fertig, als Jeremy und Antonio hereinkamen.

»Wir brauchen Vorräte«, sagte ich. »Ich bin sicher, wir haben alle an Besseres zu denken, aber das wird sich schnell ändern, wenn wir auf dem Trockenen sitzen. Ich fahre in die Stadt und besorge Essbares.«

»Ich rufe an und lasse ein paar Sachen zusammenstellen«, sagte Jeremy. »Immer vorausgesetzt, der Ärger mit der Polizei hat die Arrangements nicht umgestoßen. Du solltest lieber Geld besorgen, für den Fall, dass meine Schecks nicht mehr willkommen sind. Und natürlich kommt jemand mit. Niemand verlässt mehr allein das Haus oder bleibt allein hier.«

»Ich gehe«, sagte Clay um einen Bissen Honigmelone herum. »Auf dem Postamt liegt ein Paket für mich.«

»Ganz bestimmt«, sagte ich.

»Es stimmt«, sagte Jeremy. »Der Briefträger hat gestern eine Karte gebracht.«
»Ich hab ein paar Bücher aus England bestellt«, erklärte Clay.
»Die du gerade jetzt brauchst«, sagte ich. »Leichte Lektüre zur Entspannung vom Jagen und Töten.«
»Sie sollten jedenfalls nicht auf der Post herumliegen. Irgendwer könnte misstrauisch werden.«
»Wegen anthropologischen Fachbüchern?«
Antonio lehnte sich über den Tisch und griff nach einer Hand voll Trauben. »Ich muss ein paar Sachen faxen. Ich komme mit euch beiden und mache den Unterhändler.«
Ich schob meinen Stuhl zurück. »Na, dann brauche ich ja nicht mitzukommen, oder? Ich bin sicher, ihr zwei könnt die Einkäufe allein erledigen.«
»Aber du warst es doch, die gehen wollte«, sagte Clay.
»Ich hab's mir anders überlegt.«
»Du gehst«, sagte Jeremy. »Ihr geht alle drei. Ihr könnt die Abwechslung brauchen.«
Antonio grinste. »Und Jeremy könnte ein paar Stunden Ruhe und Frieden brauchen.«
Als ich aufblickte, hätte ich schwören können, dass ich Jeremy die Augen verdrehen sah, aber es war so schnell vorbei, dass ich mir nicht ganz sicher war. Antonio lachte und setzte sich wieder hin, um zu essen. Ich wollte gerade wieder zu argumentieren anfangen, als er eine Anekdote über einen Mutt zu erzählen begann, den er während seiner letzten Geschäftsreise in San Francisco getroffen hatte. Als er mit der Geschichte fertig war, hatte ich vergessen, was ich hatte sagen wollen – was vermutlich der Sinn der Übung gewesen war.
Eine Stunde später waren wir in Bear Valley. Die Bank lag der Post genau gegenüber. Antonio erwischte einen freien Parkplatz genau vor der Bank, und so konnte ich die anderen davon überzeugen, dass es ungefährlich war, wenn ich allein hineinging, während Clay ebenfalls allein auf die Post ging. Von seinem Posten im Auto aus würde Antonio uns beide ständig im Auge behalten

können. Und die Zeit, die ich damit verbringen musste, zusammen mit Clay Besorgungen zu erledigen, wurde auf diese Weise ein paar Minuten kürzer.

Jeremys Bankkonto war auch in meinem und Clays Namen eröffnet worden, so dass wir beide Geld für den Haushalt abheben konnten. Ich hatte auch einmal eine Karte für den Automaten gehabt, die ich aber weggeworfen hatte, als ich im Jahr zuvor Stonehaven verließ. Jetzt wünschte ich mir, ich hätte sie behalten. Bear Valley war die Sorte Stadt, in der die Leute zum Abheben noch an den Schalter gehen. Während ich eine Viertelstunde lang in der Schlange stand und zuhörte, wie ein älterer Mann der Bankangestellten von seinen Enkelkindern erzählte, sah ich sehnsüchtig zu dem glänzenden, völlig ungenutzten Automaten hinüber. Als der Mann Fotos aus der Tasche zog, begann ich mich zu fragen, wie lang es wohl dauern würde, eine neue Karte ausgestellt zu bekommen. Mit einem Seufzer ließ ich den Gedanken wieder fallen. Wahrscheinlich würde ich zu diesem Zweck zwei Formulare in dreifacher Ausfertigung ausfüllen müssen und dann warten, bis der Leiter aus seiner einstündigen Kaffeepause zurückkam. Und überhaupt, in ein paar Tagen würde ich Stonehaven wieder verlassen, und dann brauchte ich die Karte sowieso nicht mehr.

Irgendwann hatte ich mich bis zum Schalter vorgearbeitet, wo ich drei verschiedene Ausweise mit Foto vorlegen musste, bevor die Angestellte mich ein paar hundert Dollar abheben ließ. Ich stopfte das Geld in die Tasche, ging zur Tür und sah einen braunen Pick-up vor dem Gebäude stehen. Zuerst glaubte ich, Antonios Standort falsch in Erinnerung zu haben. Ich ging hinaus auf die Straße und sah mich um. Der Platz hinter dem Pick-up war leer. Vor dem Pick-up parkte ein Buick. Ich sah die Straße hinunter und wieder hinauf. Von dem Mercedes weit und breit keine Spur.

Gefangener

Es gab in Bear Valley ungefähr so viele Mercedesse, wie es Porsches gab; es kostete mich also nicht allzu viel Zeit, die Straße entlangzugehen und festzustellen, dass Antonios Auto nicht da war. Ich konnte mir nur zwei Gründe dafür vorstellen, dass sie mich sitzen gelassen hatten. Erstens, die Politesse hatte die Runde gemacht und keiner von ihnen hatte Kleingeld für die Parkuhr gehabt. Zweitens, sie hatten mich in der Bank nicht sehen können, und als es so lange dauerte, ohne dass ich wieder auftauchte, hatten sie angenommen, ich müsse die Flucht ergriffen haben. Es gab noch eine dritte Möglichkeit: Clay war *wirklich* sauer, hatte Antonio bewusstlos geschlagen und war nach Hause gefahren, um mich meinem Schicksal zu überlassen. Eine hübsche dramatische Wendung, aber nicht sehr wahrscheinlich.

Hinter der Bank gab es einen winzigen ungeteerten Parkplatz für die Angestellten und diejenigen Kunden, die nicht willens waren, zehn Cent für eine Stunde Parken auszugeben. Ich sah dort nach, fand aber nur einen Kleinbus und einen weiteren Pick-up vor. Ich legte den Kopf zur Seite und horchte. Schon hier, wenige Meter von der Straße entfernt, war es still, als seien die Gebäude an der Main Street eigens konstruiert worden, um alle Geräusche abzuhalten und auf die Einkaufsstraßen zu beschränken. In der Ferne hörte ich das leise Tuckern eines gut getunten Dieselmotors. Ganz entschieden kein Pick-up. Ich schloss die Augen und drängte alles andere aus meinen Gedanken. Der Mercedes war wenige Häuserblocks entfernt; das Motorengeräusch verklang, wurde stärker, verklang wieder; das Auto schien langsam im Kreis zu fahren. Wo? Logischerweise auf einem anderen Parkplatz, wo Antonio kreiste und auf mich wartete. Hatte ich irgendeine Anweisung überhört? Hätte ich mich irgendwo anders mit ihnen treffen sollen? Das ergab keinerlei Sinn – schließlich hatte Clay mich nicht einmal allein die Bank betreten lassen wollen. Aber was der Grund auch sein mochte, hier zu stehen und darüber nachzudenken würde mir nicht weiterhelfen.

Eine schmale Reifenspur führte eine Durchfahrt entlang in die Richtung, in der ich das Auto kreisen hörte. Die Gasse war schlammig und kaum breit genug, um einen Mercedes durchzulassen, ohne dass die Rückspiegel zerkratzt wurden, aber ich wusste, Schmutz oder Kratzer würden Antonio nicht weiter stören. Sowohl Clay als auch Antonio mochten ihre teuren Autos, betrachteten sie aber strikt als Gebrauchsgegenstände, dazu konstruiert, ihre Besitzer rasch und komfortabel von Punkt A nach Punkt B zu bringen. Makelloses Aussehen war keine Bedingung.

Ich machte mich auf den Weg die Gasse entlang, wobei ich die Pfützen und tiefen schlammigen Radspuren zu vermeiden versuchte. Irgendwann zweigte eine Gasse nach rechts ab, aber ich hätte die Reifenspuren nicht zu sehen brauchen, um zu wissen, dass das Auto geradeaus gefahren war. Um diese Ecke zu biegen hätte mehr als nur ein paar Schichten Lack gekostet. Als ich mich weiter und weiter von der Hauptstraße entfernte, wurde der Weg breiter und begann leicht zu steigen, und statt mit Schlamm war der Boden jetzt mit Kies bedeckt. Müllcontainer säumten ihn auf der rechten Seite, aber es war immer noch genug Platz für den Mercedes. Der trockenere Boden ließ mich sehr deutlich spüren, wie viel schlammiges Wasser mir inzwischen in die Schuhe gelaufen war. Bei jedem Schritt machten meine Sneakers ein quitschquatschendes Geräusch, und meine Stimmung sank. Ich war drauf und dran, zu der Bank zurückzustürmen und Jeremy anzurufen, damit er mir Antonios Handynummer gab, als ich vor mir Silber glänzen sah. Ich blieb stehen. In etwa dreißig Meter Entfernung mündete der Durchgang auf ein unbebautes, unkrautbewachsenes Grundstück, und während ich noch hinsah, glitt der Mercedes an der Öffnung vorbei. Ich schwenkte die Arme, aber das Auto war schon wieder hinter der Ziegelmauer verschwunden.

»Nun kommt schon, Leute«, murmelte ich. »Was soll das Versteckspiel?«
Ich trottete in meinen durchweichten Schuhen weiter, winkte jedes Mal, wenn der Mercedes vorbeifuhr, und murmelte zunehmend unfreundliche Dinge, als er nicht anhielt. Als ich an der Einmündung einer weiteren Gasse vorbeikam, hörte ich ein leises Geräusch, ignorierte es aber; ich war nicht in der Stimmung für neugierige Exkursionen. Drei Meter weiter hörte ich hinter mir Kies knirschen, und ein großer Schatten schob sich von links in mein Blickfeld. Clay. Riechen konnte ich ihn nicht, weil der Wind mir entgegenkam, aber seine kleinen Witze erkannte ich auch so. Gerade als ich herumfuhr, packte eine Hand mich von hinten an der Bluse und schleuderte mich mit dem Gesicht voran auf den Boden. Okay. Also doch nicht Clay.
»Steh auf«, sagte eine Stimme, während ein gigantischer Schatten über mich fiel. Ich hob den Kopf und spuckte Kies und Blut. »Was denn – kein geistreiches Wortspiel? Kein kluger Einzeiler?«
»Steh auf.«
Cain packte mich wieder am Kragen und zerrte mich auf die Füße – er setzte mich so hart auf, dass ein Knöchel unter mir nachgab. Ich wischte mir mit großem Aufwand den Schmutz aus dem Gesicht und fuhr mir mit den Fingern durchs Haar.
»So begrüsst man eigentlich keine Frau, Zack«, sagte ich. »Kein Wunder, dass du dafür bezahlen musst.«
Cain stand mit verschränkten Armen da und sagte nichts. Seine Schultern blockierten den halben Durchgang. Dunkelblondes Haar über einem Bulldoggengesicht.
»Wartest du drauf, dass ich wegrenne?«, fragte ich. »Oder versuchst du dir immer noch eine Antwort einfallen zu lassen?«
Er setzte sich in Bewegung. Ich drehte mich um und sprintete auf das Ende der Gasse zu. Ein Mutt hält seine Stellung und kämpft. Ein Rudelwerwolf weiß, wann er rennen muss. Ich war kein Gegner für Zachary Cain – nicht einmal an meinen besten Tagen, und heute war entschieden nicht mein bester Tag. Ich war halb so groß wie Cain, aber doppelt so schnell. Wenn ich das Ende der Gasse

erreichte, würde ich in Sicherheit sein. Die beiden besten Kämpfer des Rudels warteten dort auf mich, und ich war weder stur noch dumm genug, um ihre Hilfe nicht in Anspruch zu nehmen. Auf halber Strecke sah ich den Mercedes ein weiteres Mal vorbeifahren. Ich riss beide Arme hoch, um zu winken, und setzte dabei den linken Fuß falsch auf. Als ich stürzte, verschwand das silberne Auto langsam aus meinem Blickfeld.

Ich rappelte mich auf, aber inzwischen war es zu spät. Cain streckte den Arm aus und packte mich wieder an der Bluse. Diesmal hob er mich richtig hoch. Mein linker Fuß rammte einen metallenen Müllcontainer, und ich verbiss mir einen Aufschrei. Mit der freien Hand nahm Cain mich unterm Kinn und rammte mich rückwärts gegen die Mauer. Mein Hinterkopf schlug gegen die Ziegelwand, und Blitze zuckten mir durch den Schädel. Er hielt mich dort fest, die Füße in der Luft. Dann griff er nach oben und riss mir die Bluse auf.

»Nicht viel zu sehen, was?«, fragte ich, obwohl es sehr mühsam ist, mit zusammengedrückter Luftröhre zu sprechen. »Ich weiß, ich weiß, heutzutage kann man da was machen. Du kannst mich jetzt eine Feministin nennen, aber ich finde, der Wert einer Frau sollte nicht durch die Größe ihres Busens definiert werden, sondern –«

Ich rammte die Faust nach oben in seinen Adamsapfel. Er grunzte und stolperte rückwärts.

»– durch ihren rechten Haken«, sagte ich, während ich mich gegen seine Brust warf, bevor er das Gleichgewicht wieder gefunden hatte.

Cain stürzte, und ich blieb über ihm, rammte die offene Hand gegen seine Kehle und hielt ihn auf dem Boden fest.

»Ja, ich kann reden und gleichzeitig denken«, sagte ich. »Die meisten Leute können das, obwohl du es aus persönlicher Erfahrung wahrscheinlich nicht bestätigen kannst.«

Cain brüllte und schwang einen Arm in meine Richtung. Auf halber Strecke kam ein Schuh herabgeschossen und nagelte seine Hand auf den Boden.

»Na, na«, sagte Clays Stimme über mir gedehnt. »Elena hat lang genug gespielt. Jetzt bin ich dran.«
Ich wartete, bis Clay den Fuß auf Cains Kehle gesetzt hatte, und stand dann auf. Antonio stand ein paar Schritte entfernt.
»Falle?«, fragte ich.
Antonio nickte. »Clay hat gesehen, wie er sich in der Gasse herumgedrückt hat. Und wir haben uns gedacht, dass du uns suchen kommen würdest.«
»Also habt ihr eine Spur hinterlassen und euch ausgerechnet, dass ich den Köder schlucken würde und dass Cain dann *mich* als Köder schlucken würde.«
»So ungefähr.«
Clay zerrte Cain auf die Füße. Die vorhin noch blutunterlaufenen, dunkel umrandeten Augen waren jetzt klar und wach. Dies war es, worauf Clay gewartet hatte.
Cain überragte Clay um gut fünfzehn Zentimeter und wog mindestens siebzig Pfund mehr. Es war wirklich ein fairer Kampf.
Die beiden traten zurück und musterten einander. Dann machte Cain einen Schritt nach links und auf Clay zu. Clay vollführte ein ähnliches Manöver – vorwärts und nach rechts. Sie wiederholten den Tanzschritt, die Augen fest aufeinander gerichtet, während jeder darauf wartete, dass der andere vorwärts stürzte. Das Muster war fest in unsere Gehirne eingebaut. Schritt, kreisen, beobachten. Um zu gewinnen, musste man sich entweder unerwartet auf den anderen stürzen oder rechtzeitig merken, dass der andere im Begriff war, loszustürzen, und schnell genug zur Seite ausweichen. Es dauerte mehrere Minuten. Dann verlor Cain die Geduld und machte einen Satz vorwärts. Clay wich aus, packte ihn am Hosenbund und schleuderte ihn gegen die Mauer. Cain fing sich in Sekundenschnelle und krachte gegen Clays Brust, woraufhin beide stürzten.

Ich werde Ihnen den Kampf nicht im Detail schildern, einmal, weil es auf eine langweilige Abfolge von Hieb, Stoß, Grunzen, Stolpern und Gleichgewicht-Wiederfinden hinauslaufen würde, und zum anderen deshalb, weil ich ihn selbst nicht allzu genau verfolgte. Und zwar nicht, weil ich nicht interessiert war, sondern weil ich *zu* interessiert war. Untätig dabeizustehen und zuzusehen, wie Clay verdroschen und getreten und gegen Mauern geschleudert wurde, war mehr, als ich ertragen konnte. Nicht, dass ich von Zeit zu Zeit nicht gern genau das getan hätte, aber dies hier war etwas anderes. Und ich hätte exakt das Gleiche empfunden, wenn es einer meiner anderen Brüder aus dem Rudel gewesen wäre. Es ging dabei nicht um Clay persönlich. Ehrlich.

Obwohl ich den Kampf nicht beobachtete, hielt nichts mich davon ab, ihn zu riechen. Ich roch als Erstes Cains Blut, aber Clays folgte wenig später. Als ich aufblickte, strömte das Blut Clay aus Nase und Mund und ließ ihn husten und spucken.

Antonio und ich sahen zu und rührten keinen Finger. Es ist unsere Art zu kämpfen. Eins zu eins, keine Waffen und keine Tricks. Es war der Wolf in uns, der die Regeln des Kampfes vorschrieb; die menschliche Seite hätte uns dazu verführt, um jeden Preis gewinnen zu wollen. Damit will ich nicht sagen, dass wir untätig zugesehen hätten, wie Clay getötet wurde. Wenn dies möglich erschienen wäre, hätte die Loyalität dem Bruder gegenüber alle anderen Verhaltensregeln außer Kraft gesetzt. Aber zwischen Leben und Tod liegen eine Menge Blut und viele gebrochene Knochen, und solange ein bestimmter Punkt nicht überschritten war, konnten wir uns nicht einmischen.

Es endete irgendwann damit, dass Cain mit dem Gesicht nach unten im Kies lag. Als er nicht aufstand, glaubte ich zunächst, er sei tot. Dann sah ich, wie sein Rücken sich hob und senkte – er atmete noch.

»Bewusstlos«, sagte Clay mit einem pfeifenden Keuchen, während er sich mit dem Ärmel über die blutende Nase fuhr. »Du kannst wieder hinsehen.«

»Hab ich die ganze Zeit getan«, sagte ich. »Ich hab mich nur umgedreht, weil ich gedacht habe, ich hätte da hinten irgendwas gehört.«

Clay grinste, und ein Schwall von Blut strömte von seiner aufgerissenen Oberlippe.

»Fangt bloß nicht wieder an«, sagte Antonio. »Wir müssen diesen Mutt nach Stonehaven bringen, damit Jeremy ihn verhören kann. Elena, würdest du zum Auto gehen und sicherstellen, dass niemand in Sichtweite ist? Clay, du nimmst die Schlüssel und schließt den Kofferraum auf. Den hier nehme ich.«

Wie ich vermutet hatte, mündete der Durchgang auf ein leeres Grundstück. Früher einmal hatte es eine Zufahrt von der Straße im Norden her gegeben, die jetzt aber von einer Barrikade von Müllcontainern versperrt war; uns blieb also nur der Rückweg durch die enge Gasse nach Süden. Ein Mensch hätte genug Platz gehabt, um sich zwischen den Containern hindurchzuschieben, also ging ich hin und hielt Ausschau nach Passanten. Hinter mir luden Clay und Antonio Cain in den Kofferraum. Dann kam Clay zu mir herüber.

»Ist mit dir alles in Ordnung?«, fragte er.

»Abgesehen von der zerkratzten Backe, dem verstauchten Knöchel, möglicherweise einer Gehirnerschütterung, durchweichten Schuhen und einer ruinierten Bluse? Mir geht's phantastisch. Habt doch bitte keine Hemmungen, mich jederzeit wieder als Köder einzusetzen.«

»Freut mich, dass du das so siehst.«

»Pass lieber auf, sonst hast du außer Nasenbluten und der aufgeschlagenen Lippe gleich noch mehr Probleme.« Ich musterte ihn. »Ist das alles?«

»Vielleicht noch ein paar angeknackste Rippen. Nichts Bleibendes.«

Er riss sich das Hemd herunter und verwendete es, um dem Nasenbluten Einhalt zu gebieten. Als wir zum Auto zurückkehrten, schloss Antonio gerade den Kofferraumdeckel. Cain füllte den verfügbaren Stauraum bis auf den letzten Kubikzentimeter aus.

»Diesmal können wir wohl keine Vorräte mehr einkaufen«, bemerkte ich.

»Sieht nicht so aus«, antwortete Antonio. »Ich muss wohl noch mal herkommen. Wir können uns unterwegs irgendwas mitnehmen, zur Überbrückung.«

Ich nahm zunächst an, er machte Witze. Ich hätte es besser wissen müssen. Bevor wir die Stadt verließen, parkte Antonio vor einer Reihe von Läden und besorgte uns Sandwiches und Salate, während Clay und ich halb nackt und blutend im Auto saßen und Cain bewusstlos im Kofferraum lag. Kein Wunder, dass ich so schnell wie möglich nach Toronto zurückkehren wollte. Wenn man zu viel Zeit in Gesellschaft dieser Typen verbringt, kommen einem blutige Klamotten und Leichen im Kofferraum irgendwann ziemlich normal vor.

In Stonehaven angekommen, luden Antonio und Nick den immer noch bewusstlosen Cain in den Käfig im Keller, während Jeremy sich Clays und meine Verletzungen ansah. Ich bekam zwei Aspirin gegen die Kopfschmerzen und Jod und Mitgefühl für die Kratzer und blauen Flecke. Clay bekam ein Pflaster für die Lippe, einen Verband um die Rippen und ein paar wohl formulierte Bemerkungen über die Gefahren, die damit verbunden waren, mich als Köder einzusetzen. Trotz allem, was ich zu Clay gesagt hatte, ich war nicht wirklich verstimmt über die Sache mit dem Köder. Cain zu erwischen war eine zerrissene Bluse und einen schmerzenden Schädel wert. Clay wusste genau, dass ich damit zurechtkam, und in gewisser Hinsicht war ich froh darüber. Ich wäre viel ärgerlicher gewesen, wenn er angenommen hätte, ich sei zu zerbrechlich, um mit den Jungs zu spielen. Natürlich dachte ich nicht daran, ihm zu verzeihen oder ihn zu verteidigen. Jedenfalls nicht laut. Hätte ich das getan, hätte Jeremy angefangen, sich wegen der Beule an meinem Kopf ernsthaft Sorgen zu machen.

Gegen sechs Uhr, nachdem Nick und Antonio noch einmal in die Stadt gefahren waren, um die Vorräte zu besorgen, teilten uns Gebrüll und Gerappel aus dem Keller mit, dass unser Gefangener wieder wach war. Jeremy und Clay gingen hinunter zum Käfig.

Ich blieb oben. Ich hätte jederzeit mitkommen und helfen können, aber ich wusste, was als Nächstes kam, und so blieb ich im Arbeitszimmer, wo ich hören konnte, was Cain sagte, ohne zu sehen, was ihn dazu veranlasste, es zu sagen. Wenn es um Folter geht, bin ich verhältnismäßig zimperlich. Vielleicht klingt das albern, wenn man bedenkt, wie viel Gewalt ich im Leben miterlebt und an wie viel davon ich teilgehabt hatte. Aber misshandelt zu werden, ohne dass man sich wehren konnte – etwas daran jagte mir Schauer über den Rücken und verursachte mir Alpträume. Vielleicht waren es die Überreste der Opfergeschichte meiner Kindheit. Vor Jahren waren Clay und ich im Kino gewesen, um uns *Reservoir Dogs* anzusehen. Als die berüchtigte »Stuck in the Middle with You«-Szene kam, hielt ich mir die Ohren zu, und Clay ließ sich inspirieren. Ich glaube zwar nicht, dass er schon einmal jemanden festgebunden und mit Benzin übergossen hat, aber er hat andere Dinge getan, die genauso übel sind. Ich wusste das, weil ich dabei gewesen war. Ich hatte ihn dabei beobachtet, und was mir am meisten Angst gemacht hatte, war der Ausdruck in seinen Augen. Sie leuchteten nicht vor Erregung und Vorfreude, wie sie es taten, wenn er seine Beute jagte. Stattdessen wurden sie zu blauem Eis, starr und undurchdringlich. Wenn er einen Mutt folterte, ging er absolut methodisch vor und zeigte nicht eine Spur von Emotion. Natürlich hätte ich mir sehr viel mehr Sorgen gemacht, wenn er bei seiner Tätigkeit Vergnügen empfunden hätte, aber es hatte etwas ebenso Beängstigendes, wenn jemand derartige Dinge mit einer so vollkommenen Konzentration und Distanz tun konnte. Die meisten Leute foltern, um an Informationen zu kommen. Clay tat es, um anderen Information zukommen zu lassen. Jedes Mal, wenn er einen Mutt verstümmelte und am Leben ließ, würden fünf andere ihn sehen und ihre Lektion lernen. Jedes Mal, wenn er einen tötete, erfuhr ein Dutzend davon. Diejenigen Mutts, die erwogen, ein Mitglied des Rudels anzugreifen, brauchten sich nur an diese Geschichten zu erinnern, um von ihrem Vorhaben abzusehen. Die meisten Werwölfe haben keine Angst vor dem Sterben. Aber es gibt Schlimmeres als den Tod, und Clay sorgte dafür, dass sie es wussten.

Als ich im Arbeitszimmer saß und auf die Szene horchte, die sich unter mir abspielte, musste ich mir eingestehen, dass Clays Methoden noch einen weiteren Vorzug hatten. Je weiter sich sein Ruf verbreitete, desto weniger musste er tun, um ihn zu bewahren.

Keine nervenzerreißenden Schreie schnitten durch die Luft, als Jeremy Cain verhörte. In den vier langen Stunden, die die Befragung dauerte, hörte ich genau dreimal, wie jemand vor Schmerzen grunzte, wahrscheinlich weil Clay Cain geschlagen hatte, als dieser ihm eine Antwort verweigerte. Schon dass Clay dort stand und dass Cain wusste, was er tun *konnte*, reichte aus, um Cain zum Reden zu bringen.

Von den drei erfahrenen Mutts in Bear Valley war Zachary Cain die am wenigsten brauchbare Informationsquelle. Wenn Daniel und Marsten sich herabgelassen hatten, ihm ihre Pläne mitzuteilen, dann waren diese schon längst in der leeren Einöde seines Hirns verloren gegangen. Cain zufolge war auch Jimmy Koenig Teil der »Revolution«, aber bisher war er nicht aufgetaucht.

Cain hatte sich den anderen angeschlossen, weil es ihm um »Freiheit von der Unterdrückung« zu tun war, eine Wendung, die ihm höchstwahrscheinlich deshalb vertraut war, weil er sich einmal zu oft *Braveheart* angesehen hatte. Wie Cain es so überaus beredt ausdrückte, er hatte es satt, »sich dauernd umsehen zu müssen, wenn er bloß mal in die falsche Richtung pinkelte«. Nun hat das Rudel niemals ein Interesse an den Uriniergewohnheiten von Mutts erkennen lassen, und so ging ich davon aus, er meinte damit, dass er für sein Recht kämpfte, Menschen zu töten, ohne Vergeltungsmaßnahmen fürchten zu müssen – etwas, das sicherlich im Werwolfparagrafen der amerikanischen Verfassung geregelt ist. Cain zufolge wollte Koenig das Gleiche – die Ausschaltung des Rudels, etwa so, wie Kriminelle davon träumen, die Polizei abzuschaffen. Offenbar waren die beiden davon überzeugt, dass es ihnen, wenn das Rudel erst eliminiert war, vollkommen freistehen würde, ohne Furcht vor Konsequenzen ihren Neigungen zu frönen. Daniel hatte wie üblich grandiosere Pläne. Er wollte das bestehende Rudel eliminieren und dann ein eigenes gründen; vermutlich schwebte ihm dabei eine Art Werwolfmafia vor. Über die Details war Cain sich nicht im Klaren, und sie interessierten ihn auch nicht. Und was Marsten betraf, so hatte Cain keine Ahnung, warum er sich dem Unternehmen angeschlossen hatte – und auch diese Frage berührte ihn nicht sonderlich.

Daniel hatte den Plan, neue Mitglieder zu rekrutieren, entwickelt. Er hatte die Recherchen betrieben, die Kandidaten gefunden und eine psychopathische Version des Paten gegeben – er hatte ihnen ein Angebot gemacht, das sie nicht ausschlagen konnten. Wenn sie ihm halfen, ein paar alte Feinde auszuschalten, würde er ihnen den Körper des perfekten Killers verschaffen. Keiner der Kandidaten hatte abgelehnt. Danach hatte Daniel jedem seiner Gefährten einen neuen Rekruten zugeteilt. Daniel selbst hatte Thomas LeBlanc gebissen und ausgebildet. Marsten hatte Scott Brandon übernommen. Cains Protegé hatten wir noch nicht kennen gelernt. Offenbar handelte es sich um einen Mann namens Victor Olson, der an dem Tag, an dem Cain sich von uns durch den Wald jagen ließ, im Auto gewartet hatte. Jeremy fragte Cain, was Olson in seinem bisherigen Leben getrieben hatte. Das wäre eigentlich meine Frage gewesen, und ich glaube, Jeremy stellte sie nur, um mir einen Gefallen zu tun … und weil er wusste, dass ich zuhörte. Cain war sich auch hier über die Details nicht ganz klar; er interessierte sich für Olsons Vergangenheit ebenso wenig wie für alles andere, das ihn nicht unmittelbar betraf. Er wusste nur, dass Olson im Gefängnis gewesen war, weil er »mit ein paar Mädchen rumgemacht« und eins von ihnen getötet hatte. Anscheinend also ein Vergewaltiger auf dem besten Weg dazu, ein Killer vom Typ Thomas LeBlanc zu werden. Nicht gerade ein erfahrener Mörder – aber Daniel musste an sein Potenzial geglaubt haben. Immerhin hatte er Cain eigens bis nach Arizona geschickt, um Olson aus dem Gefängnis zu holen.

Nachdem Cain unschädlich gemacht war, hatten wir es jetzt also nur noch mit zwei erfahrenen Mutts und zwei Neurekrutierten zu tun. Richtig? Schön wär's. Wie gesagt, Koenig war noch nicht einmal eingetroffen. Sein Rekrut war noch dabei, sich von der Wandlung zu erholen, aber sie würden bald in Bear Valley sein. Die Typen zu bekämpfen war, als legte man sich mit einer Hydra an. Jedes Mal, wenn wir einen Kopf abschlugen, tauchten ein paar neue auf. Clay versuchte noch mehr aus Cain herauszubekommen, ging aber nicht bis zum Äußersten. Bisher hatte Cain nicht versucht, uns etwas vorzuenthalten, und so war es unwahrscheinlich, dass er jetzt damit begann. Immerhin ging es um seinen Kopf. Er hätte alles gesagt, um sich die Folter zu ersparen, selbst wenn es bedeutete, dass er seine Mitverschwörer damit zum Tode verurteilte. Die Loyalität eines Mutts ist ein wahrhaft erhebendes Schauspiel.

Es war nach zehn, als Jeremy aus dem Keller heraufkam. Er betrat das Arbeitszimmer, wo ich mich in seinem Stuhl zusammengerollt hatte.

»Noch irgendwas?«, fragte er.

Ich schüttelte den Kopf, und er kehrte in den Keller zurück. Ich hörte einen Ruf, ein gedämpftes Geräusch, halb wütend, halb flehend. Dann Stille. Sekunden später öffnete sich die Kellertür, und ich hörte Jeremys Schritte, als er durch die Hintertür in den Garten hinausging. Ich wusste, dass ich ihn jetzt eine Weile in Frieden lassen sollte. Als sich die Tür zum zweiten Mal öffnete, spähte ich in den Gang hinaus. Clay rieb sich mit der Hand übers Gesicht. Blutspritzer sprenkelten sein Hemd. Er sah erschöpft aus, als habe er Cain die letzten vier Stunden über geschlagen, statt den stummen Vollstrecker zu spielen. Als er mich sah, brachte er ein mattes Lächeln zustande.

»Hey.«

»Fertig?«, fragte ich.

»Yeah. Er ist tot. Wir bringen ihn morgen weg. Im Moment ist er unten im Abstellraum.« Er rieb sich den Nacken. »Hast du gegessen?«

Ich schüttelte den Kopf. »Tonio hat vorhin einen Eintopf gemacht. Willst du eine Schale?«

»Im Moment will ich eine Dusche, aber wenn du was davon heiß machst – ich bin zurück, bevor es fertig ist. Jeremy wird keinen Hunger haben, du bist also auf mich angewiesen. Okay?«

Ich nickte, und er ging zur Treppe.

Eine Stunde später gingen Clay und ich ins Arbeitszimmer und trafen dort Jeremy an, der mit geschlossenen Augen zurückgelehnt in seinem Sessel saß. Er öffnete ein Auge zur Hälfte, als wir hereinkamen.

»Tut mir Leid«, sagte ich. »Sollen wir gehen?«

Er winkte uns mit der gesunden Hand herein und schloss die Augen wieder. Ich setzte mich aufs Sofa, während Clay sich um die Getränke kümmerte. Er stellte ein Glas neben Jeremy auf den Tisch, aber Jeremy machte keine Anstalten, danach zu greifen.

»Jetzt haben wir also vier in der Stadt«, sagte ich, als Clay sich neben mich setzte. »Und zwei sind unterwegs. Die Frage ist, was tun wir als Nächstes.«

»Sie alle umbringen.«

»Guter Plan«, murmelte Jeremy, ohne die Augen zu öffnen. »Sehr bündig.«

»Hey, wenn du meine Ideen nicht hören will, dann lausch nicht.«

»Ich war zuerst hier.«

»Wir haben gedacht, du schläfst«, sagte ich.

Jeremy zog eine Augenbraue hoch und verfiel wieder in Schweigen, die Augen immer noch geschlossen. Clay griff an mir vorbei nach seinem Glas, nahm einen Schluck und ließ den Arm hinter meinem Kopf liegen; die Finger hingen an meiner Schulter.

»Wir sollten als Erstes Daniel erledigen«, sagte er. »Er ist der Anführer. Keiner von den anderen hat eine blasse Ahnung davon, wie man ein Rudel organisiert. Reiß ihnen das Herz raus, und die Angelegenheit fällt auseinander.«

»Gut«, sagte ich. »Das dürfte ja kein Problem sein. Daniel ist eine komplette Null, stimmt's? Der einzige Grund, warum du ihn nicht schon längst umgebracht hast, ist, dass du deinem Spielgefährten aus der Kindheit immer noch ein Plätzchen im Herzen bewahrst, richtig?«

Clay schnaubte.

»Genau«, sagte ich. »Er ist noch am Leben, weil er weiß, wie du vorgehst, und im Gegensatz zu Cain wird er nicht einfach in eine Falle gehen. Ich schlage vor, wir nehmen uns die beiden Neuen zuerst vor. Sie sind die wirklich unberechenbaren Elemente. Wenn wir sie losgeworden sind, wissen wir, woran wir sind.«

»Ich verschwende meine Zeit nicht mit ein paar nagelneuen Mutts.«

»Dann mache ich's. Ohne dich.«

»Ah, Scheiße.« Er schlug mit dem Kopf gegen die Sofalehne. »Jer, hörst du das?«

»Jetzt schlafe ich«, sagte Jeremy.

Er schwieg einen Augenblick. Als wir die Unterhaltung nicht wieder aufnahmen, seufzte er und öffnete die Augen.

»Clay hat Recht damit, dass wir uns Daniel vornehmen sollten«, sagte er. »Aber ihn umzubringen wird nicht so einfach sein. Ich werde erst mal mit ihm reden.«

»Mit ihm reden?«, fragte Clay. »Warum?«

»Weil ich weiß, wie er ist. Vielleicht ist es einfacher, ihn zufrieden zu stellen, als noch mehr Leben zu riskieren, indem wir ihn bekämpfen. Wenn Daniel sie nicht mehr zusammenhält, werden sich die anderen von selbst zerstreuen, genau wie ihr gesagt habt. Dann nehmen wir sie uns einzeln vor und sorgen dafür, dass uns in Zukunft keiner davon mehr gefährlich werden kann. Ich habe mir von Daniel eine Menge gefallen lassen, weil er zum Rudel gehört hat und weil sein Vater ein guter Mann war. Jetzt ist Schluss. Wir stellen ihn für diesmal zufrieden, und dann halten wir ein Auge auf ihn. Wenn er einen Menschen tötet, und wenn es in Australien wäre, stirbt er.«

»Wie kommst du auf den Gedanken, dass Daniel mit sich handeln lässt?«, fragte ich. »Cain hat doch offenbar geglaubt, dass er das Rudel eliminieren will.«

»Vielleicht, aber vor allem will er sich rächen«, sagte Jeremy. »Er will uns am Boden sehen. Wenn ich anbiete, mit ihm zu verhandeln, wird er glauben, es wäre ihm gelungen. Wenn er merkt, dass Zachary Cain tot ist, wird er anfangen, sich Sorgen zu machen. Jimmy Koenig ist noch nicht aufgetaucht. Vorläufig hat er nur Karl Marsten.«

»Und die beiden neuen Mutts.«

»Die haben in dieser Sache nichts zu verlieren«, bemerkte Jeremy. »Sie sind für einen Privatkrieg rekrutiert worden, der sie nicht betrifft. Sie kämpfen nur, weil sie eine Abmachung mit Daniel haben. Sie haben alles, was sie von ihm wollten. Wenn sie sehen, dass alles auseinander fällt, werden sie verschwinden. Was für eine Motivation hätten sie auch zum Bleiben? Sie haben mit dem Rudel nicht genug zu tun gehabt, um sich rächen zu wollen. Sie sind noch nicht lang genug Werwölfe, um den Wunsch nach einem Territorium entwickelt zu haben. Warum sollten sie kämpfen?«

»Zum Spaß.« Ich wandte mich an Clay. »Du hast Brandon in der Bar doch gesehen. Du hast gesehen, wie er diesen Mann getötet hat, wie viel Vergnügen es ihm gemacht hat. Hast du jemals gesehen, dass ein Werwolf sich so benimmt?«

»Ich unterschätze sie nicht, Darling«, sagte Clay. »LeBlanc stirbt für das, was er Logan und Jeremy angetan hat. Ich vergesse das nicht.«

Clays Hand fiel von der Sofalehne auf meine Schulter und begann mit meinem Haar zu spielen. Ich lehnte mich an ihn; die Nachwirkungen des Alkohols und einer schlaflosen Nacht begannen sich bemerkbar zu machen. Als Jeremy die Augen wieder schloss, tat ich das Gleiche und ließ den Kopf auf Clays Schulter fallen. Er drehte sich zu mir und reichte mit der anderen Hand zu mir herüber, um sie auf mein Bein zu legen. Ich konnte die Wärme durch meine Jeans spüren. Der Geruch von Scotch trieb auf seinem Atem zu mir herüber. Ich war am Einschlafen, als die Tür krachend aufsprang.

»Was ist denn hier los?«, fragte Nick. »Schlafenszeit?«

Niemand antwortete. Ich hielt die Augen geschlossen.

»Du siehst richtiggehend zufrieden aus, Clayton«, fuhr Nick fort, während er auf den Boden plumpste. »Das hat nicht zufällig irgendwas damit zu tun, dass Elena sich an dich kuschelt, oder?«

»Es ist kalt hier drin«, murmelte ich.

»Ich find's nicht kalt.«

»Es ist kalt«, knurrte Clay.

»Ich könnte ein Feuer machen.«
»Das könnte ich auch«, sagte Clay. »Ich könnte deine Kleider dazu nehmen. Bevor du Gelegenheit gehabt hast, sie auszuziehen.«
»Das war ein Wink, Nicky«, bemerkte Antonio von der Tür her. »Beherzige ihn doch bitte. Ich habe nicht den Wunsch, meine letzten Jahre als kinderloser alter Mann zu verbringen.«
Ich hörte Antonio durchs Zimmer gehen. Gläser klangen, als er sich und Nick Getränke eingoss. Dann richtete er sich in dem zweiten Sessel ein. Nick blieb auf dem Boden sitzen, wo er sich ausstreckte und an unsere Beine lehnte. Nach ein paar Minuten war es wieder still; nur gelegentlich hörte ich das Murmeln der Unterhaltung. Bald streckte die Schläfrigkeit, die mich überkommen hatte, ihre weichen Fühler auch nach den anderen aus. Die Stimmen sanken zu einem Murmeln ab, die Unterhaltung wurde vereinzelt und verklang schließlich ganz. Ich legte die Finger über Clays Brust, spürte seinen Herzschlag und schlief ein.

Umwege

Als ich aufwachte, erinnerte ich mich undeutlich daran, auf dem Sofa eingeschlafen zu sein, und begann mich dementsprechend zu arrangieren – die Arme auszustrecken und die Füße auf den Boden zu stellen, damit ich beim Aufstehen nicht vom Sitz rutschte. Dann stellte ich fest, dass meine Gliedmaßen samt und sonders nicht da waren, wo ich sie vermutet hatte. Meine Arme waren unter einem Kissen verschränkt und meine Beine in Laken verwickelt. Der Pudergeruch von Weichspüler füllte meine Nase. Ich öffnete ein Auge und sah die Silhouetten tanzender Zweige auf den Bettvorhängen. Zwei Überraschungen hintereinander. Ich lag nicht nur im Bett, ich lag sogar in meinem eigenen. Wenn ich im Erdgeschoss und in Clays Gegenwart einschlief, endete es in der Regel damit, dass er mich in sein Zimmer schleppte wie ein Höhlenmensch, der seine Gefährtin zu seinem Lager schleift. In meinem eigenen Zimmer aufzuwachen war so ungewöhnlich, dass es an Schock grenzte ... jedenfalls bis ich wach genug war, um den Arm über meiner Taille zu bemerken und das leise Schnarchen in meinem Rücken zu hören. Als ich mich bewegte, brach das Schnarchen ab, und Clay schob sich näher an mich heran.

»Wie beruhigend, dass du noch weißt, wie du es dir in meinem Bett bequem machen kannst«, bemerkte ich.

»Ich war bei dir, als du eingeschlafen bist«, murmelte er schläfrig. »Wüsste nicht, wo der Unterschied sein sollte, wenn ich bei dir bleibe.«

Ich sah an meinem nackten Körper entlang. »Wenn ich mich recht entsinne, war ich angezogen, als ich eingeschlafen bin.«

»Wollte nur sichergehen, dass du es bequem hast.«

»Und es dir bei der Gelegenheit genauso bequem machen, wie ich sehe«, sagte ich, während ich die Beine bewegte und seine nackte Haut an meiner spürte.

»Wenn du das *sehen* willst, musst du dich umdrehen.«

Ich schnaubte. »Eher nicht.«

Er kuschelte sich an meinen Rücken. Seine Hand glitt von meiner Hüfte zu meinem Bauch. Ich schloss die Augen wieder, das Gehirn noch immer wie vernebelt im Halbschlaf. Clay war warm; seine Körperwärme vertrieb die Kühle des frühen Morgens. Der Baldachin hielt das Bett dunkel und lud zum Verweilen ein. Das Haus ringsum war still. Es gab keinen Grund, jetzt schon aufzustehen, und keine Notwendigkeit, einen zu erfinden. Es war behaglich hier. Wir brauchten die Ruhe. Clays körperliche Nähe und das Wissen um sie brachten ein paar unerbetene Bilder und Gedanken mit sich, aber er tat nichts, das mich gezwungen hätte, gegen sie anzugehen. Sein Atem war langsam und tief, als sei er wieder am Einschlafen. Seine Beine waren mit meinen verflochten, aber sie waren still und seine Hände ebenso. Nach ein paar Minuten begann er meinen Nacken zu küssen. Immer noch kein Grund zur Sorge. Mein Nacken war nicht gerade eine erogene Zone, obwohl es sich gut anfühlte. Wirklich gut sogar, um ehrlich zu sein. Vor allem als er die Hand nach oben schob, um mir das Haar von der Schulter zu streichen, und sich mit den Fingerspitzen am Kiefer entlang bis zu den Lippen tastete.

Ich öffnete die Lippen und streckte die Zunge vor, um seine Finger zu schmecken, dann strich ich mit ihr über die raue Kante seines Fingernagels. Als ich die Lippen öffnete, schob er eine Fingerspitze zwischen meine Zähne. Ich knabberte an ihr; meine Zähne kratzten über die Haut. Seine Lippen bewegten sich an meinem Nacken entlang. Sein Atem kitzelte die kleinen Härchen dort und sandte einen Schauer durch mich hindurch. Seine Lippen und seine freie Hand glitten über meinen Rücken und hinterließen eine Gänsehaut. Die Hand strich zu der Kerbe zwischen meinen Rippen und dem Hüftknochen und streichelte die Kurve dort. Als die Finger sich weitertasteten bis zu meinem Bauch, drehte ich mich zu ihm um. Er zog mich auf eine Seite, so dass ich ihm gegenüber lag, und begann mich zu küssen. Die Küsse waren langsam und sanft; das Tempo entsprach dem seiner Hände, die meinen Körper erforschten, über meine Seiten strichen, den Rücken, die Arme, die Schultern, die Rückseite der Oberschenkel entlang und über die Hüften. Ich hielt die Augen geschlossen und trieb zwischen Schlaf und Wachen. Ich schob mich dichter an ihn und genoss die Hitze seiner Haut und die glatten Flächen und Sehnen seines Körpers. Als ich die Härte an meinem Bauch spürte, war es keine Frage, wie ich reagieren sollte. Mein Körper brauchte keine Anweisungen; wie von selbst schob ich mich nach oben, öffnete meine Beine …

»Hast du ihn angerufen?«, fragte Jeremy.

»Huh?« Ich räumte gerade die Spülmaschine aus. In Gedanken war ich noch mit Clay im Bett.

»Dein … Freund hat angerufen, bevor du aufgestanden bist. Du hast das Handy im Flur liegen lassen.«

Mein Hirn sprang schlagartig aus dem Schlafzimmer in die Gegenwart um. »Du bist drangegangen?«

»Wäre es dir lieber gewesen, wenn ich gewartet hätte, bis Clay drangeht? Du hast nicht angerufen, stimmt's?« Er wartete nicht auf eine Antwort. »Keine Sorge, ich habe nichts gesagt, also ist die Story, die du ihm erzählt hast, noch in Ordnung. Es sieht so aus, als erwartete er dich heute zurück.«

»Ich kümmere mich drum.«

»Elena …«

»Ich habe gesagt, ich kümmere mich drum.«

Ich räumte den letzten Teller fort und ging zur Tür.

Ich hatte Philip nicht angerufen, weil ich ihn vergessen hatte. Es klang entsetzlich, aber es war die reine Wahrheit. Ich liebte diesen Mann, ich wusste, dass ich ihn liebte, und das machte es nur noch schlimmer. Wenn ich wenigstens hätte sagen können, dass ich nicht in ihn verliebt war … Verliebt? War ich in Philip verliebt? Verdammt, das war so ein plattes, abgedroschenes Pseudowort. Ich liebte ihn. »Verliebt« gab es nicht. »Vernarrt« gab es, »verknallt« und »entflammt«, drei letzten Endes destruktive Emotionen, die mit echter, bleibender Liebe nichts zu tun hatten. Ich vergaß Philip, weil das meine Methode war, mit dem ganzen Durcheinander zurechtzukommen – ich teilte mein Leben in zwei Abteilungen auf, die Menschenwelt und das Rudel. Philip gehörte in die Menschenwelt, und selbst an ihn zu denken, während ich in der Rudelwelt lebte, verunreinigte in gewisser Weise das, was uns verband. Das war jedenfalls die Erklärung, die ich mir selbst für das Versehen lieferte.

Ich wollte gerade das Handy aus der Eingangshalle holen, als Clay auftauchte. Natürlich konnte ich mich jetzt nicht gut entschuldigen und mit dem Telefon in der Hand die Treppe hinaufrennen. Also ließ ich das Gerät, wo es war, und ging mit Clay spazieren. Ich hatte vor, Philip anzurufen, wenn ich zurückkam. Er hatte mir eine Nachricht hinterlassen, aber als wir zur Tür hereinkamen, erinnerte Jeremy uns daran, dass wir Cains Leiche loswerden mussten. Danach wurde es kompliziert, und in Anbetracht all dessen, was an diesem Tag sonst noch passierte, ist es wohl verzeihlich, dass ich vergaß, Philip anzurufen ... wieder einmal.

In den guten alten Zeiten der Gesetzlosigkeit und der mobilen Bezirksgerichte konnte das Rudel seine Leichen abladen, wo immer es ihm passte. Als die Menschen begannen, sich mehr für Tote und Vermisste zu interessieren, musste das Rudel es sich zur Gewohnheit machen, die Mutts, die es umbrachte, auch zu begraben. Heutzutage, im Zeitalter der Autopsien, der computervernetzten Ermittlungsarbeit und der DNA-Tests, war das Loswerden einer Leiche ein größeres Unternehmen, das einen halben Tag Vorbereitung und Arbeit erforderte. Jedes Mitglied des Rudels war in den nötigen Maßnahmen gedrillt worden, bis wir Leichen besser verschwinden lassen konnten als jeder Forensik-Spezialist.

Wir fuhren mit dem Explorer eine Stunde lang nach Norden, unter Vermeidung aller Orte, die wir in der Vergangenheit schon für ähnliche Zwecke genutzt hatten. Eine weitere Stunde verbrachten wir damit, eine Forststraße entlangzumanövrieren und dann querfeldein noch ein Stück in den Wald zu fahren. Dann holten wir Cains Leiche aus dem Auto und zerrten sie zu einer passenden

Stelle, wo wir sie auszogen, wuschen und auf Verletzungen untersuchten. Die einzigen sichtbaren Spuren waren zwei dunkle Flecke unter Cains Kehle – Blutergüsse, die Clays Daumen hinterlassen hatten, als er Cain den Hals brach. Zur Sicherheit schnitt Clay die Stellen mit dem Taschenmesser heraus. Schließlich begruben wir Cain. Dann schüttete ich das Grab wieder zu, während Clay zwei Steinblöcke beschaffte, die ein Mensch nicht hätte heben können, um sie auf das Grab zu legen. Wir gingen zurück zum Explorer, verwischten unsere Spuren und fuhren zum Schauplatz Nummer zwei.

Schauplatz Nummer zwei war ebenso sorgfältig gewählt wie Schauplatz Nummer eins, lag aber über eine Stunde von ihm entfernt. Hier gruben wir ein Loch und warfen Cains Kleidung, seine Papiere und die Beutel und Lappen hinein, die wir beim Transport und beim Säubern der Leiche verwendet hatten. Wir tränkten sie mit Kerosin und verbrannten sie, wobei wir versuchten, so wenig Rauch wie möglich zu verursachen. Als alles zu Asche zerfallen war, vergrub Clay die Reste, und wir erklärten die Angelegenheit für erledigt. Völlig wasserdicht war das nicht, aber niemand würde jemals von sich aus nach Zachary Cain suchen. Mutts hinterlassen keine trauernden Angehörigen.

Wir waren keine zwanzig Minuten mehr von Stonehaven entfernt, als ich im Rückspiegel blaue Lichter blitzen sah. Ich sah die Straße entlang in der Überzeugung, das Geblitze müsse jemand anderem gelten. Ich wusste genau, dass wir keine Regeln übertraten. Das Dümmste, was man tun kann, nachdem man gerade eine Leiche entsorgt hat, ist, auf dem Rückweg ein paar Verkehrsregeln zu brechen – weshalb ich es war, die fuhr, und nicht Clay. Der Tempomat war auf zwei Meilen über der vorgeschriebenen Höchstgeschwindigkeit eingestellt; die entsprechenden Vorschriften exakt einzuhalten kommt mir immer genauso verdächtig vor wie wirklich zu schnell zu fahren. Ich war die letzten dreißig Meilen eine gerade, ebene Schnellstraße entlanggefahren und hatte nicht einmal die Gelegenheit dazu gehabt, falsch abzubiegen oder ein Stoppschild zu übersehen. Ich hielt Ausschau nach Autos vor oder hinter uns, aber wir waren allein auf der Straße. Clay sah sich nach dem Polizeiauto um.

»Hat sich die Geschwindigkeitsbegrenzung hier geändert?«, fragte ich.

»Geschwindigkeitsbegrenzung?«

»Vergiss es. Ich fahre seitlich ran.«

»Kein Problem. Es ist alles in Ordnung.«

Ich fuhr an den Straßenrand und hoffte, die Polizisten würden an uns vorbeischießen auf dem Weg zu irgendeiner Katastrophe weiter vorn. Als ihr Auto auf dem Kiesstreifen hinter uns knirschend zum Stehen kam, fluchte ich leise.

»Alles sauber«, sagte Clay. »Hör auf, dir Sorgen zu machen.«

Einer der Beamten ging zur Beifahrerseite und klopfte ans Fenster. Clay wartete lang genug, um seiner Gereiztheit Ausdruck zu verleihen, aber nicht lang genug, um beleidigend zu wirken; dann drückte er auf den Fensterheber, und die Scheibe glitt nach unten.

»Clayton Danvers?«, fragte der Polizist.

Clay sah den Mann an, ohne zu antworten.

Der junge Beamte fuhr fort: »Mein Partner hier hat Ihr Auto erkannt. Wir haben gehofft, Sie säßen drin – das spart uns die Fahrt zu Ihnen nach Hause.«

Clay starrte den Mann weiter an.

»Würden Sie bitte aussteigen, Mr. Danvers?«

Wieder wartete Clay so lange, wie es eben noch zu akzeptieren war, bevor er die Tür öffnete. Ich öffnete den Gurt und stieg ebenfalls aus, blieb aber auf meiner Seite des Autos. Die Panik verlangte Antworten von meinem Gedächtnis. Die Ladefläche hinten war sauber, ja? Wir hatten uns gründlich die Hände gewaschen und unsere Kleidung überprüft, ja? Wir hatten alle Hilfsmittel entsorgt, ja? Ja, ja und ja. Soviel ich wusste jedenfalls. Was, wenn uns irgendwas entgangen war? War irgendwo hinten im Explorer ein Fetzen Stoff hängen geblieben, den wir übersehen hatten? Rochen unsere Kleider für menschliche Nasen so kräftig nach Rauch, wie sie es für meine taten?

Der zweite Polizist, ein kräftig gebauter Mann Ende dreißig, schlenderte um den Explorer herum, versuchte durch das Rückfenster zu schauen, legte das Gesicht dann dicht an das getönte Glas und beschattete seine Augen, um ins Innere sehen zu können.

»Jede Menge Stauraum«, sagte er. »Wie viel Zeug kriegen Sie in dieses Ding rein?«

»Zeug?« Ich blinzelte verwirrt. »Oh, Gepäck meinen Sie? Genug für einen einwöchigen Urlaub, nehme ich an.«

Er lachte. »Wenn Sie so packen wie meine Frau, will das einiges heißen.« Er sah wieder ins Innere. »Schön sauber und ordentlich. Kinder habt ihr wohl nicht, oder?« Er lachte wieder und ließ sich auf die Knie fallen, um die Reifen und die Unterseite zu inspizieren. »Das ist einer von diesen neuen Vorstadtstreitwagen, was? Ein Geländewagen, der nicht dazu gedacht ist, ins Gelände zu gehen.«

»Er schafft es auch ohne Straße«, sagte ich und versuchte die Ruhe zu bewahren, während er weiterhin die Unterseite des Explorers in Augenschein nahm. »Aber für echtes Geländefahren ist er zu wuchtig. In einem New Yorker Winter kann er aber ganz praktisch sein.«

»Das kann ich mir vorstellen.« Er sah zu Clay hinüber. »Wie viel schleppt der?«

»Keine Ahnung«, sagte Clay. Er war etwas abseits stehen geblieben und überließ es mir, Konversation zu machen. Es war einer seiner Tricks, um sein Temperament im Zaum zu halten: Vermeide jede Konfrontation.

»Wir haben noch nie jemanden damit abgeschleppt«, erklärte ich. Der ältere Polizist war immer noch damit beschäftigt, unter den Explorer zu sehen; vielleicht überprüfte er die Radaufhängung, vielleicht suchte er auch nach etwas anderem. Ich wartete, solange ich konnte, bevor ich fragte: »War ich zu schnell?«

»Wir haben einen Tipp gekriegt«, sagte der jüngere Beamte. Er wandte sich an Clay. »Einen anonymen Tipp, dass Sie irgendwas über den Mord an Mike Braxton wissen. Sie müssen mit aufs Revier und uns ein paar Fragen beantworten.«

Clays Kiefer straffte sich. »Sie erwarten, dass ich jetzt alles stehen und liegen lasse –«

Er unterbrach sich. Ich sagte nichts, aber er wusste genau, was ich dachte. Sich mit den beiden Polizisten anzulegen würde die Sache nicht besser machen. In die Offensive zu gehen würde sie vielleicht dazu bewegen, uns in Frieden zu lassen, wenn sie keinen Grund zu einer Verhaftung hatten, aber es war einfach zu riskant. Wenn wir sie wirklich ärgerten, durchsuchten sie am Ende noch den Explorer und Clay selbst. Kleinstadtpolizisten haben den Ruf, sich nicht immer allzu genau an die Dienstvorschriften zu halten. Sie hatten keine gesetzliche Handhabe, mit der sie Clay zwingen konnten, mit ihnen zu reden. Andererseits, in einem normalen Gespräch würden sie wohl kaum Hinweise auf unsere Aktivitäten an diesem Vormittag finden.

Clay erklärte sich schließlich bereit, ihnen eine Stunde seiner Zeit zur Verfügung zu stellen. Er fuhr auf dem Rücksitz des Polizeiautos mit zum Revier. Ich folgte im Explorer. Der anonyme Anrufer musste einer der Mutts sein, der uns eine Falle stellen wollte. Solange ich aber in meinem eigenen Auto mitkam, würden die Mutts es nicht mit einem Hinterhalt versuchen. Und wenn wir einmal im Revier waren, waren wir in Sicherheit. In einem Gebäude voll bewaffneter Leute würden sie nicht angreifen.

Das Wartezimmer auf dem Polizeirevier war kleiner als mein Schlafzimmer in Stonehaven, und die gesamte Möblierung hatte wahrscheinlich weniger gekostet als mein silbernes Haarpflegeset. Der Raum maß ungefähr dreieinhalb Meter im Quadrat und verfügte über eine Tür und zwei Fenster. Genauer gesagt, das Fenster in der Südwand bestand aus Einwegglas und führte nur in einen noch kleineren Raum. Das Einwegglas machte nicht allzu viel Sinn, wenn man nicht wusste, dass das Revier ursprünglich ein Privathaus der Depressionszeit gewesen war, in dem die meisten Räume zu mehr als einem Zweck genutzt wurden. In den seltenen Fällen, in denen die Beamten einen Verdächtigen beobachten oder ein wichtiges Verhör verfolgen mussten, nutzten sie das Wartezimmer vermutlich als Beobachtungsraum. Clay wurde diese Art

von Behandlung nicht zuteil; er wurde in ein privates Besprechungszimmer gebeten, kaum dass wir angekommen waren.
Das zweite Fenster war eine vergitterte Öffnung zu einem Käfig, in dem eine Rezeptionistin Mitte zwanzig saß, die für das Telefon, den Empfangstisch und das Wartezimmer gleichermaßen zuständig war. Daneben hatte sie noch mit pausenlosen Anfragen der Beamten nach Schreibdiensten, Ablage und frischem Kaffee zu tun. Fragen Sie mich jetzt bloß nicht, warum das Fenster vergittert war. Vielleicht befürchtete man, sie könnte entkommen. Die drei Stühle im Wartezimmer waren mit mottenzerfressenem altgoldenem Velours und abblätterndem Klebeband bezogen. Ich suchte mir den besterhaltenen davon aus, setzte mich vorsichtig hin, wobei ich darauf achtete, dass meine Haut nicht mit dem Stoff in Berührung kam, und nahm mir vor, meine Kleider in die Wäsche zu tun, sobald ich nach Hause kam. Dann ging ich den Zeitschriftenstapel auf dem Pressspantisch durch.
Als ich wieder aufblickte, stellte ich fest, dass die Rezeptionistin mich mit dem wachsamen Gesichtsausdruck beobachtete, der bei den Leuten normalerweise für Bettler und tollwütige Hunde reserviert ist. Durch das Fenster konnte ich sehen, wie der junge Beamte, der damals nach Stonehaven gekommen war, sich über die Theke beugte und mit ihr sprach. Sie starrten beide in meine Richtung, ich ging also davon aus, dass ich das Thema der Unterhaltung war, und etwas sagte mir, dass es nicht um den bedauerlichen Zustand meiner abgeschabten und ergrauenden Reeboks ging. Er erzählte ihr fraglos von der kleinen Episode im Wald. Genau das, was mir noch gefehlt hatte. Zehn Jahre lang hatte ich daran gearbeitet, mir in Bear Valley einen ordentlichen Ruf zu erwerben, und dann musste ich an einem einzigen Tag alles ruinieren, indem ich an einem kalten Frühlingsmorgen nackt durch den Wald lief und zuließ, dass meine Kleider später zerfetzt gefunden wurden wie nach einem bizarren sadomasochistischen Ritual. Städte wie Bear Valley hatten einen Platz für Frauen wie mich – als Ehrengäste auf dem Scheiterhaufen des jährlichen Grillfestes im Grünen.
Während ich noch in den Zeitschriften herumblätterte, öffnete

sich die Tür, und als ich aufsah, kam Karl Marsten herein, gefolgt von Thomas LeBlanc. Marsten trug Chinos, Tausend-Dollar-Lederschuhe und ein Designergolfhemd. Was LeBlanc trug, nahm ich nicht zur Kenntnis. Neben Marsten hätte niemand es zur Kenntnis genommen. Marsten kam auf die beiläufige, absolut natürliche Art eines Mannes ins Zimmer geschlendert, der jahrelang geübt hatte, wie man es anstellt, so beiläufig und absolut natürlich auszusehen. Er hatte die Hände in den Taschen, eben tief genug, um entspannt zu wirken, nicht tief genug, dass sich in den Hosentaschen unkleidsame Beulen bildeten. Das halbe Lächeln in seinem Gesicht verriet genau die richtige Mischung aus Interesse, Langeweile und Erheiterung. Als er sich mit dem Lächeln an die Rezeptionistin wandte, setzte sie sich aufrechter hin und zupfte unwillkürlich ihre Bluse zurecht. Er murmelte ihr ein paar Worte zu, und sie errötete und rutschte auf dem Stuhl herum. Marsten lehnte sich an die Gitterstäbe und fügte noch etwas hinzu. Dann sah er sich nach mir um und verdrehte die Augen. Ich schüttelte nur den Kopf. Das Einzige, was mich mit Karl Marsten versöhnte, war, dass er genau wusste, was für ein Kunstprodukt er war.

»Elena«, sagte er, während er sich auf den Stuhl neben mir setzte. Er hielt die Stimme leise – nicht, dass er geflüstert hätte, aber auf der anderen Seite des Zimmers hätte man ihn nicht verstanden. »Du siehst gut aus.«

»An mir brauchst du nicht zu üben, Karl.«

Er lachte. »Was ich meine, ist, du siehst erstaunlich gut aus für jemanden, der eine Auseinandersetzung mit Zachary Cain hatte. Ich gehe davon aus, dass davon der Kratzer auf deiner Backe stammt. Ich gehe außerdem davon aus, dass er nicht mehr im Rennen ist.«

»So in etwa.«

Marsten lehnte sich zurück und kreuzte die Knöchel, augenscheinlich sehr bekümmert über den Heimgang seines Partners. »Ich habe dich eine ganze Weile nicht gesehen. Wie lang ist es her, zwei Jahre? Zu lang. Schau mich nicht so an. Ich übe nicht an dir, und ich mache dich auch nicht an. Gott hat mir immerhin ein paar

Gramm Hirn mitgegeben. Ich meine damit nur, ich habe die Unterhaltungen mit dir vermisst. Du bist auf jeden Fall immer gute Gesellschaft, wenn schon nichts sonst.«

LeBlanc hatte sich den Stuhl auf meiner anderen Seite genommen. Ich ignorierte ihn. Wenn ich die Wahl hatte, unterhielt ich mich sehr viel lieber mit Marsten als mit dem Mann, der Logan umgebracht hatte.

»Ich habe eine ganze Reihe von deinen Zeitschriftenartikeln gelesen«, fuhr Marsten fort. »Sehr gut gemacht. Du hast da eine wirklich erfolgreiche Laufbahn, so, wie es aussieht.«

»Nicht so erfolgreich wie mancher andere«, sagte ich, während ich seine Rolex betrachtete. »Gekauft oder gestohlen?«

Seine Augen glitzerten. »Rate mal.«

Ich dachte darüber nach. »Gekauft. Es wäre einfacher – und billiger – gewesen, sie zu stehlen, aber den Schmuck von anderen Leuten würdest du nicht tragen. Obwohl du keine Einwände dagegen hättest, sie mit dem Geld zu kaufen, das du verdient hast, indem du den Schmuck von anderen Leuten stiehlst.«

»Ins Schwarze, wie üblich.«

»Die Geschäfte laufen also gut.«

Marsten lachte wieder. »Mir geht es ganz ordentlich, danke, vor allem wenn man bedenkt, dass ich zu nichts anderem wirklich tauge. Und da wir gerade dabei sind, vor ein paar Monaten bin ich an etwas geraten, das mich an dich erinnert hat. Ein Platincollier mit einem Wolfskopf als Anhänger. Wunderbar gearbeitet. Der Kopf ist aus Platinfiligran mit Smaragdsplittern als Augen. Sehr elegant. Ich habe überlegt, ob ich ihn dir schicken soll, aber dann dachte ich, er würde wahrscheinlich nur im nächsten Mülleimer landen.«

»Das war sehr vorausschauend.«

»Ich habe aber noch nicht aufgegeben. Wenn du ihn haben willst, gehört er dir. Keine Bedingungen. Er würde dir stehen – eine hübsche ironische Wendung, die du sicher zu schätzen wüsstest.«

»Weißt du, ich bin wirklich überrascht, dass du bei dieser Geschichte dabei bist«, sagte ich. »Ich dachte immer, du magst Daniel nicht.«

Marsten seufzte theatralisch. »Müssen wir unbedingt fachsimpeln?«
»Ich hab dich einfach nie als potenziellen Anarchisten gesehen.«
»Anarchist!« Er lachte. »Kaum. Die anderen haben ihre Gründe dafür, das ganze Rudel tot sehen zu wollen, vor allem wohl, damit sie ungestört ein paar unschönen, antisozialen Neigungen nachgehen können. Mir hat das Rudel niemals Schwierigkeiten gemacht. Andererseits hat es auch nie einen Finger für mich krumm gemacht. Ich erwidere die Haltung, indem ich mich in keiner Weise dafür interessiere, was aus dem Rudel wird. Ich will einfach nur mein Territorium.«
»Und wenn du es hättest, würdest du dich aus der Sache zurückziehen?«
»Und meine Mitanarchisten im Stich lassen? Das wäre das Verhalten eines verachtenswürdigen, gewissenlosen Gauners, eines Mannes, der vollkommen darin aufgeht, seine eigenen Interessen auf Kosten anderer zu fördern. Klingt das nach mir?«
Der zweite Mann neben mir gab ein ungeduldiges Geräusch von sich. Bevor ich die Unterhaltung mit Marsten weiterführen konnte, winkte dieser in LeBlancs Richtung.
»Der hier wollte dich kennen lernen«, sagte er. »Als wir gesehen haben, wie du der Polizei in die Stadt nachgefahren bist, hat er entschieden, dass er mit dir reden will. Ich bin nur mitgekommen, um euch einander vorzustellen. Wenn er anfängt, dich zu langweilen, dann schrei. Ich lese inzwischen eine Zeitschrift.« Marsten zog eine unter dem Haufen hervor. »*Hunter's Digest*. Hmm. Vielleicht finde ich ein paar brauchbare Tipps.«
Marsten lehnte sich auf seinem Stuhl zurück und öffnete das Heft. LeBlanc warf ihm einen Blick voll purer Verachtung zu. Er war offensichtlich schon vor einer ganzen Weile zu dem Schluss gekommen, dass Marsten ein drittklassiger Werwolf war, der kaum den Namen verdiente. Er irrte sich. Wenn ich den gefährlichsten Mutt im ganzen Land benennen müsste, hätte ich Schwierigkeiten, mich zwischen Marsten und Daniel zu entscheiden. Und wie hatte Marsten sich diesen Ruf verschafft? Indem er mehr

Menschen umbrachte als irgendjemand sonst? Indem er das Rudel piesackte oder uns in Schwierigkeiten brachte? Nein und nein. Marsten war einer der wenigen Mutts, die keine Menschen töteten. Wie so vieles andere war auch dies unter seiner Würde. Was sein Verhältnis zum Rudel anging – wenn er mit uns zu tun hatte, war er so höflich und unterhaltsam wie eben jetzt mir gegenüber. Aber wir beobachteten ihn aufmerksamer als jeden anderen mit Ausnahme von Daniel. Warum? Weil er eine unbeirrbare Zielstrebigkeit besaß, die der von Clay nicht nachstand. Wenn Marsten in einer neuen Stadt eintraf, setzte er sich mit den Werwölfen in Verbindung, die sich in der Umgebung aufhielten, lud sie zu einem teuren Abendessen ein, machte bezaubernde Konversation, legte ihnen ein einziges Mal nahe, sie sollten aus der Stadt verschwinden, und tötete sie, wenn sie um Mitternacht noch nicht fort waren. Was Marsten wollte, das nahm er sich … ohne Bedenken und ohne eine Spur von persönlicher Bösartigkeit. Was er im Augenblick wollte, war ein Territorium. Seit einigen Jahren hatte er durchblicken lassen, dass er gern sesshaft werden würde, und Scherze darüber gemacht, dass er sich dem Pensionsalter näherte. Das Rudel hatte ihn ignoriert. Nun hatte Marsten das Warten satt. Heute hatte er sich neben mich gesetzt, mir Komplimente über meine Artikel gemacht und mir Schmuck angeboten. Morgen würde er mich ausschalten, wenn ich ihm in die Quere geriet. Es war nicht persönlich gemeint – es war einfach der natürliche Gang der Dinge.

Eindrücke

Mindestens zehn Minuten lang studierte LeBlanc mich wie ein Entomologe, der ein unbekanntes Insekt untersucht. Ich wäre am liebsten gegangen. Vielleicht war das der Sinn der Übung. Wenn dieser Dreckskerl mich noch lang genug anstierte, würde ich ins Bad stürzen und mir die Hände waschen, und dort hätten er und Marsten mich in die Enge getrieben. Ich versuchte nur daran zu denken, dass LeBlanc Logan umgebracht und Jeremy angegriffen hatte, aber es gelang mir nicht. Immer wieder fielen mir die Frauen ein, die er ermordet hatte, die Details, die ich in seinem Album gefunden hatte. Logans wegen wollte ich ihn umbringen. Der anderen wegen wollte ich, dass er starb, aber ich wollte es nicht selbst erledigen, denn dazu würde ich ihn berühren müssen.

Ich zwang mich dazu, all das zu vergessen und mich auf eine Bestandsaufnahme zu konzentrieren. Das Leben hatte es in den letzten paar Jahren mit Thomas LeBlanc nicht allzu gut gemeint. Er war heruntergekommen seit dem gepflegten Mann auf dem Polizeifoto. Damit will ich nicht sagen, dass er schmuddelig oder unrasiert gewesen wäre oder sonst eine der äußeren Eigenschaften mitgebracht hätte, die der Durchschnittsbürger an einem psychopathischen Serienkiller zu sehen erwartet. Er sah aus wie ein Arbeiter in den Dreißigern in Kaufhausjeans, einem verwaschenen T-Shirt und Freizeitschuhen von Wal-Mart. Seit dem Foto hatte er außerdem an Gewicht zugelegt. Unglückseligerweise war es nicht Fett, sondern Muskelmasse.

»Du wolltest mit mir reden?«, fragte ich schließlich.

»Ich hab mich gefragt, worum sie eigentlich das ganze Getue machen«, antwortete er mit einem Blick, der mir verriet, dass er sich das Gleiche immer noch fragte.

Er verlegte sich wieder auf wortloses Stieren. Es erforderte meine ganze Selbstbeherrschung, neben ihm sitzen zu bleiben. Ich mühte mich darum, die Dinge in der richtigen Perspektive zu sehen: Er war ein neuer Werwolf; ich war ein erfahrener Werwolf. Kein Grund zur Besorgnis. Aber immer wieder verschob sich das Bild. Er hatte es auf Frauen abgesehen. Ich war eine Frau. Ganz gleich wie sehr ich mich bemühte, die Dinge rational zu halten, ganz gleich wie tough ich zu sein versuchte, der Mann machte mir Angst. Tief unten, wo Logik und Vernunft nicht zum Zug kamen.
Nach ein paar Minuten sah ich, wie sich hinter dem Einwegglas ein Schatten bewegte. Geradezu erleichtert über die Ablenkung stand ich auf und ging hinüber. Clay war im Zimmer nebenan. Allein. Er saß am Tisch, auf dem Stuhl zurückgelehnt, so dass die vorderen Stuhlbeine den Boden nicht berührten. Es waren weder Handschellen noch Wachmänner noch Schrammen und blaue Flecken zu sehen. Gut. Bis auf weiteres.
»Das ist er?«, fragte LeBlanc hinter mir. »Der berüchtigte Clayton Danvers? Sag mir, dass es nicht stimmt.«
Ich sah weiter zu Clay hinüber.
»Herrgott noch mal, ich glaub's nicht«, murmelte LeBlanc. »Wo zum Teufel hat das Rudel euch beide denn gefunden – beim Beachvolleyball? Tolle Sonnenbräune. Mann, die Locken.« LeBlanc schüttelte den Kopf. »Der ist nicht mal so groß wie ich. Wie viel, eins zweiundachtzig? Hundert Kilo in Stahlstiefeln? Herrgott. Da rechnet man mit 'nem Riesentyp, irgendwas Gemeingefährliches mindestens so groß wie Cain, und was findet man? Den künftigen *Baywatch*-Star. Sieht aus, als könnte der IQ gerade reichen. Kann er Kaugummi kauen und sich gleichzeitig die Schuhe zubinden?«
Clay hörte auf, mit seinem Stuhl zu spielen, und drehte den Kopf zum Spiegel. Er stand auf, ging quer durchs Zimmer und blieb vor mir stehen. Ich beugte mich vor und legte eine Hand an das Glas. Clay legte seine Fingerspitzen an meine und lächelte. LeBlanc fuhr zurück.
»Scheiße«, sagte er. »Ich dachte, das ist Einwegglas.«

»Ist es auch.«

Clay wandte den Kopf in LeBlancs Richtung und formte mit den Lippen drei Worte. Dann öffnete sich die Tür seines Raums, und einer der Beamten rief ihn nach draußen. Clay grinste mir zu und schlenderte mit dem Beamten aus dem Zimmer. Ich spürte eine Woge von Selbstvertrauen durch mich hindurchgehen.

»Was hat er gesagt?«, fragte LeBlanc.

»›Warte auf mich.‹«

»Was?«

»Es ist eine Herausforderung«, murmelte Marsten von der anderen Seite des Zimmers her, ohne auch nur von der Zeitschrift aufzusehen. »Er lädt dich ein, noch eine Weile zu bleiben und ihn besser kennen zu lernen.«

»Und, machst *du* das?«, fragte LeBlanc.

Marstens Lippen verzogen sich zu einem Lächeln. »Mich hat er ja nicht eingeladen.«

LeBlanc schnaubte. »Also, für einen Haufen Killermonster seid ihr bisher mehr heiße Luft als sonst irgendwas. Ihr mit euren Regeln und Herausforderungen und dem ganzen Theater.« Er wedelte mit der Hand in meine Richtung. »Du zum Beispiel. Stehst da und tust unbeteiligt und tust so, als machte es dir absolut nichts aus, dass wir zwei in ein und demselben Zimmer sind.«

»Es macht mir auch nichts aus.«

»Sollte es aber. Weißt du, wie schnell ich dich umbringen könnte? Du stehst keinen Meter von mir entfernt. Wenn ich jetzt ein Messer oder eine Schusswaffe in der Tasche hätte, wärst du tot, bevor du auch nur kreischen könntest.«

»Wirklich? Ui.«

In LeBlancs Wange zuckte ein Muskel. »Du glaubst mir nicht, stimmt's? Woher weißt du eigentlich, dass ich keine Waffe dabeihabe? Die haben keinen Metalldetektor an der Tür. Ich könnte eine rausholen, dich umbringen und in dreißig Sekunden weg sein.«

»Dann tu's doch. Ich weiß schon, du magst unsere kleinen Spielchen nicht, aber tu's einfach mir zuliebe. Wenn du einen Revolver oder ein Messer hast, hol es raus. Wenn nicht, tu so als ob. Beweis mir doch, dass du könntest.«

»Ich brauche gar nichts zu beweisen. Schon gar nicht einer großmäuligen –«

Mitten im Satz hob er blitzschnell die Hand. Ich packte sie und brach ihm das Handgelenk. Das Knacken hallte durchs ganze Zimmer. Die Rezeptionistin sah auf, aber LeBlanc stand mit dem Rücken zu ihr. Ich lächelte ihr zu, und sie wandte sich wieder ab.

»Du – gottverdammtes – Miststück«, keuchte LeBlanc, während er den verletzten Arm an sich drückte. »Du hast mir das Handgelenk gebrochen!«

»Dann habe ich also gewonnen.«

Sein Gesicht lief dunkelrot an. »Du eingebildetes –«

»Niemand mag schlechte Verlierer«, sagte ich. »Beiß die Zähne zusammen und akzeptier's. Bei Werwolfspielen wird nicht geheult. Hat Daniel dir das nicht beigebracht?«

»Ich habe das Gefühl, du bist hier nicht mehr erwünscht«, bemerkte Marsten, während er aufstand und die Zeitschrift wieder auf den Haufen der anderen warf.

Als LeBlanc nicht reagierte, kam Marsten zu ihm herüber und griff nach seinem Arm. LeBlanc trat zur Seite, bevor Marsten ihn berühren konnte, warf mir noch einen wütenden Blick zu und marschierte aus dem Zimmer.

»Die Freuden des Babysittens«, sagte Marsten. »Ich gehe dann wohl auch. Grüss Clayton von mir.« Marsten ging.

Ich stand da und hörte mein Herz hämmern. Ich hatte es geschafft, hatte meine Angst unter falscher Selbstsicherheit versteckt, und LeBlanc hatte es nicht bemerkt. Kinderleicht. Ich konnte es problemlos mit diesem Mutt aufnehmen. Warum also jagte mein Herz weiter, als sei ich ein Kaninchen in der Falle?

Zwanzig Minuten später saß ich immer noch im Wartezimmer und versuchte verzweifelt, etwas zu lesen zu finden. Ein Artikel in *Cosmopolitan* erregte meine Aufmerksamkeit. Der Titel lautete: »Konstruktiv streiten: Festigen Sie die Beziehung zu Ihrem Liebhaber, oder vertreiben Sie ihn?« Faszinierend, vor allem die Sache mit dem Vertreiben, aber ich zwang mich dazu, die Zeitschrift wegzulegen. *Cosmopolitan* scheint nie etwas zu meinem eigenen Leben zu sagen zu haben. Warum stand da nie: Wie reagieren Sie, wenn Haarbüschel und Pfotenabdrücke Ihres Liebhabers neben einer Leiche gefunden werden? Zeigen Sie mir diese Frage in einer Frauenzeitschrift, und Sie haben eine neue Abonnentin geworben.

Ich suchte nach etwas anderem zum Lesen, als Clay ins Zimmer kam. Die Rezeptionistin wurde aufmerksam. Sie lächelte und murmelte etwas, das ich nicht verstand. Alles, was sie für die Mühe bekam, war ein unbeeindrucktes Starren und ein abfälliges Zucken mit der Lippe. Als sie in sich zusammensank und wieder zu tippen begann, tat sie mir beinahe Leid. Clay konnte wirklich bezaubernd sein.

»Todesstrafe?«, fragte ich, als er zu mir herüberkam.

»Hättest du wohl gern. Es war Blödsinn, Darling. Absoluter Blödsinn, und deswegen habe ich das Mittagessen verpasst.«

»Du könntest sie verklagen.«

»Vielleicht tu ich's.« Er ging wieder zur Tür und hielt sie mir auf.

»Du hast also Besuch gehabt?«

»Marsten und LeBlanc.«

»Was hat Marsten gewollt?«

»Er hat mir ein Collier angeboten.«

»Gegen was?«

»Nichts. Es war einfach typisch Karl. Umgänglich wie immer, wobei er den kleinen Begleitumstand völlig ignoriert hat, dass wir zufällig auf unterschiedlichen Seiten in einem blutigen Kleinkrieg stehen. Und da wir's gerade davon haben, LeBlanc hat damit geprahlt, dass er mich gleich hier im Wartezimmer umbringen könnte. Ich hab ihm das Handgelenk gebrochen. Er war nicht sehr beeindruckt.«

»Gut. Warum ist er überhaupt mitgekommen?«

»Um mich anzustieren, glaube ich. Und was er gesehen hat, hat ihn allem Anschein nach auch nicht beeindruckt.«

Clay schnaubte, und wir gingen hinaus auf den Parkplatz.

Wir parkten in der Einfahrt von Stonehaven. Jeremy kam uns an der Tür entgegen.

»Ihr habt das Mittagessen verpasst«, sagte er. »Ist irgendwas schief gegangen?«

»Nö«, antwortete Clay. »Sie haben mich aufs Polizeirevier geschleift und ausgefragt.«

»*Nachdem* wir das mit Cain erledigt hatten«, fügte ich hinzu, bevor Jeremy Gelegenheit hatte, sich über plötzliche stechende Schmerzen in der Brust zu wundern. »Ich hätte dich von der Polizei aus angerufen, aber das Telefon war einfach zu öffentlich. Sie haben uns auf der Straße angehalten, nachdem wir die Leiche losgeworden waren. Es sieht so aus, als hätte Daniel ihnen einen Tipp gegeben, dass Clay irgendwas über den Tod von Mike Braxton wissen könnte. Anscheinend hat er gehofft, sie würden uns hier mit Cains Leiche erwischen oder auf dem Weg zum Entsorgen. Aber da hat er wohl Pech gehabt.«

»Was meint ihr, wie viel die Polizisten gewusst haben?«

»Nicht viel«, sagte Clay. »Die Fragen waren alle ziemlich allgemein gehalten. Die fischen im Trüben rum, sonst nichts.«

»Haben sie das Auto durchsucht?«

»Schwer zu sagen«, antwortete ich. »Einer von ihnen hat ziemlich ausführlich durchs Fenster gesehen und die Unterseite inspiziert. Er hat so getan, als wäre er ganz allgemein an dem Explorer interessiert – was an Gepäck reinpasst, wie er sich im Gelände macht, lauter solche Fragen. Aber andererseits kann er auf diese Art unauffällig nach Hinweisen gesucht haben.«

»Einfach wunderbar«, sagte Jeremy kopfschüttelnd. »Kommt rein und esst schnell noch was. Wir müssen los.«

»Hast du eine Möglichkeit gefunden, Daniel eine Nachricht zu schicken?«, fragte ich.

Jeremy winkte ab. »Das war kein Problem. Ich habe sie ihm schon geschickt.«

»Hat er geantwortet?«

»Ja, aber mit dem, was wir als Nächstes machen, hat das nichts zu tun. Beeilt euch. Wir haben nicht viel Zeit.«

»Wohin gehen wir denn?«, fragte Clay, aber Jeremy war schon wieder im Haus verschwunden.

Keine Stunde später saßen wir zu fünft im Explorer. Es war das erste Mal, dass das Rudel nicht mehrere Fahrzeuge brauchte, wenn es sich gemeinsam auf den Weg machte. Es waren nur noch fünf von uns übrig. Natürlich hatte ich das auch vorher schon gewusst, aber wirklich klar geworden war es mir erst, als wir zu fünft in einem Auto den Highway entlangfuhren. Fünf Überlebende. Vier Männer und eine Frau, die sich nicht einmal sicher war, ob sie sich noch zu der Gruppe zählte. Wenn ich ging, würde es dann noch ein Rudel geben? Konnte man zwei Väter und zwei Söhne noch als Rudel bezeichnen? Ich schüttelte den Gedanken ab. Mit mir oder ohne mich – das Rudel würde überleben. Es hatte das bisher immer getan. Im Übrigen gab es keinen zwingenden Grund für mich, jetzt oder in der näheren Zukunft meine Unabhängigkeit zu erklären. Ich hatte vor, nach Toronto zurückzukehren, wenn dies alles überstanden war – aber wie Jeremy gesagt hatte, es bestand keine Notwendigkeit, überstürzte Entscheidungen über meinen Status im Hinblick auf das Rudel zu treffen.

Wir fuhren zum Flughafen, um uns mit Jimmy Koenig zu treffen. Nennen wir es ein improvisiertes Empfangskomitee. Jeremy hatte herausgefunden, dass Koenig heute um 19.10 Uhr mit dem Flugzeug aus Seattle in New York City eintreffen würde. Fragen Sie mich jetzt bloß nicht, woher er das wusste. Ich nahm an, dass die Information das Resultat mehrerer Telefonate, etlicher Lügen und einer Menge guter Manieren war. Das jedenfalls war Jeremys übliche Methode. Es war immer wieder erstaunlich, was man von den Angestellten von Fluggesellschaften und Motels, den Vertretern von Kreditkartenfirmen und anderen Dienstleistern erfahren konnte, einfach indem man ihnen eine gute Geschichte erzählte und dabei sehr, sehr höflich war. Jeremy hatte sich über das Wie nicht geäußert, als er die Informationen an uns weitergab. Das tat er nie. Bei jedem anderen hätte ich den Verdacht gehabt, dass es ihm um den Schaueffekt ging, wie bei einem Zauberer, der ein Kaninchen aus dem Hut zieht, ohne den Trick zu verraten. Bei

Jeremy wusste ich, er hatte keinerlei Hintergedanken dieser Art. Er hätte es für Angeberei gehalten, eine Erklärung zu geben – als erwarte er, wir würden von seiner Findigkeit beeindruckt sein.
Unser Plan war, Koenig am Ausgang zu begrüßen, ihm sein Gepäck tragen zu helfen und ihn im großen Stil nach Bear Valley zu eskortieren – nicht ohne zuvor über ein paar Drinks im Club 21 unsere Bekanntschaft zu erneuern. Doch, im Ernst.
Ja, okay, ich geb's zu. Das war nicht wirklich unser Plan.
Unser Plan war, den erbärmlichen Mutt zu eliminieren, bevor er das Empire State Building auch nur zu Gesicht bekam. Die Zeit des sorgfältigen Abwägens war vorbei. Wir wurden endlich aktiv.

Rache

Das Flugzeug aus Seattle hatte vierzig Minuten Verspätung – was ein Glück war angesichts der Tatsache, dass wir selbst erst zwanzig Minuten nach der planmäßigen Ankunft der Maschine am Flughafen eintrafen. Ein quer stehender Lastwagenanhänger auf dem Highway hatte uns fast eine Stunde gekostet. Antonio bog um halb acht mit kreischenden Reifen in das Flughafengelände ein, schlängelte sich wie ein New Yorker Cabbie durch den Verkehr und setzte uns ein paar Minuten später am Eingang ab. Als er einen Parkplatz gefunden hatte und sich im Terminalgebäude wieder zu uns gesellte, war Koenigs Flugzeug gelandet. Wir hatten es geschafft, aber nur mit Mühe und Not. Ich wusste nicht, ob ich das als gutes oder schlechtes Omen interpretieren sollte.

Wir hielten uns im Hintergrund der Menge von Freunden, Angehörigen und Fahrern und beobachteten die eintreffenden Passagiere. Jimmy Koenig war kaum zu übersehen. Er war groß und dürr, und sein Gesicht erinnerte an Keith Richards an einem schlechten Tag. Man sah ihm jeden einzelnen Tag seiner zweiundsechzig Jahre an – die Rache eines Körpers, der seit fünfzig Jahren jeder der Menschheit bekannten Belastungsprobe ausgesetzt worden war. Zu viel Alkohol, zu viele Drogen und viel zu viele Morgen, an denen er in fremden Hotelzimmern neben noch fremderen Frauen aufgewacht war. Die Leute, die Anti-Drogen-Anzeigenkampagnen entwerfen, sollten Typen wie Jimmy Koenig anwerben. Zeigt seine Visage im Fernsehen, und jeder Junge mit einem Restbestand an Eitelkeit wird Alkohol und Drogen fürs Leben abschwören. Glauben Sie's mir.

Koenig reiste nicht allein. Er hatte einen Kerl dabei, der aussah wie der ihm zugeteilte FBI-Mann – Mitte dreißig, glatt rasiert und gepflegt, mit dunklem Anzug und dunkler Sonnenbrille. Obwohl die Augen hinter den Gläsern verborgen waren, sah ich, dass er den Kopf pausenlos von einer Seite zur anderen drehte, als beobachte er seine Umgebung. Halb erwartete ich zu sehen, dass er und Koenig mit Handschellen aneinander gekettet waren. Als sie am Ende der Rampe angekommen waren, blieben sie stehen. Es folgte ein schneller Wortwechsel. Der FBI-Mann sah verärgert aus, aber Koenig gab nicht nach. Nach ein paar Augenblicken stelzte der Typ davon zu den Gepäckbändern. Koenig dagegen ging in den Wartesaal hinüber, wo er in den nächsten Stuhl plumpste. »Clay, Elena, ihr nehmt Koenig«, sagte Jeremy. »Tonio und ich nehmen uns seinen Freund vor. Nick?«

»Ich gehe mit Clay«, sagte Nick.

Jeremy nickte, und er und Tonio machten sich auf den Weg zur Gepäckausgabe. Clay und ich besprachen schnell unsere Taktik; dann verschwanden Clay und Nick in der Menge. Ich wartete, bis sie außer Sichtweite waren; dann schlug ich einen Bogen um eine lautstark wiedervereinte Familie und arbeitete mich hinter Koenigs Rücken vor. Als ich seinen Stuhl erreicht hatte, blieb ich hinter ihm stehen und wartete. Es dauerte eine ganze Weile, bis sein Kopf nach oben zuckte. Er schnüffelte und sah sich langsam um.

»Buh!«, sagte ich.

Er reagierte so, wie alle Mutts reagieren, wenn sie mit mir zu tun bekommen. Er schoss aus seinem Stuhl hoch und stürzte angstzitternd zum Ausgang. Schön wär's. Er warf einen Blick auf mich und sah sich dann nach Clay um. Es klappt immer. Mutts zittern bei meinem Auftauchen einzig und allein deshalb, weil es in der Regel bedeutet, dass Clay nicht allzu weit entfernt ist. Ich bin nichts als ein Bote kommenden Unheils.

»Wo ist er?«, fragte Koenig, während er mit schmalen Augen die Menge absuchte.

»Ich bin allein«, antwortete ich.

»Yeah, ganz sicher.«

Ich umrundete die Stuhlreihe und setzte mich neben ihn. Ich roch nichts als eine Spur von Scotch in seinem Atem, was wohl hieß, dass er im Flugzeug nur einen einzigen Drink zu sich genommen hatte. Auch hier war ich mir nicht sicher, ob das nun ein gutes Zeichen war oder nicht. In nüchternem Zustand war er wie ein zahnloser Löwe, unangenehm, aber ohne allzu viel Biss. Es bedeutete allerdings auch, dass sein Hirn und seine Reflexe in Bestform waren.

»Clay ist gegangen, um sich deinen Kumpel mit der Sonnenbrille vorzunehmen«, erklärte ich.

»Kump-« Koenig brach ab und grunzte.

»Er dachte, mit dir werde ich allein fertig.«

Koenigs dunkle Augen blitzten wütend; jetzt war er offensichtlich beleidigt. Er murmelte etwas Unverständliches. Ich wollte ihn gerade bitten, es zu wiederholen, als ich sah, wie Nick sich von der anderen Seite her näherte. Ich beobachtete ihn und fluchte leise. Koenigs Kopf fuhr herum. Als er Nick sah, war seine erste Reaktion Erleichterung. Er begann sich zu entspannen und wurde dann wieder aufmerksam. Nick mochte nicht so übel sein wie Clay, aber in Koenigs Augen bot er entschieden mehr Grund zur Besorgnis als ich.

»Scheiße«, murmelte ich. »Der hat hier gar nichts verloren.«

Nick grinste – kein freundliches Lächeln, sondern das zufriedene Grinsen eines Jägers, der Beute wittert. Seine Schritte wurden länger, als er auf uns zukam. Seine Augen waren fest auf Koenig gerichtet.

»Nicholas …«, warnte ich leise, während ich aufstand.

Koenig fiel darauf herein. Er glaubte, dass ich mich darauf vorbereitete, Nick entgegenzutreten, und ergriff die Flucht. Nick grinste siegessicher in meine Richtung, und wir machten uns an die Verfolgung. Koenig rannte, aber er kam kaum voran. Es war, als versuchte man in einem dichten Wald zu rennen. Er musste ständig ausweichen, um den Zusammenprall mit Leuten und Stühlen zu vermeiden, und wenn er ein Hindernis umgangen hatte, krachte er in das nächste. Nick und ich folgten ihm mit schnellen Schritten, ohne zu rennen. Es war auf diese Art nicht nur leichter, Hindernissen aus dem Weg zu gehen; es würde so auch nicht aussehen, als jagten wir Koenig. Und bei Koenigs äußerer Erscheinung schien niemand es besonders merkwürdig zu finden, dass er durch die Flughafenhalle stürzte, als versuchte er unsichtbaren Verfolgern zu entkommen. Die Leute nahmen vermutlich an, er sei entweder blau oder zugekifft oder habe vielleicht auch einen wirklich umwerfenden Sechziger-Jahre-Flashback. Sie fluchten, wenn er sie über den Haufen rannte, aber niemand versuchte sich einzuschalten.

Nick und ich hielten uns auf Koenigs beiden Seiten. Es war die gleiche Technik, die wir auch bei dem Hirsch angewandt hatten: ihn in Bewegung zu halten und auf die Ziellinie zuzutreiben. Und erraten Sie, wer an der Ziellinie wartete? Ich war beinahe überrascht, dass Koenig es tatsächlich nicht besser wusste. Ich sage »beinahe«, weil ich inzwischen nicht mehr vollkommen überrumpelt war, wenn ein Mutt sich von einem so alten Trick täuschen ließ. Mutts jagen kein Rotwild. Das Muster für unsere Vorgehensweise mochte in Koenigs Hirn gespeichert sein, aber er hatte sich nie die Mühe gemacht, es abzurufen, und so erkannte er es nicht, als es gegen ihn verwendet wurde.

Ich folgte Clays Geruch, und wir trieben Koenig aus der belebten Halle in einen leeren Gang und von dort in ein enges Treppenhaus. Clay schoss unter der Treppe hervor, packte Koenig an der Kehle und brach ihm das Genick. Nicht gerade ein spannender Höhepunkt, aber wir konnten es einfach nicht riskieren, ihn in einem belebten Flughafengebäude zu befragen. Jeremy hatte gesagt, wir sollten ihn töten, und so tötete Clay ihn, mit vollkommener Effizienz. Bevor der Körper auch nur erschlaffte, hatte Clay ihn schon in die Schatten unter der Treppe geschoben.

»Lassen wir ihn hier?«, fragte ich.

»Nö. Da drüben ist ein Ausgang. Ich hab draußen ein paar Müllcontainer stehen sehen. Wenn ihr zwei Wache schiebt, bringe ich ihn raus.«

»Brauchst du uns beide?«, fragte ich. »Vielleicht können Tonio und Jeremy Hilfe brauchen.«

»Gute Idee. Geh ruhig. Nick macht den Posten.«

Ich machte mich auf den Weg.

Als ich in die Halle mit den Gepäckbändern kam, waren die meisten Leute aus Koenigs Flugzeug schon wieder verschwunden. Übrig waren nur noch die unvermeidlichen Nachzügler, die neben dem Förderband standen und es wie gebannt beobachteten. Bei jedem vorbeiziehenden Gepäckstück wurden sie aufmerksam und prüften es sorgfältig und wider besseres Wissen in der Hoffnung, dass ihr Koffer irgendwann doch noch auftauchen würde; sie weigerten sich ganz einfach zu glauben, dass er tatsächlich von dem dunklen Gott des verlorenen Gepäcks verschlungen worden war. Der FBI-Mann war nicht unter den Gläubigen. Jeremy und Antonio auch nicht. Ich warf einen letzten Blick in die Runde und ging zurück in die Richtung, aus der ich gekommen war.

In der Nähe der Toiletten entdeckte ich von weitem den FBI-Mann. Ich versuchte den Werwolfgeruch zu identifizieren, aber er verlor sich im Gestank Hunderter von Fremden. Auch Jeremy und Antonio konnte ich nicht wittern, aber das war nicht weiter überraschend. Bei all dem menschlichen Durchgangsverkehr, der sich Stunde um Stunde durch diese Gänge wälzte, hätte ich Glück gehabt, wenn ich überhaupt einen einzelnen Geruch herauspicken konnte. Außerdem kam Jeremy vermutlich aus einer anderen Richtung – im Gegensatz zu mir neigte er nicht zu kindischen Spielereien, etwa der, zu einer Zielperson hinzugehen und »Buh« zu sagen.

Ich heftete mich an die Fersen des neuen Werwolfs, hielt aber genug Abstand, um ihn nicht unversehens einzuholen und Jeremys Plan zu ruinieren, wie immer der auch aussehen mochte. Ich erwartete, der Mutt werde in das Foyer zurückkehren, wo Koenig gewartet hatte. Er tat es nicht. Stattdessen nahm er eine Nebentür ins Freie. Ich folgte ihm in eine Art offenen Durchgang hinaus, der aussah wie eine Ladezone. Von dort aus wandte er sich in Richtung Parkplatz.

Auch diesmal entsprach seine Route nicht meinen Erwartungen. Statt weiterzugehen bis zum Parkplatz, bog er in eine andere Passage ab. Als ich ihm folgen wollte, zerriss ein hohes Blökgeräusch die Stille, und ich fuhr herum und sah einen Gabelstapler, der sich von hinten näherte. Ich sprang aus dem Weg. Als das Gerät vorbeifuhr, zeigte der Fahrer mit dem Finger zum Parkplatz hinüber, wurde aber nicht langsamer – wahrscheinlich hatte er zu viel zu tun, um sich um Fluggäste zu kümmern, die sich in einen den Angestellten vorbehaltenen Bereich verirrt hatten. Danach hielt ich mich dicht an der Wand und bereit, in Deckung zu gehen, falls noch jemand auftauchen sollte.

Ich rannte bis ans Ende der Gasse, aber der Mutt war verschwunden. Ich suchte nach seiner Witterung. Sie war immer noch nicht zu finden – jetzt waren es die Motoren- und Abgasgerüche, die sie überdeckten. Ich begann zu vermuten, dass Jeremy und Antonio nicht einmal in der Nähe waren. Die Luft war dick von Öl- und Dieseldämpfen; sie hatten es wahrscheinlich längst aufgegeben. Ich wollte schon umkehren, als ich um eine Ecke bog und den Mutt in weniger als fünf Metern Entfernung vor mir sah. Ich zog mich schnell zurück, bis ich außer Sicht war, blieb stehen, horchte und überlegte, was für Möglichkeiten ich nun hatte. Wenn sich mein Eindruck verstärkte, dass Jeremy und Antonio nicht da waren, sollte ich mich zurückziehen. Jeremy würde mich bei lebendigem Leib häuten, wenn ich mir den Mutt allein vornahm, selbst wenn es mir gelang, ihn zu erlegen. Ich wusste das, aber die Versuchung war zu groß. Ich sagte mir, dass ich ihn mir nur genauer ansehen wollte, und schob mich wieder vorwärts.

Als ich die Ecke wieder erreichte, war der Mutt fort. Ich hielt mich dicht neben dem Gebäude zur Linken, schlüpfte den Durchgang entlang und fand ihn wieder. Wir gingen noch fünf oder sechs Meter. Dann blieb er stehen und sah sich um, wie um sich zu orientieren. Ich drückte mich flach an die Mauer und wartete. Als er weiterging, blieb ich in meinem Versteck und ließ ihn einen Vorsprung gewinnen. Ich war so auf meine Beute konzentriert, dass ich die Schritte hinter mir nicht hörte. Zu spät drehte ich mich um. Ein Arm packte mich an der Kehle und drückte mich an die Mauer.

»Elena«, sagte LeBlanc. »So ein Zufall aber auch.«

Ich drehte den Kopf, um die Gasse entlangzusehen; ich erwartete, dass der FBI-Mann zurückkommen würde. Er war verschwunden.

»Freund von dir?«, fragte LeBlanc.

»Deiner vielleicht, nicht meiner.«

LeBlancs Augenbrauen schoben sich nach oben, dann lachte er. »Oh, ich verstehe. Du bist ihm gefolgt, weil du gesehen hast, wie er mit Koenig geredet hat, also hast du gedacht, er wäre einer von uns. Falsch gedacht, Girlie. Ganz falsch. Koenigs Schützling hat's nicht geschafft. Ist mit der Wandlung einfach nicht fertig geworden. Gestern gestorben. So ein Jammer, furchtbar traurig. Daniel hat mich losgeschickt, ich soll den alten Deppen abholen. Ich hab euch Typen rumhängen sehen, also hab ich mich im Hintergrund gehalten und mir die Show betrachtet. Dann hab ich gesehen, wie du allein losziehst, und dachte, vielleicht kann ich den Auftrag ja doch noch erledigen.«

Während er sprach, spannte ich die Muskeln für einen plötzlichen Angriff, aber bevor ich zuschlagen konnte, holte er etwas aus der Tasche. Eine Waffe. LeBlanc hob die Pistole und setzte mir die Mündung mitten auf die Stirn. Der Boden schwankte unter mir, als meine Knie nachzugeben drohten. Stopp, sagte ich mir. Er spielt ein Spiel. Nicht die Sorte Spiel, an die du gewöhnt bist, aber ein Spiel ist es trotzdem. Ja, sicher, eine Pistole zeigte auf meine Stirn, aber ich würde einen Ausweg finden. Mutts waren berechenbare Wesen. LeBlanc würde mich nicht umbringen, weil ich zu wertvoll war, um für ein paar Sekunden mörderischen Vergnügens geopfert zu werden. Ich war der einzige weibliche Werwolf. Er würde vielleicht versuchen, mich zu vergewaltigen oder zu kidnappen oder zusammenzuschlagen, aber er würde mich nicht töten.

Ich schluckte die Furcht hinunter. Gespielte Furchtlosigkeit hatte das letzte Mal funktioniert. Bewährtes soll man nicht ändern.

»Werwölfe verwenden keine Schusswaffen«, sagte ich. »Schusswaffen sind etwas für Schwächlinge. Ihr Typen wisst das doch, oder nicht?«

»Halt den Mund«, sagte LeBlanc, während er die Waffe etwas nach oben richtete.
»Am Ende hattest du doch Recht, als du gesagt hast, dass wir nicht so wahnsinnig schlau sind«, bemerkte ich. »Wenn ich intelligent gewesen wäre, hätte ich dir das rechte Handgelenk gebrochen. Wie geht's dir eigentlich? Noch Schmerzen?«
»Halt den Mund.«
»Ich versuche doch nur Konversation zu machen.«
»Wenn du reden willst«, sagte LeBlanc, »dann schlage ich vor, du fängst mit einer Entschuldigung an.«
»Wofür?«
Sein Gesicht wurde dunkelrot, und die Augen füllten sich mit einer Empfindung, die ich im ersten Augenblick nicht erkannte. Hass. Reiner, purer Hass, zehnmal stärker als alles, was ich heute Morgen auf dem Polizeirevier gesehen hatte. War er so wütend auf mich, weil ich ihm das Handgelenk gebrochen hatte? Der Gedanke schockierte mich geradezu. Ja, natürlich, die meisten Leute würden derlei übel nehmen, aber in der Regel machten Mutts kein solches Theater deswegen, vor allem dann nicht, wenn ich es war, die den Schaden angerichtet hatte. Im Gegenteil, meist taten sie es lachend ab, als seien sie auf eine etwas verdrehte Art erfreut darüber, dass ich die Nerven gehabt hatte, es zu tun. Vor Jahren hatte ich Daniel ein Ohr abgebissen. Er nahm es mir nicht übel. Wenn überhaupt, dann war er stolz auf sein fehlendes Ohr, und jedem Mutt, der danach fragte, erzählte er in allen Einzelheiten, wie er es verloren hatte – als beweise das, dass wir ein enges und vertrautes Verhältnis zueinander hatten. Es gibt doch keinen Liebesbeweis, der eine bleibende Entstellung ersetzen könnte.
»Ist es das Handgelenk?«, fragte ich. »Du warst es doch, der beweisen wollte, dass du mich erstechen könntest. Ich habe nur bewiesen, dass ich mich verteidigen kann.«
»Blödsinn. Du hast gedacht, es ist komisch. Den Neuen demütigen. Als wir wieder im Hotel waren, was glaubst du, was Marsten macht? Es Daniel und Olson weitererzählen. War für einen Lacher gut.« Er spannte den Hahn. »Ich will eine Entschuldigung.«

Ich dachte darüber nach. Eine Entschuldigung war nicht allzu viel verlangt. Natürlich, es tat mir nicht Leid, dass ich es getan hatte, aber das brauchte er ja nicht zu wissen. Die Worte blieben mir trotzdem in der Kehle stecken. Warum sollte ich mich eigentlich entschuldigen? Warum wohl, du dumme Kuh, weil der Typ dir eine Pistole an den Kopf hält. Aber wenn ich mir so sicher war, dass er sie nicht gebrauchen würde ... Wie auch immer. Es hatte keinen Zweck, die Angelegenheit eskalieren zu lassen.

»Es tut mir Leid«, sagte ich. »Ich wollte dich nicht blamieren.«

»Auf den Knien.«

»Was?«

»Du sollst dich auf den Knien entschuldigen.«

»Den Teufel werde ich –«

LeBlanc rammte mir den Pistolenlauf in den Mund. Ich biss unwillkürlich zu und spürte den Schmerz wie Nadelstiche durch meinen Kiefer fahren, als Zähne auf Metall trafen. Ich versuchte auszuweichen, aber er hatte mich an die Wand gedrängt, und er stieß den Lauf tiefer, bis ich würgte.

Der Geschmack des Metalls war scharf und widerlich. Ich versuchte wenigstens die Zunge nach hinten zu ziehen, aber der Lauf steckte zu tief. Mein Herz flatterte, aber in Panik war ich nicht. Was immer LeBlanc sagte, ich wusste, dass er mich nicht töten würde. Er glaubte, die Drohung würde ausreichen, um mich alles tun zu lassen, was er wollte. Er würde feststellen, dass das ein Irrtum war. Sobald ich herausgefunden hatte, wie ich seine Pistole aus dem Mund bekam. Noch während ich es dachte, ging mir auf, dass die Lösung nicht weiter schwierig war. Ich tat es wirklich nicht gern, aber es war die einfachste Methode.

Ich hob ein Bein an und machte eine Bewegung, die aussah, als wäre ich tatsächlich bereit zu knien. LeBlancs Lippen verzogen sich zu einem hässlichen Lächeln, und er zog die Pistole aus meinem Mund.

»Braves Mädchen«, sagte er. »Werwolf oder kein Werwolf, du bist also doch noch eine Frau. Wenn es hart auf hart geht, weißt du, wo dein Platz ist.«

Ich biss die Zähne zusammen und hielt den Blick gesenkt, was er offenbar als Bestätigung dafür auffasste, dass er mich hinreichend eingeschüchtert hatte.

»Und jetzt?«, sagte er.

Ich ließ den Kopf hängen, so dass das Haar mir wie ein Vorhang ums Gesicht hing. Dann begann ich zu schnüffeln.

LeBlanc lachte. »Jetzt sind wir längst nicht mehr so vorlaut, stimmt's?«

In der Stimme klang Triumph mit. Ich schnüffelte noch etwas lauter und hob eine Hand, um mir die Augen zu wischen. Durch den Schleier von Haaren hindurch konnte ich nur LeBlancs untere Körperhälfte sehen. Es reichte. Nachdem ich ein paar Sekunden lang geweint hatte, senkte er den Arm, so dass die Pistole an seiner Seite hing. Ich hob beide Hände vors Gesicht, dann senkte ich sie wieder, legte die linke Hand über die rechte Faust und rammte beide Hände aufwärts in seinen Schritt. Als er nach hinten stolperte, stürzte ich vor. Ich warf ihn über den Haufen und begann zu rennen. Ich hatte die Gasse zur Hälfte hinter mich gebracht, als ich den ersten Schuss hörte. Ich warf mich instinktiv auf den Boden. Etwas stach mich in die linke Schulter. Ich landete mit einer ungeschickten halben Rolle, kam wieder auf die Füße und rannte weiter. Ich hörte in rascher Folge zwei weitere Schüsse, aber ich war schon um die Ecke.

Im Laufen spürte ich Blut an meiner Schulter herabtröpfeln, aber der Schmerz war kaum zu spüren – es war nichts als ein unangenehmer Kratzer. Linke Schulter, dachte ich. Und fünfzehn Zentimeter tiefer oder so ähnlich lag das Herz. Er hatte auf das Herz gezielt. Ich schüttelte den Gedanken und die aufsteigende Panik ab. Hinter mir hörte ich rennende Schritte. Ich nahm die nächste Abzweigung, dann die nächste und wieder die nächste, versuchte die geraden Strecken so kurz wie möglich zu halten, damit er keine Gelegenheit zu einem weiteren Schuss bekam. Es funktionierte ein paar Minuten lang, dann landete ich in einem langen Durchgang, dessen einziger Ausgang am Ende war. Ich beugte mich vor und rannte um mein Leben. Es reichte nicht ganz. LeBlanc kam um die Ecke, bevor ich das Ende der Gasse erreicht hatte. Wieder ein Schuss. Wieder ein Satz. Diesmal war entweder der Schuss nicht gut gezielt, oder ich war schneller. Die Kugel krachte in die Wand eines Containers. Ich schwenkte nach links und stürzte weiter. Ein Auto war unmittelbar vor mir, und daneben ein weiteres, und noch eins und noch eins. Parkplatz. Freude schoss durch mich hindurch. Ein öffentlich zugänglicher Ort. Sicherheit.

Ich rannte um die Ecke, aus dem Schussfeld. Im Rennen versuchte ich einen belebteren Ort auszumachen. Das war die Lösung. In die Nähe von Leuten kommen, so dass LeBlanc gezwungen sein würde, die Waffe zu verstecken. Wenn er es nicht tat, würde ich schreien – ein weibliches Vorrecht, das fast ebenso unbegrenzt wirksam und einsetzbar ist wie das Weinen. Beim ersten Blick in die Runde sah ich keinen Menschen, aber es ist schwierig, sich zu orientieren, während man mit allen Kräften rennt. Ich bog um eine Reihe von Autos und blieb im Schutz eines Kleinbusses stehen. Ich sah mich um. Am einen Ende des Parkplatzes war niemand. Ich sah vorsichtig auf der Beifahrerseite durchs Fenster, um die andere Seite in Augenschein zu nehmen. Es war niemand zu sehen. Absolut niemand. Entweder hatte ich einen Parkplatz für Angestellte erwischt oder einen Langzeitparkplatz für Flugpassagiere.

LeBlancs Geruch trieb auf dem leichten Wind zu mir herüber. Ich ließ mich auf Hände und Knie fallen. Holte tief Atem, um die wieder aufwallende Panik zu unterdrücken, und senkte den Kopf, um mir das Gelände auf Bodenniveau anzusehen. Etwa fünfzehn Meter weiter rechts entdeckte ich ein Paar Turnschuhe. LeBlanc. Ich rollte mich unter den Kleinbus und reckte den Hals, um besser zu sehen. Die Reihen von Autoreifen schienen sich in jeder Richtung ins Unendliche zu erstrecken. Nach einem Augenblick entschied ich, dass die Reihe auf der rechten Seite möglicherweise etwas kürzer war. Ich schob mich auf dem Bauch bis zwischen die Vorderräder des Kleinbusses, streckte den Kopf vor und blickte nach links. Außer dem Parkplatz sah ich zunächst gar nichts. Aber dann fuhr am Ende der Reihe ein Auto vorbei. Dann noch eins.

Irgendeine Art von Straße. Vielleicht nur eine Durchfahrt für Flughafenpersonal, aber wo fahrende Autos waren, mussten folgerichtig auch Leute sein. Ich schob mich rückwärts unter dem Kleinbus hervor und machte mich auf den Weg, hinter die Reihe der Autos geduckt.

»Komm raus, komm raus, wo immer du bist«, hörte ich LeBlanc singen. Eine kurze Pause, dann: »Ich spiele nicht gern Spielchen, Elena. Wenn du mich zwingst, nach dir zu suchen, wird es dir Leid tun. Ich kann dafür sorgen, dass es dir Leid tut. Du hast dir doch mein Album mitgenommen. Du weißt, was ich alles kann.«

Ich schob mich hinter das Heck einer Limousine und spähte vorsichtig um sie herum, prüfte das Terrain, bevor ich eine Parklücke überquerte. Aus dem Augenwinkel sah ich eine Bewegung und riss den Kopf zurück. Als ich unter dem Auto hindurchsah, entdeckte ich LeBlancs Schuhe. Ich erstarrte und überprüfte die Windrichtung. Südost – Wind von mir zu ihm. Ich hörte auf zu atmen, aber zugleich wusste ich, dass es keinen Unterschied machte, ob ich ein Geräusch verursachte oder nicht. Er würde mich riechen. Er musste mich einfach riechen. Die Schuhe gingen auf der anderen Seite der Limousine vorbei und weiter. LeBlanc hielt nicht einmal inne. Ich schloss die Augen und atmete langsam aus. Er setzte die Nase nicht ein. Eine Sorge weniger. Ich wartete, bis die Schuhe außer Sichtweite waren, und schob mich dann weiter die schmale Gasse zwischen den beiden Reihen von Autos entlang. Jedes Mal, wenn ich auf einen leeren Parkplatz stieß, blieb ich stehen und sicherte, bevor ich ihn überquerte. Mehr als einmal hatte ich nicht genug Platz, um mich zwischen zwei Autos hindurchzuschieben, weil einer der Fahrer so dicht an seinem Nachbarn geparkt hatte, dass die Stoßstangen sich fast berührten. Dies war schwieriger als das Überqueren einer freien Fläche. Ich hatte die Wahl – drüber weg oder drunter durch. Beim ersten Mal entschied ich mich für drüber weg und brachte das ganze Auto zum Schwanken. Dann verbrachte ich in paar atemlose Minuten damit, mich zu vergewissern, dass LeBlanc nichts gemerkt hatte. Danach schob ich mich unten durch. Langsamer, aber weniger gefährlich.

Ich hatte etwa fünfzehn Autos hinter mir und rechnete mit etwa zehn weiteren vor dem Ende des Parkplatzes, als ich links von mir Schritte hörte. Ich ließ mich auf Hände und Knie fallen, hielt mich bewegungslos und horchte. Ich wusste, dass LeBlanc irgendwo links von mir war, aber als ich ihn das letzte Mal gesehen hatte, war er links hinter mir gewesen. Die Schritte kamen von links vorne, und sie hörten sich auch nicht nach Turnschuhen an. Harte Sohlen klapperten auf dem Asphalt; die Schritte waren schnell und kamen fast genau in meine Richtung. Ich ließ mich auf den Bauch fallen und sah unter der Reihe von Autos hindurch. Braune Pumps, die sich unmittelbar links von mir die Reihe entlangbewegten. Eine Frau, die zu ihrem Auto ging. Ich erwog aufzustehen, mit den Armen zu winken, Aufmerksamkeit zu erregen. Würde eine Zeugin ausreichen, um LeBlanc am Schießen zu hindern?

»Aha!«, hörte ich LeBlanc rufen.

Vor Schreck hob ich den Kopf so schnell, dass ich krachend die Unterseite des Autos rammte. LeBlanc fluchte und begann zu rennen. Ich sah mich hektisch um, versuchte seine Füße zu finden, um zu sehen, in welche Richtung ich flüchten musste. Die Frau. Ich musste es riskieren und in ihre Richtung laufen. Aber ich hörte ihre Schritte nicht mehr. Saß sie schon im Auto?

»Scheiße!«, brüllte LeBlancs Stimme. »Ich glaub's nicht – Elena!«

Ich erstarrte wieder. Warum rief er nach mir? Er wusste doch, wo ich war, oder etwa nicht? Er musste gehört haben, wie ich mit dem Kopf an die Karosserie stieß. Das Geräusch hatte über den ganzen Parkplatz gehallt. LeBlanc fluchte immer noch. Als ich mich nach der Stimme umsah, sah ich seine Füße in etwa sechs Metern Entfernung. Und neben seinen Schuhen lag der Körper einer Frau; die offenen Augen starrten mich unter dem blutigen Krater in ihrer Stirn hervor an. Als LeBlanc gerufen hatte, war es nicht ich gewesen, die er gesehen hatte. Der Knall, den ich gehört hatte – das war nicht mein Schädel am Autoboden gewesen. Er hatte eine schnelle Bewegung gesehen, eine Frau, hatte einen Blick auf helles Haar werfen können und hatte geschossen. Als ich die Tote anstarrte, begann ich zu zittern. Ich sagte mir, dass das Entsetzen ihr galt, einer unschuldigen Person, die auf einem Parkplatz einfach niedergeschossen worden war. Es stimmte nicht. Das beklemmende Gefühl in der Kehle und das Hämmern in der Brust galten nicht ihr. Sie galten mir. Ich sah ihre Leiche, die blicklos in die Ewigkeit starrte, und sah mich selbst dort liegen. Ich hätte es sein sollen, die dort lag. Tot innerhalb einer Sekunde. Einer einzigen kurzen Sekunde. Lebendig und in Bewegung. Dann tot. Vorbei. Alles. Hätte ich den Schuss gehört? Hätte ich ihn gespürt? Ich hätte sterben können, hier, heute, auf diesem Parkplatz. Ich konnte immer noch sterben. Dieser Morgen konnte das letzte Mal gewesen sein, dass ich aufwachte. Das Mittagessen meine letzte Mahlzeit. Dreißig Minuten zuvor im Flughafengebäude das letzte Mal, dass ich Antonio gesehen hatte, Nick, Jeremy ... Clay. Das Zittern wurde stärker. Ich konnte sterben. Wirklich sterben. Trotz aller Kämpfe, die ich gekämpft hatte, hatte ich daran nie gedacht. Niemals wirklich überlegt, was es bedeutete. Das Ende konnte in einer unvorstellbar kurzen Sekunde kommen. Und jetzt, als ich darüber nachdachte, hatte ich Angst. Mehr Angst, als ich jemals im Leben gehabt hatte.

Ich spürte Schmerz in meinen geballten Fäusten. Ich öffnete sie, und der Schmerz wurde schwächer, wurde zu einem Ziehen, einem Pulsieren, als bewege sich etwas unter meiner Haut. Ich ignorierte es. Ich hatte Wichtigeres zu bedenken. Aber das Gefühl ging nicht vorbei. Es wurde schlimmer. Ich sah nach unten und stellte fest, dass meine Finger sich in die Hände zurückzogen, dass Haar auf dem Handrücken wuchs. Ich hatte nichts getan, um eine Wandlung einzuleiten, hatte nicht einmal daran gedacht. Ich schüttelte die Hände und krümmte die Finger, versuchte es aufzuhalten. Als ich die Finger bewegte, schossen neue Schmerzen meine Arme entlang. Dann begann das Prickeln in meinen Füßen. Ich schloss die Augen und befahl meinem Körper, damit aufzuhören. Mein Rücken krümmte sich. Meine Bluse begann zu reißen. Nein!, brüllte alles in mir. Nicht jetzt! Halt! Hör auf! Es hörte nicht auf. Meine Beine zuckten und verkrampften sich, versuchten sich unter meinen Körper zu ziehen, aber es war kein Platz dafür. Ich steckte unter einem neuen VW-Käfer, der mir nur wenige Zentimeter Raum ließ. Ich konnte mich nicht auf alle viere aufrichten. Ich konnte Arme und Beine nicht in Position bringen. Ich kniff die Augen zu und konzentrierte mich. Nichts. Das erste Aufflackern von Angst ging durch mich hindurch. Als es kam, wurde die Wandlung schneller; meine Kleidung zerriss, mein Körper versuchte sich in unmögliche Positionen zu schrauben. Die Furcht hatte es ausgelöst. Die Furcht, mit einem Killer auf diesem Parkplatz in der Falle zu sitzen, hatte die Wandlung ausgelöst, und die Furcht, unter dem Auto festzustecken, machte es schlimmer. Ich wusste, was ich zu tun hatte. Ich musste ins Freie. Ein neuer Funke von Schmerz ließ meinen Oberkörper zucken und rammte meinen Rücken gegen den Unterboden des Autos. Diesmal wusste ich, das dumpfe Krachen war echt. Undeutlich hörte ich LeBlancs Schuhe auf dem Asphalt quietschen. Hörte ihn etwas sagen. Hörte ihn lachen …

Ich schoss unter dem Käfer hervor. Meine Nägel kratzten über den Asphalt. Auf halber Strecke verkrampften sich meine Beine, und ich stürzte mit dem Gesicht nach unten auf die Erde. Jeder Muskel in Armen und Beinen schien gleichzeitig zu zucken. Ein Heulen brach aus meiner Kehle. Ich zwang meine Kiefer zusammen. Meine Augen schienen vor Schmerz aus den Höhlen zu treten. Es war zu spät, um die Wandlung rückgängig zu machen. Ich hatte die Halbzeit hinter mir; die Rückverwandlung würde nun länger dauern, als ich brauchte, um die Wandlung zu vervollständigen. Ich konzentrierte mich darauf, es zu Ende zu bringen, und nutzte die Angst als Nahrung. Endlich kam die Schlussphase mit einer Welle zuckender Schmerzen, so überwältigend, dass ich ohnmächtig wurde. Ich kam zu mir, als meine Schnauze auf dem Asphalt aufschlug, und blieb keuchend und nach Luft ringend auf dem Bauch liegen. Ich wollte mich nicht bewegen. Ich konnte Schritte näher kommen hören. Er hatte mich gehört. Er wusste ungefähr, wo ich war, und beschränkte seine Suche auf diesen Bereich. Einen Augenblick lang war ich zu erschöpft, um mir

Gedanken darüber zu machen. Dann drehte ich den Kopf und sah die tote Frau. Ich stemmte mich hoch und begann zu rennen.
Jeder Gedanke an einen vorsichtigen, heimlichen Rückzug war aus meinem Hirn verschwunden, verdrängt von dem Bedürfnis, so schnell wie möglich zu verschwinden. Ich schoss zwischen den Autos hervor, hinaus auf den offenen Fahrweg, und rannte, so schnell ich konnte. Ich horchte nicht auf Geräusche, die meinen Verfolger verrieten. Ich konnte die nötige Energie nicht entbehren. Ich legte alles, was ich aufwenden konnte, in die Bewegung. Hinter mir hörte ich einen Ruf. Dann einen Schuss. Er pfiff über meinen Kopf hinweg. Ich wurde nicht langsamer und wich nicht von meiner Bahn ab. Ich blendete alles andere aus und rannte. Endlich hatte ich die Reihe von Autos hinter mir. Ich war auf einer Straße. Eine Hupe heulte auf. Ein Windstoß von einem vorbeifahrenden Lastwagen fuhr durch meinen Pelz. Ich wurde nicht langsamer. Auf der anderen Seite der Straße waren zwei Gebäude. Ich rannte auf sie zu, ohne noch zu wissen, in welche Richtung ich eigentlich lief – ich wusste nur, dass ich entkommen musste.
Als ich zwischen den Gebäuden wieder hervorkam, hörte ich jemanden rufen. Jemanden, der meinen Namen schrie. Das Geräusch kam von der Seite. Ich duckte mich und rannte schneller. Eine Ziegelmauer tauchte wie aus dem Nichts vor mir auf. Ich versuchte anzuhalten, aber es war zu spät. Meine Beine rutschten unter mir weg, und ich schlingerte mit einem knochenbrechenden Schlag in die Mauer. Hinter mir war LeBlanc immer noch an der Verfolgung und schrie meinen Namen. Ich kam wieder auf die Füße und sah mich um, nur um den Umriss des Kerls hinter mir zu sehen. Es war keine Zeit mehr zu entkommen. Noch in der Drehung stürzte ich mich auf ihn. Als ich in der Luft war, riss er den Arm hoch, um die Kehle zu schützen. Ich prallte gegen seine Brust, und wir stürzten gemeinsam. Ich zog die Lefzen zurück. Als ich zuschnappte, verzog sich der rote Nebel der Panik, der mich geblendet hatte, und ich sah, wer unter mir lag. Nicht LeBlanc. Clay.
Ich riss eben noch rechtzeitig den Kopf zurück, und der Schwung

der Bewegung warf mich zur Seite. Als ich mich aufrappeln wollte, packte Clay mich und hielt mich still. Er flüsterte etwas, aber ich verstand ihn nicht. Als er kein Verständnis in meinen Augen sah, wartete er einen Augenblick und wiederholte es dann sehr langsam.

»Er ist weg«, sagte er. »Hab keine Angst. Er ist weg.«

Ich zögerte und sah zurück zu der Lücke zwischen den beiden Gebäuden, überzeugt davon, dass LeBlanc jeden Augenblick erscheinen würde, die Waffe in der Hand. Clay schüttelte den Kopf.

»Er ist weg, Darling. Als du über die Straße gelaufen bist, hat er's aufgegeben. Zu belebt.«

Ich wartete immer noch auf ihn. Ich zitterte. Clay vergrub die Hände in meinem Pelz und versuchte mich an sich zu ziehen, aber ich sträubte mich. Wir mussten bereit sein zu fliehen. Er wollte etwas sagen, als ich aus der Nähe den Widerhall von Schritten hörte. Ich sprang auf die Füße, aber Clay hielt mich zurück. Jeremy, Antonio und Nick erschienen hinter der Gebäudeecke. Ich stand einen Augenblick lang einfach nur da mit zitternden Beinen und schnupperte in die Luft, um sicherzugehen, dass meine Augen mich nicht trogen. Ja, sie waren da. Sie waren alle da. Ich war in Sicherheit. Ich wartete noch einen Augenblick und sank dann zu Boden.

Versprechen

Auf dem Rückweg nach Stonehaven saß Clay neben mir. Ich war immer noch etwas zittrig, hatte vielleicht sogar einen Schock abbekommen, aber er versuchte mich nicht an sich zu ziehen oder zu trösten. Er wusste es besser. Stattdessen hielt er meine Hand und sah von Zeit zu Zeit zu mir herüber, um zu sehen, ob ich darüber reden wollte.

Ich wollte nicht.

Wir waren fast zu Hause, als Clay das Schweigen brach. Er beugte sich vor, um Jeremy auf dem Beifahrersitz auf sich aufmerksam zu machen. »Du hast uns nicht gesagt, was Daniel verlangt hat«, sagte er. »Es war Elena, stimmt's?«

»Ja«, antwortete Jeremy leise, ohne sich umzusehen.

Antonio bog vom Highway ab. »Wie ein Flugzeugentführer, der zehn Milliarden Dollar verlangt. Er weiß genau, dass wir das nicht mal erwägen können, also ist es nur eine andere Art zu sagen, dass er nicht verhandelt.«

»Es ist nicht nur das«, sagte Clay. »Es ist auch eine Warnung. Er weiß, dass wir Elena nie hergeben würden. Er sagt uns, was er als Nächstes tun wird. Er wird sie sich holen.«

Jeremy nickte. »Ich hätte es merken müssen. Wir hätten uns einen sehr riskanten Moment ersparen können. Ich habe das Gleiche gedacht wie Tonio – dass Daniel uns damit wissen lässt, er wird nicht verhandeln.«

Nick lehnte sich von der Rückbank nach vorn über unsere Lehne. »Dieser Mutt am Flughafen hat also versucht, Elena zu kidnappen?«

»Nein«, sagte ich. »Er hat versucht, mich umzubringen.«

»Kein Mutt würde das versuchen, Elena«, begann Jeremy. »Lebendig bist du viel wertvoller für sie. Es hat vielleicht so ausgesehen –«

»Ihr wart nicht dabei. Eine Frau ist über den Parkplatz gelaufen. LeBlanc hat sie für mich gehalten und ihr ein Loch durch den Kopf geschossen. Das war kein Schuss, mit dem jemand außer Gefecht gesetzt werden sollte. Das war eine Hinrichtung.«

Clays Hand schloss sich fester um meine. Jeremy sank zurück in seinen Sitz. Mindestens fünf Minuten lang sagte niemand etwas.

»Warum tut er das?«, fragte Nick schließlich. »Wenn Daniel dich will, will er dich lebend.«

»LeBlanc ist es vollkommen gleichgültig, was Daniel will«, sagte ich. »Vielleicht liegt es daran, dass er neu ist oder dass er schon seit so langer Zeit eigenständig getötet hat. Jedenfalls scheint er keinerlei Instinkt zu haben, der ihm sagt, er sollte einem stärkeren Werwolf gehorchen.«

»Aber warum will er dich überhaupt töten?«, fragte Nick. »Wie Jeremy sagt, für diese Mutts gibt es in diesem Kampf doch nichts zu gewinnen; sie haben nur Daniel irgendein Versprechen gegeben. Wenn Daniel nicht will, dass du stirbst, warum gibt der Kerl sich dann so viel Mühe, dich umzubringen?«

»Thomas LeBlanc hat es auf Frauen abgesehen. Er foltert sie und vergewaltigt sie und bringt sie um. Solche Männer hassen Frauen und fühlen sich schnell von ihnen bedroht. Ich hatte das vergessen. Ich habe erst die ganze Zeit davon geredet, dass man diese Leute nicht wie andere Mutts behandeln sollte, und dann habe ich genau das getan. Ich habe ihn auf dem Polizeirevier blamiert, mich über ihn lustig gemacht, ihn beleidigt und ihm in Marstens Gegenwart das Handgelenk gebrochen. Jetzt will er mich unterwerfen. Er braucht das.«

Clays Daumen strich über mein Handgelenk, aber er sagte nichts dazu. Niemand sagte etwas dazu.

Als wir in Stonehaven angekommen waren, ging ich hinauf in mein Zimmer. Als ich die Treppe hinaufstieg, konnte ich Clay hinter mir hören, aber ich sagte nichts. Ich betrat das Zimmer und ließ die Tür offen. Er schloss sie hinter sich. Ich blieb auf halber

Strecke zu meinem Bett stehen, Clay immer noch hinter mir. Eine kalte Schlange der Furcht wand sich aufwärts durch meinen Körper, und ich begann zu zittern. Ich schnappte nach Luft und schloss die Augen, versuchte die Angst auszusperren. Es war alles in Ordnung. Ich war zu Hause und in Sicherheit. Und ich wäre beinahe umgebracht worden. Die Furcht schoss durch mich hindurch, gemischt mit Wut und Empörung, die zu weißer Glut verschmolzen. Ich wollte abtauchen in mein Bett und mich unter der Decke verstecken. Ich wollte etwas gegen die Wand schleudern und zusehen, wie es zersplitterte. Ich wollte zu den Mutts zurückstürmen und sie anschreien: »Wie könnt ihr es wagen!«

Als ich mich nach Clay umsah, sah ich meine Empfindungen in seinem Gesicht gespiegelt, die Wut und die Empörung und etwas so Seltenes, dass ich es kaum erkannte, ein verstörter Blick, halb verborgen in seinen Augen. Furcht. Er streckte den Arm aus und zog mich an sich. Ich wandte ihm das Gesicht zu, fand seine Lippen und küsste ihn. Seine Lippen öffneten sich unter meinen. Ich küsste ihn fester, schloss die Augen und drängte mich an ihn. Ein Funke von Leben durchdrang den stumpfen Schockzustand in meinem Hirn. Ich verfolgte ihn, küsste Clay noch fester, tiefer, bewegte meinen Körper an seinem. Der Funke wuchs zu einer Flamme, und meine Sinne erwachten zum Leben. Die Welt schrumpfte, und alles, was ich wahrnehmen konnte, alles, was ich wahrnehmen wollte, war er. Ich schmeckte ihn, roch ihn, sah ihn, hörte ihn, spürte ihn und schwelgte in den Empfindungen wie jemand, der aus einem Koma erwacht.

Als wir uns rückwärts zum Bett bewegten, verhakten sich unsere Füße, und wir landeten auf dem Teppich. Als wir einmal am Boden waren, packte ich Clays Hemd und zerrte es nach oben, aber er hatte die Arme noch um mich gelegt, und ich ertrug den Gedanken nicht, ihn sich von mir lösen zu lassen – als könnte die eine Sekunde des Loslassens mich in Angst und Schock zurückfallen lassen. Ich drehte beide Fäuste in das Rückenteil seines Hemdes und zerrte. Als der Stoff riss, hörte ich auf zu ziehen. Es war zu viel Mühe, zu viel verschwendete Zeit. Ich tastete nach seinen

Jeans, zerrte den Reißverschluss auf und schob sie über seine Hüften nach unten. Er schleuderte sie von sich, ohne den Kuss zu unterbrechen, und begann an meinen Jeans zu hantieren. Ich schob seine Hände zur Seite und zog die Hosen selbst aus. Noch als ich sie nach unten schob, zerriss Clay meine Unterwäsche und warf sie zur Seite. Seine Hand glitt von meinem Hinterteil zur Innenseite meines Oberschenkels. Er schob die Finger in mich.

»Nein«, sagte ich, während ich mich aus seiner Hand wand.

Ich griff nach unten und zog ihn in mich hinein. Seine Augen wurden weit. Ich drückte mich an ihn. Als er zu stoßen begann, packte ich seine Hüften und hielt ihn ruhig.

»Nicht«, keuchte ich. »Lass mich.«

Er wich zurück und hielt sich bewegungslos über mir. Ich wölbte die Hüften und rieb mich an ihm. Über mir hörte ich Clay keuchen. Ein Schauer ging durch ihn hindurch, und ich schob seine Schultern von meinen, um ihn beobachten zu können. Aber in der Bewegung hielt er die Augen auf meine gerichtet; ich sah die Zungenspitze zwischen seinen Zähnen, als er sich mühte, bewegungslos zu bleiben. Ich hob mich, bis ich ihn berührte, und hielt still, genoss die Kontrolle, das Gefühl, die Kontrolle zu übernehmen, nachdem ich sie wenige Stunden zuvor so vollständig verloren hatte. Ich legte eine Hand gegen seine Brust und über sein Herz. Ich konnte das Leben dort spüren; es stolperte unter meinen Fingern.

»Okay«, flüsterte ich.

Clay begrub sich in mir und stöhnte. Ich wölbte mich, um ihm entgegenzukommen. Wir bewegten uns im Einklang miteinander. Als der Höhepunkt sich ankündigte, zog ich mich zurück, nicht willens, ihn jetzt schon aufzugeben.

»Warte«, keuchte ich. »Warte noch.«

Ich schloss die Augen und atmete ein. Clays Geruch war überwältigend, in sich schon fast genug, um mich zum Höhepunkt zu bringen. Ich presste das Gesicht in die Höhlung über seinem Schlüsselbein und atmete gierig. Als ich ihn einatmete, schien die Welt stillzustehen, und das Gewirr von Empfindungen löste sich auf, bis ich jede Einzelne davon wahrnahm, unbeeinträchtigt von den anderen. Ich konnte alles spüren: das Zucken der Muskeln in Clays Bizeps unter meiner Hand, als er sich über mir hielt, den Schweiß, der von seiner Brust auf mich herabtröpfelte, das Kratzen eines Strumpfs an meiner Wade, sein Pulsieren in mir. Ich wollte es alles festhalten, genau so, bis ich es mir eingeprägt hatte. So fühlte es sich an, am Leben zu sein.

Ich schloss mich enger um ihn, hörte das Stöhnen, mit dem er antwortete, und spürte meine eigene Reaktion zitternd durch mich hindurchgehen. Die Vollkommenheit des Augenblicks verblasste vor dem plötzlichen Bedürfnis nach einer anderen Art Vollkommenheit, einem weiteren perfekten Abbild des Lebens.

»Jetzt«, sagte ich. »Bitte.«

Clay senkte das Gesicht auf meins und küsste mich heftig, während er sich in mir bewegte. Ich spürte, wie die Wellen der Klimax sich höher und höher türmten, spürte es in seinem Kuss. Ich schlang mich um ihn, verschlang die Beine mit seinen, zog ihn an mich. Als ich mich eben in ihm verlieren wollte, unterbrach er den Kuss und griff nach oben, drehte die Finger in mein Haar. Aber er hob den Kopf nicht; er hielt das Gesicht dicht über mir, die Augen meinen Augen so nahe, dass ich nichts sah außer Blau.

»Mach mir nie wieder solche Angst«, sagte er rau. »Wenn ich dich verliere ... Ich kann dich nicht verlieren.«

Ich legte die Hände um seinen Kopf und küsste ihn. Und wieder hielt er mitten im Kuss inne.

»Versprich es«, sagte er. »Versprich mir, dass du nie wieder so ein Risiko eingehst.«

Ich versprach es, und er senkte das Gesicht auf meins herunter, als wir den letzten Rest von Kontrolle davongleiten ließen.

Jeremy klopfte kräftig an die Tür, bevor die Dämmerung noch durch die Bäume vor meinem Fenster gedrungen war. Clay öffnete die Augen, machte aber keinerlei Anstalten, aufzustehen oder auch nur zu antworten.

»Ich brauche euch beide unten«, sagte Jeremy durch die geschlossene Tür.

Ich sah zu Clay hinüber und wartete darauf, dass er antwortete. Er sagte nichts.
»Jetzt«, sagte Jeremy.
Clay blieb etwa eine weitere halbe Minute lang stumm. Dann grunzte er: »Wieso?«, in einem Ton, den ich ihn Jeremy gegenüber niemals hatte gebrauchen hören. Auch Jeremy selbst wirkte betroffen. Mehrere lange Sekunden sprach er nicht.
»Unten«, sagte er schließlich. »Jetzt.«
Ich hörte, wie Jeremys Schritte sich den Gang entlang entfernten.
»Es hängt mir zum Hals raus«, sagte Clay, während er die Decke zurückwarf. »Das führt doch zu nichts. Bisher sind wir immer nur im Kreis rumgerannt. Jagen, wegrennen, jagen, wegrennen. Und was hat es uns gebracht? Es hat Logan umgebracht, es hat Peter umgebracht, es hat Jeremy beinahe umgebracht, und es hat dich beinahe umgebracht. Jetzt bist du in Gefahr, und er sollte vielleicht lieber überlegen, was man dagegen unternehmen kann.«
»Das tu ich gerade«, trieb Jeremys Stimme von der Treppe zu uns herauf. »Deshalb habe ich gesagt, ihr sollt nach unten kommen.«
Rote Flecken brannten auf Clays Wangen. Er hatte vergessen, dass Jeremy ihn am Fuß der Treppe ebenso gut hören konnte wie von der Türschwelle aus. Er murmelte etwas, das entschuldigend klang, und stand auf.
Antonio und Nick waren schon im Arbeitszimmer, wo sie sich von einer Platte mit kaltem Fleisch und Käse bedienten. Als wir hereinkamen, war Jeremy gerade dabei, auf dem Tisch beim Sofa unsere Kaffeebecher zu arrangieren.
»Ich weiß, dass du dir um Elena Sorgen machst, Clayton«, begann er, als wir uns häuslich eingerichtet hatten. »Wir alle tun das. Deshalb schicke ich sie ja auch weg. Heute noch.«
»Was?«, fragte ich scharf. »Augenblick mal. Bloß weil ich gestern Abend einen Schreck gekriegt habe –«
»Du warst nicht die Einzige, die gestern Abend einen Schreck gekriegt hat, Elena. Daniel hat es auf dich abgesehen, und jetzt sieht es so aus, als ob für diesen LeBlanc das Gleiche gilt. Der eine will dich einfangen. Der andere will dich umbringen. Glaubst du allen

Ernstes, ich warte in Ruhe ab, welcher von beiden es schafft? Ich habe erst Logan und dann Peter verloren. Ich werde keinerlei Risiko mehr eingehen, noch jemanden zu verlieren. Ich habe gestern einen Fehler gemacht, als ich dir erlaubt habe mitzukommen, nachdem ich schon wusste, dass Daniel dich will. Ich mache nicht noch einen Fehler, indem ich dir erlaube, noch einen Tag länger hier zu bleiben.«

Ich sah zu Clay hinüber in der Erwartung, er werde ebenfalls protestieren, aber stattdessen hielt er den Becher auf halber Höhe und starrte auf seinen dunklen Inhalt hinunter wie ein Wahrsager, der im Kaffeesatz nach Antworten sucht. Einen Augenblick später setzte er den Becher ab, ohne getrunken zu haben. Selbst Jeremy hielt inne, um auf einen Einwand zu warten, der nicht kam.

»Na wunderbar«, sagte ich. »Ein einziger Panikanfall, und ich bin ein Risikofaktor, den man zur Sicherheit irgendwo wegschließt. Erfahre ich wenigstens, wo ihr mich zu verstecken vorhabt? Oder kann man mir die Information nicht anvertrauen?«

Jeremy fuhr in dem gleichen gelassenen Tonfall fort wie zuvor. »Du gehst an den letzten Ort, an dem die Mutts dich erwarten würden. Zurück nach Toronto.«

»Und was zum Teufel soll ich in Toronto tun? Mich irgendwo allein in ein Loch verkriechen, während die Männer ihre Kämpfe austragen?«

»Du wirst nicht allein sein. Clay kommt mit.«

»Hey, Moment mal!« Ich sprang auf. »Das soll wohl ein Witz sein, oder?« Ich wandte mich an Clay. Er hatte sich nicht von der Stelle gerührt. »Hast du das nicht gehört? Verdammt noch mal, sag irgendwas!«

Clay sagte nichts.

»Was sollen wir denn in Toronto?«, fragte ich. »Uns in einem Hotel verstecken?«

»Nein, du wirst ganz genau das tun, was du immer tust. Du gehst zurück in deine Wohnung, arbeitest weiter in deinem Job, wenn du willst, nimmst deinen alten Tagesablauf wieder auf. Dort wirst du sicher sein. In deiner vertrauten Umgebung. Du kennst dein

Wohnhaus, deine üblichen Wege, die Restaurants und Geschäfte, in denen du verkehrst. Du wirst potenzielle Schwierigkeiten eher bemerken als in einer fremden Umgebung. Und es wird für dich angenehmer sein.«

»Angenehmer?«, brach es aus mir heraus. »Ich kann Clay nicht mit in meine Wohnung nehmen. Du weißt ganz genau, dass das nicht geht!«

Clays Kopf schnappte hoch, als hätten wir ihn aus dem Schlaf aufgeweckt. »Warum nicht?«

Als ich seinen Blick auffing, wurde mir klar, dass er nicht wusste, dass ich mit Philip zusammenlebte. Ich öffnete den Mund, um etwas zu sagen, aber sein Gesichtsausdruck ließ mich verstummen.

»Du wirst ihn loswerden müssen«, sagte Jeremy. »Ruf ihn an und sag ihm, dass er gehen soll.«

»Wen loswerden? Wen anrufen und –« Clay brach ab. Etwas wie Übelkeit ging über sein Gesicht. Er starrte mich einen langen Augenblick an. Dann stand er auf und ging aus dem Zimmer.

Nun hatte Jeremy mehr Talente als irgendjemand sonst, den ich kannte. Er konnte aus einem Dutzend Sprachen übersetzen, er konnte einen gebrochenen Knochen so schienen, dass er zusammenwuchs wie neu, er konnte Szenen malen, die ich mir nicht einmal vorstellen konnte, und er konnte einen angreifenden Wolf von zweihundert Pfund mit einem einzigen Blick aufhalten. Aber von romantischen Beziehungen hatte er nicht die blasseste Ahnung.

»Danke«, sagte ich, nachdem Nicholas und Antonio leise hinausgeschlüpft waren. »Vielen, vielen Dank auch.«

»Er weiß von diesem Mann«, sagte Jeremy. »Ich bin davon ausgegangen, dass er auch weiß, dass ihr zusammenlebt.«

»Und wenn er's nun nicht weiß? Dann demütigst du ihn eben vor Nick und Tonio?«

»Ich habe gesagt, ich dachte, er wüsste es.«

»Na, jetzt weiß er es jedenfalls, und du wirst dich damit auseinander setzen müssen. Er kommt nicht mit mir nach Toronto, wenn ich überhaupt gehe.«

»Du gehst und er auch. Und was diesen Mann angeht, er ist bei dir eingezogen, oder nicht? Es war ursprünglich deine Wohnung.«
Ich fragte nicht, woher Jeremy das wusste. Und ich antwortete auch nicht.
»Dann kannst du ihm auch sagen, er soll gehen«, fuhr Jeremy fort.
»Den Hörer abnehmen, ihn anrufen und ihm sagen, dass ich heute noch nach Hause komme und möchte, dass er bis dahin verschwunden ist?«
»Ich wüsste nicht, warum nicht.«
Ich lachte kurz auf. »Man macht nicht telefonisch Schluss mit jemandem, mit dem man zusammengelebt hat. Man bricht nicht von einem Moment zum anderen alle Verbindungen ab. Man gibt ihm nicht ein paar Stunden Zeit, um aus der Wohnung zu verschwinden. Nicht ohne einen verdammt guten Grund.«
»Du hast einen guten Grund.«
»Das ist nicht –«, begann ich und schüttelte dann den Kopf. »Lass es mich anders ausdrücken, so, dass du's verstehst. Wenn ich anrufe und ihm sage, dass es vorbei ist, wird er nicht einfach gehen. Er wird eine Erklärung verlangen, und er wird bleiben, bis er eine bekommen hat, mit der er zufrieden ist. In anderen Worten, er wird Schwierigkeiten machen. Ist der Grund gut genug?«
»Dann mach nicht Schluss mit ihm. Zieh wieder mit ihm zusammen.«
»Mit Clay auf dem Sofa? Im ganzen Leben nicht. Wenn du unbedingt einen Babysitter mitschicken willst, dann nimm Nick. Der wird sich wenigstens benehmen.«
»Clay kennt Toronto. Und er wird sich von nichts ablenken lassen, wenn er dich beschützen soll.« Jeremy ging zur Tür. »Ich habe für euch beide einen Flug am frühen Nachmittag gebucht.«
»Ich gehe aber nicht –«
Jeremy war schon aus dem Zimmer.
Clay war der Nächste, der sich mit Jeremy anlegte. Nicht, dass ich gelauscht hätte – aber ich hätte das Haus verlassen müssen, um die beiden nicht zu hören. Und da es bei der Unterhaltung schließlich

um meine Zukunft ging, sah ich nicht ein, weshalb ich mir eigens Mühe geben sollte, *nicht* zuzuhören. Clay passte das Arrangement ebenso wenig wie mir selbst. Seine Instinkte verlangten in erster Linie von ihm, seinen Alpha zu schützen, und aus einer Entfernung von mehreren hundert Meilen konnte er das nicht tun. Unglücklicherweise war der Instinkt, Jeremy zu gehorchen, fast ebenso stark ausgeprägt. Als ich mir anhörte, wie die beiden es ausfochten – und Clay protestierte laut genug, um Jeremys ruhige Beharrlichkeit völlig zu übertönen –, betete ich darum, Clay möge die Auseinandersetzung gewinnen und wir würden beide bleiben dürfen. Jeremy blieb fest. Ich würde gehen, und da Clay dafür verantwortlich gewesen war, mich dieser Welt auszusetzen, war er nun auch verantwortlich dafür, dass ich in ihr überlebte.

Ich stand im Arbeitszimmer und kochte vor mich hin. Dann fasste ich meinen Entschluss. Ich würde nicht nach Toronto zurückkehren, und ich würde Clay nirgendwohin mitnehmen. Niemand konnte mich dazu zwingen.

Ich ging hinaus in den leeren Vorraum, nahm meine Schlüssel und die Handtasche vom Tisch und ging in die Garage hinüber. Ich war schon auf dem Weg zu meinem Auto, als ich innehielt. Wohin wollte ich eigentlich? Wohin konnte ich gehen? Wenn ich jetzt fortging, konnte ich nicht nach Toronto zurückkehren und nach Stonehaven auch nicht mehr. Statt zwischen zwei Leben zu wählen, würde ich beide hinter mir lassen. Meine Finger krallten sich um die Schlüssel, bis sich das Metall in die Handfläche grub, tief genug, um die Haut aufzureißen. Ich atmete tief ein und schloss die Augen. Ich konnte nicht gehen, aber wenn ich blieb, würde ich Jeremy gehorchen müssen. Und niemand durfte eine solche Macht über mich haben. Ich würde es nicht zulassen.

Als ich um das Auto herumging, hörte ich das Quietschen von Gummisohlen auf Beton, und als ich aufsah, stand Jeremy neben der Beifahrertür, die Hand auf dem Türgriff.

»Wohin fahren wir?«, fragte er ruhig.

»Ich gehe.«

»Das sehe ich. Wie gesagt – wohin fahren wir?«

»*Wir* fahren –« Ich unterbrach mich und sah mich in der Garage um.

»Clays Auto ist da«, sagte Jeremy, die Stimme so gleichmütig und gelassen wie zuvor. »Du hast die Schlüssel, aber nicht die Fernbedienung für die Tür. Der Explorer ist draußen. Keine Garagentür, aber er ist fünfzehn Meter weit weg. Der Mercedes ist näher, aber für den hast du keine Schlüssel. Sollen wir um die Wette zum Explorer rennen? Oder würdest du lieber die Auffahrt hinunterstürzen und versuchen, schneller zu sein als ich?«

»Du kannst nicht –«

»Doch, ich kann. Du gehst nicht fort. Der Käfig ist unten im Keller. Ich habe keine Bedenken, ihn zu verwenden.«

»Das ist nicht –«

»Ja, es ist entsetzlich unfair. Ich weiß. Niemand würde dir in der Menschenwelt so etwas antun, nicht wahr? Dort würden sie verstehen, dass du das Recht hast, dich umzubringen.«

»Ich werde mich nicht –«

»Wenn du allein von hier fortgehst, begehst du Selbstmord. Ich werde das nicht zulassen. Entweder du gehst mit Clay nach Toronto, oder ich schließe dich hier ein, bis du zustimmst.«

Ich schleuderte die Schlüssel auf den Zementboden und wandte Jeremy den Rücken zu. Nach einer Minute des Schweigens sagte ich: »Zwing mich nicht, ihn mitzunehmen. Du weißt genau, wie ich gearbeitet habe, um mir da draußen ein Leben aufzubauen. Du hast immer gesagt, du würdest mir dabei helfen, auch wenn du nicht meiner Meinung bist. Schick mich anderswohin oder gib mir jemand anderen mit. Zwing mich nicht, Clay mitzunehmen. Er wird alles ruinieren.«

»Nein, das werde ich nicht.«

Clays Stimme war so ruhig wie Jeremys – einen Augenblick lang zögerte ich und glaubte, Jeremy für Clay gehalten zu haben. Die Tür zum Haus fiel klickend ins Schloss, als Jeremy wieder hineinging. Ich drehte mich nicht nach Clay um.

»Dich zu beschützen ist im Augenblick das Wichtigste«, sagte Clay. »Ganz gleich, wie wütend ich bin, es ändert nichts daran.

Ich bin im Stande, mich da draußen einzugliedern, Elena. Dass ich es nicht mache, heißt nicht, dass ich es nicht kann. Ich habe recherchiert und geübt, seit ich acht Jahre alt war. Fünfzehn Jahre lang habe ich nichts anderes getan, als menschliche Verhaltensweisen zu studieren. Nachdem ich heraushatte, wie es funktioniert, und wusste, dass ich mich anpassen kann, habe ich es nicht mehr versucht. Warum? Weil es nicht nötig war. Solange ich mein Verhalten in der Öffentlichkeit hinreichend kontrollieren kann, um nicht gleich von einem Mob mit Silberkugeln attackiert zu werden, reicht das für Jeremy und den Rest des Rudels aus. Wenn ich mehr täte als das, würde ich mich selbst verraten. Ohne guten Grund tu ich das nicht. Aber dich zu schützen ist Grund genug. Dieser Mann wird mich vielleicht nicht gerade für den angenehmsten Menschen der Welt halten, aber er wird keinen Grund haben, Schlimmeres von mir zu denken. Ich werde nichts ruinieren.«

»Ich will dich dort aber nicht haben.«

»Und ich will dort nicht sein. Aber keiner von uns hat in dieser Angelegenheit viel zu sagen, oder?«

Die Tür klickte zum zweiten Mal. Als ich mich umdrehte, war Clay verschwunden. Jeremy stand in der Tür und hielt sie mir auf. Ich warf ihm einen wütenden Blick zu, wandte dann den Kopf ab und ging ohne ein weiteres Wort ins Haus zurück.

Am Nachmittag saßen Clay und ich in einem Flugzeug nach Toronto.

Landung

Es würde eine einzige Katastrophe werden.

Während das Flugzeug an Höhe gewann, sank meine Stimmung auf den Tiefpunkt. Warum hatte ich Jeremy nur gestattet, mir dies anzutun? Wusste er eigentlich, dass er im Begriff war, mein Leben zu ruinieren? Interessierte es ihn überhaupt? Wie konnte ich Clay in die Wohnung mitnehmen, die ich mit Philip teilte? Ich war drauf und dran, den Mann, mit dem ich geschlafen hatte, in die Wohnung des Mannes zu bringen, dessen Lebensgefährtin ich war. Ich hatte die Geschichten über Leute nie glauben können, die ihre Liebhaber oder Mätressen als Gärtner, Haushälterinnen oder Kindermädchen in ihren Haushalt einschmuggelten. Jemand, der so etwas tat, war ein moralischer Bankrotteur, absoluter Abschaum ... was eine ganz brauchbare Zusammenfassung dessen war, was ich in diesem Augenblick von mir selbst hielt.

Ich hatte Philip am Vormittag noch angerufen und ihm mitgeteilt, dass ich bei meiner Rückkehr Besuch mitbringen würde. Ich hatte ihm erzählt, Clay sei ein Cousin, Jeremys Bruder, der erwog, nach Toronto zu ziehen; ich hatte mich bereit erklärt, ihn für etwa eine Woche aufzunehmen, damit er sich in Ruhe nach einer Stelle umsehen konnte. Philip war verständnisvoll und entgegenkommend gewesen, obwohl ich mir sicher war, wenn es darum ging, meine Cousins kennen zu lernen, hatte er sich ein gemeinsames Abendessen vorgestellt und nicht, unsere winzige Wohnung mit ihnen zu teilen.

Und Clay? Jeremy musste doch wissen, wie sehr all das ihn verletzen würde. Interessierte es ihn denn gar nicht? Wie sollten Clay und ich unter diesen Umständen miteinander auskommen? Wir mussten in einer Zweizimmerwohnung zusammenleben, und kein weiteres Mitglied des Rudels würde da sein, um als Puffer zu dienen. Bisher hatten wir kein Wort miteinander gesprochen, seit Clay am Vormittag die Garage verlassen hatte. Noch dreißig Minuten bis zur Landung in Toronto, und wir saßen nebeneinander wie zwei Fremde.

»Wo wohnst du?«, fragte Clay.

Ich fuhr beim Klang seiner Stimme zusammen. Ich sah zu ihm hinüber, aber er starrte geradeaus, als spreche er mit der Kopfstütze vor ihm.

»Wo wohnst du?«, wiederholte er.

»Uh ... in der Nähe vom See«, sagte ich. »Südlich der Front Street.«

»Und arbeitest?«

»Bay-Bloor District.«

Es hörte sich an wie Konversation, aber ich wusste, dass es nichts dergleichen war. Clays Hirn war bereits damit beschäftigt, sich die Geografie und die Entfernungen einzuprägen.

»Sicherheitsvorkehrungen?«, fragte er.

»Ganz gut. Mein Wohnblock hat eine gesicherte Eingangstür. Nichts besonders Exotisches, Schlüssel und eine Gegensprechanlage. Ein Riegel und eine Kette an der Wohnungstür.«

Clay schnaubte. Wenn ein Mutt einmal durch die Haustür gekommen war, würde ihn kein Schloss der Welt mehr aus meiner Wohnung fern halten. Ich hatte Philip gegenüber einmal die Möglichkeit besserer Schlösser zur Sprache gebracht, aber er war der Ansicht, die einzige verlässliche Maßnahme sei eine gute Versicherung. Und ich konnte ihm schließlich nicht gut erzählen, dass ich Angst hatte, überfallen zu werden. Zum Image einer Frau, die um zwei Uhr morgens allein durch die Stadt streifte, hätte das kaum gepasst.

»In der Redaktion haben sie im ersten Stock einen Wachmann«, fuhr ich fort. »Man braucht eine Chipkarte, um in mein Büro zu kommen. Und außerdem ist es dort immer ziemlich belebt. Wenn ich mich an die üblichen Bürozeiten halte, wird niemand versuchen, mich dort zu erwischen. Oder ich fange gar nicht erst wieder an ...«

»Halt dich an deinen üblichen Tagesplan, wie Jeremy gesagt hat.«

Clay sah zum Fenster hinaus. »Und wer soll ich nun sein?«

»Mein Cousin zweiten Grades. Auf Stellensuche in Toronto.«

»Muss das sein?«

»Es klingt gut. Wenn du mein Cousin bist, muss ich dich ja aufnehmen –«

»Die Stellensuche meine ich. Ich werde nicht nach einer Stelle suchen, Elena, und ich will nicht dauernd irgendwelche Regieanweisungen beachten müssen. Sag doch einfach, ich habe an der Universität zu tun – meine übliche Arbeit. Ich werde bei ein paar Leuten vorbeischauen, zeitweise im Institut sein, vielleicht auch ein bisschen recherchieren. Bleiben wir möglichst nah an der Wahrheit.«

»Sicher, aber es wäre doch einfacher, wenn wir –«

»Ich mache keine Rollenspiele mit, Elena. Jedenfalls nicht mehr, als ich unbedingt muss.«

Er drehte sich wieder zum Fenster und sagte den Rest des Fluges über kein Wort mehr.

So viel ich auch darüber nachgegrübelt hatte, das ganze Ausmaß dessen, was wir taten, wurde mir erst im Flughafen klar. Wir hatten unser Gepäck vom Band geholt und waren auf dem Weg zu den Taxis, als mir aufging, dass ich Clay jetzt mit in die Wohnung nehmen würde, die ich mit Philip teilte. Ich spürte, wie mir die Brust eng wurde und mein Herz zu hämmern begann, und als wir den Ausgang erreicht hatten, steckte ich mitten in einem ausgewachsenen Panikanfall.

Clay war mir einen Schritt voraus. Ich streckte die Hand aus und packte ihn am Arm.

»Du musst das doch nicht tun«, sagte ich.

Er sah mich nicht an. »Jeremy will es so.«

»Aber das heißt doch nicht, dass du es tun *musst*. Er will, dass ich in Sicherheit bin, stimmt's? Es muss doch eine andere Möglichkeit geben, das zu erreichen.«

Clay wandte mir immer noch den Rücken zu. »Ich habe gesagt, ich bleibe bei dir. Und das werde ich auch tun.«
»Du kannst das tun, ohne dass du mit in meine Wohnung kommen musst.«
Er blieb stehen und drehte sich weit genug zu mir um, dass ich ihn im Viertelprofil sah. »Und wie soll ich das anstellen? Indem ich draußen im Hofeingang schlafe?«
»Nein, ich meine, *wir* müssen nicht zu mir nach Hause gehen. Wir können irgendwo anders unterkommen. Ein Hotelzimmer oder so was.«
»Und du würdest mitkommen?«
»Sicher. Natürlich.«
»Und mit mir dort bleiben?«
»Genau. Was immer du willst.«
Ich hörte die Verzweiflung in meiner Stimme und verachtete mich dafür, aber ich konnte sie nicht unterdrücken. Meine Hände zitterten so heftig, dass die Leute ringsum aufmerksam zu werden begannen.
»Was immer du willst«, wiederholte ich. »Jeremy braucht es nicht zu wissen. Er hat gesagt, er wird uns nicht anrufen, also wird er auch nicht erfahren, ob wir in der Wohnung sind oder nicht. Ich werde in Sicherheit sein, und du wirst bei mir sein. Das ist doch das Wichtigste, oder?«
Fast eine Minute lang bewegte Clay sich nicht. Dann drehte er sich langsam zu mir um. Dabei sah ich einen Schimmer der Hoffnung in seinen Augen, der aber verschwand, sobald er meinen Gesichtsausdruck sah. Seine Kiefermuskeln strafften sich, und er hielt meinen Blick fest.
»Okay«, sagte er. »Was immer ich will?« Er drehte sich nach einer Reihe von Telefonen um und griff nach dem nächsten Hörer. »Ruf ihn an.«
»Er hat gesagt, wir sollen nicht anrufen. Kein telefonischer Kontakt.«
»Nicht Jeremy. Diesen Mann. Ruf ihn an und sag ihm, dass es aus ist. Die Wohnung gehört ihm. Du holst dein Zeug später ab.«

»Das ist nicht –«
»Das ist nicht das, was du gemeint hattest, stimmt's? Dachte ich mir schon. Was hast du also stattdessen vor? Von einem zum anderen zu rennen, bis du dich entschieden hast?«
»Ich habe mich entschieden. Was da in Stonehaven passiert ist, war ein Fehler. Es ist immer ein Fehler gewesen. Ich habe dich nie getäuscht. Du hast gewusst, dass es jemand anderen gibt. Es war diese verdammte Sache, die jedes Mal passiert, wenn ich zu euch zurückgehe. Es saugt mich auf. Ich verliere mich drin.«
»In was? Dem Haus? Einem Haufen Ziegel und Mörtel?«
»In diesem Ort«, sagte ich durch zusammengebissene Zähne. »Dieser Welt und allem, was zu ihr gehört, einschließlich dir. Ich will das nicht, aber wenn ich dort bin, kann ich nicht widerstehen. Es übernimmt einfach die Kontrolle.«
Er lachte kurz und scharf auf. »Blödsinn. Es gibt nichts in dieser Welt oder jener Welt oder irgendeiner Welt, gegen das du dich nicht wehren könntest, Elena. Weißt du, was für eine magische Macht das ist, die ›dieser Ort‹ über dich hat? Er macht dich glücklich. Aber das willst du nicht wahrhaben, denn für dich liegt das einzige akzeptable Glück in der ›normalen‹ Welt, mit ›normalen‹ Freunden und einem ›normalen‹ Mann. Du bist einfach wild entschlossen, dein Glück in dieser Art von Leben zu finden, und wenn es dich umbringt.«
Die Leute starrten uns inzwischen in aller Offenheit an. In meinem Kopf hätten jetzt die Alarmglocken schrillen sollen, die mir mitteilten, dass ich mich für die Menschenwelt unpassend aufführte. Aber sie taten es nicht. Es war mir völlig egal. Ich drehte mich auf dem Absatz um und starrte zwei ältere Damen an, die hinter mir missbilligende Glucksläute von sich gaben. Sie wichen mit aufgerissenen Augen zurück. Ich ging mit langen Schritten zum Ausgang.
»Wann hast du ihn das letzte Mal angerufen?«, rief Clay hinter mir her.
Ich blieb stehen.
Clay kam hinter mir her und senkte die Stimme, bis niemand

außer mir ihn verstehen konnte. »Abgesehen von heute Morgen, als du ihm gesagt hast, dass wir kommen. Wann hast du ihn das letzte Mal angerufen?«

Ich sagte nichts.

»Sonntag«, sagte er. »Vor drei Tagen.«

»Ich hatte zu tun.«

»Quatsch. Du hast ihn vergessen. Du glaubst, er macht dich glücklich? Du glaubst, dieses Leben macht dich glücklich? Na, dann hast du ja jetzt deine Chance. Zeig's mir. Zeig mir, wie glücklich es dich macht. Beweis es mir.«

»Fick dich ins Knie«, fauchte ich und ging zur Tür.

Clay kam hinterher, aber er kam zu spät. Ich war draußen und saß in einem Taxi, bevor er mich einholte. Ich knallte die Autotür zu, wobei ich Clays Finger nur knapp verfehlte, und nannte dem Fahrer meine Adresse. Als wir losfuhren, gestattete ich mir den kleinen Triumph eines Blicks in den Spiegel, der mir zeigte, wie Clay noch auf dem Gehweg stand.

Zu schade, dass ich nicht etwas genauer gewesen war, als ich ihm gesagt hatte, wo ich wohnte. »In der Nähe« des Sees lagen eine ganze Menge Immobilien, und eine ganze Menge davon waren Appartementhäuser.

Als ich den Block erreichte, klingelte ich an der Haustür. Philip meldete sich über die Sprechanlage und klang überrascht, als ich mich ankündigte. Ich hatte den Schlüssel nicht verloren. Fragen Sie mich jetzt bloß nicht, warum ich überhaupt klingelte, um eingelassen zu werden. Ich konnte nur hoffen, dass auch Philip nicht fragen würde.

Als ich auf unserem Stockwerk ankam, wartete Philip draußen vor der Aufzugtür. Er streckte die Arme aus und umarmte mich. Ich erstarrte instinktiv, bevor ich die Geste erwiderte.

»Du hättest vom Flughafen aus anrufen sollen«, sagte er. »Ich hätte dich doch abgeholt.« Er nickte über meine Schulter hinweg. »Wo bleibt denn unser Gast?«

»Kommt später. Vielleicht gar nicht.«

»Er kommt nicht?«

Ich zuckte die Achseln und markierte ein Gähnen. »Ziemlich übler Flug. Lauter Turbulenzen. Du hast keine Ahnung, wie froh ich bin, wieder zu Hause zu sein.«

»Nicht so froh, wie ich bin, dass du wieder da bist, Liebes.« Philip eskortierte mich in die Wohnung. »Setz dich einfach hin. Ich habe uns gegrilltes Hühnchen mitgebracht; ich wärme es auf.«

»Danke.«

Ich hatte die Schuhe noch nicht ausgezogen, als jemand an die Tür hämmerte. Ich erwog es zu ignorieren, aber letzten Endes hätte mir das nichts genützt. Philip mochte vielleicht nicht so gut hören wie ich, aber er war nicht taub.

Ich riss die Tür auf. Clay stand draußen, unser Gepäck in den Händen.

»Wie hast du –«, begann ich.

Er hob meine Tasche hoch. Am Henkel baumelte mein Schildchen, auf dem in sauberer Druckschrift mein Name und meine Adresse standen.

»Der Pizzabote hat mir netterweise die Tür aufgehalten«, sagte er. »Tolles Sicherheitssystem.«

Er kam herein und warf die Tasche neben die Garderobe. Hinter mir öffnete sich die Küchentür. Ich erstarrte und horchte auf Philips näher kommende Schritte. Die Vorstellung blieb mir in der Kehle stecken. Was, wenn Clay sich nicht darauf einließ? War es zu spät, meine Story abzuändern? War es zu spät, um ihn zur Tür hinauszuschieben?

»Du musst Elenas Cousin sein«, sagte Philip, während er die Hand ausstreckte.

»Clay«, brachte ich heraus. »Clayton.«

Philip lächelte. »Freut mich, dich kennen zu lernen. Was ist dir lieber – Clayton oder Clay?«

Clay sagte nichts. Er sah Philip nicht einmal an, hatte ihn nicht angesehen, seit er die Wohnung betreten hatte. Stattdessen hielt er den Blick auf mein Gesicht gerichtet. Ich sah den Ärger, der dort schwelte, die Empörung und die Demütigung. Ich wappnete mich für den Ausbruch. Er kam nicht. Stattdessen verlegte Clay sich auf

eine unvorstellbare Unhöflichkeit. Er ignorierte Philip, die Begrüßung, die Frage und die ausgestreckte Hand und marschierte geradewegs ins Wohnzimmer.
Philips Lächeln verblasste eine Sekunde lang. Dann wandte er sich an Clay, der mit dem Rücken zu uns am Fenster stand. »Das hier ist ein Schlafsofa«, sagte er mit einer Handbewegung zu dem Stoß Bettzeug, der auf dem Sofa lag. »Ich hoffe, es ist nicht zu unbequem. Es ist noch nie benutzt worden, oder, Liebes?«
Clays Kiefermuskeln spannten sich, aber er sah weiter zum Fenster hinaus.
»Nein«, sagte ich und mühte mich darum, mir eine zusätzliche Bemerkung einfallen zu lassen, irgendeine Erläuterung oder ein neues Thema, aber ich kam auf nichts.
»Angeblich hat man von hier aus einen Blick auf den See«, sagte Philip mit einem gezwungenen kleinen Lachen. »Ich glaube, wenn man sich zwischen ein und zwei Uhr mittags drei Schritte links vom Fenster aufstellt, sich nach rechts dreht und auf eine bestimmte Art schielt, sieht man einen Streifen vom Ontariosee. So lautet jedenfalls die Theorie.«
Clay sagte immer noch nichts. Ich auch nicht. Die Stille hing lastend im Raum, als hätte Philip in ein Vakuum gesprochen, in dem die Worte kein Echo und keine Reaktion hervorriefen.
Philip fuhr fort: »Die andere Seite hat einen besseren Blick auf Toronto. Es ist eine phantastische Stadt. Weltklasse, was das Kulturangebot betrifft, die Lebenshaltungskosten nicht zu hoch, wenig Verbrechen, saubere Straßen. Vielleicht kann ich mir morgen ein paar Stunden früher freinehmen und dich ein bisschen rumfahren, bevor Elena nach Hause kommt.«
»Nicht nötig«, sagte Clay. Die Worte kamen so scharf und abgehackt heraus, dass sein Akzent völlig verschwand. Er hörte sich an wie ein Fremder.
»Clay hat früher mal in Toronto gelebt«, erklärte ich. »Eine Weile jedenfalls. Vor ein … uh … einer ganzen Reihe von Jahren.«
»Hat es dir hier gefallen?«, fragte Philip. Als Clay nicht antwortete, zwang er sich zu einem weiteren Lachen. »Na, du bist zurück-

gekommen, also kann es ja keine ganz üble Erfahrung gewesen sein.«

Clay drehte sich um und sah mich an. »Ein paar gute Erinnerungen sind dabei.«

Er hielt meinen Blick einen Moment lang fest, sah dann fort und stelzte ins Badezimmer. Sekunden später hörten wir die Dusche rauschen.

»Nur keine Hemmungen«, murmelte ich, während ich die Augen zur Decke verdrehte. »Mr. Sympathieträger, was?«

Philip lächelte. »Es ist also nicht nur der Jetlag?«

»Schön wär's. Ich hätte dich warnen sollen. Antisoziale Persönlichkeitsstörung, nur die Diagnose steht noch aus. Lass dir den Müll bloß nicht bieten, solange er hier ist. Ignorier's entweder oder sag ihm, wohin er ihn sich schieben kann.«

Philips Augenbrauen schoben sich nach oben. Zunächst glaubte ich, es läge an meiner Beschreibung von Clay. Aber als ich seinen Blick sah, ging ich noch einmal durch, was ich gesagt hatte, und hörte den bissigen Sarkasmus heraus. Nicht die Elena, an die Philip gewöhnt war.

Zum Teufel mit Clay.

»Bloß ein dummer Witz«, sagte ich. »Es war ein ziemlich langer Flug mit ihm zusammen. Als wir's zum Flughafen geschafft hatten, hab ich die Geduld verloren, und wir hatten einen kleineren Krach.«

»Die Geduld verloren?« Philip kam zu mir herüber und küsste mich auf die Stirn. »Ich wusste gar nicht, dass das geht.«

»Clayton bringt es jedes Mal fertig, dass ich mich von meiner übelsten Seite zeige. Wenn wir Glück haben, bleibt er nicht lang. Aber er gehört zur Familie, also muss ich ihn wohl eine Weile ertragen.« Ich wandte mich in Richtung Küche und schnupperte demonstrativ in der Luft herum. »Das riecht, als ob das Huhn so weit wäre.«

»Sollen wir auf deinen Cousin warten?«

»Er würde nicht auf uns warten«, sagte ich auf dem Weg in die Küche.

Das einzig Gute, das es über den Abend zu sagen gibt, ist, dass er kurz war. Clay kam aus der Dusche (dankenswerterweise angezogen), ging ins Wohnzimmer und nahm eins meiner Bücher vom Regal. Wir waren noch beim Essen. Ich ging ins Wohnzimmer, um es ihm mitzuteilen. Er grunzte etwas davon, dass er später essen würde, und ich sagte nichts weiter dazu. Als wir gegessen und aufgeräumt hatten, war es spät genug, dass ich von Müdigkeit reden und ins Bett gehen konnte. Philip folgte mir, und mir wurde rasch klar, dass ich im Hinblick auf unser Zusammenleben eine Kleinigkeit vergessen hatte. Sex.

Ich zog gerade mein Nachthemd über, als Philip hereinkam. Nun bin ich nicht unbedingt eine Expertin, was modische Nachtwäsche angeht. Nachdem ich meine letzte Pflegefamilie verlassen hatte, hatte ich in der Unterwäsche geschlafen, aber als Philip bei mir einzog und ich feststellte, dass er im Bett Schlafanzughosen trug, kam ich auf den Gedanken, dass vielleicht auch ich irgendetwas tragen sollte. Ich versuchte es mit Lingerie, all den winzigen sexy Dingen, von denen die Frauenzeitschriften so begeistert sind. Aber die verdammte Spitze kratzte mich an Stellen, an denen vorher noch nie etwas gekratzt hatte, und die Gummibänder kniffen und die Träger verdrehten sich, und ich kam zu dem Schluss, dass diese Art von Nachtwäsche vielleicht nur dazu bestimmt war, vor dem Sex getragen zu werden, während man danach etwas Bequemeres anzog. Und angesichts der Tatsache, dass Philip schwarze Spitze und roten Satin ohnehin nicht sonderlich aufregend fand, wurde ich das Zeug los und verlegte mich auf riesige T-Shirts. Dann hatte Philip mir zu Weihnachten ein knielanges weißes Nachthemd geschenkt. Es war sehr feminin und altmodisch und eine Spur zu jungfräulich für meinen Geschmack, aber Philip mochte es, also trug ich es.

Philip wartete, bis ich damit begonnen hatte, mir das Haar zu bürsten; dann trat er hinter mich, beugte sich über mich und küsste mich seitlich auf den Hals.

»Ich hab dich vermisst«, murmelte er, die Lippen auf meiner Haut. »Ich wollte mich nicht beschweren, aber es hat länger gedauert, als ich dachte. Noch ein paar Tage mehr, und ihr hättet in New York Besuch gehabt.«

Ich verschluckte mich und täuschte mit einem gezwungenen, pfeifenden Lachen darüber hinweg. Philip in Bear Valley. Es wäre ein noch höllischeres Arrangement gewesen als das, was ich gerade durchmachte.

Philips Lippen glitten weiter zu meinem Nacken. Er drängte sich an mich. Eine Hand glitt unter mein Nachthemd und schob es bis zur Hüfte hoch. Ich versteifte mich und sah unwillkürlich zur Schlafzimmertür hinüber. Philips Blick folgte meinem im Spiegel.

»Ah«, sagte er kichernd. »Den Besuch hatte ich ganz vergessen. Wir könnten ganz still dabei sein, aber wenn du lieber damit warten möchtest, bis es hier wieder etwas privater ist ...«

Ich nickte. Philip küsste mich noch einmal auf den Hals und ging mit einem gespielten Seufzer zum Bett hinüber. Ich wusste, ich sollte mich nun zu ihm ins Bett kuscheln, schmusen, reden. Aber ich konnte nicht.

Ich konnte einfach nicht.

Es würde eine einzige Katastrophe werden.

Arrangement

Am nächsten Morgen wachte ich vom Geruch nach Toast und Speck auf. Ich sah auf die Uhr. Fast neun. Philip war normalerweise um sieben schon fort. Er musste länger geblieben sein, um mir das Frühstück zu machen. Eine angenehme Überraschung.

Ich tappte aus dem Schlafzimmer hinüber in die Küche. Clay stand am Herd und rammte gerade einen Wender in einen Berg von Speck. Er drehte sich um, als ich hereinkam, und sein Blick wanderte über mein Nachthemd.

»Was zum Teufel ist denn das?«, fragte er.

»Ein Nachthemd.«

»In dem schläfst du?«

»Wenn ich's nicht täte, wäre es ja ein Taghemd, oder?«, schnappte ich.

Clays Lippen zitterten, als versuchte er nicht zu lachen. »Es ist wirklich ... reizend, Darling. Es sieht aus wie etwas, das Jeremy dir kaufen würde. Oh, und übrigens. Er hat dir Blumen geschickt.«

»Jeremy?«

Clay schüttelte den Kopf. »Sie stehen an der Tür.«

Ich ging hinaus in den Flur, wo ich ein Dutzend rote Rosen in einer versilberten Vase vorfand. Auf der Karte stand: »Ich dachte, ich lasse dich ausschlafen. Willkommen zu Haus – ich hab dich vermisst. Philip.«

Nichts hatte sich geändert. Philip war so aufmerksam wie immer. Ich lächelte, nahm die Vase und sah mich nach einem geeigneten Platz für sie um. Der Wohnzimmertisch? Nein, dafür waren die Blumen zu lang. Auf dem Tisch im Flur stehen lassen? Zu voll gestellt. Die Küche? Ich öffnete die Tür. Kein Platz.

»Schlafzimmer«, murmelte ich, während ich mich rückwärts wieder in den Flur zurückzog.

»Wasser«, rief Clay mir nach.

»Was?«

»Sie brauchen Wasser.«

»Das weiß ich.«

»Und Sonnenlicht«, fügte er hinzu.

Ich antwortete nicht. Ich hätte an Wasser und Sonne gedacht – irgendwann. Ich muss gestehen, den Brauch, Blumen zu schicken, habe ich nie ganz verstanden. Ja sicher, sie sehen schön aus, aber sie *tun* nichts. Damit will ich nicht sagen, dass ich es nicht zu schätzen wusste. Im Gegenteil. Jeremy schnitt immer frische Blumen im Garten und stellte sie in mein Zimmer, und ich freute mich an ihnen. Natürlich, wenn er sie nicht in die Sonne gestellt und ihnen kein frisches Wasser gegeben hätte, hätte ich mich nicht sehr lange an ihnen gefreut. Ich bin anscheinend sehr viel besser darin, die Dinge umzubringen, als sie am Leben zu erhalten. Nur gut, dass ich nie vorhatte, Kinder zu bekommen.

Nachdem ich die Rosen ins Wasser und an einen passenden Ort gestellt hatte, kehrte ich in die Küche zurück. Clay legte zwei Scheiben Toast auf meinen Teller und hatte die dritte schon in der Hand.

»Das ist okay«, sagte ich und zog den Teller fort.

Er zog beide Augenbrauen in die Höhe.

»Ich meine, das ist okay für den Moment«, sagte ich. »Wenn ich mit denen hier fertig bin, nehme ich natürlich noch mehr.«

»Ist das alles, was du isst, wenn er hier ist? Wundert mich, dass du's zur Arbeit schaffst, ohne umzukippen. So kannst du nicht essen, Elena. Dein Stoffwechsel braucht –«

Ich stieß meinen Stuhl zurück. Clay verstummte und legte mir Speck dazu, dann füllte er seinen eigenen Teller und setzte sich.

»Wann fängst du im Büro an?«, fragte er.

»Ich habe gestern noch angerufen und ihnen gesagt, ich würde um halb elf da sein.«

»Dann halten wir uns besser ran. Wie weit ist es? Eine halbe Stunde zu laufen?«

»Ich nehme die U-Bahn.«
»U-Bahn? Du kannst die U-Bahn nicht leiden. All diese Leute, die sich in einen winzigen Wagen zwängen. Von Fremden angerempelt zu werden, und der Geruch –«
»Ich hab mich dran gewöhnt.«
»Warum machst du dir die Mühe? Es ist doch nicht weit. Rüber nach Bloor und dann geradeaus.«
»Die Leute kommen aber nicht einfach zu Fuß ins Büro«, sagte ich. »Sie fahren Rad, sie nehmen die Rollerblades oder sie joggen wenigstens. Ich habe weder ein Rad noch Blades, und joggen kann ich in einem Rock auch nicht.«
»Du trägst Röcke im Büro? Du kannst Röcke doch nicht ausstehen!«
Ich schob den Teller fort und verließ den Esstisch.
Ich versuchte Clay davon zu überzeugen, dass er bis zum Büro zu Fuß gehen und mich allein mit der U-Bahn fahren lassen konnte. Er wollte nichts davon hören. Um meiner Sicherheit willen und in Übereinstimmung mit den ausdrücklichen Anweisungen seines Anführers würde er selbst die Tortur einer Fahrt mit der U-Bahn über sich ergehen lassen. Ich muss zugeben, dass es mir etwas zu viel Spaß machte, zu verfolgen, wie er die entsetzliche siebenminütige Fahrt durchlitt. Nicht, dass er *sichtbar* gelitten hätte. Wer ihn beobachtete, hätte nichts gesehen als einen Mann, der in einem überfüllten Wagen stand und auf dem Plan über den Fenstern ungeduldig Haltestelle um Haltestelle abhakte. Aber tief in seinen Augen erkannte ich den Blick eines Tiers in der Falle, Klaustrophobie gemischt mit gleichen Teilen von Ekel und beginnender Panik. Er atmete durch den Mund und hielt die Augen auf den Plan gerichtet. Jedes Mal, wenn jemand ihn streifte, umklammerte er die Stange etwas fester. Einmal sah er zu mir herüber. Ich lächelte und sorgte dafür, dass ich auf meinem Sitz entspannt wirkte. Mit einem wütenden Blick wandte er sich ab und ignorierte mich für den Rest der Fahrt.
Ich aß mit meinen Kollegen zu Mittag. Als wir zurückkamen, sah ich eine bekannte Gestalt auf einer Bank vor dem Gebäude sitzen.

Ich fand eine Entschuldigung und kehrte in einem Bogen zu Clay zurück.
»Was ist denn los?«, fragte ich, als ich hinter ihn trat.
Er drehte sich um und lächelte. »Hallo, Darling. Gutes Mittagessen?«
»Was machst denn du hier?«
»Dich bewachen, weißt du noch?«
Ich hielt inne. »Jetzt erzähl mir bitte nicht, dass du den ganzen Vormittag hier gesessen hast.«
»'Türlich. Ich konnte mir nicht vorstellen, dass ich in deinem Büro besonders willkommen gewesen wäre.«
»Du kannst nicht einfach hier herumsitzen.«
»Warum nicht? Oh, lass mich raten. Normale Leute sitzen nicht stundenlang auf Bänken auf der Straße. Keine Sorge, Darling. Wenn ich einen Polizisten sehe, wechsle ich zu der Bank dort gegenüber.«
Ich warf einen Blick zurück zu dem Gebäude, um mich zu vergewissern, dass niemand herauskam, den ich kannte. »Ich bin nicht den ganzen Tag im Büro, weißt du. Heute Nachmittag muss ich zu einer Kundgebung im Queen's Park.«
»Dann komme ich eben mit. In sicherer Entfernung, damit dir nicht das entsetzliche Schicksal droht, dich öffentlich mit mir zeigen zu müssen.«
»Du meinst, du wirst hinter mir herpirschen.«
Clay grinste. »Eine Kunst, die sich immer noch verbessern lässt.«
»Aber du kannst nicht einfach hier sitzen.«
»Und wieder von vorn ...«
»Tu wenigstens irgendwas. Lies ein Buch, eine Zeitung, eine Zeitschrift.«
»Ganz sicher, und irgendein Mutt schleicht sich an mir vorbei, während ich gerade das Kreuzworträtsel löse.«
Ich warf die Hände in die Luft und stelzte in das Gebäude. Fünf Minuten später war ich wieder da.
»Vermisst du mich schon?«, fragte er.
Ich warf ihm über seine Schulter hinweg eine Zeitschrift in den

Schoß. Er nahm sie, sah sich das Titelbild an und runzelte die Stirn.

»*Rod World*?«

»Das ist über Autos. Die Sorte Zeitschrift, die nette Kerle lesen. Tu wenigstens so, als würdest du sie dir ansehen.«

Er blätterte ein paar Seiten durch und hielt bei dem Foto einer bikinibekleideten Rothaarigen inne, die sich über die Motorhaube einer Corvette Stingray drapiert hatte. Er überflog den Text und studierte dann das Bild. »Was macht die Frau da?«

»Verdeckt einen Kratzer im Lack. Sie war billiger als eine Neulackierung.«

Er blätterte einige weitere Fotos von kaum bekleideten Frauen und teuren Autos auf. »Nick hatte so ähnliche Zeitschriften, als wir noch Jungen waren. Nur ohne die Autos.« Er drehte ein Foto seitwärts. »Und die Badeanzüge.«

»Tu einfach so, als würdest du's lesen, okay?«, sagte ich, während ich mich wieder zum Gebäude zurückwandte. »Wer weiß, vielleicht hast du Glück und findest etwas, das dir gefällt.«

»Ich dachte, du magst mein Auto.«

Ich machte mich auf den Rückweg. »Von den Autos rede ich nicht.«

Nach dem Abendessen lungerten Clay und ich in der Wohnung herum und spielten Karten. Als Philip nach Hause kam, hatte ich dreißig Dollar fünfzig Cent Vorsprung. Ich hatte gerade das vierte Spiel hintereinander gewonnen und krähte vor unreifer Freude über meine Serie, als Philip hereinkam. Sobald er fragte, ob er sich anschließen dürfe, stellte Clay fest, dass er duschen musste. Wenn das so weiterging, würde er der sauberste Mensch in Toronto werden. Philip und ich spielten ein paar Runden, aber es war einfach nicht dasselbe. Philip spielte nicht um Geld. Schlimmer noch, er erwartete, dass ich mich an die Regeln hielt.

In dieser Nacht nahm Jeremy mit mir Kontakt auf, um sich zu erkundigen, ob alles in Ordnung war. Telefongespräche hatte er uns zwar verboten, das allerdings bedeutete nicht, dass wir für ihn außer Reichweite waren. Wie ich schon erwähnt habe, Jeremy hatte seine ganz eigene Methode, mit uns in Kontakt zu bleiben – er tat es über eine Art nächtlicher telepathischer Verbindung. Alle Werwölfe haben ein gewisses Maß an Psi-Kräften. Die meisten von ihnen ignorieren sie – derlei ist für den Geschmack von Wesen, die daran gewöhnt sind, mit Fäusten und Reißzähnen zu kommunizieren, viel zu mystisch.

Clay und ich hatten eine Art innerer Verbindung, vielleicht weil er es gewesen war, der mich gebissen hatte. Nicht, dass wir die Gedanken des anderen hätten lesen können oder irgendetwas vergleichbar Spektakuläres. Es war eher wie die deutlichere Wahrnehmung des anderen, von der viele Zwillingspaare sagen, sie besäßen sie – kleine Dinge: etwa einen Stich zu verspüren, wenn er sich verletzte, oder zu wissen, dass er in der Nähe war, selbst wenn ich ihn weder sehen noch hören noch riechen konnte. Allerdings war mir die ganze Angelegenheit einigermaßen unbehaglich, und es war keine Fähigkeit, die ich kultiviert oder auch nur zugegeben hätte.

Jeremys Begabung war anders gelagert. Er konnte mit uns kommunizieren, wenn wir schliefen. Nichts Dramatisches wie etwa Stimmen im eigenen Kopf zu hören. Ich schlief einfach und hatte einen Traum, in dem ich mit Jeremy sprach, aber mein Unterbewusstsein spürte, dass es mehr war als ein Traum, und ich konnte zuhören und rational antworten. Ziemlich cool eigentlich, obwohl ich das Jeremy gegenüber niemals ausgesprochen hätte.

Ich wachte von dem Duft von Pfannkuchen auf. Diesmal wusste ich genau, wer Frühstück machte, und es störte mich nicht. Essen war Essen. Für mich geht absolut nichts über ein schon fertiges Frühstück. Ich kann morgens nicht kochen. Wenn ich aufstehe, bin ich zu hungrig, um noch Zeit mit Herdplatten und Bratpfannen zu verschwenden; manchmal braucht mir sogar der Toaster zu lang. Ich vergrub mich unter der Decke. Wenn das Frühstück fertig war, würde Clay mir einen Becher Kaffee bringen. Ich brauchte nur abzuwarten.

»Das ist ja phantastisch. Pfannkuchen haben wir nicht oft. Elena ist nicht gerade ein großer Frühstücker. Cornflakes und Toast meistens. Ich weiß nicht, ob sie das essen wird, aber *ich* werde mit Sicherheit.«

Ich fuhr hoch. Das war nicht Clays Stimme.

»Wie nennen sie die im Süden?« fuhr Philip fort. »Flapjacks, Johnnycakes? Ich kann's mir nie merken. Du kommst von dort unten, oder? Ursprünglich, meine ich. Dem Akzent nach würde ich auf Georgia tippen, vielleicht auch Tennessee.«

Clay grunzte. Ich sprang aus dem Bett und stürzte zur Tür. Dann sah ich mein Nachthemd im Spiegel. Ein Morgenmantel. Ich brauchte einen Morgenmantel.

»Dein Bruder Jeremy hat überhaupt keinen Akzent«, sagte Philip. »Zumindest hab ich keinen gehört, als wir telefoniert haben.«

Scheiße! Ich wühlte im Kleiderschrank. Wo war doch gleich dieser Morgenmantel? Besaß ich einen Morgenmantel?

»Mein Stiefbruder«, sagte Clay.

»Oh? Ach so, natürlich. Das erklärt's.«

Ich griff nach ein paar Sachen und zog sie hastig an, schlingerte zur Schlafzimmertür hinaus und durch die Küchentür. Zwischen Clay und Philip kam ich zum Stehen.

»Hunger?«, fragte Clay, immer noch mit dem Gesicht zum Herd.

Philip beugte sich über mich, küsste mich auf die Wange und versuchte mein wirres Haar glatt zu streichen. »Versuch Mom heute Morgen noch anzurufen, Liebes. Sie wollte nicht einfach ohne dich etwas für Betsys Party arrangieren.« Er sah zu Clay hinüber. »Meine Verwandten sind absolut verrückt nach Elena. Wenn ich sie nicht bald heirate, sind sie im Stande, sie zu adoptieren.«

Sein Blick blieb auf Clay liegen. Clay warf drei weitere Pfannkuchen auf einen wachsenden Stoß, drehte sich um und trug sie alle zum Tisch. Sein Gesicht war ausdruckslos. Ein kurzes Stirnrunzeln ging über Philips Gesicht. Wahrscheinlich hatte er es allmählich satt, Konversation zu machen und keinerlei Antwort zu bekommen.

»Die Butter ist im –«, begann er, aber Clay hatte bereits die Kühlschranktür geöffnet. »Oh, und der Sirup ist über dem Herd in dem Becher –«

Clay holte aus dem Kühlschrank eine dekorative Glasflasche mit Ahornsirup, die Sorte, die man in Touristenläden für den Preis von flüssigem Gold kaufen kann.

»Das ist neu.« Ich lächelte zu Philip hinüber. »Wann hast du die mitgebracht?«

»Ich – uh – hab sie nicht mitgebracht.«

Ich sah zu Clay hinüber.

»Hab sie gestern irgendwo aufgelesen«, sagte er.

»Ich weiß nicht, ob Elena –« Philip unterbrach sich; sein Blick ging von mir zu Clay und wieder zurück. »Ja, also, das war sehr nett.«

Das Telefon klingelte und erlöste mich von meinem völlig fruchtlosen Bemühen, ein Gesprächsthema zu finden.

»Ich gehe dran«, sagte Philip und verschwand ins Wohnzimmer.

»Danke«, zischte ich Clay an, wobei ich die Stimme nach Kräften leise hielt. »Das musste jetzt einfach sein, stimmt's? Erst das Frühstück, dann der Sirup. Unmissverständlich vorführen, dass du weißt, was ich mag, und ihn in Verlegenheit bringen.«

»Vorführen? Ich habe kein Wort gesagt. Du hast von dem Sirup angefangen.«

»Du hättest ihn nicht erwähnt?«

»Natürlich nicht. Warum sollte ich? Ich nehme hier nicht an einem Wettbewerb teil, Elena. Als ich gestern Toast gemacht habe, habe ich gesehen, dass ihr keinen echten Sirup habt. Ich weiß, wie du dich über das nachgemachte Zeug beklagst, also hab ich gedacht, er ist euch ausgegangen, und habe welchen gekauft.«

»Und das Frühstück? Jetzt behaupte nur noch, du hättest nicht etwas sagen wollen damit, dass du mir Frühstück gemacht hast.«

»Ja, natürlich habe ich damit was gesagt. Ich habe gesagt, dass ich mir Sorgen mache, weil du nicht richtig isst, und dass ich sicherstellen will, dass du wenigstens eine ordentliche Mahlzeit bekommst. Ich bin euer Gast. Ich bin sicher, er glaubt einfach nur, dass ich zu helfen versuche. Ich habe so viele gemacht, dass es für ihn auch noch reicht.«

»Du hast genug gemacht, um das ganze Haus –« Ich unterbrach

mich, sah mich um und stellte fest, dass genug zu essen für drei normale Leute da war – nicht mehr.

»Der Rest steht im Backofen«, sagte Clay. »Ich hab sie versteckt, als ich gehört habe, dass er aufgestanden ist. Ich pack sie dir ein, dann kannst du sie zur Arbeit mitnehmen. Wenn irgendwer was anzumerken hat, sag einfach, du wärst nicht mehr zum Frühstücken gekommen.«

Ich suchte verzweifelt nach einer Antwort, und auch diesmal kam mir eine Unterbrechung zu Hilfe. Diesmal war es Philip, der in die Küche kam.

»Arbeit«, sagte er mit einer Grimasse. »Was sonst? Einen einzigen Vormittag versucht man später zu kommen, und sie telefonieren hinter mir her. Aber mach dir keine Gedanken, Liebes. Ich habe gesagt, ich frühstücke mit dir und komme danach.« Er zog sich einen Stuhl heran, setzte sich und wandte sich an Clay. »Wie geht es voran mit der Jobsuche?«

Ich hatte mich einverstanden erklärt, Clay zum Mittagessen zu treffen. Er hatte in einem Feinkostladen einen Lunchkarton besorgt, und wir gingen damit auf das Universitätsgelände. Es war nicht gerade der Platz, den ich mir ausgesucht hätte. Die Universität war der Ort, wo ich Clay kennen gelernt hatte, wo ich mich verliebt hatte. Sie war zugleich der Ort, an dem ich hintergangen, belogen und letzten Endes verraten worden war. Als mir aufging, wo Clay an diesem Tag essen wollte, sträubte ich mich. Ich ließ mir ein Dutzend Entschuldigungen und ein Dutzend Alternativen einfallen, aber keine davon brachte ich über die Lippen. Nach dem, was er über Stonehaven gesagt hatte, war es mir peinlich zuzugeben, dass ich die Universität nicht sehen wollte. Sie war nur ein Ort, nur ein Haufen Ziegel und Mörtel. Aber vielleicht war es mir ja auch nicht einfach bloß peinlich. Vielleicht wollte ich nur nicht zugeben, wie viele Emotionen ich mit gerade diesem Haufen von Stein und Mörtel verband. Vielleicht wollte ich Clay nicht wissen lassen, wie genau ich mich erinnerte und wie viel mir all das bedeutete. Und so sagte ich nichts.

Wir saßen auf Bänken in der Nähe des University College. Die Examen waren fast vorbei, und nur eine Hand voll Studenten schlenderte den King's College Circle entlang, als sei die Seminarhektik nur noch eine verblassende Erinnerung. Auf dem Rasen spielten ein paar junge Männer Fußball; ihre Jacken und Rucksäcke lagen auf einem Haufen neben dem Pfosten. Während wir aßen, erzählte Clay von seinem Artikel über die Jaguarkulte Südamerikas, und meine Gedanken trieben in der Zeit zurück zu früheren Gesprächen unter diesen Bäumen, zwischen diesen Gebäuden. Vor meinem inneren Auge konnte ich Clay noch sehen vor all den Jahren; er saß an einem Picknicktisch auf der anderen Seite der Straße, im Queen's Park, aß sein Mittagessen und redete, so vollkommen auf uns beide konzentriert, dass Frisbees über seinen Kopf hinwegpfeifen konnten, ohne dass er es bemerkte. Er saß immer in der gleichen Stellung, die Beine unter dem Tisch ausgestreckt und die Füße hinter meine Füße gehakt, die Hände in unaufhörlicher Bewegung; sie betonten und unterstrichen, als müsse ein Teil von ihm ständig in Bewegung sein. Seine Stimme war noch die gleiche, so vertraut inzwischen, dass ich dem Rhythmus in Gedanken folgen und jeden Wechsel der Tonlage, jede Betonung vorhersagen konnte.

Schon damals hatte er meine Gedanken und Ansichten hören wollen. Keine Eskapade meines jungen Geistes war zu trivial oder zu langweilig für ihn. Im Lauf der Zeit hatte ich ihm von meiner Vergangenheit erzählt, meinen Plänen, meinen Ängsten, Hoffnungen und Unsicherheiten, all den Dingen, von denen ich mir nicht hatte vorstellen können, dass ich sie jemals mit jemandem teilen würde. Ich hatte mich immer davor gefürchtet, mich jemandem zu öffnen. Ich wollte eine starke, unabhängige Frau sein, nicht ein heimatloses, traumatisiertes Wesen mit einer Vergangenheit, die geradewegs aus einem Dickensschen Melodrama hätte stammen können. Ich verschwieg meinen Hintergrund, und wenn jemand davon erfuhr, dann tat ich so, als mache mir das alles nichts aus, habe keinerlei Auswirkungen auf mich. Mit Clay war alles anders geworden. Ich wollte, dass er alles über mich wusste; ich wollte sicher sein können, dass er wusste, wer ich war, und mich trotzdem liebte. Er hatte zugehört und war geblieben. Mehr noch, er hatte mein Vertrauen erwidert. Er hatte mir von seiner Kindheit erzählt, davon, dass er seine Eltern bei irgendeiner Katastrophe verloren hatte, an die er sich nicht erinnern konnte, dass er adoptiert worden war, sich an der Schule nicht hatte eingliedern können, verlacht und gemieden worden war, in Schwierigkeiten geraten und von der Schule ausgeschlossen, so oft, dass ich den Eindruck hatte, er habe Schulen durchgemacht wie ich Pflegefamilien. Er hatte mir so viel erzählt, dass ich sicher gewesen war, ihn vollständig zu kennen. Dann fand ich heraus, wie gründlich ich mich geirrt hatte. Manchmal schmerzte die Täuschung mehr als der Biss.

Turbulenz

Als Philip von der Arbeit kam, war es nach Mitternacht. Clay und ich sahen uns einen der Spätfilme an. Ich hatte mich auf dem Sofa ausgestreckt. Clay hatte den Sessel genommen und das Popcorn mit Beschlag belegt. Philip kam herein und blieb ein paar Minuten lang hinter dem Sofa stehen, um den Film zu verfolgen.

»Horror?«, fragte er. »Ich habe keinen Horrorfilm mehr gesehen, seit ich an der Uni war.« Er kam um das Sofa herum und setzte sich neben mich. »Was ist es?«

»*Evil Dead II*«, sagte ich, während ich die Hand nach der Fernbedienung ausstreckte. »Aber ich bin sicher, es läuft auch noch was anderes.«

»Nein, nein. Lass es doch laufen.« Er sah zu Clay hinüber. »Magst du Horrorfilme?«

Clay schwieg einen Augenblick und grunzte dann etwas Nichtssagendes.

»Clay ist nicht scharf auf Horror«, sagte ich. »Zu gewalttätig. Er ist ziemlich zimperlich. Ich muss immer umschalten, wenn es blutig wird.«

Clay schnaubte.

»Der hier ist richtiger Müll«, sagte ich zu Philip. »Eine Fortsetzung. Fortsetzungen von Horrorfilmen sind immer Müll.«

»*Scream 2*«, sagte Clay.

»Der ist bloß deswegen eine Ausnahme, weil die Produzenten wussten, dass Fortsetzungen Müll sind, und was draus gemacht haben.«

»Na, na«, sagte Clay. »Schon allein die Idee –« Er unterbrach sich, warf einen Blick auf Philip, der den Wortwechsel verfolgte wie ein

Pingpongspiel, und stopfte sich eine Hand voll Popcorn in den Mund.

»Gib her«, sagte ich.

»Ich hab's gekauft.«

»Und in *meiner* Mikrowelle gemacht. Gib's her.«

»In der Küche liegen noch zwei Tüten.«

»Ich will aber das hier. Gib her.«

Er stellte die Schüssel auf den Tisch und schob sie mit dem Fuß zu mir hin.

»Die ist ja leer!«, sagte ich.

Philip lachte. »Man merkt, dass ihr euch als Kinder gekannt habt!«

Sekunden des Schweigens gingen vorbei. Dann stemmte Clay sich aus dem Sessel hoch.

»Ich gehe duschen«, sagte er.

Der nächste Tag war ein Samstag. Philip spielte Golf; er war schon gegangen, als ich aufstand. Golf war ein Sport, um den ich einen Bogen machte. Er verlangte körperlich zu wenig und in puncto Wohlverhalten zu viel von mir. Im Herbst zuvor hatte ich mich bereit erklärt, es zu versuchen. Philip hatte mir zwei Listen mit Regeln gegeben. In der einen ging es darum, wie man Golf spielte. In der anderen ging es darum, wie man sich kleidete und verhielt, wenn man Golf spielte. Nun war mir durchaus klar, dass gewisse Sportarten eine bestimmte Art der Kleidung verlangten, um den Spieler zu schützen, aber ich sah nicht recht ein, inwiefern das Tragen einer ärmellosen Bluse auf dem Golfplatz ein Sicherheitsrisiko darstellte. Gott verhüte, dass der Anblick meiner nackten Schultern einen männlichen Golfer so aufregte, dass er Bälle wahllos in die Gegend zu schlagen begann. Ich hatte im Leben Besseres zu tun, als die Länge meiner Shorts nachzumessen, um sicherzustellen, dass sie den Platzregeln entsprachen. Außerdem hatte ich nach ein paar Runden mit Philip festgestellt, dass auch der Sport selbst nicht meine Sache war. Auf den Ball einzudreschen war eine phantastische Methode, Aggressionen abzubauen, aber offenbar war dies nicht Sinn und Zweck des Spiels. Und so kam es, dass Philip Golf spielte und ich nicht.

Als Philip wieder da war, gingen wir zu dritt zum Mittagessen – ohne jeden Zweifel das erste Mal in zehn Jahren, dass mir eine Mahlzeit keinen Spaß machte. Zwanzig quälend lange Minuten versuchte Philip, Clay in eine Unterhaltung zu verwickeln. Er hätte mehr Erfolg gehabt, wenn er mit seinem Salat gesprochen hätte. Ich versuchte ihm zu Hilfe zu kommen und begann einen Monolog, den ich dann weiterführen musste, bis die Rechnung kam, achtunddreißig Minuten und zwanzig Sekunden später. Zu diesem Zeitpunkt fand Clay auf wundersame Weise die Sprache wieder und schlug vor, zu Fuß zur Wohnung zurückzugehen – wobei er genau wusste, dass wir in Philips Auto gekommen waren und dass Philip dementsprechend allein würde zurückfahren müssen. Bevor ich widersprechen konnte, fiel Philip plötzlich ein, dass er im Büro noch etwas zu erledigen hatte; wenn es uns also nichts ausmachte, zu Fuß zu gehen, würde er gleich vom Restaurant aus hinfahren. Und nachdem das entschieden war, stürzten beide Männer zum Ausgang wie flüchtende Sträflinge und überließen es mir, ein Trinkgeld aufzutreiben.

Am Sonntagvormittag, als Philip wieder auf dem Golfplatz war, erledigten Clay und ich die langweiligen Hausarbeiten – Aufräumen, Wäsche, Einkäufe. Als wir vom Supermarkt zurückkamen, fand ich auf dem Anrufbeantworter eine Nachricht von Philip. Ich rief ihn zurück. »Wie lief's?«, fragte ich, als er abnahm.

»Nicht gut. Ich habe wegen dem Abendessen angerufen.«

»Du schaffst's nicht?«

»Nein, im Gegenteil – ich wollte dich heute Abend ausführen. Irgendwas Nettes.« Er machte eine Pause. »Nur wir zwei.«

»Phantastisch.«

»Das wäre kein Problem?«

»Nicht die Spur. Clay kann sich allein amüsieren. Er geht sowieso nicht gern groß essen. Und außerdem hat er die Kleider dafür nicht mitgebracht.«

»Was trägt er denn bei Vorstellungsgesprächen?«

Oh, Mist. »Akademische Jobs«, sagte ich. »Die sind da eher ungezwungen.«

»Gut.« Wieder eine Pause. »Und ich dachte, nach dem Essen könnten wir vielleicht noch irgendwo hingehen, eine Show oder so. Vielleicht finden wir irgendwas mit ermäßigten Tickets.«
»An einem Wochenende mit Feiertag wird das wahrscheinlich gar nicht so einfach. Aber irgendwas finden wir.«
»Ich dachte, wir könnten« – Räuspern – »allein gehen. Nur wir zwei.«
»So habe ich das auch verstanden. Soll ich reservieren? Karten besorgen?«
»Nein, das mache ich schon. Ich müsste eigentlich um sechs da sein. Vielleicht sagst du Clayton besser, dass es heute spät werden kann. Abendessen, eine Show, vielleicht noch etwas trinken oder einen Kaffee ...«
»Es klingt toll.«
Philip schwieg einen Augenblick, als erwartete er, ich würde noch etwas hinzufügen. Als ich nichts sagte, verabschiedete er sich und legte auf.
Das ersehnte Abendessen entwickelte sich zu einer weiteren Alptraummahlzeit. Nicht, dass etwas schief gegangen wäre. Ich wünschte mir beinahe, etwas *würde* schief gehen. Wäre die Reservierung verschlampt worden oder das Essen kalt gewesen, hätten wir wenigstens ein Thema gehabt. So aber saßen wir über zwei Stunden lang da und benahmen uns wie zwei Leute bei einem ersten Rendezvous, nachdem bereits klar ist, dass kein zweites zu Stande kommen wird. Wir schienen nicht zu wissen, was wir zueinander sagen sollten. Oh, natürlich redeten wir. Philip erzählte mir von der Kampagne für die Appartements am Seeufer, an der er arbeitete. Ich erzählte eine amüsante kleine Anekdote über einen Ausrutscher, den sich der Premierminister dieser Tage geleistet hatte. Wir sprachen über die Pläne der Stadtverwaltung, der Hafenfront ein neues Gesicht zu verpassen. Wir beschwerten uns beieinander über die angekündigte Anhebung der Fahrpreise im öffentlichen Nahverkehr. Wir erörterten die Aussichten der Jays bei den bevorstehenden Baseballspielen. Kurz gesagt, wir sprachen über all die Dinge, über die zwei flüchtig miteinander

bekannte Leute beim Essen sprechen konnten. Schlimmer noch, wir sprachen über diese Dinge mit der Verzweiflung zweier flüchtig Bekannter, die panische Angst vor langen Redepausen haben. Hinter uns trompeteten drei Jungs, die kaum über das Aknealter hinaus waren, ihre Erfolge mit irgendwelchen Dotcom-Aktien in einer Lautstärke durchs Restaurant, dass man sie vermutlich noch auf der Straße verstand. Ich war drauf und dran, die Augen zu verdrehen und eine entsprechende Bemerkung zu machen, und hielt dann inne. Würde der Kommentar zu negativ klingen? Zu abfällig? Es war die Sorte von Bemerkung, die Clay zu schätzen wusste. Aber Philip? Ich war mir nicht sicher, und so hielt ich den Mund.

Als der Kellner unsere Kaffeetassen nachfüllte, räusperte Philip sich. »Und«, sagte er, »was meinst du, wie lang dein Cousin noch bleibt?«

»Wahrscheinlich noch ein paar Tage. Ist das ein Problem? Ich weiß, er kann sich widerlich aufführen –«

»Nein, nein. Das ist es nicht.« Er brachte ein blasses Lächeln zustande. »Ich muss zugeben, er ist nicht gerade die beste Gesellschaft, aber ich werd's überstehen. Es ist nur so … merkwürdig.«

»Merkwürdig?«

Philip zuckte die Achseln. »Wahrscheinlich liegt es daran, dass ihr beide euch schon so lange kennt. Da ist eine echte … ich weiß nicht. Ich habe das Gefühl …« Er schüttelte den Kopf. »Es liegt an mir, Liebes. Ich komme mir ein bisschen ausgeschlossen vor. Nicht gerade eine besonders erwachsene Reaktion. Ich weiß nicht …« Er trommelte mit den Fingern gegen die Kaffeetasse und sah mir dann in die Augen. »War da mal irgendwas …« Er verstummte.

»Was?«

»Ach, nichts.« Er trank einen Schluck Kaffee. »Macht er Fortschritte bei der Stellensuche?«

»Er hat ein paar Sachen an der Universität angeleiert. Sobald sich da etwas tut, wird er ausziehen.«

»Er bleibt also in Toronto?«

»Eine Weile sicher.«

Philip öffnete den Mund, zögerte und nahm dann den nächsten Schluck Kaffee. »Okay«, sagte er. »Hast du gehört, was Bürgermeister Mel diesmal wieder abgelassen hat?«

Wir bekamen für keine Vorstellung mehr Karten, für die es sich gelohnt hätte, also gingen wir stattdessen ins Kino und danach in eine Jazzbar, um etwas zu trinken. Als wir in die Wohnung zurückkehrten, war es beinahe zwei. Clay war nicht da. Als Philip ins Schlafzimmer ging, um sein Handy auf Nachrichten zu überprüfen, kam Clay mit geröteten Wangen zur Tür herein.

»Hey«, sagte er, während sein Blick von mir abglitt und nach Philip suchte.

»Er ist im Schlafzimmer«, sagte ich. »Warst du rennen?«

»Ohne dich?«

Clay ging in die Küche. Sekunden später kam er mit einer Flasche Wasser zurück, öffnete sie, goss die Hälfte des Inhalts hinunter und streckte sie mir hin. Ich schüttelte den Kopf.

»Bitte, sag mir, dass du unten im Trainingsraum warst.«

Clay nahm den nächsten Schluck Wasser.

»Geh zum Teufel«, murmelte ich, während ich mich aufs Sofa fallen ließ. »Du hast versprochen, du würdest mir heute Abend nicht folgen.«

»Nein, du hast gesagt, ich *sollte* dir nicht folgen. Ich habe nicht geantwortet. Mein Job ist es, dich zu beschützen. Das werde ich auch tun.«

»Ich brauche aber –«

Philip erschien wieder. »Schlechte Nachricht.« Er sah von Clay zu mir. »Oh, habe ich euch unterbrochen?«

Clay trank das Wasser aus und ging in die Küche.

»Was für eine schlechte Nachricht?«, fragte ich.

»Wichtiges Treffen morgen.« Er seufzte. »Ja, ich weiß, es ist Victoria Day. Es tut mir wirklich Leid, Liebes. Aber ich habe Blake angerufen und das Golfspiel auf acht verlegt, also kann ich spielen und dich zum Mittagessen ausführen, bevor ich hinmuss. Ich hatte wirklich gehofft, ich würde dieses Wochenende mehr Zeit für dich haben.«

Ich zuckte die Achseln. »Es ist nicht so schlimm. Clay und ich werden uns schon irgendwie amüsieren.«
Philip zögerte, schien drauf und dran zu sein, noch etwas zu sagen, sah dann zur Küche hinüber und hielt den Mund.
Am Montagvormittag, als ich darauf wartete, dass Philip mich abholte, rief er an und teilte mir mit, dass es auf dem Golfplatz ein Missverständnis gegeben hatte und seine Gruppe erst mit über einer Stunde Verspätung hatte anfangen können. Sie waren eben erst mit der Runde fertig geworden. Daher kein gemeinsames Mittagessen.
Also beschlossen Clay und ich, zum Mittagessen nach Chinatown zu fahren. Den Rest des Tages bummelten wir herum, entdeckten Stadtviertel, die wir nicht kannten, machten Abstecher in Wohnstraßen und trabten am Strand entlang, bevor wir mit allen nötigen Zutaten für ein Steakessen in die Wohnung zurückkehrten.
Gegen sieben klingelte es. Ich war auf der Toilette und schrie Clay durch die Tür zu, er solle aufmachen. Als ich herauskam, stand er mit einer weiteren Blumenvase im Flur – diesmal waren es gemischte Schwertlilien in einem Tonkrug.
»Es tut ihm Leid wegen dem Mittagessen«, sagte Clay. »Willst du die hier im Schlafzimmer bei den anderen haben?«
Ich blieb stehen, sah ihn an, als er dort stand, die Vase in den Händen, und wartete.
»Sag's«, verlangte ich.
»Sag was?«
Ich riss ihm die Blumen fort. »Ich weiß genau, was du denkst. Wenn es ihm wirklich Leid täte, hätte er das Golfspiel abkürzen können.«
»Das wollte ich nicht sagen.«
»Du hast es gedacht.«
»Nein, *du* hast es gedacht. Du hast es gesagt.«
Ich marschierte zum Schlafzimmer.
»Wasser«, rief er mir nach.
Ich schwenkte mit einem Knurren ab ins Bad. Ich ließ Wasser in den Krug klatschen und verstreute dabei eine Hand voll grüne

Murmeln. Drei landeten klirrend im Waschbecken, ein paar weitere auf dem Boden. Ich angelte die Murmeln aus dem Becken, warf einen flüchtigen Blick hinter den anderen her und ließ sie dann, wo sie waren – bis zum nächsten Aufräumen.

»Im Gegensatz zu manchen anderen Leuten«, sagte ich, als ich in den Flur zurückkehrte, »hält Philip es nicht für nötig, dass Lebenspartner ihr Leben verbringen, als wären sie an der Hüfte zusammengewachsen. Und mir ist es recht so. Immerhin schickt er Blumen.«

Aus dem Wohnzimmer kam Schweigen. Ich stellte die Vase auf meinem Nachttisch ab, neben den Rosen, und stelzte zurück zu Clay. Er saß auf der Sofalehne und las die Notizen, die ich mir am Freitag aus dem Büro mitgebracht hatte.

»Sag's«, sagte ich.

Er sah von den Notizen auf. »Sag was?«

»Du hast doch die ganze Woche drauf gewartet, mir sagen zu können, was du von Philip hältst. Na los. Raus damit.«

»Meine ehrliche Meinung?«

Ich biss die Zähne zusammen. »Ja.«

»Sicher?«

Ich knirschte mit den Zähnen. »Ja.«

»Ich finde, er ist ein netter Kerl.«

Die Zähne begannen mir wehzutun. »Was soll denn das heißen?«

»Genau das, was ich sage, Darling. Ich finde, er ist ein netter Kerl. Nicht vollkommen, aber wer ist das schon? Ihm liegt ganz offensichtlich an dir. Er versucht rücksichtsvoll zu sein. Er ist sehr geduldig. Wenn ich an seiner Stelle wäre, ich hätte meinen Arsch schon vor Tagen aus dem Koffer getreten. Und er ist unweigerlich höflich. Ein netter, anständiger Kerl.«

»Aber?«

»Aber es wird nichts werden.« Er hob die Hand, bevor ich protestieren konnte. »Komm schon, Elena. Du weißt doch, warum du dir gerade diesen Mann ausgesucht hast, oder? Und ich meine damit nicht, weil du ein Zuhause und eine Familie und so weiter möchtest. Glaubst du, ich wüsste nicht, dass du das willst? Ich weiß es. Und ich würde dir sagen, dass das alles genau vor deiner Nase ist, aber du würdest nicht zuhören. Die Frage ist: Warum hast du dir gerade diesen Typ ausgesucht, um diese Wunschträume zu erfüllen? Du weißt es doch, oder, Darling?«

»Weil er ein guter Mann ist. Er ist –«

»Gut und geduldig und aufmerksam. Erinnert dich das nicht an jemanden?«

»Nicht an dich.«

Clay rutschte von der Sofalehne und lachte. »Ganz sicher nicht an mich.« Er legte meine Mappe auf dem Tisch ab und studierte mein Gesicht. »Du kapierst's einfach nicht, stimmt's? Na, wenn du es irgendwann doch verstehst, wirst du auch wissen, warum es nichts werden kann. Dir kann an diesem Typ liegen, aber es wird nie das Gleiche sein wie das, was wir haben. Es kann einfach nicht. So nett er ist, du hast ihn dir aus lauter falschen Gründen ausgesucht.«

»Du irrst dich.«

Er zuckte die Achseln. »Muss auch mal vorkommen. Was ist mit diesen Steaks? Der Grill müsste jetzt heiß sein. Gib mir das Fleisch rüber, und du kannst inzwischen das Gemüse machen.«

Nach dem Essen machten wir einen langen Spaziergang. Als wir in die Wohnung zurückkamen, war Philip dort gewesen und hatte mir einen Zettel auf dem Tisch hinterlassen. Er schrieb, dass seine Partner ihn zu einem Treffen am nächsten Morgen in Montreal beordert hatten. Er war nur vorbeigekommen, um eine Tasche zu packen; inzwischen musste er schon im Zug nach Québec sitzen.

»Dann bleibt er also die ganze Nacht fort?«, fragte Clay, während er den Zettel über meine Schulter hinweg mitlas.

»Sieht ganz so aus.«

»So ein Jammer. Da müssen wir wohl irgendwas anderes zu tun finden.« Er ging zum Kalender hinüber. »Mal sehen. Sechs Tage seit deiner letzten Wandlung. Acht Tage bei mir. Du weißt ja, was das bedeutet.«

Es wurde Zeit zu rennen.

Feuerwerk

Wir zankten eine Weile über die Frage, ob wir zur Schlucht laufen oder fahren sollten. Es war ein langer Weg, aber keinem von uns machte es etwas aus, dorthin zu laufen – es war die Vorstellung, auf dem Rückweg völlig erschöpft ebenfalls laufen zu müssen, die mir weniger reizvoll vorkam. Wir hatten uns schon fast darauf geeinigt, das Auto zu nehmen, als ich den Fehler machte zu erwähnen, dass es Philips Auto war. Daraufhin stellte Clay fest, dass die Nacht wunderschön war und dass es ein Verbrechen gewesen wäre, nicht zu laufen. Ich widersprach ihm nicht. Philips Auto zu nehmen brachte oft mehr Schwierigkeiten mit sich, als es löste. Einen Nachtparkplatz in der Nähe der Schlucht zu finden war nicht einfach, und ich machte mir jedes Mal Sorgen, ich könnte einen Strafzettel bekommen oder abgeschleppt werden und würde Philip dann erklären müssen, was ich mitten in der Nacht in diesem Teil der Stadt verloren hatte.

Es war Mitternacht, als wir die Schlucht erreichten. Wir trennten uns. Ich suchte mir ein Dickicht und zog mich aus. Als ich mich auf den Boden kauerte, um mit der Wandlung zu beginnen, fiel mir plötzlich etwas auf. Ich bereitete mich auf die Wandlung mit etwa so viel seelischem Einsatz vor, als sei ich im Begriff, mir die Zähne zu putzen. Mein Hirn war mit anderen Dingen beschäftigt, während mein Körper sich in Position brachte, als sei es das Natürlichste auf der Welt. Nun hätte das Ganze nach zehn Jahren automatisch vor sich gehen sollen, und das tat es auch … wenn ich in Stonehaven oder mit dem Rudel zusammen war. In einer Minute war ich ein Mensch, in der nächsten ein Wolf. Ja sicher doch – ich bin ein Werwolf, oder vielleicht nicht?

Aber eine Wandlung hier in Toronto war etwas ganz anderes.

Fünfundneunzig Prozent meiner Zeit verbrachte ich wie jeder andere normale Mensch auch. Ich stand auf, ging zur Arbeit, nahm die U-Bahn nach Hause, aß zu Abend, verbrachte den Rest des Abends mit meinem Freund und ging schlafen. Ein vollkommen normaler Tagesablauf, der von Zeit zu Zeit von der Notwendigkeit unterbrochen wurde, mich in einen Wolf zu verwandeln, durch die Wälder zu rennen, ein Kaninchen zu erlegen und den Mond anzubellen. Der Gegensatz konnte so groß werden, dass ich oft genug in der Schlucht eintraf, die Kleider auszog und dann splitternackt dastand und dachte: Ich soll jetzt *was bitte* tun? Halb erwartete ich, irgendwann einmal auf Hände und Knie zu gehen, mich auf die Wandlung zu konzentrieren und festzustellen, dass überhaupt nichts geschah ... außer vielleicht, dass ich in einer Zwangsjacke aufwachen und mir von einem freundlichen Arzt zum einmillionsten Mal erklären lassen müsste, dass Menschen sich nicht in Wölfe verwandeln können.
Als ich mich in dieser Nacht in die richtige Stellung brachte, wirkte es völlig natürlich. Wahrscheinlich hatte es vor allem damit zu tun, dass Clay da war. Er war wie eine Brücke zwischen den Welten. Wenn er da war, konnte ich nicht vergessen, was ich war. Das Schockierende daran war nur, dass es mir nichts ausmachte, dass es sich sogar gut anfühlte. Ich hatte so lang versucht, diese Seite meines Wesens zu unterdrücken in der Überzeugung, dass ich etwas anderes werden musste, um meinen Platz in der Menschenwelt behalten zu können. Jetzt begann ich zu sehen, dass es vielleicht noch andere Möglichkeiten geben könnte. Vielleicht hatte Clay Recht. Vielleicht versuchte ich es wirklich zu krampfhaft und machte es mir schwerer als nötig. In Clays Gegenwart war es fast unmöglich, meine »menschliche« Persönlichkeit lang aufrechtzuerhalten. Ich war ganz ich selbst gewesen – bissig, eigensinnig, streitsüchtig. Und die Welt ringsum war nicht untergegangen. Vielleicht brauchte ich nicht immer die »gute« Elena zu sein, nett und still und bescheiden. Nicht, dass ich sofort Wutanfälle bekommen musste, wenn Philip den Toilettensitz mal wieder nicht herunterklappte oder wenn fremde Leute mir in der U-Bahn

auf den Zehen herumtraten, aber vielleicht brauchte ich auch nicht jedes Mal klein beizugeben, wenn sich eine Konfrontation anbahnte. Wenn ich mehr Aspekte meiner normalen Persönlichkeit auf die »menschliche« Fassade übergehen ließ, wäre es vielleicht einfacher, in der menschlichen Welt zu leben, würde es vielleicht sogar natürlich wirken. Vielleicht war dies der Schlüssel.

Die Büsche raschelten und brachten mich jäh in die Wirklichkeit zurück. Ich erhaschte einen kurzen Blick auf Clays hellen Pelz, der draußen vorbeistrich. Er stieß ein leises ungeduldiges Knurren aus. Ich lachte und ließ mich wieder in Position fallen, um mit der Wandlung zu beginnen – seltsam genug, dass genau derjenige, der die menschliche Welt am meisten verabscheute, der sein könnte, der mir am meisten half, in ihr zu leben. Clay knurrte wieder und schob seine Schnauze in die kleine Lichtung.

»Moment«, sagte ich.

Ich schüttelte den Kopf, um meine Gedanken zu klären, und bereitete mich auf die Wandlung vor.

Nachdem wir gerannt waren und uns zurückverwandelt hatten, lagen wir auf einer grasbewachsenen Lichtung, ruhten uns aus und redeten. Es war der dunkelste, stillste Teil der Nacht, lang nachdem der Abend vorüber war, aber noch lang bevor die Dämmerung begann. Trotz der kühlen Luft hatten wir uns nicht wieder angezogen. Die Anstrengung hatte unser Blut so aufgeheizt, dass wir vermutlich bis zum Morgengrauen in einer Schneewehe hätten liegen können, ohne dass es uns auffiel. Ich lag auf dem Rücken und schwelgte in dem Gefühl des kühlen Luftzugs auf meiner Haut. Über mir verdeckten die Zweige Mond und Sterne. Das Licht, das zu uns herabsickerte, reichte eben aus, dass wir nicht in völliger Dunkelheit lagen.

»Ich hab was für dich«, sagte Clay, nachdem wir uns ausgeruht hatten. Er griff hinter sich ins Dunkel, zog zwei lange Drähte aus seiner Jacke und schwenkte sie über dem Kopf.

Ich setzte mich auf. »Du hast Feuerwerk mitgebracht?«

»Heute Abend brennen sie hier zu Lande doch Feuerwerk ab,

oder nicht? Hast du gedacht, ich würde deine Wunderkerzen vergessen?«

Ich liebe Wunderkerzen. Okay, wahrscheinlich bin ich der einzige Mensch auf der Welt, der mit dreißig Jahren noch über schwefelbeschichteten Stöcken ausflippt, aber das ist mir egal. Jedenfalls war es mir egal, solange Clay dabei war. Er wusste nicht, dass Erwachsene in aller Regel nicht mit Wunderkerzen spielen, und ich dachte nicht daran, ihn aufzuklären. In einer der wenigen Erinnerungen an meine Eltern, die ich bewahrt hatte, kam eine Party am Canada Day vor. Ich wusste nur deshalb, dass es Canada Day gewesen war, weil ich vor meinem inneren Auge noch einen Kuchen in Form der kanadischen Flagge sah. Ich sah Feuerwerk – jede Menge Feuerwerk. Ich hörte Musik und Gelächter. Ich roch Schwefel und alte Decken. Ich erinnere mich, wie mein Vater mir eine Wunderkerze gab, meine erste Wunderkerze. Ich weiß noch, dass meine Mutter und ich barfuß im nassen Gras tanzten und die Wunderkerzen dabei schwenkten wie Zauberstäbe, dass wir kicherten und uns drehten und die Spur von magischem Licht beobachteten, die wir hinter uns herzogen.

Clay zog einen Streichholzbrief aus der Jackentasche und zündete die erste Wunderkerze an. Ich stand hastig auf und nahm sie ihm ab. Orangefarbene Funken schossen hervor wie ein Stern – ein zischender, ungleichmäßig sprühender Stern. Ich hob die Kerze hoch und zeichnete versuchsweise eine Linie in die Luft. Zu langsam. Ich wiederholte die Bewegung schneller, und das Bild blieb ein paar Sekunden lang bestehen, eine Linie aus Feuer in der Dunkelheit. Ich schwenkte die Wunderkerze im Kreis und verfolgte, wie die Funken wirbelten und stoben. Ich schrieb meinen Namen in den Himmel, aber das erste E verblasste, bevor ich mit dem A fertig war. Ich versuchte es noch einmal und schneller. Diesmal hing mein Name einen Lidschlag lang in der Luft.

»Fast runtergebrannt«, rief Clay. »Wirf sie und wünsch dir was.«

»Das macht man bei Geburtstagskerzen«, sagte ich. »Nur dass man sie ausbläst und nicht wirft.«

»Du hast sie aber mal geworfen. Mitsamt dem Kuchen.«

»Ich hab sie nach dir geworfen. Und der einzige Wunsch, den ich dabei hatte, ist nicht wiederholbar.«
Clay lachte. »Na, aber die Wunderkerzen wirft man immer, also kannst du dir genauso gut was dabei wünschen. Ein neuer Werwolfaberglaube.«
Als ich den Arm hob, ging die Wunderkerze aus. Clay zündete die zweite an und gab sie mir. Ich hob sie über den Kopf und zeichnete eine Acht, dann senkte ich den Arm wieder und wirbelte um meine eigene Achse, so schnell, dass ich fast über Clay gestolpert wäre. Er lachte und legte eine Hand an meine Wade, um mich abzustützen. Auch als ich mich wieder gefangen hatte, nahm er sie nicht fort. Ich sah auf ihn hinunter, als er da vor meinen Füßen auf dem Rücken lag.
»Ich liebe dich«, sagte er.
Ich zwinkerte verblüfft und erstarrte.
»Falsches Timing?«, fragte er mit einem kleinen Lächeln. Er nahm die Hand von meinem Bein. »Besser?«
»Ich –«, begann ich und brach dann ab. Ich wusste nicht, was ich hatte sagen wollen, wusste nicht, was ich sagen sollte.
»Ich versuche dich nicht zu verführen, Elena. Das Rennen, die Wunderkerzen – das ist nicht als Auftakt zu irgendwas gedacht. Die letzten paar Tage über habe ich versucht, es dir nicht schwer zu machen. Keine Tricks. Kein Druck. Ich will, dass du die Dinge klar sehen kannst. Wenn du das tust, wirst du deine Wahl treffen können. Die richtige Wahl.«
»Die natürlich du sein wirst.«
Er zeigte auf meine Wunderkerze. »Beeil dich lieber. Sie ist fast runtergebrannt. Und das ist die letzte vor dem nächsten Feuerwerkstag.«
Ich sah nach unten und stellte fest, dass die Glut beinahe das Ende der Kerze erreicht hatte. Ich sah nach oben in die Bäume, und dann hob ich den Arm und warf, so hoch ich konnte. Der Funke Glut schoss in den Himmel, beschrieb einen Bogen und kam wieder herunter, wobei er sich im Fallen drehte wie ein Komet. Ich sah auf Clay hinab. Er beobachtete die Wunderkerze und grinste

mit ebenso viel kindlicher Freude, wie ich selbst empfunden hatte, als ich mit meinem Zauberstab über die Lichtung getanzt war. Ich sah wieder hinauf ins Licht, schloss die Augen und wünschte mir etwas.

Ich wünschte mir, zu wissen, was ich wollte.

Möglichkeiten

Wir schliefen bis zur Morgendämmerung im Wald, zogen uns an und gingen, bevor die morgendlichen Jogger und Spaziergänger in unsere Domäne einbrachen. Wir fanden ein winziges Bistro in der Nähe der Yonge Street und frühstückten auf der vorderen Terrasse. Das Bistro war voller Kunden, aber sie blieben alle nicht – es waren Pendler, die vor der Tür hielten, um sich auf dem Weg ins Büro einen doppelten Espresso und ein paar Kekse mitzunehmen. Niemand hatte Zeit, sich hinzusetzen. Wir hatten die Terrasse für uns, und die Angestellten ließen uns in Frieden, selbst als wir nach über einer Stunde immer noch dort saßen. Ich lehnte mich in meinem Stuhl zurück, die Augen geschlossen, die Finger um den warmen Kaffeebecher gelegt, und hörte mir Clays Kommentare zu den vorbeihastenden Leuten und dem Morgenverkehr an.

»Du siehst glücklich aus«, sagte er plötzlich.

»Bin ich auch«, sagte ich, ohne die Augen zu öffnen. Ich legte den Kopf in den Nacken und spürte die Sonnenwärme auf dem Gesicht. »Weißt du, ich kann mir gar nicht vorstellen, jemals irgendwo zu leben, wo es keine Jahreszeiten gibt.«

»Bitte?«

»Richtige Jahreszeiten, meine ich. Ich würde die Veränderungen vermissen, die Abwechslung. Vor allem den Frühling. Ich könnte ohne den Frühling nicht leben. Tage wie heute sind jeden Schneesturm und jede Matschpfütze wert. Im März hat man immer das Gefühl, dass der Winter nie zu Ende geht. Der ganze Schnee und das Eis sind einem im Dezember noch phantastisch vorgekommen, aber inzwischen machen sie einen rasend. Aber man weiß, dass der Frühling kommt. Jedes Jahr wartet man auf diesen einen, ersten warmen Tag, und dann auf den nächsten und übernächsten, und jeder ist besser als der vorherige. Man kann gar nicht anders, als glücklich zu sein. Man vergisst den Winter und bekommt die Chance, neu anzufangen. Ganz neue Möglichkeiten.«

»Neu anfangen«, wiederholte Clay.

»Genau.«

Clay zögerte und beugte sich vor, als wolle er etwas sagen. Aber dann hielt er inne, lehnte sich wieder zurück und schwieg.

Es war nach neun, als wir in die Wohnung zurückkehrten. Ich würde zu spät zur Arbeit kommen, war aber in viel zu guter Stimmung, um mir etwas daraus zu machen. Ich konnte ja die Mittagspause durcharbeiten oder abends länger bleiben. Kein Problem.

Als wir im Aufzug standen, erzählte Clay mir gerade, wie eine Bande von Straßenkids versucht hatte, bei einer Fahrt nach New York City im letzten Winter sein Auto zu stehlen. Als wir die Wohnungstür erreicht hatten, lachte ich so sehr, dass ich beinahe ins Innere gefallen wäre, als wir aufsperrten.

»Nicht im Ernst?«, fragte ich, während ich die Tür hinter mir schloss.

Clay antwortete nicht. Als ich ihm ins Gesicht sah, lachte er nicht mehr. Er sah mich nicht einmal an. Sein Blick ging über meine Schulter hinweg. Ich drehte mich um und sah Philip im Sessel sitzen, die Arme verschränkt – er sah aus wie ein Vater, der die ganze Nacht aufgeblieben ist, um auf ein streunendes Kind zu warten. Ich öffnete den Mund, aber es kamen keine Worte. In meinem Hirn jagten sich die Überlegungen – wie lange er schon zurück war, welche Entschuldigung jetzt angebracht war. War er im Lauf des Morgens zurückgekommen? Dann könnte ich sagen, dass wir zum Frühstück ausgegangen waren. Als wir weiter ins Zimmer traten, stand Philip auf.

»Ich würde gern mit Elena sprechen«, sagte er.

Clay ging in Richtung Bad. Philip vertrat ihm den Weg. Clay blieb stehen; seine Schultern strafften sich. Er begann den Blick auf Philip zu richten, überlegte es sich dann anders und sah durch ihn hindurch. Er versuchte um ihn herumzugehen, als sehe er nicht, dass jemand dort stand.

»Ich habe gesagt, ich möchte mit Elena sprechen«, sagte Philip. »Ich möchte, dass du so lange gehst.«

Clay drehte sich um und ging auf das Sofa zu. Wieder stellte Philip sich ihm in den Weg, und wieder erstarrte Clay. Seine Hände ballten sich zu Fäusten und öffneten sich wieder. Philip forderte ihn heraus, und es kostete ihn seine gesamte Selbstbeherrschung, es zu ignorieren. Ich wollte schon eingreifen, als Clay sich umdrehte und mich ansah.

»Bitte«, sagte ich.

Er nickte und ging mit einem gemurmelten »Ich bin unten« an mir vorbei zur Wohnungstür. Als die Tür wieder zugefallen war, wandte ich mich an Philip.

»Wann bist du denn zurückgekommen?«, fragte ich.

»Ich war gar nicht weg.«

»Dann warst du –«

»Ich war die ganze Nacht hier.«

Ich spielte auf Zeit, während ich versuchte, mir eine Entschuldigung einfallen zu lassen. »Die haben das Treffen abgesagt?«

»Es hat nie ein Treffen gegeben.«

Ich sah rasch auf.

»Ja, ich habe dich angelogen, Elena«, sagte er. »Ich musste mir selbst beweisen, dass meine Vermutungen falsch waren.«

»Du glaubst, Clay und ich –«

»Nein. Ich habe mich das gefragt, aber dafür hättet ihr die Wohnung nicht zu verlassen brauchen. Irgendwas geht hier vor, aber es ist nicht das, was man als Erstes vermuten würde.« Philip machte eine Pause. »Du weißt, dass er in dich verliebt ist, oder?«

Als ich den Mund öffnete, hob er die Hand.

»Nicht«, fuhr er fort. »Es macht keinen Unterschied, ob du es weißt oder nicht oder mir zustimmst oder nicht. Es stimmt. Es ist vollkommen offensichtlich, jedes Mal, wenn er dich ansieht oder mit dir redet. Ich weiß nicht, was du für ihn empfindest. Ich kann's einfach nicht sagen. Immer, wenn ich ins Zimmer komme, sehe ich euch beide lachen oder streiten oder beides zugleich. Ich versteh's nicht. Ich verstehe eine ganze Menge Dinge nicht mehr, seit du zurückgekommen bist.«

»Er geht bald.«

»Nicht bald. Jetzt. Heute noch.«

Er drehte sich um und ging ins Schlafzimmer. Ich versuchte noch zu entscheiden, ob ich ihm folgen sollte oder nicht, als er mit einer Hand voll Papiere zurückkam. Er gab sie mir. Ich sah mir das oberste davon an. Es war das Formblatt einer Immobilienfirma mit den Details für ein Haus in Missisauga. Ich ging die anderen Papiere durch und fand drei weitere Angebote für Häuser in den Vorstädten.

»Ich war am Sonntag nicht auf dem Golfplatz«, sagte er. »Ich habe Häuser angesehen. Für uns.«

»Du willst in ein Haus ziehen?«

»Nein, ich – ja, ich will in ein Haus ziehen, aber –« Er zögerte, verschränkte die Arme und öffnete sie wieder. »Ich meine, ich möchte heiraten. Das ist es, was ein Haus für mich bedeutet. Dauerhaftigkeit, Ehe, irgendwann Kinder. Das ganze Drum und Dran. Das ist es, was ich möchte.«

Ich starrte ihn an. Philip tat einen Schritt auf mich zu, blieb stehen, verschränkte die Arme zum zweiten Mal und öffnete sie wieder, als könne er sich nicht entscheiden, was er mit ihnen tun sollte.

»Ist das eine solche Überraschung?«, fragte er leise.

Ich schüttelte den Kopf. »Es ist nur ... plötzlich. Clay und ich haben gestern Abend was getrunken, und ich bin immer noch ein bisschen ... ich bin mir nicht sicher, ob ich ...«

»Dann antworte nicht. Lass mir Zeit, einen Ring zu kaufen und es richtig zu machen.«

Er schob die Hände in die Taschen und stand da mit einem Gesichtsausdruck, als warte er trotz seiner Worte auf eine Antwort. Ich sagte nichts.

»Geh zur Arbeit«, sagte er. »Überleg's dir.«

Wir standen uns noch einen verlegenen Augenblick lang gegenüber, dann wandte ich mich ab. Ich ging zur Tür, zögerte, kehrte

um und umarmte Philip. Er erwiderte die Umarmung, hielt mich noch eine oder zwei Sekunden lang fest, nachdem ich ihn schon wieder losgelassen hatte. Ich küsste ihn, murmelte etwas davon, dass ich um sieben da sein würde, und entkam.
Ich fuhr so benebelt zur Arbeit, dass ich mich wunderte, als ich tatsächlich an der richtigen Haltestelle ausstieg. Ich saß schon an meinem Schreibtisch, da fiel mir Clay wieder ein. Er war nicht vor der Wohnungstür gewesen, als ich gegangen war, und ich hatte nicht nach ihm gesucht. Es würde nicht lang dauern, bis er herausfand, dass ich ins Büro gegangen war, und mir folgte. Was sollte ich tun, wenn er auftauchte? Was würde ich sagen? Ich schüttelte die Fragen ab. Ich wollte jetzt nicht an Clay denken.
Philip hatte mir einen Heiratsantrag gemacht.
Heirat.
Der Gedanke erweckte Hoffnungen und Träume wieder zum Leben, von denen ich geglaubt hatte, sie seien vor zehn Jahren gestorben. Ich wusste, dass ich nicht heiraten konnte, aber die Frage hatte sich so lange Zeit nicht gestellt, dass ich vergessen hatte, wie sehr ich es mir gewünscht hatte. Wollte ich es immer noch? Der ziehende Schmerz in meiner Brust beantwortete mir die Frage. Ich sagte mir, dass ich jetzt einfach albern war, altmodisch. Heirat war etwas für Frauen, die wollten, dass jemand anderes sich um sie kümmerte. Das brauchte ich nicht. Ich wollte es nicht. Aber es gab Dinge, die ich wollte. Stabilität. Normalität. Eine Familie. Einen dauerhaften Platz in der menschlichen Welt. Die Ehe konnte mir all das geben. Philip konnte es mir geben. Aber ich konnte nicht heiraten. Oder konnte ich vielleicht doch? Ich hatte so lang mit Philip zusammengelebt. War es möglich, dieses Leben für immer beizubehalten? Ein kleines Stimmchen in meinem Kopf fragte, ob ich für immer mit Philip zusammenbleiben wollte, aber ich brachte es zum Schweigen. Ich liebte Philip. Im Augenblick lautete die Frage nicht, ob ich ihn heiraten wollte, sondern ob die Heirat mit ihm möglich war.
War sie möglich?
Vielleicht.

Ich würde mich besser anpassen können, wenn wir ein Haus hätten. Ich könnte dafür sorgen, dass wir eins in der Nähe eines Waldes kauften oder vielleicht auch eins auf dem Land mit einem eigenen Grundstück. Ich konnte zu Hause arbeiten und mich am Tag verwandeln, und es würde nie mehr nötig sein, mitten in der Nacht aus unserem Bett zu verschwinden. Das Stimmchen meldete sich wieder zu Wort, diesmal um zu fragen, ob ich mir vorstellen konnte, mich am hellen Tag zu verwandeln, hinauszuschleichen und es in aller Eile hinter mich zu bringen, nicht zu rennen oder zu jagen oder irgendetwas anderes zu tun, das tagsüber zu gefährlich war. Ich brachte es wiederum zum Schweigen. Ich war dabei, meine Möglichkeiten durchzugehen; ich traf noch keine Entscheidungen.

Vielleicht würde ich mein Geheimnis auch weiterhin vor Philip bewahren können. Aber würde ich es wollen? Ich hatte noch nie das Bedürfnis gehabt, ihm die Wahrheit zu sagen, aber eines Tages würde mich die Irreführung vielleicht so sehr belasten, dass ich es nicht mehr ertrug. Ich erinnerte mich, wie sorgfältig Clay damals, als wir miteinander ausgegangen waren, seine persönliche Geschichte zurechtgeschminkt hatte, wie unangenehm sie ihm gewesen war, nachträglich betrachtet. Wie hätte ich damals reagiert, wenn er mir die Wahrheit gesagt hätte? Ich hätte sie akzeptiert. Ich hatte ihn stark genug geliebt; es hätte für mich keinen Unterschied gemacht. Philip sagte, dass er mich liebte, aber liebte er mich so sehr? Selbst wenn er akzeptieren konnte, was ich war, würde er mir nicht all die Lügen übel nehmen? Ich fand eine Entschuldigung für mein Verhalten – es war die einzige Möglichkeit gewesen. So viel mir auch an Philip lag, es wäre unmöglich gewesen, ihm die Wahrheit zu sagen. Warum also warf ich Clay seine Lügen immer noch vor? Ich schob die Frage aus dem Weg. Es ging jetzt um Philip, nicht um Clay. Die Situation war einfach anders. Ich würde Philip niemals beißen. Der Gedanke war unvorstellbar. Aber was, wenn es dies war, was er wollte, wenn er werden wollte, was ich war? Ein kalter Schauer ging durch mich hindurch. Nein. Niemals. Nicht einmal, wenn er es wollte. Dies

war ein Teil meines Lebens, in den ich Philip niemals hineinziehen würde.
Das Telefon auf meinem Schreibtisch klingelte. Als ich den Hörer abnahm, wusste ich, wer am anderen Ende war. Ich wusste es und nahm trotzdem ab.
»Wo bist du?«, fragte Clay zur Begrüßung.
»Im Büro.«
Pause. »Dumme Frage, was?«
Ich antwortete nicht.
»Was ist los?«, fragte er.
»Nichts.«
»Darling, wenn du eine Gelegenheit, mich in die Pfanne zu hauen, ungenutzt vorbeigehen lässt, dann stimmt irgendwas nicht.«
»Es ist nichts.«
Wieder eine Pause. »Es sind diese Papiere. Für die Häuser. Ich hab sie auf dem Tisch liegen sehen, als ich wieder raufgekommen bin. Ich hatte gehofft ... Das ist es doch, oder nicht?«
Ich antwortete nicht. Clay nahm den Hörer vom Mund und fluchte. In der Leitung zischte und zwitscherte es, als zerrte jemand am Kabel. Ich hörte einen dumpfen Aufprall und ein Knacken. Dann Stille. Ich wollte schon auflegen, als Clays Stimme wieder zu mir durchdrang, zuerst gedämpft, dann klar.
»Okay«, sagte er. »Okay.« Er holte tief Luft; ich hörte es über die Leitung. »Wir müssen reden. Ich komme jetzt gleich vorbei, und wir reden.«
Ich antwortete immer noch nicht.
»Wir müssen reden«, sagte er. »Keine Tricks. Ich hab's versprochen, und ich halte mich dran, Elena. Keine Tricks. Auf diese Art will ich nicht mehr gewinnen. Wir gehen irgendwohin, irgendwo in aller Öffentlichkeit, wo du dich wohl fühlst, und reden miteinander. Hör mich an, und dann kannst du gehen, wann immer du willst.«
»Okay.«
»Ich mein's ernst. Ich weiß –« Er brach ab. »Okay?«
»Das habe ich doch gesagt.«

Er zögerte und sprach dann überstürzt weiter. »Gib mir zehn Minuten, eine Viertelstunde allerhöchstens. Ich nehme die U-Bahn, und wir treffen uns vor deinem Bürohaus.«
Er legte auf, ohne auf eine Antwort zu warten.
Ich ging unmittelbar danach hinunter. Ich fragte mich, was ich eigentlich tat. Warum hatte ich mich darauf eingelassen, mich mit Clay zu treffen? Was erwartete ich, dass er sagen würde? »Philip hat dich gebeten, ihn zu heiraten? Das ist ja phantastisch, Darling, ich bin so glücklich für dich.« Aber ich machte nicht kehrt, um ins Büro zurückzukehren. Es würde nicht helfen. Ich konnte mich nicht verstecken. Ich wollte mich nicht verstecken. Ich sollte es nicht nötig haben, mich zu verstecken.
Mein Magen begann zu rumoren. Nervosität. Ich schloss die Augen und versuchte mich zu entspannen, aber die Übelkeit nahm nur noch zu. Der Boden unter meinen Füßen begann sich gummiartig anzufühlen, unzuverlässig. Ich stolperte zur Seite, fing mich wieder und sah mich um, um mich zu vergewissern, dass es niemandem aufgefallen war. Mein Körper fuhr zusammen, mit einem Schlag angespannt und alarmiert. Ich sah mich um, entdeckte aber nichts Ungewöhnliches. Als ich den Kopf zurückwandte, wurde mir einen kurzen Augenblick lang schwindlig. Alles wurde schwarz.
Ein Mann in mittleren Jahren packte mich, als ich fiel. Davon gehe ich jedenfalls aus. In der einen Sekunde stand ich auf dem Gehweg, und mir war schwindlig. In der nächsten lehnte ich im Arm eines Fremden und sah in sein besorgtes Gesicht hinauf. Mein Retter und seine Frau führten mich zu einer Bank und setzten mich hin. Ich murmelte etwas von einem verpassten Frühstück. Sie vergewisserten sich, dass ansonsten alles in Ordnung war, ließen sich von mir versprechen, dass ich etwas essen und eine Weile im Schatten bleiben würde, und gingen widerstrebend weiter.
Ich kehrte ins Gebäude zurück, blieb stehen, sobald ich die Türen hinter mir hatte, und sah auf die Uhr. Eine Viertelstunde war vergangen, seit Clay angerufen hatte. Er musste jetzt jeden Augenblick auftauchen. Mein Magen rumorte immer noch. Es waren

ganz entschieden die Nerven, aber warum eigentlich? Ja, meine Gedanken wirbelten nach Philips Heiratsantrag, und ich wollte eigentlich nicht mit Clay reden, aber irgendwie schien die Nervosität mit keinem dieser Stressfaktoren zu tun zu haben. Sie trieb einfach da, seltsam fern und unbeteiligt.
Ich konzentrierte mich wieder auf Clay. Er hatte versprochen, keine Tricks anzuwenden. Das Versprechen würde genau so lang vorhalten, wie er bekam, was er wollte. Wenn ich mich dafür entschied, Philip zu heiraten oder auch nur mit ihm zusammenzubleiben, würde Clay durchdrehen – alle Regeln außer Kraft, alle Versprechen vergessen. Ich wusste das, aber zu meiner eigenen Überraschung hatte ich keine Angst davor, was er tun würde. Nach all den Jahren kannte ich seine Tricks so gut, dass sie keine mehr waren. Was er auch versuchte, ich würde es vorhersehen können. Ich würde darauf vorbereitet sein. Er hatte gestern Abend gesagt, ich würde eine Wahl treffen müssen. Er hatte Recht. *Ich* musste diese Wahl treffen. Ich würde nicht zulassen, dass er es für mich tat.
Irgendwo schlug eine Uhr elf Mal. Ich überprüfte die Zeit auf der Armbanduhr. Ja, es war elf. Clay hatte um zehn Uhr fünfunddreißig angerufen. Die Angst brach an die Oberfläche durch. Sei nicht albern, sagte ich mir. Fünfundzwanzig Minuten waren wahrhaftig nicht unrealistisch. Vielleicht hatte er sich doch nicht überwinden können, die U-Bahn zu nehmen, und stattdessen beschlossen, zu Fuß zu gehen. Etwas stimmt nicht, flüsterte die Stimme von vorhin in meinem Kopf. Nein, sagte ich zu ihr. Es ist alles in Ordnung.
Ich wartete noch zehn Minuten. Die Panik wurde immer schlimmer. Mein Magen tobte. Ich musste gehen. Zurück zu meiner Wohnung.

Entdeckung

Als ich die Wohnungstür aufstieß, schlug sie gegen ein Hindernis und schwang zurück. Ich stieß sie wieder auf. Sie öffnete sich ein paar Zentimeter weit und nicht weiter. Ich drückte dagegen. Was immer es war, das da im Weg lag, es war schwer, aber beweglich, und es machte ein schleifendes Geräusch auf dem Teppich. Ich sah nach unten und bemerkte ein Bein, das auf dem Boden lag. Ich quetschte mich durch den schmalen Spalt und stolperte beinahe, so eilig hatte ich es, ins Innere zu gelangen.

Es war Philip. Er lag hinter der Tür auf dem Boden. Als ich auf ihn hinuntersah, weigerte mein Gehirn sich aufzunehmen, was ich sah. Ich stand einfach da, starrte nach unten und dachte groteskerweise nicht *O mein Gott*, sondern *Wie kommt denn er hierher*. Selbst als ich das Blut sah, das aus seinem Mund rann, neben ihm eine Pfütze gebildet hatte und als blutige Spur über den Teppich geschmiert war, fielen mir nur absolut lächerliche Erklärungen ein. War er einfach umgekippt? Ohnmächtig geworden? Herzinfarkt? Schlaganfall? Krampf? Immer noch wie gelähmt, fiel ich neben ihm auf die Knie und begann mechanisch Erste-Hilfe-Maßnahmen abzuhaken. Bei Bewusstsein? Nein. Atem? Ja. Puls? Weder kräftig noch schwach. Ich zog seine Lider nach oben, wusste aber nicht, nach was ich eigentlich suchte. Als ich ihm das Hemd aus dem Hosenbund zog, glitten meine Finger über seine Seite und in eine klaffende Wunde. Ich zog die Hand zurück und starrte meine blutigen Finger an.

Clay.

Ich würgte, fuhr zurück, als hätte ich Angst, Philip zu besudeln, und erbrach einen dünnen Gallestrahl auf den Teppich. Eine Sekunde später war der erste Schock vorüber, und ich begann zu zittern, abwechselnd vor Furcht und vor Rage. Clay hatte das getan. Nein, er konnte es nicht getan haben. Doch, er *konnte*, aber er würde nicht. Würde er nicht? Warum sollte er nicht? Was hätte ihn abhalten sollen? Ich war nicht hier gewesen, um ihn abzuhalten. Aber nein, er würde so etwas nicht tun. Warum nicht? Weil er ein paar Tage lang relativ ausgeglichen gewesen war? Hatte ich vergessen, wozu er fähig war? Nicht hierzu. Niemals hierzu. Clay griff keine Menschen an. Es sei denn, sie waren eine Bedrohung. Aber Philip wusste nicht, was wir waren, also war er uns nicht gefährlich, konnte dem Rudel nicht gefährlich werden, unserer Lebensweise nicht gefährlich werden. Vielleicht nicht der Lebensweise des Rudels, aber Clays …?

Philip bewegte sich. Ich sprang auf die Füße, als mir schlagartig die erste und wichtigste Erste-Hilfe-Maßnahme wieder einfiel. Ich rannte zum Telefon, nahm den Hörer ab und wählte die 911. Ich brauchte ein paar Sekunden, um mir darüber klar zu werden, dass ich am anderen Ende nichts hörte. Ich schlug auf die Gabel und wählte wieder. Immer noch nichts. Ich sah nach unten. Das Kabel schlängelte sich um ein Tischbein. Das Ende lag einen halben Meter entfernt; farbige Drähte ragten hervor. Durchgeschnitten. Jemand hatte absichtlich das Telefonkabel durchgeschnitten. Jetzt wusste ich, dass nicht Clay Philip dies angetan hatte. Er würde ihn nicht lebend und verblutend zurücklassen und dann das Telefonkabel durchschneiden. Was Clay auch immer sein mochte, er war kein Sadist.

Ich stürzte zum Flurschrank und riss ihn auf. Philips Aktentasche hing an ihrem üblichen Haken, und das Handy war an seinem üblichen Ort. Ich wählte 911 und sagte der Vermittlung, mein Freund sei verletzt und bewusstlos, ich sei nach Hause gekommen und hätte ihn gefunden, ich hätte keine Vorstellung, wie schwer er verletzt war und was passiert war. Ich wusste nicht, ob die Frau mir glaubte, und es war mir auch gleichgültig. Sie ließ sich die Adresse geben und versprach einen Krankenwagen, und das war gut genug.

Nachdem ich das Gerät abgeschaltet hatte, lief ich zum Schrank, zerrte ein Laken heraus und riss es in Streifen. Während ich Philips Seite verband, beugte ich mich dicht genug über ihn, um riechen zu können, wer ihn berührt hatte, wer ihm dies angetan hatte. Der Geruch, der von seinen Kleidern aufstieg, war nicht Clays Geruch, aber es war jemand, den ich kannte, jemand, dessen Geruch ich erkannte, ohne eine Spur von Überraschung zu empfinden. Thomas LeBlanc. Im Hinterkopf fragte ich mich, wie er mich hatte finden können, wo er jetzt war, ob er zurückkommen würde, aber ich verschwendete keine Zeit damit, diesen Fragen nachzuhängen oder Antworten zu suchen. Meine erste Priorität war Philip. Die zweite war es, Clay zu finden und zu warnen.

Ich überprüfte Philips Atem und Puls noch einmal. Unverändert. Ich beugte mich über ihn, stützte seinen Nacken mit einer Hand und hob ihn an, um nach weiteren, verborgenen Wunden zu suchen. Als ich mich auf die Knie hochstemmte, entdeckte ich etwas unter dem Flurtisch. Eine Arzneimittelspritze. Eine neue Welle der Sorge ging durch mich hindurch. Hatte LeBlanc Philip irgendetwas injiziert? Ihn vergiftet? Ich legte Philip vorsichtig wieder hin und stolperte zum Tisch. Ich wollte mich gerade nach der Spritze bücken, als ich den Ring auf dem Tisch liegen sah. Ein glatter Goldreif, so vertraut, dass ich nicht einmal genau hinzusehen brauchte, um ihn zu erkennen. Clays Ehering. Darunter lag ein abgerissener Zettel mit einer gekrakelten Mitteilung. Einen kurzen Augenblick lang glaubte ich, Clay habe den Ring abgenommen – dass er vor LeBlancs Eintreffen in die Wohnung hinaufgekommen war, den Ring abgenommen und den Zettel geschrieben hatte und dann gegangen war –, dass er mich verlassen hatte. Irgendeine Emotion stieg in mir auf, aber bevor ich sie analysieren konnte, erkannte ich, dass die Schrift auf dem Zettel nicht Clays Handschrift war. Meine Hände begannen zu zittern. Ich nahm den Zettel vom Tisch. Der Ring rutschte herunter und fiel. Ich stürzte vor, um ihn zu fangen, und meine Hand schloss sich um das kühle Metall, bevor es auf dem Teppich aufschlug. Ich widmete mich wieder der Nachricht.

Elena,
Big Bear Motor Lodge, Zi. 211. Morgen 10.00

D.

Ein Gefühl der Übelkeit breitete sich in meinen Eingeweiden aus. Schon als ich den Arm nach der Spritze ausstreckte, wusste ich, was ich an ihr riechen würde. Daniels Geruch am Drücker. Clays an der Nadel.

»Nein«, flüsterte ich.

Ich riss den Drücker heraus und roch an der Innenseite. Ein kräftiger Medikamentengeruch hing an der leeren Hülle, aber ich konnte ihn nicht einordnen. Kein Gift, sagte ich mir. Daniel würde kein Gift verwenden. LeBlanc vielleicht, aber Daniel nicht. Wenn es Gift gewesen wäre, hätten sie Clay dagelassen und nicht einfach nur seinen Ring.

Der Ring und die Nachricht waren ein Zeichen. Clay war noch am Leben. Noch am Leben? Der Gedanke ging durch mich hindurch wie ein eisiges Messer – nicht, dass er noch am Leben war, sondern dass ich die andere Möglichkeit ebenfalls in Betracht zu ziehen hatte.

»O Gott«, flüsterte ich und griff nach dem Tisch, um mich abzustützen, als ich zu taumeln begann.

Reiß dich zusammen, sagte ich mir. Clay war okay. Daniel hatte ihm irgendetwas gegeben, um ihn auszuschalten. Deshalb war ich vorhin fast umgekippt – eine Auswirkung der zwischen uns bestehenden Verbindung. Daniel hatte Clay betäubt und mitgenommen, aber er war okay. Ich würde wissen, wenn es anders wäre. O Gott, ich hoffte, ich würde es wissen. Ich sah wieder auf den Zettel. Ein Treffen. Daniel hatte Clay, und er wollte, dass ich mich morgen um zehn in Bear Valley mit ihm traf. Und wenn ich nicht auftauchte …

Ich ließ das Papier fallen und drehte mich um, um zur Tür hinauszustürzen. Philips Körper versperrte immer noch den Weg.

»Es tut mir Leid«, flüsterte ich. »Es tut mir sehr, sehr Leid.«

Ich bückte mich, um ihn aus dem Weg zu ziehen. Als ich ihn

berührte, öffnete er plötzlich die Augen, und seine Hand schloss sich um mein Handgelenk.
»Elena?«, sagte er, während er sich verwirrt umsah; seine Augen fanden keinen Halt.
»Es ist alles gut«, sagte ich. »Ich habe einen Krankenwagen gerufen.«
»Da war ein Mann ... Zwei Männer ...«
»Ich weiß. Du bist verletzt, aber du wirst wieder gesund. Der Krankenwagen ist unterwegs.«
»Gefragt, wo du bist ... Hab ihnen nicht gesagt ... Dann ist Clayton ... Gekämpft ...«
»Ich weiß.« Ein scharfer Ton von Panik schlich sich in meine Stimme. Ich musste gehen. Jetzt. »Warte hier. Ich gehe runter und warte auf den Krankenwagen.«
»Nein ... Kann noch da sein ... Nach dir suchen.«
»Ich werde aufpassen.«
Ich versuchte Philips Finger von meinem Handgelenk zu lösen, aber er griff fester zu. So sanft wie möglich machte ich mich los und stand auf. Er richtete sich ein paar Zentimeter weit auf und fiel wieder zurück, wobei er immer noch die Tür versperrte. Er legte eine Hand an mein Bein.
»Nein«, sagte er wieder. »Du kannst nicht gehen.«
»Ich muss.«
»Nein!«
Seine Augen flackerten vor Angst und Schmerz. Ein schmerzlicher Stich ging durch mich hindurch. Ich hatte dies verursacht. Ich hatte es zu ihm gebracht. Ich musste bleiben und ihm helfen. Wenn er sich jetzt aufregte, würde er sich vielleicht noch schlimmer verletzen. Ein paar Minuten würden keinen Unterschied machen. Meine Hände ballten sich an meinen Seiten zu Fäusten. Clays Ring grub sich mir in die Handfläche, und ich fuhr wieder hoch.
Zehn Uhr. Ich musste morgen um zehn Uhr dort sein.
Philip sagte etwas, aber ich verstand ihn nicht. Panik strömte durch mich hindurch.

Ich musste gehen. Ich musste jetzt gehen.
Ich versuchte mich selbst zur Vernunft zu bringen, mich zu beruhigen, aber es war zu spät. Mein Körper reagierte bereits auf die Furcht. Ich krümmte mich unter dem Schmerz, der plötzlich durch mich hindurchschoss. Entfernt nahm ich wahr, dass Clays Ring auf den Boden fiel, dass Philip sich über mich zu beugen versuchte und etwas sagte. Mein Kopf stieß nach unten und zog sich in die Brust zurück. Ein jammernder Ton durchschnitt die Luft und schürfte mir die Kehle auf. Ich keuchte, würgte und rang nach Luft. Als ich nach vorn kippte, streckten meine Arme sich von allein vor, um den Sturz abzufangen. Ich versuchte mich zusammenzukrümmen, den Kopf unten zu halten, aber meine Beine verkrampften sich, und mein Kopf flog nach hinten. Durch einen Nebel von Schmerz sah ich Philips Gesicht vor mir. Sah seine Augen, sah den Abscheu und das Entsetzen in ihnen. Ich fiel auf alle Viere, duckte mich in mich selbst. Mein Rücken hob sich. Meine Bluse zerriss. Ich hörte mich wieder wimmern; diesmal wurde es zu einem unheimlichen Heulen. Die Wandlung kam so schnell und so gewaltsam, dass nicht einmal daran zu denken war, sie noch aufzuhalten. Mein Kopf wurde leer, nur Furcht und Schmerzen waren noch da. Mein Körper verkrampfte sich, einmal, dann noch einmal, so fürchterliche Krämpfe, dass ich das Gefühl hatte, auseinander gerissen zu werden, und ich hatte nichts dagegen – ich wusste nur, dann würden die Schmerzen aufhören. Und dann hörten sie auf.
Ich hob den Kopf und wusste, dass ich ein Wolf war. Ein Augenblick vollkommener Erschöpfung, der so schnell vorbeiging, wie er gekommen war. Panik und Angst nahmen sofort wieder ihren Platz ein. Ich sah auf. Philip lag ein paar Schritte entfernt am Boden. Alles, was ich sehen konnte, waren seine Augen; sie starrten mich in hilflosem Entsetzen an.
Ich drehte mich um, rannte durchs Zimmer, schloss die Augen und pflügte durch die Balkontür. Das Glas zersprang. Splitter rissen mir den Pelz und die Haut auf, aber ich spürte es kaum. Ohne innezuhalten oder auch nur zu überlegen, sprang ich über

das Geländer. Einen Augenblick lang hing ich in der Luft. Dann schlug ich vier Stockwerke tiefer auf dem Rasen auf. Meine linke Vorderpfote knickte ein. Schmerz schoss durch mein Bein. Irgendjemand brüllte. Ich rannte.

Ich stürmte um das Gebäude herum und hinunter in die Tiefgarage. Dort duckte ich mich hinter das nächste Auto und horchte auf verfolgende Schritte. Als ich keine hörte, schüttelte ich mich und versuchte mich zu entspannen und zu konzentrieren. Selbst wenn niemand mich verfolgte, saß ich fest. Solange ich panisch und verängstigt war, konnte ich mich nicht zurückverwandeln. Und selbst wenn ich es könnte, säße ich danach nackt in einer Tiefgarage. Kleidung ließe sich vielleicht auftreiben, aber was dann? Meine Börse mit Geld, Kreditkarten und Ausweis war oben in der Wohnung. Ohne diese Dinge konnte ich Toronto nicht verlassen. Ich würde nicht nur Kleidung finden müssen, ich würde auch in die Wohnung zurückkehren müssen. Und das konnte ich nicht. Philip hatte mich gesehen. Der Krankenwagen musste jeden Augenblick da sein. Vielleicht, wenn ich wartete ... Wie lange? Wann, wenn überhaupt, wäre es ungefährlich, zurückzugehen? Daniels Nachricht schoss mir durch den Kopf. Zehn Uhr morgen Vormittag. Mein Termin. Die Furcht stieg wieder auf und verdrängte jede rationale Überlegung.

Geh.

Geh jetzt.

Ich zögerte nur einen Augenblick lang, bevor ich gehorchte.

Ich nahm den Weg durch die Hinterhöfe, wann immer ich konnte, und durch Nebenstraßen, wenn ich nicht konnte. Leute sahen mich. Es kümmerte mich nicht. Als ich Toronto hinter mir hatte, stürmte ich über Felder und Viehweiden und offene Wiesen. Logisch betrachtet ergab meine Flucht keinerlei Sinn. Besser wäre es gewesen, in der Tiefgarage zu warten, nach einer Stunde in die Wohnung zurückzuschleichen und dann ein Flugzeug zu nehmen. Aber auf diesen Gedanken kam ich gar nicht erst. Jede Faser meines Wesens sträubte sich gegen die Vorstellung, abzuwarten. Mein Instinkt sagte mir, ich solle handeln, und ich handelte.

Mein Hirn schaltete sich ab, als ich rannte, und ließ den Instinkt meine Muskeln kontrollieren. Erst Stunden später stieß ich auf ein Hindernis, das mit Instinkt allein nicht zu überwinden war: den Grenzübergang Niagara Falls. Ich verbrachte beinahe eine Stunde damit, hinter einem Lagerhaus auf und ab zu traben, während meine Gedanken abrutschten und durchdrehten wie abgefahrene Reifen auf einer vereisten Straße und nirgends Halt fanden. Irgendwann hatte ich genug Selbstkontrolle zurückgewonnen, um das Problem zu überdenken und mir eine Lösung einfallen zu lassen. Auf der Brücke hatte sich eine lange Schlange von Lastwagen angestaut, deren Abfertigung sich offenbar aufgrund irgendeiner neuen Zollregelung verzögerte. Ich hatte es also den bürokratischen Verwicklungen zu verdanken, dass mir genügend Zeit blieb, um einen Laster mit einem planenbedeckten Anhänger auszuwählen und mich an Bord zu schleichen. Glücklicherweise wurde die Ladung nicht überprüft, und der Laster überquerte ungehindert die Grenze zwischen Niagara Falls, Ontario, und Niagara Falls, New York. Dann verließ er die Stadt und fuhr südwärts Richtung Buffalo. Mein Instinkt sagte mir, dass die Richtung nicht mehr stimmte, und im nächsten Augenblick segelte ich von dem Anhänger, bevor mein Hirn auch nur Zeit gehabt hatte zu protestieren. Ich landete hart am Straßenrand und rollte in einen Graben. Als ich mich aufrappelte, gab die Pfote, die ich beim Sprung vom Balkon verletzt hatte, unter mir nach. Mein Magen grollte, um mich daran zu erinnern, dass ich sowohl das Mittag- als auch das Abendessen versäumt hatte. Ich erwog Pause zu machen, ein Waldstück zu suchen und mir ein Abendessen zu fangen, aber der Panikschalter in meinem Kopf ging wieder an, und jede klare Überlegung verstummte. Renn, schrie es in mir. Also rannte ich.

Als es dunkel wurde, trieben mich nur noch die Angst und mein eigener Schwung. Ganz gleich, wie hungrig ich war, ich war mir sicher, wenn ich jetzt anhielt, würde ich nie wieder in Gang kommen. Zehn Uhr, rief mein Instinkt jedes Mal, wenn ich daran dachte, auszuruhen oder zu essen. Morgen, zehn Uhr. Halt eine

Sekunde lang an, und du wirst es nicht schaffen. Und wenn du es nicht schaffst ... Ich weigerte mich, darüber nachzudenken. Es war einfacher, weiterzurennen.
Es muss fast Mitternacht gewesen sein, als ein donnerndes Dröhnen in meinem Kopf mich vorwärts ins Gras schleuderte. Als ich wieder auf die Füße kam, wiederholte sich das Dröhnen. Ich winselte, senkte den Kopf und schüttelte ihn, kratzte mich mit der rechten Vorderpfote am Ohr. Muss rennen. Kann nicht anhalten. Ich torkelte wieder vorwärts.
»Elena!« Das Dröhnen in meinem Kopf formte sich zu einer Stimme und zu Worten. Jeremy. Die Stimme donnerte wieder; ihr Nachdruck spaltete mir fast den Schädel. »Elena! Wo bist du?«
Ich senkte den Kopf wieder und wimmerte. Geh weg, Jeremy. Geh weg. Du machst, dass ich anhalte. Ich kann nicht anhalten.
»Wo bist du, Elena? Ich kann Clay nicht finden! Wo zum Teufel bist du?«
Ich versuchte zu antworten, und sei es nur, um ihn zum Schweigen zu bringen, aber mein Hirn konnte keine Worte bilden – nur Bilder. Jeremy verstummte, und ich stand da, halb benebelt und unsicher, ob ich ihn wirklich gehört hatte. Halluzinierte ich? Ich war wach, oder vielleicht nicht? Jeremy konnte keine Verbindung mit uns aufnehmen, wenn wir wach waren. Schlief ich, oder verlor ich den Verstand? Es machte keinen Unterschied. Zehn Uhr, zehn Uhr, zehn Uhr. Du wirst es nicht schaffen. Renn.
Ich stolperte vorwärts und rannte. Wenig später begannen die Blackouts. Ich blieb in Bewegung, aber ringsum begannen die Dinge zu verblassen und dann wieder klar zu werden. Meine Beine waren gefühllos. Ich konnte das Blut riechen, das meine aufgerissenen Fußballen auf dem Boden hinterließen. Eine Minute lang fühlte sich die Erde unter meinen Pfoten an wie ein Nagelbrett. In der nächsten war sie wie Watte, und ich schwebte darüber hin, rannte schneller als der Wind. Plötzlich war es Tag, dann wieder Nacht. Ich rannte durch eine kleine Stadt. Nein, ich rannte durch Toronto, und aus der Ferne grüßte der CN Tower herüber. Ich hörte Stimmen. Einen Schuss. Ein Lachen. Clays Lachen. Ich

versuchte durch die Nacht hindurchzusehen. Nebel war vom Ontariosee her aufgekommen, aber ich konnte ihn lachen hören. Der Asphalt wurde zu Gras. Der Nebel kam nicht vom See, sondern von einem Gartenteich. Unserem Gartenteich. Ich war in Stonehaven und stürmte über das Grundstück. Clay rannte vor mir her. Ich konnte zwischen den Bäumen goldfarbenen Pelz dahinschießen sehen. Ich grub die Klauen in den Boden und rannte schneller. Plötzlich hörte der Boden auf. Ich rannte durch die Luft. Dann fiel ich. Ich zappelte und versuchte Halt zu finden, aber ringsum war nichts als tintige Schwärze. Und dann war da gar nichts mehr.

Käfig

Ich wachte mit einem Gefühl von Kälte auf. Als ich zusammenschauderte, spürte ich nasses Gras unter meiner nackten Haut. Ich öffnete ein Auge. Bäume. Lange Halme. Eine Wiese. Ich versuchte den Kopf zu heben und konnte nicht. Clay. Das war mein erster Gedanke, aber ich wusste nicht, warum. Waren wir zusammen gerannt? Ich konnte ihn nicht wittern. Warum konnte ich den Kopf nicht heben? Es war nichts da, das mich am Boden hielt. Meine Muskeln weigerten sich ganz einfach zu reagieren. War ich tot? Tot. Clay. Ich erinnerte mich, und mein Kopf schoss nach oben. Blendender Schmerz bohrte sich in meinen Schädel.

Etwas Warmes und Weiches legte sich um meine Schultern. Ich fuhr hoch und schrie vor Schmerzen bei der Bewegung. Eine Jacke lag über meinem nackten Oberkörper; der Geruch war vertraut, aber unmöglich. Träumte ich? Oder halluzinierte? Ich merkte, wie Hände sich unter mich schoben, um mich hochzuheben; die Berührung war so vertraut wie der Geruch der Jacke.

»Elena?«

Ein Gesicht beugte sich über mich. Jeremy. Dunkles Haar fiel ihm in die Stirn und wurde mit einer ungeduldigen Handbewegung zur Seite gewischt. Nicht möglich. Nicht hier. Ich schloss die Augen.

»Elena?« Schärfer jetzt, besorgt.

Ich versuchte mich zu bewegen, aber es tat zu weh. Ich beschloss mich der Halluzination zu überlassen und hob ein Augenlid.

»W –«, krächzte ich; was ich fragen wollte, war, wie er hierher gekommen war. »W –« Mehr als das brachte ich nicht heraus.

»Versuch nicht zu reden«, sagte er. »Und versuch dich nicht zu bewegen. Ich trage dich zum Auto. Es steht dort drüben.«

»C – Cl –«
»Sie haben ihn, nicht wahr?« Seine Arme schlossen sich fester um mich.
»Z – zehn – Uhr«, brachte ich noch heraus, dann wurde alles wieder dunkel.
Als ich diesmal wieder aufwachte, war es warm; künstliche Wärme blies mir ins Gesicht. Ich hörte das Summen eines Motors, spürte das Vibrieren und die kleinen Rucke, mit denen ein Auto sich über eine glatte Straße bewegt. Ich roch altes Leder und krümmte mich unter der Jacke, die jemand um mich gelegt hatte. Ich streckte die Beine, aber der Schmerz ließ mich wimmern und sie wieder einziehen.
»Ist das zu heiß?« Nicks Stimme. Ich spürte, wie sein Arm über mich hinweggriff nach der Lüftungsanlage und das Gebläse von mir fortdrehte.
»Ist sie wach?« Jeremy, irgendwo in der Nähe. Weiter vorn. Einer der Vordersitze.
»Ich bin mir nicht sicher«, sagte Nick. »Ihre Augen sind zu. Aber du kannst jetzt die Heizung runterstellen, ihre Farbe ist wieder normal.«
Das Klicken eines Schalters. Das harte Geräusch des Gebläses wurde zu einem leisen Summen. Ich öffnete ein Auge und dann das zweite. Ich saß halb liegend auf der Rückbank des Explorer; mein Kopf lehnte an der Fensterscheibe, meine Beine waren hochgezogen und lagen auf dem Sitz. Landschaft und Autos schossen draußen vorbei. Antonio war vor mir, auf dem Fahrersitz. Im Rückspiegel sah ich seine Augen rasch zu mir herüberflackern.
»Sie ist wach«, sagte er.
Ein Gurt wurde klickend geöffnet. Das Schleifen von Denim auf den Bezügen. Nick beugte sich über mich.
»Ist das warm genug?«, fragte er. »Möchtest du irgendwas haben?«
»W – Wi –«
»Rede nicht, Elena«, sagte Jeremy. »Und du hol die Wasserflasche

aus dem Kühlfach, Nick. Sie ist ziemlich ausgetrocknet. Lass sie trinken, aber nicht zu viel.«

Nick wühlte im Kühlfach herum. Dann berührte ein kalter Plastiktrinkhalm meine Lippen. Ich wich zurück und schüttelte den Kopf; die kleine Bewegung jagte Blitze durch meinen Schädel.

»Sp –«, krächzte ich. »Sp – ät. Wie sp – ät.«

»Wie spät?« Nick beugte sich über mich. »Wie spät es ist?«

Ich nickte; dieses Mal war es ein Schauer brennender Funken, der durch mich hindurchfuhr. Nick sah etwas verwirrt aus, aber er sah auf die Uhr.

»Zwanzig nach elf … beinahe halb.«

»Nein!« Ich setzte mich jäh auf. »Nein!«

Nick fuhr zurück. Der Explorer scherte aus, und Antonio fluchte, als er das Lenkrad herumriss. Ich versuchte mich unter Jeremys Jacke hervorzukämpfen.

»Elena.« Jeremys Stimme vom Vordersitz, fest und ruhig. »Es ist schon okay, Elena. Nick, versuch sie zu beruhigen, bevor dein Vater einen Herzinfarkt kriegt.«

»Ich bin bloß erschrocken«, sagte Antonio. »Nicky, sorg dafür –«

Den Rest hörte ich nicht. Ich hatte mich aus der Jacke herausgewunden und sie zur Seite geschleudert; dann begann ich am Verschluss meines Sicherheitsgurts zu hantieren. Jede Bewegung jagte Schmerzen durch mich hindurch. Meine Hände waren aufgerissen und voller Blutergüsse. Es kümmerte mich nicht. Ich war spät dran. Ich musste gehen. Ich musste dort hin. Jetzt.

Nick riss mir den Gurtverschluss aus der Hand, aber ich hatte ihn schon geöffnet und kämpfte mich unter dem Gurt hervor. Nick packte mich an den Schultern.

»Nein!«, schrie ich und schüttelte seine Hände ab.

Er packte mich wieder, diesmal fester. Ich wehrte mich; ich entblößte die Zähne und kratzte ihn, wo immer ich ihn erwischte.

»Halt das Auto an«, schrie ich.

Der Explorer wurde langsamer, aber das war alles – als versuchte Antonio zu entscheiden, was er tun sollte.

»Fahr weiter«, sagte Jeremy. »Sie deliriert. *Fahr weiter*.«

Nick versuchte nach Kräften, mich auf meinem Sitz festzuhalten; sein Gesicht wurde hart vor Entschlossenheit. Von vorn hörte ich ein Geräusch. Über Nicks Schulter hinweg sah ich, wie Jeremy von seinem Sitz aufstand und nach hinten griff, um mich wieder unter Kontrolle zu bekommen. Ich nahm alles zusammen, was ich an Kraft und Körperbeherrschung hatte, zog die Faust nach hinten und schlug Jeremy in die Magengrube. Seine Augen weiteten sich, und er krümmte sich. Ein tief verschütteter Teil von mir war entsetzt, aber weiter kümmerte es mich nicht. Das Fieber in meinem Hirn verzehrte alle Gewissensbisse. Ich musste raus hier. Ich war spät dran. Nichts anderes zählte.

Ich stieß Nick zur Seite und warf mich an ihm vorbei auf die Tür. Ich packte den Griff, öffnete die Tür und sah nach unten. Kies flog als grauer Schleier vorbei. Nick brüllte. Die Bremsen kreischten. Der Explorer schwenkte nach rechts. Ich spannte mich für den Sprung. Zwei Paar Hände packten mich, eins am Rücken, eins an den Schultern, und zerrten mich wieder ins Innere. Ich spürte, wie Jeremys Hände sich um meinen Hals legten, dann einen Druck seitlich am Hals, und dann wieder Schwärze.

Ich wachte inmitten einer Erinnerung auf. Jeder Teil meines Körpers tat mir weh. Ich hatte mich in der vergangenen Nacht verwandelt. Die Erinnerung war vage, eine Collage aus Bildern – Schmerz, Furcht, Wut, Unglauben. Aber ich war nicht durch den Staat New York gerannt. Ich hatte mich in einer Zelle von zwei mal zweieinhalb Metern Größe verwandelt, mit Ketten an Händen und Füßen. Meine siebte Wandlung. Sieben Wochen, seit ich an diesem Ort angekommen war. Ich hatte keine Ahnung, welcher Tag es war, aber ich wusste, wie oft ich diese Hölle schon durchgemacht hatte, und daran maß ich die Zeit. Als ich aufwachte, war ich immer noch im Käfig. Ich war jetzt seit fünf Wochen hier unten, fünf Wandlungen, seit der Mann den Versuch aufgegeben hatte, mich in dem Zimmer im ersten Stock zu halten. Ich kannte seinen Namen – Jeremy –, aber ich gebrauchte ihn nie, nicht ihm gegenüber, nicht einmal, wenn ich nur an ihn dachte. Ihm gegenüber gebrauchte ich überhaupt keine Worte. Ich weigerte mich, mit ihm zu sprechen. In meinen Gedanken war er einfach »er« oder »der Mann«, eine Bezeichnung, mit der keinerlei Gedanken oder Emotionen verbunden waren.

Ich wachte auf und spürte den rauen Stoff einer Matratze unter mir. Ursprünglich hatte es auch Laken gegeben, weiche Laken aus Flanell, und eine Decke. Dann erwischte er mich dabei, wie ich sie in Streifen riss, und glaubte, ich wollte mich damit aufhängen. Ich hatte nichts dergleichen vor. Ich würde ihm das Vergnügen nicht gönnen, mich tot zu sehen. Ich hatte die Laken aus dem gleichen Grund zerrissen, aus dem ich auch die Zeitschriften zerstört hatte und die Kleidung, die er mir mitgebracht hatte, und die hübschen Bilder, die er an den steinernen Käfigwänden aufgehängt hatte. Ich wollte nichts von ihm. Ich würde nichts von ihm annehmen, das dazu bestimmt war, den Käfig als etwas anderes erscheinen zu lassen als das Höllenloch, das er war. Das Einzige, was ich akzeptierte, war Nahrung, und die aß ich nur, weil ich meine Kräfte brauchen würde, wenn ich von hier entkam. Das war es, was mich aufrecht hielt – der Gedanke an Flucht. Bald würde ich von hier entkommen, zurück in die Stadt, zu Menschen, die mir helfen und mich heilen konnten.

Ich öffnete die Augen und sah eine Gestalt draußen vor dem Käfig auf einem Stuhl sitzen. Zunächst glaubte ich, er sei es. Er saß den größten Teil des Tages über dort, beobachtete mich und sprach mit mir, versuchte seine Gehirnwäsche fortzusetzen mit Hilfe des Irrsinns, der ihm über die Lippen kam. Als ich den Blick auf sie richtete, wurde die Gestalt deutlicher – vorgebeugt, die Ellenbogen auf den Knien; die goldenen Locken glänzten in dem künstlichen Licht. Der Einzige, den ich noch mehr hasste als den Mann. Ich schloss schnell die Augen und stellte mich schlafend, aber es war zu spät. Er hatte mich gesehen. Er stand auf und begann zu reden. Ich hätte mir am liebsten die Ohren zugehalten, aber es hätte nichts genützt. Ich hörte inzwischen viel zu gut. Selbst wenn ich die Worte hätte ausblenden können, ich hätte immer noch gewusst, was er sagte. Er sagte immer das Gleiche, jedes Mal, wenn er kam; er schlich sich zu mir herein, wenn der Mann ausgegangen war. Er versuchte zu erklären, was er getan hatte, warum er es getan hatte. Er entschuldigte sich. Er flehte mich an, dem Mann zu gehorchen, damit ich aus dem Käfig gelassen würde. Er wollte, dass ich mit dem Mann sprach, ihn bat, seine Verbannung rückgängig zu machen, damit er zurückkommen und mir helfen konnte. Aber es gab nur eine Art, wie er mir hätte helfen können. Jedes Mal, wenn er kam, jedes Mal, wenn er schwor, er würde alles tun, um es wieder gutzumachen, sagte ich ihm das Gleiche. Die einzigen Worte, die ich überhaupt zu ihm sagte. Bring es in Ordnung. Mach rückgängig, was du mir angetan hast.

»Clay.«

Der Klang meiner eigenen Stimme riss mich aus meinen Erinnerungen. Ich lag auf dem Rücken und starrte zu der nackten Glühbirne an der weiß gekalkten Zementdecke hinauf. Ich drehte den Kopf und sah massive Steinwände. Kein Fenster. Kein Dekor. Unter mir spürte ich die kratzige Doppelmatratze. Der Käfig.

»Nein«, flüsterte ich. »Nein.«

Ich drehte den Kopf und sah die Gitterstäbe. Auf der anderen Seite saß jemand auf einem Stuhl. Mein Herz machte einen Sprung. Dann stand die Gestalt auf, und die schwarzen Augen richteten sich auf mich.

»Nein«, flüsterte ich wieder, während ich mich aufsetzte. »Geh zur Hölle. Nein.«

»Ich musste es tun, Elena«, sagte Jeremy. »Ich hatte Angst, du würdest dich verletzen. Aber wenn du dich jetzt besser fühlst –«

Ich warf mich gegen die Stäbe. Jeremy trat zurück, aus meiner Reichweite, vorsichtig, aber nicht überrascht.

»Lass mich hier raus!«, schrie ich.

»Elena, wenn du –«

»Du verstehst nicht!«

»Doch, ich verstehe. Daniel hat Clay. Er hat ihn in Toronto aufgespürt. Er wollte, dass du heute Vormittag um zehn zu ihm ins Hotel kommst. Du hast auf dem Rückweg im Schlaf geredet.«

»Du –« Ich brach ab und schluckte. »Du weißt das?«

»Ja, ich –«

»Du weißt das, und du hältst mich hier drin fest? Wie konntest du?!« Ich packte die Stäbe und zerrte. »Du hast gewusst, dass Clays Leben in Gefahr ist, und du steckst mich hier rein!«
»Was glaubst du denn, was Daniel vorgehabt hat, Elena? Dich nehmen und Clay gehen lassen? Natürlich nicht. Wenn du hingegangen wärst, hätten wir euch beide verloren.«
»Das ist mir egal!«
Jeremy rieb sich mit einer Hand über das Gesicht. »Es ist dir nicht egal, Elena. Du bist einfach zu aufgeregt, um logisch zu denken.«
»Logisch? Logisch? Bist du wirklich so kaltschnäuzig? Du hast ihn aufgezogen. Du bedeutest ihm mehr als die ganze Welt. Er hat sein ganzes Leben damit verbracht, dich zu schützen. Er hat sein Leben dafür riskiert, er riskiert es dauernd für dich. Und du setzt dich hin, denkst logisch über die Situation nach und beschließt dann, dass es das Risiko nicht wert ist, ihn zu retten?«
»Elena –«
»Wenn er tot ist, dann ist es deine Schuld.«
»Elena!«
»Es ist meine Schuld. Wenn er tot ist, weil ich nicht rechtzeitig hingegangen bin –«
Jeremy packte mich durch die Stäbe hindurch am Arm; die Finger gruben sich mir ins Fleisch. »Hör auf damit, Elena! Er ist nicht tot. Ich weiß, dass du verstört bist, aber wenn du dich beruhigt hast –«
»Beruhigt hast? Willst du damit sagen, dass ich hysterisch bin?«
»– dich beruhigt hast und es dir überlegst, wirst du wissen, dass Clay nicht tot ist. Denk doch nach. Daniel weiß, wie wichtig Clayton für das Rudel ist. Für dich. Für mich. Er ist viel zu wertvoll als Geisel.«
»Aber Daniel weiß nicht, warum ich nicht gekommen bin. Vielleicht glaubt er jetzt, es ist uns egal, wir haben Clay abgeschrieben –«
»Das weiß er besser. Und um sicherzugehen, habe ich ihm eine Nachricht geschickt. Letzte Woche hat er mir ein Postfach ge-

nannt, über das er zu erreichen ist. Antonio und Nick haben dort einen Brief hinterlegt, in dem steht, dass wir dir nicht erlauben werden, zu diesem Treffen zu gehen, dass ich aber bereit bin zu verhandeln, solange Clay keinen Schaden nimmt. Ich bin sicher, dass Daniel das auch vorher schon wusste, aber ich wollte es klarstellen. Ich gehe bei Clays Leben kein Risiko ein, Elena.«

Auf irgendeiner Ebene wusste ich, dass Jeremy Recht hatte. Es tröstete mich nicht. Ich wurde den Gedanken nicht los: Und was ist, wenn er sich irrt? Was, wenn Clay nie lebend im Staat New York angekommen war? Was, wenn er aufgewacht war und sie gekämpft hatten und er jetzt in einem Müllcontainer irgendwo in Toronto lag? Was, wenn Daniel der Versuchung nicht hatte widerstehen können, seinen lebenslangen Gegner zu vernichten, während er betäubt und hilflos war? Und selbst wenn Daniel sich beherrschen konnte, wie stand es mit LeBlanc? Er hatte schon bewiesen, dass es ihn nicht im Geringsten interessierte, was Daniel wollte. Wenn Clay LeBlanc in Wut brachte, würde er ihn töten. Selbst wenn Clay LeBlanc nichts tat, würde der ihn vielleicht töten, einfach weil er da war. Während all diese Möglichkeiten mir durch den Kopf gingen, gaben meine schmerzenden Beine nach, und ich rutschte auf den Boden, die Hände immer noch um die Stäbe geschlossen.

»Du hast mich nicht gewarnt«, sagte ich.

Jeremy ging in die Hocke und legte eine Hand über meine. »Wovor habe ich dich nicht gewarnt, Liebes?«, fragte er leise.

»Ich habe nicht gedacht – ich hätte es wissen müssen.«

»Was wissen müssen?«

»Dass er auch in Gefahr war. Er hat auf mich aufgepasst. Aber ich habe nicht auf ihn aufgepasst.«

Ich ließ den Kopf auf die Knie fallen und spürte das erste Brennen von Tränen in den Augen.

Jeremy ließ mich die Nacht im Käfig verbringen. So sehr ich mir auch das Gegenteil einzureden versuchte, ich wusste, dass er es nicht aus Herzlosigkeit oder Gefühllosigkeit tat. Nach meinem Weinkrampf hätte man annehmen können, ich würde den Kampf aufgeben und Jeremys Willen gefügig hinnehmen. Zumindest hätte man das annehmen können, wenn man mich nicht sehr gut kannte. Jeremy kannte mich sehr gut. Als ich schluchzend auf dem Boden lag, hatte er den Arm durchs Gitter gestreckt, um mich zu trösten, aber er schloss die Tür nicht auf. Nachdem ich mich ausgeweint und die Tränen fortgewischt hatte, bekam ich einen Wutanfall. Ich zertrümmerte das Bett – es war der einzige Gegenstand in der Zelle, den man zertrümmern konnte. Ich trat gegen die Toilette, aber ohne Erfolg – außer möglicherweise dem, dass ich mir ein paar Zehen brach. Ich schleuderte das Abendessen auf den Boden. Ich verfluchte Jeremy mit aller Lungenkraft, die ich aufbrachte. Und als ich mit alldem fertig war, hätte ich mich eigentlich besser fühlen sollen, stimmt's? Ich fühlte mich nicht besser. Ich fühlte mich albern. Ich fühlte mich, als hätte ich einen hysterischen Anfall gehabt und mich lächerlich gemacht. Ich musste mich zusammennehmen und die Kontrolle zurückgewinnen. Wutanfälle würden Clay nicht weiterhelfen.

Dass ich bereit war, den Käfig zu verlassen, bedeutete natürlich nicht notwendigerweise, dass Jeremy bereit war, mich herauszulassen. Er ließ mich den ganzen Vormittag dort sitzen und kam in regelmäßigen Abständen vorbei, um sich zu überzeugen, dass ich meine Variation über Themen aus *Der Exorzist* nicht wieder aufgenommen hatte. Als er mit dem Mittagessen herunterkam, brachte er zugleich einen kleinen Packpapierumschlag mit, den er mir wortlos reichte, bevor er das Tablett zu mir hereinschob.

Der Umschlag enthielt ein Polaroidfoto von Clay. Er saß auf dem Boden, die Knie hochgezogen, die Füße zusammengebunden und die Arme auf dem Rücken. Seine Hände waren nicht zu sehen, aber nach seiner Position zu urteilen mussten sie ebenfalls gefesselt sein. Seine Augen waren halb geschlossen und so trüb von Medikamenten, dass sie eher grau als blau wirkten. Ich konnte nirgends auf dem Bild Stäbe erkennen, aber ich wusste, dass er in einem Käfig saß. Kein Werwolf würde Clay gefangen nehmen, ohne sicherzustellen, dass er sich nicht verwandeln und dann ausbrechen konnte. Ihn unter Kontrolle zu halten erforderte Drogen,

Fesseln und/oder einen Käfig. Daniel würde fraglos alle drei verwenden. Er hatte sich schon früher mit Clay angelegt und würde eine unfreiwillige Zusatzrunde nicht riskieren wollen.
Ich sah wieder auf das Bild hinunter. Clays Arme und sein nackter Oberkörper waren mit Blutergüssen bedeckt, ein hässlicher Schnitt zog sich über seine linke Wange, seine Lippen waren geschwollen und aufgeplatzt, und er hatte ein blaues Auge. Aber trotz seines Zustands starrte er mit einem Ausdruck angeödeter Gereiztheit in die Kamera, wie ein Supermodel, das an diesem Tag schon von zu vielen Fotografen belästigt wurde. Aggression zu zeigen hätte Daniel nur in Fahrt gebracht. Clay wusste es besser.
Ich griff noch einmal in den Umschlag und stellte fest, dass er leer war. Ich sah Jeremy an. Zum ersten Mal, seit er mich zurückgebracht hatte, sah ich ihn wirklich an. Er hatte violette Schatten unter den Augen, und die Haarfransen hingen ihm schlaff in die Stirn, als habe er seit Tagen weder geschlafen noch geduscht. Winzige Linien waren rings um seine Augen und seinen Mund erschienen. Er sah beinahe so alt aus, wie er war.
»Wo ist der Brief?«, fragte ich freundlicher, als ich vorgehabt hatte. »Daniel muss doch einen Brief mitgeschickt haben. Kann ich ihn sehen?«
»Er schreibt, dass sie Clay haben, was ziemlich offensichtlich ist, und dass er nicht gerade in Bestform ist, aber am Leben – was ebenfalls offensichtlich ist. Wenn du dir den Hintergrund des Fotos genauer ansiehst, siehst du eine Zeitung an der Wand hängen. Es ist die *New York Times* von heute, wahrscheinlich als Beweis dafür, dass das Foto heute gemacht wurde.«
»Was will Daniel?«
»Clay ist nicht unmittelbar in Gefahr.«
»Hast du vor, mir auf irgendeine meiner Fragen eine direkte Antwort zu geben?«
»Ich habe eine Nachricht zurückgeschickt. Ich will jeden Tag ein Bild sehen, während wir verhandeln.«
Ich verzog das Gesicht, stapfte ans andere Ende des Käfigs und erinnerte mich dann daran, dass ich nett und einsichtig sein musste.

Ein weiterer Wutanfall würde mich mit Sicherheit nicht schneller hier herausbringen.
»Ich weiß, dass ich gestern völlig durchgedreht bin«, sagte ich. »Aber jetzt geht's mir gut. Ich würde gern helfen. Darf ich raus hier?«
»Iss dein Mittagessen. Ich komme in einer Weile wieder und sehe nach, ob du noch Hunger hast.«
Jeremy schob das Tablett durch einen Spalt und ging wieder hinauf. Ich biss mich auf die Zunge, um ihm nichts nachzurufen, das mir später Leid tun würde ... jedenfalls so lange, bis er außer Hörweite war.

Pläne

Später am Nachmittag ließ Jeremy mich frei. Wir waren noch nicht ganz die Treppe hinauf, als ich ihn nach seinen Plänen fragte. Er ließ mich bis nach dem Abendessen warten; wahrscheinlich wollte er ausprobieren, wie lang er mich auf die Folter spannen konnte, bis mir der Geduldsfaden riss. Ich gebe zu, beim Essen war ich kurz davor, aber ich brachte es fertig, mich zusammenzunehmen. Während Antonio und Nick den Tisch abräumten, nahm Jeremy mich mit ins Arbeitszimmer. Die gekürzte und bereinigte Version unserer einstündigen Unterredung lautete, dass Jeremy einen Plan hatte, um Clay zurückzuholen, und dass ich weder etwas darüber erfahren würde noch bei der Ausführung helfen durfte. Wie zu erwarten war, nahm ich die Mitteilung mit Verständnis und Einsicht auf.

»Das ist die dümmste Idee, die ich je gehört habe«, fauchte ich ungefähr zum zwölften Mal in dieser Stunde. »Ich bleibe doch nicht einfach hier sitzen und tue gar nichts!«

»Würdest du lieber im Käfig sitzen und nichts tun?«

»Droh mir nicht.«

»Dann droh du mir nicht.«

Etwas in Jeremys Stimme veranlasste mich, den Mund zuzuklappen und mich aufs Auf- und Abrennen zu verlegen.

»Ich könnte helfen«, sagte ich, wobei ich die Stimme leise und, wie ich hoffte, auch ruhig hielt. »Bitte, Jer, schließ mich nicht aus. Vielleicht machst du mich verantwortlich für das, was in Toronto passiert ist, aber bestraf mich nicht auf diese Art.«

»Du hast in Toronto nichts falsch gemacht. Wenn es irgendjemandes Schuld ist, dann ist es meine. Ich habe geglaubt, in Toronto würdet ihr sicher sein. Ich habe erst am Dienstagmorgen überhaupt gemerkt, dass Daniel fort war, und zu diesem Zeitpunkt war er schon dort. Ich sage dir deshalb nicht, wie ich Clay zurückholen werde, weil du dann helfen willst, und wenn ich es nicht erlaube, wirst du es auf eigene Faust trotzdem versuchen.«

»Aber –«

Er beugte sich vor. »Ich will ehrlich mit dir sein, Elena. So ehrlich, wie ich es keinem anderen gegenüber wagen würde. Es fällt alles auseinander. Ich war auf eine solche Situaton einfach nicht vorbereitet. Wenn ich in all den Jahren bisher ein guter Alpha war, dann lag es daran, dass ich nie auf die Probe gestellt wurde. Nicht so, wie jetzt. Ich habe vorsichtig angefangen, vorgefühlt, Informationen gesammelt, und Peter und Logan sind umgekommen. Ich habe das Vorgehen geändert und mir Jimmy Koenig vorgenommen. Du bist beinahe umgekommen. Ich habe euch beide an einen Ort geschickt, von dem ich geglaubt habe, dass ihr dort sicher sein würdet. Keine Woche später hat Daniel euch gefunden. Und jetzt hat er Clay.«

»Aber –«

Jeremy lächelte zu mir herunter, ein schiefes kleines Lächeln, und strich mir eine Haarsträhne von der Schulter. »Es tut mir Leid, Liebes. Es tut mir wirklich Leid. Aber es geht nicht anders.«

Bevor ich antworten konnte, war er gegangen.

Trotz Jeremys Anweisungen hatte ich nicht die Absicht, untätig herumzusitzen. Schließlich hatte er mir nicht ausdrücklich verboten, etwas zu unternehmen. Also begann ich zu planen.

Erster Schritt: Einen Verbündeten finden. Das war nicht weiter schwer. Okay, sehr viel Auswahl hatte ich nicht, aber selbst wenn ich sie gehabt hätte, wäre Nick immer noch der geeignetste Kandidat gewesen. Nicht nur, weil er Clays bester Freund war, sondern auch, weil er ebenfalls nicht in den Plan eingeweiht worden war und darüber genau so unglücklich war wie ich. Jeremy behauptete zwar, er brauche Nick als meinen Beschützer, aber selbst Nick war klug genug, um zu merken, dass Jeremy ihm nicht alles erzählte, aus Furcht, er würde es an mich weitergeben. Ich brachte Nick auf meine Seite, indem ich ihm sagte, ich wolle einfach nur

Informationen sammeln, mit denen wir Jeremy unsere Nützlichkeit beweisen konnten. Nicht, dass das gelogen war. Ich hatte durchaus vor, jede Information, die ich fand, mit Jeremy zu teilen. Und wenn er sich dann immer noch weigerte, mich helfen zu lassen? Darüber machte ich mir vorläufig keine Gedanken. Ich konnte mein Arrangement mit Nick immer noch neu aushandeln.
Zweiter Schritt: Die Vorgehensweise planen. Jeremy würde herauszufinden versuchen, wo die Mutts Clay festhielten. So viel konnte ich mir denken; dazu brauchte man kein Genie zu sein. Mit Daniel zu verhandeln würde als Vorwand dienen und Daniel etwas zu tun geben, während Jeremy herausfand, wo sie steckten. Nick bestätigte mir dies. Am Tag zuvor, bevor er vom Rest des Plans ausgeschlossen wurde, hatte Jeremy ihn und Antonio zur Big Bear Motor Lodge geschickt. Daniel war am Mittwoch ausgezogen, alle anderen schon am Montag. Meine Schlussfolgerung und höchstwahrscheinlich auch Jeremys Schlussfolgerung war, dass die Mutts ein anderes Versteck gefunden hatten und Clay nach ihrer Rückkehr aus Toronto dorthin gebracht hatten. Ich wollte Jeremys Plänen nicht in die Quere kommen – oder realistischer ausgedrückt, ich wollte mich nicht dabei erwischen lassen, dass ich ihnen in die Quere kam –, musste die Suche nach den Mutts also ihm überlassen und mir eine andere Methode überlegen, wie ich Clay finden konnte.
Dritter Schritt: Die Aufmerksamkeit von meinem Tun und Lassen ablenken. Bei jedem anderen hätte ich die Rolle des eingeschüchterten Untergebenen gespielt. In Jeremys Augen allerdings wäre das ein sicheres Anzeichen dafür gewesen, dass ich irgendetwas plante. Also nörgelte ich und beschwerte mich und machte ihm das Leben zur Hölle. Er erwartete schließlich nichts anderes von mir. Ich nutzte jede Chance, die sich mir bot, verlangte, schmeichelte oder bettelte, in seine Pläne eingeweiht zu werden. Schließlich, nachdem ich einen Abend und den darauf folgenden Vormittag lang jede sich bietende Gelegenheit genutzt hatte, das Thema zur Sprache zu bringen, stellte ich ihm ein Ultimatum. Wenn er Clay in drei Tagen noch nicht gefunden hatte, würde ich

mich selbst auf die Suche machen, mit seiner Erlaubnis oder ohne sie. Folgerichtig ging er davon aus, dass er jetzt drei Tage lang seine Ruhe haben würde, bevor ich wieder anfing, ihm die Hölle heiß zu machen, und ließ prompt in seiner Wachsamkeit nach. In aller Bescheidenheit: Es war ziemlich einfallsreich eingefädelt.

Nick hatte sich zwar bereit erklärt, mir zu helfen, weigerte sich aber, den von Jeremy verhängten Hausarrest zu ignorieren, also konnte ich in Person nirgends hingehen. Ja, gut, ich hätte Nick etwas Schweres über den Schädel schlagen und dann die Flucht ergreifen können, aber das würde ich ihm nie antun. Außerdem hätte Jeremy mich aufgetrieben und zurückgeholt, und eine Gehirnerschütterung hätte Nicks Bereitwilligkeit, mir ein zweites Mal zu helfen, vermutlich nicht gefördert.

Als Erstes rief ich im St. Michael's Hospital in Toronto an. Ich hatte nicht vergessen, dass ich Philip blutend auf dem Boden unserer Wohnung zurückgelassen hatte. Ich gebe zu, ich hatte nicht so viel Zeit darauf verwendet, daran zu denken, wie ich vielleicht darauf hätte verwenden sollen. Aber ich wusste, dass seine Verletzungen nicht lebensgefährlich waren, jedenfalls nachdem ich die Blutung gestillt und Hilfe geholt hatte, und Clays Situation war sehr viel trostloser, also glaube ich, es ist mir zu verzeihen, wenn meine Aufmerksamkeit zwischen beiden nicht gleichmäßig aufgeteilt war. Philip war nicht im St. Mike's. Die Notaufnahme war am vergangenen Dienstagnachmittag für neue Fälle geschlossen worden, kein ungewöhnliches Vorkommnis nach jahrelangen Etatkürzungen im Gesundheitswesen. Philip war ins Toronto East General gebracht worden und war nach wie vor dort. Ich sprach mit der Dienst habenden Schwester auf seinem Stockwerk, wobei ich mich als Philips Schwester vorstellte, und erfuhr, dass er innere Verletzungen gehabt hatte und operiert worden war, inzwischen aber auf dem Weg der Besserung sei und am Montag entlassen werden würde. Das bedeutete, dass es ihm nächsten Mittwoch oder Donnerstag besser gehen würde – Etatkürzungen zum Zweiten. Sie bot mir an, mich zu ihm durchzustellen, aber ich lehnte mit der Begründung ab, ich wolle ihn lieber ausruhen lassen. In

Wirklichkeit war es Feigheit – ich wollte nicht mit ihm sprechen. Selbst wenn er mir verzieh, dass ich ihn einfach zurückgelassen hatte, gab es da noch das kleine Problem, dass ich vor seinen Augen zum Wolf geworden war. Ich begnügte mich damit, ihm Blumen zu schicken und dazu eine Karte, auf der ich versprach, ihn bald zu besuchen – wobei ich nur hoffen konnte, dass die Mitteilung ihn nicht gleich zurück auf die Intensivstation bringen würde.

Als Nächstes rief ich beim örtlichen Real Estate Office an. Nein, nicht weil ich demnächst umzuziehen plante oder eine Bleibe brauchte. Ein verlockender Gedanke, aber ich wusste genau, dass ich nicht weit kommen würde. Wenn Jeremy mich sogar auf einem Feld irgendwo im Staat New York hatte auftreiben können – und er weigerte sich nach wie vor, mir zu verraten, wie er das fertig gebracht hatte –, konnte er mich fraglos auch finden, wenn ich irgendwo in Bear Valley unterkam – entweder bevor oder nachdem die Mutts mich fanden. Keine der beiden Möglichkeiten sagte mir zu; ich war schließlich nicht lebensmüde. Ich rief das Real Estate Office an, um mich darüber zu informieren, was in den letzten Wochen an Häusern verkauft oder vermietet worden war – vor allem an Häusern auf dem Land. Und ich erfuhr, dass in letzter Zeit im Bear Valley District nur drei Häuser den Besitzer gewechselt hatten; zwei davon waren an junge Familien gegangen und das Dritte an ein Paar im Rentenalter. Neuvermietungen gab es mehr, aber die Mieter waren in jedem Fall Leute, die seit langem in Bear Valley lebten.

Als ich bei den Wohnhäusern erfolglos blieb, begann ich mich nach neu vermieteten Ferienhäusern zu erkundigen. Der Nachteil dabei war, dass wir in einer ausgesprochenen Ferienhausgegend lebten. Der Vorteil war, dass die Saison gerade erst angefangen hatte und dass die Ferienhausdichte gerade in der näheren Umgebung von Bear Valley geringer war als andernorts – es gab zu viele Bäume hier und nicht genug Seen und Wasserläufe. Ich rief bei der Bear Valley Cottage Association an. Mit etwas Einfallsreichtum, einer Menge Lügen und noch mehr guten Manieren – Jeremy hatte mir einiges beigebracht – fand ich heraus, dass in der Umgebung zurzeit nur vier Ferienhäuser vermietet waren, drei an Paare auf der Hochzeitsreise und das Vierte an eine Gruppe von New Yorker Herren in mittleren Jahren, die jeden Mai kamen, um einen rituell-therapeutischen Männerurlaub in der Wildnis zu absolvieren. Wieder nichts. Ich musste es mit einer anderen Methode versuchen; ich war mir nur nicht sicher, wie die aussehen sollte.

Immerhin erreichte ich mit meinen Aktivitäten, dass die Stunden vorbeiflogen und mir wenig Zeit blieb, über Clays Lage nachzugrübeln. Erst am Abend war ich wieder allein mit meinen Gedanken. Ich hütete das Feuer im Arbeitszimmer. Es brauchte nicht gehütet zu werden. Es hätte nicht einmal angezündet werden müssen, denn die Temperatur draußen lag nach wie vor über zwanzig Grad Celsius. Aber es war tröstlich, vor dem Kamin zu sitzen, in den Scheiten herumzustochern und zuzusehen, wie die Flammen tanzten und sprühten. Unnötiges Tun war besser, als gar nichts zu tun. Außerdem hatte es eine hypnotische Wirkung, in die Flammen zu starren; es gab mir etwas, auf das ich mich konzentrieren konnte – etwas jenseits der Gedanken und Befürchtungen, die ständig an den Barrieren vorbeischlüpften, die ich im Verlauf der letzten vierundzwanzig Stunden so sorgfältig errichtet hatte.

Ich war nicht allein im Arbeitszimmer. Nick war ebenfalls da – er lag auf dem Sofa und döste. Von Zeit zu Zeit öffnete er die Augen und sagte etwas. Dann sprachen wir ein paar Minuten lang miteinander, so lang, bis die Unterhaltung gefährlich nahe an Clay herankam und wir beide verstummten. Als die Uhr auf dem Kaminsims Mitternacht schlug, wachte Nick wieder auf. Er ließ den Kopf über die Armlehne nach hinten fallen und sah zum Fenster.

»Vollmond demnächst«, sagte er. »Zwei, drei Tage?«

»Zwei.«

»Ich werde rennen müssen. Und du?«

Ich brachte ein kleines Lächeln zu Stande. »Du weißt ganz genau, dass ich nicht zu rennen brauche, weil ich das vor drei Tagen erst getan habe – mehr als genug. Was du wirklich wissen willst, ist, ob ich mit dir rennen gehe und dich vor dem grauenhaften Schicksal bewahre, allein rennen zu müssen.«

»Ich weiß gar nicht, wie du das in Toronto all die Monate über ausgehalten hast«, sagte er schaudernd. »Letzten Winter habe ich's ein paar Mal machen müssen. Tonio war geschäftlich unterwegs, und Logan hatte mit irgendeinem Fall zu tun, und Clay – na, jedenfalls hab ich die Wandlung allein über mich ergehen lassen müssen.«

»Armer Liebling.«

»Es war einfach grässlich. Ungefähr so – rausgehen in den Wald, Wandlung, in der Gegend rumstehen, bis genug Zeit vorbei ist, zurückverwandeln. Es war ungefähr so spaßig, als ginge man scheißen.«

»Was für ein hübscher Vergleich.«

»Im Ernst. Komm schon, Elena. Gib's zu. Genauso ist das, wenn man allein ist. Ich weiß noch, als ich ein Junge war, vor meiner ersten Wandlung, und Clay hat immer –«

Er unterbrach sich. Diesmal sprach er nicht weiter. Es wurde still, und ich wandte mich wieder dem Feuer zu, stocherte darin herum und sah zu, wie Funken von den Scheiten emporsprühten. Die Tür öffnete sich. Ich hörte Jeremy hereinkommen, drehte mich aber nicht nach ihm um. Einen Augenblick später ächzten die Sprungfedern des Sofas, als Nick aufstand. Er ging quer durchs Zimmer, und die Tür schloss sich wieder. Jeremy setzte sich neben mich vor den Kamin. Seine Hand berührte meinen Hinterkopf, zögerte und strich mir dann übers Haar.

»Ich weiß, wie schwer dies alles für dich ist, Elena. Ich weiß, wie viel Angst du hast, wie sehr du fürchtest, ihn zu verlieren.«

»Das ist es nicht. Ich meine, natürlich habe ich Angst, ihn zu verlieren. Aber wenn du glaubst, das liegt daran, dass ich plötzlich gemerkt hätte, wie sehr ich ihn liebe, und dass ich, f ... wenn wir ihn zurückhaben, nach Hause komme, und es wird alles in Ordnung sein, dann irrst du dich. Es tut mir Leid. Ich weiß, dass du das willst, es wäre einfacher für dich und alle anderen, aber es wird einfach nicht passieren. Ja, mir liegt an ihm. Sehr viel sogar. Und ja, ich will ihn zurückhaben. Ich will ihn für dich und für Nick und für das Rudel zurückhaben. Ich bin nur ziemlich fertig, weil ich das Gefühl habe, es ist meine Schuld.«

Jeremy sagte nichts.

Ich sah mich über die Schulter nach ihm um. »Du findest also auch, dass es meine Schuld ist?«

»Nein, ganz und gar nicht. Ich habe nicht geantwortet, weil ich glaube, es ist besser, wenn ich über den Rest den Mund halte. Wenn du glaubst, das ist der Grund, weshalb du verstört bist –«

»Das ist der Grund.«

Er schwieg einen Augenblick lang und streckte dann den Arm aus, um mir den Rücken zu massieren; seine Finger fanden den harten Knoten zwischen meinen Schulterblättern. »Was immer der Grund dafür ist, dass du dich quälst, ich mache dich nicht verantwortlich für das, was passiert ist. Wir haben schon darüber gesprochen. Ich hätte euch beide an einen anderen Ort schicken sollen. Ich habe es für eine gute Idee gehalten, aber ich habe nicht einmal gemerkt, dass etwas passiert war, bis ich versucht habe, an diesem Abend mit Clay Kontakt aufzunehmen …«

»Hast du es seither versucht?«, fragte ich, während ich mich aufsetzte und zu ihm umdrehte. »Hast du Kontakt mit ihm aufgenommen, seit sie ihn gefangen genommen haben? Du hast es versucht, nicht wahr? Was hat er gesagt? Ist er –«

Jeremy legte einen Finger auf meine Lippen. »Ja, ich habe es versucht. Versucht und wieder versucht. Aber ich komme nicht zu ihm durch. Es sind die Medikamente.«

Es gab noch einen weiteren möglichen Grund, weshalb Jeremy keine Verbindung zu Clay bekam, aber ich wagte ihn nicht auszusprechen. Jeremy schien ihn nichtsdestoweniger in meinem Gesicht zu lesen und schüttelte den Kopf.

»Denk das nicht. Du hast das Foto gesehen. Er sieht nicht gut aus, aber er ist am Leben.«

Er hörte sich so müde an. Das Rudel befand sich in einem Belagerungszustand, und die Mutts rissen unsere Befestigungen so schnell nieder, wie Jeremy sie errichtete. Es kostete ihn seine ganze Kraft. Ich wünschte, ich hätte es nicht so deutlich gesehen. Ich wünschte, ich könnte glauben, wie Antonio und Nick es taten – daran glauben, dass der Rudelalpha unzerstörbar war. So wachsen Rudelmitglieder auf, in der festen Überzeugung, dass ihr Alpha sie schützen wird, ganz gleich, was geschieht. Und das war falsch. Ganz einfach falsch. Es funktionierte phantastisch unter normalen Umständen, wenn das Rudel nie von mehr als einem Mutt auf einmal behelligt wurde und die Aufgabe des Alpha eher darin bestand, Meinungsverschiedenheiten innerhalb des Rudels beizulegen und den Mutts gegenüber eine geschlossene Front zu präsentieren. Aber im Angesicht eines solchen Problems brauchte der Alpha Hilfe, nicht nur dabei, die Bedrohung abzuwenden, sondern auch bei der Entscheidung darüber, wie sie abgewendet werden sollte. Und eine solche Zusammenarbeit war unvorstellbar. Jeremy mochte seine Überlegungen an Antonio ausprobieren, aber er würde nie auf den Gedanken kommen, ihn um Rat zu fragen, und kein Mitglied des Rudels würde im Traum daran denken, ihm welchen anzubieten. Ich dagegen tat es. Ich wollte Jeremy sagen, was ich dachte, und zu helfen versuchen, aber ich wusste, dass das nicht möglich war. Wenn er sich im Augenblick ohnehin überfordert fühlte, würde es die Dinge nur schlimmer machen, wenn ich jetzt anfing, seine Pläne zu hinterfragen. Wie Antonio und Nick stand auch Jeremy im Bann jenes missverstandenen Idealbilds vom Anführer. Die Verantwortung dafür, das Rudel zu retten, lag allein auf seinen Schultern. Ich konnte nur auf eine einzige Art helfen – indem ich eigene Strategien entwickelte.

Erwachen

Am nächsten Morgen zogen Jeremy und Antonio wieder los. Auch ich machte mich wieder an die Arbeit. Oder zumindest bereitete ich mich darauf vor, wieder an die Arbeit zu gehen. Ich rief im Krankenhaus an, um mich nach Philip zu erkundigen, und danach setzte ich mich an den Schreibtisch im Arbeitszimmer, schaltete Clays Laptop ein und blieb davor sitzen, während mein Blick vom Telefon zum Bildschirm und wieder zurück wanderte. Andere Mittel, um Clay zu finden, hatte ich nicht, und ich hatte keine Vorstellung, was ich mit den beiden anstellen sollte, die ich hatte. Schließlich nahm ich einen Block und notierte, was ich schon wusste, in der Hoffnung, dass sich auf diese Weise neue Ideen ergeben würden.

Es waren noch zwei erfahrene Mutts übrig, halb so viele, wie es ursprünglich gewesen waren. Das klang gut, bis ich mir ins Gedächtnis rief, dass wir die weniger bedrohlichen Mutts eliminiert und die gefährlicheren am Leben gelassen hatten. Schon nicht mehr so gut. Daneben hatten wir noch zwei neue Mutts. LeBlanc kannte ich, und ich hatte eine Vorstellung von seinen Motiven und seiner Vorgehensweise. Auch hier gönnte ich mir einen Augenblick der Selbstzufriedenheit, bevor mir wieder einfiel, dass ich Cains Protegé Victor Olson noch nicht einmal zu Gesicht bekommen hatte. Damit war immerhin der nächste Schritt klar: mehr über Olson herauszufinden. Dass ich nun wusste, *was* ich tun würde, sagte mir natürlich nicht automatisch, *wie* ich es tun sollte. Von meinen beiden Arbeitswerkzeugen erschien mir das Internet aussichtsreicher, im Wesentlichen deshalb, weil ich keine Vorstellung hatte, was ich mit dem Telefon anfangen sollte.

Cain hatte gesagt, dass sein Protegé Victor Olson hieß und dass er ihn in Arizona, wo er wegen eines Sexualverbrechens verurteilt worden war, aus dem Gefängnis geholt hatte. Dass Daniel überhaupt auf Olson aufmerksam geworden war, ließ darauf schließen, dass seine Verbrechen ein gewisses Medieninteresse erregt hatten. Eine einfache Suche nach dem Namen und der Stadt ergab sieben Treffer. Bei vieren davon ging es um einen gewissen Vic »Mad Dog« Olson, was sich verheißungsvoll anhörte, bis ich die erste Site anklickte und auf Werbung für einen Rechtsanwalt stieß. Dann war da noch ein längst verstorbener Stadtvater namens Victor Olson. Erst bei den letzten beiden Treffern fand ich den Richtigen. Victor Olson war vor vier Monaten aus dem Gefängnis ausgebrochen, in dem er eine lebenslange Haftstrafe für die Vergewaltigung und Ermordung eines zehnjährigen Mädchens hätte verbüßen sollen. Ich musste das Alter des Opfers mehrmals nachlesen. Cain hatte gesagt, Olson sei im Gefängnis gewesen, weil er mit »ein paar Mädchen rumgemacht« hatte. Ich war davon ausgegangen, dass mit den »Mädchen« Erwachsene gemeint gewesen waren. Ganz offensichtlich nicht. Ich schluckte meinen Ekel hinunter und las den Artikel durch. Olson war sein ganzes Leben lang pädophil gewesen und hatte schon mehrmals wegen sexueller Belästigung und Nötigung vor Gericht gestanden, war aber jedes Mal freigesprochen worden, weil der Richter die Zeugenaussagen seiner Opfer als nicht verlässlich eingestuft hatte. Beim letzten Opfer hatte der Richter zugeben müssen, dass die von der Leiche des Mädchens gemachte Aussage hinreichend verlässlich war. Ich las als Nächstes den Artikel auf der letzten verbliebenen Site und fand heraus, weshalb Daniel sich für Olson entschieden hatte. Olson war ein Stalker. Er wählte seine Opfer mit großer Sorgfalt aus und beobachtete sie wochenlang, bevor er schließlich aktiv wurde. Einer der Ermittler hatte ausgesagt, er habe noch nie mit jemandem zu tun gehabt, der bei der »Jagd« so geschickt vorging – seine Wortwahl, nicht meine.

Ich verbrachte eine weitere Stunde damit, die mir bekannten Fakten noch einmal durchzugehen. Als das zu nichts führte, spürte ich Nick im Trainingsraum auf und wiederholte ihm gegenüber alles, was ich wusste. Ich hoffte, dass entweder ihm etwas dazu einfallen würde oder dass ich selbst dadurch, dass ich es aussprach, einen Geistesblitz haben würde. Nick hörte zu, hatte aber keine zündende Idee. Nun war Nick auch nicht daran gewöhnt, Ideen zu haben. Das hat jetzt übler geklungen, als es gemeint war. Was ich damit meine, ist einfach, dass er daran gewöhnt war, die Pläne anderer auszuführen. Er war ein enthusiastischer Gefolgsmann und ein loyaler Freund, aber er war nicht gerade – wie soll man es nett ausdrücken – nicht gerade ein Denker. Und mit ihm zu reden verhalf auch mir nicht zu neuen Einsichten. Also räumte ich meine Papiere fort, schaltete den Laptop aus und verlagerte meine Aufmerksamkeit auf die geistloseste, trübseligste Tätigkeit, die ich mir vorstellen konnte. Ich machte die Wäsche.

Niemand hatte sich um die Wäsche gekümmert, seit Clay und ich nach Toronto gegangen waren, wahrscheinlich weil es so ziemlich das Letzte war, woran irgendjemand einen Gedanken verschwendet hatte. Die ganze Bedeutung dieser Tatsache ging mir erst auf, als ich die erste Ladung zusammenfaltete und dabei auf eins von Clays Hemden stieß. Da stand ich nun mit dem Hemd, das Clay am Tag vor unserer Abreise getragen hatte. Keine Ahnung, warum ich mich daran noch erinnerte. Es war ein dunkelgrünes Golfhemd, eine der wenigen farbigen Ausnahmen unter Clays Unmengen von schwarzen und weißen T-Shirts. Es musste ursprünglich ein Geschenk von Logan gewesen sein, der es als seine undankbare Aufgabe betrachtet hatte, Clays Garderobe ein modisches Element hinzuzufügen. Ich starrte das Hemd an und dachte an Logan, und der Kummer wallte wieder auf. Dann dachte ich an Peter, erinnerte mich daran, wie er Clay mit seiner monochromen Kluft aufgezogen und ihm damit gedroht hatte, er werde ihm einen Stoß der grellsten Tournee-T-Shirts mitbringen, die er auftreiben konnte. Ich blinzelte heftig, schob das Hemd unter einen Stoß von Nicks Hosen und machte weiter.

Nachdem die erste Ladung Wäsche fertig war, trug ich die Sachen hinauf. Clays Stoß sparte ich mir bis zuletzt auf. Danach stand ich minutenlang vor seiner geschlossenen Schlafzimmertür und versuchte genug Mut aufzubringen, um hineinzugehen. Ich beeilte mich nach Kräften, Hemden, Socken und Wäsche in die Schubladen zu stopfen. Die Jeans kamen in den Schrank. Ja, Clay hängte Jeans auf – wahrscheinlich weil der Schrank leer gewesen wäre, wenn er es nicht getan hätte. Ich war dabei, sie auf die Bügel zu verteilen, als ich den Stoß eingewickelter Geschenke auf dem Schrankboden entdeckte. Ich brauchte mir die Anhänger nicht anzusehen, um Bescheid zu wissen. Ein Teil von mir wollte die Tür zuschlagen und flüchten. Ich wollte sie nicht sehen. Aber ich konnte nicht widerstehen. Ich bückte mich und nahm das oberste Geschenk in die Hand. Es war in Weihnachtspapier eingewickelt – bunte Schleifen und Zuckerstangen. Auf dem Anhänger war ein Name quer über das *Von* und *Für* gekrakelt: Elena.

Nick hatte gesagt, dass Clay mich zurückerwartet hatte. Halb hatte ich selbst erwartet, letztes Weihnachten zurückzukommen, nicht durch eigenes Zutun, sondern auf magische Weise, so, als könnte ich am Heiligabend in Toronto einschlafen und am nächsten Morgen in Stonehaven aufwachen. Ostern, Thanksgiving, Geburtstage, all diese Daten waren unbemerkt vorübergegangen, unbeeinträchtigt von dem Bedürfnis zurückzukehren. Weihnachten war anders. Weihnachten gehörte Clay.

Als Kind und Teenager hatte ich Weihnachten gehasst. Von allen Festen verklärte kein anderes die Familie so gründlich wie dieses. All diese Filme und Fernsehsondersendungen und Zeitschriftentitelseiten, die glückliche Familien bei den saisontypischen Tätigkeiten zeigten. Damit will ich nicht sagen, dass mir das übliche weihnachtliche Drumrum versagt geblieben war. Meine Pflegefamilien waren ja keine kompletten Ungeheuer. Ich bekam Geschenke, und es gab Truthahn zum Abendessen. Ich ging zu Kinderfesten und in die Mitternachtsmesse. Ich durfte auf dem Knie des Weihnachtsmannes sitzen und lernte für das Schulkonzert Weihnachtslieder. Aber ohne echte Familienbande waren all diese Rituale so künstlich wie Schnee aus der Sprühdose. Und so hatte ich, als ich mit achtzehn Jahren auszog, aufgehört Weihnachten zu feiern. Dann lernte ich Clay kennen. Damals, in unserem ersten gemeinsamen Jahr, hatte ich endlich das Gefühl gehabt, dass ein echtes Weihnachtsfest möglich war. Natürlich war ich nicht von Eltern und Großeltern und Onkeln und Tanten umgeben, aber ich hatte jemanden. Ich hatte das erste Bindeglied zu allem anderen, das ich mir so sehnlich wünschte.

Ich sollte erwähnen, dass Clay keine blasse Ahnung hatte, wie man Weihnachten feiert. Weihnachten ist kein offizieller Werwolffeiertag. Okay, es gibt keine offiziellen Werwolffeiertage, aber das meine ich damit nicht. Für das Rudel ist Weihnachten einfach nur ein weiterer Anlass, sich zu treffen, so, wie man es ohnehin zigmal im Jahr tut. Man tauscht Geschenke aus, wie es auch an Geburtstagen üblich ist, aber damit beginnen und enden die Festivitäten. Was also tat Clay, als ich durchblicken ließ, dass ich mir ein Weihnachten mit allen Schikanen wünschte? Er verschaffte mir eins.

Ich wusste es damals nicht, aber Clay hatte wochenlang recherchiert. Und dann organisierte er ein Weihnachtsfest mit allem Drum und Dran. Wir gingen los und fällten einen Baum – und dann stellten wir fest, wie vollkommen unmöglich es sein würde, den Baum auf Clays Motorrad bis zu seiner Wohnung zu transportieren. Also ließen wir ihn anliefern und schmückten ihn. Wir buken verschiedene Sorten Kekse und Lebkuchen und stellten dabei fest, wie schwierig es ist, Lebkuchenmänner zu formen, wenn man kein Teigrädchen hat. Wir machten einen Früchtekuchen, der vermutlich immer noch auf dem Balkon von Clays alter Wohnung steht; wir hatten ihn letzten Endes dazu verwendet, die Balkontür offen zu halten. Wir kauften Lämpchen für den Balkon; dann mussten wir noch einmal zum Haushaltswarenladen zurückfahren, um ein Verlängerungskabel zu kaufen; dann mussten wir noch einmal zum Haushaltswarenladen zurückfahren, um eine Drahtschere zu kaufen, mit der wir ein Loch in das Fliegengitter schnitten, durch das wir das Verlängerungskabel ziehen konnten. Wir spielten Weihnachtsmusik, sahen uns *How the Grinch Stole Christmas* an und besorgten aus der Videothek *It's a Wonderful Life*, wobei Clay bei Letzterem einschlief – ja, ich gebe es zu, wir schliefen beide ein. Wir saßen am Kaminfeuer und tranken Eierpunsch – oder jedenfalls saßen wir vor dem Bild eines Kaminfeuers, das Clay aus einer Zeitschrift ausgeschnitten und an die Wand geklebt hatte. Keine Tradition, die wir nicht gewissenhaft befolgt hätten. Es war das perfekte Weihnachten. Bis Ostern hatten wir nicht überdauert.

Im Jahr darauf hatte es kein Weihnachten gegeben. Ich gehe davon aus, dass Weihnachten in der Außenwelt durchaus stattfand, aber in Stonehaven ging es unbemerkt vorüber. Ich hatte es bis zum Winter kaum aus dem Käfig geschafft. Clay war immer noch in der Verbannung. Logan kam mich besuchen, aber ich vertrieb ihn, wie ich ihn auch bei dem halben Dutzend früherer Besuche vertrieben hatte. Nick schickte mir ein Geschenk. Ich warf es ungeöffnet fort. Bevor Clay mich gebissen hatte, hatte ich sowohl Logan als auch Nick kennen gelernt, hatte sogar begonnen, sie als Freunde zu betrachten. Danach nahm ich ihnen übel, dass sie mich nicht gewarnt hatten. Und so kam und ging Weihnachten, und ich nahm es kaum zur Kenntnis.

Im Jahr darauf war Clay immer noch im Exil. Ich dagegen hatte mich inzwischen weitgehend erholt. Ich hatte Logan und Nick und sogar Jeremy verziehen. Ich begann Antonio und Peter kennen zu lernen. Ich war auf dem besten Weg dazu, das Leben als Werwolf zu akzeptieren. Dann kam Weihnachten. Ich ging davon aus, dass es auch diesmal ohne großen Aufwand vorbeigehen würde, genau wie im letzten Jahr. Stattdessen feierten wir ein vollständiges Fest mit allen Schikanen – Geschenken unterm Baum, farbigen Lichtern, die im Schnee funkelten, und einem Truthahn auf dem Tisch. Das ganze Rudel kam für eine Woche nach Stonehaven, und zum ersten Mal stellte ich fest, wie hektisch, stressig, laut und wundervoll ein Weihnachten im Familienkreis sein konnte. Ich glaubte, dies sei die Art und Weise, wie das Rudel normalerweise Weihnachten beging, dann, wenn es sich nicht gerade mit einer wütenden neuen Werwölfin auseinander setzen musste. Es wurde Januar, bevor ich die Wahrheit herausfand. Clay hatte Kontakt mit Jeremy aufgenommen und ihn gebeten, dies für mich zu tun. Es war sein Weihnachtsgeschenk für mich. Mein Geschenk für ihn war, dass ich Jeremy bat, seine Verbannung aufzuheben.

Seitdem hatten wir jedes Jahr in Stonehaven Weihnachten gefeiert. Das Rudel ging vollkommen auf meinen Wunschtraum ein, ohne mir jemals das Gefühl zu geben, dass sie mir mit alldem lediglich einen Gefallen taten. Ich kann nicht behaupten, dass jedes Weihnachtsfest besonders gelungen gewesen wäre. Manchmal kamen Clay und ich miteinander aus, häufiger taten wir es nicht, aber wir waren immer zusammen. Wenn mein letztes Weihnachten ohne Clay schwer für mich gewesen war, hatte ein Umstand es doch erträglich gemacht: zu wissen, dass er da war, irgendwo dort draußen. Als ich auf den Stapel von Geschenken in seinem Schrank hinunterstarrte, wurde mir klar, dass dies für jeden Tag meines Lebens galt, an jedem Tag des Jahres, nicht nur an Weihnachten. Auf eine gewisse Art gab mir das Wissen, dass Clay da war und auf mich wartete für den Fall, dass ich jemals zurückkehren würde, ein Polster im Leben. Auf eine merkwürdig verdrehte Art war er das Stabilste, Verlässlichste, das ich im Leben hatte. Was ich auch tat, er würde da sein. Und wenn nicht? Der Gedanke erfüllte mich mit einer so eisigen Furcht, dass ich das Gefühl hatte, der Atem gefriere in meinen Lungen. Ich hatte Jeremy am Abend zuvor nicht angelogen. Dies war keine Romanze wie im Märchen, in der die Heldin ihre unsterbliche Liebe für den Helden erkennt, sobald sein Leben in Gefahr ist. Es gab weder Helden noch Heldinnen in dieser Geschichte, und es würde kein Glücklich-bis-an-ihr-Ende-Ende geben, selbst wenn wir Clay zurückholten. Ich konnte mir immer noch nicht vorstellen, mit ihm zu leben, aber ebenso wenig konnte ich mir meine Welt ohne ihn vorstellen. Ich brauchte ihn. Vielleicht war das unvorstellbar egoistisch. Aber es war ehrlich. Ich brauchte Clay, und ich musste ihn zurückholen. Ich sah wieder auf die Geschenke hinunter und wusste, dass ich nicht genug dafür tat.

»Ich gehe nach Bear Valley«, sagte ich.

Es war am Tag darauf. Nick und ich saßen im Garten hinter dem Haus, die Teller mit dem Mittagessen auf dem Schoß. Jeremy und Antonio waren eine Stunde zuvor gegangen. Seitdem hatte ich überlegt, wie ich Nick sagen sollte, was ich plante. Nach einem halben Dutzend fruchtloser Versuche entschied ich mich für die Herausplatzvariante.

»Ich habe Daniel gesagt, ich will mit ihm sprechen«, sagte ich.

»Das hat in dem Brief gestanden?«

Als Antonio und Nick losgezogen waren, um Jeremys letzte Mitteilung an Daniels Postfach zu liefern, hatte ich Nick einen Umschlag mitgegeben, den er Jeremys Brief hinzufügen sollte. Nick hatte bisher nicht nachgefragt, wahrscheinlich weil er es gar nicht so genau wissen wollte.

»Ja«, sagte ich. »Wir treffen uns um zwei.«

»Wie hat er es geschafft, dir das zu sagen?«

»Gar nicht. Ich habe geschrieben, dass ich mich um zwei mit ihm treffen will. Er wird da sein.«

»Und Jeremy ist das recht?«

Ich hörte an Nicks Tonfall, dass er ganz genau wusste, dass ich die Sache Jeremy gegenüber nicht erwähnt hatte. Die Frage war einfach seine Methode, das Thema vorsichtig anzuschneiden. Oder vielleicht hoffte er auch einfach wider besseres Wissen, dass ich die Angelegenheit mit Jeremy besprochen und geplant hatte und dass wir aus irgendeinem Grund beide vergessen hatten, es ihm gegenüber zu erwähnen.

»Ich sitze nicht mehr hier herum«, sagte ich. »Ich kann nicht. Ich hab's versucht, aber ich kann nicht.«

Nick schwang die Beine auf den Boden und saß nun auf der Kante seines Liegestuhls. »Ich weiß, wie schwer das für dich ist, Elena. Ich weiß, wie sehr du ihn liebst –«

»Das ist es nicht. Sieh mal, ich habe das schon mit Jeremy durchgesprochen. Wir müssen Clay zurückholen. Wir brauchen ihn. Ob du dabei helfen willst oder nicht, ist deine Entscheidung.«

»Ich will dabei helfen, ihn zurückzuholen, aber ich helfe dir nicht dabei, dich bei dem Versuch umbringen zu lassen.«

»Was soll denn das heißen?«

»Genau das, was ich sage. Ich hab gesehen, was vor ein paar Tagen mit dir los war –«

»Das ist es also? Weil ich vor drei Tagen total ausgerastet bin? Sieh mich an. Sehe ich ausgerastet aus?«

»Nein, und ich glaube, das macht mir mehr Angst, als wenn du's tätest.«

»Ich gehe«, sagte ich.

»Nicht ohne mich.«

»In Ordnung.«

»Aber ich gehe nicht. Du also auch nicht.«

Ich stand auf und machte mich auf den Weg zur Hintertür. Nick sprang auf die Füße und versperrte mir den Weg.

»Was machst du jetzt?«, fragte ich. »Schlägst mich zusammen und sperrst mich in den Käfig?«

Er wandte den Blick ab, bewegte sich aber nicht von der Stelle. Ich wusste, er würde nichts tun. Wenn ich es wirklich darauf ankommen ließ, würde Nick mich nicht mit körperlicher Gewalt aufzuhalten versuchen. Es lag einfach nicht in seiner Natur.

»Wo ist dieses Treffen?«, fragte er. »Wenn es nicht in der Öffentlichkeit ist –«

»Im Donut Hole. Der öffentlichste Ort, der mir eingefallen ist. Ganz gleich, was du jetzt denkst, ich werde nichts tun, das mich in Gefahr bringt. Ich würde auch nichts tun, das *dich* in Gefahr bringt. Das einzige Risiko, das ich eingehe, besteht darin, dass ich Jeremys Befehl nicht gehorche. Und das tue ich nur, weil es falsch ist, mich auszuschließen.«

»Du willst dich also in diesem Café mit Daniel treffen? Dann werde ich auch dabei sein. Wir parken direkt vor der Tür. Wir gehen nirgendwohin mit ihm, und wenn's nur einmal die Straße entlang wäre.«

»Genau.«

Nick drehte sich um und ging zum Haus. Er war nicht glücklich mit alldem, aber er würde es tun. Eines Tages würde ich mich erkenntlich zeigen.

Als ich das Auto auf einem freien Parkplatz vor dem Café abstellte, konnte ich durch das Fenster Daniel an einem der Tische sitzen sehen. Das schulterlange rotbraune Haar hatte er hinter das linke Ohr zurückgestrichen – nach dem kleinen Beißunfall vor ein paar Jahren sein einziges Ohr. Er hatte ein scharfes Profil – hohe Wangenknochen, spitzes Kinn und eine schmale Nase, gar nicht unattraktiv auf eine gefährliche Art, aber er sah eher nach einem Fuchs aus als nach einem Wolf, was durchaus zu seiner Persönlichkeit passte.

Als ich ausstieg, folgten mir die grünen Augen, aber er gab kein anderes Zeichen des Erkennens; er hatte vor langer Zeit gelernt, dass ich nicht gut darauf reagierte, umschmeichelt zu werden. Er war hager gebaut und eben mittelgroß. Wenn wir uns gegenüberstanden, waren unsere Augen auf gleicher Höhe, er konnte also nicht größer sein als eins achtundsiebzig. Bei einer früheren Gelegenheit, als ich mich mit Daniel hatte treffen müssen, um ihm eine Verwarnung von Jeremy zu überbringen, hatte ich Fünf-Zentimeter-Absätze getragen und das Gefühl, auf ihn herabsehen zu können, durchaus genossen – jedenfalls bis er mir mitteilte, wie sexy ich damit aussah. Seither hatte er mich nie mehr in etwas anderem gesehen als in meinen ältesten und schäbigsten Leinenschuhen.

Heute trug Daniel ein einfaches schwarzes T-Shirt und Jeans, also mehr oder weniger das, was er immer trug. Er kopierte Clays monochrome, bauarbeiterlässige Garderobe, als würde sie ihm einen gewissen Stil verleihen. Sie tat es nicht.

Marsten saß Daniel gegenüber. Wie üblich war er gepflegt und gekleidet, als sei er gerade einer Ausgabe von *GQ* entstiegen, was Daniel vergleichsweise wie einen Penner aussehen ließ. Okay, verglichen mit Karl Marsten sah jeder aus wie ein Penner.

Als Nick und ich hereinkamen, stand Marsten auf und kam zur Tür geschlendert.

»Du bist ja wirklich gekommen«, sagte er zu mir. »Es wundert mich, dass Jeremy dich hat kommen lassen. Oder weiß er überhaupt davon?«

Ich hätte mich in den Hintern treten können. Daran, wie es aussehen würde, wenn ich gegen Jeremys Willen hier auftauchte, hatte ich gar nicht gedacht. Meinungsverschiedenheiten innerhalb des Rudels. Einfach großartig. Und Marsten, verlässlich wie immer, hatte es innerhalb der ersten fünf Sekunden gemerkt.

»Du siehst gut aus, Elena«, fuhr er fort, ohne auf meine Antwort zu warten. »Müde, aber das war nicht anders zu erwarten. Hoffen wir, dass das alles bald vorbei ist.«

»Das hängt von dir ab«, sagte ich.

»Teilweise.« Er drehte sich zu der Serviererin hinter der Theke um. »Zwei Kaffee. Schwarz für die Dame und –« Er sah zu Nick hinüber. »Sahne, zwei Zucker, richtig?«

Nick starrte wütend zurück.

»Einmal schwarz. Einmal mit Sahne, zwei Zucker«, wiederholte Marsten zu der Serviererin hin. »Setzen Sie's auf meine Rechnung.« Er brach ab und wandte sich dann mit einem schiefen Lächeln wieder an mich. »Ich kann's nicht glauben, dass ich so was gerade in einem Donutladen gesagt habe. Ich muss wirklich weg aus dieser Stadt.«

Ich sah in die andere Richtung.

»Lange nicht gesehen, Nicholas«, fuhr Marsten fort. »Wie geht's deinem Vater? Ich habe letztes Jahr in eine von seinen Firmen investiert. Dreißig Prozent Gewinn. Seinen Instinkt hat er jedenfalls nicht verloren.«

Nick ignorierte ihn. Stattdessen setzte er sich auf einen Hocker an der Theke und begann die Auswahl an Donuts zu studieren. Marsten nahm den Hocker neben ihm und winkte mich zu Daniel hinüber.

»Ich leiste inzwischen Nicholas Gesellschaft«, sagte er.

Daniel sah nicht auf, als ich zu ihm hinüberging. Er rührte in seinem Kaffeebecher und nahm mich nur mit einem kaum sichtbaren Nicken zur Kenntnis. Die Serviererin brachte meinen Kaffee. Ich schob ihn zur Seite und setzte mich auf die Bank gegenüber. Er rührte weiter. Ein paar Sekunden lang blieb ich einfach sitzen. Unter anderen Umständen hätte ich abgewartet, wie lang er seine kaffeerührende gespielte Gleichgültigkeit aufrechterhalten konnte, bevor er endlich die Geduld verlor und mich ansah. Aber die Zeit für Spielchen war vorbei.

»Was willst du?«, fragte ich.

Er rührte immer noch, die Augen auf den Becher gerichtet, als würde ihm der davonrutschen, sobald er den Blick abwandte. »Was will ich denn meistens?«

»Rache.«

Er sah auf und erwiderte meinen Blick; dann musterte er mich langsam von oben bis unten, wie er es jedes Mal tat. Ich biss die Zähne zusammen und wartete. Nach ein paar Sekunden war ich versucht, vor seiner Nase mit den Fingern zu schnalzen und ihm mitzuteilen, dass es *so* viel an mir nun auch wieder nicht zu inspizieren gab.

»Du willst Rache«, wiederholte ich, um sein Hirn wieder in Gang zu bringen.

Daniel lehnte sich zurück und zog ein Bein auf den Sitz, wohl weil er auf diese Weise ach so cool und entspannt aussah. »Nein, das will ich nicht. Das habe ich nie gewollt. Was immer das Rudel mir angetan hat, ich bin drüber weg. Sie sind meine Zeit nicht wert. Aber du.«

»Und wieder von vorn«, murmelte ich.

Daniel ignorierte den Kommentar. »Ich weiß, warum du bei ihnen bleibst, Elena. Weil du Angst hast zu gehen, Angst davor, was sie dann tun werden, und Angst davor, was ohne ihren Schutz aus dir wird. Ich versuche dir zu zeigen, dass sie dir nicht schaden und dich auch nicht schützen können. Wenn du einen Partner willst, einen wirklichen Partner, dann hast du etwas Besseres verdient als einen Versager, der sich erst dreimal um sich selbst drehen muss, bevor er sich hinlegen kann. Ich kann dir jedenfalls etwas Besseres bieten.«

»Es geht also die ganze Zeit darum, mich zu gewinnen? Blödsinn.«

»Du glaubst nicht, dass du es wert bist? Ich hätte gedacht, deine Selbstachtung wäre höher.«
»Mein IQ ist höher. Es geht nicht um mich. Es ist nie um mich gegangen. Es geht um dich und Clay. Du glaubst, dass er mich hat, also willst du mich. Deine Motive sind so kompliziert wie bei einem Zweijährigen, der sieht, dass ein anderes Kind ein buntes Spielzeug hat. Du willst es haben.«
»Du unterschätzt dich.«
»Nein. Ich unterschätze auch nicht, wie gründlich du ihn hasst. Was ist eigentlich passiert? Hat er immer das größere Stück Kuchen gekriegt?«
»Er hat mir das Leben zur Hölle gemacht. Er und Tonto da drüben.« Daniel warf einen wütenden Blick zu Nick hinüber. »Der arme kleine Clay. Er hat Probleme. Er hat ein schwieriges Leben gehabt. Du solltest nett zu ihm sein. Du solltest dich mit ihm anfreunden. Ich hab nie was anderes gehört. Alles, was die gesehen haben, war der süße Jüngste im Wurf. Er hat die Zähnchen gefletscht, und sie haben's süß gefunden. Er hat uns rumkommandiert wie Napoleon im Taschenformat, und sie haben's süß gefunden. Also, von der Stelle aus, wo ich gestanden habe, war es nicht süß. Es war –«
Ich hob die Hand. »Du eiferst.«
»Was?«
»Ich wollte es nur erwähnen. Du eiferst. Ist nicht schön anzusehen. Wenn du nicht aufpasst, erzählst du mir als Nächstes von deinen Plänen für die Weltherrschaft. Das machen doch die Schurken, wenn sie genug über ihre Motive geeifert haben. Ich hatte gehofft, bei dir würde es ein bisschen anders ablaufen.«
Daniel nahm einen Schluck Kaffee; dann schüttelte er den Kopf und lachte leise. »Na, jetzt hast du mich aber auf meinen Platz verwiesen. Das hast du schon immer gekonnt. Du sagst bell, und ich frage: ›Wie laut?‹«
»Ich sage, lass Clay gehen –«
Daniel verzog das Gesicht. »Und ich frage, wozu die Mühe? Aber okay, mein Gehorsam hat seine Grenzen. Ich werde ihn nicht ge-

hen lassen, nur weil du es gern so hättest, Elena. Du könntest schmollen und mit den Wimpern klimpern und betteln, und ich würde das höllisch aufregend finden, aber ich würde ihn deshalb nicht gehen lassen. Ich mache dir das gleiche Angebot, das ich Jeremy gemacht habe. Dich gegen Clay.«

»Warum?«

»Das habe ich dir schon gesagt.«

»Weil ich so absolut unwiderstehlich bin. Sicher doch. Gib mir einen besseren Grund, oder ich gehe.«

Daniel schwieg einen Augenblick und beugte sich dann vor. »Hast du jemals daran gedacht, dir ein eigenes Rudel aufzubauen? Nicht indem du einen Haufen beschränkte Mutts rekrutierst, sondern indem du eine Dynastie gründest? Wir sind nicht unsterblich, Elena, aber es gibt eine Möglichkeit, unsere Unsterblichkeit sicherzustellen.«

»Ich hoffe wirklich, du meinst damit nicht das, was ich jetzt annehme.«

»Kinder, Elena. Eine neue Art Werwolf. Nicht halb Werwolf, halb Mensch, sondern vollständige Werwölfe, die das Gen von beiden Eltern haben. Vollkommene Werwölfe.«

»Wow. Du willst ja wirklich die Welt beherrschen.«

»Es ist mein Ernst.«

»Ganz im Ernst wahnsinnig. Tut mir Leid, aber dieser Bauch ist weder zu vermieten noch zu verkaufen.«

»Nicht mal um den Preis eines Lebens? Clays Leben?«

Ich lehnte mich zurück und tat so, als überlegte ich es mir. Es wurde Zeit, den Ballon aufzustechen.

»Wenn ich also darauf eingehe, mitzukommen, lässt du ihn gehen?«

»Genau. Nur werde ich natürlich nicht darauf vertrauen, dass du einfach mitkommst und dann bei mir bleibst – nur damit wir uns richtig verstehen. Ich habe einen Ort, an den ich dich bringen werde, einen hinreichend abgelegenen und sicheren Ort. Du wirst nicht einfach gehen können. Ein bisschen wie der Käfig in Stonehaven, nur viel komfortabler. Du gibst mir, was ich will, alles, was ich will, und du wirst nicht sehr lang dort bleiben müssen. Sobald ich dich davon überzeugt habe, dass ich die bessere Alternative bin, lasse ich dich raus. Wenn du wegzulaufen versuchst, sperre ich dich wieder ein.«

»Das hört sich aber nicht besonders verlockend an.«

»Ich bin aufrichtig mit dir, Elena. Es ist ein Austausch. Seine Gefangenschaft gegen deine.«

Ich tat so, als dächte ich darüber nach, während ich zum Fenster hinausstarrte. Dann wandte ich mich wieder an Daniel. »Unter einer Bedingung. Ich will sehen, dass er freikommt. Am helllichten Tag und in der Öffentlichkeit. Ich werde zusammen mit dir dort sein und es mir ansehen. Sobald er frei ist, gehöre ich dir.«

»So funktioniert das aber nicht. Sobald du mir gehörst, kommt er frei.«

Ich stand auf, drehte mich um und verließ das Café. Sowohl Nick als auch Daniel stürzten hinter mir her. Als ich das Auto erreicht hatte, schoss Daniels Hand vor und hielt die Tür zu.

»Du hast die Fotos doch gesehen, oder nicht?«, fragte er.

Ich blieb stehen, drehte mich aber nicht um.

»Ich weiß, dass du die Fotos gesehen hast«, fuhr Daniel fort. »Du weißt, in was für einer Verfassung er ist. Du hast auch gesehen, dass es schlimmer wird. Was meinst du, wie lange er das noch durchhält?«

Ich drehte mich langsam um. Ich drehte mich um und sah Daniels Gesicht, und ich sah die Befriedigung in seinen Augen, und ich drehte durch. Die gesamte letzte halbe Stunde hatte ich mir Mühe gegeben, nicht an Clay zu denken. Während ich mit Daniel gesprochen hatte, hatte ich nach besten Kräften versucht, mich nicht daran zu erinnern, dass er es war, der Clay gefangen hielt, dass er ihn betäubt und geschlagen hatte, bis kaum noch ein Streifen Haut unversehrt war. Ich hatte mich darauf konzentriert, mit Daniel zu sprechen, wie ich hundertmal zuvor mit ihm gesprochen hatte – als hätte ich ihm einfach nur wieder einmal von Jeremy auszurichten, er solle sich gefälligst an die Regeln halten oder damit rechnen, dass er bestraft werden würde. Ich hatte wirklich, wirklich,

wirklich zu vergessen versucht, was tatsächlich vor sich ging. Aber als er da stand und Drohungen gegen Clay aussprach, konnte ich nicht mehr so tun als ob. Die Rage in meinem Inneren kochte über, bevor ich sie beherrschen konnte.
Ich packte ihn am Vorderteil seines T-Shirts und schleuderte ihn gegen mein Auto, so heftig, dass das Fenster auf der Fahrerseite in eine Million kleine Stücke zersprang.
»Du winselnde Hyäne.« Ich drückte mich gegen ihn, bis unsere Gesichter nur noch ein paar Zentimeter voneinander entfernt waren. »Du kidnappst ihn mit einer Betäubungsspritze. Du kettest ihn an, damit du ihn schlagen kannst. Aber das reicht immer noch nicht. Du musst ihn erst unter Drogen setzen. Du musst erst absolut sicher sein können, dass er nicht mal mehr die Kraft aufbringt, dir ins Gesicht zu spucken. Und dann schlägst du ihn. Hat's wenigstens Spaß gemacht? Hast du dich als Mann gefühlt, als du deinen Feind zusammengeschlagen hast und er keinen Finger rühren konnte, um sich zu wehren? Du bist kein Mann, und du bist auch kein Wolf. Du bist eine Hyäne, ein dreckfressender Feigling. Wenn du ihn noch ein Mal anrührst, mache ich etwas mit dir, gegen das der Biss ins Ohr dir vorkommt wie ein Kratzer. Und wenn du ihn umbringst, ich schwöre bei Gott und dem Teufel und allen, die sonst noch zuhören, wenn du ihn umbringst, dann bringe ich dich zur Strecke. Ich finde dich und füge dir alles zu, was ich mir nur vorstellen kann. Ich werde dich blenden und ich werde dich kastrieren und ich werde dich verbrennen. Aber ich werde dich nicht umbringen. Ich werde dich nicht sterben lassen. Ich werde dich in die Hölle schicken und dafür sorgen, dass du den Rest deines Lebens dort verbringst.«
Ich schleuderte Daniel zur Seite. Er stolperte, fing sich und drehte sich zu mir um. Sein Mund öffnete sich, schloss sich wieder, öffnete sich ein zweites Mal, aber es schien ihm keine passende Antwort einzufallen, und so verlegte er sich darauf, sich auf dem Absatz umzudrehen und in das Café zurückzustürmen. Ich wollte mich schon abwenden, als ich einen leisen Pfiff hörte. Ich sah mich um und entdeckte Marsten, der am Kofferraum meines Autos lehnte.

»Die Furie ist wieder da«, stellte er fest. »Sieh an. Das könnte noch interessant werden.«

»Geh zum Teufel«, fauchte ich.

Ich riss die Autotür auf, stieg ein und ließ den Motor bereits aufheulen, als Nick auf den Beifahrersitz sprang. Der Camaro zog mit quietschenden Reifen vom Bordstein los. Ich warf auf dem gesamten Rückweg nach Stonehaven keinen Blick auf den Tacho.

In einer Hinsicht immerhin hatte ich Recht gehabt. Die Zeit für Spielchen war vorbei.

Regression

Ich verließ Stonehaven, als alle anderen schlafen gegangen waren. Ich zog mich im Dunkeln an und sprang zum Fenster hinaus; dann schob ich mein Auto eine halbe Meile die Straße entlang, bevor ich den Motor anließ. Ich hatte Nick nichts von meinen Plänen erzählt. Er wäre viel besser dran, wenn er sie nicht kannte.

Ich war früh in meinem Zimmer verschwunden und hatte den Abend im Bett verbracht und nachgedacht. Mein Treffen mit Daniel war ein Fehler gewesen. Damit, dass ich sein Angebot ausgeschlagen hatte, hatte ich die Situation nur schlimmer gemacht. Jeremy hatte für Clay auf Zeit gespielt. Ich hatte diese Zeit wieder verspielt. Ich musste den Schaden beheben, den ich angerichtet hatte, und zu diesem Zweck musste ich handeln.

Ich hatte mehrere Stunden am Abend mit dem Versuch verbracht, in Gedanken mit Clay Kontakt aufzunehmen. Natürlich war nichts daraus geworden. Ich war mir nicht einmal sicher, wie ich es anstellen sollte, hatte mir aber eine kleine Hoffnung bewahrt, dass unsere Verbindung ausreichen würde. Vielleicht wäre das sogar der Fall gewesen, aber es war, als verlangte man eine besondere Anstrengung von einem Muskel, den man zu lange ignoriert hatte. Nichts geschah. Als es mir nicht gelang, Clays Hirn zu erreichen, versuchte ich es mit den Hirnen der Mutts, die ihn gefangen hielten. Im übertragenen Sinne, wohlgemerkt. Wenn ich mich in ihre Lage versetzte und mir vorzustellen versuchte, was sie dachten und empfanden, fand ich vielleicht eine schwache Stelle. Daniel und Marsten waren einfach zu verstehen. Ich wusste, was sie wollten, und ich wusste, wie sie vorgingen. Marsten würde mir keine Handhabe liefern. Daniels Achillesferse war seine Besessenheit, was Clay und mich betraf. Damit könnte ich arbeiten; ich könnte mich wieder mit ihm in Verbindung setzen und versuchen, ihn mit Lügen und Lächeln zu ködern, aber es würde Zeit kosten, und Zeit hatte ich nicht. Womit mir nur noch die neuen Mutts blieben. Bei ihnen war ich auf unvertrautem Gelände. Sie waren keine Werwölfe, rief ich mir ins Gedächtnis. Keine richtigen jedenfalls. Wie also versetzte ich mich in sie hinein?

Den größten Teil der Zeit lag ich auf dem Bett, starrte die Decke an und fühlte mich vollkommen machtlos angesichts der Unmöglichkeit, diese beiden zu verstehen. Dann fiel es mir ein. Sie waren keine Werwölfe, sie waren Menschen. Ich war ein Mensch gewesen. Ich versuchte immer noch, ein Mensch zu sein. Warum konnte ich mich nicht in sie hineinversetzen? Ich brauchte doch nichts weiter zu tun, als meine Wolfsnatur beiseite zu schieben – etwas, das ich ohnehin seit Jahren versucht hatte. Aber das war nicht alles, was vonnöten war, um diese Killer zu verstehen. Ich konnte nicht wieder zu dem Typ Mensch werden, der ich hatte sein wollen – ausgeglichen, passiv und liebevoll. Ich musste wieder werden, was ich zuvor gewesen war.

Jeder Schutzmechanismus, über den ich verfügte, wurde bei dem Gedanken hochgefahren. Werden, was ich gewesen war, bevor Clay mich gebissen hatte? Aber ich war doch ausgeglichen, passiv und liebevoll gewesen? Das jedenfalls wollte ich glauben, aber zugleich wusste ich, es war nicht wahr. Ich hatte immer die Anlage zur Gewalttätigkeit gehabt. Clay hatte das erkannt. Der kindliche Werwolf hatte das kindliche Opfer gesehen und eine Seelenverwandte gefunden, jemanden, der verstand, wie es war, entfremdet aufzuwachsen, während unser merkwürdiges Verhalten von den Erwachsenen beobachtet und von anderen Kindern verlacht wurde. Im Alter von sieben Jahren war Clay ein voll entwickelter Werwolf gewesen, mit einer eingebauten Wildheit und einem Temperament, das ihr entsprach. Im gleichen Alter hatte ich hassen gelernt, mein eigenes gewalttätiges Potenzial entwickelt, obwohl ich es besser verbergen konnte, es nach innen wandte und mich mühte, der Welt das passive kleine Mädchen zu zeigen, das sie zu sehen erwartete. Es wurde Zeit, dass ich mich damit auseinander setzte. Clay hatte mich nicht zu dem gemacht, was ich war. Er hatte mir nur ein Ventil für die Wut und den Hass gegeben. Ich musste dorthin zurückkehren, zurück zu dem Misstrauen und dem Hass und der Machtlosigkeit und der blinden Wut, vor allem der Wut auf all diejenigen, die mir Unrecht getan hatten. Dort würde ich das Hirn eines Killers finden, eines menschlichen Killers.

LeBlanc hasste Frauen. Vielleicht war er von seiner Mutter schlecht behandelt oder von den Mädchen in der Schule ausgelacht worden, oder vielleicht war auch einfach seine Selbstachtung so niedrig, dass er irgendeine Gruppe von Leuten brauchte, denen gegenüber er sich überlegen fühlen konnte. Wenn es die Selbstachtung war – damit konnte ich arbeiten. Aber um die Wahrheit herauszufinden, musste ich sein Leben recherchieren, irgendeinen Hinweis auf sein spezifisches Problem finden. Und auch hier galt, ich hatte nicht genug Zeit.

Und was war mit Victor Olson? Ich wollte ihn schon ohne einen weiteren Gedanken übergehen. Schließlich war ich dem Mann noch nie auch nur begegnet. Andererseits, war das nötig? Ich nahm die Ausdrucke der beiden Internetartikel über ihn aus der Kommodenschublade und studierte sie. Was sagten sie mir über Olson? Er war ein Stalker. Ein zwanghafter Stalker. In einem der Artikel stand, er habe zugegeben, dass er Nacht für Nacht ausging, um seine Opfer schlafen zu sehen: Der Anblick ihrer friedlich schlafenden Gesichter habe ihm geholfen, sich zu entspannen und seine eigene Schlaflosigkeit zu überwinden. Hatte es das zwanghafte Verhalten oder die Schlafstörungen kuriert, dass er zum Werwolf geworden war? Natürlich nicht. Mit anderen Worten, die Aussichten waren gut, dass Olson seine alten Verhaltensweisen nicht aufgegeben hatte, dass er immer noch kleine Mädchen im Schlaf beobachtete, hier in Bear Valley.

Ich hatte Stonehaven verlassen, um Olson zu finden. In den Artikeln hieß es, dass er sich seine Opfer in Mittelklassefamilien suchte. Ich ging davon aus, dass er nach einstöckigen Häusern gesucht hatte, bei denen er durch die Erdgeschossfenster sehen konnte. Bear Valley hatte nur zwei solche Viertel. Ich brauchte nichts weiter zu tun, als die Straßen abzufahren und ihn aufzuspüren.

Nachdem ich über eine Stunde lang herumgefahren war, begann mir aufzugehen, was ich mir da vorgenommen hatte. Ja, es gab nur zwei in Frage kommende Viertel, aber jedes davon hatte mindestens ein Dutzend Straßen mit hundert oder mehr Häusern. Und mir blieben nur wenige Stunden bis zur Morgendämmerung. Um möglichst viel von meiner Umgebung überprüfen zu können, fuhr ich langsam und ließ alle Fenster offen – mit Ausnahme des zerschmetterten Fahrerfensters natürlich, das ohnehin dauerhaft offen war. Manchmal stand der Wind günstig für mich. Meist tat er es nicht, und ich roch nichts als das leicht muffige Innere meines wenig genutzten Autos. Schlimmer noch, es wimmelte von Polizeistreifen, die immer noch nach dem Killer suchten. Sie hielten jedes Auto an, das so spät noch unterwegs war, und ich verbrachte ebenso viel Zeit damit, ihnen auszuweichen, wie damit, nach Olson zu suchen. Nach einigen Stunden hatte ich beide Viertel abgegrast. Keine Spur von Olson. Schließlich wusste ich nicht einmal, ob er heute Nacht überhaupt unterwegs war.

Ich war dabei, mein zweites Viertel ein letztes Mal zu umkreisen, als ich ein einsames Auto auf dem Parkplatz eines kleinen Supermarkts stehen sah, der natürlich seit Stunden geschlossen hatte. Im Vorbeifahren bemerkte ich den Aufkleber einer Mietwagenfirma auf der Stoßstange. Natürlich. Wenn die Mutts sich nicht in der Stadt selbst versteckt hatten, brauchte Olson ein Auto, um nach Bear Valley zu kommen. Ich bog in eine Nebenstraße ab, parkte und stieg aus. Ich hatte die Strecke zu dem Geschäft noch nicht einmal zur Hälfte hinter mir, als ich die Witterung eines unbekannten Werwolfs auffing.

Ich trabte um die Ecke und blieb abrupt stehen. Ein untersetzter Mann mittleren Alters in einer Windjacke ging den Gehweg entlang, keine sechs Meter von der Ecke entfernt. Glücklicherweise

wandte Olson mir den Rücken zu. Er kehrte zu seinem Auto zurück. Ich drehte mich hastig um und rannte zu meinem. Er fuhr vorbei, als ich in einer privaten Einfahrt wendete. Ich ließ die Lichter aus und folgte ihm.
Als wir Bear Valley hinter uns ließen, hörte ich mein Herz hämmern. Ich hatte Recht gehabt. Sie waren irgendwo auf dem Land. Olson würde mich hinführen. Wir waren beinahe zwanzig Minuten lang nach Nordwesten gefahren, als Olson in eine fast zugewachsene Waldstraße abbog und unter den ersten Bäumen anhielt. Ich wollte gerade zu Phase II meines Plans übergehen, als ich merkte, dass er nicht ausstieg. Ich hielt Abstand, stellte den Motor ab und wartete. Zehn Minuten vergingen. Ich konnte den Umriss seines Kopfes im Auto erkennen. Ich beugte mich zur Seite, öffnete vorsichtig die Beifahrertür und ließ mich in den Graben gleiten.
Ich schlich mich bis zur Mündung der Waldstraße. Der Wald war pechschwarz. Auch als meine Augen sich umgestellt hatten, konnte ich keine Spur von einem Haus sehen. Als ich wieder nach Olsons Auto spähte, ging mir auf, dass die Straße nirgendwohin führte. Sie war nichts als eine Wendemöglichkeit oder vielleicht ein einzelner Parkplatz, hinter dem ein Naturwanderpfad begann. Ich schlich mich in den Wald hinein und näher an das Auto heran. Als ich auf gleicher Höhe mit der Fahrerseite war, hielt ich inne und erhaschte einen Blick durchs Fenster. Olson hatte den Kopf an die Kopfstütze gelehnt. Seine Augen waren geschlossen. Er schlief. Ich fragte mich ein paar Sekunden lang warum, aber die Frage war irrelevant. Vielleicht konnte er in der Nähe der anderen nicht schlafen. Vielleicht war er nach seinen Spähfahrten auch gern allein. Es war nicht wichtig. Victor Olson würde mich nicht zu Clay führen. Heute Nacht jedenfalls nicht mehr. Aber bis zum Morgen konnte ich nicht warten. Am Morgen würde Jeremy feststellen, dass ich fort war. Das Rudel würde nach mir suchen. Selbst wenn ich es fertig brachte, ihnen einen weiteren Tag lang aus dem Weg zu gehen – es würde Daniel vierundzwanzig zusätzliche Stunden Zeit geben, Clay umzubringen. Und was, wenn

Olson nicht einfach nur Pause von den anderen Mutts machte? Was, wenn er gar nicht vorhatte, zu ihnen zurückzukehren? Er wusste, wo Clay war. Ich musste es ebenfalls wissen – noch heute Nacht.

In meinem Hirn begann sich ein Plan abzuzeichnen, als ich Olson schlafen sah. Noch während ich überlegte, wehrte ich mich gegen den Gedanken. Ich zögerte; dann zwang ich mich, den Schutz der Bäume zu verlassen, bevor ich es mir anders überlegen konnte. Ich schlich mich bis neben das Auto, holte mit der Faust aus und zerschmetterte das Fenster auf der Fahrerseite. Als Olson hochfuhr, griff ich bereits durch die Öffnung ins Innere. Ich fasste nach dem Sicherheitsgurt und zerrte, und der Gurt glitt mir durch die Finger, als er sich um Olson straffte; ich griff an ihm vorbei nach dem Schließmechanismus, ließ ihn einrasten und verdrehte das Metall, bis der Gurt sich nicht mehr öffnen ließ. Dann zog ich den Arm zurück.

Olsons Kopf fuhr herum, um meiner Hand zu folgen, als sie an ihm vorbeischoss. Er sah zu mir auf. Einen Moment lang starrte er einfach, fixierte mich mit den aufgerissenen Augen eines Feiglings, der sich auf den ersten Schlag vorzubereiten versucht. Noch als ich zurücktrat, zuckte er zusammen. Als ihm klar wurde, dass ich außer Reichweite war, runzelte er die Stirn; dann sah ich ein Aufblitzen von bösartiger Gerissenheit in seinen Augen, und er begann zu lächeln. Ohne den Blick von mir zu nehmen, griff er mit der rechten Hand nach dem Verschluss seines Sicherheitsgurts. Er drückte auf den Knopf, und es geschah nichts. Als ihm aufging, was ich getan hatte, griff er nach dem Gurt selbst und zerrte, aber er war straff über seine Brust gespannt.

Ich wusste, was ich zu tun hatte, aber wieder zögerte ich. Konnte ich es tun? Die Erinnerung an José Carter schoss mir durch den Kopf. Dies war anders, sagte ich mir selbst. Dies war nicht einfach irgendein menschlicher Schwindler, sondern ein Killer. Nichtsdestoweniger – was ich im Begriff stand zu tun, ging über das hinaus, was ich Carter angetan hatte. Ging weit darüber hinaus. Dies war Clays Territorium. Konnte ich es tun? Mich von meinen eigenen Empfindungen abschneiden und es tun? Olson ist ein Killer, sagte ich mir. Schlimmer als das. Ein krankes Schwein, das kleinen Mädchen auflauerte, kleinen Mädchen wie dem, das ich selbst vor langer Zeit gewesen war. Ich schloss die Augen und konzentrierte mich, spürte, wie die Schlange der Wut durch meinen Körper zuckte.

Olson kämpfte gegen den Sicherheitsgurt an, aber er hielt; das Material musste mehr aushalten können, als selbst ein Werwolf anzurichten vermochte. Ich ignorierte ihn und versuchte meine gesamte Energie in meine linke Hand zu leiten. Sie begann zu pochen und dann zu zucken; Schmerzen schossen meinen Arm hinauf. Ich öffnete die Augen und sah zu. Als die Hand zur Hälfte verwandelt war, brach ich es ab. Mit der rechten Hand griff ich ins Auto und packte Olsons rechtes Handgelenk. Mit den Klauen der anderen Hand riss ich die Haut auf. Er schrie, ein hohes kaninchenartiges Quieken. Eine rote Rinne öffnete sich an der Unterseite seines Handgelenks. Blut quoll heraus. Ich griff nach seinem linken Handgelenk und tat das Gleiche. Er schrie wieder und begann wild zu zappeln. Blut sprühte auf Lenkrad und Armaturenbrett.

»Wenn du dich bewegst, wird es nur schlimmer«, sagte ich; ich hielt die Stimme ruhig und konzentrierte mich darauf, meine Hand zurückzuverwandeln. »Wenn du willst, dass es langsamer blutet, halt die Hände in die Höhe.«

»W – Warum?«

»Warum? Warum ich das tue? Oder warum ich dir sage, wie du es verzögern kannst? Das Erste sollte ich eigentlich nicht beantworten müssen. Du weißt ja offensichtlich, wer ich bin. Und was das Zweite angeht, ich versuche nicht, dich umzubringen. Ich will einfach Informationen. Wenn du sie mir gibst, mache ich den Gurt auf. Du kannst dir die Handgelenke verbinden und hast wahrscheinlich Zeit, ein Krankenhaus zu erreichen. Wenn du mir nicht sagst, was ich wissen will, bringst du dich selbst um.«

»W –« Olson schluckte. »Was willst du w – wissen?«

»Das sollte ich eigentlich auch nicht beantworten müssen. Aber vielleicht rutschst du gerade in einen Schockzustand ab und denkst nicht sonderlich klar, also tu ich dir den Gefallen. Wo ist Clayton?«

Den Rest der Unterhaltung werde ich nicht wiedergeben. Olson war in einer Situation, in der sich nicht mehr verhandeln ließ, und er wusste es. Wie ich erwartet hatte, bedeuteten ihm die anderen nicht das Geringste. Nur sein eigenes Leben zählte. Er erzählte mir alles, was ich wissen musste, und noch mehr; er schwatzte hektisch, als verbessere jedes Wort, das er sagte, seine Überlebenschancen.

Als er fertig war, ließ ich ihn in seinem Auto sitzen. Ich erwog, den Sicherheitsgurt zu öffnen und ihm seine Chance zu geben. Immerhin hatte ich es ihm versprochen. Ich hatte noch nie eine solche Abmachung gebrochen. Dann dachte ich an die Mädchen, die ihm zum Opfer gefallen waren, und stellte mir vor, wie oft er ihnen Versprechen gegeben haben musste, wie oft er versprochen haben musste, ihnen nicht wehzutun, es nie wieder zu tun. Er hatte seine Versprechen nicht gehalten. Warum sollte ich es tun?

Ich ging fort und ließ Victor Olson im Wald verbluten.

Konfrontation

Ich hielt an einer Tankstelle und rief in Stonehaven an. Die beiden ersten Male meldete sich der Anrufbeantworter. Beim dritten Versuch ging Nick ans Telefon. Er war nur halb wach, und ich musste meinen Namen zweimal wiederholen, bevor ihm schließlich aufging, dass ich nicht irgendwo im Haus war. Bisher hatte niemand bemerkt, dass ich verschwunden war. Ich gab ihm Anweisungen, ließ sie ihn aufschreiben und mir wieder vorlesen. Zu diesem Zeitpunkt hatte er auch begriffen, was ich da eigentlich sagte und was ich vorhatte. Ich legte auf, als er zu brüllen begann.

Zehn Minuten später klopfte ich an die Tür des Muttverstecks. Es war ein heruntergekommenes Ferienhaus und lag so tief im Wald, dass kein Licht durch die Bäume drang. Als ich auf der Vortreppe stand, horchte ich auf das Rascheln von Wind im Laub oder das Zirpen von Grillen, aber ich hörte nichts. Die Stille und Dunkelheit waren ungebrochen.

Mehrere Minuten vergingen, ohne dass etwas geschah. Ich klopfte ein zweites Mal. Weitere Minuten gingen vorbei, aber ich zweifelte nicht daran, dass Olsons Angaben richtig waren. Dies war der Ort. Ich spürte Clays Nähe.

Ich hämmerte an die Tür. Irgendwann erschien ein winziger Lichtschimmer zwischen den schweren Vorhängen hinter der Scheibe. Schritte hallten auf einem Holzboden. Ich sah auf die Türklinke hinunter und stellte fest, dass die Tür aufgebrochen worden war. Über der Klinke war ein Loch im Holz, und es gab eine frische Splitterstelle, wo der Riegel gewesen war. Hatte ich wirklich erwartet, dass die Mutts ein Haus mieten oder kaufen würden, wenn sie in eins einbrechen konnten? Wie dumm ich gewesen war. Wie viel Zeit ich verschwendet hatte.

Die Tür öffnete sich. Ich blickte auf. Ich brauchte eine Sekunde, um den Mann, der auf der Schwelle erschien, als Karl Marsten zu erkennen – zum Teil des trüben Lichts wegen, zum Teil auch wegen seiner Kleidung. Er trug Schlafanzughosen und sonst nichts; die nackte Brust zeigte sowohl die Muskeln als auch die Narben, die sonst unter seinen teuren Hemden verborgen blieben. Er blinzelte und sah mich mit zusammengekniffenen Augen an; dann stieß er einen leisen Fluch aus, kam hastig ins Freie und zog die Tür hinter sich zu.
»Was zum Teufel machst denn du hier?«, fragte er in einem halb geknurrten Flüstern.
Ich sah an ihm vorbei auf die geschlossene Tür. »Hast du Angst, deine Frau könnte aufwachen?«
»Meine –?« Er sah sich über die Schulter nach der Tür um und wandte sich dann wieder mir zu; der finstere Gesichtsausdruck war verschwunden, die sorgsam einstudierte Gelassenheit wieder an Ort und Stelle. »Ich bin sicher, es ist ein wundervoller Plan, Elena, aber ich muss dir wirklich davon abraten. Wenn du da reingehst, kommst du entweder in Ketten oder in einem Bodybag wieder raus. Keins von beiden würde dir stehen.«
»Du bist eigens rausgekommen, um mich zu warnen? Wow. Es gibt also noch Ritterlichkeit.«
»Dafür kennst du mich ein bisschen zu gut. Ich sehe eine Gelegenheit, und ich nutze sie.«
»Du würdest mich also gehen lassen im Austausch gegen –«
»Für das, weswegen ich hier bin.« Seine Augen glitzerten; etwas Hartes mischte sich in die Nonchalance. »Ein Territorium. Versprich mir das, und ich lasse dich gehen. Ich werde auch gehen. Ein ›Mutt‹ weniger, um den das Rudel sich Sorgen machen muss.«
»Zum Teufel mit den anderen?«
»Daniel würde im Hinblick auf mich genau das Gleiche tun. Meinen Namen habe ich nicht gehört bei dem Deal, den er dir im Café angeboten hat.«
Ich schüttelte den Kopf. »Es macht keinen Unterschied. Ich gehe nicht.«

Ich griff an ihm vorbei nach der Klinke. Marsten packte mich am Handgelenk; er drückte fest genug zu, um blaue Flecken zu hinterlassen.

»Sei nicht albern, Elena. Auf diese Art kriegst du ihn hier nicht raus.«

»Auf welche Art?« Daniels Stimme klang glatt und kühl, als er schwungvoll die Tür öffnete. Er sah Marsten ins Gesicht. »Auf welche Art, Karl?«

»Fest genug geschlafen, Dannyboy? Herrgott noch mal, das ganze Rudel könnte vor deiner Tür heulen, bevor du aufwachst.« Marsten warf Daniel einen verächtlichen Blick zu und stieß mich ins Innere. »Es ist ein Hinterhalt, du Trottel. Elena würde kaum allein hier auftauchen. Schick deinen Domestiken los, er soll den Wald absuchen. Sich einmal im Leben nützlich machen.«

Ich weiß nicht, ob Daniel widersprach. Ich war viel zu sehr damit beschäftigt, mich vom Fußboden aufzurappeln, nachdem Marstens Stoß mich quer durch den Raum befördert hatte. Bevor ich es geschafft hatte, hatte Marsten ein Knie in meinen Rücken gestemmt und hielt mich auf dem Boden fest. Ich rechnete damit, als Nächstes gefesselt zu werden; das aber geschah nicht. Vielleicht hielt Marsten mich nicht für hinreichend gefährlich. Sekunden später hörte ich hinter mir Schritte. Ich roch LeBlanc, der sich zu Daniel und Marsten gesellte.

»Olson ist fort«, sagte Daniel.

»Und zwar endgültig, nehme ich an«, bemerkte Marsten. »Was glaubst du, wie sie uns sonst gefunden haben könnte? Aber natürlich ist es ein schwerer Verlust für die gute Sache. Man weiß doch nie, wozu man einen Kinderschänder noch mal brauchen kann.«

»Er hatte noch andere –«, begann Daniel und hielt dann abrupt den Mund. »Thomas, raus mit dir. Sieh dich nach den anderen um.«

Die Haustür schlug hinter LeBlanc zu.

»Das ist mal ein folgsames Hündchen, das du dir da besorgt hast«, sagte ich, während ich das Gesicht vom Boden hob. »Du weißt, dass er am Flughafen versucht hat, mich umzubringen? Bevor ich nach Toronto gegangen bin?«

Einen Augenblick lang herrschte Schweigen. Dann lachte Daniel. »Nicht schlecht, Elle. Versuchst du Zwietracht zu säen?«
»Ich habe nicht den Eindruck, dass das noch nötig ist.«
»Na, na, Elena«, sagte Marsten, während sein Knie mich noch flacher auf den Boden drückte. »So sehr wir alle dein Mundwerk bewundern, dies ist nicht der beste Zeitpunkt, um es einzusetzen.«
»Vergiss nicht, wer unten im Keller ist«, sagte Daniel. »Und jetzt bist du kaum noch in der Lage, ihn zu verteidigen.«
Ich klappte den Mund zu und versuchte abzuschätzen, wie lang Jeremy, Antonio und Nick brauchen würden, um hier einzutreffen. Mindestens eine Viertelstunde, um aufzuwachen, sich anzuziehen und ins Auto zu steigen, eine weitere halbe Stunde für die Fahrt. Als LeBlanc zehn Minuten später wieder hereinkam, wusste ich, dass er niemanden gefunden hatte. Sie konnten noch nicht hier sein.
»Keiner da«, sagte er, während er sich den Schmutz von den Stiefeln trat.
»Nimm das Auto«, sagte Daniel. »Fahr ein bisschen rum und überprüf's. Achte auf Autos am Straßenrand. Sie müssen den Wagen genommen haben.«
Einen Augenblick lang rührte sich LeBlanc nicht von der Stelle. Ich glaubte schon, er würde Daniel mitteilen, wohin er sich seine Anweisungen schieben konnte. Stattdessen griff er nach seiner Jacke und einem Schlüsselbund und stapfte zur Tür hinaus. Diesmal blieb er mindestens zwanzig Minuten lang fort, und in der Zwischenzeit sagte weder Daniel noch Marsten ein Wort. Als LeBlanc schließlich zurückkam, gelang es mir, den Kopf zur Seite zu drehen, so dass ich ihn grinsen sah.
»Was?«, fragte Daniel.
»Oh, das müsste euch gefallen. Die Kavallerie ist aufgehalten worden.« Er ließ mich in den Genuss seines Haifischgrinsens kommen. »Sie sind oben am Pinecrest, direkt am Highway, in der Obhut der zuständigen Polizeistreife. Die Bullen haben sie eingesammelt. Weiß nicht warum, aber sie nehmen das Auto auseinander. Was sagt ihr jetzt?«

»Ich sage, es ist Blödsinn«, sagte ich.
Sein Grinsen wurde noch breiter. »Grüner Ford Explorer? Drei Typen? Alle dunkel. Zwei über einsachtzig, dünn. Der älteste kleiner als ich, Schultern wie ein Quarterback. Als ich vorbeigefahren bin, hat der junge Typ gerade versucht, sich in den Wald davonzuschleichen. Und als ich zurückgekommen bin, hatten sie ihn erwischt und ans Auto gestellt.«
»Blödsinn«, sagte ich.
LeBlanc lachte. »Das klingt schon nicht mehr ganz so überzeugt.«
»Es reicht«, sagte Marsten, während er mich auf die Füße zerrte. »Ewig werden sie sie nicht aufhalten.« Er riss mir die Handgelenke auf den Rücken und hielt sie mit einer Hand fest. »Tommy, hol unseren zweiten Besucher nach oben. Zeit, sich abzusetzen.«
LeBlanc drehte sich um und starrte ihn an. »Absetzen? Das hier ist doch genau das, was ihr Typen wolltet, oder nicht? Dieses ›Rudel‹ erledigen? Wir haben zwei davon hier. Die letzten drei sind unterwegs. Drei gegen drei, und wir sind gewarnt. Wir sind im Vorteil.«
»Hol Clayton rauf«, sagte Daniel.
»Was soll der Scheiß –« LeBlanc sah von Marsten zu Daniel. »Das hier ist es doch. Der Showdown am OK Corral. Zeit zu töten. Erzählt mir jetzt nicht, dass ihr Typen nicht genug Mumm habt –«
»Wir haben mehr Hirn als Mumm«, sagte Marsten. »Deshalb sind wir noch am Leben. Jetzt hol endlich Clayton. Wir haben ihn, und wir haben Elena. Das gibt uns die Garantie, dass du deinen Kampf bald genug bekommst und dass der Vorteil bei uns liegen wird und nicht bei ihnen.«
LeBlanc warf Marsten einen Blick voll schierer Verachtung zu, marschierte durch eine Tür und verschwand.
Ich biss die Zähne zusammen und konzentrierte mich auf meinen Plan. Waren die anderen wirklich von einer Streife aufgehalten worden? Ich glaubte es nicht. Ich konnte es einfach nicht glauben. Andererseits hatte ich die Polizeipräsenz in der Gegend gesehen. Wenn sie den Highway entlanggedonnert waren, in genau dem Wagen, für den sich die Polizei dieser Tage erst so interessiert hatte …? Warum hatte ich Nick eigentlich nicht gewarnt?

Okay. Entspann dich. Zeit, auf Plan B umzusteigen. Wenn ich nur einen Plan B gehabt hätte.

Während ich noch hektisch versuchte, mir eine Alternative einfallen zu lassen, drehte Marsten mich plötzlich um. Daniel saß inzwischen auf der Armlehne eines monströsen Polstersessels, der nach Schimmel roch. Zwei Gestalten erschienen aus einem Nebenraum. Eine davon stolperte vorwärts und stürzte. Im trüben Licht sah ich goldene Locken schimmern.

»Clay!«

Ohne zu überlegen wollte ich auf ihn zustürzen. Marsten, der immer noch meine Handgelenke festhielt, riss mich zurück, so hart, dass ich keuchte. Clay war auf den Knien, die Hände auf dem Rücken gefesselt. Er mühte sich, den Kopf zu heben. Seine Augen trafen meine. Eine Sekunde lang starrte er, versuchte klar zu sehen. Dann erkannte er mich durch den Drogennebel hindurch.

»Nein«, flüsterte er; die Stimme klang dünn wie Papier. »Nein.«

Er machte eine Bewegung, die ich kaum sah. Hinter ihm schoss LeBlancs Fuß nach vorn und trat ihn in den Rücken, so dass er mit dem Gesicht nach unten auf dem Boden landete.

»Nein!«, brüllte ich.

Ich stürzte mich auf LeBlanc. Wieder riss Marsten mich zurück, wobei er mir fast die Schultern ausrenkte. Ich achtete nicht darauf. Ich kämpfte weiter. LeBlanc packte Clays Handschellen und zerrte ihn auf die Füße.

»Lass ihn, wo er ist«, sagte Marsten. Als LeBlanc an ihm vorbeischlenderte, schoss Marstens freie Hand vor und schnappte etwas aus LeBlancs Hosenbund. Seine Pistole. »Wann bist du eigentlich mal so weit, dich ohne die rauszutrauen?«

LeBlanc griff nach der Pistole. Marsten hielt sie außer Reichweite.

»Ein Werwolf mit Handfeuerwaffe«, sagte Marsten. »Wie deprimierend. Brillante Idee, Daniel, aus einem Haufen menschlicher Killer Werwölfe zu machen. Warum bin ich bloß nie drauf gekommen? Vielleicht weil es … so dumm ist. Dem wirst du seine Waffen nie abgewöhnen, Dannyboy.«

Links neben mir konnte ich Clay atmen hören. Ich zwang mich, nicht zu ihm hinüberzusehen. Während Marsten und Daniel sich über die nächsten Schritte unterhielten, warf ich einen verstohlenen Blick auf die Uhr. Zehn vor sechs. Wenn die Polizei Jeremy angehalten hatte, wie lange würden sie ihn noch mit Beschlag belegen? Wie viel länger würde ich noch warten müssen? War das etwa alles, was mir als Ersatzplan einfiel – es auszusitzen, bis Verstärkung kam? Nicht gut genug. Mit etwas Pech hatte man sie inzwischen alle aufs Revier geschleift und würde sie dort noch stundenlang festhalten. Jeremy würde schier durchdrehen, aber die einzige Alternative wäre, die Polizisten umzubringen, und das würde er nicht tun – nicht, wenn es nicht unbedingt nötig war. Er musste wissen, dass Daniel Clay und mich als Geiseln verwenden und uns deshalb nicht töten würde – zumindest nicht gleich. Und weil wir nicht in unmittelbarer Gefahr waren, würde er sich auf die Polizeimaßnahmen einlassen. Aber wenn er schließlich eintraf, konnten wir längst fort sein. Nein, Korrektur. Wir *würden* längst fort sein. Daniel war bereits dabei, seine Brieftasche und die Autoschlüssel einzusammeln.

Ich sah zu Clay hinüber. Er lag immer noch mit dem Gesicht nach unten auf dem Boden. Sein Rücken war eine Patchworkdecke aus purpurnen, gelben und schwarzen Blutergüssen; rote Striemen und Risse hielten die Stücke zusammen wie Nähte. Sein linkes Bein war zur Seite hin verdreht, als sei es gebrochen und man habe ihn gezwungen, darauf zu gehen. Sein Rücken hob und senkte sich in flachen Atemzügen. Ich sah ihn an und wusste, was ich zu tun hatte.

»Wir hatten eine Abmachung«, sagte ich zu Daniel. »Ich bin hier. Lass ihn gehen.«

Niemand antwortete. Marsten und Daniel starrten mich an, als hätte ich den Verstand verloren. Eine Stunde zuvor war dies genau die Reaktion gewesen, mit der ich gerechnet hatte. Ich hatte vorgehabt, auf der Türschwelle aufzutauchen und mich Daniel auszuliefern. Selbstverständlich würden sie schockiert reagieren. Und irgendwann mitten in der Überraschung und der unweigerlich folgenden Selbstzufriedenheit würde das Rudel auftauchen.

Meine Version des alten Tricks mit dem trojanischen Pferd. Nur, dass die Krieger nicht kamen. Das Geschenk war im feindlichen Heerlager und konnte nicht zurückgeholt werden.
»Wag. Es. Nicht.« Clays Flüstern trieb vom Fußboden zu mir herauf.
Er hob den Kopf weit genug, um mich wütend anzustarren. Ich wandte den Blick ab. Alle anderen ignorierten ihn. Zum ersten Mal in seinem Leben war Clay mit einer Gruppe von Mutts zusammen, und keiner davon achtete auch nur im Geringsten auf ihn. Sie hatten ihm nicht nur die Kraft genommen, sondern auch die Würde. Es war meine Schuld. Ich hätte in Toronto mit ihm zusammenbleiben sollen, aber ich hatte es nicht getan. Was hatte mich so sehr abgelenkt, dass ich zur Arbeit gegangen war und Clay zurückgelassen hatte? Ein Heiratsantrag von einem anderen Mann. Mein Magen krampfte sich zusammen bei der Erinnerung.
Ich wandte mich wieder an Daniel. »Du wolltest mich haben, jetzt hast du mich. Du wolltest Clay auf den Knien haben. Das hast du auch. Jetzt halt dich an deinen Teil der Abmachung. Lass ihn gehen, und ich gehe freiwillig mit dir. Gleich jetzt.« Ich drehte den Kopf, um über die Schulter hinweg Marsten ins Gesicht zu sehen. »Und du, sorg dafür, dass er Clay hier lässt, und du bekommst dein Territorium. Wenn Jeremy auftaucht, kann Clay ihm sagen, dass ich das zugesagt habe. Er wird sich dran halten.«
Wieder Schweigen. Marsten und Daniel überlegten. Ich bot ihnen genau das an, was sie wollten – ein Territorium für Marsten und für Daniel die freie Verfügung über mich. Der Triumph über Clay und das Rudel hätte damit besiegelt sein sollen. Würde es reichen? Sie wollten keinen Showdown. Die Zeit verging; mit jeder Sekunde wurde es wahrscheinlicher, dass Jeremy, Antonio und Nick auftauchten. Ich würde kämpfen, bevor ich mich von hier verschleppen ließ. Sie mussten das wissen. Sie würden mich überwältigen und fesseln müssen, um dann uns beide, Clay und mich, zum Auto zu schleifen.
»Abgelehnt.«
Ich hob abrupt den Kopf. Die Antwort war aus Daniels Richtung

gekommen, aber sie hatte nicht nach Daniel geklungen. LeBlanc trat hinter Daniels Rücken hervor, die Hände in den Taschen.
»Abgelehnt«, wiederholte er. Seine Stimme klang sanft, aber sie schnitt durch die Stille wie ein Rasiermesser.
Marsten gab ein leises glucksendes Lachen von sich. »Sieh da, ein Bauernaufstand. Ich nehme an –«
Bevor er den Satz zu Ende gebracht hatte, schoss LeBlancs Hand aus seiner Tasche hervor. Silber blinkte im Lampenlicht. Seine Hand glitt vor Daniels Kehle und zur Seite. Einen Sekundenbruchteil lang schien es, als sei nichts geschehen. Daniel stand da und sah eine Spur verwirrt aus. Dann plötzlich klaffte eine rote Rinne in seiner Kehle. Blut sprühte hervor. Daniels Hände flogen zu seinem Hals. Seine Augen traten hervor, ein ungläubiges Starren. Das Blut quoll über seine Finger und rann an seinen Armen hinab. Sein Mund öffnete sich. Er blies eine rosa Blase, wie von einem makabren Kaugummi, und glitt auf den Boden.
Ich starrte Daniel an und blinzelte verwirrt; ich konnte es ebenso wenig fassen wie er selbst. Daniel starb. Der Mutt, der dem Rudel seit über einem Jahrzehnt das Leben schwer gemacht hatte, der sowohl Clay als auch mich ausmanövriert hatte, wann immer wir ihn in eine Situation zu verwickeln suchten, in der er sich übel genug aufführen würde, um die Exekution zu rechtfertigen. Tot. Nicht etwa nach einem langen und gefährlichen Kampf. Nicht von Clay umgebracht. Nicht einmal von mir umgebracht. Umgebracht von einem neuen Mutt mit einem Messer. Umgebracht innerhalb einer einzigen Sekunde. Mit Hilfe eines so feigen und so durch und durch menschlichen Tricks, dass Marsten und ich nichts tun konnten, als ungläubig zu starren.
Während Daniel keuchend und sterbend am Boden lag, stieg LeBlanc über ihn hinweg, als sei er ein im Weg liegender Baumstamm. Er hielt das Schnappmesser hoch. Es war beinahe sauber, nur ein paar dunkelrote Tröpfchen verunzierten die Klinge.
»Abgelehnt«, sagte er, während er auf Marsten zuging.
Marsten riss hastig die Pistole vom Tisch und zielte auf LeBlanc. »Ja, ich weiß. Ich habe gesagt, echte Werwölfe gebrauchen keine

Waffen. Aber du wirst feststellen, dass ich recht anpassungsfähig bin, vor allem, wenn es darum geht, meine eigene Haut zu retten.«
Marsten lächelte; seine Lippen verzogen sich, seine Augen blieben eiskalt. »Ist das dein Showdown am OK Corral? Messer gegen Pistole? Willst du auf das Ergebnis wetten?«
LeBlanc spielte mit dem Messer, als erwäge er, es zu werfen. Dann hörte er auf damit.
»Kluger Mann«, sagte Marsten. »Was sagst du dazu – wir ersparen uns das restliche Blutvergießen und treffen eine Abmachung? Zu gleichen Teilen. Ich bekomme Clayton. Du bekommst Elena. Und danach gehen wir beide unserer Wege.«
Als LeBlanc nicht antwortete, fuhr Marsten fort: »Das willst du doch, oder etwa nicht? Deshalb hast du Daniel getötet. Elena hat dich gedemütigt, und jetzt willst du sie selbst haben, um dich zu rächen.«
Der Ausdruck, der über LeBlancs Gesicht zuckte, verriet mir, dass er Daniel nicht getötet hatte, um mich zu bekommen. Er hatte ihn nicht getötet, um irgendetwas zu bekommen. LeBlanc hatte sich dieser Auseinandersetzung angeschlossen, weil er es genoss, zu töten. Jetzt, als sich ein Waffenstillstand abzuzeichnen begann, hatte er sich gegen seine Gefährten gewandt – nicht aus Ärger oder Habgier, sondern einfach deshalb, weil da noch ein paar Leben waren, die er auslöschen konnte, bevor der Spaß zu Ende ging. Jetzt erwog er die verbleibenden Möglichkeiten. Sollte er mich nehmen und sich damit zufrieden geben? Oder konnte er Marsten und Clay noch zusätzlich bekommen?
»Willst du sie denn nicht?«, fragte er. »Ich dachte, ihr Typen wollt sie alle.«
»Die Masse imitieren ist einfach nicht mein Stil«, sagte Marsten. »Elena hat ihre Vorzüge, aber zu meinem Lebensstil würde sie kaum passen. Ich will ein Territorium. Clayton ist dafür eine bessere Verhandlungsgrundlage. Und ich bin sicher, mit Elena hast du mehr Spaß.«
»Du Arschloch«, fauchte ich.
Ich fuhr herum, riss meine Arme aus Marstens Griff und zielte mit

der Faust auf seinen Magen, aber er drehte sich im letzten Augenblick zur Seite, und meine Fingerknöchel streiften nur noch seine Hüfte. Sein Fuß schoss nach vorn, hakte sich unter meinen und schleuderte mich auf den Boden. Mein Kopf schlug auf der Ecke eines leeren Gewehrständers auf, und eine Sekunde lang war ich weg. Als ich zu mir kam, bohrten sich Marstens graue Augen in meine. Ich blinzelte und versuchte mich aufzurichten, aber er hielt mich auf dem Boden fest. Er stieß mein Kinn nach vorn, so dass ich mit dem Gesicht zur Wand lag.

»Sie ist bewusstlos«, sagte er, während er sich auf den Knien aufrichtete. »Umso besser, die Betäubungsmittel werden allmählich knapp.«

Bewusstlos? Ich blinzelte noch einmal, langsamer, spürte, wie meine Augen sich schlossen und dann wieder öffneten. Ich starrte auf eine Reihe von Mausedreckhäufchen, die sich am Fuß der Wand entlangzog. Ich war ganz entschieden bei Bewusstsein. Hatte Marsten denn wirklich nicht gesehen, wie ich die Augen öffnete? Ich wollte den Kopf heben, besann mich dann eines Besseren und blieb still liegen. Sollten sie mich eben für bewusstlos halten. Ich konnte das Überraschungsmoment brauchen.

Marsten stand auf; ich hörte, wie er sich ein paar Schritte weit entfernte.

»Was machst du da?«, fragte LeBlanc scharf.

»Ich nehme meine Beute und mache, dass ich hier rauskomme, und dir würde ich dringend empfehlen, das Gleiche zu tun. Wenn Elena dir als Belohnung nicht ausreicht, kannst du meinetwegen gern nehmen, was du an Geld bei Daniel und Vic findest.«

»Bind ihn bloß nicht los!«, sagte LeBlanc.

Marsten seufzte. »Jetzt erzähl mir nicht, dass Daniel dich mit seiner Paranoia angesteckt hat. Clayton atmet kaum. Er würde keinem Chihuahua gefährlich werden. Ich hab's eilig. Wenn er gehen kann, will ich, dass er geht.«

»Ich habe nicht gesagt, dass ich mich auf den Handel einlasse.«

Ohne die Augen zu öffnen, schob ich das Kinn vorsichtig wieder nach unten und spähte dann unter den Lidern hervor. Marsten beugte sich über Clay, den er auf die Knie hochgezogen hatte. Clay schwankte. Von seinen halb geschlossenen Augen war nur eine Spur Blau zu sehen. Die Waffe lag vergessen in drei Meter Entfernung. Ich hatte ohnehin meine Zweifel, dass Marsten gewusst hätte, wie man mit ihr umging.

»Ich hab gesagt, bind ihn nicht los«, sagte LeBlanc.

»Oh, Herrgott noch mal«, murmelte Marsten. »Also schön.«

Er richtete sich auf; dann, bevor er noch wirklich auf den Füßen war, stürzte er sich auf LeBlanc. Beide fielen hin. Während sie kämpften, richtete ich mich auf Hände und Knie auf und kroch zu Clay hinüber. Als ich nach seinen Handschellen griff, hob er abrupt den Kopf und sah sich über die Schulter nach mir um.

»Geh«, keuchte er.

Ich nahm die Ringe der Handschellen und zerrte mit einem kräftigen Ruck an der Kette. Sie spannte sich, zerriss aber nicht.

»Keine Zeit«, sagte er, während er versuchte, sich zu mir umzudrehen. »Geh.«

Als ich seinen Blick auffing, wusste ich, wie sehr ich mich geirrt hatte. Ich war nicht hierher gekommen, um ihn für Jeremy oder für das Rudel zurückzuholen. Ich war gekommen, um ihn für mich selbst zurückzuholen. Weil ich ihn liebte, ihn so sehr liebte, dass ich alles riskieren würde, solange auch nur die geringste Hoffnung darauf bestand, ihn zu retten. Selbst jetzt noch, als ich genau wusste, dass er Recht hatte, dass nicht genug Zeit blieb, um ihn in Sicherheit zu bringen, wusste ich auch, dass ich ihn nicht hier zurücklassen würde. Ich würde lieber sterben.

Ich sah mich wild nach einer Waffe um, und dann plötzlich hielt ich inne. Waffe? Ich suchte nach einer Waffe? Hatte ich den Verstand verloren? Ich besaß bereits die Beste aller möglichen Waffen. Wenn mir nur genug Zeit blieb, sie einsatzfähig zu machen.

Ich ließ mich auf Hände und Knie fallen und konzentrierte mich. Undeutlich hörte ich Clay meinen Namen knurren. Ich entfernte mich ein Stück von ihm. Die Wandlung begann in ihrer üblichen Geschwindigkeit. Nicht gut genug. Nicht genug Zeit! Einen Augenblick lang begannen meine Gedanken panisch zu hetzen. Ich versuchte sie unter Kontrolle zu bringen und merkte dann, dass die Wandlung sich beschleunigte. Ich ließ alle Kontrolle fahren, ließ meinen Befürchtungen freien Lauf. Wenn ich versagte, würde ich sterben. Wenn ich versagte, würde Clay sterben. Ich hatte dies alles so gründlich, so katastrophal in den Sand gesetzt. Furcht und Schmerzen zuckten durch mich hindurch. Ich krümmte mich zusammen und überließ mich ihnen. Ein kurzer, zuckender, blendender Schmerz. Dann der Sieg.

Ich stand auf. Vor mir sah ich LeBlanc, der sich über Marstens ausgestreckte Gestalt beugte. Er hob die Hand. Das Schnappmesser blitzte. Ich knurrte. LeBlanc hielt mitten in der Bewegung inne und sah sich nach mir um. Ich machte einen Satz auf ihn zu. Er ließ das Messer fallen und rollte zur Seite. Ich hatte zu viel Kraft in den Sprung gelegt, und jetzt kam ich falsch auf und überschlug mich gegen die Wand. Als ich mich aufgerappelt hatte, war LeBlanc verschwunden.

Ich hörte eine Stimme und drehte den Kopf. Marsten setzte sich nach Atem ringend auf. Er zeigte zu der offenen Hintertür hin und spuckte Blut. Blut tröpfelte auch von den Schnitten an seinen Armen und über seine Brust. Ich sah zur Hintertür. Ich konnte LeBlanc nicht entkommen lassen. Eine Frau hatte ihn in die Flucht geschlagen. Er würde keine Ruhe geben, bis er sich gerächt hatte. Marsten sagte etwas, aber ich konnte ihn nicht verstehen. Das Blut hämmerte mir in den Ohren und drängte mich dazu, LeBlanc zu folgen. Ich machte mich auf zur Tür. Hinter mir hörte ich Clay grunzen, als er auf die Füße zu kommen versuchte. Marsten fiel mir wieder ein, und ich drehte mich nach ihm um. Ich würde ihn nicht mit Clay allein lassen. Ich zog den Kopf zwischen die Schultern und fauchte. Marsten erstarrte. Seine Lippen bewegten sich. Ein Schwall bedeutungsloser Laute schlug an meine Ohren. Ich duckte mich.

»Elena!«, rief Clay.

Das verstand ich. Ich hielt inne. Clay war auf die Füße gekommen.

»Verlier. Keine. Zeit«, sagte er.

Ich sah Marsten an. Er sagte ein einziges Wort. Ich konnte ihn immer noch nicht verstehen, aber ich konnte seine Lippenbewegungen lesen. Territorium. Es war alles, was er wollte. Alles, worum es ihm ging. Er hatte sehr gut gewusst, dass ich bei Bewusstsein gewesen war, als ich dort am Boden lag. Ich hatte ihm genau in die Hände gespielt. Er war ein verräterischer, zu allem entschlossener Schweinehund, aber er würde Clay nichts tun. Clay zu töten würde Marsten nicht zu seinem Territorium verhelfen. Ihn am Leben zu halten und in Sicherheit zu bringen dagegen ... Ich knurrte noch einmal und schoss dann zur Tür hinaus, hinter LeBlanc her.

LeBlancs Spur war nicht schwer zu finden. Ich brauchte nicht einmal seiner Witterung zu folgen. Ich hörte, wie er vor mir durchs dichte Unterholz krachte. Dummkopf. Ich tauchte in den Wald ein und begann zu rennen. Zweige verfingen sich in meinem Pelz und peitschten mir ins Gesicht. Ich schloss die Augen bis auf schmale Schlitze, um sie zu schützen, und rannte weiter. LeBlanc hatte einen Pfad durchs Gestrüpp getrampelt, dem ich folgte. Minuten später wurde der Wald plötzlich still. LeBlanc war stehen geblieben. Er musste erkannt haben, dass die Wandlung seine einzige Chance war. Ich hob die Schnauze und überprüfte den leichten Wind. Der Ostwind brachte Spuren seines Geruchs mit, aber eine Brise, die von Südosten herankam, war voll von ihm. Ich hob eine Vorderpfote und setzte sie auf einem Haufen toter Zweige wieder ab. Sie waren nass vom Morgentau und gaben unter meinem Gewicht kaum ein Flüstern von sich. Gut. Ich wandte mich nach Südosten und begann vorwärts zu schleichen.

Die Nacht war vorüber. Die Morgendämmerung begann die dichte Decke der Bäume über meinem Kopf zu erhellen; Splitter von Sonnenlicht fielen auf den Waldboden. Als ich in einen Teich von Licht trat, spürte ich, wie es mir den Rücken wärmte mit der Verheißung eines warmen Spätfrühlingstags. Nebel stieg aus dem langen Gras und den Büschen auf; die kühle nächtliche Erde hob sich der morgendlichen Wärme entgegen. Ich atmete den Nebel ein, schloss die Augen und genoss die Reinheit und Leere des Geruchs. Irgendwo weiter links von mir im Wald begann eine

Drossel zu singen. Ein wunderschöner Morgen. Ich nahm noch einen Atemzug, sog ihn in mich hinein, spürte, wie die Ängste der Nacht der Freude auf die Jagd Platz machten. Hier würde es zu Ende gehen. Es würde alles hier zu Ende gehen, an diesem schönsten Morgen, den man sich vorstellen konnte.

Als ich LeBlancs Atem hörte, hielt ich inne. Ich legte den Kopf zur Seite und lauschte. Er hatte sich hinter ein Dickicht geduckt und atmete schwer, mit seiner Wandlung beschäftigt. Ich schob mich vorwärts, bis ich sein Gebüsch erreicht hatte, und spähte durch einen Vorhang von Farnkraut. Wie ich aus der Richtung seines Atems geschlossen hatte, kauerte er auf dem Boden. Aber in einer Hinsicht hatte ich mich geirrt. Er war nicht dabei, sich zu verwandeln. Er hatte sich nicht einmal ausgezogen. Ein Schauer der Erregung ging durch mich hindurch. Er hatte Angst, aber statt der Angst nachzugeben, kämpfte er gegen die Wandlung an. Ich schob die Schnauze zwischen den Farnen hindurch und sog den süßen Geruch seiner Furcht ein. Er wärmte mich, fachte den Funken der Erregung fast bis zur Lust an. Auf dem Flughafenparkplatz mochte LeBlanc mir Angst gemacht haben, aber dies war mein Element.

LeBlanc verlagerte sein Gewicht und beugte sich vor, um durch die Büsche zu spähen. Setz doch die Nase ein, dachte ich. Ein einziges Schnuppern, und du wüsstest, wo ich bin. Aber er tat es nicht. Er zog vorsichtig ein Bein nach hinten. Sein Knie knackte, und er erstarrte; der Atem kam in flachen Stößen. Sein Kopf drehte sich von einer Seite zur anderen; er lauschte und spähte. Er hob das Schnappmesser, ließ es aufschnappen und wartete, dass das Geräusch mich zu ihm führen würde. Etwas tappte hinter ihm durchs Unterholz, eine Katze oder ein Fuchs oder ein ähnlich kleines und stilles Geschöpf. LeBlanc spannte die Muskeln, hob das Messer. Dummkopf, Dummkopf, Dummkopf. Ich wurde es müde. Ich wollte rennen. Ich wollte jagen. Ich kroch ein Dutzend Schritte weit rückwärts. Dann hob ich den Kopf zu den Baumkronen und heulte. LeBlanc kam aus dem Dickicht gestürzt und rannte. Ich folgte ihm.

Er hatte einen Vorsprung. Ich ließ ihn den Vorsprung behalten. Wir bogen um Büsche und Bäume, sprangen über liegende Stämme, zertrampelten die Wildblumen und scheuchten zwei Fasane auf, die wild in den Himmel hinaufschossen. Er rannte weiter und weiter in den Wald hinein. Irgendwann blieb er stehen. Als ich merkte, dass ich ihn nicht mehr hören konnte, brachte ich die letzten Meter hinter mich und brach durchs Gestrüpp auf eine Lichtung durch. Etwas schnitt quer über mein Hinterbein. Ich rollte vorwärts ins lange Gras. Im Fallen drehte ich mich und sah LeBlanc hinter mir stehen, die Beine gespreizt, das Messer in der erhobenen Hand, wie ein Kämpfer, der auf die nächste Runde wartet. Er grinste und sagte etwas. Ich brauchte die Worte nicht zu verstehen, um zu wissen, was es war. Dann komm doch. Ein Schauer des Vergnügens rann durch mich hindurch. Er war wirklich ein Dummkopf.

Ich duckte mich und sprang ihn an. Ich machte mir nicht die Mühe, herausfinden zu wollen, wie ich dem Messer ausweichen konnte. Es war nicht wichtig. Ich spürte, wie die Klinge seitlich meinen Hals ritzte und über meine Schulter rutschte. Blut quoll heraus; ich spürte es heiß auf der Haut. Aber es strömte nicht, und der Schmerz war nichts als ein ärgerliches Prickeln. Mein Pelz war zu dick. Das Messer hatte mich nur gekratzt. LeBlanc zog den Arm nach hinten, um noch einmal zuzustechen, aber es war zu spät. Ich war schon über ihm. Er stürzte nach hinten; das Messer flog ihm im hohen Bogen aus der Hand und verschwand zwischen den Bäumen. Als mein Gesicht sich auf seins herabsenkte, sah ich, wie seine Augen weit wurden. Schock. Unglauben. Panik. Ich gestattete mir einen langen Blick, um seine Niederlage in mich aufzunehmen. Dann riss ich ihm die Kehle heraus.

Bereit

Jeremy, Antonio und Nick tauchten schließlich doch noch auf. Sie kamen zur Tür der Blockhütte herein, als ich gerade dabei war, Marsten Clays Handschellen anzulegen. Selbstverständlich war Jeremy unglaublich beeindruckt von der Art und Weise, wie ich ganz allein mit der Situation fertig geworden war, und schwor hoch und heilig, er würde mich nie wieder von irgendetwas ausschließen. Haha, ganz sicher. Seine ersten Worte waren nicht wiederholbar. Dann sagte er, wenn ich jemals wieder etwas so Dummes tun würde, dann würde er – gut, was dann kam, ist auch nicht wiederholbar. Obwohl Clay, Antonio und Nick nichts Dringenderes zu tun hatten, als es zu wiederholen, wobei jeder von ihnen noch ein paar eigene Drohungen hinzufügte. Und so war die Heldin des Tages gezwungen, sich von der Stätte ihres Sieges zu schleichen und den Heimweg auf dem Rücksitz ihres eigenen Autos anzutreten. Es hätte noch schlimmer kommen können. Sie hätten mich in den Kofferraum sperren können. Tatsächlich schlug Nick sogar vor, es zu tun, aber das war ein Scherz ... glaube ich.

Jeremy gab Marsten sein Territorium. Wyoming, um genau zu sein. Als Marsten sich beschwerte, bot Jeremy ihm an, es gegen Utah einzutauschen. Marsten ging und murmelte dabei etwas von Zehngallonenhüten und strassbesetzten Hosen. Natürlich würde er sich nicht mit der Aussicht zufrieden geben, seinen Lebensabend auf einer Freizeitranch zu verbringen. Er würde zurückkommen und sich um ein Territorium bemühen, das eher seinem Lebensstil entsprach. Aber für den Augenblick war er klug genug, den Mund zu halten und zu nehmen, was ihm angeboten wurde. Clay brauchte eine Weile, um sich zu erholen. Eine ganze Weile, um genau zu sein. Er hatte ein gebrochenes Bein, vier gebrochene Rippen und eine ausgerenkte Schulter. Er war so zerschlagen, dass alles ihm Schmerzen verursachte, das Sitzen, Stehen, Liegen, im Grunde jeder wache Augenblick. Er war erschöpft, halb verhungert, dehydriert, und er war mit genug Drogen voll gepumpt worden, dass ein Rhinozeros tagelang außer Gefecht gewesen wäre. Ich verbrachte eine Woche auf einem Stuhl neben seinem Bett, bis ich schließlich davon überzeugt war, dass er es schaffen würde. Und selbst danach verließ ich sein Zimmer nur, um Essen zu machen, und auch das nur deshalb, weil ich zu dem Schluss gekommen war, dass Jeremys Kocherei Clay eher schaden als nützen würde.

Ich musste nach Toronto zurückkehren. Ich hatte es seit dem Tag in der Blockhütte gewusst, aber ich schob es hinaus – ich sagte mir, dass Clay zu krank war, dass Jeremy meine Hilfe im Haus brauchte, dass der Tank des Camaro leer war, ich führte so ziemlich jede Entschuldigung an, die mir einfiel. Aber ich musste zurückkehren. Philip wartete auf mich. Ich musste ihn auf das ansprechen, was er gesehen hatte, herausfinden, wie er damit umzugehen vorhatte. Wenn das erledigt war, würde ich nach Stonehaven zurückkommen. Es bestand kein Zweifel mehr, welche Heimat ich wählen würde. Vielleicht hatte es nie einen Zweifel gegeben.

Ich gehörte nach Stonehaven. Der Gedanke ging mir immer noch gegen den Strich. Vielleicht würde ich mit diesem Leben nie ganz meinen Frieden machen können, weil ich es nicht gewählt hatte und weil ich zu stur war, etwas jemals ganz zu akzeptieren, das mir aufgezwungen worden war. Aber Clay hatte Recht. Ich war glücklich hier. Es würde immer eine menschliche Seite in mir geben, die sich mit diesem Lebensstil nicht anfreunden konnte, eine menschliche Moral, die entsetzt war über die Gewalttätigkeit, Überreste einer puritanischen Einstellung, die sich gegen das vollständige Aufgehen in der Befriedigung von Grundbedürfnissen stemmte. Aber selbst dann, wenn Stonehaven mich nicht glücklich machte, wenn ich gegen Jeremy oder Clay oder mich selbst wütete, war ich auf eine seltsam verdrehte Art immer noch glücklich, zufrieden zumindest, zufrieden und erfüllt.

Alles, was ich im menschlichen Leben gesucht hatte, war hier. Ich wollte Stabilität? Ich hatte sie an einem Ort und in Leuten, die mich immer willkommen heißen würden, ganz gleich, was ich tat. Ich wollte eine Familie? Ich hatte sie in meinem Rudel, Loyalität und Liebe jenseits der simplen Etiketten Mutter, Vater, Schwester, Bruder. Und nachdem ich jetzt festgestellt hatte, dass ich alles hatte, was ich immer gewollt hatte – war ich bereit, meine menschlichen Pläne und Ambitionen aufzugeben und mich für immer in Stonehaven zu vergraben? Natürlich nicht. Ich würde zugleich immer das Bedürfnis nach einem Platz in der größeren Welt haben. Keine Therapie und keine Selbstanalyse würden daran etwas ändern. Ich würde nach wie vor einen Job in der Menschenwelt haben, vielleicht im Urlaub dorthin entkommen, wenn das isolierte Leben des Rudels mir zu viel wurde. Aber Stonehaven war mein Zuhause. Ich würde nicht mehr fortlaufen.

Und auch vor mir selbst konnte ich nicht mehr fortlaufen. Ich meine damit nicht meine Werwolfseite. Ich glaube, die habe ich schon vor Jahren akzeptiert, sie vielleicht sogar begrüßt, weil sie mir eine Entschuldigung für so viele Dinge in meinem Leben lieferte. Wenn ich aggressiv und bissig reagierte, war es das Wolfsblut. Wenn ich über andere herfiel – wieder das Wolfsblut. Desgleichen meine gewalttätigen Neigungen. Launisch? Wütend? Aufbrausend? Zum Teufel, es gab doch einen Grund, weshalb ich so war, oder vielleicht nicht? Ich war ein Monster. Nicht gerade eine ideale Voraussetzung, um zu Harmonie und innerem Frieden zu finden.

Aber um der Wahrheit Genüge zu tun: Ein Werwolf zu sein hatte mich nicht erst zu dem gemacht, was ich war. Man brauchte sich nur Jeremy, Antonio, Nick, Logan, Peter anzusehen. Jeder von ihnen mochte einige meiner weniger attraktiven Eigenschaften mit mir gemeinsam haben – aber das Gleiche galt für so ziemlich jeden Fremden auf der Straße. Ein Werwolf zu sein hatte es mir einfacher gemacht, meinen Ärger auszuleben, und das Leben mit dem Rudel machte ein solches Verhalten akzeptabler – aber alles, was ich war, war ich schon gewesen, bevor Clay mich gebissen hatte. Natürlich, dies zu wissen und es zu akzeptieren waren zwei höchst verschiedene Dinge. Was das Akzeptieren anging – daran würde ich arbeiten müssen.

Ich brauchte fast einen Monat nach jenem Tag in Toronto, bis mir aufging, was Clay gemeint hatte, als er mir erklärte, er wisse, weshalb ich Philip gewählt hatte, und es könne nichts daraus werden. Die ersten beiden Wochen, nachdem wir Clay zurückgeholt hatten, waren die reine Hölle; an manchen Tagen war ich mir nicht sicher, ob er es bis zum nächsten schaffen würde. Zumindest kam es mir so vor. Ich beobachtete ihn, wenn er bewusstlos im Bett lag, und war mir sicher, dass seine Brust sich nicht mehr hob. Ich rief nach Jeremy. Nein, Korrektur. Ich brüllte nach Jeremy, und er kam angestürzt. Natürlich atmete Clay völlig normal, aber Jeremy gab mir nie das Gefühl, überreagiert zu haben. Er murmelte etwas von vorübergehender Atemnot und untersuchte Clay gründlich, bevor er sich auf den Stuhl neben dem Bett setzte, um »Rückfällen« zuvorkommen zu können. In der dritten Woche kam Clay für längere Zeitspannen zu sich, und selbst ich musste nun zugeben, dass die Gefahr vorüber zu sein schien. Damit will ich nicht sagen, dass ich mein Feldlager neben seinem Bett abbrach. Ich tat nichts dergleichen. Ich konnte nicht. Und solange ich darauf bestand, dort zu bleiben, solange bestand Jeremy darauf, meinen Platz zu übernehmen, wenn ich schlief oder rennen ging, obwohl wir beide genau wussten, dass diese unaufhörliche Wachsamkeit keinem Zweck diente außer meinem Seelenfrieden. Gegen Ende der dritten Woche kam ich vom Duschen zurück und fand Jeremy auf meinem Stuhl neben Clays Bett vor, in genau der gleichen wachsamen Haltung, in der ich ihn zwanzig Minuten zuvor zurückgelassen hatte. Ich blieb in der Tür stehen und sah ihn an; die Ringe unter seinen Augen fielen mir auf und die scharf hervortretenden Wangenknochen. Und da wusste ich, dass ich aufhören musste, dass ich mich wieder unter Kontrolle bekommen und mir eingestehen musste, dass Clay sich gut erholte und sich auch dann weiterhin gut – wenn nicht besser – erholen würde, wenn wir ihn nicht ununterbrochen beobachteten. Wenn ich es nicht tat, würde ich mich zu Grunde richten, und Jeremy würde es mir ohne ein Wort des Protests nachtun.

»Fühlst du dich besser?«, fragte er, ohne den Kopf zu drehen.

»Viel.«

Er griff nach hinten, als ich näher trat, nahm meine Hand und drückte sie. »Er wird bald aufwachen. Sein Magen knurrt.«

»Gott verhüte, dass er sein Abendessen versäumt.«

»Da wir gerade dabei sind, wir gehen heute Abend aus. Du und ich. Irgendwohin, wofür Anzug und Krawatte und eine Rasur erforderlich sind – jedenfalls was mich angeht. Antonio kommt mit Nick rüber. Sie können sich um Clay kümmern.«

»Das ist nicht n–«

»Es ist sogar sehr nötig. Du musst hier rauskommen, an etwas anderes denken. Clay braucht uns nicht. Wir nehmen dein Handy mit, nur für den Fall, dass irgendwas passiert.«

Als ich nickte und mich auf den Stuhl neben ihn setzte, ging mir die Lösung zu Clays Rätsel so plötzlich auf, dass ich keuchte. Und dann hätte ich mich vor den Kopf schlagen können, weil ich es nicht schon viel früher gesehen hatte. Warum hatte ich Philip gewählt? Die Antwort hatte direkt vor meiner Nase gelegen, die ganze Zeit, seit ich nach Stonehaven zurückgekehrt war. An wen hatte er mich erinnert? An Jeremy natürlich.

Zu meiner eigenen Verteidigung muss ich sagen, dass Jeremy und Philip zumindest äußerlich nicht viel gemeinsam hatten. Sie sahen sich in keiner Weise ähnlich. Ihre Gestik war grundverschieden. Sie handelten nicht einmal auf die gleiche Art. Philip besaß weder Jeremys emotionale Kontrolle noch seine Autorität oder seine ruhige Reserviertheit. Aber das waren auch nicht die Eigenschaften, die ich an Jeremy am meisten bewunderte. Was ich in Philip gesehen hatte, war ein blasseres Abbild dessen, was ich an Jeremy schätzte, seine endlose Geduld, seine Rücksicht, seine angeborene Güte. Und warum hatte ich mich unbewusst zu jemandem hingezogen gefühlt, der mich an Jeremy erinnerte? Weil Jeremy meinen kleinmädchenhaften Träumen von einem Märchenprinzen entgegenkam, von jemandem, der mir Blumen schenkte und sich um mich kümmerte, ganz gleich, was für Katastrophen ich anrichtete. Das Problem mit diesem Wunschtraum war, dass ich für Jeremy keinerlei romantische Gefühle empfand. Ich liebte ihn als Freund, Anführer und Vaterfigur. Das war alles. Und als ich eine menschliche Version meines Ideals gefunden hatte, hatte ich zugleich einen Mann gefunden, den ich mühelos lieben konnte, aber niemals mit der Leidenschaft, die ich für einen Geliebten empfunden hätte.

Fühlte ich mich jetzt besser? Nicht die Spur. Ich konnte jetzt zwar meine Unfähigkeit entschuldigen, mich in Philip zu verlieben, hätte aber gern hinzugefügt, dass es an irgendeinem Problem mit Philip selbst lag, an irgendetwas, das ihm fehlte. Und die Wahrheit war, dass der Fehler ganz allein bei mir lag. Ich war es, die einen Fehler gemacht hatte, und der gute, anständige Philip musste jetzt dafür leiden.

Nachdem ich meine Rückkehr nach Toronto fünf Wochen lang hinausgezögert hatte, entschied ich mich schließlich, es zu tun. Clay machte einen Mittagsschlaf. Ich lag im Halbschlaf neben ihm, als mir aufging, dass ich jetzt gleich gehen musste, bevor ich es mir wieder anders überlegte. Ich stand auf und kritzelte eine Nachricht für Clay auf einen Zettel. Jeremy war hinter dem Haus damit beschäftigt, die Gartenmauer zu reparieren. Ich sagte ihm nicht, dass ich aufbrach. Ich hatte Angst, er würde wollen, dass ich zuerst zu Abend aß oder wartete, bis er mich zum Flughafen fahren konnte, oder es würde sich sonst eine Verzögerung ergeben, die meinen Entschluss wieder ins Wanken bringen würde.

Ich rief auch nicht an, um Philip mitzuteilen, dass ich kam. Seine Stimme zu hören gehörte ebenfalls zu den Dingen, die mich vielleicht zu einer Sinnesänderung hätten veranlassen können. Ich ging geradewegs zu meiner alten Wohnung und schloss die Tür auf. Er war nicht da. Ich setzte mich aufs Sofa und wartete. Eine Stunde später kam er zurück, keuchend von einem Dauerlauf in der Hitze der ersten Julihälfte. Er kam rasch zur Tür herein, sah mich und blieb abrupt stehen.

»Hi«, sagte ich und brachte dabei ein mattes Lächeln zu Stande. Und dann sah ich die Furcht in seinen Augen und wusste, es wäre nie etwas geworden mit uns beiden. Ganz gleich, wie nahe ich einem Menschen kam, wenn er jemals die Wahrheit über mich herausfinden sollte, würde die Furcht da sein. Und darüber würden wir nicht hinwegkommen.

»Hallo«, sagte er schließlich. Er zögerte; dann schloss er die Wohnungstür hinter sich und trocknete sich das Gesicht ab. Nachdem er sich so etwas Zeit verschafft hatte, legte er das Handtuch auf den Flurtisch und kam ins Zimmer. »Wann bist du zurückgekommen?«

»Vorhin erst. Wie geht es dir?«

»Gut. Ich hab deine Blumen bekommen. Danke.«

Ich holte tief Luft. Herrgott, war das mühsam. War es immer so gewesen? Ich konnte mich nicht einmal daran erinnern, wie wir miteinander gesprochen hatten. Jede Vertrautheit zwischen uns war verflogen.

»Deine – äh – Seite muss wieder in Ordnung sein«, sagte ich. »Wenn du joggen gehst.«

»Gehen. Joggen noch nicht.«

Er setzte sich in den Sessel gegenüber. Ich atmete ein weiteres Mal tief ein. Es funktionierte überhaupt nicht. Es gab keine schmerzlose Methode, das zur Sprache zu bringen, was ich sagen wollte.

»Was du an dem Tag damals gesehen hast –«, begann ich.

Er sagte nichts.

»Das, was du ... uh ... gesehen hast, als ich –«

»Ich habe gar nichts gesehen.« Seine Stimme war leise, fast unhörbar.

»Ich weiß, dass du es gesehen hast, und wir müssen drüber reden.«

Er fing meinen Blick auf. »Ich habe überhaupt nichts gesehen.«

»Philip, ich weiß –«

»Nein.« Er stieß das Wort heftig hervor, lehnte sich dann zurück und schüttelte den Kopf. »Ich erinnere mich an überhaupt nichts,

Elena. Du bist arbeiten gegangen. Dein Cousin ist raufgekommen und hat nach dir gefragt. Zwei andere Männer sind aufgetaucht, die auch nach dir gesucht haben. Jemand ist mit dem Messer auf mich losgegangen. Danach ist alles leer.«

Ich wusste, dass er log. Im Interesse der Sicherheit des Rudels sollte ich der Sache nachgehen, ihn dazu bringen zuzugeben, was er gesehen hatte, und irgendeine Erklärung finden. Aber etwas sagte mir, dass es so besser für Philip war. Mochte er es sich auf seine eigene Art erklären – das war ich ihm schuldig.

»Ich sollte jetzt gehen.«

Ich stand auf. Er sagte nichts. Ich sah, dass meine Taschen im Flur gestapelt waren, und daneben ein paar Kisten mit seinem eigenen Zeug.

»Ich ziehe aus, wenn der Mietvertrag ausläuft«, sagte er. »Ich –« Er rieb sich den Nasenrücken. »Ich hätte dich angerufen, auf dem Handy. Ich habe ... ich war noch dabei, den nötigen Mut zu sammeln.«

»Es tut mir Leid.«

»Ich weiß.« Er sah mir in die Augen, zum ersten Mal, seit ich gekommen war, und brachte den Schimmer eines Lächelns zustande. »Aber es war gut. Ein Fehler, aber ein guter Fehler. Wenn du irgendwann nach Toronto zurückkommst, kannst du dich vielleicht bei mir melden. Wir könnten etwas trinken gehen oder so.«

Ich nickte. Als ich die Taschen hochhob, glitt mein Blick zum Flurtisch hinüber.

»Er ist in der Schublade«, sagte Philip leise.

Ich drehte mich um, um etwas zu sagen, aber er ging zum Schlafzimmer hinüber und wandte mir den Rücken zu. Er schloss die Tür.

»Es tut mir Leid«, flüsterte ich.

Ich stieß die Tür des Foyers auf und trat mit zwei kleinen Gepäckstücken auf die Straße hinaus. Ich hatte Philip einen Zettel hinterlassen, er solle alles andere einer karitativen Einrichtung geben oder in den Müll werfen. Nichts von dem, was dort lag, brauchte ich. Ich hatte die beiden Taschen nur genommen, damit er nicht glaubte, ich sei im Ärger auf und davon gegangen und hätte deshalb alles zurückgelassen. Es gab in dieser Wohnung nur einen Gegenstand, den ich wirklich haben wollte, den Gegenstand, den ich aus der Schublade des Flurtischs genommen hatte. Ich hatte ihn immer noch in der Hand. Als ich vor der Tür des Gebäudes stand, setzte ich das Gepäck ab und öffnete die Faust. Clays Ehering schimmerte im Licht der Straßenlaterne.

Clay.

Trotz allem, was wir durchgemacht hatten, konnte ich ihm nicht geben, was er wollte. Ich konnte ihm nicht mein Leben versprechen, konnte nicht schwören, ich würde im Wachen und im Schlafen jede Minute an seiner Seite sein, bis dass der Tod uns schied. Aber ich liebte ihn. Liebte ihn vollständig. Es würde keinen anderen Mann in meinem Leben geben, keinen anderen Liebhaber. Das konnte ich ihm versprechen. Was den Rest anging – ja nun, ich würde bieten müssen, was ich bieten konnte, und hoffen, es würde reichen.

»Da bist du.«

Ich sah abrupt auf. Clay stand im flackernden gelben Licht einer Straßenlaterne. Einen Augenblick glaubte ich mir etwas einzubilden. Dann trat er vor, und ich sah, dass er das linke Bein nachzog – der Bruch war noch nicht vollständig verheilt.

»Hast du den Zettel nicht gefunden?«, fragte ich.

»Zettel?«

Ich schüttelte den Kopf. »Du solltest nicht hier sein. Du müsstest im Bett liegen.«

»Ich konnte dich nicht gehen lassen. Nicht ohne mit dir geredet zu haben.«

Ich sah auf das Gepäck zu meinen Füßen hinunter. Mir wurde klar, dass er geglaubt haben musste, ich wartete darauf, in das Gebäude hineingelassen zu werden – er wusste nicht, dass ich es gerade verlassen hatte. Hm. Man soll nicht von mir sagen können, dass ich eine Gelegenheit verstreichen ließ, aus einer Sache noch das Letzte herauszuholen. Ja doch, ich kann gelegentlich grausam sein. Sogar sadistisch.

»Und was wolltest du mir sagen?«, fragte ich.
Er trat vor und legte mir eine Hand auf den Arm. Er kam so nahe, dass ich seinen Herzschlag unter dem Hemd spüren konnte. Er hämmerte, aber das konnte auch die Anstrengung der überstürzten Reise sein.
»Ich liebe dich. Ja, ich weiß, das hast du schon öfters gehört, eine Million Mal, aber ich weiß nicht, was ich sonst sagen soll.« Er hob eine Hand zu meinem Gesicht und berührte meine Wange. »Ich brauche dich. Das letzte Jahr, als du fort warst, war die reine Hölle. Ich habe beschlossen, wenn du jemals wiederkommst, würde ich alles tun, was nötig ist, um dich zurückzubekommen. Keine Tricks. Keine Wutanfälle. Ich weiß, viel habe ich nicht ausgerichtet. Zum Teufel, wahrscheinlich hast du den Unterschied nicht mal bemerkt. Aber ich hab's versucht. Ich werde es weiter versuchen. Komm mit mir zurück. Bitte.«
Ich sah hinauf in seine Augen. »Warum bist du noch mal in die Wohnung raufgegangen?«
Er sah mich verständnislos an. »Was?«
»An dem Tag, an dem du angegriffen wurdest. Du hast gesehen, wie Daniel und LeBlanc zu meiner Wohnung raufgefahren sind, stimmt's?«
»Ja ...«
»Du hast gewusst, dass ich nicht da war. Du hattest gerade erst mit mir telefoniert.«
»Ja, schon ...«
»Du hast also genau gewusst, dass der einzige Mensch in der Wohnung Philip war. Trotzdem bist du raufgegangen und hast versucht, ihn zu schützen. Warum?«
Clay zögerte. Dann sagte er: »Weil ich wusste, dass es das war, was du dir wünschen würdest.« Er strich mir mit dem Daumen über die Wange. »Ich weiß, das ist nicht die Antwort, die du hören willst. Du willst mich sagen hören, dass ich einen Anfall von Verantwortungsgefühl hatte und deshalb raufgegangen bin, um Philip zu retten. Aber ich kann dich nicht anlügen. Ich kann die Dinge nicht empfinden, von denen du möchtest, dass ich sie empfinde. Mir war

es nicht wichtig, ob Philip lebt oder stirbt. Ich habe ihn gerettet, weil ich gewusst habe, du würdest es wollen, weil ich gewusst habe, wenn ihm etwas passiert, würde es dir Kummer machen.«

»Danke«, sagte ich und küsste ihn.

»War das eine gute Antwort?« Ein Ansatz seines alten Grinsens erschien in seiner Stimme und seinen Augen.

»Die Beste, auf die ich hoffen kann. Das weiß ich inzwischen.«

»Dann wirst du bleiben?«

Ich lächelte zu ihm auf. »Ich habe nicht vorgehabt zu gehen, was du längst wüsstest, wenn du dir die Mühe gemacht hättest, den Zettel zu lesen, bevor du eigens hierher geprescht kommst, um mich aufzuhalten.«

»Du –« Er unterbrach sich, warf den Kopf zurück und lachte; dann riss er mich in eine Umarmung, die ein Weiteratmen unmöglich machte, und küsste mich. »Das habe ich jetzt wohl verdient.«

»Das und mehr.« Ich grinste und küsste ihn wieder, dann trat ich zurück, um ihn anzusehen.

»Was ist los?«, fragte er.

»Als du weg warst, habe ich gedacht, diese Geschichte würde kein Glücklich-bis-an-ihr-Ende-Ende haben. Vielleicht hab ich mich geirrt.«

»Glücklich bis an ihr Ende?« Er grinste. »Im Sinne von Auf-immer-und-ewig?«

»Na ja, vielleicht nicht gleich auf immer und ewig. Vielleicht glücklich eine Weile lang.«

»Damit könnte ich leben.«

»Glücklich für ein, zwei Tage zumindest.«

»Ein, zwei Tage?« Er verzog das Gesicht. »Ein bisschen länger hatte ich's mir schon vorgestellt. Nicht für immer, natürlich. Nur acht, vielleicht neun Jahrzehnte.«

»Na, übertreib's nicht gleich.«

Er lachte und hob mich hoch. »Wir werden dran arbeiten.«

»Ja«, sagte ich und lächelte auf ihn hinunter. »Ich bin bereit, dran zu arbeiten.«